Adalbert Stifter
Der Hagestolz

Die Reihe erscheint bei SWAN Buch-Vertrieb GmbH, Kehl
Editorische Betreuung: Karl-Heinz Ebnet, München
Gestaltung: Schöllhammer & Sauter, München
Satz: WTD Wissenschaftlicher Text-Dienst/pinkuin, Berlin
Umschlagbild: Unter Verwendung von Adolph von Menzels
»Chodowiecki auf der Jannowitzbrücke«, 1859 (Ausschnitt)
Sammlung Georg Schäfer, Schweinfurt

DIE DEUTSCHEN KLASSIKER

© 1994 SWAN Buch-Vertrieb GmbH, Kehl
Gesamtherstellung: Brodard et Taupin, La Flèche
Printed in France
ISBN: 3-89507-024-6

Band Nr. 24

Adalbert Stifter
DER HAGESTOLZ

Mit einer Einleitung von
Karl-Heinz Ebnet

ADALBERT STIFTER

Bereits zu Lebzeiten wurde Stifter mit der besonders
von Hebbel vorgetragenen Kritik konfrontiert, er stel-
le biedermeierliches Streben nach Harmonie, das
Kleine, Unbedeutende, Harmlos-Langweilige über
die Konflikte des Menschen und der Zeit. Ausführlich
und programmatisch antwortete er darauf in der
»Vorrede« zu den *Bunten Steinen.* Stifter machte darin
deutlich, daß er den Schein der vorgeblich großen Tat
nicht gelten lasse; nicht das Große, Besondere, Sensa-
tionelle sei es, was die Welt und den Menschen erhält,
sondern die *gewöhnlichen, alltäglichen, in Unzahl wieder-
kehrenden Handlungen,* welche *gleichsam die Millionen
Wurzelfasern des Baumes des Lebens* sind. – Ein gründli-
cher, hintergründiger Blick auf den Menschen, auf
das Leben und die Welt, der das *Wehen der Luft, das
Rieseln des Wassers, das Wachsen der Getreide, das Wogen
des Meeres, das Grünen der Erde, das Glänzen des Him-
mels, das Schimmern der Gestirne* nicht als unbedeutend
und nebensächlich abtut; der – *So wie es in der äußeren
Natur ist, so ist es auch in der inneren, in der des menschli-
chen Geschlechts* – auch in menschlichen Dingen sich
nicht blenden läßt von den oberflächlichen Eruptio-
nen des Sensationellen: *Ein ganzes Leben voll Gerechtig-
keit, Einfachheit, Bezwingung seiner selbst, Verstandesge-
mäßheit, Wirksamkeit in seinem Kreise, Bewunderung des
Schönen, verbunden mit einem heiteren, gelassenen Sterben,
halte ich für groß: mächtige Bewegungen des Gemütes,
furchtbar einherrollenden Zorn, die Begier nach Rache, den
entzündeten Geist, der nach Tätigkeit strebt, umreißt, än-
dert, zerstört, und in der Erregung oft das eigene Leben
hinwirft, halte ich nicht für größer, sondern für kleiner, da*

diese Dinge so gut nur Hervorbringungen einzelner und einseitiger Kräfte sind, wie Stürme, feuerspeiende Berge, Erdbeben. Wir wollen das sanfte Gesetz zu erblicken suchen, wodurch das menschliche Geschlecht geleitet wird.

Ein Blick, der, um gründlich zu sein, sich Zeit nimmt, der – aus heutiger Sicht – anachronistisch anmutet, und vielleicht auch langweilig.

Dabei wußte Stifter um die Abgründe und Widersprüche im Menschen, wußte um seine *tigermäßige Anlage*, die verzehrenden Leidenschaften, irrationalen Ausbrüche, die Elementarkräfte der Natur, die – seien es Blitze, die vom Himmel fahren, Schneestürme, heulende Wolfsrudel – stets hervortreten und die Ordnung zerstören können. Sein *sanftes Gesetz* gehorcht keineswegs einer Harmonie, die immanent der Welt zugrunde liegt, doch hält es angesichts der chaotischen Kräfte, denen der Mensch ausgesetzt ist, die Möglichkeit bereit, diese zu überwinden und der Ordnung zu entsprechen.

Ein zuversichtlicher Glaube, der große Mühen und Kosten erforderte, wie Stifter selbst erfahren mußte – bitterlich an eigenem Leib und an eigener Seele. Denn viele der kleinen alltäglichen Dinge, denen er in der Vorrede Größe attestiert und um die er sich in seinem eigenen Leben redlich bemühte – das pädagogische Ideal der Wirksamkeit in seinem Kreise zum Beispiel, selbst das heitere, gelassene Sterben –, blieben ihm versagt. Und wenn er seinem Ideal entsprechen konnte, so wollte oder konnte er sich nicht den psychischen und auch körperlichen Leidensdruck eingestehen, den dies mit sich brachte – Stifters Rechnung war immer eine einseitige, die die Kosten der Erfüllung ignorierte; in ihrer Einseitigkeit jedoch von einer Größe, wie sie im 19. Jahrhundert nach Goethe kaum ein zweiter mehr erstellt hat. Und gerade ihre Einseitigkeit ist es, die dem Leser des ausgehenden 20. Jahr-

hunderts wieder den Blick öffnen könnte auf eine Welt, der andere Prämissen zugrunde liegen als der uns vertrauten: eine Weltsicht, die Stifter entwirft, die, wäre der Begriff nicht so reduziert-eindeutig und werbewirksam besetzt, getrost als eine ökologische zu bezeichnen ist.

Denn niemals geht es Stifter um das private Glück des einzelnen, um das – wie es heute der Fall ist – in Konsumzwängen sich selbst verabsolutierende Recht auf Wohlstand und Besitz vor der Verpflichtung, die dem Menschen gegenüber sich selbst und der Welt aufgetragen ist. Abstrakt-ideologische Ordnungen, bestimmende Sachzwänge, zu denen entschuldigend Zuflucht genommen werden könnte, haben in dieser Weltsicht keinen Platz: *Kein Weltgeist, kein Dämon regiert die Welt: was je Gutes oder Böses über die Menschen gekommen ist, haben die Menschen gemacht. Gott hat ihnen den freien Willen gegeben und hat ihr Schicksal in ihre Hand gelegt. Dies ist unser Rang, dies ist unsere Größe. Daher müssen wir Vernunft und freien Willen … ausbilden.*

Aber auch hier: so notwendig Vernunft und freier Wille in der Bestimmung des Menschen sind, so sind auch ihnen – wie dem Menschen – Grenzen gesetzt; Stifter leitet daraus keineswegs grenzenloses Vertrauen in die Kraft der Vernunft ab, die die Welt in ihrem letzten Grund erklären könnte.

Mit einer *heitren Blumenkette* vergleicht er in *Abdias* die Kette der Ursachen und Wirkungen, die das Leben und Schicksal des Menschen bestimmen. Doch unermeßlich groß ist diese Kette, und *nur erst einzelne Blätter* sind aufgedeckt: *noch fließt das Geschehen wie ein heiliges Rätsel an uns vorbei, noch zieht der Schmerz im Menschenherzen aus und ein.* Selbstbescheidung ist daher, angesichts der Unvollkommenheit des Menschen gegenüber der Unermeßlichkeit und Unabwägbarkeit

des Seins, für Stifter die einzige, vernünftige Konsequenz; Selbstbescheidung und Einsicht in die Eigenverantwortlichkeit des Menschen für sein Handeln.

Daß dies nicht ohne Leiden, ohne Schmerz möglich ist, mußte Stifter selbst zur Genüge erfahren; aber wie in so vielem anderen leuchtet auch im Schmerz die Zugehörigkeit des Menschen zur *heitren Blumenkette* auf, nur tiefer, einprägsamer, heller: *Ich gebe den Schmerz nicht her, weil ich sonst das Göttliche hergeben müßte ...*

Adalbert Stifter wurde am 23. Oktober 1805 in Oberplan im südlichen Böhmen geboren. Der Vater, ein Leinweber, starb, als der Junge zwölf Jahre alt war. Auf Betreiben des Großvaters, mit dem er nach dem Tod des Vaters die kleine Landwirtschaft fortgeführt hatte, konnte Stifter 1818 ins Gymnasium des Benediktinerstifts Kremsmünster in Oberösterreich eintreten. 1826 schloß er das Gymnasium ab und immatrikulierte sich an der juristischen Fakultät der Universität Wien – mit *beklemmenden Gefühlen.* Die Stadt – eine Wildnis, in der er sich fremd vorkam; er war nicht vertraut mit der »großen« Gesellschaft, in deren Umgebung er nur um so unbeholfener, hinterwäldlerischer erschien. Aber er hatte den *festen Vorsatz, ungeheuer studieren zu wollen* – was er zunächst auch tat.

Stifters eigentliche Interessen allerdings gehörten der Kunst, vor allem der Malerei, und ab Sommer 1827 der neunzehnjährigen Fanny Greipl, die er während der Semesterferien in Friedberg, nicht weit von Oberplan entfernt, kennengelernt hatte. Stifter, kleinwüchsig, von Pockennarben entstellt, alles andere als attraktiv, liebte, verehrte, schwärmte, schrieb Gedichte, von denen einige im »Österreichischen Bürgerblatt für Verstand, Herz und gute Laune« in Linz veröffentlicht wurden – alles, nur sich unmißverständlich der Geliebten und ihren Eltern mitteilen, konnte er nicht.

Liebesbriefe gingen hin und her, und je länger, desto zweifelnder, mißtrauischer, auch eifersüchtiger und fordernder wurde ihr Ton, und desto weiter entfernte sich Fanny. Eine Entscheidung führten sie nicht herbei.

Da stürzte sich Stifter, warum, wußte er wahrscheinlich selbst nicht, in eine weitere Liebschaft. Amalie Mohaupt, Modistin, Tochter eines verarmten Unteroffiziers an der serbischen Grenze, hübsch, ungebildet, geistlos. 1835 versprach er ihr die Ehe, am 15. November 1837 heiratete er sie.

Ich weiß nur das eine, schrieb er, *daß ich alle Menschen, die eine Welle dieses Meeres an mein Herz trägt, für dieses kurze Dasein lieben und schonen will, so sehr es nur ein Mensch vermag - ich muß es tun, daß nur etwas, etwas von dem Ungeheuren geschehe, wozu mich dieses Herz treibt - ich werde oft getäuscht sein, aber ich werde wieder Liebe geben, auch wenn ich nicht Liebe glaube - nicht aus Schwäche werde ich es tun, sondern aus Pflicht. Haß und Zank hegen oder erwidern, ist Schwäche - sie übersehen und mit Liebe zurückzahlen, ist Stärke.*

Aus Pflicht liebte er sein Leben lang Amalie, die nichts Anziehendes, Faszinierendes, mit ihm Gemeinsames hatte, die in keiner Beziehung zu ihm stand – außer, daß sie seine Ehefrau war. Daß Stifter unter der Ehe litt, mochte er sich sowenig wie anderen eingestehen; er bezwang sich selbst. Noch in den letzten Jahren schrieb er ihr kunstvoll-inbrünstige Liebesbriefe, die die unglückliche Ehe kaschieren sollten – verräterische Dokumente, so verräterisch wie seine körperlichen und psychischen Krankheiten, unten denen er in diesen Jahren litt.

Das Studium hatte er mehr und mehr vernachlässigt und schließlich ganz aufgegeben. Seinen Lebensunterhalt verdiente er sich als Hauslehrer, wodurch er die Wiener Gesellschaft kennenlernte, verschiedene

Bemühungen um amtliche Lehrstellen blieben erfolglos.

Er malte, frühimpressionistische Vorstadtansichten, und – *Mir tut not zu produzieren* – begann zu schreiben. 1840 erschien in der »Wiener Zeitschrift für Kunst Literatur, Theater und Mode« seine erste Erzählung, *Der Condor*. Sie fand Beifall, und Stifter ging den eingeschlagenen Weg weiter. Noch im gleichen Jahr wurde *Feldblumen* in dem von Gustav Heckenast in Budapest verlegten Almanach »Iris« veröffentlicht. Ein Jahr später gewann Heckenast Stifter als Herausgeber der Anthologie »Wien und die Wiener«. In der »Iris« erschien *Der Hochwald*, die erste Fassung der *Mappe meines Urgroßvaters* entstand.

Vor allem die 1842 veröffentlichte Erzählung *Abdias* machte Stifter über die Grenzen Österreichs hinaus bekannt. Von vielen Seiten wurde er nun um Beiträge gebeten, und in wenigen Jahren schuf er Erzählung um Erzählung; bis 1844: *Das alte Siegel, Brigitta, Der Hagestolz, Der Waldsteig* und *Die drei Schmiede ihres Schicksals*, 1845: *Der heilige Abend* (später in *Bergkristall* umbenannt), 1846: *Der Waldgänger*, 1847: *Der arme Wohltäter* (*Kalkstein*).

Zugleich begann er mit der Umarbeitung der Erzählungen, um sie in den schließlich bis 1850 auf sechs Bände anwachsenden *Studien* und den 1853 veröffentlichten *Bunten Steinen* gesammelt herauszugeben.

Sein äußeres Leben war nach wie vor geprägt von der Hauslehrertätigkeit – darunter 1843 bis 1846 beim Fürsten Metternich, dessen Sohn er unterrichtete –, ansonsten hatte er Umgang in den Wiener Salons; Grillparzer, Eichendorff, Giacomo Meyerbeer und Robert und Clara Schumann zählten zu seinen Bekannten und Freunden.

Das Jahr 1848, als in Wien die Märzkämpfe ausbrachen und Metternich fliehen mußte, sah Stifter als

sympathisierenden Beobachter, der sich von den blutigen Ausschreitungen angewidert abwandte: Für die einen war er ein fortschrittlicher Radikaler, für die anderen ein Reaktionär. Von seinem Wohnbezirk hatte er sich als Wahlmann zu den Vorbereitungen für die Frankfurter Nationalversammlung aufstellen lassen, tätigen Einfluß auf die Veränderungen der Zeit sah er für sich allerdings nur als Schriftsteller und Pädagoge. *Das Ideal der Freiheit ist auf lange Zeit vernichtet, wer sittlich frei ist, kann es staatlich sein, ja ist es immer; den andern können alle Mächte der Erde nicht dazu machen. Es gibt nur eine Macht, die es kann: Bildung.*

Bereits 1848 war er nach Linz übergesiedelt, 1850 wurde er nach langen Verhandlungen zum k.k. Schulrat und Inspektor der oberösterreichischen Volksschulen ernannt. So erfreut er zunächst über die Ernennung war – Stifter konnte nun zum ersten Mal auf ein festes Gehalt zurückgreifen –, so bedrückend und belastend empfand er bald die Amtsgeschäfte, zumal seine Reformvorschläge bei den vorgesetzten Dienststellen und beim Klerus kein Gehör fanden (u.a. wurde sein mit dem Freund Johannes von Aprent zusammengestelltes *Lesebuch zur Förderung humaner Bildung* für den Schulgebrauch abgelehnt).

Belastend kam zudem das Schicksal seiner 1847 angenommenen Ziehtochter Juliane Mohaupt hinzu, eine Nichte seiner Frau, das seine anerkannte Reputation als Pädagoge in Zweifel stellte. Vor Weihnachten 1851 verschwand die nicht ganz Elfjährige, da sie, wie sich später herausstellte, von Stifters Frau geschlagen worden war. Zwei Wochen später wurde sie völlig erschöpft gefunden, und Stifter nahm sie trotz des Klatsches in der Stadt dankbar wieder auf, um *etwas aus dem Geschöpf zu machen.* Wie seine reformatorischen Ideen im Schulbereich erwies sich auch dies als

Illusion; 1859 verließ Juliane erneut das Haus, nach vier Wochen barg man ihre Leiche aus der Donau.

Die privaten und dienstlichen Probleme, die Widersprüche zwischen selbstauferlegter Pflicht und Realität hinterließen ihre Spuren; 1854 äußerte sich zum ersten Mal sein Nervenleiden – Angstzustände, Reizbarkeit, grundloses Erschrecken –, gleichzeitg begann er das *Tagebuch über Malereiarbeiten* (Stifter hatte nie aufgehört zu malen), in dem er pedantisch die Stunden und Minuten eintrug, die er für seine Landschaftsbilder aufbrachte. Zehn Jahre später sollte er das ebenso akribisch geführte Tagebuch *Mein Befinden* anlegen, in dem er über seine mittlerweile schlimmer gewordenen nervösen und organischen Störungen – sein *Nervenübel* und das Krankheitsbild der Leberzirrhose – gewissenhaft Buch führte.

Dazwischen aber lag die Arbeit am *Nachsommer*, der 1857 beendet wurde. Die Arbeit an seinem zweiten Roman, *Witiko*, dessen dritter und letzter Band 1867 erschien, war bereits überschattet vom Tod. Häufige Kuraufenthalte in Karlsbad und den Lackenhäusern im Bayerischen Wald hatten nur kurzzeitigen Erfolg, sobald er nach Linz zu seiner Frau zurückkehrte, verschlechterte sich sein Zustand.

Ab Juli 1864 konnte er wegen seines Leidens den dienstlichen Pflichten nicht mehr nachkommen, im November 1865 wurde er schließlich in den Ruhestand versetzt.

1866 entstanden die letzten Erzählungen, *Der Kuß von Sentze* und *Der fromme Spruch*, noch 1867 arbeitete er an der letzten Fassung der *Mappe meines Urgroßvaters.*

Im Dezember 1867 wurde Stifter bettlägrig, sein Zustand war hoffnungslos. Am 26. Januar 1868 schnitt er sich mit einem Rasiermesser in den Hals; bewußtlos blieb er noch zwei Tage am Leben. Am 28. Januar 1868 starb Adalbert Stifter.

DER HAGESTOLZ

1

GEGENBILD

Auf einem schönen grünen Platze, der bergan steigt, wo Bäume stehen und Nachtigallen schlagen, gingen mehrere Jünglinge in dem Brausen und Schäumen ihres jungen, kaum erst beginnenden Lebens. Eine glänzende Landschaft war rings um sie geworfen. Wolkenschatten flogen, und unten in der Ebene blickten die Türme und Häuserlasten einer großen Stadt.

Einer von ihnen rief die Worte: »Es ist nun für alle Ewigkeit ganz gewiß, daß ich nie heiraten werde.«

Es war ein schlanker Jüngling mit sanften, schmachtenden Augen, der dieses gesagt hatte. Die andern achteten nicht sonderlich darauf, mehrere lachten, knickten Zweige, bewarfen sich und schritten weiter.

»Ha, wer wird denn heiraten«, sagte einer, »die lächerlichen Bande eines Weibes tragen und wie der Vogel auf den Stangen eines Käfiches sitzen?«

»Ja, du Narr, aber tanzen, verliebt sein, sich schämen, rot werden, gelt?« rief ein dritter, und es erschallte wieder Gelächter.

»Dich nähme ohnehin keine.«

»Dich auch nicht.«

»Was liegt daran?«

Die nächsten Worte waren nicht mehr verständlich. Es kam noch durch die Stämme der Bäume ein lustiges Rufen zurück und dann nichts mehr; denn die Jünglinge gingen bereits auf der schiefen Fläche, die sich von dem Platze weg zieht, empor und setzten

die Gebüsche der Fläche in Bewegung. Rüstig schritten sie in der funkelnden Sonne hinan, ringsum sind grünende Zweige, und auf ihren Wangen und in ihren Augen leuchtet die ganze unerschütterliche Zuversicht in die Welt. Um sie herum liegt der Frühling, der eben so unerfahren und zuversichtlich ist wie sie.

Der Jüngling, aus dessen Munde der Entschluß der Nichtvermählung hervor gegangen war, hatte in der Sache nichts mehr gesprochen, und sie war vergessen.

Ein neues Geplauder und ein fröhliches Sprechen tanzte von den beweglichen Zungen. Sie redeten zuerst von allem und oft alle zugleich. Dann reden sie von dem Höchsten, dann von dem Tiefsten und haben beides schnell erschöpft. Dann kommt der Staat. Es wird in ihm die unendlichste Freiheit vorgeschlagen, die größte Gerechtigkeit und unbeschränkteste Duldsamkeit. Wer gegen dieses ist, wird niedergeworfen und besiegt. Der Landesfeind muß zerschmettert werden, und von dem Haupte der Helden leuchtet dann der Ruhm. Während sie so, wie sie meinten, von dem Großen redeten, geschieht um sie her, wie sie ebenfalls meinten, nur das Kleine; es grünen weithin die Büsche, es keimt die brütende Erde und beginnt mit ihren ersten Frühlingstierchen wie mit Juwelen zu spielen.

Hierauf singen sie ein Lied, dann jagen sie sich, stoßen sich gegenseitig in den Hohlweg oder ins Gebüsch, schneiden Ruten und Stäbe, und kommen dabei immer höher auf den Berg und über die Wohnungen der Menschen.

Wir müssen hier bemerken: welch ein rätselhaftes, unbeschreibliches, geheimnisreiches, lockendes Ding ist die Zukunft, wenn wir noch nicht in ihr sind – wie schnell und unbegriffen rauscht sie als Gegenwart davon – und wie klar, verbraucht und wesenlos liegt sie dann als Vergangenheit da! Alle diese Jünglinge stürmen schon in sie hinein, als könnten sie dieselbe gar

nicht erwarten. Der eine prahlt mit Dingen und Ge-
nüssen, die über seine Jahre gehen, der andere tut
langweilig, als hätte er schon alles erschöpft, und der
dritte redet Worte, die er bei seinem Vater Männer
und Greise hatte reden gehört. Dann haschen sie nach
einem vorüberflatternden Schmetterlinge und finden
auf dem Wege einen bunten Stein.

Immer höher streben sie hinauf. Oben an dem
Waldesrande schauen sie auf die Stadt zurück. Sie
sehen allerlei Häuser und Gebäude, und wetten, ob
sie es sind oder nicht. Dann dringen sie in die Schat-
ten der Buchen hinein.

Der Wald geht fast mit ebenem Boden dahin. Jen-
seits desselben aber steigen glänzende Wiesen mit ein-
zelnen Fruchtbäumen besetzt in ein Tal hinab, das
still und heimlich um die Bergeswölbungen läuft und
von diesen Bergen zwei spiegelhelle, dahinschießen-
de Bäche empfängt. Die Wasser rieseln lustig über die
geglätteten Kiesel, an dichten Obstwäldern, Garten-
planken und Häusern vorbei, und von dort wieder in
die Weinberge hinaus. Alles dieses ist so stille, daß
man in mancher klaren Nachmittagsluft weithin den
Hahn krähen hört, oder den einzelnen Glockenschlag
vernimmt, der von dem Turme der Kirche fällt. Sel-
ten besucht ein Städter das Tal, und noch keiner hat
in demselben seine Sommerwohnung aufgeschlagen.

Unsere Freunde aber laufen mehr als sie gehen,
über die Wiese in die sanft geschwungene Wiege hin-
ab. Lärmend kommen sie an den Gartengehegen her-
unter, schreiten über den ersten Steg, über den zwei-
ten, gehen dem Wasser entlang, und dringen endlich
in einen Garten hinein, der von Flieder, Nußbäumen
und Linden strotzt. Es ist der Garten eines Gasthauses.
Hier umringen sie einen der Tische, wie sie mit den
Füßen in dem Grase stecken, aufgenagelte Platten ha-
ben und auf den Platten eingeschnittene Herzen und

Namen von denen zeigen, die vorlängst an dem Tische gesessen waren. Sie bestellten sich ein Mittagessen, und zwar ein jeder dasjenige, was er wollte. Als sie es verzehrt hatten, spielten sie eine Weile mit einem Pudel, der sich in dem Garten vorfand, zahlten und gingen dann fort. Sie gingen durch die Mündung des Tales in ein anderes, breiteres hinaus, in welchem ein Strom fließt. An dem Strome nahmen sie ein angebundenes Schiffchen und fuhren an einer bekannt gefährlichen Stelle über, ohne daß sie es wußten. Zufällig vorübergehende Frauen erschraken sehr, als sie die jungen Leute da fahren sahen. Jenseits des Stromes dingten sie einen Mann, der den Kahn wieder zurückführen und an der Stelle anbinden sollte, wo sie ihn genommen hatten.

Dann drangen sie durch Röhrichte und Auen vor, bis sie zu einem Damme gelangten, auf dem eine Straße lief und ein Wirtshaus stand. Bei dem Wirte mieteten sie einen offenen Wagen, um nun jenseits des Stromes in die Stadt zurück zu fahren. Sie flogen an Auen, Gebüschen, Feldern, Anlagen, Gärten und Häusern vorbei, bis sie die ersten Gebäude der Vorstädte erreichten und abstiegen. Als sie ankamen, lag die Sonne, die sie heute so freundlich den ganzen Tag begleitet hatte, weit draußen am Himmel als glühende, erlöschende Kugel. Da sie untergesunken war, sahen die Freunde die Berge, auf welchen sie heute ihre Morgenfreuden genossen hatten, als einfaches blaues Band gegen den gelben Abendhimmel empor stehen.

Sie gingen nun gegen die Stadt und deren staubige, bereits dämmernde Gassen. An einem bestimmten Platze trennten sie sich und riefen einander fröhlichen Abschied zu.

»Lebe wohl«, sagte der eine.

»Lebe wohl«, antwortete der andere. »Gute Nacht, grüße mir Rosina.«

»Gute Nacht, grüße morgen den August und Theobald.«

»Und du den Karl und Lothar.«

Es kamen noch mehrere Namen; denn die Jugend hat viele Freunde, und es werben sich täglich neue an. Sie gingen auseinander. Zwei derselben schlugen den nämlichen Weg ein, und es sagte der eine zu dem andern:

»Nun, Victor, kannst du die Nacht bei mir bleiben, und morgen gehst du hinaus, sobald du nur willst. Ist es auch wirklich wahr, daß du gar nicht heiraten willst?«

»Ich muß dir nur sagen«, antwortete der Angeredete, »daß ich wirklich ganz und gar nicht heiraten werde, und daß ich sehr unglücklich bin.«

Aber die Augen waren so klar, da er dieses sagte, und die Lippen so frisch, da der Hauch der Worte über sie ging.

Die zwei Freunde schritten noch eine Strecke in der Gasse entlang, dann traten sie in ein wohlbekanntes Haus und gingen über zwei Treppen hinauf an Zimmern vorbei, die mit Menschen und Lichtern angefüllt waren. Sie gelangten in eine einsame Stube.

»So, Victor«, sagte der eine, »da habe ich dir neben dem meinen ein Bett herrichten lassen, daß du eine gute Nacht hast, die Schwester Rosina wird uns Speisen heraufschicken, wir bleiben hier und sind fröhlich. Das war ein himmlischer Tag, und ich mag sein Ende gar nicht mehr unten bei den Leuten zubringen. Ich habe es der Mutter schon gesagt; ist es nicht so recht, Victor?«

»Freilich«, entgegnete dieser, »es ist bei dem Tische deines Vaters so langweilig, wenn zwischen den Speisen so viele Zeit vergeht und er dabei so viele Lehren gibt. Aber morgen, Ferdinand, ist es nicht anders, ich muß mit Tagesanbruch fort.«

»Du kannst, sobald du willst«, antwortete Ferdinand, »du weißt, daß der Hausschlüssel innen in der Tornische liegt.«

Während dieses Gespräches begannen sie sich zu entkleiden und sich der lästigen, staubigen Stiefel zu entledigen. Ein Stück der Kleider ward hierhin, das andere dorthin gelegt. Ein Diener brachte Lichter, und eine Magd ein Speisebrett mit reichlicher Nahrung versehen. Sie aßen schnell und ohne Auswahl. Dann schauten sie bald bei dem einen, bald bei dem andern Fenster hinaus, gingen in dem Zimmer herum, besahen die Geschenke, die Ferdinand erst gestern bekommen hatte, zählten die roten Abendwolken, kleideten sich vollends aus und legten sich auf ihre Betten. In denselben redeten sie noch fort; aber ehe einige Minuten vergingen, war keiner mehr mächtig, weder zu reden noch zu denken; denn sie lagen beide in tiefem Schlafe.

Das nämliche mochte auch mit den andern sein, welchen dieselbe Lust mit ihnen heute zu Teil geworden war. –

Während die Jünglinge diesen Tag so gefeiert hatten, war auf einer anderen Stelle etwas anderes gewesen: Ein Greis hatte den Tag damit zugebracht, daß er im Sonnenscheine auf der Bank vor seinem Hause gesessen war. Weit von dem grünen Baumplatze, wo die Nachtigallen geschlagen und die Jünglinge so fröhlich gelacht hatten, lag hinter den glänzenden blauen Bergen, die die Aussicht des Platzes besäumten, eine Insel mit dem Hause. Der Greis saß an dem Hause und zitterte vor dem Sterben. Man hätte ihn vorher schon viele Jahre können sitzen sehen, wenn er überhaupt gerne Augen zugelassen hätte, ihn zu sehen. Weil er kein Weib gehabt hatte, saß an dem Tage keine alte Gefährtin neben ihm auf der Bank, so wie an allen Orten, wo er vor der Erwerbung des Inselhau-

ses gewesen sein mag, nie eine Gattin bei ihm war. Er hatte nie Kinder gehabt und nie eine Qual oder Freude an Kindern erlebt, es trat daher keines in den Schatten, den er von der Bank auf den Sand warf. In dem Hause war es sehr schweigsam, und wenn er zufällig hineinging, schloß er die Tür selbst, und wenn er herausging, öffnete er sie wieder selbst. Während die Jünglinge auf ihrem Berge emporgestrebt waren und ein wimmelndes Leben und dichte Freude sie umgab, war er auf seiner Bank gesessen, hatte auf die an Stäbe gebundenen Frühlingsblumen geschaut, und die leere Luft und der vergebliche Sonnenschein hatten um ihn gespielt. Als die Jünglinge nach Vollbringung des Tages auf ihr Lager gesunken und in Schlummer verfallen waren, lag er auch in seinem Bette, das in einer wohlverwahrten Stube stand, und drückte die Augen zu, damit er schlafe. –

Die nämliche Nacht ging mit dem kühlen Mantel aller ihrer Sterne gleichgültig herauf, ob junge Herzen sich des entschwundenen Tages gefreut und nie an einen Tod gedacht hatten, als wenn es keinen gäbe – oder ob ein altes sich vor gewalttätiger Verkürzung seines Lebens fürchtete und doch schon wieder dem Ende desselben um einen Tag näher war.

2

EINTRACHT

Als das erste blasse Licht des andern Tages leuchtete, ging Victor schon in den noch öden Gassen der Stadt dahin, daß seine Tritte hallten. Es war anfänglich noch kein Mensch zu erblicken; dann begegnete ihm manche verdrießliche, verschlafene Gestalt, die zu früher Arbeit mußte; und ein beginnendes fernes Wa-

genrasseln zeigte, daß man schon anfange, Lebens-
mittel in die große, bedürfende Stadt zu führen. Er
strebte dem Stadttore zu. Außer demselben wurde er
von dem kühlen, feuchten Grün der Felder empfan-
gen. Der erste Sonnenrand zeigte sich am Erdsaume,
und die Spitzen der nassen Gräser hatten rotes und
grünes Feuer. Die Lerchen wirbelten freudig in der
Luft, während die nahe Stadt, die doch sonst so lärm-
te, fast noch völlig stumm war.

Als er sich außer den Mauern fühlte, schlug er so-
gleich einen Weg durch die Felder gegen jenen grü-
nen Baumplatz ein, von welchem wir sagten, daß ge-
stern dort die Nachtigallen geschlagen und die Jüng-
linge gescherzt hatten. Er erreichte ihn nach einer
nicht ganz zweistündigen Wanderung. Von da machte
er den nämlichen Weg wie gestern mit den Freunden.
Er stieg die schiefe Berglehne mit den Gebüschen
hinan, er kam an den Rand des Waldes, sah sich da
nicht um, drang unter die Bäume ein, eilte fort und
stieg dann über die Wiese mit den Fruchtbäumen in
das Tal hinab, von dem wir sagten, daß es so stille ist,
und daß in demselben die zwei spiegelnden Bäche
rinnen.

Als er in dem Grunde des Tales angekommen war,
ging er über den ersten Steg, nur daß er heute, gleich-
sam wie zu einer Begrüßung, ein wenig auf die glän-
zenden Kiesel hinab sah, über welche das Wasser da-
hin rollte. Dann ging er über den zweiten Steg und
ging an dem Wasser dahin. Aber er ging heute nicht
bis zu dem Gasthausgarten, in welchem sie gestern
gegessen hatten, sondern viel früher bog er an einer
Stelle, wo ein großer Fliederbusch stand, der seine
Äste und Wurzeln mit dem Wasser spielen ließ, von
dem Wege ab und ging in den Flieder und das Gebü-
sche hinein. Dort war eine aschgraue Gartenplanke,
die ihre Farbe von den unzähligen Regen und Son-

nenstrahlen erhalten hatte, und in der Planke war ein kleines Türchen. Das Türchen öfnete Victor und ging hinein. Es war wie ein Gartenplatz hier, und etwas ferner auf dem Platze blickte die lange weiße Wand eines niederen Hauses, sich sanft von Holundergesträuchen und Obstbäumen abhebend, herüber. Das Haus hatte glänzende Fenster, und hinter denselben hingen ruhige weiße Vorhänge nieder.

Victor ging an dem Gebüschrande gegen die Wohnung zu. Als er auf den freien Sandplatz vor dem Hause gekommen war, auf dem der Brunnen stand und ein bejahrter Apfelbaum war, an den sich wieder Stangen und allerlei andere Dinge lehnten, wurde er von einem alten Spitz angewedelt und begrüßt. Die Hühner, ebenfalls freundliche Umwohner des Hauses, scharrten unter dem Apfelbaume unbeirrt fort. Er ging in das Haus hinein, und über den knisternden Flursand in die Stube, aus welcher ein reiner, gebohnter Fußboden heraussah.

In der Stube war bloß eine alte Frau, die gerade ein Fenster geöffnet hatte und damit beschäftigt war, von den weißgescheuerten Tischen, Stühlen und Schreinen den Staub abzuwischen und die Dinge, die sich etwa gestern abends verschoben hatten, wieder zurecht zu stellen. Durch das Geräusch des Hereintretenden von ihrer Arbeit abgelenkt, wendete sie ihr Antlitz gegen ihn. Es war eines jener schönen alten Frauenantlitze, die so selten sind. Ruhige, sanfte Farben waren auf ihm, und jedes der unzähligen kleinen Fältchen war eine Güte und eine Freundlichkeit. Um alle diese Fältchen waren hier noch die unendlich vielen andern einer schneeweißen gekrauseten Haube. Auf jeder der Wangen saß ein kleines, feines Fleckchen Rot.

»Schau, bist du schon da, Victor«, sagte sie, »ich habe auf die Milch wieder vergessen, daß ich sie warm gehalten hätte. Es steht wohl alles an dem Feuer, aber

dasselbe wird ausgegangen sein. Warte, ich will es wieder anblasen.«

»Ich bin nicht hungrig, Mutter«, sagte Victor; »denn ich habe bei Ferdinand, ehe ich fortging, zwei Schnitten Kaltes von dem gestrigen Abendmahle, das noch dastand, gegessen.« »Du mußt aber hungrig sein«, antwortete die Frau, »weil du schon bei vier Stunden in der Morgenluft und dann durch den feuchten Wald gegangen bist.«

»So weit ist es ja nicht über die Thurnwiese herüber.«

»Ja, weil du immer läufst und meinst, die Füße dauern ewig – aber sie dauern nicht ewig – und im Gehen merkst du auch die Müdigkeit nicht, aber wenn du eine Weile sitzest, dann schmerzen die Füße.«

Sie sagte nichts weiter und ging in die Küche hinaus. Victor setzte sich indessen auf einen Stuhl nieder.

Als sie wieder hereingekommen war, sagte sie: »Bist du müde?«

»Nein«, antwortete er.

»Du wirst wohl müde sein – freilich müde – warte nur, warte ein wenig, es wird gleich alles warm sein.«

Victor antwortete nicht darauf, sondern tief niedergebückt gegen den Spitz, der mit ihm hereingegangen war, strich er mit der flachen Hand über die weichen, langen Haare desselben, der sich ebenfalls liebkosend an dem Jünglinge aufgerichtet hatte und beständig in seine Augen schaute – er strich immer an der nämlichen Stelle und blickte auch immer auf diese nämliche Stelle, als wäre eine recht schwere, tiefe Bewegung in seinem Herzen.

Die alte Mutter setzte indessen ihr Geschäft fort. Sie war sehr fleißig. Wenn sie den Staub nicht erreichen konnte, so stellte sie sich auf die Spitzen ihrer Zehen, um den unsauberen Gast fortzubringen. Hiebei schonte und liebte sie die ältesten, unbrauchbar-

sten Dinge. Da lag auf einem Schreine ein altes Kinderspielzeug, das schon lange nicht gebraucht worden war und vielleicht nie mehr gebraucht werden wird – es war ein Pfeifchen mit einer hohlen Kugel, in der klappernde Dinge waren – sie wischte es ringsum sauber ab und legte es wieder hin.

»Aber warum erzählst du denn nichts?« sagte sie plötzlich, da sie das ringsum herrschende Schweigen zu bemerken schien.

»Weil mich schon gar nichts mehr freut«, antwortete Victor.

Die Frau sagte kein Wort, kein einzig Wörtlein, auf diese Rede, sondern sie setzte ihr Abwischen fort und ihr stetes Ausschlingen des Tuches beim offenen Fenster.

Nach einer Weile sagte sie: »Ich habe dir oben den Koffer und die Kisten schon hergerichtet. Da du gestern aus warest, habe ich den ganzen Tag damit verbracht. Die Kleider habe ich zusammengelegt, wie sie in den Koffer getan werden müssen. Auch die Wäsche, welche ausgebessert ist, liegt dabei. Die Bücher mußt du schon selber besorgen und eben so das, was du in das Ränzlein zu tun gedenkst. Ich habe dir einen weichen, feinen Lederkoffer gekauft, wie du einmal gesagt hast, daß sie dir so gefallen. – Aber wo willst du denn hin, Victor?«

»Einpacken.«

»Mein Gott, Kind, du hast ja noch nicht gegessen. Warte nur ein Weilchen. Jetzt wird es wohl schon warm sein.«

Victor wartete. Sie ging hinaus und brachte zwei Töpfchen, eine Schale, eine Tasse und ein Stück Milchbrot auf einem runden, reinen, messingberänderten Brette herein. Sie stellte alles nieder, schenkte ein, kostete, ob es gut und gehörig warm sei, und schob dann das Ganze vor den Jüngling hin, es dem

Dufte der Dinge überlassend, ob er ihn anlocken werde oder nicht. Und in der Tat: ihre Erfahrung täuschte sie nicht; denn der Jüngling, der anfangs nur ein wenig zu kosten begann, setzte sich endlich wieder nieder und aß mit all dem guten Behagen und Gedeihen, das so sehr der Jugend eigen ist.

Sie war indessen allgemach fertig geworden, und ihre Abwischtücher zusammenlegend, schaute sie zu Zeiten freundlich und lächelnd auf ihn hin. Als er endlich alles Hereingebrachte verzehrt hatte, gab sie dem Spitz noch die kleinen Überreste, die da waren, und trug dann das Geschirr wieder in die Küche hinaus, daß es von der Magd gereinigt werde, wenn sie nach Hause komme; denn dieselbe war auf den Kirchenplatz des Tales hinausgegangen, um manche Bedürfnisse für den heutigen Tag einzukaufen.

Als sie wieder von der Küche hereingekommen war, stellte sich die Frau vor Victor hin und sagte: »Jetzt hast du dich erquickt, und nun höre mich an. Wenn ich wirklich deine Mutter wäre, wie du mich immer nennst, so würde ich recht böse auf dich werden, Victor; denn siehe, ich muß dir sagen, daß dein Wort groß Unrecht ist, welches du erst sagtest, daß dich nichts mehr freue. Du verstehst es jetzt nur noch nicht, wie unrecht es ist. Wenn es selbst etwas Trauriges wäre, das auf dich harrt, so solltest du ein solches Wort nicht sagen. Siehe mich an, Victor, ich bin jetzt bald siebenzig Jahre alt, und sage noch nicht, daß mich nichts mehr freue, weil einen alles, alles freuen muß, da die Welt so schön ist und noch immer schöner wird, je länger man lebt. Ich muß dir nur gestehen – und du wirst selber auf meine Erfahrung kommen, wenn du älter wirst – als ich achtzehn Jahre alt war, sagte ich auch alle Augenblicke, mich freut nichts mehr – ich sagte es nämlich, wenn mir diejenige Freude versagt wurde, die ich mir gerade einbildete. Dann

wünschte ich alle Zeit weg, welche mich noch von einer künftigen Freude trennte, und bedachte nicht, welch ein kostbares Gut die Zeit ist. Wenn man älter wird, lernt man die Dinge und Weile, welche auch noch immer kürzer wird, erst recht schätzen. Alles, was Gott sendet, ist schön, wenn man es auch nicht begreift – und wenn man nur recht nachdenkt, so sieht man, daß es bloß lauter Freude ist, was er gibt; das Leid legen wir nur selber dazu. Hast du im Hereingehen nicht gesehen, wie der Salat an der Holzplanke, von dem noch gestern kaum eine Spur war, heute schon aller hervor ist?«

»Nein, ich habe es nicht gesehen«, antwortete Victor.

»Ich habe ihn vor Sonnenaufgang angeschaut und mich darüber gefreut«, sagte die Frau. »Ich werde es mir von nun an sogar so einrichten, daß kein Mensch von mir mehr sagen kann, er habe mich eine Träne aus Schmerz weinen gesehen, wenn auch ein Schmerz käme, der doch wieder nur eine andere Art Freude ist. In meiner Jugend habe ich große, große und heiße Schmerzen gehabt; aber sie sind alle zu meinem Wohle und zu meiner Besserung – oft sogar zu irdischem Glücke ausgefallen. Ich sage das alles, Victor, weil du bald fortgehst. Du solltest Gott sehr danken, mein Kind, daß du die jungen Glieder und den gesunden Körper hast, um hinausgehen und alle die Freuden und Wonnen aufsuchen zu können, die nicht zu uns hereinkommen. – – Siehe, du hast kein Vermögen – dein Vater hat von dem Mißgeschicke, das ihn hienieden traf, vieles selbst verschuldet, jenseits wird er wohl die ewige Seligkeit haben; denn er war ein guter Mann und hat immer ein weiches Herz gehabt wie du. Als sie dich nach der Verordnung des Testamentes deines verstorbenen Vaters zu mir brachten, damit du bei mir lebest und auf dem Dorfe für dich lernest, um

was sie dich dann immer in der Stadt fragen würden, hattest du so viel als nichts. Aber du bist herangewachsen, und nun hast du sogar das Amt erhalten, um welches so viele geworben haben, und um welches sie dich beneiden. Daß du jetzt fort mußt, ist nichts und liegt in der Natur begründet; denn alle die Männer müssen von der Mutter, und müssen wirken. Du hast daher lauter Gutes erfahren. Du sollst deshalb zu Gott dein Gebet verrichten, daß er dir alles gegeben hat, und du sollst demütig sein, daß du die Gaben hast, es zu verdienen. – – Siehst du, Victor, alles das zusammengefaßt, würde ich über deine Rede böse sein, wenn ich deine Mutter wäre, weil du Gott den Herrn nicht erkennst: aber weil ich deine Mutter nicht bin, so weiß ich nicht, ob ich dir so viel Liebes und Gutes getan habe, daß ich mich sonst auch erzürnen darf und zu dir sagen: Kind, das ist nicht recht von dir, und es ist ganz und gar nicht gut.«

»Mutter, ich habe es auch in dem Sinne nicht gemeint, wie Ihr es nehmt«, sagte Victor.

»Ich weiß, mein Kind, und betrübe dich auch nicht zu sehr über meine Rede«, erwiderte die Mutter. »Ich muß dir nun auch sagen, Victor, daß du jetzt gar nicht so arm bist, als du vielleicht denken magst. Ich habe dir oft gesagt, wie ich erschrocken bin – das heißt, aus Freude bin ich erschrocken – als ich erfahren habe, dein Vater hätte in sein Testament gesetzt, daß du bei mir erzogen werden sollest. Er hat mich schon recht gut gekannt und hat das Vertrauen zu mir gehabt. Ich glaube, es wird nicht getäuscht worden sein. Victor, mein liebes, mein teures Kind, ich werde dir jetzt sagen, was du hast. Du hast an Linnen – das ist der auserlesenste Teil unserer Kleider, weil er am nächsten an dem Körper ist und ihn schützt und gesund erhält – so viel, daß du täglich wechseln kannst, wie du es bei mir gelernt hast. Wir haben alles ausgebessert,

daß kein Faden davon schadhaft ist. Für die Zukunft wirst du immer noch erhalten, was du brauchst. Hanna bleicht draußen Stücke, wovon die Hälfte schon für dich gerechnet ist – und Stricken, Nähen, Ausbessern werden wir besorgen. Im andern Gewande bist du anständig; du kannst dich dreimal anders anziehen, das nicht gerechnet, was du eben am Leibe hast. Es ist jetzt alles feiner hergerichtet worden, als du es bisher gehabt hast; denn ein Mann, Victor, der sein erstes Amt antritt, ist wie ein Bräutigam, der ausgestattet wird – und er soll auch im Stande der Gnade sein, wie ein Bräutigam. Das Geld, welches sie mir alle Jahre für deinen Unterhalt geben mußten, habe ich angelegt und habe immer die Zinsen wieder dazu getan. Das hast du nun alles. Der Vormund weiß es nicht und braucht es auch nicht zu wissen; denn du mußt ja auch etwas für dich haben, daß du es ausgeben kannst, wenn sich andere sehen lassen, damit dir das Herz nicht zu wehe tut. Wenn dir dein Oheim das kleine Gütchen entreißt, welches noch da ist, so betrübe dich nicht, Victor; denn es sind so viele Schulden darauf, daß kaum mehr ein einziger Dachziegel dazugehört. Ich bin in dem Amte gewesen und habe mir es für dich aufschlagen lassen, damit ich es weiß. Manches Mal einen Notpfennig bekommst du schon von mir auch noch. So ist alles gut. – Zu deinem Oheime mußt du nun schon die Reise machen, ehe du in das Amt eintrittst, weil er es so wünscht. Wer weiß, wozu es gut ist – du verstehst das noch nicht. Der Vormund erkennt auch die Notwendigkeit, daß du dich dem Wunsche einer Fußwanderung zu dem Oheime fügest. Hast du gestern Rosina gesehen?«

»Nein, Mutter; wir sind spät abends zurückgekommen, haben in dem Zimmer Ferdinands gespeiset, und heute bin ich mit Tagesanbruch fortgegangen, weil so viel zu tun ist. Der Vormund hat gesagt, daß ich

meine Fußreise über die Stadt antreten und bei dieser Gelegenheit von ihnen allen Abschied nehmen soll.«

»Siehst du, Victor, Rosina könntest du einmal zu deiner Frau bekommen, wenn du in deinem Berufe recht tätig bist. Sie ist sehr schön, und denke, wie ihr Vater mächtig ist. Er hat die lästige Vormundschaft über dich sehr redlich und fleißig verwaltet und ist dir nicht abgeneigt; denn er hatte immer viele Freude, wenn du deine Prüfungen gut gemacht hattest. Aber lassen wir das, zu dieser Heirat ist es noch weit hin. – Dein Vater könnte jetzt auch so hoch sein, oder noch höher; denn er hat einen gewaltigen Geist gehabt, den sie nur nicht kannten. Deine eigene leibliche Mutter hat ihn nicht einmal gekannt. Und gut ist er gewesen, so sehr gut, daß ich jetzt noch manchmal daran denke, wie er gar so gut gewesen ist. Deine Mutter ist auch recht lieb und fromm gewesen, nur ist sie viel zu frühe für dich gestorben. – – Sei nicht traurig, Victor – gehe nun hinauf in deine Stube und bringe alles in Ordnung. Die Kleider mußt du nicht auseinander reißen, sie liegen schon so, wie sie in den Koffer passen. Sei bei dem Hineinlegen sorgsam, daß nichts zu sehr verknittert wird. – So. – – Ehe du hinaufgehst, Victor, höre noch eine Bitte von deiner Ziehmutter: wenn du heute oder morgen noch mit Hanna zusammentriffst, so sage ihr ein gutes Wort; es ist nicht recht gewesen, daß ihr euch nicht immer gut vertragen habt! – So, Victor, gehe nun; denn ein Tag ist gar nicht so lange.«

Der Jüngling sagte gar nichts auf diese Rede, sondern er stand auf und ging hinaus, wie einer, dem das Herz in Wehmut schwimmt. Und wie man oft bei innerer Bewegung in der äußern ungeschickt ist, geschah es ihm auch, daß er die Schulter an die Fassung der Tür anstieß. Der Spitz ging mit ihm hinauf.

Oben in seiner Stube, in der er nun so viele Jahre gewohnt hatte, war es erst recht traurig; denn nichts

stand so, wie es in den Tagen der ruhig dauernden Gewohnheit gestanden war. Nur eines war noch so: der große Holunderbusch, auf den seine Fenster hinaus sahen, und das rieselnde Wasser unten, das einen feinen, zitternden Lichtschein auf die Decke seines Zimmers herauf sandte; die Berge waren noch, die sonnenhell schweigend und hütend das Tal umstehen; und der Obstwald war noch, der im Grunde des Tales in Fülle und Dichte das Dorf umhüllt und recht fruchtbar und segenbringend in der warmen Luft ruht, die zwischen die Berge geklemmt ist. Alles andere war anders. Die Laden und Fächer der Kästen waren herausgerissen und leer, und ihr Inhalt lag außen auf ihnen herum: die blütenweiße Linnenwäsche, nach Stücken geordnet – dann die Kleider rein zusammengelegt und in gehörige Stöße abgeteilt – andere Dinge, die teils in den Koffer gepackt werden sollten, teils in das Wanderränzchen gehörten, das schon geöffnet auf einem Sessel lag und wartete – auf dem Bette waren fremde Sachen, auf dem Boden stand der Koffer mit gelöstem Riemzeug und lagen zerrissene Papiere: nur die Taschenuhr, auf ihrem gewöhnlichen Platze hängend, tickte wie sonst, und nur die Bücher standen in den Schreinen wie sonst und harrten auf ihren Gebrauch.

Victor sah das alles an, aber er tat nichts. Statt einzupacken, setzte er sich auf einen Stuhl, der in der Ecke des Zimmers stand, und drückte den Spitz an sein Herz. Dann blieb er sitzen.

Die Klänge der Turmuhr kamen durch die offenen Fenster herein, wie sie die Stunde ausschlug, aber Victor wußte nicht, die wievielte es sei – die Magd, welche zurückgekommen war, hörte man aus dem Garten herauf singen – auf den fernen Bergen glitzerte es zuweilen, als wenn ein blankes Silberstück oder ein Glastäfelchen dort läge – das Lichtzittern auf der

Stubendecke hatte aufgehört, weil die Sonne schon zu hoch hinüber gegangen war – das Horn des Hirten war zu vernehmen, der auf den Bergen seine Tiere trieb – die Uhr schlug wieder: aber der Jüngling saß immer auf dem Stuhle, und der Hund saß vor ihm und schaute ihn unbeweglich an.

Endlich, als er die Tritte seiner Mutter über die Treppe herauf hörte, sprang er plötzlich auf und stürzte an sein Geschäft. Er riß die Flügel des Bücherkastens auseinander und begann schnell die Bücher stoßweise auf den Boden herauszulegen. Die Frau aber steckte bloß ein wenig den Kopf bei der gelüfteten Tür herein, und da sie ihn so beschäftigt sah, zog sie sich wiederzurück und ging auf den Zehen davon. Er aber, da er sich einmal in Tätigkeit gesetzt hatte, blieb auch dabei und arbeitete feuereifrig fort.

Alle Bücher wurden aus den zwei Bücherkästen heraus getan, bis sie leer waren und die ledigen Fächer in das Zimmer starrten. Dann band er die Bücher in Stöße und legte sie in eine bereit stehende Kiste, deren Deckel er, als die Bücher untergebracht waren, festschraubte und mit einer Aufschrift versah. Hierauf ging er an seine Papiere. Alle Fächer des Schreibtisches und der zwei andern Tische wurden heraus gezogen und alle Schriften, die darin waren, Stück für Stück untersucht. Einiges wurde bloß angeschaut und an bestimmten Stellen zum sofortigen Einpacken zusammengelegt, anderes wurde gelesen, manches zerrissen und auf die Erde geworfen, und manches in die Rock- oder Brieftasche gelegt. Endlich, da auch alle Tischfächer leer waren und auf ihren Boden nichts zeigten als den traurigen Staub, der die langen Jahre her hineingerieselt war, und die Spalten, die sich unterdessen in dem Holze gebildet hatten, band er auch die hingelegten Schriften in Bündel und legte sie in den Koffer. Nun ging er an die Kleider und an das

Kofferpacken. Manches Gedenkstück früherer Tage, als ein kleines silbernes Handleuchterchen, ein Futteral mit einer Goldkette, ein Fernrohr, zwei kleine Pistolen und endlich seine geliebte Flöte, wurden unter die weiche, schonende Wäsche untergebracht. Als alles beendet war, wurde der Deckel geschlossen, das Riemzeug verschnallt, das Schloß gesperrt und oben eine Aufschrift aufgeklebt. Der Koffer und die Kiste mußten fortgesendet werden, das Ränzchen aber, welches noch auf dem Stuhle lag, sollte die Dinge enthalten, welche er auf seine Fußwanderung mitnehmen würde. Er packte es schnell voll und schnallte es dann mit dem Riemzeug zusammen.

Als er nun mit allem fertig war, schaute er noch einmal in dem Zimmer und an den Wänden herum, ob nichts liege oder hänge, was noch eingepackt werden müsse: aber es war nichts mehr da, und die Stube blickte ihn verwüstet an. Unter dem Gewirre der fremden Dinge und der ebenfalls gleichsam fremdgewordenen Geräte stand das einzige Bett noch wie bisher; aber auch auf ihm lag verunreinigender Staub, oder lagen Stücke zerrissenen Papieres. So stand er eine Weile. Der Spitz, der bisher dem Treiben mit Verdacht schöpfenden Augen zugeschaut hatte und keinen einzigen Handgriff außer Acht lassend bald rechts, bald links ausgewichen war, je nachdem er den Jüngling hinderte, stand nun auch ruhig vor ihm und blickte empor, gleichsam fragend: ›Was nun?‹

Victor aber wischte sich mit der flachen Hand und mit dem Tuche den Schweiß von der Stirne, nahm eine Bürste, die da lag, fegte damit den Staub von seinen Kleidern und stieg dann die Treppe hinab.

Es war indessen viele Zeit vergangen, und die Dinge hatten sich unten geändert. In der Stube war niemand. Die Morgensonne, welche so freundlich hereingeschienen und die Fenstervorhänge so schimmerweiß

gemacht hatte, als er heute früh aus der Stadt gekorn-
men war, ist nun eine Mittagssonne geworden, und
stand gerade über dem Dache, ihr blendend Licht und
ihren warmen Strom auf das graue Holz desselben
nieder senkend. Die Obstbäume standen ruhig, ihre
am Morgen so nassen und funkelnden Blätter sind
trocken geworden, glänzen nur mehr matt, regen sich
nicht, und die Vögel in den Zweigen picken ihr Futter.
Die Fenstervorhänge sind zurückgeschlagen, die Fen-
ster offen, und die heiße Landschaft schaut herein. In
der Küche lodert ein glänzendes, rauchloses Feuer, die
kochende Magd steht dabei. – Alles ist in jener tiefen
Stille, von der die Heiden einst sagten: ›Pan schläft.‹

Victor ging in die Küche und fragte, wo die Mutter
sei.

»In dem Garten, oder sonstwo herum«, antwortete
die Magd.

»Und wo ist Hanna?« fragte Victor wieder.

»Sie ist vor wenigen Augenblicken hier gewesen«,
erwiderte die Magd, »ich weiß nicht, wo sie hingegan-
gen ist.«

Victor ging in den Garten hinaus und ging zwi-
schen reinlichen Beeten dahin, die er so lange ge-
kannt hatte, und auf denen die verschiedenen Dinge
knospeten und grünten. Der Gartenknecht setzte
Pflanzen, und sein Söhnlein pumpte Wasser, wie es
sonst oft gewesen war. Victor fragte um die Mutter:
man hatte sie in dem Garten nicht gesehen. Er ging
weiter an Johannisbeeren, Stachelbeeren, an Obstbäu-
men und Hecken vorüber. Zwischen den Stämmen
stand das hohe Gras, und in den Einfassungen blüh-
ten manche Blümlein. Von der Gegend des Glashau-
ses, dessen Fenster in der Wärme offen standen, tönte
eine Stimme herbei: »Victor, Victor!«

Der Gerufene, welcher durch seine feurige Arbeit
in seiner Stube oben einen Teil der Bekümmernis zer-

streut hatte, die wegen der nahen Fortreise über ihn gekommen war, wendete bei diesem Rufe sein erheitertes Antlitz gegen die Glashäuser. Es stand ein schönes, schlankes Mädchen dort, welches ihm winkte. Er schritt den nächsten Weg durch das Gartengras zu ihr hinüber.

»Victor«, sagte sie, als er bei ihr angelangt war, »bist du denn schon da, ich habe ja gar nichts davon gewußt, wann bist du denn gekommen?«

»Ja sehr früh morgens, Hanna!«

»Ich bin mit der Magd einkaufen gewesen, darum habe ich dich nicht ankommen gesehen. Und wo bist du denn dann darauf gewesen?« »Ich habe in meiner Stube meine Sachen eingepackt.«

»Die Mutter hat mir auch gar nicht gesagt, daß du schon da seiest, und so habe ich gemeint, du würdest etwa lange geschlafen haben und erst nachmittags aus der Stadt herüberkommen.«

»Das war eine törichte Meinung, Hanna. Werde ich denn bis in den Tag schlafen, oder bin ich denn ein Schwächling, der einen Spaziergang vom Tage vorher durch Ruhe verwinden muß, oder ist es etwa weit herüber, oder soll ich die Mittagshitze wählen?«

»Warum hast du denn gestern gar nicht auf unsere Fenster herübergeschaut, Victor, da ihr vorbei ginget?«

»Weil wir Ferdinands Geburtstag feierten und nach Einverständnis der Eltern den ganzen Tag für uns besaßen. Deswegen hatten wir keinen Vater, keine Mutter, noch sonst jemanden, der uns etwas befehlen durfte. Darum war auch unser Dorf bloß der Ort, wo wir zu Mittag essen wollten, weil es so schön ist, weiter nichts. Verstehst du es!«

»Nein; denn ich hätte doch herübergeschaut.«

»Weil du alles vermengst, weil du neugierig bist und dich nicht beherrschen kannst. Wo ist denn die

Mutter? Ich habe ihr etwas Notwendiges zu sagen: erst war ich nur nicht gleich gefaßt, da sie mit mir redete, jetzt weiß ich aber schon, was ich antworten soll.«

»Sie ist auf der Bleiche.«

»Da muß ich also hinübergehen.«

»So gehe, Victor«, sagte das Mädchen, indem es sich um die Ecke des Glashauses herumwendete.

Victor ging sofort, ohne sonderlich auf sie zu achten, gegen die ihm wohlbekannte Bleiche.

Es ist hinter dem Garten ein Platz mit kurzem, samtenem Grase, auf welchem weithin in langen Streifen die Leinwand aufgespannt lag. Dort stand die Mutter und betrachtete den wirtlichen Schnee zu ihren Füßen. Zuweilen prüfte sie die Stellen, ob sie schon trokken seien, zuweilen befestigte sie eine Schlupfe an dem Haken, mit dem das Linnen an den Boden gespannt war, zuweilen hielt sie die flache Hand wie ein Dächlein über die Augen und schaute in der Gegend herum.

Victor trat zu ihr.

»Bist du schon fertig«, sagte sie, »oder hast du dir etwas auf Nachmittag gelassen? Nicht wahr, es ist viel, wie wenig es auch aussieht. Du bist heute weit gegangen, tue den Rest nach dem Essen, oder morgen. Ich hätte gestern alles selber packen können, und wollte es auch tun; aber da dachte ich: er muß selber daran gehen, daß er es lernt.«

»Nein, Mutter«, antwortete er, »ich habe nichts übrig gelassen, ich bin schon ganz fertig.«

»So?« sagte die Mutter, »laß sehen.«

Bei diesen Worten griff sie gegen seine Stirne. Er neigte sich ein wenig gegen sie, sie streifte ihm eine Locke, die sich bei der Arbeit niedergesenkt hatte, weg und sagte: »Du hast dich recht erhitzt.«

»Es ist schon der Tag so warm«, antwortete er.

»Nein, nein, es ist auch vom Arbeiten. Und wenn du

alles getan hast, so mußt du heute und morgen schon in deinen Reisekleidern bleiben, und was wirst du denn da immer tun?«

»Ich gehe an dem Bache hinauf, an dem Buchengewände und so herum. Die Kleider behalte ich an. - Aber ich bin wegen etwas anderem heraus gekommen, Mutter, und möchte gerne etwas sagen, aber es wird Euch erzürnen.«

»So erschrecke mich nicht, Kind, und rede. Willst du noch etwas? Geht noch irgendein Ding ab?«

»Nein, es geht keines ab, eher ist um eines zu viel. Ihr habt heute eine Rede getan, Mutter, die mir gleich damals nicht zu Sinne wollte, und die ich nun doch nicht wieder aus demselben bringe.«

»Welche Rede meinst du denn, Victor?«

»Ihr habt gesagt, daß Euch zu meinem Unterhalte ein Geld angewiesen worden sei, das Ihr alle Jahre empfangen solltet. - Ihr habt gesagt, daß Ihr das Geld empfangen habt - und ferner habt Ihr gesagt, daß Ihr das Geld für mich auf Zinsen angelegt und allemal auch die Zinsen dazu getan habt.«

»Ja, das habe ich gesagt, und das habe ich getan.«

»Nun seht, Mutter, da sagt mir mein Gewissen, daß es nicht recht sei, wenn ich das Geld von Euch annehme, weil es mir nicht gebührt - und da bin ich gekommen, um es Euch vorher lieber im guten zu sagen, als daß ich nachher das Geld ausschlüge und Euch erzürnte. - Seid Ihr böse?«

»Nein, ich bin nicht böse«, sagte sie, indem sie ihn mit freudestrahlenden Augen ansah - - »aber sei kein törichtes Kind, Victor! Du siehst wohl ein, daß ich dich nicht des Gewinnes wegen in mein Haus aufgenommen habe - um des Gewinnes willen hätte ich nie ein Kind genommen - daher ist ja das, was von dem Gelde jährlich übrig geblieben ist, von Rechts wegen dein. Höre mich an, ich werde es dir erklären. Die

Kleider hat der Vormund herbeigeschafft, für Speisen hast du keine Auslagen verursacht — du aßest ja kaum wie ein Vogel, und das Gemüse und das Obst und das andere, wovon du genossest, das hatten wir ja alles selbst. Siehst du nun? – Und daß ich dich so lieb gewonnen habe, das hat mir dein Vater nicht aufgetragen, das stand auch in keinem Testamente, und dafür kannst du nichts. Begreifst du nun alles?«

»Nein, ich begreife es nicht, und es ist auch nicht so. Ihr seid nur wieder zu gut, daß Ihr nichts als Scham auf mein Herz ladet. Wenn nach Abzug der Kosten wirklich in jedem Jahre etwas übrig geblieben wäre und Ihr hättet das für mich aufbewahrt, so wäre es schon nur eine Liebe und Güte gewesen; und nun sagt Ihr, daß alles übrig geblieben ist, – was man fast nur mit Schmerzen anhören kann. – Ihr habt ohnedies getan, was kaum zu verantworten ist: Ihr habt mir nicht nur eine schöne Stube gegeben, sondern habt auch gerade das hineingestellt, was mir lieb und wert war; Ihr habt mir Speise und Trank verschafft und Euch nur Arbeit. Das ganze Reisegeräte habt Ihr jetzt wieder gekauft; von Euren Feldern und Gärten habt Ihr das Nötige abgekargt, daß schöne Linnen und anderes in meiner Lade liegen – und wenn ich in früheren Zeiten alles hatte, was ich bedurfte, so ginget Ihr hin und gabet mir noch etwas – und wenn ich auch das hatte, so stecktet Ihr mir jeden Tag noch heimlich zu, was Euch deuchte, daß es mich freuen wird. – Ihr habt mich lieber gehabt als Hanna!«

»Nein, mein Victor, da tust du mir unrecht. Du verstehst das Gefühl noch nicht. Was nicht vom Herzen geht, geht nicht wieder zu Herzen. Hanna ist meine leibliche Tochter – ich habe sie im Schoße unter dem eigenen Herzen getragen, das ihrer Ankunft entgegenschlug – ich habe sie dann geboren: in spätem Alter ist mir das Glück zu Teil geworden, als ich schon

hätte ihre Großmutter sein können – mitten unter dem Schmerze über den Tod ihres Vaters habe ich sie doch mit Freuden geboren – dann habe ich sie erzogen – – und sie ist mir daher auch lieber. Ich habe aber auch dich sehr geliebt, Victor. Seit du in dieses Haus gekommen und aufgewachsen bist, liebte ich dich sehr. Oft war es mir, als hätte ich dich wirklich unter dem Herzen getragen – – und ich hätte dich ja eigentlich unter diesem Herzen tragen sollen; es war Gottes Wille, wenn es auch nachher anders geworden ist – ich werde dir das erzählen, wenn du älter geworden bist. Und zuletzt, daß ich es sage, um Gott und der Wahrheit die Ehre zu geben, ihr werdet mir wohl beide gleich lieb sein. – – Mit dem Gelde machen wir es so, Victor: man muß keinem Menschen in seinem Gewissen Gewalt antun, und ich dringe daher nicht mehr in dich; lassen wir das Geld anliegen bleiben, wo es jetzt liegt, ich werde eine Schrift verfertigen, daß es dir und Hanna ausgefolgt werde, wenn ihr großjährig seid; dann könnt ihr es teilen oder sonst darüber verfügen, wie ihr wollt. Ist es dir so recht, Victor?«

»Ja, dann kann ich ihr alles geben.«

»Lasse das nur jetzt ruhen. Wenn die Zeit kömmt, wird sich schon finden, was mit dem Gelde zu machen sei. Ich will dir noch auf das andere antworten, was du gesagt hast, Victor. Wenn ich dir heimlich Gutes tat, so tat ich es auch Hanna. Die Mütter machen es schon so. Seit du in unser Haus gekommen bist, ist es beinahe, als wäre ein größerer Segen gekommen. Ich konnte für Hanna jährlich mehr ersparen als sonst. Die Sorge für zwei ist geschicktere und geübtere Sorge, und wo Gott für zwei zu segnen hat, segnet er oft für drei. – – O Victor! die Zeit ist recht schnell vergangen, seit du da bist. Wenn ich so zurückdenke an meine einstige Jugend, so ist es mir: wo sind denn die Jahre hingekommen, und wie bin ich denn so alt geworden?

Da ist noch alles so schön wie gestern – die Berge stehen noch, die Sonne strahlt auf sie herunter, und die Jahre sind dahin als wie ein Tag. – Wenn du nachmittag, wie du sagst, oder etwa morgen noch einmal in den Wald hinauf gehst, so suche eine Stelle auf – man könnte sie von hier beinahe sehen – siehst du, dort oben in der Bergrinne, wo das Licht gleichsam über die grünen Buchen herabrieselt. – Die Stelle ist für dich bedeutsam. Es quillt ein Brünnlein hervor und fließt in die Bergrinne nieder, über das Brünnlein legt sich ein breiter, flacher Stein, und eine sehr alte Buche steht dabei, welche unten einen langen Ast ausstreckt, auf den man Tücher legen oder einen Frauenhut aufhängen kann.« »Ich kenne die Stelle nicht, Mutter, aber wenn Ihr wollt, werde ich hinaufgehen und sie aufsuchen.«

»Nein, Victor, dir ist sie doch nicht so nahe wie mir – auch wirst du andere wissen, die in deinen Augen schöner sind. Lassen wir das. Sei über alles ruhig, denke nicht mehr an das Geld und sei nicht traurig. Ich weiß es, der Schmerz über die Scheidung ist schon in dir, und da nimmst du alles tiefer auf, als es ist. – – Du sagtest, daß du heute noch an dem Buchengewände hinauf gehen willst: hast du aber auch gesehen, wie sich kein Zweiglein in dem Garten rührt und die Baumwipfel gleichsam in den Lüften stocken; ich denke, es könnte ein Gewitter kommen, du mußt nicht zu weit gehen.«

»Ich gehe nicht zu weit, und ich kenne schon die Gewitterzeichen; wenn sich einige zeigen, gehe ich nach Hause.«

»Ja, Victor, halte es so, und es ist gut. Willst du nach einem Weilchen mit mir in die Stube hinein gehen – es ist schon bald Mittag – oder willst du noch lieber hier herum sein, bis es Zeit zum Essen wird?«

»Ich will noch ein wenig in dem Garten bleiben.«

»So bleibe in dem Garten. Ich werde hier noch die Schlupfen befestigen und nachsehen, ob mir das Geflügel nicht wieder die Leinwand verunreinigt hat.«

Er blieb noch eine Zeit bei ihr stehen und sah ihr zu. Dann ging er in den Garten, und sie blickte ihm nach.

Hierauf befestigte sie die eine Schlupfe, und dann die andere, bis keine mehr fehlte. Sie wischte das Stückchen Erde weg, das ein Gänsefuß oder ein anderer auf das Linnen gebracht hatte. Sie lüftete jetzt diese und jetzt jene Stelle, daß sie nicht zu sehr an dem Grase klebe. – Und so oft sie aufsah, sah sie sich nach Victor um und erblickte ihn vor dem einen oder dem andern Busche des Gartens stehend, oder herum gehend, oder über die Planke hinaus nach der Gegend schauend. Dies dauerte so lange, bis plötzlich in der stillen, heißen Luft das klare Mittagsglöcklein klang – für die Gemeinde das Zeichen zum Gebete, und für dieses Haus nach stetiger Gewohnheit zugleich das Zeichen, daß man sich zum Mittagessen versammeln solle. Die Mutter sah noch, wie sich Victor auf den Schall des Glöckleins umwandte und dem Hause zuschritt. Dann folgte sie ihm.

Als der Jüngling in das Haus trat, sah er, daß unterdessen Gäste gekommen waren, nämlich der Vormund und seine Familie. Man hatte, wie es bei solchen Gelegenheiten oft geschieht, Victor eine Überraschung machen und nebstbei einen Tag auf dem Lande zubringen wollen. »Du siehst, mein lieber Mündel«, sagte der Vormund zu dem erstaunten Jünglinge, »daß wir artig sind. Wir wollen dich heute noch einmal sehen und ein Abschiedsfest feiern. Du kannst dann übermorgen, oder wann deine Reiseanstalten fertig sind, deinen geraden Weg über die Berge wandern, ohne, wie wir verabredet haben, noch einmal die Stadt zu berühren, um von uns Abschied zu neh-

men. Genieße dann nur recht deine wenigen noch übrigen Tage der Freiheit, bis du in das Joch der harten Arbeit mußt.«

»Sei mir gegrüßt, mein Sohn«, sagte die Gattin des Vormunds und küßte Victor, der sich auf ihre Hand niederbeugen wollte, auf die Stirne. »Nicht wahr, das ist schön geworden, wie es jetzt ist?« sagte Ferdinand, der Sohn, indem er dem Freunde die Hand schüttelte.

Rosina, die Tochter, welche ein wirklich recht schönes zwölfjähriges Mädchen war, stand seitwärts, sah freundlich um sich, und sagte nichts.

Victors Ziehmutter mußte um den bevorstehenden Besuch gewußt haben; denn der Tisch war gerade für so viele Menschen gedeckt, als da waren. Sie grüßte alle sehr freundlich, als sie hereinkam, ordnete an, in welcher Reihe man an dem Tische sitzen sollte, und sagte: »Siehst du, Victor, wie dich alle doch lieb haben.«

Die Speisen kamen, und das Mahl begann.

Der Vormund und seine Gattin saßen oben an, neben Rosinen wurde Hanna, die Ziehschwester Victors, gesetzt, den Mädchen gegenüber waren die Jünglinge, und ganz unten hatte sich als Wirtin die Mutter hingesetzt, die häufig aus und ein zu gehen und zu sorgen hatte.

Man genoß die ländlichen Gerichte.

Der Vormund erzählte Reiseabenteuer, die er selbst erlebt hatte, da er noch in den Schulen war, er gab Regeln, wie man mit mäßigem Frohsinne die Welt genießen solle, und unterwies Victor, wie er sich nun zunächst zu benehmen habe. Die Gattin des Vormunds spielte auf eine künftige Braut an, und Ferdinand sagte, er würde den Freund sehr bald besuchen, wenn derselbe nur einmal in seinen Standort würde eingerückt sein. Victor redete wenig, und versprach, alles genau zu befolgen, was ihm der Vormund anriet

und einprägte. Den Brief, den er ihm an den Oheim
mit gab, zu welchem Victor nun unmittelbar und zwar
auf die ausdrückliche sonderbare und etwas eigensin-
nige Forderung des Oheims selbst zu Fuße zum Besu-
che kommen mußte, versprach er recht gut aufzube-
wahren und sogleich bei der Ankunft abzugeben.

Als es gegen Abend ging, machten sich die Stadtbe-
wohner auf den Heimweg. Sie ließen ihren Wagen,
der in dem Gasthause gehalten hatte, in dem engeren
Tale bis zu seiner Mündung in das weitere vorausge-
hen, und wurden von ihrer Wirtin und Victor und
Hanna begleitet.

»Lebt wohl, Frau Ludmilla«, sagte der Vormund,
als er in den Wagen stieg, »lebe wohl, Victor, und
befolge alles, was ich dir gesagt habe.«

Als er in den Wagen gestiegen war, als Victor noch
einmal gedankt und man sich allseitig empfohlen hat-
te, flogen die Pferde davon.

Es war heute schon zu spät, daß Victor noch weit in
den Wald hinaufgegangen wäre. Er blieb zu Hause,
sah verschiedene Dinge in dem Garten an und unter-
suchte noch einmal alle Habe, die er in sein Ränzchen
gepackt hatte.

3

ABSCHIED

Der andere Tag, der letzte, den Victor in diesem Hau-
se zuzubringen hatte, brachte nichts Ungewöhnliches.
Man packte noch manches, man ordnete das schon
Geordnete noch einmal, man tat, wie es in solchen
Fällen sehr gewöhnlich ist, gegeneinander, als sollte
gar nichts vorfallen, und so war der Vormittag bald
vorüber.

Nach dem Mittagessen, als man kaum aufgestanden war, ging Victor schon an dem Bache durch die Gegend hinauf und wandelte für sich allein dem Buchengewände und dessen Steinhängen zu.

»Laß ihn gehen, laß ihn gehen«, sagte die alte Frau für sich, »das Herz wird ihm schwer sein.«

»Mutter, wo ist denn Victor?« fragte Hanna einmal im Laufe des Nachmittages.

»Er ist Abschied nehmen gegangen«, antwortete diese, »von der Gegend ist er Abschied nehmen gegangen. Mein Gott! er hat ja nichts anders. Der Vormund, ein so vortrefflicher und vorsorglicher Mann er ist, ist ihm doch ferne, und so sind es auch die Angehörigen des Vormundes.«

Hanna erwiderte auf diese Worte nichts – – gar nicht den leisesten Laut erwiderte sie darauf, und ging zwischen das Gebüsche der kleinen Pflaumenbäume hinein.

Der Rest des Nachmittages verging in diesem Hause wie gewöhnlich. Die Menschen verbrachten ihn mit den Arbeiten, die ihnen zukamen, die Vögel in ihren Bäumen verzwitscherten ihn, die Hühner gingen in dem Hofe herum, die Gräser und Pflanzen gediehen ein wenig weiter, und die Berge schmückten sich mit Abendgold.

Als die Sonne schon von dem Himmel verschwunden war und nur mehr die goldblasse, ahnungsreiche Kuppel über dem Tale stand – darum ahnungsreich, weil sie morgen als eben so goldblasse Frühkuppel über dem Tale stehen und denjenigen auf immer fortführen wird, den hier alle so lieben – als diese Kuppel über dem Tale glänzte, kam Victor von seinem Gange, auf den er sich so eilig nach dem Essen begeben hatte, zurück. Er ging längs der Gartenplanke, um das Pförtchen zu gewinnen, das von der Leinwandbleiche hineinführt. Die weißen Linnenstreifen waren nicht

mehr da, nur das grünere und nassere Gras wies die Stellen, wo sie unter Tags gelegen waren – manche Fenster waren über die Gartenbeete gedeckt, weil der blanke Himmel eine kühle Nacht versprach – von dem Hause stieg ein dünnes Rauchsäulchen auf, weil die Mutter schon vielleicht für das Abendessen sorgte. Victor hatte sein Angesicht dem Abendhimmel zugewendet, es wurde von demselben sanft beleuchtet, die kühlere Luft floß durch seine Haare, und der Himmel spiegelte sich in dem trauernden Auge.

Hanna hatte ihn beinahe dicht an sich vorübergehen gesehen, da sie an der innern Wand der Gartenplanke stand, aber sie hatte nicht den Mut gehabt, ihn anzureden. Das Mädchen war beschäftigt, von einem struppigen geschornen Busche Stücke eines Seidenstoffes herabzulesen, die in einem getrennten Kleide bestanden, gefärbt worden waren und unter Tags zum Trocknen sich auf dem Busche befunden hatten. Stück nach Stück nahm sie herab und legte sie auf ein Häufchen zusammen. Da sie nach einer Weile umblickte, sah sie Victor im Garten bei der großen Rosenhecke stehen.

Später sah sie ihn wieder bei der Hecke des blauen Holunders stehen, der schon Knospen hatte. Der Holunder aber war viel näher gegen sie her als die Rosenhecke. Dann ging er wieder ein wenig weiter, und endlich kam er zu ihr herzu und sagte: »Ich will dir etwas hineintragen helfen, Hanna.«

»Ach nein, Victor, ich danke dir«, antwortete sie, »es sind ja nur ein paar leichte Läppchen, die ich färbte und hier trocknen ließ.«

»Hat sie dir die Sonne denn nicht sehr ausgezogen?«

»Nein; dieses Blau muß man in die Sonne legen, vorzüglich in die Frühlingssonne, da wird es immer schöner.«

»Nun, und ist es schön geworden?«

»Sieh her.«

»Ach, ich verstehe es doch nicht.«

»Es ist nicht so schön geworden wie die Bänder im vorigen Jahre, aber doch schön genug.«

»Es ist sehr feine Seide.«

»Sehr fein.«

»Gibt es noch feinere?«

»Ja, es gibt noch viel feinere.«

»Und möchtest du recht viele schöne seidene Kleider haben?«

»Nein; sie sind zum Festtagsgewand sehr vorzüglich; aber da man nicht viel Festgewand braucht, so wünsche ich nicht viel Seide. Die andern Kleider sind auch schön, und Seide ist immer ein stolzes Tragen.«

»Ist der Seidenwurm nicht ein recht armes Ding?«

»Warum, Victor?«

»Weil man ihn töten muß, um sein Gewebe zu bekommen.«

»Tut man das?«

»Ja, man siedet sein Gespinst im Wasserdunst, oder räuchert es in Schwefel, damit das Tier drinnen stirbt; denn sonst frißt es die Fäden durch und kömmt als Schmetterling heraus.«

»Armes Tier!«

»Ja – und in unsern Zeiten trennt man ihn auch von seinem armen Vaterlande – siehst du, Hanna – wo er auf sonnigen Maulbeerbäumen herumkriechen könnte, und füttert ihn in unsern Stuben mit Blättern, die draußen wachsen und auch nicht so heiter sind wie in ihrem Vaterlande. – Und die Schwalben und die Störche und die andern Zugvögel gehen im Herbste von uns fort, vielleicht weit, weit in die Fremde; aber sie kommen im Frühlinge wieder. – Es muß die Welt doch eine ungeheure, ungeheure Größe haben.«

»Mein armer Victor, rede nicht solche Dinge.«

»Ich möchte dich um etwas fragen, Hanna.«

»So frage mich, Victor.«

»Ich muß dir noch vielmal danken, Hanna, daß du mir die schöne Geldbörse gemacht hast. Das Gewebe ist so fein und weich, und die Farben sind recht schön. Ich habe sie mir aufbewahrt, und werde kein Geld hinein tun.«

»Ach, Victor, das ist ja schon lange her, daß ich dir die Börse gab, und es ist nicht der Mühe wert, daß du mir dankst. Tue du nur dein Geld hinein, ich werde dir eine neue machen, wenn diese schlecht wird, und so immer fort, daß du nie einen Mangel haben sollst. Ich habe dir zu deiner jetzigen Abreise noch etwas gemacht, das viel schöner ist als die Börse, aber die Mutter wollte, daß ich es dir erst heute abends oder morgen früh geben sollte.«

»Das freut mich, Hanna, das freut mich sehr.«

»Wo bist du denn den ganzen Nachmittag gewesen, Victor?«

»Ich bin an dem Bache hinaufgegangen, weil ich so lange Weile hatte. Ich habe in das Wasser geschaut, wie es so eilig und emsig unserm Dorfe zurieselt, wie es so dunkel und wieder helle ist, wie es um die Steine und um den Sand herum trachtet, um nur bald in das Dorf zu kommen, in welchem es dann doch nicht bleibt. Ich habe das Steinübergehänge angeschaut, das da steht und unaufhörlich in die Wellen blickt. Zuletzt bin ich in den Buchenwald hinaufgegangen, wo die Stämme schön sein werden, wenn ein oder zwei oder gar zehn Jahre verflossen sind. Die Mutter hat mir von einem Platze erzählt, wo ein flacher Stein über ein Brünnlein liegt und eine alte Buche mit einem tiefen, langen Aste steht. Ich konnte den Platz nicht finden.«

»Das ist das Buchenbrünnlein im Hirschkar. Es wachsen gute Brombeeren herum, ich weiß den Platz

recht gut, und werde ihn dir morgen zeigen, wenn du willst.«

»Morgen bin ich ja nicht mehr da, Hanna.«

»Ach so, morgen bist du nicht mehr da. Ich meine immer, daß du stets da sein sollst.« »Ach nein. – Liebe Hanna, teile diese seidenen Flecke ab, ich will sie dir doch hineintragen helfen.«

»Ich weiß nicht, wie du heute bist, Victor; die Dinge da sind ja so leicht, daß ein Kind das Zehnfache davon zu tragen vermöchte.« »Es ist auch nicht wegen der Schwere, sondern ich möchte sie dir nur tragen.«

»Nun so trage einen Teil, ich werde sie gleich ordnen. Willst du schon in das Haus hineingehen, so raffen wir schnell zusammen, was noch da ist, und gehen.«

»Nein, nein, ich will nicht hineingehen – es ist ja nicht so spät, ich möchte noch in dem Garten bleiben. – – Und das von der Börse ist es auch nicht allein, was ich dir zu sagen habe.«

»So sprich, Victor, was ist es denn?«

»Die vier Tauben, die ich bisher ernährt habe – sie sind freilich nicht so schön, aber sie erbarmen mir doch, wenn sie nun niemand pflegt.«

»Ich will sorgen, Victor, ich will ihnen den Schlag am Morgen öffen und am Abende schließen; ich will Sand streuen und ihnen Futter geben.«

»Dann muß ich dir noch für die viele Leinwand danken, die ich mit bekomme.«

»Um Gottes willen, ich habe sie dir ja nicht gegeben, sondern die Mutter – auch haben wir ja noch genug in unsern Schreinen, daß wir ihren Abgang nicht empfinden.«

»Das kleine silberne Kästchen von meiner verstorbenen Mutter, weißt du, das wie ein Trühelchen aussieht, mit der durchbrochenen Arbeit und dem kleinen Schlüsselchen, das dir immer so gefallen hat – das

habe ich gar nicht eingepackt, weil ich es dir zum Geschenke da lasse.«

»Nein, das ist zu schön, das nehme ich nicht.«

»Ich bitte dich, nimm es, Hanna, du tust mir einen sehr großen Gefallen, wenn du es nimmst.«

»Wenn ich dir einen großen Gefallen tue, so will ich es nehmen und es dir aufheben, bis du kommst, und es dir sorgfältig bewahren.«

»Und die Nelken pflege, die armen Dinge an der Planke – hörst du – und vergiß den Spitz nicht; er ist zwar schon alt, aber ein treues Tier.«

»Nein, Victor, ich vergesse ihn nicht.«

»Aber ach, das ist es ja alles nicht, was ich eigentlich zu sagen habe – – ich muß etwas anderes sagen.«

»Nun so rede, Victor!«

»Die Mutter hat gesagt, ich möchte heute noch ein freundliches Wort zu dir sagen, weil wir öfter mit einander gezankt haben – ich möchte noch gut reden, ehe ich auf immer fort gehe – und da bin ich gekommen, Hanna, um dich zu bitten, daß du nicht auf mich böse seiest.«

»Wie redest du nur, ich bin ja in meinem ganzen Leben nicht böse auf dich gewesen.«

»O, ich weiß es jetzt recht gut, du bist immer die Gequälte und Geduldige gewesen.«

»Victor, ängstige mich nicht, das ist dir nur heute so.«

»Nein, du warst immer gut, ich dachte es nur nicht so. Höre mich an, Hanna, dir will ich mein ganzes Herz ausschütten: ich bin ein unbeschreiblich unglücklicher Mensch.«

»Heiliger Gott! Victor, mein lieber Victor! was ist dir denn so schwer?«

»Siehst du, den ganzen Tag hängen mir die niederziehenden Tränen in dem Haupte, ich muß sie zurückhalten, daß sie mir nicht aus den Augen fallen. Als

ich nach dem Mittagessen an dem traurigen Wasser und an dem Buchengewände hinaufging, war es nicht eigentlich lange Weile, sondern daß mich nur keine Augen anschauen möchten – und da dachte ich mir: ich habe doch gar niemand auf der ganzen großen, weiten Erde, keinen Vater, keine Mutter, keine Schwester. Mein Oheim bedroht mir meine wenigen Habseligkeiten, weil ihm mein Vater schuldig war, und die einzigen, die mir Gutes tun, muß ich verlassen.«

»O Victor, lieber Victor, kränke dich nicht zu sehr. Dein Vater und deine Mutter sind freilich gestorben; aber das ist schon so lange her, daß du sie kaum gekannt hast. Dafür hast du eine andere Mutter gefunden, die dich so liebt wie eine wahre – und du hast ja zeither keine Klage wegen der Verstorbenen getan. Daß wir jetzt scheiden müssen, ist sehr, sehr traurig; aber versündige dich nicht an Gott, Victor, der uns die Prüfung auferlegt hat. Trage sie ohne Murren – ich trug sie auch schon den ganzen Tag her, und murrte nicht; ich hätte sie auch getragen, wenn du gar nicht mehr zu mir gekommen wärest, um mit mir zu reden.«

»O Hanna, Hanna!«

»Und wenn du auch fort bist, werden wir sorgen, was wir dir schicken sollen, wir werden für dich beten, und ich werde alle Tage in den Garten gehen und auf die Berge schauen, über die du fortgegangen bist.«

»Nein, tue es nicht; sonst wäre es gar zu kläglich.«

»Warum denn?«

»Weil doch alles nichts hilft – und weil es nicht das allein ist, daß ich scheiden muß, und daß wir uns trennen müssen.«

»Was ist es denn?«

»Daß alles vorüber ist, und daß ich der einsamste Mensch auf Erden bin.«

»Aber Victor, Victor.«

»Ich werde nie heiraten – – es kann nicht sein – es

wird nicht möglich werden. Du siehst also, ich werde keine Heimat haben, ich gehöre niemandem an; die andern werden mich vergessen – und es ist gut. – Begreifst du es? – Ich habe es nie gewußt, aber jetzt ist es ganz klar – ganz klar. Siehst du es nicht? – Warum schweigst du denn plötzlich, Hanna?«

»Victor!«

»Was, Hanna?«

»Dachtest du schon?«

»Ich dachte.«

»Nun?«

»Nun – nun – es ist ja alles vergeblich, alles umsonst.«

»Bleibe ihr treu, Victor.«

»Ewig, ewig; aber es ist umsonst.«

»Warum denn?«

»Ich sagte dir ja, daß mir mein Oheim das Gut, das einzige, was übrig blieb, nimmt. Sie ist wohlhabend, ich bin arm und kann noch lange, lange Zeit kein Weib ernähren. Da wird einer um sie werben kommen, der sie ernähren, ihr schöne Kleider und Geschenke geben kann, und den wird sie nehmen.«

»Nein, nein, nein, Victor, das tut sie nicht – das tut sie ewig nicht. Sie wird dich ihr ganzes Leben lang lieben, wie du sie, und wird dich nicht verlassen, wie du sie nicht verläßt.«

»O liebe, liebe Hanna!«

»Lieber Victor!«

»Und es wird gewiß eine Zeit kommen, wo ich wieder zurückkomme – da werde ich nie ungeduldig werden, und wir werden leben wir zwei Geschwister, die sich über alles, alles lieben, was nur immer diese Erde tragen kann, und die sich ewig, ewig treu bleiben werden.«

»Ewig, ewig«, sagte sie, indem sie rasch seine dargebotenen Hände ergriff.

Sie brachen in bitterliche Tränen aus. Victor zog sie sanft gegen sich her, und sie folgte. Sie lehnte das Haupt und das Angesicht an das Tuch seines Rockes, und gleichsam als wären jetzt bei ihr alle Schleißen recht geöffnet worden, weinte und schluchzte sie so sehr, als drückte es ihr das Herz ab, weil sie ihn verlieren müsse. Er legte den Arm um sie, wie beschützend und beschwichtigend, und drückte sie an sein Herz. Er drückte sie immer fester, wie ein hilfloses Wesen. Sie schmiegte sich an ihn, wie an einen Bruder, der jetzt gar so, gar so gut ist. Er streichelte mit der einen Hand über ihre Locken, die sie gescheitelt auf dem Haupte trug, dann beugte er sich nieder und küßte ihre Haare – aber sie hob ihr Angesicht zu ihm empor und küßte ihn so heiß auf seine Lippen, so heiß, wie sie nie gedacht habe, daß sie etwas küssen könne.

Dann standen sie noch eine Weile und sprachen nichts.

Da kam der Gärtnerknabe und sagte, daß ihn die Mutter schicke und ihnen sagen lasse, daß sie zu dem Abendessen kommen möchten.

Die seidenen Flecke, welche das Gespräch eingeleitet hatten, hielten sie noch immer in den Händen, aber sie waren verknittert, und manche waren von den Tränen Hannas naß. Sie nahmen daher dieselben zusammen, wie es sich eben fügen wollte, und gingen Hand in Hand auf dem Gartenwege gegen das Haus. Als sie die Mutter kommen sah und die rotgeweinten Augen ihrer Kinder erblickte, lächelte sie und ließ dieselben in die Stube treten.

Hier wurden die Gerichte aufgetragen, die Mutter legte jedem von den beiden vor, wie sie glaubte, daß es ihnen am liebsten sei, sie fragte nicht, was sie gesprochen haben, und so aßen die drei, wie sie an jedem Abende in aller bisher vergangenen Zeit gegessen hatten.

Hanna hatte sehr große braune Augen, die sich während dem Essen jeden Augenblick ohne Anlaß mit Tränen füllen wollten.

Als man fertig war, und ehe man sich zum Schlafengehen anschickte, mußte noch Hannas Geschenk herbei gebracht werden. Es war eine Brieftasche, die mit schneeweißer Seide gefüttert war und schon das Reisegeld enthielt, das die Mutter hinein gelegt hatte.

»Das Geld tue ich heraus«, sagte Victor, »und hebe mir die Brieftasche auf.«

»Nein, nein«, sagte die Mutter, »das Geld lasse drinnen; siehst du, wie schön die gedruckten feinen Papiere in der weißen Seide ruhen? Nebst andern Dingen muß dich Hanna auch immer mit Brieftaschen versehen.«

»Ich werde sehr darauf Acht haben«, antwortete Victor.

Die Mutter schloß nun mit dem winzig kleinen Schlüsselchen das Fach der Brieftasche zu, in welchem das Geld war, und zeigte ihm, wie man das Schlüsselchen berge.

Hierauf trieb sie zum Schlafengehen.

»Lasse das, lasse das«, sagte sie, als sie Victor anmerkte, daß er für das Reisegeld danken wollte, »gehet nun zu Bette. Um fünf Uhr des Morgens mußt du schon auf den Bergen sein, Victor. Ich habe gesorgt, daß uns der Knecht bei rechter Zeit wecke, wenn ich mich etwa selber verschlafen sollte. Du mußt noch ein recht gutes Frühmahl einnehmen, ehe du fort gehst. – So, Kinder, gute Nacht, schlafet wohl.«

Sie hatte während dieser Worte, wie sie es jeden Abend tat, zwei Kerzen für die Kinder angezündet, jedes nahm die seine von dem Tische, wünschte der Mutter eine ehrerbietige gute Nacht und begab sich auf seine Stube.

Victor konnte noch nicht sein Lager suchen. Die vielen unordentlichen Schatten, die die herumstehen-

den Dinge warfen, machten das Zimmer unwirtlich. Er ging an ein Fenster und sah hinaus. Der Holunderstrauch war ein schwarzer Klumpen geworden, und das Wasser war gar nicht mehr sichtbar: eine lichtlose Tafel war an der Stelle, wo es fließen sollte – nur ein von Zeit zu Zeit aufzuckender Funke zeigte, daß es da war und sich bewege. Als alle Stimmen des Hauses und des Dorfes verstummt waren, zeigte auch ein leises, leises Rieseln, das bei dem offenen Fenster hereinkam, von dem Freunde, der so viele Jahre an dem Lager des Jünglings vorbei geronnen war. Viele tausend Sterne brannten an dem Himmel, aber es erglomm nicht ein einziger, nicht der schmalste Sichelstreifen des Mondes.

Victor legte sich endlich auf das Bett, um die letzte Nacht hier zu verschlafen und den Morgen zu erwarten, der ihn vielleicht auf immer fortführen sollte, wo er, seit er denken konnte, sein Leben zugebracht hatte.

Dieser Morgen kam sehr bald! Als Victor noch kaum geglaubt hatte, die ersten erquickenden Atemzüge des Schlafes getan zu haben, klopfte es leise an seine Türe, und die Stimme der Mutter, die keinen Knecht zum Aufwecken bedurft hatte, ließ sich vernehmen: »Vier Uhr ist es, Victor, kleide dich an, vergiß nichts, und komme dann hinunter. Hörst du es?«

»Ich höre es, Mutter.«

Sie ging wieder die Treppe hinab; er aber sprang von seinem Lager empor. In der doppelten Beklemmung, der des Schmerzes und der der Reiseerwartung, kleidete er sich an und ging in das Speisezimmer hinunter. Im Morgengrauen stand schon ein Frühmahl auf dem Tische – man hatte nie ein so frühes verzehrt. Schweigend aß man davon. Die Mutter sah fast unverwandt Victor an; Hanna getraute sich nicht, ihre Augen auf irgend etwas emporzuheben. Victor hörte bald zu essen auf. Er erhob sich von sei-

nem Stuhle und nahm sich zusammen. Er ging ein paar Male in dem Zimmer herum, und dann sagte er: »Mutter, es wird gerade Zeit sein; ich gehe.«

Er nahm das Ränzchen über die Schultern und zog die Riemen fest, daß es gut saß. Dann nahm er den Hut, griff an die Brust, ob er die Brieftasche habe, und untersuchte, ob er überhaupt nichts vergesse. Da dieses vorüber war, ging er gegen die Mutter, die mit Hanna aufgestanden war, und sagte: »Ich danke Euch für alles, liebe Mutter –«

Mehr konnte er kaum über die Lippen bringen, und sie ließ ihn auch nicht reden. Sie führte ihn zu dem Weihwasser an die Tür, bespritzte ihn mit ein paar Tropfen, machte ihm das Zeichen des Kreuzes auf Stirne, Mund und Brust und sagte: »So, mein Kind, gehe jetzt ruhig fort. Sei gut, wie du bisher gut gewesen bist, und behalte das weiche, sanfte Herz. Schreibe oft, und verschweige nicht, wenn du etwas brauchst. Gott wird deine Wege schon segnen, die du gehst, weil du stets so folgsam gewesen bist.«

Bei diesen Worten träufelten ihr die Tränen hervor, und sie rührte nur mehr die Lippen und konnte nichts sagen.

Nach einem Weilchen ermannte sie sich wieder und sprach:

»Die Kisten, welche noch oben sind, und den Koffer wirst du schon an dem Bestimmungsorte deines Amtes vorfinden, wenn du dort eintriffst. Halte Vorsicht auf das Geld und auf die Empfehlungsbriefe, welche dir der Vormund gab, erhitze dich nicht und trinke nicht kalt. Es wird alles gut werden. Das Fortgehen ist auch nicht so böse, und du findest überall gute Leute, die dir geneigt sein werden. Wenn ich nicht so lange an unsere Berge und an den Apfelbaum gewohnt wäre, so ginge ich mit Freuden in die Fremde. Und so lebe wohl, mein Victor, lebe wohl.«

Sie hatte ihn bei diesen Worten auf die Wangen geküßt.

Ganz stumm reichte er die Hand an die vor Tränen vergehende Hanna, und ging hinaus. Vor der Tür standen noch die Dienstleute und der Gärtner. Ohne zu sprechen, gab er rechts und links die Hand – sie gingen auseinander, und er schlug den schmalen Gartenweg gegen das Pförtchen ein.

»Wie er schön ist«, brach die Mutter fast laut weinend aus, da sie ihm mit Hanna nach sah, »wie er schön ist, die braunen Haare, der schöne Gang, die liebliche, die unbeschützte Jugend. Ach mein Gott!«

Und die Tränen rannen ihr an den nassen Händen herunter, die sie vor das Angesicht und vor die Augen hielt.

»Du hast einmal zu mir und Victor gesagt«, sprach Hanna, »daß dich niemand mehr aus Schmerz weinen sehen wird – und nun weinst du doch aus Schmerz, Mutter.«

»Nein, mein Kind«, antwortete die Mutter, »das sind Freudentränen, daß er so geworden ist, wie er ist. Es ist doch sonderbar: er hat seinen Vater gar nicht gekannt, und wie er da hinaus ging, hatte er das Haupt, den Gang und die Haltung seines Vaters. Er wird schon gut werden, und meine Tränen, mein Kind, sind Freudentränen.«

»Ach, die meinen nicht, die meinen nicht«, sagte Hanna, indem sie ihr Tuch neuerdings vor die unersättlich schmerzlichen Augen hielt.

Victor war unterdessen durch das Pförtchen hinaus gegangen. Er ging an dem großen Fliederbusch vorbei, er ging über die beiden Stege, an den vielen durch so lange Jahre bekannten Obstbäumen vorüber, und stieg gegen die Wiesen und gegen die Felder hinan. Auf dieser Höhe blieb er ein wenig stehen, und da er unter den schwachen, undeutlichen Tönen

des Dorfes auch das wütende Heulen des Spitzen vernahm, den man hatte fangen und anbinden müssen, damit er nicht mitgehe: so brachen auf einmal die siedenden Tränen hervor, und er rief fast laut in die Lüfte: »Wo werde ich denn wieder eine solche Mutter finden und solche Geschöpfe, die mich so lieben? – Vorgestern eilte ich so sehr aus der Stadt heraus, um noch einige Stunden in dem Tale zuzubringen, und heute gehe ich fort, um alle, alle Zeit anderswo zu sein.«

Da er endlich an eine Stelle gekommen war, die nicht mehr weit von der höchsten Schneide des Berges entfernt war, schaute er noch einmal, das letzte Mal, zurück. Das Haus konnte er noch erkennen, ebenso den Garten und die Planke. Im Grünen sah er etwas, das so rot war wie Hannas Tuch. Aber es war nur das Dächelchen eines Schornsteins.

Dann ging er noch die Strecke bis zu der Bergschneide empor – er blickte doch wieder um – ein glänzend schöner Tag lag über dem ganzen Tale. – Hierauf ging er die wenigen Schritte um die Kuppe herum, und alles war hinter ihm verschwunden, und ein neues Tal und eine neue Luft war vor seinen Augen. Die Sonne war indessen schon ziemlich weit heraufgekommen, trocknete die Gräser und seine Tränen und senkte ihre wärmeren Strahlen auf die Länder. Er ging schief an dem Berghange fort, und da er nach einer Weile seine Uhr hervorgezogen hatte, zeigte sie halb acht.

›Jetzt wird das Bettgestelle schon leer da stehen‹, dachte er, ›das letzte Geräte, das mir blieb. Die Linnen werden herausgenommen sein, und das ungastliche Holz wird hervorblicken. Oder vielleicht arbeiten die Mägde schon in meinem Gemache, um ihm eine ganz andere Gestalt zu geben.‹

Und dann wandelte er weiter.

Er kam immer höher empor, der Raum legte sich zwischen ihn und das Haus, das er verlassen hatte, und die Zeit legte sich zwischen seine jetzigen Gedanken und die letzten Worte, die er in dem Hause geredet hatte. Sein Weg führte ihn stets an Berghängen hin, über die er nie gegangen war – bald kam er aufwärts, bald abwärts, im ganzen aber immer höher. Es war ihm lieb, daß er nicht mehr in die Stadt hatte gehen müssen, um sich zu beurlauben, weil er die Bekannten heute nicht gerne gesehen hätte. Die Meierhöfe und Wohnungen, die ihm aufstießen, lagen bald rechts, bald links von seinem Wege – hie und da ging ein Mensch und achtete seiner nicht.

Der Mittag zog herauf, und er wandelte fort und fort.

Die Welt wurde immer größer, wurde glänzender und wurde ringsum weiter, da er vorwärts schritt – und überall, wo er ging, waren tausend und tausend jubelnde Wesen.

4

WANDERUNG

Und noch größer und noch glänzender wurde die Welt, die tausend jubelnden Wesen waren überall, und Victor schritt von Berg zu Berg, von Tal zu Tal, den großen kindischen Schmerz im Herzen und die frischen, staunenden Augen im Haupte tragend. Jeder Tag, den er ferne von der Heimat zubrachte, machte ihn fester und tüchtiger. Die unermeßliche Öde der Luft strich durch seine braunen Locken; die weißen, wie Schnee glänzenden Wolken bauten sich hier auf, wie sie sich in seinem mütterlichen Tale aufgebaut hatten; seine schönen Wangen waren bereits

dunkler gefärbt, das Ränzlein trug er auf seinem Rükken und den Reisestab in der Hand. Das einzige Wesen, das ihn an die Heimat band, war der alte Spitz, der furchtbar abgemagert neben ihm her lief. Am dritten Tage nach der Abreise war er ihm nämlich unvermutet und unbegreiflich nachgekommen. Victor ging eben in sehr früher Morgenstunde auf einem kühlen, breiten, feuchten Landwege durch einen Wald empor, als er umschauend, wie er es öfter zu tun pflegte, um sich an den Blitzen der nassen Tannen zu ergötzen, ein Ding gewahrte, das sich eilfertig gegen ihn heran bewegte. Aber wie staunte er, als die dunkle Kugel näher gekommen an ihm empor sprang und sich als den alten, ehrlichen Spitz seiner Ziehmutter auswies. Aber in welchem Zustande war er; die schönen Haare hatten sich durch Kot verklebt und waren bis zur Haut hinein mit weißem Straßenstaube angefüllt, die Augen waren rot und entzündet; da er rasche Freudentöne ausstoßen wollte, konnte er nicht; denn seine Stimme war heiser geworden, und da er auch Freudensprünge versuchte, fiel er mit dem Hintergestelle in den Graben.

»Du armer lieber Spitz«, sagte Victor, indem er sich zu ihm nieder kauerte; »siehst du nun, du altes törichtes Haus, was du da für Unsinn unternommen hast?«

Aber der Spitz wedelte auf diese Worte, als hätte er das größte Lob empfangen.

Das erste, was der Jüngling tat, war, daß er ihn mit einem Tuche etwas abwischte, damit er doch besser aussähe. Dann nahm er zwei Brote heraus, die er heute früh zu sich gesteckt hatte, wenn ihm etwa ein Bettelmann begegnete, setzte sich auf einen Stein und begann, sie dem Spitze stückweise vorzuwerfen, der sie heißhungrig und eilig verschlang und zuletzt noch immer auf die Hände des Jünglings schaute, als diese schon längstens leer waren.

»Jetzt habe ich nichts mehr«, sagte Victor, »aber wenn wir zu dem ersten Bauernhause kommen, kaufen wir eine Schüssel Milch, die du ganz allein ausfressen darfst.«

Der Spitz schien beruhigt, als hätte er die Worte verstanden.

Einige Schritte weiter weg, wo von einem moosigen Felsen ein dünnes Wasserfädlein herab rann, fing Victor in seinem ledernen Reisebecher, den ihm die Mutter gegeben hatte, so viel Wasser auf, bis er voll war, und wollte dem Spitz zu trinken geben. Allein dieser kostete nur ein wenig und schaute dann den Geber erwartend an; denn er war nicht durstig und mochte wohl aus allen den hundert Gräben und Bächen getrunken haben, über die er gekommen war.

Dann gingen sie mit einander weiter, und in dem ersten Wirtshaus schrieb Victor einen Brief an die Mutter zurück, daß der Spitz bei ihm sei, und daß sie sich nicht kränken möge.

In Hinsicht der Milch hatte Victor redlich Wort gehalten. Auch sonst bekam der Spitz von nun an so viel, als er nur unterzubringen vermochte; allein, obgleich er auf diesem Wege in einem Tage mehr verzehrte als zu Hause kaum in dreien, so verfiel er doch durch die Nachwirkung der ungewohnten Anstrengung, die weiß Gott wie furchtbar gewesen sein mag, so sehr, daß er gleichsam nur mehr in seiner eigenen Haut hängend neben dem Jünglinge hertrabte.

›Es wird sich schon bessern, es wird sich schon bessern‹, dachte dieser, und sie schritten weiter.

Grübelig blieb es Victor immer, warum ihm denn das Tier gerade dieses eine Mal nachgekommen sei, da es doch sonst, wenn er auch Tage lang fort war, auf einen einfachen Befehl zu Hause geblieben sei und auf ihn gewartet habe. Aber dann schloß er nicht unrecht, daß der Spitz, dessen ganze Lebensaufgabe es

war, das Tun und Lassen seines höheren Freundes, des Knaben, zu beobachten, ganz wohl gewußt habe, daß dieser nun auf immer fortgehe, und daß er darum das Äußerste unternommen habe, um ihm zu folgen.

Und so schritten sie nun miteinander fort; über Hügel zu Hügeln, über Felder zu Feldern und oft konnte man den Jüngling sehen, wie er an einem Wiesenbache den Hund wusch und ihn mit Gräsern und Laubwerk trocknete – oft, wie sie ruhig neben einander gingen – und oft, wie der Hund neben seinem Herrn stand und die Augen zu ihm emporrichtete, wenn dieser auf einer Anhöhe stille hielt und weit und breit über die Auen schaute, über die langen Streifen der Felder, über die dunkeln Flecken der Wäldchen und über die weißen Kirchtürme der Dörfer.

An dem Wege des Wanderers wallten oft die Wellen des Kornes, das jemandem gehören mußte, Zäune umgaben es, die jemand gezogen haben mußte, und Vögel flogen nach diesen und jenen Richtungen, wie nach verschiedenen Heimaten. Victor hatte seit Tagen mit keinem Menschen gesprochen, als wenn ihn etwa ein Fuhrmann oder ein Wanderer grüßte, oder der Wirt zum Abschiede das Käppchen lüftete und sagte: »Glückliche Reise – auf Wiedersehen.«

Am achten Tage, nachdem er die Mutter und sein Tal verlassen hatte, kam er in eine Gegend, die ungleich mancher unwirtlichen, über die er bisher gewandert war, reinlich und wohltätig über sanften Hügeln dahin lag, wieder den Wechsel der Obstwälder zeigte, wie zu Hause in seinem Tale, mit wohlhabenden Häusern geziert war und kein handgroßes Stücklein aufwies, das nicht benützt war, und auf dem nicht etwas wuchs. In dem weiten Grün dahin war der Silberblick eines Stromes, und ferne war ein gar so sanftes, fast sehnsuchtsreiches Blau der Berge. Diese Ber-

ge hatte er schon lange an seiner Linken hinziehend
gehabt, nun aber schwangen sie sich in einem Bogen
näher gegen die Straße und zeigten schon die mattfär-
bigen Lichter und Spalten in ihren Wänden.

»Wie weit ist es denn noch bis Attmaning?« frug er
einen Mann, der in der Gartenlaube eines Dorfwirts-
hauses saß und einen kühlen Trunk tat.

»Wenn Ihr heute noch ein gutes Stück geht, so
könnt Ihr es morgen bei rechter Zeit erreichen«, erwi-
derte dieser, »aber da müßt Ihr den Steig nehmen und
Euch schon ob der Afel gegen das Gebirge schlagen.«

»Ich will eigentlich in die Hul.«

»In die Hul? – Da werdet Ihr schlechte Aufnahme
finden. Aber wenn Ihr noch über die Grisel steigen
wollt, rechts am See, da kommt Ihr zu einem lustigen
Hammerschmiede, den ich Euch empfehlen kann, wo
es schon ein anderes Geschicke hat.«

»Ich muß aber in die Hul.«

»Nun, da habt Ihr von Attmaning noch drei schwa-
che Stunden hinein.«

Victor hatte sich während des Gespräches zu dem
Manne niedergesetzt und sich und den Hund gelabt.
Nachdem er mit seinem Nachbar noch einiges hin
und her geredet hatte, machte er sich wieder auf, und
ging an diesem Tage nach dem Rate seines neuen
Gönners noch ein gutes Stück, bis er zu der Afel kam,
die ein blaues, klar fließendes Wasser war. Am andern
Tage, als kaum die erste Dämmerung leuchtete, sah
man ihn schon auf dem von seinem Ratgeber ange-
zeigten und von ihm näher erfragten Fußwege von
der Straße ab gegen das Gebirge wandeln. Die riesi-
gen, hohen Lasten schritten immer näher gegen ihn
und zeigten im Laufe des Vormittages mannigfaltige,
freundliche, schönfärbige Zeichnungen. Rauschende
Wässer begegneten ihm, Kohlbauern fuhren; manch-
mal ging schon ein Mann mit spitzem Hute und

Gemsbarte – und ehe es zwölf Uhr war, saß Victor bereits unter dem Überdache des Gasthauses zu Attmaning, wo er wieder zu der Straße gekommen war, und sah gegen die Gebirgsöffnung hinein, wo alles in blauen Lichtern flimmerte und ein schmaler Wasserstreifen wie ein Sensenblitz leuchtete.

Attmaning ist der letzte Ort des Hügellandes, wo es an das Hochgebirge stößt. Seine hellgrünen Bäume, die nahen Gebirge, sein spitzer Kirchturm und die sonnige Lage machen es zu dem lieblichsten Orte, den es nur immer auf unserer Erde geben kann.

Victor blieb bis gegen vier Uhr an seinem Gassentischchen – welcher Gebrauch ihn sehr freute – sitzen und ergötzte sich an dem Anblicke dieser hohen Berge, an ihrer schönen blauen Farbe und an den duftigen, wechselnden Lichtern darinnen. Dergleichen hatte er nie in seinem Leben gesehen. Was ist der größte, mächtigste Berg seiner Heimat dagegen? Als es vier Uhr schlug und die blauen Schatten allgemach längs ganzer Wände niedersanken und ihm die früher geschätzten Fernen derselben wunderlich verrückten, fragte er endlich, wohinaus die Hul liege.

»Da oben am See«, sagte der Wirt, indem er auf die Öffnung zeigte, auf welche Victor am Nachmittage so oft hingesehen hatte.

»Wollt Ihr denn heute noch in die Hul?« fragte er nach einer Weile.

»Ja«, sagte Victor, »und ich will die jetzige kühle Abendzeit dazu benützen.«

»Da müßt Ihr nicht säumen«, erwiderte der Wirt, »und wenn Ihr niemanden andern habt so will ich Euch meinen Buben durch das Holz geben, daß er Euch dann weiter weise.«

Victor meinte zwar keines Führers zu bedürfen; denn die Bergmündung stand ja so freundlich und nahe drüben: aber er ließ es dennoch geschehen und

richtete indessen seine hingelegten Reisesachen in Ordnung.

Seltsam war es ihm auch, daß die Leute, wenn sie von der Hul sprachen, immer »oben« sagten, während für seine Augen die Berge dort so duftschön zusammengingen, daß er den Wasserschein tief unten liegend erachtete; obwohl er anderseits auch sah, daß die Afel gerade von jener Gegend springend und schäumend gegen Attmaning daher kam.

»Geh, Rudi, führe den Herrn da auf den Hals hinauf, und zeige ihm dann in die Hul hinunter«, rief der Wirt in das Haus hinein.

»Ja«, tönte eine kindliche Stimme heraus. Alsbald kam auch ein blondhaariger, rotbackiger Bube zum Vorscheine, sah Victor mit freundlichen blauen Glotzaugen an und sagte: »So gehe, Herr.«

Victor hatte seine Rechnung berichtigt und war zum Aufbruche fertig. Gleich von der Wirtsgasse aus verließ der Knabe mit ihm die Straße und führte ihn seitwärts auf einem steinigen Wege zwischen dichte, riesig große Eichen und Ahornen hinein. Der Weg ging bald bergan, und Victor konnte manchmal durch die Wipfel der nach abwärts stehenden Bäume auf die Bergeslasten hinaus sehen, die immer ernster zusammenrückten und desto dunkler wurden, je tiefer die Sonne stand, und die auch ein desto schöneres Blau gewannen, je glänzender und schimmeriger der Strahl des Abends das grüne Laub der Bäume an seiner Seite färbte. Endlich wurde der Wald ganz dicht, das Laubholz verlor sich, und die zwei Wanderer gingen in struppigem, undurchsichtigem Nadelwalde hin, der nur zuweilen durch herabgehende erstarrte Steinströme unterbrochen war. Victor hatte von Attmaning aus den Wald gar nicht gesehen, und hätte nie geglaubt, daß eine solche Wildnis zwischen ihm und dem schönen Wasserblitz liegen können, der so nahe

heraus gegrüßt hatte. Immer gingen sie fort. Stets glaubte Victor, jetzt werde man bergab steigen, aber der Weg wickelte sich längs eines Hanges fort, der sich immer selber gebar, als rückte der Wald hinaus und schöbe auch den See vor sich her. Der Knabe lief barfuß auf dem spitzigen Steingerölle neben ihm. Endlich, da fast zwei Stunden vergangen waren, blieb der kleine Führer stehen und sagte: »Da ist der Hals. Wenn du jetzt diesen Weg da, nicht den andern, hinuntergehst, nämlich an dem Bilde des gemarterten Gilbert vorbei, und um das See-Eck herum, wo die vielen Steine herabgefallen sind, da wirst du Häuser sehen, die sind die Hul. Schaue nur durch die Zweige hinaus, daß du das Wasser siehst, weil auch ein Weg in den Afelschlag geht, der wäre gefehlt.«

Diese Worte sagte der Knabe, und nachdem er von Victor einen Lohn empfangen hatte, lief er desselben Weges zurück, den er den Jüngling herangeführt hatte.

Der Platz aber, von dem der Knabe so unbeachtend weglief, als wäre er eben nichts, war für Victor von der unerwartetsten Wirkung. Die Gebirgsleute nennen häufig einen ›Hals‹ einen mäßigen Bergrükken, der quer zwischen höheren läuft und sie verbindet. Da er immer auch zwei Täler scheidet, so geschieht es nicht selten, daß, wenn man von dem einen langsam hinan steigt, man plötzlich ohne Erwartung den überraschendsten Überblick in das andere hat. So war es auch hier. Der Wald hatte sich auseinander gerissen, der See lag dem Jünglinge zu Füßen, und alle Berge, die er von dem flachen Lande und Attmaning aus schon gesehen hatte, standen nun um das Wasser herum, so stille, klar und nahe, daß er darnach langen zu können vermeinte – aber dennoch waren ihre Wände nicht grau, sondern ihre Schluchten und Spalten waren von einem luftigen Blau um-

hüllt, und die Bäume standen wie kleine Hölzlein
darauf, oder waren an andern gar nicht sichtbar, die
schier mit einem ganz geglätteten Rande an dem
Himmel hinstrichen.

Nicht ein Häuschen, nicht einen Menschen, nicht
ein einziges Tier sah Victor. Der See, den er von At-
maning aus als weiße Linie gesehen hatte, war hier
weit und dunkel, nicht einen einzigen Lichtfunken,
sondern nur das Dämmern der Schleiermauern, die
ihn umstanden, gebend; und an den fernen Ufern
lagen lichte Dinge, die er nicht kannte, und die sich
bloß in den ruhigen Wassern spiegelten.

Eine Weile stand Victor und betrachtete das Ding.
Er empfand den Harzduft, und hörte aber nicht das
Wehen des Nadelwaldes. Von Regung war gar nichts
zu verspüren, man müßte nur das Weiterrücken des
späten Lichtes rechnen, das an dem Schwunge der
Wände hinüber ging und sich die farbenkühlen
Schatten folgen ließ.

Fast Furcht vor dieser Größe, die ihn hier umgab,
im Herzen tragend, machte sich Victor daran, seinen
Weg weiter zu verfolgen. Er ging den Pfad, den ihm
der Knabe gezeigt hatte, hinunter. Die Berge sanken
allgemach in den Wald, die Bäume nahmen ihn wie-
der auf, und wie es schon auf dem Halse gewesen
war, daß der flache See gleichsam die Berge, die er
säumte, hinauszurücken schien, damit das Auge das
zarte Duftbild schauen könne, das sich von dem
Grün der Tannennadeln hinauswarf, so blickte auch
hier immer das dämmerige Gewebe von Berg und
Wasser links durch die Baumäste herauf. So wie er
beim Hinaufgehen gemeint hatte, der Berg nehme
kein Ende, so ging er nun auch wieder unaufhörlich
und sachte hinunter. Stets hatte er den See zur Lin-
ken, als sollte er die Hand eintauchen können, und
stets konnte er ihn nicht erreichen. Endlich wich der

letzte Baum hinter ihm zurück, und er stand wieder unten an der Afel, wo sie eben den See verließ und durch steilrechtes Geklippe forteilte, nicht einmal einen handbreiten Saum lassend, daß man einen Pfad für wandelnde Menschen anlegen könnte. Victor meinte, hundert Meilen von Attmaning entfernt zu sein, so einsam war es hier. Nichts war da als er und das flache Wasser, das sich unaufhörlich und brausend in die Afel hinaus leerte. Hinter ihm stand der grüne, stumme Wald, vor ihm war die schwanke Fläche, geschlossen durch eine blaue Wand, die sich tief ins Naß zu erstrecken schien. Das einzige Werk von Menschenhand sah er in dem Stege, der über die Afel lag, und in einem Wasserbeschlage, durch den sie hindurch mußte. Langsam ging er über den Steg, und der Spitz mäuschenstille und zitternd hinter ihm her. Jenseits gingen sie auf Rasengrund neben Felsen. Bald war auch der Platz zu erkennen, von dem der Knabe gesprochen hatte: eine Menge durcheinander geworfener Steine lag herum und erstreckte sich in den See hinaus, daß man leicht erkennen konnte, hier mochte ein Bergsturz stattgefunden haben. Victor bog um eine scharfe Bergecke, und sogleich lag auch die Hul vor ihm: fünf oder sechs graue Hütten, die nicht weit entfernt auf dem Seeufer hin standen und von hohen grünen Bäumen umgeben waren. Auch der See, den ihm die vorspringende Ecke früher verdeckt hatte, erweiterte sich hier, und manche Berge und Wände, die sich ihm entzogen hatten, standen wieder da.

Als Victor zu den Häusern gekommen war, sah er, daß jedes mit einem Schoppen in den See hinausging, unter welchem angebundene Kähne lagen. Eine Kirche sah er nicht, aber auf einer der Hütten war ein Türmchen aus vier rot angestrichenen Pfählen, zwischen denen eine Glocke hing.

»Ist hier nicht ein Ort, der Klause heißt?« fragte er einen Greis, den er gleich an der ersten Hütte unter der Tür sitzen fand.

»Ja«, erwiderte der Greis, »auf der Insel ist die Klause.«

»Könnt Ihr mir nicht sagen, wer mich dahin überführen möchte?«

»Jeder Mensch in der Hul könnte Euch hinüber führen.«

»Also könntet Ihr es auch tun?«

»Ja – aber Ihr werdet nicht aufgenommen.«

»Ich bin in die Klause bestellt und werde erwartet.«

»Wenn Ihr Geschäfte dort habt und bestellt seid, da ist es anders. Fahrt Ihr gleich wieder zurück?«

»Nein.«

»So wartet hier ein wenig.«

Nach diesen Worten ging der Alte in die Hütte hinein, von der er aber bald wieder in Begleitung eines jungen, starken, rotwangigen Mädchens zurückkam, das sich daran machte, mit ihren entblößten Armen einen Kahn weiter in das Wasser hinaus zu schieben, während der Alte seinen Rock anzog und zwei Ruder herbeitrug. Man hatte für Victor einen hölzernen Lehnsitz auf dem Kahne befestigt, auf den er sich niederließ, sein Ränzlein neben sich legend und den Kopf des Spitzes haltend, der sich gegen seinen Schoß schmiegte. Der Alte hatte verkehrt sitzend am Schiffschnabel Platz genommen, und das Mädchen stand im Hinterteile, das Ruder in der Hand haltend. Gleichzeitig von beiden geschah der erste Schlag ins Wasser, der Kahn tat einen Stoß, glitt in die weichen Fluten hinaus und schnitt bei jedem Ruderschlage ruckweise weiter in die dunkler werdende säuselnde Fläche. Victor war nie auf einem so großen Wasser gefahren. Das Dorf zog sich zurück, und die Wände um den See begannen sehr langsam zu wandern. Nach einer Wei-

le streckte sich eine buschige Landzunge hervor und wuchs immer mehr in das Wasser. Endlich riß dieselbe gar von dem Lande ab und zeigte sich als eine Insel. Gegen diese Insel richteten die zwei Rudernden ihre Fahrt. Je näher man kam, desto deutlicher hob sie sich empor, und desto breiter wurde der Raum, der sie von dem Lande trennte. Ein Berg hatte ihn früher gedeckt. Man unterschied endlich sehr große Bäume auf ihr, anfangs so, als wüchsen sie gerade aus dem Wasser empor, dann aber auf bedeutend hohem Felsenufer prangend, das fallrecht mit scharfen Klippen in die Flut nieder ging. Hinter dem Grün dieser Bäume wanderte ein sanfter Berg, der von dem Abende lieblich gerötet war.

»Das ist die Grisel am jenseitigen Seeufer«, sagte der Alte auf Victors Frage, »ein bedeutender Berg, der aber doch nicht gar so beschwerlich ist. Es geht ein Pfad über ihn hinüber in die Blumau und ins Gescheid, wo die Hammerschmiede sind.«

Victor blickte den schönen Berg an, der so wandelte und in das Grün der Bäume sank, wie sie näher kamen.

Man war endlich in den grünen Widerschein gelangt, den die Baumlasten der Insel in das Wasser des Sees senkten, und fuhr in dem Raume desselben dahin. Da tönte von der Hul herüber das Glöcklein, das zwischen den vier Pfählen hing, und forderte zum Abendgebete auf. Die zwei Schiffenden zogen sogleich ihre Ruder ein und beteten still ihren Abendsegen, während der Kahn im Zuge gleichsam von selbst längs der grauen Felsen hin ging, die von der Insel in den See nieder standen. Auf den Bergen herum war hie und da ein irrendes Licht. Der See hatte sogar Streifen bekommen, deren einige glänzten und selbst Funken empor warfen, obwohl die Sonne schon seit längerer Zeit untergegangen war. Über alles das ka-

men die fortwährenden emsigen Klänge des Glöckleins herüber, gleichsam von unsichtbaren Händen tönend; denn die Hul war nicht zu sehen, und rings um den See war kein Flecklein, das nur entfernt einem menschlichen Aufenthalte ähnlich gesehen hätte.

»Im Kloster der Klause muß auch noch eine Glocke sein. Ich glaube, eine schöne Aveglocke«, sagte der Alte, nachdem er seine Mütze wieder aufgesetzt und das Ruder ergriffen hatte, »aber man läutet sie nie; ich wenigstens habe den Ton derselben nie gehört. Auch nicht einrnal eine Uhr hört man schlagen. Mein Großvater hat gesagt, daß es sehr schön war, wenn in den vergangenen Tagen das ganze Geläute auf dem See lag – denn damals waren noch die Mönche – und wenn es in dem lichten Morgennebel daher tönte, ohne daß man wußte, woher es komme; denn Ihr werdet gesehen haben, daß wir den Berg umfahren haben, und daß man von der Hul aus die Insel nicht sehen kann. Es ist der hohe Orla, dieser Berg, und zwei Mönche haben ihn einmal bei klafterhohem Schnee überstiegen, da der See gefroren war, aber nicht trug, und da sie keine Lebensmittel mehr hatten. Sie hieben mit den Knechten, die sie in dem Schiffe hatten, eine Straße in das Eis, daß der Kahn gehen konnte, und als sie an dem Berge waren, stiegen sie über den Gipfel in die Hul; denn zwischen dem Berge und dem See ist kein Fußweg möglich. Es sind seitdem wohl über hundert Jahre vergangen, und selten geschieht es, daß der See überall mit einer Decke von Eis überzogen ist.«

»Sind also einmal Mönche auf der Insel gewesen?« fragte Victor.

»Ja«, antwortete der Greis. »In sehr alter, alter Zeit sind fremde Mönche hieher gekommen, da noch gar kein Haus an dem ganzen See stand, und da noch nichts in ihm schwamm als ein Baum, der von dem Felsen in ihn herabgefallen war. Sie sind auf Flößen

und Tannenästen nach der Insel übergefahren und haben zuerst die Klause gebaut, aus der nach und nach das Kloster entstanden ist, und in späteren Jahren auch die Hul, wo christliche Leute fischten und zur Klause in die Messe fuhren; denn damals waren die Landesherren draußen noch ganz und gar Heiden, und sie schlugen mit ihren Knappen, die grausam und wild waren, die Priester tot, welche aus dem Schottenlande mit dem Kreuze herüber kamen, um zu bekehren. Auf der Insel, die sie sich suchten, fanden die Väter Schutz; denn Ihr werdet es schon erkennen, daß diese Steine, die da niedersteigen, wie eine Festung sind. Es ist hier ein Schaum, wenn nur ein wenig Wind geht, daß er jedes Schiff in sich begraben kann. Nur an einer einzigen Stelle kann man landen, wo nämlich die Felsen zurückweichen und eine Öffnung lassen, in der das Wasser gegen guten Sand ausläuft. Es sind daher die Väter geschützt gewesen, so wie der alte Mann geschützt ist, der sich die Insel zur Wohnung auserkoren hat. Aus dieser Ursache fischt man auch hier nur an ganz schönen und stillen Tagen, wie der heutige einer ist.«

Während dieser Rede war man nach und nach eine geraume Strecke an dem Ufer der Insel hin gefahren und hatte sich dem Orte genähert, wo die Felsen niederer sind und eine sanfte, sandige Bucht bilden, die in abdachendes Waldland hinauf steigt. So wie die Ruderer diese Stelle gewannen, lenkten sie sogleich die Spitze des Kahnes hinein und ließen dieselbe gegen den Sand laufen. Der Alte stieg aus, zog das Schiffchen an der Kette des Schnabels noch weiter gegen das Land, damit Victor trockenen Fußes aussteigen konnte. Dieser schritt über den Schiffschnabel hinaus, und der Spitz sprang ihm nach.

»Wenn Ihr nun diesen Pfad, der sich da gleich zeigen wird, fortgeht«, sagte der Greis, »so werdet Ihr in

die Klause kommen. Es ist zwar auch ein sehr starkes Bohlenhaus auf der Griselseite, das die Mönche einmal in den absteigenden Felsen zur Aufnahme ihrer Schiffe gebaut haben, aber man kann dort nicht einfahren, weil die Bohlen immer geschlossen sind. Gott behüte Euch nun, junger Herr – und wenn Ihr Euch nicht zu lange aufhaltet, und wenn der Eigentümer der Klause Euch zur Überfahrt keinen Kahn gibt, so laßt mir nur durch den alten Christoph Nachricht zukommen, und ich werde Euch an diesem Platze wieder abholen. In der Klause haben sie nicht allemal Zeit, ein Schiff abzusenden.«

Victor hatte unterdessen das bedungene Überfahrtsgeld aus seiner kleinen Börse hervorgesucht und es dem Manne gereicht. Hierauf sagte er zu ihm: »Lebt wohl, alter Freund, und wenn Ihr es erlaubt, so werde ich bei der Rückfahrt ein wenig in Eurem Hause einsprechen, und Ihr werdet mir vielleicht noch etwas von Euren alten Geschichten erzählen.«

Zu dem Mädchen, das unbeweglich in dem Hinterteile stehen geblieben war, getraute er sich nicht etwas zu sagen.

Der Greis aber antwortete: »Ei, wie werden denn meine Geschichten einem so jungen und gelehrten Herrn gefallen können?«

»Vielleicht mehr, als Ihr Euch denkt, und mehr als die, die aus den Büchern herauszulesen sind«, sagte Victor.

Der alte Mann lächelte, weil ihm die Antwort gefiel, aber er sagte nichts darauf, sondern bückte sich nieder, rollte die kurze Kette in den Schiffschnabel zurück und machte Anstalt zum Abfahren.

»Nun in Gottes Namen, junger Herr«, sagte er noch, gab dem Schiffe mit dem Fuße einen Stoß, sprang schnell in dasselbe ein, und das getroffene Fahrzeug schwankte in das Wasser zurück. Nach we-

nigen Augenblicken sah Victor schon die beiden Ruder taktmäßig steigen und fallen, und das Schiff schob sich in den Wasserspiegel hinaus.

Er stieg mit einigen Schritten das Ufer vollends hinan, bis er von dem oberen Rande weit über den See schauen konnte. Er blickte den Abfahrenden nach und sagte zu seinem Begleiter, gleichsam als wäre er vernünftig und könnte die Worte verstehen: »Gott sei gedankt, da wären wir an dem Ziele unserer Wanderung. Der Herr hat uns gut und wohlbehalten geführt, das andere mag sich fügen, wie es will.«

Er tat noch einen Blick in die weite, schöne, von dem Abende andunkelnde Fläche des Sees hinaus, dann wendete er sich um und ging dem Pfade nach, der vor ihm lag, in die Büsche hinein.

Der Weg ging anfangs noch immer bergan zwischen Gebüsch und Laubbäumen hindurch dann – aber führte er eben hin. Das Gestrüppe hatte aufgehört, und nur mehr ungemein starke Ahorne standen auf einer dunkeln Wiese fast nach einer gewissen Ordnung und Regel umher. Es war unverkennbar, daß hier einmal eine gute Fahrstraße gegangen war, aber sie war verkümmert und überall von wucherndem Krüppelgesträuche eingeengt. Victor ging durch den seltsamen Ahorngarten hindurch. Hierauf gelangte er durch neuerdings beginnendes Buschwerk an einen sonderbaren Ort. Er war wie eine Wiese, auf der kleine und zum Teile verkommene Obstbäume standen. Aber mitten unter diesen Bäumen war in dem Grase eine runde steinerne Brunneneinfassung, und allenthalben zwischen den Baumstämmen standen graue steinerne Zwerge, welche Dudelsäcke, Leiern, Klarinetten und überhaupt musikalische Gerätschaften in den Händen hielten. Manche davon waren verstümmelt, und es ging auch kein Weg oder gebahnter Platz von einem zum andern, sondern sie standen

lediglich in dem hohen, emporstrebenden Grase. Victor schaute diese seltsame Welt eine Weile an, dann strebte er weiter. Sein Weg ging von diesem Garten über eine alte Steintreppe in einen Graben hinab, und jenseits wieder hinauf. Wie überall Gebüsche war, so war es auch hier, aber hinter dem Gebüsche sah Victor eine hohe, fensterlose Mauer, in welcher ein Eisengitter stand, an dem der Weg endete.

Victor schloß nicht mit Unrecht, daß hier der Eingang in die Klause sein müsse, und er näherte sich deshalb dem Gitter. Als er angekommen war, fand er es verschlossen, und es war keine Glocke und kein Klöppel daran. Daß hier der Eingang in das Haus sei, zeigte sich nun deutlich. Hinter dem Eisengitter war ein geebneter, sandiger Platz, auf welchem Blumen standen. An dem Platze war ein Haus, von dem aber nur der Vorderteil sichtbar war, der Hinterteil sich hinter Gebüsche verlief. Unmittelbar von dem Sandplatze ging eine hölzerne Treppe in das erste Geschoß des Hauses hinauf. Jenseits des Platzes, der abermals mit Gebüschen gesäumt war, mußte wieder der See beginnen; denn es war hinter dem Grün der feine, sanfte Dunst, der gerne über Bergwässern ist und es stiegen die rötlich schimmernden Wände der Grisel hinan.

Während Victor so durch die Eisenstäbe hinein schaute und an ihnen allerlei Versuche machte, ob er nicht eine Vorrichtung fände, durch die das Gitter aufgehe, trat ein alter Mann aus dem Gebüsche und sah nach Victor hin. »Habt die Freundschaft«, sagte dieser, »öffnet mir das Tor und führt mich zu dem Herrn des Hauses, wenn nämlich dieses Gebäude die Klause heißt.«

Der Mann sagte auf die Worte nichts, sondern ging näher, schaute Victor eine Weile an und fragte dann: »Bist du zu Fuße gekommen?«

»Bis zu der Hul bin ich zu Fuße gegangen«, antwortete Victor.

»Ist es aber auch wahr?«

Victor wurde glühend rot im Angesichte; denn er hatte nie gelogen.

»Wenn es nicht so wäre«, antwortete er, »so würde ich es nicht sagen. Wenn Ihr mein Oheim seid, wie es fast scheint, so habe ich hier einen Brief von meinem Vormunde, der Euch dartun wird, wer ich bin, und daß ich nur auf Euer ausdrückliches Verlangen die Fußreise hieher angetreten habe.«

Mit diesen Worten zog der Jüngling das reinlich erhaltene Schreiben, wie es ihm seine Ziehmutter anbefohlen hatte, hervor und reichte es zwischen den Eisenstäben hinein.

Der alte Mann nahm das Schreiben und steckte es ungelesen ein.

»Dein Vormund ist ein Narr und ein beschränkter Mensch«, sagte er, »ich sehe, daß du deinem Vater ganz und gar gleich siehst, da er anhob, die Streiche zu machen. Ich habe dich schon über den See fahren gesehen.«

Victor, der in seinem Leben keine rücksichtslosen Worte gehört hatte, war stumm, und wartete nur, daß der andere das Gitter öffnen werde.

Dieser aber sagte: »Nimm eine Schnur mit einem Steine und ertränke diesen Hund in dem See, dann komme wieder hieher, ich werde derweilen öffnen.«

»Wen soll ich ertränken?« fragte Victor.

»Nun, den Hund, den du da mitgezogen.«

»Und wenn ich es nicht tue?«

»So öffne ich dir diese Pforte nicht.«

»So komme, Spitz«, sagte Victor.

Er kehrte sich bei diesen Worten um, lief über die Treppe in den Graben, stieg jenseits empor, lief durch den Zwerggarten, durch die Ahornanlage,

durch das folgende Gestrüppe und langte an der See-
bucht an, mit allen Kräften, deren sein Körper fähig
war, hinaus rufend: »Schiffer! alter Schiffer!«

Aber es war unmöglich, daß ihn dieser hören
konnte. Den Knall eines Scheibengewehres hätte man
in dieser Entfernung nicht mehr vernommen. Wie
eine schwarze Fliege stand das Schiffchen neben der
dunkeln Fußspitze des Orlaberges, die weit in den
Abendglanz des Sees hinaus stach. Victor nahm sein
Sacktuch hervor, knüpfte es an seinen Stab und tat
allerlei Schwenkungen in die Luft, damit er gesehen
würde. Allein man sah ihn nicht, und zuletzt, wie er
noch immer schwenkte, war auch die schwarze Fliege
um die Bergspitze verschwunden. Der See war ganz
leer, und nur die leise schäumende Brandung sah
Victor im Abendwinde, der sich indessen gehoben
hatte, längs den Felsen der Insel spielen.

»Es tut nichts – es tut auch nichts«, sagte er, »kom-
me, Spitz, wir werden uns da am Ufer ins Gebüsche
setzen und die Nacht über sitzenbleiben. Morgen zeigt
sich wohl ein Kahn, den wir herzu winken werden.«

Was er sagte, tat er auch. Er suchte eine Stelle, wo
das Gras des Rasens kurz und trocken war, und wo die
Büsche dicht überhingen, ohne ihm die Aussicht auf
den See zu benehmen.

»Siehst du«, sagte er, »wie es gut ist, wenn man
täglich früh morgens etwas zu sich steckt. Du erpro-
best es auf dieser Reise schon zum zweiten Male.«

Bei diesen Worten zog er die zwei Brote heraus, die
er heute früh in dem Afelwirtshause mitgenommen
hatte, und begann teils selber davon zu essen, teils den
Hund damit zu füttern. Da dieses Geschäft vollendet
war, saß der Wanderer, der das Ziel seiner Reise er-
reicht zu haben glaubte, heute zum ersten Male in der
einfachen Herberge des freien Himmels, und schaute
die Gegenstände um sich herum an. Die Berge, die

schönen Berge, die ihm, da er gegen sie heran kam, gar so sehr gefallen hatten, wurden immer schwärzer und legten drohende dunkle und zersplitterte Flecke auf den See, auf welchem noch das Blaßgold des Abendhimmels lag, das selbst in den dunklen Bergspieglungen zuweilen aufzuckte. Und immer sonderbarer, in die Schatten der Nacht sich hüllend, wurden die Gegenstände um ihn herum. Die Schlacken und das schwache Gold des Sees rührten sich und flossen öfters durcheinander, zum Zeichen, daß ein sanfter Luftzug dort herrschen müsse. Victors Auge, freilich nur an die schönen, heiteren Eindrücke des Tages gewöhnt, konnte sich doch auch nicht wegwenden von diesem allmähligen Verfärben der Dinge und von dem Einhüllen zur Ruhe der Nacht. Die große Ermüdung seiner Glieder ließ ihm das Sitzen auf dem weichen Grase und geschützt von den deckenden Gesträuchen recht angenehm erscheinen. Er saß mit dem Spitze an seiner Seite so lange, bis endlich das Dunkel mit immer größerer Schnelligkeit sich über See, Gebirge und Himmel webte. Dann beschloß er, sich niederzulegen. Er machte alle Knöpfe seines Rockes zu, wie es ihn die Ziehmutter gelehrt hatte, daß er sich nicht verkühle – er band das Halstuch, das er unter Tags abgetan hatte, wieder um – er tat sein Regenmäntelchen aus Wachstaffet heraus und nahm es über – dann richtete er sich das Ränzchen als Kissen und legte das Haupt darauf, da die Finsternis schon wie eine Mauer um ihn stand. Das Begehren nach Schlummer zog sich, da er lag, bald durch alle seine ermüdeten Glieder. Die Gesträuche flüsterten, da sich das Lüftchen von dem See bis hieher gezogen hatte, und die Brandung murmelte deutlich von Wand zu Wand.

In diese Eindrücke, deren Wirkungen immer schwächer wurden, versanken seine Sinne, und das Bewußtsein wollte eben verschwinden, als er durch ein

leises Knurren seines Hundes geweckt wurde. Er schlug die Augen auf – da stand einige Schritte vor ihm dicht am Landungsplatze eine menschliche Gestalt, sich dunkel gegen das schillernde Wasser des Sees werfend. Victor strengte seine Augen an, mehr von der Gestalt zu erkennen, aber die Umrisse zeigten nur, daß sie ein Mann sei, und es ließ sich nicht ermitteln, ob jung oder alt. Die Gestalt stand ganz ruhig und schien unverwandt auf das Wasser hinauszuschauen. Victor richtete sich zu sitzender Stellung empor, und blieb ebenfalls ruhig. Auf ein neues, stärkeres Knurren des Hundes drehte sich die Gestalt plötzlich um und rief:

»Seid Ihr da, junger Herr?«

»Ein junger Wandersmann mit seinem Hunde ist da«, sagte Victor, »was wollt Ihr?«

»Daß Ihr zum Abendessen kommt, denn die Stunde ist fast schon vorüber.«

»Zum Abendessen? – zu wessen Abendessen? und wer ist es, den Ihr suchet?«

»Ich suche unsern Neffen; denn der Oheim wartet schon eine Viertelstunde.«

»Seid Ihr sein Gesellschafter, oder sein Freund?«

»Ich bin sein Diener, namens Christoph.«

»Des Herrn der Klause, meines Oheims?«

»Des nämlichen. Er hat die Anzeige Eurer Herreise erhalten.«

»Nun so sagt ihm«, sprach Victor, »daß ich hier die ganze Nacht sitzen will, und daß ich mir eher einen Stein um den Hals hängen und mich in den See werfen lasse, als daß ich den Hund ertränke, der mit mir ist.«

»Ich werde es ihm sagen.«

Mit diesen Worten kehrte sich der Mann um und wollte fortgehen.

Victor rief ihm noch einmal nach: »Christoph, Christoph.«

»Was wollt Ihr, junger Herr?«

»Ist kein anderes Haus, oder eine Hütte, oder sonst ein Ding auf der Insel, in welchem man übernachten könnte?«

»Nein, es ist nichts da«, antwortete der Diener, »das alte Kloster ist zugesperrt, die Kirche auch, die Speicher sind mit altem Geräte vollgepfropft, ebenfalls verschlossen, und sonst ist nichts da.«

»Es ist auch gut«, sprach Victor, »das Haus meines Oheims besuche ich durchaus nicht – von diesem Hause verlange ich keinen Schutz. – Mir deucht, der alte Schiffmann, der mich herüber geführt hat, hat Euren Namen genannt und hat gesagt, daß Ihr manchmal in die Hul hinaus kämet.«

»Ich hole unsere Lebensmittel und andere Dinge herüber.«

»So hört mich an, ich will Euch Euren Fährlohn reichlich zahlen, wenn Ihr mich heute noch in die Hul hinüber schifft.«

»Und wenn Ihr noch mehr zahltet, als ich verlangen wollte, so wäre es dreimal unmöglich. Erstens stehen alle Kähne in dem Bohlenverschlusse, das Tor ist gesperrt, und jeder Kahn liegt noch mit einem Schlosse an seinem Balken angeschlossen, wovon ich keinen Schlüssel habe. Zweitens, wenn auch ein Kahn wäre, so wäre kein Fährmann. Ich werde es Euch erklären. Seht Ihr dort gegen den Orla zu die weißen Flecke, die auf dem See sind? Das sind Nebelflecken, die gleichsam auf den Steinen des Orlaufers sitzen. Wir heißen sie die Gänse. Und wenn die Gänse einmal in einer Reihe da sitzen, dann kömmt Nebel. Wenn die Abendwehe, das ist der Wind, der nach jedem Sonnenuntergange aus den Schluchten auf den See herausgeht, aufhört, dann ist in einer halben Stunde der See mit Nebel angefüllt, und da kann man nicht wissen, wohin ein Kahn zu leiten ist. Unter dem Wasser

laufen die Gebirgsgrate hin, die oft nur ein wenig bedeckt sind. Wenn man zu einem solchen Grate geriete und ein Leck in das Schiff stieße, da müßte man aussteigen und in dem Wasser stehen bleiben, bis man am Tage von jemanden gesehen würde. Aber man würde von niemanden gesehen, weil die Fischer niemals zu den Gebirgsgraten hinzufahren. Begreifet Ihr das, junger Herr?«

»Ja, ich begreife es«, antwortete Victor.

»Und zum dritten kann ich Euch nicht überführen, weil ich sonst ein ungetreuer Diener wäre. Der Herr hat mir keinen Auftrag gegeben, Euch in die Hul zu führen, und wenn er dies nicht tut, so führe ich Euch nicht über.«

»Gut«, antwortete Victor, »so bleibe ich hier so lange sitzen, bis morgen ein Fahrzeug so nahe kömmt, daß ich es herzu zu winken vermag.«

»Es kömmt aber kein Fahrzeug so nahe«, erwiderte der Diener; »es ist über unseren See kein Warenzug, weil der einzige Weg, der vom andern Ufer weiter führt, nur ein Fußweg über die Grisel ist und die Wanderer zu diesem Fußwege an dem unserer Insel entgegengesetzten Seeufer hinfahren. Dann ist die Brandung an den Gestaden der Insel so groß, daß sich wenige Fische da aufhalten und selten Fischerboote so nahe kommen. Es könnten acht oder mehr Tage vergehen, ehe Ihr eines seht.«

»So muß mich morgen mein Oheim in die Hul zurückführen lassen, weil ich auf sein Verlangen hieher gekommen bin, und weil ich nicht mehr länger da bleiben will«, sagte Victor.

»Es kann sein, daß er es tut«, antwortete der Diener, »ich weiß das nicht; aber jetzt wartet er mit dem Abendessen auf Euch.«

»Wie kann er warten«, sagte Victor, »da er gemeint hat, ich solle meinen Spitz ertränken, da er gesagt hat,

daß er nicht öffnen wolle, wenn ich es nicht tue, und da er mich hierauf fortgehen sah und mich nicht zurückgerufen hat.«

»Das weiß ich alles nicht«, erwiderte Christoph, »aber Eure Ankunft ist in der Klause bekannt, und es war auf dem Tische für Euch gedeckt.

Der Herr hat mir aufgetragen, Euch zu rufen, weil Ihr die Eßstunde nicht wißt, sonst hat er nichts gesagt. Weil ich es aber gesehen habe, wie Ihr von dem Eisengitter fortgelaufen seid, so dachte ich gleich, als er mir den Auftrag gab, Euch zum Essen zu rufen, ich müsse an diesen Ort gehen, ich würde Euch hier finden. Anfangs, da ich Euch nicht sah, meinte ich gar, Ihr seid gleich wieder über das Wasser davongefahren, aber es war ja nicht möglich, der Mann, der Euch gebracht hat, muß ja schon um die Orlaspitze zurück gewesen sein, als Ihr hieher wieder zurück kamet.«

Als Victor hierauf nichts erwiderte, stand der Mann noch ein Weilchen, dann sagte er wieder: »Der Herr wird gewiß bereits zu essen begonnen haben; denn er hat seine festgesetzten Stunden und geht davon nicht ab.«

»Das ist mir eine gleichgültige Sache«, antwortete Victor, »er mag essen und sich sättigen, von seinem Mahle verlange ich nichts; denn ich und mein Spitz haben unsere Brote, die ich mir aufgehoben habe, schon verzehrt.«

»Nun so muß ich also gehen und ihm das melden«, sprach der Diener weiter, – »aber das müßt Ihr bedenken, daß Ihr, wie Ihr vorher selber sagtet, gekommen seid, weil es der Oheim begehrt, daß er also mit Euch zu sprechen wünscht, und daß Ihr das selber unmöglich macht, wenn Ihr in dem Gebiete seines Hauses unter freiem Himmel sitzen bleibt.«

»Ich wollte zu ihm gehen«, erwiderte Victor, »ich wollte mit ihm sprechen und ihn ehrerbietig grüßen,

die Mutter hat mir auch gesagt, daß es gut sei, und der Vormund hat es auch befohlen – aber ehe ich dem Tiere, das mich mit Lebensgefahr aufgesucht und begleitet hat, etwas zu Leide tun lasse, will ich selber eher Verwundung und Tod ertragen.«

»Es wird dem Tiere nichts geschehen«, sagte Christoph, »der Herr hat Euch nur einen guten Rat gegeben; wenn Ihr ihn nicht befolgt, so kümmert es ihn nicht. Er denkt gewiß nicht mehr darauf; denn sonst hätte er mich ja nicht geschickt, Euch zum Essen zu holen.«

»Wenn Ihr mir verbürgen könnt, daß dem Hunde nichts geschieht, so will ich mit Euch gehen«, sagte Victor.

»Das kann ich Euch verbürgen«, antwortete der Diener, »der Herr vergaß der Geringfügigkeit eines Hundes, und wird ihm nichts anhaben.«

»So komme, lieber Spitz«, sagte Victor, indem er aufstand.

Er suchte gleichsam mit zitternden Händen eine Schnur aus seinem Ränzlein hervor, dergleichen er immer zu verschiedenen Dingen im Vorrate mitzuführen pflegte, und befestigte dieselbe an dem Ringe des Halsbandes, das der Spitz trug. Hierauf nahm er das Ränzlein auf die Schulter, hob seinen Reisestab vom Boden auf und folgte dem alten Christoph, der ihn den nämlichen Weg führte, den er in der Abenddämmerung gegangen und dann wieder zurückgelaufen war. Er wäre in der Nacht schwer zu finden gewesen, wenn nicht der alte Christoph vorangegangen wäre. Sie gingen durch das Gestrüppe, durch die Ahorne, durch den Zwerggarten, durch den breiten Graben, und kamen zu dem eisernen Gitter. Christoph zog hier ein kleines Ding aus seiner Tasche, das Victor für einen Schlüssel hielt; aber es war ein Pfeifchen, und der Diener tat damit einen gellenden Pfiff. Sogleich öff-

nete sich das Tor von unsichtbaren Händen – Victor begriff es gar nicht – und schlug sich hinter ihnen wieder krachend zu. Victor blickte von dem Sandplatze, auf dem sie nun waren, sogleich auf das Haus. An der ganzen Vorderseite desselben waren nur drei Fenster erleuchtet, zwei im oberen und eines im Erdgeschosse, alles andere war in Finsternis. Christoph führte den Jüngling über die Holztreppe, welche gut gedeckt war, von dem Sandplatze in das erste Geschoß hinauf. Sie kamen in einen Gang und von demselben in das Zimmer, dem die zwei erleuchteten Fenster angehörten. In dem Zimmer ließ Christoph den Jüngling, ohne weiter ein Wort zu sagen, stehen, und ging wieder rückwärts hinaus. An dem Tische dieses Zimmers saß der Oheim Victors ganz allein und aß. Er hatte abends, da ihn Victor zum ersten Male sah, einen weiten grautuchenen Rock angehabt, jetzt hatte er diesen abgelegt und stak in einem weiten, großblumigen Schlafrocke, und hatte ein rotes, goldgerändertes Käppchen auf.

»Ich bin nun schon an den Krebsen«, sprach er zu dem eintretenden Jünglinge, »du bist zu lange nicht gekommen, ich habe meine festgesetzte Stunde, wie es die Gesundheit fordert, und gehe von derselben nicht ab. Man wird dir gleich etwas auftragen. Setze dich auf den Stuhl, der mir gegenübersteht.«

»Die Mutter und der Vormund lassen Euch viele Grüße sagen«, hob Victor an, indem er mit dem Ränzlein auf dem Rücken stehen blieb und zuerst die Aufträge seiner Angehörigen, dann seine eigene Ehrerbietung und Begrüßung darbringen wollte.

Der Oheim aber tat mit beiden Händen, in deren jeder er ein Stück eines zerbrochenen Krebsen hielt, einen Zug durch die Luft und sagte: »Ich kenne dich ja schon an dem Angesichte – so fange an, hier zu sein, wohin ich dich beschieden habe, und wo ich dich

als den Beschiedenen erkenne. Wir sind jetzt bei dem
Essen, daher setze dich nieder und iß. Was sonst alles
zu tun ist, wird schon geschehen.«

Victor legte also sein Ränzlein auf einen Stuhl, den
Wanderstab lehnte er in einen Winkel, und dann ging
er gegen den angewiesenen Stuhl, den Spitz an der
Schnur hinter sich her zerrend. Der alte Mann, dem er
gegenüber saß, hielt sein mageres Angesicht gegen
den Teller nieder, und das Angesicht rötete sich wäh-
rend dem Essen. Er riß mit den Händen die Krebse
sehr geschickt auseinander, lösete das Fleisch aus und
saugte den Saft aus dem Korbe des Oberleibes und
dem Geflechte der Füße. Dem Jünglinge war das
wohlwollende Herz, das er hieher hatte bringen wol-
len, erstickt, und er saß stumm dem Verwandten ge-
genüber, der ebenfalls stumm in dem Geschäfte sei-
nes Essens fortfuhr. Es standen mehrere verschieden
gestaltete und verschiedenfärbige lange Flaschen auf
dem Tische, in denen verschiedene Weine sein muß-
ten, und aus denen der Oheim wahrscheinlich schon
getrunken hatte; denn bei jeder Flasche stand ein ei-
gentümliches Glas mit einem Restchen Wein am Bo-
den. Nur eine Flasche stand noch neben dem Teller,
und aus derselben schenkte der alte Mann von Zeit zu
Zeit ein Schlückchen in ein kleines, grünbauchiges
Stengelglas. Für Victor war indessen eine Suppe ge-
bracht worden, von welcher er mit seiner rechten
Hand aß, während er mit der Linken das Haupt des
unten sitzenden Spitzes an sein Knie drückte. In der
Zeit, in welcher er seine Suppe aß, waren von einem
alten Weibe nach und nach so viele Speisen für ihn
herbeigetragen worden, daß er in Verwunderung ge-
riet. Er aß davon, bis er satt war, dann ließ er das
übrige stehen. Der Oheim hatte ihm von den Weinen
nichts angetragen, Victor verabscheute auch noch den
Wein, sondern schenkte sich von dem Wasser, das in

einer kristallschönen Flasche von derselben alten
Frau, die aufwartete, alle Augenblicke erneuert wur-
de, ein, und erkannte, daß er nie ein so vortreffliches,
frisches, pralles und starkes Wasser getrunken habe.
Während er sich sättigte, aß der Oheim noch ein
Stückchen Käse, dann allerlei Früchte und Zucker-
werk. Hierauf trug der alte Mann die verschiedenen
Teller, auf denen Glasglocken über den Dingen des
Nachtisches standen, eigenhändig in Schreine, die in
die Mauern gefügt waren, und sperrte sie ein. Dann
tat er die Restchen Wein jedes in seine Flasche und
schloß die Flaschen in ähnliche Schreine ein.

Auf der Stelle des Zimmers, auf welcher der
Oheim während dem Essen gesessen war, war ein
dichter Teppich gebreitet, und auf dem Teppiche la-
gen drei alte, fette Hunde, denen der Greis von Zeit
zu Zeit bald eine Krebsschere, bald eine Mandel, bald
ein Stückchen Zuckerwerk hinabgereicht hatte. Schon
als Victor mit dem Spitz eingetreten war, hatten alle
drei geknurrt, und während dem Essen, wenn er dem
armen Spitz ein Stückchen hinabreichte, grinsten sie
wieder und ließen ein schwaches Murren hören.

So lange der Oheim bei seinem Nachtmahle be-
schäftigt gewesen war, hatte er zu Victor nicht gespro-
chen, gleichsam als wäre zu keinem andern Dinge
Zeit; jetzt aber sagte er: »Hast du das Gerippe doch
wieder mitgeschleppt? Wer ein Tier hat, muß es auch
ernähren können. Ich habe dir den Rat gegeben, daß
du es in den See würfest, aber du hast ihn nicht be-
folgt. Die Hunde der Studenten habe ich nie leiden
können; sie sind wie traurige Gespenster. Und gerade
dieses Volk will immer Hunde haben. Wo hast du ihn
denn mitgenommen und brachtest ihn zu mir, ohne
ihm unter Weges etwas zu fressen zu geben?«

»Es ist der Hund meiner Ziehmutter, Oheim«, sag-
te Victor, »ich habe ihn nirgends mitgenommen. Er

muß stark gerannt sein, was er in seinem früheren Leben nicht gewohnt war; er muß auch große Angst ausgestanden haben, wozu er ebenfalls bei der Ziehmutter nie Ursache gehabt hatte – und deshalb ist er in den darauffolgenden Tagen so mager geworden, wie er nie gewesen ist, obwohl ich ihm gegeben habe, was er nur immer verlangte. Erlaubt daher, daß ich ihn in Eurem Hause bei mir behalte, damit ich ihn der Ziehmutter wieder übergeben kann, sonst müßte ich sogleich zurückreisen und ihn ihr überbringen.«

»Und da hast du ihn immer so Tag und Nacht bei dir gehabt?«

»Freilich.«

»Daß er dir einmal die Kehle abfrißt.«

»Das tut er ja nie. Wie fiele ihm denn das ein? Er ist bei meinen Füßen gelegen, wenn ich rastete oder schlief, er hat sein Haupt auf dieselben gelegt, und er würde eher verhungern, ehe er mich verließe oder mir ein Leid täte.«

»So gib ihm zu essen, und denke auf das Wasser, daß er nicht wütend wird.«

Das alte Weib hatte, als das Abendmahl aus war, nach und nach die Schüsseln, Teller und andere Reste desselben fortgetragen; jetzt kam auch Christoph, den Victor, seit er mit ihm hieher gekommen war, nicht mehr gesehen hatte.

Der Oheim sagte zu dem hereintretenden Diener: »Sperre ihnen die Stalltür gut zu, daß keiner herauskomme, lasse sie aber vorher auf dem Sande unten ein wenig herumgehen.«

Auf diese Worte erhoben sich die drei Hunde, wie auf ein bekanntes Zeichen. Zwei folgten Christoph von selber, den dritten nahm er bei dem Balge und schleppte ihn hinaus.

»Ich werde dir deine Schlafkammer selber zeigen«, sagte der Oheim zu Victor.

Er ging bei diesen Worten in die Tiefe des Zimmers, wo es bedeutend dunkel war, weil nur ein Licht auf dem Tische brannte. Dort nahm er von einem Gestelle, oder sonst von etwas, das man nicht erkennen konnte, einen Handleuchter, kam wieder hervor, zündete die Kerze des Handleuchters an und sagte: »Jetzt folge mir.«

Victor nahm sein Ränzlein mit dem einen Riemen in den Arm, faßte seinen Stab, zog den Spitz an der Schnur und ging hinter dem Oheime her. Dieser führte ihn bei der Tür hinaus in einen Gang, in welchem der Reihe nach uralte Kästen standen, dann rechtwinklich in einen andern, und endlich ebenso in einen dritten, der durch ein eisernes Gitter verschlossen war. Der Oheim öffnete das Gitter, führte Victor noch einige Schritte vorwärts, öffnete dann eine Tür und sagte: »Hier sind deine zwei Zimmer.«

Victor trat in zwei Gemächer, wovon das erste größer, das zweite kleiner war.

»Du kannst den Hund in die Nebenkammer einsperren, daß er dir nichts tut«, sagte der Oheim, »und die Fenster verschließe wegen der Nachtluft.«

Mit diesen Worten zündete er die auf dem Tische des ersten Zimmers stehende Kerze an, und ging ohne weiters fort. Victor hörte, daß er das Gitter des Ganges zusperre, dann verklang der schleifende Tritt der Pantoffeln, und es war die Ruhe der Toten im Hause. Um sich zu überzeugen, daß er hinsichtlich des Gitters recht gehört habe, ging Victor auf den Gang hinaus, um nachzusehen. Es war in der Tat so: das eiserne Gitter war mit seinen Schlössern verschlossen.

›Du armer Mann‹, dachte Victor, ›fürchtest du dich etwa vor mir?‹

Dann stellte er die Kerze, die er auf den Gang mit hinaus genommen hatte, wieder auf den Tisch neben das zinnene, verbogene Waschbecken und schritt ge-

gen das große, vergitterte Fenster vor. Es waren zwei
hart nebeneinander in steinene Simse gefügte Fen-
ster. Victor sah, da das Glas geöffnet stand, durch das
eiserne Gitter in die Nacht hinaus, und der Druck, der
gleichsam auf seiner Seele lag, begann sich zu lösen.
Es war ein blasser, mit wenigen Sternen besetzter
Nachthimmel, der zu ihm herein blickte. Es mochte
ein kleiner Rand des wachsenden Mondes hinter dem
Hause stehen; denn Victor sah das schwache Licht
desselben auf den Blättern eines Baumes glänzen, der
vor dem Hause war – aber die Berge, die gegenüber
standen, zeigten sich völlig lichtlos. Die im Laufe die-
ses letzten Tages vielfach genannte Grisel erkannte er
gleich. Sie stand wie ein flacher, schwarzer Schatten-
riß auf dem Silber des Himmels, bog sich niederge-
hend ein wenig aus, und an dem Buge stand ein Stern,
wie ein niederhängendes irdisches Ordenssternlein.

Victor schaute lange hinaus. ›Nach welcher Ge-
gend hin‹, dachte er, ›wird das Tal meiner Mutter sein
und wird das liebe schimmernde Häuschen zwischen
den dunkeln Büschen stehen?‹

Er hatte nämlich durch die vielfachen Windungen
des Weges an der Afel herein und durch die Kreuz-
gänge des Hauses die Richtung der Weltgegenden
verloren.

›Jetzt werden dort auch die Sterne niederscheinen,
der Holunder wird stille sein, und die Wasser werden
rieseln. Mutter und Hanna werden schlummern, oder
sie sitzen noch an dem Tische, wo sie das Abendmahl
verzehrt haben, mit ihrer Arbeit und denken an mich,
oder reden wohl gar von mir.‹

Vor seinen jetzigen Fenstern war wohl auch ein
Wasser, ein viel größeres als der Bach in seinem Mut-
tertale, aber er konnte es nicht sehen; denn ein ruhi-
ger weißer Nebel lag darauf, der oben durch eine
wagrechte, gleichsam feste Linie abgeschnitten war.

›Von der Stube, in welcher ich schlief, schaut jetzt niemand nieder, um die Funken in dem regsamen Bache zu sehen, um die Bäume zu sehen, die herum stehen, oder auch die Berge, auf welche sich die Felder empor ziehen.‹

Es kam, während er so hinaus schaute, nach und nach eine kalte, sehr feuchte Nachtluft durch die Fenster herein. Victor schloß sie also zu, und besah, ehe er sich nieder legte, auch das zweite Gemach. Es war wie das erste, nur daß es kein Bett hatte. Ein rußiges Bild sah von einer Nische nieder, darauf ein Mönch abgemalt war. Victor schloß auch hier das schmale Fenster und ging zu seiner Lagerstätte hinaus. Den Spitz hatte er unwillkürlich immer an der Schnur mit sich geführt; nun aber lösete er den Knoten an dem Ringe, nahm ihm das Halsband ab und sagte: »Lege dich hin, wo du willst, Spitz, wir werden uns wechselweise nicht absperren.«

Der Hund sah ihn an, als wollte er deutlich sagen, daß ihm alles befremdend vorkomme, und daß er nicht wisse, wo er sei.

Victor schloß nun auch seinerseits das Schloß seines Zimmers zu und entkleidete sich. Es fiel ihm während dieser Handlung auf, daß er heute abends in dem ganzen Hause nur drei Menschen gesehen habe – und daß diese lauter alte gewesen sind.

Als er sein Nachtgebet, das er gewissenhaft seit den ersten Tagen seiner Kindheit immer verrichtete, gesprochen hatte, legte er sich in das Bett. Er ließ eine Weile noch das Licht auf seinem Betttischchen brennen, bis ihm die Augenlider zu schwer wurden und die Sinne zu schwinden begannen. Dann löschte er die Kerze aus und drehte sich gegen die Wand.

Der Spitz lagerte sich, wie gewöhnlich, zu den Füßen seines Bettes, tat ihm nichts Leides, und beiden ermüdeten Wesen war die Nacht wie ein Augenblick.

5

AUFENTHALT

Als Victor des andern Morgens erwachte, erschrak er
über die Pracht, die sich ihm darstellte. Die Grisel
stand drüben in allen ihren Spalten funkelnd und
leuchtend, und obwohl sie in der Nacht der höchste
Berg geschienen hatte, so standen doch nun höhere
neben ihr, die er in der Nacht nicht gesehen hatte, und
die nun sanft blau nieder schienen und an vielen Stel-
len Schneeflecken zeigten, die sich wie weiße Schwäne
in die Spalten duckten. Alles glänzte und flimmerte
durcheinander, hohe Bäume standen vor dem Hause
in einer solchen Nässe, wie er sie nie gesehen hatte,
die Gräser troffen, überall gingen breite Schatten nie-
der, und das Ganze erschien noch einmal in dem See,
der von jeder Flocke Nebel rein gefegt wie der zarteste
Spiegel dahin lag. Victor hatte seine Fenster aufgeris-
sen und steckte das blühende Angesicht zwischen Ei-
senstäben hinaus. Sein Erstaunen war außerordent-
lich. Mit alle dem Getümmel an Lichtern und Farben
herum bildete das todähnliche Schweigen, mit dem
diese ungeheuren Bergeslasten herum standen, den
schärfsten Gegensatz. Kein Mensch war zu sehen –
auch vor dem Hause nicht – nur einige Vögel zwit-
scherten zeitweilig in den Ahornen. Welch ein Mor-
genlärm mochte nicht in all diesen Höhen sein, aber
er war nicht zu vernehmen, weil sie zu ferne standen.
Victor streckte den Kopf, so weit er konnte, hinaus,
um herumschauen zu können.

Er sah einen ziemlichen Teil des Sees. Überall
schritten Wände an demselben hin, und der Jüngling
konnte durchaus nicht erraten, wo er herein gekom-
men war. Auch die Sonne war an einem ganz andern
Orte aufgegangen, als er erwartet hatte, nämlich hin-

ter dem Hause, und seine Fenster waren noch im
Schatten, was eben das Licht der gegenüber liegenden
Wände noch erhöhte. Mit dem Monde, den er gestern
seiner Lichtwirkung nach höchstens für eine schmale
Sichel gehalten hatte, war er ebenfalls im Irrtume;
denn er stand nun als Halbmond noch am Himmel,
gegen die Zacken der Gebirge sich niederneigend.
Victor kannte die Wirkung der Lichter in den Bergen
noch nicht. Welche Flut hätte auf die fernen Wände
fallen müssen, daß sie so erleuchtet dagestanden wä-
ren wie der Kirchturm seines Dorfes, der im Mond-
scheine immer so schimmernd weiß und scharf in die
dunkelblaue Nachtluft empor gestanden war. Obwohl
die Sonne schon ziemlich hoch stand, so war doch die
Luft, die zu seinen Fenstern herein strömte, noch so
kalt und naß, wie er sie zu Hause nicht gewohnt war;
allein sie belästigte ihn nicht, sondern sie war zugleich
so fest und hart, daß sie alle seine Lebensgeister an-
regte. Er trat endlich von dem Fenster zurück und
fing an, sein Ränzlein auszupacken, um sich anders
anzukleiden, als er auf der Reise gewesen war; denn
heute, dachte er, wird der Oheim zu ihm sprechen,
und wird ihm erklären, warum er ihn zu sich auf diese
vereinsamte Insel habe kommen lassen. Er legte reine
Wäsche heraus, er bürstete den Staub von dem zwei-
ten Anzuge, den er außer dem Reisekleide noch mit
sich führte, er benützte reichlich das spiegelklare in
dem zinnenen Kruge vorhandene Wasser, um den
Reisestaub von sich zu waschen, und zog sich dann so
zusammenstimmend und passend an, wie er es in dem
überreinlichen Hause seiner Ziehmutter gelernt hat-
te. Selbst den Spitz, der ein so unwillkommener Gast
in diesem Hause war, hatte er vorher noch gekämmt
und gebürstet. Dann legte er ihm wieder das Hals-
band um und knüpfte seine Schnur an den Ring des-
selben. Als sie beide ganz und gar fertig waren, schloß

er seine Türe auf und wollte in das Zimmer gehen, wo sie gestern abends gegessen hatten, um den Oheim zu suchen. Als er aber auf dem Gange war, fiel ihm ein, daß er heute zum ersten Male sein Morgengebet vergessen habe. Es mußte in der Wirkung der großen, nie gekannten Eindrücke des heutigen Morgens geschehen sein. Er ging daher noch einmal in das Zimmer zurück, stellte sich wieder an das Fenster und sagte die einfachen Worte, die er sich einst heimlich und ohne daß jemand etwas davon wußte, zu diesem Zwecke zusammengedacht hatte. Dann trat er zum zweiten Male den Weg zu dem Oheime an.

Das eiserne Gitter am Gange war nicht mehr versperrt, er trat durch dasselbe hindurch und fand leicht den Gang, aus welchem er gestern in das Speisezimmer war geführt worden – aber der Gang hatte gar keine Tür, die in ein Gemach hätte leiten können, sondern es standen in demselben lauter alte Kästen, die er schon gestern beim Schlafengehen im Kerzenscheine gesehen hatte. Die Gangfenster waren von unten gegen oben mit Brettern verschlagen, nur eine kleine Öffnung war oben frei, daß durch das Glas das Licht hereinfallen konnte, gleichsam als scheute man die Freiheit und Klarheit des Lichtes und liebte die Finsternis in diesen Gängen. Da Victor so suchte, trat aus einem der Kästen die alte Frau heraus, die gestern zum Abendessen die Speisen gebracht hatte. Sie trug Tassen und Schalen, und ging wieder in einen solchen Kasten hinein. Da Victor an dem, wo sie herausgekommen war, näher schaute, entdeckte er, daß derselbe ein verlarvtes Türfutter sei und zur Hinterwand die Tür habe, durch die er gestern zu dem Oheime hineingegangen war, wie er an dem Ringe und Klöppel erkannte, die er gestern beim Lichte bemerkt hatte. Er klopfte leicht mit dem Klöppel, und auf einen Laut drinnen, der wie »herein« klang, öffnete er und

ging hinein. Er gelangte wirklich in das gestrige Speisezimmer und traf den Oheim.

Die vielen gleichen Kästen, die sich etwa in dem Gebäude vorgefunden hatten, schienen nur darum in den Gang gestellt worden zu sein, daß jemand, der in unredlicher Absicht durch eine Tür hineingehen wollte, diese Absicht nicht leicht erreiche, weil er die kostbarste Zeit durch Untersuchung der wahren und falschen Türkästen vergeuden mußte. Zu demselben Zwecke größerer Sicherheit schienen auch die Gänge verfinstert worden zu sein.

Der Oheim hatte heute den grauen, weiten Rock an, in dem ihn Victor gestern an dem Eisengitter hatte stehen gesehen. Er stand jetzt im Zimmer auf einem Schemel und hatte einen ausgestopften Vogel in der Hand, von dem er mit einem Pinsel den Staub abbürstete. »Ich werde dir heute die Stundeneinteilung meines Hauses geben, die durch Christoph aufgeschrieben ist, daß du dich darnach richten kannst; denn ich habe mein Frühstück schon nehmen müssen, weil die Zeit da war«, sagte er zu dem hereingekommenen Victor ohne weiteren Morgengruß oder sonstiger Bewillkommnung. »Ich wünsche Euch einen sehr guten Morgen, Oheim«, sagte Victor, »und bitte um Verzeihung, daß ich die Frühmahlstunde versäumt habe, ich wußte sie nicht.«

»Freilich konntest du sie nicht wissen, Narr, und es verlangte niemand, daß du sie einhaltest. Gieße dem Hunde in jenen hölzernen Trog Wasser ein.«

Mit diesen Worten stieg er von dem Schemel herunter, ging zu einer Leiter, bestieg sie und setzte den Vogel in das obere Fach eines Glasschreines. Für den hineingestellten nahm er einen andern heraus und fing dasselbe Bürsten mit ihm an.

Victor konnte jetzt bei Tage erst sehen, wie ungemein hager und verfallen der Mann sei. Die Züge

drückten kein Wohlwollen und keinen Anteil aus, sondern waren in sich geschlossen, wie von einem, der sich wehrt, und der sich selber unzählige Jahre geliebt hat. Der Rock schlotterte an den Armen, und von dem Kragen desselben ging der rötliche, runzlige Hals empor. Die Schläfen waren eingesunken, und das zwar noch nicht völlig ergraute, aber aus vielen mißhelligen Farben gemischte Haar war struppig um dieselben herum, niemals, seit es wuchs, von einer liebenden Hand gestreichelt. Die Augen, die unter den herabgesunkenen Brauen hervorgingen, hafteten auf dem kleinen Umkreise des toten Vogels. Der Rockkragen war an seinem oberen Rande sehr schmutzig, und an dem Ärmel sah ein gebauschtes Stück Hemd heraus, das ebenfalls schmutziger war, als es Victor je bei seiner Ziehmutter gesehen hatte. Und überall waren leblose oder verdorbene Dinge um den Mann herum. Es befanden sich in dem Zimmer eine Menge Gestelle, Fächer, Nägel, Hirschgeweihe und dergleichen, an welchen allen etwas hing und auf welchen allen etwas stand. Es wurde aber mit solcher Beharrung gehütet, daß überall der Staub darauf lag, und daß sich vieles schon Jahre lang nicht von dem Platze gerührt hatte. In den Halsbändern der Hunde, wovon ein ganzer Bündel da hing, war innerlich der Staub; die Falten der Tabaksbeutel waren erstarrt und undenklich lange schon nicht geändert worden; die Röhre der Pfeifensammlung klafften, und die Papiere unter den unzähligen Schwersteinen waren gelb. Das Zimmer, welches statt der Decke ein bedeutend spitzes Gewölbe hatte, war ursprünglich bemalt gewesen, aber die Farbe in ihren Lichtern und Schatten war in ein gleichmäßiges uraltes Dunkel übergegangen. Auf dem Fußboden lag ein ausgebleichter Teppich, und nur dort, wo der Mann während des Speisens zu sitzen pflegte, war ein neuerer, kleinerer mit blühenden Farben gelegt. Jetzt

wälzten sich eben die drei Hunde auf ihm. – Es war ein sehr starker Gegensatz, wie Victor in dem Zimmer dieses alten Mannes stand. Sein schönes Angesicht blühte in fast mädchenhafter Unschuld, es war voll Lebenslust und Kraft, die einfärbigen dunkeln Haare lagen gut geordnet um dasselbe, und in seinem Anzuge war er so rein, als wäre derselbe in diesem Augenblicke von liebreichen Mutterhänden besorgt worden.

Er blieb, wie er in das Zimmer getreten war, stehen und sah dem Oheime zu. Dieser aber fuhr in seinem Geschäfte fort, als wenn gar niemand zugegen wäre. Er mußte es schon sehr lange nicht verrichtet haben und heute bei Anbruch des Tages daran gegangen sein; denn es war bereits eine ziemliche Zahl Vögel geputzt, und die andern standen noch ganz grau vom Staube hinter ihren Gläsern. Die alte Frau, welche vorhin an Victor vorüber gegangen war, ohne ihn anzureden, brachte jetzt auf einem Brette ein Frühstück herein und setzte es ebenfalls schweigend auf den Tisch. Victor schloß, daß es für ihn sei, da es eben bei seinem Erscheinen gebracht worden war. Er setzte sich daher dazu und verzehrte davon so viel, als er morgens zu essen gewohnt war; denn es stand auf dem Brette weit mehr, als er bedurfte. Es war ein Frühmahl, wie es in England gebräuchlich ist, von Tee und Kaffee angefangen bis zu Eiern, Käse, Schinken und kaltem Rindsbraten. Der Spitz hatte es hiebei am besten; denn Victor gab ihm so viel, als er vielleicht niemals zu seinem Morgenmahle bekommen hatte.

»Hast du schon Wasser in den Trog gegossen?« fragte der Oheim.

»Nein«, entgegnete Victor, »ich vergaß es in dem Augenblicke, aber ich tue es gleich.«

Wirklich hatte der Jüngling im Anschauen seines Oheims auf den Wunsch desselben vergessen. Er nahm daher den großen gläsernen Krug, der mit dem-

selben herrlichen Quellwasser wie gestern auf dem Tische stand, und goß davon einen Teil in einen kleinen hölzernen, wohlgebohnten Trog, der an der Wand neben der Tür stand. Nachdem der Spitz getrunken hatte, ging der Oheim von seinem Geschäfte weg und rief seine Hunde zu dem Wasser; da aber keiner Lust bezeigte, weil sie wahrscheinlich ohnehin schon getränkt waren, so drückte der Oheim an einem Stabe, der von der Wand des Troges empor stand, nieder, worauf sich im Boden des Gefäßes eine metallene Platte öffnete und die Flüssigkeit abrinnen ließ. Victor lächelte fast über diese Einrichtung; denn zu Hause bei ihm war das alles einfacher und freundlicher: der Spitz war in freier Luft, er trank am Bache und verzehrte sein Essen unter dem Apfelbaume. »Ich zeige dir vielleicht einmal das Bildnis deines Vaters«, sagte der Oheim, »daß du siehst, wie ich dich gleich erkannte.«

Nach diesen Worten stieg der alte Mann wieder auf die Leiter und nahm einen neuen Vogel heraus. Victor stand immer in dem Zimmer und wartete, daß der Oheim mit ihm über die Angelegenheit seiner Herreise zu sprechen beginnen werde. Aber dieser tat es nicht und putzte stets an seinen Vögeln fort. Nach einer Weile sagte er: »Das Mittagmahl ist genau um zwei Uhr. Stelle deine Uhr nach dieser dort, und komme darnach.«

Victor erstaunte und fragte: »Ihr werdet mich also vor dieser Zeit gar nicht mehr zu sprechen verlangen?«

»Nein«, antwortete der Oheim.

»So will ich hinausgehen, um Euch in Eurer Zeitverwendung nicht zu stören, und will den See, die Berge und die Insel betrachten.«

»Tue, was dir immer gefällt«, sagte der Oheim. Victor ging eilig hinaus, allein er fand die Tür der hölzernen Treppe verschlossen. Daher ging er wieder

zu dem Oheime zurück und bat, daß er möchte öffnen lassen.

»Ich werde dir selber aufmachen«, sagte dieser. Er stellte seinen Vogel hin, ging mit Victor hinaus, zog einen Schlüssel aus seinem grauen Rocke und schloß damit die Tür der Holztreppe auf, die er hinter dem Jünglinge sogleich wieder versperrte.

Dieser lief die Treppe auf den Sandplatz hinab. Da hier die Flut des Lichtes seinen erfreuten Augen entgegen schlug, wendete er sich ein wenig um, um das Haus von außen zu betrachten. Es war ein festes dunkles Gebäude mit dem einzigen Geschosse, in welchem er die heutige Nacht geschlafen hatte. An den offenen Fenstern erkannte er seine Zimmer. Denn alle andern waren zu und prangten vielfach mit den schönen Farben der Verwitterung. Sie standen sämtlich hinter festen, starken Eisengittern. Das Haupttor war verrammelt, und die hölzerne überdeckte Treppe zu dem Sandplatze herab schien der einzige Eingang zu sein. Wie war das anders als zu Hause, wo Fenster an Fenster offen stand, weiße, sanfte Vorhänge wehten, und man von dem Garten aus das lustige Küchenfeuer flackern sehen konnte.

Victor wendete seine Augen nun gegen den freien Platz, der vor dem düsteren Hause weg ging. Er war das Freundlichste dieser Umgebung. Hinten an den Seiten des Hauses hatte er hohe Bäume, dann war er mit Sand bestreut, hatte hie und da ein Bänklein, mehrere Blumenstellen, und lief gegen den See in einen wirklichen Blumengarten und dann in Gebüsch aus. Zu beiden Seiten waren Bäume und Gesträuche. Victor ging auf diesem Platze herum, und Luft und Sonnenschein taten ihm sehr wohl.

Dann aber strebte er weiter, um die Dinge hier zu sehen. Eine uralte Lindenallee war ihm aufgefallen, die von dem Gebäude des Oheims weiterführte. Die

Bäume waren so hoch und dicht, daß der Boden unter ihnen feucht war und das Gras sich mit dem schönsten, zartesten Grün färbte. Victor ging in der Mitte dieser Allee fort. Er gelangte zu einem andern Gebäude, dessen hohes, breites Tor verschlossen und eingerostet war. Über dem Bogen des Tores standen die steinernen Zeichen geistlicher Hoheit, Stab und Inful, nebst den andern Wappenzeichen des Ortes. Am Fuße des Bogens und des ganzen Holztores war weiches, dichtes Gras, zum Zeichen, daß hier lange kein menschlicher Tritt gewandelt war. Victor sah, daß er durch diese Pforte nicht in das Gebäude kommen konnte, er ging daher an demselben außen entlang und betrachtete es. Das Mauerwerk war ein aschgraues Viereck mit fast schwarzem Ziegeldache. Die überwuchernden Bäume der Insel waren hoch darüber hinaus gewachsen. Die Fenster hatten Gitter, aber hinter den meisten derselben standen statt des Glases graue, vom Regen ausgewaschene Bretter. Es war wohl noch ein Pförtchen in dieses Haus, aber dasselbe war wie der Haupteingang verrammelt. Weiter zurück war eine hohe Mauer, welche wahrscheinlich den ganzen Zusammenhang von Gebäuden und Gärten umschloß und als Eingang das Eisengitter des Oheims hatte. In einem ausspringenden Winkel dieser Mauer lag der Klostergarten, von dem aus Victor die zwei dicken, aber ungewöhnlich kurzen Türme der Kirche erblickte. Die Obstbäume waren sehr verwildert und hingen häufig zerrissen darnieder. Einen Gegensatz mit dieser trauernden Vergangenheit machte die herumstehende blühende, ewig junge Gegenwart. Die hohen Bergwände schauten mit der heitern Dämmerfarbe auf die grünende, mit Pflanzenleben bedeckte Insel herein, und so groß und so überwiegend war ihre Ruhe, daß die Trümmer der Gebäude, dieser Fußtritt einer unbekannten menschli-

chen Vergangenheit, nur ein graues Pünktlein waren, das nicht beachtet wird in diesem weithin knospenden und drängenden Leben. Dunkle Baumwipfel schatteten schon darüber, die Schlingpflanze kletterte mauerwärts und nickte hinein, unten blitzte der See, und die Sonnenstrahlen feierten auf allen Höhen ein Fest in Gold- und Silbergeschmeide.

Victor hätte recht gerne die ganze Insel durchgewandert, die nicht groß sein mußte, und die er gerne erkundschaftet hätte, aber er überzeugte sich schon, daß wirklich, wie er vermutet hatte, das ehemalige Kloster samt allen Nebengebäuden und Gartenanlagen von einer Mauer umfangen war, wenn auch oft blühende Gebüsche die Steine derselben verdeckten. Er ging wieder auf den Sandplatz zurück. Hier stand er eine gute Weile vor dem Gittertore, sah die Stäbe an und versuchte an dem Schlosse. Doch zu dem Oheime hinaufgehen und ihn bitten, daß er öffnen lasse – das vermochte er nicht, er hatte einen Widerwillen davor. Außer den zwei alten Dienern, dem betagten Christoph und der alten Frau, war es wie ausgestorben in dem ganzen Gebäude. Er ließ daher von dem Gitter ab und wandelte auf dem offenen Platze vorwärts gegen den See, um von dem Felsenufer, wenn hier auch eines wäre, in das Wasser hinabzuschauen. Es war ein Felsenufer, und zwar, da er am äußersten Rande draußen stand, ein häuserhohes. Unten säumte das Wasser sanft den Strand; gegenüber stand die Grisel mit freundlichem Bergfuße, der seine weißen Steine und seine schimmernden Dinge im Wasser spiegelte. Und wenn er auf die Bergmauern ringsum schaute, an denen das Wasser dunkel, reglos und faltenlos lag, so war ihm wie in einem Gefängnisse, und als sollte es ihm hier beinahe ängstlich werden. Er versuchte, ob nicht eine Stelle zum Hinunterklettern an das Wasser zu finden wäre, aber

die von Regen und Sturm gepeitschte Wand war glatt wie Eisen, ja sie ging sogar gegen das Wasser zu einwärts und überwölbte sich. Wie groß müssen erst die Wände der Grisel sein, dachte Victor, die schon von hier aus gesehen wie Paläste empor steigen, während das Felsenufer der Insel, da wir herfuhren, nur wie ein weißer Sandstreifen erschienen war.

Als er hier wieder eine Weile gestanden war, ging er längs des Saumes dahin, bis er an die Einfangungsmauer an die Seite des Klosters käme. Er kam dahin, und die Mauer stieg mit glattem Rande fallrecht in das Wasser nieder. Dann wendete er um und wandelte wieder an dem Saume fort, bis er neuerdings an die Mauer an der dem Kloster entgegenliegenden Seite käme. Aber ehe er dahin gelangte, traf er etwas anderes. Es stand eine gemauerte Höhlung da, wie die Tür eines Kellers, die hinter sich abwärtsgehende Stufen zeigte. Victor meinte, dies könnte eine Treppe sein, die zum See hinab führe, um etwa Wasser herauf zu holen. Sogleich schlug er den Weg hinab ein, der in der Tat wie eine überwölbte Kellerstiege war und auf unzähligen Stufen niederführte. Er gelangte wirklich an das Wasser, aber wie erstaunte er, als er statt eines armen Schöpfungsplatzes, wie etwa zum Begießen der Pflanzen nötig wäre, einen wahrhaften Wassersaal erblickte. Da er aus dem Dunkel der Treppe heraus kam, sah er zwei Seitenwände aus großen Quadern in den See hinaus laufen, steinerne Simse an ihren Seiten führend, daß man auf ihnen neben dem Wasserspiegel, der den Fußboden der Halle bildete, hin gehen konnte. Oben war ein festes Dach, die Mauern hatten keine Fenster, und alles Licht kam durch die gegen den See gerichtete Wand herein, die ein Gitter aus sehr starken Eichenbohlen war. Die vierte, nämlich die Rückwand, bildete der Fels der Insel. Viele Pflöcke waren in den Grund getrieben, und an man-

chen derselben hing mittelst eines Eisenschlosses ein
Kahn. Der Raum war sehr groß und mußte einst viele
solche Kähne in sich liegen gehabt haben, wie das viel-
fach abgeschleifte Ansehen der Eisenringe der Pflök-
ke zeigte; aber jetzt waren nur mehr vier da, die ziem-
lich neu waren, sehr gut gebaut und mit Ketten und
versperrten Schlössern in den Ringen hingen. Das
Bohlenwerk hatte mehrere Türen zum Hinausfahren
in den See, aber sie waren alle verschlossen, und die
Balken gingen unersichtlich tief in das Wasser hinab.

Victor blieb stehen und sah in die grünblinkenden
Lichter des Sees, die zwischen den schwarzen Balken
des Eichenholzes herein schienen. Er setzte sich dann
nach einer Weile auf den Rand eines Kahnes, um mit
der Hand die Wärme des Seewassers zu prüfen. Es
war nicht so kalt, als er es wegen seiner durchsichtigen
Klarheit geschätzt hatte. Seit seiner Kindheit war das
Schwimmen eines seiner liebsten Vergnügen gewe-
sen. Als er daher gehört hatte, das Haus seines
Oheims liege auf einer Insel, nahm er sein Schwimm-
kleid in dem Ränzlein mit, um dieser Übung recht oft
nach zu gehen. Dies fiel ihm hier in dem Wassersaale
augenblicklich ein, und er begann, die Stellen wegen
künftigen Schwimmübungen mit den Augen zu prü-
fen, aber er erkannte gleich die Unmöglichkeit; denn
wo die Kähne hingen, war es zu seicht, und wo es
tiefer wurde, gingen gleich die Bohlen in das Wasser
nieder. Zum Durchkommen durch die Bohlen war
ebenfalls keine Aussicht vorhanden; denn sie waren
so enge an einander, daß sich nicht der schlankste
Körper hätte hinaus zwängen können. Es blieb daher
nichts übrig, als sich dieses Wasserhaus für die Zu-
kunft zum bloßen Badeplatze zu bestimmen.

Zum Teile erfüllte er diese Absicht gleich auf der
Stelle. Er legte so viel von seinen Kleidungsstücken ab,
als nötig war, einige Körperteile, namentlich Schul-

tern, Brust, Arme und Füße zu waschen. Den Spitz
badete er ebenfalls. Hierauf legte er seine Kleider wie-
der an und stieg die Stufen zurück empor, die er her-
abgegangen war. Als er sodann an dem Ufer fort ging,
traf er an das andere Ende der Einschlußmauer. Es
ging wie das erste fallrecht in den See nieder und war
so aus dem Felsen heraus gebaut, daß kaum ein Kanin-
chen um den Mauerrand hätte herum schlüpfen kön-
nen. Victor blieb eine Weile lässig an dieser Stelle ste-
hen – dann war, so zu sagen, sein Tagwerk aus. Er ging
auf den Sandplatz zurück und setzte sich dort auf eine
Bank, um von dem Bade auszuruhen und den Spitz zu
trocknen. Das Haus des Oheims, welches er nun ge-
genüber hatte, war, wie es am Morgen gewesen war.
Nur die Fenster des Zimmers, in welchem er geschla-
fen hatte, standen offen, weil er sie selbst geöffnet
hatte, alles andere war zu. Niemand ging heraus, nie-
mand ging hinein. Die Schatten wendeten sich nach
und nach, und die Sonne, die morgens hinter dem
Hause gestanden war, beleuchtete nun die vordere
Seite desselben. Victor war es, wie er so da saß und auf
die dunkeln Mauern schaute, als sei er schon ein Jahr
von seiner Heimat entfernt. Endlich wies der Zeiger
seiner Uhr auf zwei. Er hob sich daher, ging die Holz-
treppe empor, der Oheim öffnete ihm auf sein Klop-
fen mit dem Klöppel die Stiegentür, ließ ihn hinter
sich in das Speisezimmer gehen, und sofort setzten
sich beide zu Tische.

Das Mittagsmahl unterschied sich von dem gestri-
gen Abendmahle nur darin, daß beide, Oheim und
Neffe, zusammen aßen. Sonst war es wie gestern. Der
Oheim sprach wenig, oder eigentlich so viel wie
nichts; die Speisen aber waren mannigfaltig und gut.
Es standen wieder mehrere Weine auf dem Tische,
und der Oheim trug Victor sogar davon an, wenn er
nämlich schon Wein trinke; dieser aber schlug das

Anerbieten aus, indem er sagte, daß er bisher immer Wasser getrunken habe und dabei bleiben wolle. Der Oheim sprach auch heute nichts von dem Reisezwekke, sondern da das Essen aus war, stand er auf und beschäftigte sich mit allerlei Dingen, die in dem Gemache waren, und kramte in denselben herum. Victor begriff sogleich, daß er entlassen sei, und begab sich seiner Neigung zu Folge ins Freie.

Nachmittags, da die Hitze in diesem Talbecken, so wie morgens die Kühle, sehr groß war, sah Victor, da er über den Blumenplatz ging, den Oheim auf einer Bank mitten in den Sonnenstrahlen sitzen. Derselbe rief ihn aber nicht hinzu, und Victor ging auch nicht hinzu.

So war der erste Tag aus. Das Abendessen, wozu Victor um neun Uhr beschieden war, endete für ihn wie gestern. Der Oheim führte ihn in seine Zimmer und sperrte das Eisengitter des Ganges ab.

Den alten Christoph hatte Victor den ganzen Tag nicht gesehen, nur die alte Frau allein wartete bei Tische auf – wenn man nämlich das ›aufwarten‹ nennen kann, daß sie die Speisen brachte und forttrug. Alles andere hatte der Oheim selber getan; auch die Käse und Weine hatte er wieder eingesperrt.

Als man des andern Morgens vom Frühstücke aufgestanden war, sagte er zu Victor: »Komme ein wenig herein da.«

Mit diesen Worten schloß er eine kaum erkennbare Tapetentür des Speisezimmers auf und schritt in ein anstoßendes Gemach, wohin ihm Victor folgte. Das Gemach war wüste eingerichtet und enthielt mehr als hundert Feuergewehre, die nach Gattungen und Zeiten in Glasschreinen waren. Hüfthörner, Waidtaschen, Pulvergefäße, Jagdstöcke und noch tausenderlei dieser Dinge lagen herum. Sie gingen durch dieses Zimmer hindurch, dann durch das anstoßende, das

wieder leer war, bis sie in ein drittes kamen, in dem einige alte Geräte standen. An der Wand hing ein einziges Bild. Es war rund, wie die Schilde, worauf man die Wappen zu malen pflegt, und war von einem breiten, aus geflammten und durchbrochenen Goldrahmen hohen Alters umschlossen.

»Das ist das Bild deines Vaters, dem du sehr gleich siehst«, sagte der Oheim.

Ein blühend schöner Jüngling, fast eher noch ein Knabe zu nennen, war in einem bauschigen, braunen, mit Goldtressen besetzten Kleide auf dem runden Schilde abgebildet. Die Malerei, obwohl kein Meisterstück ersten Ranges, war doch mit jener Genauigkeit und Tiefe der Behandlung begabt, wie wir sie noch recht oft auf den Familienbildern des vorigen Jahrhunderts sehen. Jetzt nimmt Oberflächlichkeit und Rohheit der Farbe überhand. Besonders rein waren die Goldborden ausgeführt, die noch jetzt mit düsterem Lichte funkelten und von den schneeweiß eingestaubten Locken und dem lieblichen Angesichtchen, dessen Schatten ganz besonders rein und durchsichtig waren, sich gut abhoben. »Es ist in der adeligen Schule die närrische Sitte gewesen«, sagte der Oheim, »daß alle Zöglinge zum Andenken abgebildet und in solchen runden Schildern mannigfaltig bald in Gängen, bald in Vorsälen und gar in Zimmern aufgehängt wurden. Die Rahmen kauften sie sich selber dazu. Dein Vater ist immer eitel gewesen und ließ sich malen. Ich war viel schöner als er, und saß nicht. Als die Schule einging, kaufte ich das Bild hieher.«

Victor, der sich seines Vaters so wie seiner Mutter gar nicht mehr erinnern konnte, da sie ihm beide, zuerst die Mutter und sehr bald darauf der Vater, in frühester Kindheit weggestorben waren, stand nun vor dem Bilde dessen, dem er das Leben verdankte. In das weiche Herz des Jünglings kam nach und nach das

Gefühl, das Waisen oft haben mögen, wenn sie, während andere ihre Eltern in Leib und Leben vor sich haben, bloß vor den gemalten Bildern derselben stehen. Es ist ein von einer tiefen Wehmut reiches und doch einen traurig süßen Trost gebendes Gefühl. Das Bild wies in eine weite, längst vergangene Zeit zurück, wo der Abgebildete noch glücklich, jung und hoffnungsreich gewesen war, so wie der Betrachter jetzt noch jung und voll der unerschöpflichsten Hoffnungen für diese Welt ist. Victor konnte sich nicht vorstellen, wie vielleicht derselbe Mann später in dunklem, einfachem Rocke und mit dem eingefallenen, sorgenvollen Angesichte vor seiner Wiege gestanden sein mag. Noch weniger konnte er sich vorstellen, wie er dann auf dem Krankenbette gelegen ist, und wie man ihn, da er tot und erblaßt war, in einen schmalen Sarg getan und in das Grab gesenkt habe. Das alles ist in eine sehr frühe Zeit gefallen, wo Victor die Eindrücke der äußeren Welt noch nicht hatte, oder dieselben nicht für die nächste Stunde zu bewahren vermochte. Er sah jetzt in das ungemein liebliche, offene und sorgenlose Angesichtchen des Knaben. Er dachte, wenn er noch lebte, so würde er jetzt auch alt sein wie der Oheim; aber er konnte sich nicht vorstellen, daß der Vater dem Oheime ähnlich sehen würde. Da er noch lange stand, keimte in ihm der Entschluß, wenn er überhaupt mit dem Oheime auf einen bessern Fuß zu stehen käme, als er jetzt stand, daß er ihm die Bitte vortragen wolle, ihm das Bild zu schenken, denn dem Oheime könne ja so viel nicht dáran gelegen sein, da er es in diesem ungeordneten Zimmer ganz allein auf der Wand hängen und den vielen Staub auf dem Rahmen liegen lasse.

Der Oheim stand indessen an der Seite und sah das Bild und den Jüngling an. Er hatte keine sonderliche Teilnahme gezeigt, und wie Victor die erste Bewe-

gung machte, sich von dem Bilde zu entfernen, ging er gleich voran, um ihn aus den Zimmern zu führen, wobei er weder von dem Bilde noch von dem Vater etwas anders sagte als die Worte: »Es ist eine erstaunliche Ähnlichkeit.«

Als sie wieder an das Tafelzimmer gekommen waren, schloß er sorgfältig die Tapetentür, und begann, auf die gewöhnliche Weise in dem Gemache herum zu gehen und in den herum liegenden und stehenden Sachen zu greifen, zu stellen und zu ordnen, woraus Victor aus Erfahrung erkannte, daß er jetzt vor der Hand nichts mehr mit ihm zu tun haben wolle.

Er beschloß daher, wieder auf die Insel hinunter zu gehen. Die Treppentür war abermals geschlossen. Victor wollte nicht zu dem Oheime gehen, daß er ihm öffne, sondern er dachte an den Kasten, in welchen gestern das alte Weib mit den Schalen hinein gegangen war, und vermutete, daß durch denselben ein Ausweg sein müsse. Er fand den Kasten bald, öffnete ihn und sah wirklich abwärts führende Stufen, die er einschlug. Allein er gelangte auf denselben nicht in das Freie, sondern in die Küche, in welcher er niemanden traf als das alte Weib, welches mit der Herrichtung der vielen verschiedenen Dinge beschäftigt war, die zu dem Mittagsmahle gehörten. Nur noch ein jüngeres, beinahe blödsinnig aussehendes Mädchen unterstützte sie hiebei. Victor fragte das Weib, ob sie ihn nicht in den Garten hinaus lassen könne.

»Freilich«, sagte sie, führte ihn dieselbe Treppe hinauf, die er herunter gekommen war, und holte den Oheim heraus, welcher sofort öffnete und den Jüngling hinaus ließ.

Victor erkannte nun, daß die Holztreppe der einzige Ausgang sei, und daß man den mit solchem Mißtrauen geschlossen halte, obwohl das Ganze ohnehin mit einer undurchdringlichen Mauer umgeben sei.

Der Tag verging wie der gestrige. Victor kam um zwei Uhr zum Mittagessen und ging dann wieder fort. Gegen Abend ereignete sich etwas Ungewöhnliches. Victor sah ein Schiff gegen die Insel kommen und gerade gegen das Wasserbohlenwerk zu fahren, das er gestern entdeckt hatte. Victor lief eilig die Treppen zum Wasserhause hinab. Das Schiff kam herzu, das Bohlentor wurde von außen mit einem Schlüssel geöffnet, und der alte Christoph fuhr ganz allein in einem Kahne herein. Er hatte Lebensmittel und andere Bedürfnisse geholt und war deswegen in der Hul und in Attmaning gewesen. Victor begriff nicht, da er die Ladung sah, wie der alte Mann diese Menge Dinge herbeigeschafft und über den See gerudert habe. Auch war ihm leid, daß ihm die Abfahrt des alten Dieners nicht bekannt gewesen sei, weil er ihm einen Brief mitgegeben hätte, der an die Mutter laufen sollte. Christoph fing an, die Dinge auszuladen und die verschiedenen Fleischgattungen mit Hülfe des blödsinnigen Mädchens auf einer Tragbahre in die Eisgrube zu tragen. Victor sah hiebei ein ganz niederes eisernes Türchen an der Hinterseite des Hauses öffnen. Als er über die Treppen hinter dem Türchen hinabging, erblickte er im Scheine der Laterne, die man dort angezündet hatte, eine gewaltige Last Eises, auf der allerlei Vorratsdinge herumlagen, und die eine fürchterliche Kälte in diesem Raume verbreitete. In später Dämmerung war die Arbeit des Ausladens vollendet.

Der dritte Tag verging wie die ersten zwei. Und es verging der vierte, und es verging der fünfte. Drüben stand immer die Grisel, rechts und links standen die blaulichen Wände, unten dämmerte der See, und mitten leuchtete das Grün der Baumlast der Insel, und in diesem Grün lag wie ein kleiner grauer Stein das Kloster mit dem Hause. Der Orla ließ manches blaue Stück durch die Baumzweige darauf nieder schimmern.

Victor war bereits an allen Stellen der Einfassungs-
mauer gewesen, auf allen Bänken des Sandplatzes
oder Gartens war er gesessen, und auf allen Vorgebir-
gen des Ufersaumes des eingefaßten Platzes war er
gestanden.

Am sechsten Tage konnte er es nicht mehr so aus-
halten, wie es war, und er beschloß, der Sache ein
Ende zu machen.

Er kleidete sich früh morgens sorgfältiger an, als er
es gewöhnlich tat, und erschien so bei dem Frühstük-
ke. Nachdem dasselbe vorüber war und er schon ne-
ben dem Oheime in dem Zimmer stand, sagte er:
»Oheim, ich wünschte mit Euch etwas zu reden, wenn
Ihr nämlich Zeit habt, mich anzuhören.«

»Rede«, sagte der Oheim.

»Ich möchte Euch die Bitte vortragen, mir in Gefäl-
ligkeit den Grund zu eröffnen, weshalb ich auf diese
Insel kommen mußte, wenn Ihr nämlich einen beson-
deren Grund hattet; denn ich werde morgen meine
Abreise wieder antreten.«

»Die Zeit bis zur Übernahme deines Amtes dauert
ja noch über sechs Wochen«, antwortete der Oheim.

»Nicht mehr so lange, Oheim«, sagte Victor, »nur
noch fünfunddreißig Tage. Ich möchte aber noch ei-
nige Zeit, bevor ich in das Amt trete, in meinem zu-
künftigen Aufenthaltsorte zubringen, und möchte
deshalb morgen abreisen.«

»Ich entlasse dich aber nicht.«

»Wenn ich Euch darum bitte, und wenn ich Euch
ersuche, mich morgen oder, wie es Euch gefällig ist,
übermorgen in die Hul hinüberführen zu lassen, so
werdet Ihr mich entlassen«, sagte Victor bestimmt.

»Ich entlasse dich erst an dem Tage, an dem du
notwendig abreisen mußt, um zu rechter Zeit bei dei-
nem Amte eintreffen zu können«, erwiderte hierauf
der Oheim.

»Das könnt Ihr ja nicht«, sagte Victor.

»Ich kann es wohl«, antwortete der Oheim; »denn die ganze Besitzung ist mit einer starken Mauer umfangen, die noch von den Mönchen herrührt, die Mauer hat das Eisengitter zum Ausgange, das niemand anderer als ich zu öffnen versteht, und der See, welcher die fernere Grenze macht, hat ein so steiles Felsenufer, daß niemand zu dem Wasser hinunter kommen kann.«

Victor, der von Kindheit an nie die kleinste Ungerechtigkeit hatte dulden können, und der offenbar das Wort »können« im sittlichen Sinne genommen hatte, wie es sein Oheim im stofflichen nahm, wurde bei den letzteren Worten im ganzen Angesichte mit der tiefsten Röte des Unwillens übergossen und sagte: »So bin ich ja ein Gefangener?«

»Wenn du es so nennst und meine Anstalten es so fügen, so bist du einer«, entgegnete der Oheim.

Victors Lippen bebten nun, er konnte vor Erregung kein Wort sagen – dann aber rief er doch zu dem Oheime:

»Nein, Oheim! das können Eure Anstalten nicht fügen, was Ihr beliebig wollt; denn ich gehe an das Felsenufer hinvor und stürze mich gegen den See hinunter, daß sich mein Körper zerschmettert.«

»Tue das, wenn du die Schwäche besitzest«, sagte der Oheim.

Nun konnte Victor in der Tat keine Silbe mehr hervorbringen – er schwieg eine Weile, und es stiegen in ihm Gedanken auf, daß er sich an der Härte dieses abscheulichen Mannes rächen werde. Auf der andern Seite schämte er sich auch seiner kindischen Drohung, und erkannte, daß sich selber zu verletzen kein wesentlicher Widerstand gegen den Mann wäre. Er beschloß daher, ihn durch Duldung auszutrotzen. Darum sagte er endlich: »Und wenn der Tag gekom-

men ist, den Ihr genannt habt, lasset Ihr mich dann in die Hul hinüber führen?«

»Ich lasse dich dann in die Hul hinüber führen«, antwortete der Oheim.

»Gut, so bleibe ich bis dahin«, entgegnete Victor; »aber das sage ich Euch, Oheim, daß von nun an alle Bande zwischen uns zerschnitten sind, und daß wir nicht mehr in einem verwandtschaftlichen Verhältnisse stehen können.«

»Gut«, antwortete der Oheim.

Victor setzte noch im Zimmer sein Barett auf das Haupt, zerrte den Spitz, den er bei sich hatte, an der Schnur hinter sich her und ging zur Tür hinaus.

Der Jüngling betrachtete sich nun von jeder Rücksicht, die er sonst gegen den Oheim beobachten zu müssen geglaubt hatte, frei, und beschloß, fortan jede Handlungsweise sich zu erlauben, die ihm nicht von seinem Sittlichkeitsgefühle verboten oder von den Grenzen der offenbaren Gewalt unmöglich gemacht worden wäre.

Er ging von dem Oheime in sein Zimmer und schrieb dort über zwei Stunden. Dann ging er ins Freie. An der Treppentür war von innen und von außen ein Ring, der als Klöppel diente. Wollte Victor von nun an entweder hinein oder hinaus, so ging er nicht mehr, wie bisher, zu dem Oheime, daß er ihm öffne, sondern er stellte sich an die Tür und schlug mit dem Klöppel gegen dieselbe. Auf dieses Zeichen kam der Oheim allemal, wenn er in seinem Zimmer war, heraus und öffnete. War er selber im Freien, so stand die Tür ohnehin offen. Bei dem Mittagmahle des ersten Tages redete Victor nichts, der Oheim fragte ihn auch nichts, und als das Essen vorüber war, standen beide auf, und Victor ging sogleich fort. Auf dieselbe Weise war das Abendmahl.

Victor ging nun daran, alle Teile des eingeschlosse-

nen Raumes zu durchforschen. Er drang in die Gebü-
sche, welche hinter dem Hause standen, er ging von
Baum zu Baum und sah jeden an, und untersuchte ihn
um seine Eigenschaften und um seine Gestalt. Einmal
drang er durch alle Gebüsche und Schlinggewächse,
welche an der Innenseite der Einschlußmauer des Be-
sitztumes waren, längs der ganzen Mauer dahin. Sie
war, wie dumpfig und morsch sie auch an vielen Stel-
len von den unsäglichen Gewächsen, die an ihr wuch-
sen, war, dennoch überall ganz genug und fest genug.
In dem Hause, in welchem er mit dem Oheime wohn-
te, durchsuchte er alles Treppe auf, Treppe ab, Gang
aus, Gang ein; aber es war bei diesen Untersuchungen
nicht viel zu finden. Überall, wo sich eine Tür oder ein
Tor zeigte, waren die Schlösser gut versperrt, zum
Teile standen große, schwere Kästen davor, in denen
einst Getreide oder dergleichen gewesen sein mochte,
und hinderten auf ewig das Öffnen, wie ja auch die
meisten Fenster der Gänge, wie Victor gleich am er-
sten Tage bemerkt hatte, bis auf einen kleinen Teil,
durch den das Licht kam, mit Brettern verschlagen
waren. Außer den Gängen, die zwischen dem Speise-
zimmer und seinen zwei Wohnzimmern liefen, und
außer der Treppe, über welche er in die Küche hinab
gelangen konnte – welche zwei Dinge er ohnehin
schon lange kannte – entdeckte er im Hause seines
Oheims nichts als etwa die Treppe, welche einst ab-
wärts zu dem Ausgange geführt hatte, nun aber an
einem Tor endete, das niedrig, verschlossen und mit
Rost bedeckt war.

Was Victor am meisten reizte, war das alte Kloster.
Er ging an allen Seiten des grauen, einsamen Vierek-
kes herum, und eines Tages, da er in dem verfallenen
Klostergarten war, von dem man die Türme sehen
konnte, gelang es ihm, über eine niedere Quermauer,
aus welcher er mehrere Ziegel herausbrechen konnte,

in einen Zwinger zu steigen und aus demselben in innere, nicht verschlossene Räume zu kommen. Er wanderte durch einen Gang, wo die alten Äbte aus und ein gegangen waren, abgebildet waren, aus schwarzen Bildern nieder sahen und blutrote Namen und Jahreszahlen zu ihren Füßen hatten. In die Kirche gelangte er und stand an den von Gold und Silber entblößten Altären – dann war er über manche von ewigem Treten zerschleifte Steinschwelle in zufällig offen stehende Zellen gekommen, in denen es nun hallte und wo dumpfe Luft stand. Zuletzt war er in die Türme gestiegen und hatte die ruhigen, verstaubten Glocken hängen gesehen. Als er wieder über die Quermauer in den Obstgarten hinausgeklettert war, lösete er den Spitz, den er an einem Strunke angebunden hatte, und der indessen stille da gesessen war, wieder los und ging mit ihm fort.

Mehrere Tage darnach, als er mit dem Oheime den seltsamen Auftritt gehabt hatte, ging er einmal in das Bohlenhaus hinab, um sich, wie er es öfters getan hatte, mehrere Teile seines Körpers in dem erquickenden Wasser zu waschen. Als er auf den letzten Stufen so saß und, um sich abzukühlen, vor sich hin schaute, bemerkte er in der Tiefe des Wassers, weil ein ganz besonders schöner Tag war, oder weil er jetzt überhaupt alles schärfer beobachtete, daß einer der Bohlenzähne des Tores, die in das Wasser hinab ragten, kürzer sei als die andern, und so eine Lücke bilde, durch die man vielleicht mittelst Tauchen in den See hinaus gelangen könne. Er beschloß, auf der Stelle den Versuch zu machen. Zu diesem Zwecke ging er in seine Stube und holte sich sein Schwimmkleid. Da er mit demselben zurück gekommen war, sich ausgekühlt und entkleidet hatte, ging er der größeren Tiefe des Wassers zu, legte den Körper längs der Fläche, tauchte vorsichtig, schwamm vorwärts,

hob das Haupt und war außer den Bohlen. Selbst den Spitz, welchem er die Schnur abgenommen hatte, konnte er, weil er schlank war, zwischen den Bohlen zu sich hinaus bringen. Nun schwamm er freudig in großen Kreisen aufwärts und abwärts des Bohlentores in dem tiefen See herum. Der Spitz neben ihm. Als seine Kraft gesättigt war, näherte er sich wieder der Bohlenlücke, tauchte und kam unter die Kahnpflöcke und unter das Bohlenhaus hinein. Er kleidete sich nach diesem Bade an und ging fort. Das tat er nun alle Tage. Wenn die größte Hitze sich milderte, ging er in das Schiffhaus, machte sich schwimmgerecht und schwamm, so lange es ihm gefiel, außer dem Bohlentore herum.

Es fiel ihm wohl in dieser Zeit ein, daß er seine Kleider nebst einem Vorrate von Brot durch die Bohlen hinausschaffen und sie an eine Schnur gebunden schwimmend hinter sich her ziehen könnte, bis er das nächste hereingehende Ende der Anschlußmauer umschwommen hätte. Dort könnte er aussteigen, in einem Verstecke die Kleider trocknen und sie dann anziehen. Es würde doch möglich sein, wenn das Brot nur aushielte, eine Zeit zu erwarten, in der man ein auf dem See fischendes Schiffchen herzu rufen könnte. Ja selbst das fiel ihm in Zeitpunkten der erregtesten Einbildungskraft ein, daß er mit einiger Anstrengung seiner Körperkräfte und mit Aufrufung seines Geistes von der Insel etwa bis an den Arlaberg hinüber schwimmen könnte, wo er sich dann durch Klettern und Wandern in die Hul hinüber finden müßte. Es kam ihm die Ungeheuerlichkeit dieses Wagestükkes nicht so ungeheuer vor, weil ja auch die Mönche einmal über den Orla in die Hul gestiegen sind, und noch dazu im Winter; aber das bedachte er nicht, daß die Mönche Männer waren, die das Gebirge kannten, er aber ein Jüngling sei, der in diesen Dingen gar

keine Erfahrung besitze. Aber wie lockend auch alle diese Vorspiegelungen sein mochten, so konnte er doch keiner derselben eine Folge geben, weil er dem Oheime versprochen hatte, bis zu dem notwendigen Tage da zu bleiben – und dieses Versprechen wollte er halten. Darum kam er von dem Schwimmen immer wieder unter dem Bohlentore herein.

Außer dem Schwimmen brachte er die andere Zeit mit anderen Dingen hin. Er hatte jede und alle Stellen des eingeschlossenen Raumes schon besucht und kennen gelernt. Er wurde nun auf das Gehen und Kommen der Lichter auf den Bergen aufmerksam, und erkannte nach und nach die Schauer der Farben, die über sie gingen, wenn gemach die Tageszeiten wechselten, oder wenn die Wolken schneller an der blanken Decke des Himmels hin liefen. Oder er horchte durch die toten Lüfte, wenn er so saß, wenn die Sonne am Mittage stand oder eben am Bergrande untergegangen war, ob er denn nicht das Gebetglöcklein der Hul hören könne – denn auf der Insel war wirklich weder der Schlag einer Turmuhr noch der Klang einer Glokke zu vernehmen: – aber er hörte niemals etwas, denn die grüne, dichte Baumwand des größeren Teiles der Insel war zwischen seinem Ohre und dem Klange, den er darnals abends so schön an dem Felsenufer gehört hatte. – Es waren nach lange dauernden Sternnächten – denn Victor war zur Zeit des abnehmenden Mondes gekommen – endlich auch sehr schöne Mondnächte erschienen. Victor öffnete da gerne seine Fenster und sah, da er von Menschen geschieden war, das zauberhafte Flimmern und Glitzern und Dämmern auf See und Felswänden, und sah die schwarzen, vom Lichte nicht getroffenen Blöcke mitten in dieser Flirrwelt wie Fremdlinge schweben.

Mit Christoph und der alten Magd, wenn sie ihm begegneten, redete er kein Wort, weil er es nicht für

würdig hielt, da er schon mit dem Herrn nicht spreche, mit seinen Dienern Reden zu wechseln.

So ging die Zeit nach und nach dahin. Eines Tages, als er gegen fünf Uhr über den Blumenplatz gegen das Bohlenhaus zu schritt, um zu schwimmen, und wie gewöhnlich den armen Spitz an der Schnur hinter sich herzog, redete ihn der Oheim, der nach seiner Art auf einer Bank in der Sonne saß, an und sagte: »Du darfst den Hund nicht so an der Schnur führen, du kannst ihn schon frei mit dir gehen lassen, wenn du willst.«

Victor warf seine Augen erstaunt gegen den Mann, und sah wenigstens keine Unehrlichkeit in seinem Angesichte, wenn auch sonst nichts anderes.

Am folgenden Tage ließ er den Spitz des Nachmittags versuchsweise frei. Es geschah ihm nichts, und er ließ ihn von nun an alle Tage frei mit sich gehen.

So verfloß wieder einige Zeit.

Ein anderes Mal, als Victor eben schwamm und zufällig seine Augen empor richtete, sah er den Oheim in einer Tür, die sich aus dem Dache des Bohlenhauses öffnete, stehen und auf ihn herunter schauen. In den Mienen des alten Mannes schien sich Anerkennung auszusprechen, wie der Jüngling so geschickt die Wasserfläche teilte und öfter mit freundlichen Augen auf den Hund sah, der neben ihm her schwamm. Auch die hohe Schönheit des Jünglings war eine sanfte Fürbitte für ihn, wie die Wasser so um die jugendlichen Glieder spielten und um den unschuldsvollen Körper flossen, auf den die Gewalt der Jahre wartete, und die unenträtselbare Zukunft des Geschickes. – – Ob sich auch etwas Verwandtschaftsneigung in dem alten Manne gegen das junge, einzige Wesen regte, das ihm an Blut näher stand als alle übrigen auf der Erde – wer kann es wissen? Auch ob er heute das erste Mal oder schon öfter zugeschaut hatte, war ungewiß; denn Victor hatte

früher nie gegen das Bohlentor empor geblickt; – aber am andern Tage um fünf Uhr nachmittags, als Victor über den Gartenplatz ging, den Oheim an den Blumen, der einzigen lieblichen Beschäftigung, bei der er ihn je erblickt hatte, herum arbeiten sah und, ohne ihn anzureden, vorübergegangen war, fand er zu seiner größten Überraschung, da er in das Schiffhaus gekommen war, eine der Bohlentüren offen stehen. Er war geneigt, dieses Ereignis irgendeinem ihm unbekannten Umstande zuzuschreiben; allein am nächsten Tage und alle folgenden Tage stand um fünf Uhr das Bohlenhaus offen, während es den ganzen übrigen Teil des Tages immer gesperrt war.

Victor wurde durch diese Sachen aufmerksam und erkannte leicht, daß er von dem Oheime beobachtet werde.

Als er, weil die Zeit gar so todlangsam hin ging, wieder einmal, was er seit seiner Gefangenschaft aus Stolz nie getan hatte, sehnsüchtig an dem eisernen Gitter der Einschlußmauer stand und sein Angesicht zwischen zwei Stäbe legte, um hinauszuschauen, hörte er plötzlich in dem Eisen ein Rasseln; eine Kette, die er schon öfter an den Stäben bemerkt hatte, wie sie empor ging und sich in die Mauer verlor, bewegte sich, und in dem Augenblicke fühlte er an dem sanften Nachgeben der Stäbe auswärts, daß das Gitter offen sei und ihn hinaus lasse. Er ging hinaus und ging in einigen Teilen der Insel herum. Er hätte jetzt die Gelegenheit zur Flucht benützen können, aber weil ihn der Oheim freiwillig hinausgelassen hatte, benützte er sie nicht und begab sich wieder freiwillig in sein Gefängnis. Bei seiner Annäherung an das Gitter war dasselbe zu, öffnete sich aber, als er heran trat, und ließ ihn herein, sich hinter ihm wieder schließend.

Durch alle diese Sachen hätte Victor weicher werden müssen, wenn der Mann nicht schon vorher am

sanftesten sein Herz dadurch gerührt hätte, daß er ihm den Spitz frei gemacht hatte.

Der Jüngling fing nun folgerechter Weise auch seinerseits an, den Greis näher zu beobachten und oftmals zu denken: »Wer weiß, ob er so hart ist, und ob er nicht vielmehr ein unglücklicher alter Mann sei.«

So lebten die zwei Menschen neben einander hin, zwei Sprossen desselben Stammes, die sich hätten näher sein sollen als alle andern Menschen, und die sich so ferne waren wie keine andern – zwei Sprossen desselben Stammes, und so sehr verschieden: Victor das freie, heitere Beginnen, mit sanften Blitzen des Auges, ein offener Platz für künftige Taten und Freuden – der andere das Verkommen, mit dem eingeschüchterten Blicke und mit einer herben Vergangenheit in jedem Zuge, die er sich einmal als einen Genuß, also als einen Gewinn, aufgeladen hatte. In dem ganzen Hause lebten nur vier Personen: der Oheim, der alte Christoph, Rosalie, so hieß die alte Haushälterin und Köchin, und endlich das blödsinnige, auch schon alte Mädchen Agnes, welche Rosaliens Handlangerin war. Unter diesen alten Menschen und neben dem alten Gemäuer ging Victor herum, wie ein nicht hieher gehöriges Wesen. Sogar die Hunde waren sämtlich alt; die Obstbäume, die sich vorfanden, waren alt; die steinernen Zwerge, die Bohlen im Schiffhause waren alt! Nur einen Genossen hatte Victor, der blühend war wie er, nämlich die Laubwelt, die lustig in der Verfallenheit sproßte und keimte.

Victor hatte sich schon früher öfter mit einer Tatsache beschäftigt, die ihn nachdenken machte. Er wußte nämlich nicht, wo sein Oheim das Schlafzimmer habe, und konnte es trotz aller Beobachtungen nicht entdecken. Er dachte daher, vielleicht verberge er es gar aus Mißtrauen. Einmal, da der Jüngling über die Treppe in die Küche hinab geriet, hörte er eben

die Haushälterin sagen: »Er traut ja niemandem; wie könnte man ihm denn beibringen, daß er aus der Hul einen Menschen in Dienst nehme? das tut er nicht. Er rasiert sich darum selbst, daß ihm niemand den Hals abschneide, und er sperrt nachts die Hunde ein, daß sie ihn nicht fressen.«

An diese Umstände äußerster Hülflosigkeit mußte Victor nun immer denken, und dies um so mehr, als sich gerade jetzt gegen ihn mildere Zeichen einstellten. Die eiserne Gittertür im Gange zu seinem Schlafzimmer wurde nicht mehr gesperrt, das Bohlentor stand zur Schwimmzeit regelmäßig offen, und zum eisernen Hauptgitter der Mauer hatte Victor statt eines Schlüssels ein Pfeifchen von dem Oheime empfangen, auf dessen Pfiff das Gitter sich öffnete; denn es war nicht wie gewöhnlich zu sperren und zu öffnen, sondern durch eine Vorrichtung von einem Zimmer des Oheims aus, man wußte nur nicht, von welchem.

Die ersten ordentlichen Unterredungen zwischen den zwei Verwandten wurden durch eine seltsame Veranlassung eingeleitet, man könnte sagen: aus Neid. Da nämlich eines Abends Victor von einem Streifzuge durch die Insel, wie er sie jetzt öfters machte, in Begleitung aller vier Hunde zurückkam – auch der des Oheims; denn sie hatten sich schon länger an ihn angeschlossen und waren in seiner und des Spitzes Gesellschaft lustiger und rühriger geworden, als sie es früher gewesen waren – sagte der Oheim, der zufälliger Weise noch in dem Garten war und dieses sah: »Dein Spitz ist auch weit besser als meine drei Bestien, denen nicht zu trauen ist. Ich weiß nicht, wie sie sich so an dich hängen?«

Dem Jünglinge fuhren auf diese Rede die Worte, weil sie ihm so nahe lagen, aus dem Munde: »Habt sie nur lieb, wie ich den Spitz, und sie werden auch so gut sein.«

Der Mann sah ihn mit sonderbar forschenden Augen an und sagte gar nichts auf diese Rede. Aber sie wurde der Anker, an den abends bei Tische andere Gespräche über andere Gegenstände angeknüpft wurden. Und so ging es dann weiter, und Oheim und Neffe sprachen jetzt wieder mit einander, wenn sie zusammenkamen, was namentlich bei den drei Mahlzeiten des Tages der Fall war.

Besonders lebhaft wurde Victor einmal, da ihn der Greis zufällig oder absichtlich veranlaßte, von seiner Zukunft und von seinen Plänen zu reden. Er werde jetzt in sein Amt eintreten, sagte Victor, werde arbeiten, wie es nur seine Kraft vermag, werde jeden Fehler, den er antreffe, verbessern, werde seinen Obern alles vorlegen, was zu ändern sei, werde kein Schlendern und keinen Unterschleif dulden – in freien Stunden werde er die Wissenschaften und Sprachen Europas vornehmen, um sich auf künftige Schriftstellerarbeiten vorzubereiten, dann wolle er auch das Kriegswesen kennen lernen, um in dem höheren Staatsdienste einmal den ganzen Zusammenhang überschauen zu können, oder in Zeiten der Gefahr selbst zu Feldherrndiensten tauglich zu sein. Wenn er sonst noch Talent habe, so möchte er auch die Musen nicht ganz vernachlässigen, ob ihm vielleicht etwas gelänge, was sein Volk zu begeistern und zu entflammen vermöge.

Der Oheim hatte während dieser Rede Kügelchen aus Brot gedreht und hatte lächelnd mit den schmalen, zusammengekniffenen Lippen zugehört.

»Wenn du nur das alles zusammenbringst«, sagte er, »jetzt kannst du schon gut schwimmen, das heißt, ziemlich gut; ich habe dir gestern wieder eine Weile zugeschaut – aber der Bogen der rechten Hand ist noch ein wenig zu kurz, es ist, als zögest du die Hand zurück, und die Fußbewegung ist auch noch zu heftig. – Willst du denn nicht auch einmal zu jagen ver-

suchen? Verstehst du ein Gewehr loszuschießen und zu laden? Ich gebe dir ein paar aus meiner Gewehrkammer, und du kannst damit durch die ganze Insel herum gehen.«

»Freilich verstehe ich ein Feuergewehr zu behandeln«, antwortete Victor, »aber die Singvögel, die ich hier sehe, mag ich nicht schießen; denn sie erbarmen mir zu viel, und auf der ganzen Insel sehe ich nur veraltete Obstbäume und junges, darüber wachsendes Waldlaub, da wird schwerlich ein Fuchs oder ein anderes schießbares Wild sein.«

»Du wirst schon finden, nur muß man das Suchen verstehen.«

Mit diesen Worten trank der Oheim seinen Wein aus, aß sein Zuckerwerk und ließ den Gegenstand fallen. Hierauf gingen sie bald schlafen. Victor wurde jetzt nicht mehr wie in den ersten Tagen von seinem Oheime in das Schlafgemach geleitet, sondern seit das Schlafgitter nicht mehr gesperrt wurde, zündete er sich nach Beendigung des Mahles ein Licht an, wünschte dem Oheim gute Nacht und verfügte sich mit dem Spitz, der jetzt auch in Eintracht mit den andern Hunden aß, in seine zwei Gemächer.

In diesen Verhältnissen verging endlich alle Zeit, die Victor nach dem eigentlich erzwungenen Vertrage noch auf der Insel zu erleben gehabt hatte. Er war nie in Versuchung gekommen, etwas über diese Sachlage zu sagen, weil er zu stolz dazu war. Aber als der letzte Tag vergangen war, den er noch da sein konnte, um dann zu rechter Zeit in sein Amt einzutreffen, pochte ihm das Herz in dem Leibe. Man war mit dem Abendmahle fertig. Der Oheim war aufgestanden und kramte in allerlei Papieren, und schob sie nach Art des Alters mit ungeschickten Händen durcheinander. Dann legte er sie aber samt und sonders in einen Winkel und ließ sie dort liegen. Victor

sah schon aus dem ganzen Benehmen, daß der Greis nichts mehr über den Gegenstand sagen werde, er nahm daher sein Licht und begab sich zu Bette.

Das Frühstück wurde am andern Tag mit derselben Langsamkeit verzehrt wie bisher immer. Victor hatte auf seiner Stube sein Ränzlein vollständig gepackt, und saß jetzt auf seinem Frühmahlstuhle und wartete, was der Oheim beginnen werde. Der alte Mann, der mit dem schlotternden grauen Rocke angetan war, stand auf und ging ein paar Mal durch die Tapetentür ein und aus. Dann sagte er zu Victor: »Du wirst dieser Tage, heute oder morgen, fort wollen?«

»Heute, Oheim, muß ich fort, wenn ich nicht zu spät kommen soll«, antwortete Victor. »Du kannst ja draußen in Attmaning Fahrgelegenheit nehmen.«

»Das ist schon eingerechnet, das muß ich ohnehin tun«, sagte Victor; »denn da Ihr nichts über die Sache erwähntet, habe ich bis zu dem letzten Augenblicke gewartet.«

»Du mußt also heute«, sagte der Greis zögernd, – »du mußt – wenn du also mußt, so soll dich Christoph überführen, wie ich es gesagt habe. Sind deine Habseligkeiten schon in Ordnung?«

»Ich habe bereits gestern alles eingepackt.«

»Gestern hast du schon eingepackt – – und freust dich also sehr – so, so, so! – – Ich wollte doch noch etwas zu dir sagen – – was wollte ich sagen? – – Höre, Victor!«

»Was, Oheim?«

»Ich denke – und meine – wenn du es nun versuchtest, wenn du freiwillig noch ein wenig bei einem alten Manne bliebest, der niemanden hat.«

»Wie kann ich denn?«

»Deinen Urlaub hätte ich da – warte, in den Pfeifentisch, glaube ich, habe ich ihn gelegt.«

Mit diesen Worten schob der Oheim nun mehrere

Fächer an dem Tische und Schreine, auf denen die Pfeifen und Beutel waren, aus und ein, bis er aus einem ein Papier hezvor zog und es an Victor hin reichte.

»Siehst du da.«

Der Jüngling war im höchsten Grade erstaunt und verlegen; denn das Papier war in der Tat ein Urlaub auf unbestimmte Zeit.

»Du kannst es nun halten, wie du willst«, sagte der Oheim.

»Ich lasse dich sogleich überführen – aber ich habe dich ersucht, noch ein wenig da zu bleiben, ob wir vielleicht gut mit einander lebten. Du kannst während der Zeit in die Hul, oder wohin es dir sonst gefällt, fahren, und wenn du endlich abreisen willst, so kannst du abreisen.«

Victor wußte nicht, wie ihm war. Er hatte lange auf den heutigen Tag gewartet – nun sah er den merkwürdigen Mann, den er eigentlich haßte, vor sich stehen und bitten. Das alte, eingeschrumpfte Angesicht kam ihm unsäglich verlassen vor – ja es war ihm, als zittere sogar irgendein Gefühl darinnen. Das gute, schöne Herz, das der Jüngling immer gehabt hatte, regte sich in ihm. Nur einen Augenblick stand er, dann sagte er mit der Offenheit, die ihm eigen war: »Ich will gerne noch eine Zeit da bleiben, Oheim, wenn Ihr es wünscht und nach Einsicht und Gründen für gut erachtet.«

»Ich habe keinen andern Grund, als daß du noch ein wenig da seist«, sagte der alte Mann.

Dann nahm er das Papier, welches den Urlaub enthielt, von dem Tische und legte es, nachdem er drei Fächer versucht hatte, in ein viertes, in dem Steine staken.

Victor, der heute morgens, nicht ahnend, daß sich die Sache so entwickeln werde, seine Zimmer verlas-

sen hatte, begab sich nun in dieselben zurück und packte langsam sein Ränzlein aus. Er war nun doppelt ungewiß und doppelt gespannt, wohin das alles ziele und was das sei, daß der Oheim sich eigens Mühe gegeben habe, ihm schon einen Urlaub auszuwirken, ehe er noch in das Amt eingerückt sei. – Einen Augenblick zuckte es ihm durch das Haupt: wie? wenn es Zuneigung wäre, wenn der Mann doch ein lebendiges menschliches Wesen lieber hätte als die tote, starre Fülle von Dingen und Kram, womit er sich umringte? Aber dann fiel ihm ein, mit welcher Gleichgültigkeit der Greis das Papier von dem Tische weggenommen und ein Fach gesucht habe, in das er es verbergen könne. Victor hatte überhaupt schon länger bemerkt, daß der Oheim nie ein Ding wieder in die nämliche, sondern stets in eine neue Lade lege. Und bei dem Herumsuchen hatte er den Jüngling nicht beobachtet und ihn hinausgehen lassen, ohne ihn anzureden.

So war er also wieder da.

In dem Hause hatte der Oheim ein Bücherzimmer, aber er las seit langem nichts mehr, so daß Staub und Motten in den Werken waren. Zu diesem Zimmer gab er Victor den Schlüssel, und diesen freute die Sache sehr. Er hatte nie eine Büchersammlung gesehen, außer den öffentlichen der Stadt, in denen er aber, wie es begreiflich ist, nicht herumsuchen durfte. Er merkte sich den Gang, und ging oft in das Zimmer. Er stellte die Leiter an alle Fächer, putzte zuerst alle Bücher, und dann las und betrachtete er die Dinge, wie sie ihm in die Hand kamen und wie sie ihn anzogen.

Großes Vergnügen gewährte es ihm auch, wenn er auf die Diele des Bohlenhauses gehen und aus der Tür, von der ihm der Oheim zugeschaut hatte, in den See hinab springen konnte. Die Mönche hatten die Tür und die Diele gehabt, um Dinge aus dem Schiffe gleich aufziehen zu können, die sonst schwer über die

Treppe emporzubringen gewesen wären. Aus dem Büchsenschranke des Oheims hatte er sich doch ein schönes altdeutsches Gewehr heraus genommen und freute sich, es zu putzen und trotz seiner Ungefügigkeit loszuschießen. Seit langem mochten das wieder die ersten Knalle auf der Insel sein, welche den Widerhall der Berge erweckten. Christoph hatte dem Jüngling einen finstern Gang gezeigt, durch welchen man gleich aus dem Hause des Oheims in das Kloster hinüber gehen konnte. Auch hatte er dem Jünglinge manche Räume aufgesperrt, die sonst immer verschlossen waren. Er zeigte ihm den großen Saal, in welchem goldene Leisten und Verzierungen waren, die Fenster weiß, grau und blau bemalt schimmerten, lange hölzerne Bänke an der Wand hin liefen, auf denen die Mönche gesessen waren, und ein ungemein großer Ofen stand, in welchem die einzelnen Täfelchen bunt eingebrannte Heiligenbilder und Geschichten enthielten. Er zeigte ihm das Kapitelzimmer, wo beraten wurde und jetzt nur mehr die schlichten, rohen Holzbänke standen und wenige dagelassene wertlose Bilder hingen. Er zeigte ihm die leere Schatzkammer, er zeigte ihm die Sakristei, wo die Fächer der Kelche offen standen und nichts als die verschossene, einst dunkelrote Ausfütterung zeigten, und wo die Laden, einst der Aufbewahrungsort der Paramente, nun Staub enthielten. Zurück gingen sie durch die Kirche, die Kreuzgänge und die Sommerabtei, wo noch manch schönes Bild, manche Holz- und Steinverzierung unberührt starrte, weil man deren Wert nicht gekannt hatte, als man die Dinge aus dieser Gotteswohnung fortschaffte.

Nicht bloß in den Gebäuden und auf der ganzen Insel durfte Victor herum gehen und alles untersuchen, sondern der Oheim bot ihm auch an, daß er ihn in einem Kahne an alle Punkte des Sees fahren lassen

wolle, wohin er nur verlange. Der Jüngling hatte wenig Gebrauch davon gemacht, weil er eigentlich, der nie in dem hohen Gebirge gewesen war, nicht wußte, wie er die Schätze desselben heben soll, daß sie ihm freude- und gewinnbringend würden. Er fuhr nur selber zweimal zu dem Orla hinüber, und stand an dem Ufer und sah die hohen, grauen und zeitweise flimmernden Wände an.

Trotz allem begann sich allgemach in Victor die Reue zu regen, daß er wieder da geblieben sei; namentlich da er nicht Zweck und Ursache des ganzen Verfahrens zu ermitteln im Stande war.

»Ich werde dich doch nun bald fort lassen«, sagte der Oheim eines Tages nach dem Mittagstische, da eben ein prachtvolles Gewitter über die Grisel ging und den rauschenden Regen wie Diamantengeschosse in den See nieder sandte, daß er sich in kleinen Sprüngen regte und wallte. Sie waren aus der Ursache dieses Gewitters etwas länger bei dem Tische sitzen geblieben.

Victor antwortete auf die Rede gar nichts, sondern horchte, was ferner kommen würde. »Es ist zuletzt doch alles vergeblich«, hob der Oheim wieder mit langsamer Stimme an, »es ist doch vergeblich – Jugend und Alter taugen nicht zusammen. Siehe, du bist gut genug, du bist fest und aufrichtig, und bist mehr, als dein Vater in diesen Jahren war. Ich habe dich die Zeit her beobachtet, und man dürfte vielleicht auf dich bauen. Du hast einen Körper, den die natürliche Kraft stark und schön gemacht hat, und du übst gerne die Kraft, sei es, daß du unter den Felsen herum gehst, oder in der Luft wanderst, oder in dem Wasser schwimmst – – aber was hilft das alles? Es ist für mich ein Gut, das weit, ja sehr weit jenseits aller Räume liegt. Mir sagte schon immer die heimliche Stimme: du wirst es nicht erreichen, daß sein Auge auf dich

schaut, du wirst das Gut seines Herzens nicht erlangen, weil du es nicht gesäet und gepflanzt hast. Ich erkenne, daß es so ist. Die Jahre, die da zu nützen gewesen wären, sind nun vorüber, sie neigen jenseits der Berge hinunter, und keine Gewalt kann sie auf die erste Seite herüber zerren, auf der nun schon die kalten Schatten sind. Darum gehe nur zu dem alten Weibe, von dem du kaum mehr einen Brief erwarten kannst – gehe hin und sei dort heiter und freudig.«

Victor war im äußersten Maße betroffen. Der Greis saß gerade so, daß die Blitze in sein Antlitz leuchteten, und manchmal war es in dem dämmerigen Zimmer, als ob das Feuer durch die grauen Haare des Mannes flösse und ein rieselndes Licht über seine verwitterten Züge ginge. War dem Jünglinge früher das inhaltlose Schweigen und die tote Gleichgültigkeit an dem Manne öde und bekümmernd gewesen, so war er nun durch diese Aufregung um so ergriffener. Der Alte hatte seinen langen Körper in dem Lehnstuhle aufgerichtet, und er zeigte fast tiefe Bewegung. Eine Weile antwortete der Jüngling nichts auf die Rede des Oheims, die er mehr ahnte als verstand. Dann aber sagte er: »Ihr habt von Briefen geredet, Oheim; ich bekenne aufrichtig, daß es mich schon sehr unruhig gemacht hat, daß ich auf die mehreren Briefe, die ich nach Hause sandte, noch immer keine Antwort habe, obwohl Christoph schon mehr als zwanzigmal, seit ich hier bin, in der Hul und in Attmaning draußen gewesen ist.«

»Ich wußte es wohl«, antwortete der Oheim, »aber du kannst gar keine Antwort erhalten.«

»Warum denn nicht?«

»Weil ich es so eingerichtet und mit ihnen verabredet habe, daß sie dir, so lange du hier bist, nicht schreiben. Sie sind im übrigen, wenn du bekümmert sein solltest, alle wohl und gesund.«

»Das ist nicht gut, Oheim, daß Ihr das getan habt«, sagte Victor ergriffen, »die Worte, welche mir meine Ziehmutter in einem Briefe geschickt hätte, hätte ich sehr gerne empfangen.«

»Siehst du, wie du das alte Weib liebst«, sagte der Oheim, »ich habe es immer gedacht!«

»Wenn Ihr jemanden liebtet, so würde Euch wieder jemand lieben«, antwortete Victor. »Dich hätte ich geliebt«, schrie der Greis heraus, daß Victor fast erzitterte. Es war einige Augenblicke Stille.

»Und der alte Christoph liebt mich«, fuhr er fort, »und vielleicht auch die alte Magd.«

»Was schweigst du denn?« sagte er nach einiger Zeit zu dem Jünglinge – »wie sieht es denn mit der Gegenliebe aus? Nun, so rede einmal.«

Victor schwieg und wußte kein einziges Wort heraus zu bringen.

»Siehst du«, sagte der Greis wieder, »ich habe es ja gewußt. Sei nur ruhig, es ist alles gut, es ist schon gut. Du willst fort, und ich werde dir ein Schiff geben, daß du fort kannst. – So lange wirst du doch warten, bis der Regen vorüber ist?«

»So lange und noch länger, wenn Ihr Ernstliches mit mir zu reden habt«, sagte der Jüngling, »aber das werdet Ihr doch erkennen müssen, daß keine bloße bittere Willkür einen Menschen binden könne. Es ist doch seltsam, wenn man das geringste Wort dafür wählen soll, daß Ihr mich anfangs auf dieser Insel gefangen hieltet, auf die Ihr mich zuvor gerufen habt, und auf die ich im Vertrauen kam, weil Ihr es verlangtet, und weil der Vormund und die Mutter mir es ans Herz legten. Ferner ist es seltsam, daß Ihr mich von den Briefen meiner Mutter abschneidet, und noch seltsamer ist es, was vielleicht vorher vorgefallen ist, vielleicht nicht.«

»Du redest, wie du es verstehst«, antwortete der

Oheim, indem er den Jüngling lange ansah. »Dir mag manches herbe erscheinen, dessen Ziel und Ende du nicht begreifst. Es ist da nichts Seltsames in dem, was ich tat, sondern es ist klar und deutlich. Ich wollte dich sehen, weil du einmal mein Geld erbst, und ich wollte dich deshalb lange sehen. Es hat mir niemand ein Kind geschenkt, weil alle Eltern die ihrigen selber behalten; wenn einer meiner Bekannten gestorben ist, bin ich irgend wo anders hin gezogen, und endlich kam ich auf diese Insel, deren Grund und Boden samt dem Hause, das einmal das Gerichtshaus der Mönche gewesen ist, ich erworben habe, und wo ich Gras und Bäume wachsen lassen wollte, wie sie wuchsen, um unter ihnen herum zu wandeln. Ich wollte dich sehen. Ich wollte doch deine Augen, deine Haare, deine Glieder, und wie du sonst bist, sehen, so wie man einen Sohn ansieht. – Ich mußte dich daher allein haben und festhalten. Wenn sie dir immer schreiben, so halten sie dich in derselben süßlichen Abhängigkeit wie bisher. Ich mußte dich in die Sonne und in die Luft hervorreißen, sonst wirst du ein weiches Ding, wie dein Vater, und wirst, wie er, so nachhaltlos, daß du das verrätst, was du zu lieben meinest. Du bist wohl stärker geworden als er, du stößest mit deinen Waffen wie ein junger Habicht zu; das ist schon recht, ich lobe es: aber du solltest doch dein Herz nicht an bebenden Weibern üben, sondern an Felsen – und ich wäre eher ein Fels als etwas anders. Daß ich dich so festgehalten habe, mußte sein; wer zuweilen nicht den Steinblock der Gewalttat schleudern kann, der vermag auch nicht von Urgrund aus zu wirken und zu helfen. Du weisest bei Gelegenheit die Zähne, und hast doch ein gutes Herz. Das ist recht. Du wärest endlich doch ein Sohn geworden, es hätte dich hingerissen, mich zu achten und zu lieben – und wenn du das getan hättest, dann wären dir die andern zahm

und klein gewesen, die auch an mir nie bis zum Innern dringen konnten. Aber ich erkannte, daß, bis du dahin kämest, eher hundert Jahre vergingen, und darum gehe, wohin du willst, es ist alles aus. – – Wie oft habe ich dich verlangt, daß sie dich senden sollen, ehe sie es taten. Dein Vater hätte dich mir geben sollen – aber er hat gemeint, ich sei ein Raubtier, das dich zerrisse; ich hätte dich eher zu einem Adler gemacht, der die Welt in seinen Fängen hält und sie auch, wenn es sein muß, in den Abgrund wirft. Allein er hat zuerst das Weib geliebt, dann hat er es verlassen, und war doch nicht stark genug, dasselbe auf immer von hinnen zu tun, sondern er dachte stets an dasselbe, und steckte dich, da er starb, unter die Flügel desselben, daß du fast eine Henne würdest, um Küchlein zu locken, und nur zu kreischen, wenn ein Pferdehuf eins zertritt. Schon diese wenigen Wochen bei mir bist du mehr geworden, da du gegen Gewalt und Druck ankämpfen mußtest, und du würdest immer mehr werden. Ich habe verlangt, daß du den Weg zu Fuße hieher machest, daß du die Luft, die Müdigkeit, die Selbstbezwingung ein wenig kennen lernest. Was ich nach dem Tode deines Vaters Hippolyt tun konnte, tat ich, du wirst es gleich später hören. Ich ließ dich auch zu dem Zwecke zu mir kommen, daß ich dir nebst andern, was du hier solltest, einen guten Rat gäbe, den dir weder der Federmann, dein Vormund, noch das Weib geben können, und den du dann beliebig befolgen kannst oder nicht. Weil du vielleicht heute noch, gewiß aber morgen fort gehen willst, will ich dir den Rat sagen. Höre mich. Du hast also im Sinne, in ein Amt zu treten, das sie dir verschafften, damit du dein Brot hast und versorgt bist?«

»Ja, Oheim.«

»Siehst du, und ich habe dir schon einen Urlaub ausgewirkt. Wie nötig mußt du also sein, und wie

wichtig das Amt, das unausgefüllt auf dich warten kann. Einen Urlaub auf unbestimmte Zeit habe ich hier. Ich kann jeden Augenblick einen Abschied haben, sobald ich nur will. Das Amt bedarf also nicht deiner einzelnen bestimmten Fähigkeiten, ja es harrt schon einer, der nach deinem Austritte das Amt braucht. Du kannst auch jetzt noch in der Tat gar nichts leisten, was wirklich des Antrittes eines Amtes wert wäre, da du kaum ein Jüngling geworden bist, und kaum erst ein Sandkorn von der Erde bekommen hast, daß du es kennen lernest – und du kennst es noch nicht einmal. Wenn du also jetzt einträtest, so könntest du höchstens etwas wirken, was niemand frommt, und was dir doch langsam das Leben aus dem Körper frißt. Ich wüßte dir etwas anderes. Das Größte und Wichtigste, was du jetzt zu tun hast, ist: heiraten mußt du.«

Victor richtete sein klares Auge gegen ihn und fragte:

»Was?!«

»Heiraten mußt du – eben nicht auf der Stelle, aber jung mußt du heiraten. Ich werde dir das zeigen. Jeder ist um sein selbst willen da. Das sagen wohl nicht alle, aber sie handeln alle so. Und die es nicht sagen, deren Handlungen sind oft desto ungeschlachter selbstsüchtig. Das wissen die auch recht gut, die sich dem Amte widmen: denn das Amt ist ihnen der Acker, welcher Früchte geben soll. Jeder ist seiner selbst willen da; aber nicht jeder kann es machen, daß er da ist, und mancher streckt sein Leben für etwas dahin, das weniger ist als sieben Pfennige. Der Mann, der zu deinem Schutze aufgestellt ist, meinte gut zu sorgen, wenn er bei Zeiten dein junges Blut einpferche, ganz allein dazu, damit du immer satt zu essen und zu trinken habest; das Weib in ihrer kleinen Gutherzigkeit darbte ein Sümmchen

zusammen, ich weiß sogar genau, wie groß es ist, ein Sümmchen, wofür du dir auf einige Zeit Strümpfe anschaffen kannst. Sie hat es wohl gut gemeint, wohl am besten; denn sie ist in ihrem Willen vortrefflich. Aber was soll das alles? – – Jeder ist um sein selbst willen da, aber nur dann ist er da, wenn alle Kräfte, die ihm beschieden worden sind, in Arbeit und Tätigkeit gesetzt werden – denn das ist Leben und Genuß – und wenn er daher dieses Leben ausschöpft bis zum Grunde. Und sobald er so stark ist, seinen Kräften allen, den großen und kleinen, nur allen, diesen Spielraum zu gewinnen, so ist er auch für andere am besten da, wie er nur immer da zu sein vermochte, wie es ja gar nicht anders sein kann, als daß wir auf die wirken, die rings um uns gegeben sind; denn Mitleid, Anteil, Hülfreichigkeit sind ja auch Kräfte, die ihre Tätigkeit verlangen. Ich sage dir sogar, daß die Hingabe seiner selbst für andere – selber in den Tod – wenn ich den Ausdruck gebrauchen darf, gerade nichts anders ist als das stärkste Aufplatzen der Blume des eigenen Lebens. Wer aber in seiner Armut nur eine Lebenskraft einspannt, um nur eine einzige Forderung zu stillen, etwa gar die des Hungers, der ist für sich selber in einer einseitigen und kläglichen Verrückung, und er verdirbt die, die um ihn sind. – O Victor, kennst du das Leben? kennst du das Ding, das man Alter heißt?«

»Wie sollte ich, Oheim, da ich noch so jung bin?«

»Ja, du kennst es nicht, und du kannst es auch nicht kennen. Das Leben ist unermeßlich lange, so lange man noch jung ist. Man meint immer, noch recht viel vor sich zu haben und erst einen kurzen Weg gegangen zu sein. Darum schiebt man auf, stellt dieses und jenes zur Seite, um es später vorzunehmen. Aber wenn man es vornehmen will, ist es zu spät, und man merkt, daß man alt ist. Darum ist das

Leben ein unabsehbares Feld, wenn man es von vorne ansieht, und es ist kaum zwei Spannen lang, wenn man am Ende zurück schaut. Auf dem Felde zeitigen so manche andere Früchte, als man zu säen geglaubt hat. Es ist ein schillernd Ding, das so schön ist, daß man sich gerne hineinstürzt und meint, es müsse ewig währen – – und das Alter ist ein Dämmerungsfalter, der recht unheimlich um unsere Ohren weht. Darum möchte man die Hände ausstrecken, um nicht fort zu müssen, weil man so viel versäumt hat. Wenn ein uralter Mann auf einem Hügel mannigfaltiger Taten steht, was nützt es ihm? Ich habe vieles und allerlei getan, und habe nichts davon. Alles zerfällt im Augenblicke, wenn man nicht ein Dasein erschaffen hat, das über dem Sarge noch fortdauert. Um wen bei seinem Alter Söhne, Enkel und Urenkel stehen, der wird oft tausend Jahre alt. Es ist ein vielfältig Leben derselben Art vorhanden, und wenn er fort ist, dauert das Leben doch noch immer als dasselbe, ja man merkt es nicht einmal, daß ein Teilchen dieses Lebens seitwärts ging und nicht mehr kam. Mit meinem Tode fällt alles dahin, was ich als Ich gewesen bin – – – –. Darum mußt du heiraten, Victor, und mußt sehr jung heiraten. Darum mußt du auch Luft und Raum haben, um alle deine Glieder rühren zu können. Dafür nun habe ich gesorgt, weil ich wußte, daß es alle jene nicht konnten, denen man dich anvertraut hat. Nach dem Tode deines Vaters nahm man mir die Macht, und ich habe doch besser gesorgt als die andern. Ich habe mich daran gemacht, dein Gut zu retten, das sonst verloren war. Staune nicht, sondern höre mich lieber. Wozu soll dir auch das Sümmchen deiner Mutter, oder die ewige Versorgung deines Vormundes? Zu nichts, als daß du zerknickt und verkümmert würdest. Ich bin geizig gewesen, aber vernünftiger geizig, als mancher freigebig

ist, der sein Geld wegwirft, und dann weder sich noch andern helfen kann. Deinem Vater lieh ich bei Lebzeiten kleine Summen, wie Brüder sonst einander schenken, er gab mir Bescheinigungen darüber, die ich auf sein Besitztum eintragen ließ. Da er nun tot war und die andern Gläubiger, die ihn verlockt hatten, kamen, um das arme Nest zu plündern, da war ich schon da und entriß es mit meinem Rechte ihnen und deinem Vormunde, der auch ein kleines Restchen für dich erstreiten wollte. Die Kurzsichtigen! – – Den Gläubigern gab ich nach und nach, was sie eingesetzt hatten, samt den Zinsen, aber nicht, was sie hatten erschinden wollen. Nun ist das Gut schuldenfrei, und der fünfzehnjährige Ertrag liegt für dich in der Bank. Morgen, ehe du fort gehst, gebe ich dir die Papiere; denn da ich jetzt das alles gesagt habe, ist es gut, daß du bald fort gehest. Ich habe den Christoph in die Hul geschickt, daß dich der Fischer, der dich gebracht hat, morgen an dem Landungsplatze wieder hole; denn Christoph hat keine Zeit, dich hinüberzuführen. Willst du morgen nicht fahren, sondern später, so können wir dem Fischer sein Fahrgeld geben und ihn wieder leer zurückgehen lassen. – Ich meine, du sollst ein Landwirt sein, wie es auch die alten Römer gerne gewesen sind, die recht gut gewußt haben, wie man es anfangen soll, daß alle Kräfte recht und gleichmäßig angeregt werden. – Aber du kannst übrigens tun, wie du willst. Genieße nach deiner Art, was du hast. Bist du weise, so ist es gut: bist du ein Tor, so kannst du im Alter dein Leben bereuen, wie ich das meinige bereut habe. Ich habe vieles getan, was gut war, ich habe sehr vieles genossen, was das Leben hat und mit Recht zum Genusse gibt – das war gut: aber ich habe vieles unterlassen, was die Reue und das Nachdenken erweckte, als beide vergebens waren. Denn das Leben flog, ehe es erhascht werden

konnte. Du bist wahrscheinlich auch mein Erbe, und darum möchte ich, daß du besser tätest als ich. Daher ist mein Rat – ich sage »Rat«, nicht Bedingung; denn kein Mensch soll gebunden werden. – Reise jetzt zwei bis drei Jahre, komme dann zurück, heirate, behalte anfangs den Verwalter, den ich dir auf das Gut gesetzt habe; denn er wird dich gehörig anweisen. – Das ist meine Meinung, du aber tue, wie du willst.«

Nach diesen Worten hatte der alte Mann zu reden aufgehört. Er legte sein Tellertuch, wie er es gewöhnlich tat, zusammen, rollte es zu einer Walze und schob es so in den silbernen Reif, den er zu diesem Zwecke hatte. Dann stellte er die verschiedenen Flaschen in eine gewisse Ordnung zusammen, legte die Käse und Zuckerbäckereien auf ihre Teller und stürzte die gehörigen Glasglocken darauf. Von all den Sachen trug er aber nichts von dem Tische weg, wie er es sonst immer pflegte, sondern ließ sie stehen und blieb davor sitzen. Das Gewitter war indessen vorüber gegangen, es zog mit sanfteren Blitzen und schwächerem Rollen jenseits der östlichen Gebirgszacken hinunter, die Sonne kämpfte sich wieder hervor und füllte das Gemach allmählich mit lieblichem Feuer. Victor saß dem Oheime gegenüber, er war erschüttert und konnte kein Wort sagen.

Nach einer bedeutenden Weile fing der Greis, der immer so vor seinen Dingen da gesessen war, wieder zu reden an und sagte: »Wenn du schon eine Vorneigung zu einer Frauenperson hast, so tut das bei dem Heiraten gar nichts, es ist nicht hinderlich, und fördert oft nicht, nimm sie nur: hast du aber keine solche Vorneigung, so ist es auch gleichgültig; denn derlei Dinge sind nicht beständig, sie kommen und vergehen, wie es eben ist, ohne daß man sie lockt, und ohne daß man sie vertreibt. Ich habe einmal eine solche Empfindung gehabt, du wirst es ohnehin wissen – und

weil ich gerade davon rede, so werde ich dir das Bild zeigen, wie sie damals ausgesehen hat – ich habe sie selber malen lassen – warte, vielleicht finde ich noch das Bild.«

Bei diesen Worten stand der Greis auf und suchte lange in seinen Laden herum, bald in diesem Zimmer, bald in einem andern, aber er konnte das Bild nicht finden. Endlich zog er es mit einer staubigen goldenen Kette aus einem Fache hervor. Er wischte das Glas des Bildes mit dem grauen Rockärmel ab, reichte es Victor und sagte:

»Siehst du!«

Dieser aber wurde eine Purpurflamme und rief: »Das ist Hanna, meine Schwester.«

»Nein«, sagte der Oheim, »das ist Ludmilla, ihre Mutter. Wie kannst du denn auf Hanna kommen? Diese war noch lange nicht geboren, als das Bild gemalt wurde. Hat dir denn deine Ziehmutter nichts von mir erzählt?«

»Ja, sie hat von Euch erzählt, daß Ihr mein Oheim seid und in großer Abgeschiedenheit auf der Insel eines entfernten Gebirgssees lebet.« »Sie hält mich für den ärgsten Bösewicht.«

»Nein, Oheim, das tut sie nicht. Sie hat noch von gar niemandem Böses gesagt, und wenn sie von Euch redet, so sprach sie immer so, daß wir meinten, Ihr seid sehr weit in der Welt herum gereist, seid alt geworden, und lebet nun sehr einsam und von der Welt getrennt, die Ihr sonst gerne in allen ihren Teilen besucht habt.«

»Und sonst sagte sie gar nichts von mir?«

»Nein, Oheim, gar nichts.«

»Hm – – das ist schön von ihr. Ich hätte mir das schon wohl denken können. Wenn sie nur um ein weniges stärker gewesen wäre und den klaren Verstand, der ihr Anteil war, nur über ein größer Stück

Welt hätte ausdehnen können – alles wäre anders geworden. Und daß ich dir dein Gütchen rauben wolle, davon sagte sie auch nichts?«

»Rauben sagte sie nie, sondern daß Ihr das Recht darauf habt.«

»Das habe ich auch, aber ich bin schon in der Jugend sehr tätig gewesen, habe Handelschaft begonnen, habe meine Geschäfte ausgedehnt und mehr erworben, als mir je not tut, so daß ich des kleinen Besitztumes schon gar nicht bedürftig bin.«

»Die Ziehmutter hat auch schon immer in der Zeit her darauf gedrungen, daß ich zu Euch komme, als Ihr es begehrtet, aber der Vormund hat es gehindert.«

»Siehst du!? – – dein Vormund hat überall einen guten Willen, aber der Tisch, auf dem er schreibt, deckt ihm die Welt und das Meer und alles zu. Er hat etwa gedacht, du vergessest, wenn du bei mir bist, einige Dinge, die du lerntest, und die dir für das ganze Leben hindurch unnütz sind. – Deine Ziehmutter habe ich einmal zu meiner Gattin machen wollen, wie du siehst; das wird sie dir also auch nicht gesagt haben?«

»Nein, sie nicht und der Vormund nicht.«

»Wir sind sehr jung gewesen, sie war eitel, und ich sagte einmal, daß ich ihr Bild wolle malen lassen. Sie willigte ein, und der Künstler, der mit mir von der Stadt kam, hat sie auf dieser länglichen Elfenbeinplatte gemalt. Ich behielt das Bild und ließ später den goldenen Reif darum und die goldene Kette daran machen. Ich war ihr darnach sehr zugeneigt und erwies ihr viele Aufmerksamkeiten. Wenn ich von den Reisen, die ich machte, um meine Handelsfreunde kennen zu lernen und um allerlei neue Geschäfte und Verbindungen anzuknüpfen, nach Hause kam, war ich sehr freundlich und brachte ihr auch das eine

und andere sehr schöne Geschenk mit. Sie aber gab mir meine Aufmerksamkeiten nicht zurück, sie war freundlich, aber nicht zugeneigt, ohne daß sie mir einen Grund sagte, und sie nahm meine Geschenke nicht an, ohne daß sie mir ebenfalls einen Grund sagte. Als ich ihr endlich geradezu erklärte, ich würde sie ohne weiteres zu meiner Gattin machen, wenn sie es nur jetzt oder etwa späterhin so wolle, antwortete sie, das sei allerdings sehr ehrenvoll, aber sie könne die Neigung nicht empfinden, die ihr für eine lebenslängliche Verbindung notwendig erscheine. Als ich nach einiger Zeit einmal zu dem Buchenbrünnlein im Hirschkar hinauf ging, sah ich sie auf dem breiten Steine sitzen, der neben dem Brünnlein liegt. Ihr Tuch, das sie gerne an kühleren Tagen um die Schulter trug, hing an dem flachen Aste einer Buche, die etwas weiter zurück steht und nicht hoch vom Boden diesen Ast gerade wie eine Stange zum Aufhängen ausstreckt. Ihr Hut war gleichfalls neben dem Tuche. Auf dem Steine aber saß bei ihr mein Bruder Hippolyt, und sie hielten sich umschlungen. Es war dieser Ort schon lange der ihrer Zusammenkünfte gewesen, ich habe dies erst viel später erfahren. Anfangs wollte ich ihn ermorden, dann aber riß ich das Tuch, das mich wie ein Vorhang verbarg, herunter und schrie: So wäre es ja am Ende besser, ihr tätet alles öffentlich und heiratet einander. – Von diesem Tage fing ich an, seine Liegenschaften zu ordnen und sein Amt zu befördern, daß sie sich nehmen könnten. Als aber dein Vater auf einige Zeit fort mußte, um noch etwas höher zu steigen, als er dort einen väterlichen Freund, der in einer augenblicklichen Verlegenheit Amtsgelder verwendete, von Pflicht wegen anzeigen sollte, als man in der Stadt schon davon flüsterte, als der Alte sich töten wollte, dein Vater noch in der Nacht hinlief, das Geld erleg-

te, zur Entkräftung jedes Gerüchtes die Tochter des Mannes, deine nachherige Mutter, zur Frau begehrte, und als die Verbindung wirklich vollzogen war: trat ich mit Hohn vor Ludmilla hin und zeigte ihr, wie sie ihren Verstand und ihr Herz nicht verwenden konnte. – Sie zog mit ihrem späteren Gatten auf das Gütchen hinaus, wo sie nun lebt. – Aber das sind alte Geschichten, Victor, die sind schon lange, lange geschehen, und sind in Vergessenheit geraten.«

Nach diesen Worten nahm er das Bild von dem Tische, wo er es, während er wieder in seinem Sessel gesessen war, liegen gelassen hatte, stand auf, umwikkelte es mit der Kette und steckte es in ein kleines Fach neben der Pfeifensammlung.

Das Gewitter war indessen völlig aus geworden, nur sammelten sich, wie es in dergleichen Fällen vorkommt, noch immer gelegentliche Nebel und Wolkenteile in dem Gebirgskessel, welche die Sonne, die ihre heißen Blicke schon länger hervorgeschossen hatte, bald durchscheinen ließen, bald verhüllten.

Wenn der Oheim nach dem Essen einmal auf gestanden war, so setzte er sich nicht leicht wieder nieder. So geschah es auch jetzt. Er nahm seine Flaschen von dem Tische, tat sie in ihre Wandkästchen und sperrte zu. Eben so verfuhr er mit dem Käse und mit den Zuckersachen und goß zur Vorsicht den Hunden noch einmal frisches Wasser in ihren Trog.

Als er mit allem dem fertig war, trat er an das Fenster und schaute auf den Gartenplatz hinunter.

»Siehst du«, sprach er zu Victor, »es ist genau so, wie ich dir neulich sagte. Der Sand ist beinahe trocken, und in einer Stunde wird man sehr bequem auf ihm herumgehen können. Es ist eine Eigenschaft des hiesigen Quarzbodens, der nur locker auf dem Felsengrunde aufliegt, daß er den Platzregen einschluckt wie ein Sieb. Darum muß ich bei den Blu-

men immer so viel Humus nachführen lassen, und
darum vergehen die Obstbäume der Mönche so ger-
ne, während die Rüstern, die Eichen, die Buchen und
die andern unserer Bergbäume so gedeihen, weil sie
den Felsen suchen, dort Spalten treiben und in sie
eindringen.«

Victor ging ebenfalls zu dem Fenster hin und
schaute hinunter.

Als später die Haushälterin kam und den Tisch
abräumte, und als Christoph, der von der Hul schon
zurück war, die Hunde hinausführte, ging der Oheim
durch die Tapetentür in sein Gewehrzimmer.

Der Jüngling aber, der eigentlich nach dem Gewit-
ter im Freien in Weite und Breite herum geschweift
wäre, ging jetzt in seine Zimmer und starrte bei dem
Fenster hinaus. – –

Nach einer Weile sah er den Oheim, wie er unten
auf dem Gartenplatze Blumen an die Stäbe band.

Da er dann noch längere Zeit in dem einen Zimmer
hin und her gegangen war, schritt er doch wieder bei
der Tür hinaus und ging in das Freie. Er ging über
den Sandplatz, den der Oheim verlassen hatte, gegen
das Seeufer zu, wo ein erhöhter Platz des Felsensau-
mes war, der eine bedeutende Umsicht gewährte.
Dort blieb er stehen und schaute in die Gegend hin-
aus. Es war unterdessen schon der Abend gekommen.
Einige Berge lagen mit dunkeln Wolkenstücken in
Umarmung, andere ragten wie glühende Kohlen aus
den Trümmern, und Inseln blassen Himmels schiller-
ten ungesehen über dem Haupte des Jünglings. Die-
ser schaute in das Bild so hinaus, bis nach und nach
alles verglomm und erlosch, und nichts mehr als die
dichte Finsternis da war.

In derselben ging er, an den schwarzen Geistern
der Bäume vorbei, langsam und nachdenkend in das
Haus.

Er hatte beschlossen, morgen doch die Insel zu verlassen.

Als die Zeit des Abendessens gekommen war, begab er sich aus seinem Gemache über den Gang ins Speisezimmer. Der Oheim saß schon an dem Tische, und sofort wurde aufgetragen. Der Greis eröffnete dem Jünglinge, daß der alte Christoph von der Hul die Nachricht gebracht habe, daß der Fischer morgen mit Tagesanbruch an dem Landungsplatze harren werde, wo er Victor bei seiner Ankunft ausgesetzt habe.

»Du kannst also«, schloß der Oheim, »morgen nach dem Frühstücke fortfahren, wenn du es dir so vorgenommen hast; denn du bist vollkommen dein Herr und kannst tun, wie es dir gefällt.«

»Ich habe mir wohl in den Sinn genommen, morgen fort zu reisen«, entgegnete Victor, »aber ich lege es doch in Eure Hand, Oheim, und werde tun, was Ihr für gut haltet.«

»Wenn es so ist«, sagte der Oheim, »so halte ich, wie ich schon am Mittage sagte, für gut, daß du morgen gehest. Was die Zukunft bringen kann, das bringt sie, und wie du meinen Rat befolgen willst, so befolgst du ihn. Du bist in allen Stücken ohne Bande.«

»Ich werde also morgen den Fischer auf dem Landungsplatze aufsuchen«, entgegnete Victor.

Diese Worte waren die einzigen, welche die zwei Verwandten über ihre Verhältnisse während des Abendessens gesprochen haben. Über fremde Gegenstände redeten sie noch mehreres. Namentlich erzählte der Oheim, daß der alte Christoph schon vor dem Gewitter in die Hul hinaus gefahren sei, daß das Gewitter dort und besonders gegen den Ausfluß der Afel hin fürchterlich gewirtschaftet habe, es seien bei dem Bergsturze neue und zwar ungeheure Trümmer herabgefallen, und es habe das Wasser die Ufer in erschreckender Weise ausgestoßen.

»(Und bei uns, da es über die Grisel ging«, fuhr er fort, »war es so sanft und zahm, daß es mir die Blumen gut befeuchtete und kaum einige von ihren Stäben herabgeschlagen hat. Christoph, der nach dem Gewitter herübergefahren war, wunderte sich, daß er bei uns so wenig Verwüstung antraf.«

Als das Abendmahl vorüber war, wünschten sich die beiden Verwandten zum letzten Male gute Nacht und begaben sich zu Bette. Nur Victor packte noch, und wie er dachte, dieses Mal gewiß mit Erfolg, sein Ränzchen und richtete sich die Reisekleider auf einen Sessel.

Als der andere Morgen anbrach, kleidete er sich in diese Kleider, nahm seinen Reisestab in die Hand und hing das Ränzlein mit einem der Tragriemen an seinen Arm. Der Spitz, der das alles verstand, tanzte vor Freuden.

Das Frühstück wurde unter unbedeutenden Gesprächen verzehrt.

»Ich werde dich bis zu dem Gitter begleiten«, sagte der Oheim, als Victor aufgestanden war, sein Ränzlein auf den Rücken genommen hatte und Miene machte, sich zu beurlauben.

Der Greis war in ein Nebenzimmer gegangen und mußte dort auf eine Feder gedrückt haben, oder sonst einer Vorrichtung zugegangen sein; denn Victor hörte in dem Augenblicke das Rasseln des Gitters und sah durch das Fenster, wie dasselbe sich langsam öffnete.

»So«, sagte der Oheim, indem er heraus ging, »es ist in Bereitschaft.«

Victor griff nun nach dem Stabe und setzte seinen Hut auf das Haupt. Der Greis ging mit ihm über die Treppe hinab und über den Gartenplatz bis zu dem Gitter. Beide sagten sie auf dem Wege kein Wort. An dem Tore blieb der Oheim stehen, zog ein Päckchen aus der Tasche und sagte: »Hier hast du die Papiere.«

Victor aber antwortete: »Erlaubt mir, Oheim, daß ich sie nicht annehme.«

»Was? nicht annehmen? was kömmt dir denn bei?«

»Erlaubt es mir, und tut meinen Gefühlen keine Gewalt an«, sagte Victor, »lasset mir in diesem Dinge meine Weise, daß Ihr seht, daß ich uneigennützig bin.«

»Ich zwinge dich nicht«, sagte der Greis, und schob seine Papiere wieder in die Tasche.

Victor sah ihn eine Weile an. Aus den hellen Augen drangen ihm die schimmernden Tränen Zeugen eines tiefen Gefühles – dann bückte er sich plötzlich nieder und küßte heftig die runzlige Hand.

Der alte Mann gab einen dumpfen, unheimlichen Laut von sich – es war wie Schluchzen und stieß den Jüngling bei dem Gitter hinaus.

Man vernahm gleich darauf den rasselnden Laut und den Stoß, wie sich das Tor zumachte und in das Schloß fiel. Victor wendete sich um und sah den Greis von rückwärts, wie er, mit seinem grauen Rocke angetan, seinem Hause zuschritt. Der Jüngling drückte sein Tuch gegen die Augen, die heftig strömten und nicht enden wollten. Dann kehrte er sich gleichfalls wieder ab und begab sich auf den Weg, der ihn zu der Stelle führte, wo er zum ersten Male diese Insel betreten hatte. Er ging an der einen Seite in den Graben hinab, an der andern hinauf, er ging durch den Zwerggarten, durch das Wäldchen der großen Bäume und durch das Gestrüpp. Als er an dem Landungsplatze angekommen war, waren seine Augen zwar schon getrocknet, aber noch sanft gerötet. Der Greis aus der Hul erwartete ihn schon hier, und auch das freundliche, blauäugige Mädchen stand in dem Hinterteile des Schiffes. Victor stieg mit dem Spitze ein und setzte sich nieder. Sofort wurde das Schiff zurückgeschoben, wendete mit seinem Schnabel um,

nach auswärts zu, und schwankte in die Wässer hinaus, während die Insel zurücktrat.

Als man an die Spitze des Orla gekommen war, war sie schon weit zurück und ragte, wie einst, mit ihren grünen Bäumen aus dem Wasser heraus. Da das Schiffchen nun mit seinem Körper die Wendung machte, um den Grat des Orla herum, so deckte derselbe die Insel und ließ sie wie eine grüne Zunge hervorschauen, die, wie sie sich bei der Herreise verlängert hatte, sich nun hinter die Wände zurück zog. Zuletzt, als sie sich der Hul näherten, waren wie damals, als Victor ankam, nur mehr die blauen Wände um das einsame Wasser, und der blaue Widerschein war in ihm.

In der Hul hielt sich Victor ein wenig auf, um mit dem alten Fischer etwas zu reden und ihm den Fährlohn zu geben. An die Märchen aber, von denen bei der Hinfahrt die Rede gewesen war, dachte man nicht.

In der Hul hatte der Jüngling schon die Verwüstungen des gestrigen Gewitters an den Durchfurchungen des Bodens und an den Zerstörungen der Ufer gesehen. Bei dem Steinsturze aber lagen furchtbare Trümmer herunten, die sich bei dem Eindringen des Wassers gelöst hatten und von der Höhe herabgefallen waren. Er ging von diesem Bilde der Zertrümmerung vorwärts gegen den Ausfluß der Afel und von da durch den langen Waldweg empor.

An dem Halse blieb er stehen und schaute auf den See zurück. Die Grisel war kaum ein wenig zu sehen, aber die kahle, dämmernde Wand die er bei seiner ersten Hieherkunft so bewundert hatte, war der Arlaberg. Er schaute ihn jetzt eine Zeit an und dachte, hinter ihm ist die Insel, und auf derselben wird es jetzt sein wie so oft, wenn er von seinen Ausflügen zurück gekommen ist – von den wehenden Ahornen,

von der rauschenden Brandung – daß nämlich irgendwo die zwei einsamen Greise sitzen, der eine hier, der andere dort, und daß keiner mit dem andern redet.

Nach zwei Stunden war er in Attmaning, und da er aus den dunkeln Bäumen gegen den Ort hinaus schritt, hörte er zufällig das Läuten der Glocken desselben, und nie hat ihm ein Ton so süß gedeucht als dieses Läuten, das so lieblich in seine Ohren fiel, weil er diesen Klang so lange nicht gehört hatte. Auf der Wirtsgasse waren Viehhändler mit den schönen braunen Tieren des Gebirges, die sie gegen das Flachland hinaus trieben, und in der Stube war alles voll Menschen, da eben Wochenmarkt war. Victor war es, als hätte er unterdessen lange geträumt und wäre jetzt wieder in der Welt.

Nachdem er bei dem Wirte, der ihm damals den Knaben mitgegeben hatte, sein Mahl verzehrt hatte, begab er sich diesmal nicht mit dem Knaben, sondern mit dem stattlichen Wirtswägelchen auf die Weiterreise, das mit ihm den Lauf der Afel entlang in die offeneren Länder hinaus rollte.

Als er wieder zu den Feldern der Menschen, zu ihren Fahrstraßen und ihrem lustigen Treiben hinaus gekommen war, als sich die Fläche mit sanften Hügeln geschmückt in unermeßliche Länge und Breite vor ihm ausdehnte und die verlassenen Gebirge nur mehr wie ein blauer Kranz hinter ihm schwebten: ging ihm das Herz in dieser großen Umsicht auseinander und eilte ihm weit, weit über jenen fernen, kaum sichtbaren Strich des Gesichtskreises voraus, hinter dem die über alles geliebte Ziehmutter und ihre Tochter Hanna wohnen mußten.

6

RÜCKKEHR

Nachdem Victor, weil ihm das Gehen bei weitem lieblicher dünkte, das gemietete Fuhrwerk verlassen und sich für den Rest der Reise auf die gewöhnliche Wanderung begeben hatte, nachdem er auf dem langen Wege zur Mutter, den er darum eingeschlagen hatte, um auch sie, die verehrte und geliebte, um Rat zu fragen, was nun bei der neuen Gestalt der Dinge zunächst zu tun sei, viele Zeit zugebracht hatte; ging er nach so manchem Tage, an dem er durch Felder und Wälder, über Höhen und Niederungen mit seinem Spitze gewandert war, wieder über die glänzenden Wiesen in das mütterliche Tal hinab, über die er vor so vielen Wochen mit seinen Freunden hinab gegangen war. Er ging über den ersten Steg, er ging über den zweiten, an dem großen Holunder vorbei, und durch das alte kleine Gartenpförtchen hinein. Als er näher gegen das Haus gekommen war, sah er die Mutter auf der Gasse vor dem Apfelbaume in der reinen weißen Schürze stehen, die sie gewöhnlich an Vorrnittagen um hatte, wo sie in der Küche und in dem ganzen Wirtschaftskreise nachsehen mußte.

»Mutter«, rief er, »da bringe ich Euch den Spitz wieder, er ist gut versorgt und erhalten gewesen – und auch ich komme noch einmal, weil ich manches mit Euch zu reden habe.«

»Ach, Victor, du bist es«, rief die alte Frau, »so sei gegrüßt, mein Sohn, sei tausendmal gegrüßt, du liebes Kind.«

Mit diesen Worten ging sie ihm entgegen, schob das Käppchen, das er auf hatte, ein wenig zurück, streichelte mit der Hand über die Stirne und die Lok-

ken, nahm ihn mit der andern bei seiner Rechten und küßte ihn auf die Stirne und auf die Wange.

Der Spitz, welcher von der Gartenpforte an gegen das Haus vorausgeschossen war, tanzte nun um die Mutter herum und bellte furchtbar.

Die Fenster und Türen des Hauses standen, wie gewöhnlich an schönen Tagen, offen, daher lief auf diese Schalle, die sie hinein gehört hatte, Hanna aus dem Hause heraus und blieb plötzlich stehen, ohne ein Wort hervorbringen zu können.

»So grüßet euch, Kinder, grüßt euch nach der ersten Abwesenheit von einander, die ihr erlebt habt«, sagte die Mutter.

Victor ging näher und sagte verschämt: »Gott grüße dich, liebe Hanna.«

»Gott grüße dich, lieber Victor«, antwortete sie, indem sie die dargereichte Hand annahm. »Nun geht aber hinein, Kinder«, sagte die Mutter, »Victor muß seine Sachen ablegen und muß sagen, was er bedarf, ob er etwa müde ist, und was wir ihm zu essen geben können.«

Bei diesen Worten machte sie Anstalt, hineinzugehen und die zwei Kinder, wie sie sie nannte, mitzunehmen. Victor legte in dem großen Zimmer an dem Tische, den er nicht so bald wieder zu sehen gehofft hatte, sein Ränzlein ab, lehnte den Reisestab in einen Winkel und setzte sich auf einen Stuhl nieder. Die Mutter setzte sich in dem großen Lehnsessel neben ihn.

Der Spitz, gleichsam weil er so wichtig geworden war und zu den Angekommenen gehörte, ging mit hinein; aber als man zu reden und sich zu erzählen angefangen hatte, ging er wieder hinaus, und weil er recht gut eingesehen hatte, daß nun alle Gefahr, von seinem Freunde Victor getrennt zu werden, verschwunden war, sah man ihn später in seiner Hütte

unter dem Apfelbaume liegen und die Müdigkeit, die er sich auf all diesen durchgemachten Wegen gesammelt hatte, behaglich verschlafen.

Als die Mutter, da sie bei dem Tische saßen, in Victor gedrungen war, daß er sage, ob er Hunger habe, ob er sonst irgend etwas bedürfe, daß er tun solle, was er wolle, um sich zu erholen – als er geantwortet hatte, daß er nichts bedürfe, daß er nicht müde sei, daß er spät das Morgenmahl genossen habe und daher schon bis zu der gewöhnlichen Mittagsstunde warten könne als sie endlich hinausgegangen war, um für ein hinlänglicheres und besseres Mahl Anstalten zu treffen: kam sie wieder herein, setzte sich zu ihm und begann über seine Angelegenheiten zu reden. »Victor«, sagte sie, »als du mehrere Tage fort warst, kam ein Brief von dem Oheime, in welchem er verlangte, daß wir die ganze Zeit, die du bei ihm sein wirst, nicht an dich schreiben sollen. Ich dachte, daß er einen Grund zu dieser Forderung haben müsse, daß er vielleicht etwas Nützliches mit dir vorhabe, und willigte ein. Du wirst dich recht gekränkt haben, da du keine Silbe, keinen Gruß und kein freundliches Wort von uns vernommen hast.«

»Mutter, der Oheim ist ein herrlicher, vortrefflicher Mann«, fiel Victor ein.

»Es ist gestern wieder ein Brief und allerlei Schriften von ihm an den Vormund gekommen«, sagte die Mutter, »der Vormund ist zu uns heraus gefahren und hat uns den Brief vorgelesen. Der Oheim meinte, daß du schon bei uns sein müssest, und verlangte, daß man dir den Brief mitteile. Nun, du wirst schon erfahren, was er enthält. – Ja, er ist ein vortrefflicher Mann, niemand kann das besser wissen als ich; darum habe ich auch immer darauf gedrungen, daß man dich zu ihm gehen lasse, wie er es verlangte, bis der Vormund einwilligte. Aber, mein Victor, er hat auch eine rauhe

und harte Seite, darum hat er es nie machen können, daß ihn jemand liebe. Mir fiel manchesmal bei ihm der Spruch der heiligen Bücher ein, wo einmal die göttliche Gestalt erscheinen sollte: sie war nicht in dem Rollen des Donners, sie war nicht in dem Brausen des Sturmes; aber in dem Säuseln des Lüftchens war sie, das längs des Baches hinab durch die fruchtbaren Büsche ging. Ich habe einmal, da wir noch alle jung waren, gar nicht gewußt, daß ich ihn hochachten müsse. Ich werde dir einstens, wenn du älter geworden bist, etwas von uns erzählen.«

»Mutter, er hat es mir selber erzählt«, sagte Victor.

»Er hat es dir erzählt, Kind?« erwiderte die alte Frau, »dann ist er dir geneigter gewesen, als ich dachte.«

»Er hat mir die Tatsache nur in kurzen Worten gesagt.«

»Ich werde sie dir einmal in längeren erzählen, dann wirst du sehen, welche kummervollen, traurigen Tage über mich gegangen sind, bis alles so freundlich und herbstlich mit mir geworden ist, wie es ist. Dann wirst du auch einsehen, warum ich dich so sehr liebe, du mein armer, lieber Victor!«

Mit diesen Worten tat sie nach Art des Alters ihren Arm um sein Haupt, zog es etwas näher und legte ihre Wangen an seine Locken, als wäre sie tief gerührt.

Als sie sich wieder gefaßt und zurückgeneigt hatte, sagte sie: »Victor, in dem Briefe ist gestanden, was er in der letzten Zeit mir dir geredet hat, und was er für dich getan hat.«

Hanna ging, als die Mutter diese Worte sagte, schnell aus dem Zimmer hinaus.

»Er hat die Papiere«, fuhr die Mutter fort, »welche dir das Eigentum des Gutes übergeben, an den Vormund geschickt, du sollst es mit Freude und Dankbarkeit annehmen.«

»Es ist schwer, Mutter, es ist so seltsam – –«

»Der Vormund sagt, daß du alles genau so erfüllen sollest, wie es der Oheim begehrt. Du brauchst jetzt gar nicht mehr in dein Amt zu treten, in das er dich hat bringen wollen; denn diese Wendung der Dinge hat niemand vorhersehen können, und es steht dir ein herrliches Leben bevor.«

»Wird aber Hanna wollen?« sagte Victor.

»Wer spricht denn von Hanna?« antwortete die Mutter mit vor Freude glänzenden Augen.

Victor aber konnte vor glühender Verwirrung nichts sagen, er saß da, als müßten ihm vor Schamrot die Wangen zerspringen.

»Sie wird schon wollen«, sagte die Mutter wieder, »laß es nur gut sein, Kind, es wird alles zum besten ausfallen. Jetzt werden wir an deiner Ausrüstung zu der großen Reise arbeiten. Du bist jetzt dein eigener Herr, der Mittel hat – da muß alles anders werden, und auch wegen der Reise müssen die Sachen nach anderer Art hergerichtet werden. Es wird dies schon meine Sorge sein. Jetzt aber muß ich auch für das Mittagessen sorgen, sieh dir indessen das Haus an, ob sich nichts verändert hat, oder tue, was dir gefällt – die Speisestunde wird ohnehin bald heranrücken.«

Mit diesen Worten erhob sie sich und ging in die Küche.

Als das Mittagmahl bereitet und aufgetragen war, saßen die drei wieder bei dem Tische, wie sie jetzt lange nicht bei einander gesessen waren.

Nachmittag ging Victor in die Gegend hinaus und besuchte alle Plätze, die ihm einst lieb und bekannt gewesen waren; Hanna aber lief in dem Hause herum und tat alles verkehrt.

Als er abends nach dem Essen schlafen gehen wollte und die Mutter mit der Kerze in der Hand mit ihm ging, führte sie ihn in seine alte Stube, und da sie

eintraten, sah er, daß sie gar nicht verändert worden war, wie er es sich doch so lebhaft bei seiner Abreise vorgespiegelt hatte. Sogar der Koffer und die Kisten standen da, wie er sie eingepackt hatte.

»Siehst du«, sagte die Mutter, »wir haben alles stehen gelassen, weil der Oheim schrieb, daß wir nichts fortschicken sollen, indem es noch ungewiß ist, wie sich dein Schicksal gestalten werde. – Und nun, gute Nacht, Victor.« »Gute Nacht, Mutter.«

Und er sah, da sie fort war, durch sein Fenster wieder auf die dunklen Büsche nieder und auf das rieselnde Wasser, in welchem sich die Sternlein spiegelten. Und als er schon im Bette lag, hörte er noch das Rieseln der Wässer, wie er es so viele Abende seiner Kindheit und seiner Jünglingszeit gehört hatte.

7

BESCHLUß

Wenn wir zu dem in den obigen Abschnitten dargestellten Jünglingsbilde noch etwas hinzufügen dürfen, so kann es folgendes sein.

Nachdem die Ausrüstung fertig war, welche die Mutter für Victors Reise ins Werk zu setzen hatte, und nachdem man über alles, was in der Zukunft für das Wohl des jungen Mannes ersprießlich sein könnte, im Reinen war, ereignete sich im tiefen Herbste desselben Jahres wieder ein Abschied – aber derselbe war kein so trauriger wie der erste, da er nicht sozusagen für das ganze Leben, sondern nur für eine kleine Zeit notwendiger Abwesenheit galt, auf welche kleine Zeit dann eine lange, schöne, glückselige folgen sollte.

Daß Hanna recht gerne eine sehr nahe Teilnehmerin jener glücklichen Zeit werden wollte, zeigten ihre

rin jener glücklichen Zeit werden wollte, zeigten ihre feurigen, heftigen Küsse, mit denen sie die Lippen Victors bedeckte, als sie einen einsamen Abschied von einander nahmen, als er sie heftig und schmerzlich an sich drückte und von ihr nicht lassen zu können vermeinte. Die zwei Ziehgeschwister weinten bei diesem glückverheißenden Abschiede so sehr, als ob er der trennendste und zerreißendste gewesen wäre und lange nicht, oder vielleicht nie mehr eine Wiedervereinigung hoffen ließe.

Die Mutter Ludmilla aber ging in stiller Freudigkeit herum, sie gesegnete den Sohn beim Abschiede, und dachte immer, wie sie es denn durch das wenige Gute, das sie in ihrem Leben stets mehr ausführen gewollt als gekonnt hatte, verdient habe, daß sie nun Gott in ihrem Alter so sehr belohne, ach so sehr, so sehr belohne.

Als er fort war, begann das stille, einfache Leben in dem Tale und Hause wieder, wie es bisher immer geführt worden war. Die Mutter tat in Unschuld die Geschäfte des Hauses, besorgte alles auf das beste, erwies Gutes, wo sie es konnte, und ließ eine Fülle häuslicher Habe und Bequemlichkeit für eine nahe Zeit ausrüsten und arbeiten: Hanna war eine ergebene Tochter, die nur immer den Willen der Mutter tat und in innerer Bewegung und Erregung wartete, was die Zukunft bringen werde.

Als vier Jahre herum waren und die Briefe aus fremden Ländern, die alle dieselben lieben und bekannten Schriftzüge trugen, zu einem sehr großen Stoße angewachsen waren, kam der Briefschreiber selber, und die Briefe hörten auf. Victor kam so verändert zurück, daß selber die Ziehmutter staunte und überrascht wurde; denn aus dem fast kindischen Jünglinge war in der kurzen Zeit ein Mann geworden. Aber nur sein Verstand und sein Geist hatten sich heraus

gebildet, das gute Herz, das sie in ihn gelegt, war unausrottbar geblieben, es war eben so kindlich und unversehrt, wie sie es ihm in der zarten Kindheit gegeben und dann weiter gepflegt hatte; denn ihr Herz vermochte sie ihm zu geben; was aber der starke Mann braucht, und was das harte Leben von ihm heischt, nicht. Hanna sah an Victor keine Veränderung; denn sie hielt ihn von Kindheit auf für gewandter und tüchtiger als sich; daß sie aber eine gute, einfache, große Seele habe, welche unbeugsam das Gute tut, wie das Wasser abwärts fließt, das wußte sie nicht, und das setzte sie als ein Gemeinut bei allen Menschen voraus.

Nicht sehr lange Zeit nach seiner Zurückkunft stand Victor mit Hanna zur ewigen Verbindung an dem Altare – zwei Wesen, deren Antlitze die Abbilder von zwei anderen waren, die einmal auch gerne vor demselben Altare gestanden wären, aber durch Unglück und Verschuldung aus einander gerissen worden waren, und dann lebenslänglich bereuten.

Alle Freunde, die einst jenen Spaziergang zur Feier von Ferdinands Geburtstag mitgemacht hatten, waren bei diesem Feste Victors und Hannas zugegen. Dann war auch noch der Vormund und seine Gattin, dann Rosina, jetzt selber schon eine junge Frau, dann Rosinas und Hannas Gespielinnen und noch andere Menschen.

Nach Vollendung der Festlichkeiten führte Victor Hanna mit Triumph auf sein Gut. Die Mutter ging nicht mit; sie sagte, sie werde schon noch sehen, wie sich alles fügen werde.

Der Oheim war trotz der Bitten Victors, der selber bei ihm gewesen war, nicht zu der Vermählung seines Neffen gekommen. Er saß ganz einsam auf seiner Insel; denn wie er einmal selber gesagt hatte, es war alles, alles zu spät, und was versäumt war, war nicht nachzuholen.

Wenn man von dem Manne das Gleichnis des unfruchtbaren Feigenbaumes anwenden wollte, so dürfte man vielleicht die Worte sagen: ›Der gütige, milde und große Gärtner wirft ihn nicht in das Feuer, sondern er sieht an jedem Frühlinge in das früchtelose Laub und läßt es jeden Frühling grünen, bis einmal auch die Blätter immer weniger sind und zuletzt nur die dürren Äste empor ragen. Dann wird der Baum aus dem Garten weggetan und seine Stelle weiters verwendet. Die übrigen Gewächse aber blühen und gedeihen fort, und keines kann sagen, daß es aus seinen Körnern entsprossen ist und die süßen Früchte tragen wird wie er.‹ Dann scheint immer und immer die Sonne nieder, der blaue Himmel lächelt aus einem Jahrtausend in das andere, die Erde kleidet sich in ihr altes Grün, und die Geschlechter steigen an der langen Kette bis zu dem jüngsten Kinde nieder: aber er ist aus allen denselben ausgetilgt, weil sein Dasein kein Bild geprägt hat, seine Sprossen nicht mit hinunter gehen in dem Strome der Zeit. – Wenn er aber auch noch andere Spuren gegründet hat, so erlöschen diese, wie jedes Irdische erlischt – und wenn in dem Ozean der Tage endlich alles, alles untergeht, selbst das Größte und das Freudigste, so geht er eher unter, weil an ihm schon alles im Sinken begriffen ist, während er noch atmet, und während er noch lebt.

ABDIAS

1

ESTHER

Es gibt Menschen, auf welche eine solche Reihe Ungemach aus heiterm Himmel fällt, daß sie endlich da stehen und das hagelnde Gewitter über sich ergehen lassen; so wie es auch andere gibt, die das Glück mit solchem ausgesuchten Eigensinne heimsucht, daß es scheint, als kehrten sich in einem gegebenen Falle die Naturgesetze um, damit es nur zu ihrem Heile ausschlage.

Auf diesem Wege sind die Alten zu dem Begriffe des Fatums gekommen, wir zu dem milderen des Schicksals.

Aber es liegt auch wirklich etwas Schauderndes in der gelassenen Unschuld, womit die Naturgesetze wirken, daß uns ist, als lange ein unsichtbarer Arm aus der Wolke und tue vor unsern Augen das Unbegreifliche. Denn heute kömmt mit derselben holden Miene Segen, und morgen geschieht das Entsetzliche. Und ist beides aus, dann ist in der Natur die Unbefangenheit, wie früher.

Dort, zum Beispiel, wallt ein Strom in schönem Silberspiegel, es fällt ein Knabe hinein, das Wasser kräuselt sich lieblich um seine Locken, er versinkt – und wieder nach einem Weilchen wallt der Silberspiegel, wie vorher. – – Dort reitet der Beduine zwischen der dunklen Wolke seines Himmels und dem gelben Sande seiner Wüste: da springt ein leichter glänzender Funke auf sein Haupt, er fühlt durch seine Nerven ein unbekanntes Rieseln, hört noch trunken den Wol-

kendonner in seine Ohren, und dann auf ewig nichts
mehr.

Dieses war den Alten Fatum, furchtbar letzter star-
rer Grund des Geschehenden, über den man nicht
hinaus sieht, und jenseits dessen auch nichts mehr ist,
so daß ihm selber die Götter unterworfen sind: uns ist
es Schicksal, also ein von einer höhern Macht Gesen-
detes, das wir empfangen sollen. Der Starke unter-
wirft sich auch ergeben, der Schwache stürmt mit Kla-
gen darwider, und der Gemeine staunt dumpf, wenn
das Ungeheure geschieht, oder er wird wahnwitzig
und begeht Frevel.

Aber eigentlich mag es weder ein Fatum geben, als
letzte Unvernunft des Seins, noch auch wird das ein-
zelne auf uns gesendet; sondern eine heitre Blumen-
kette hängt durch die Unendlichkeit des Alls und sen-
det ihren Schimmer in die Herzen – die Kette der
Ursachen und Wirkungen – und in das Haupt des
Menschen ward die schönste dieser Blumen gewor-
fen, die Vernunft, das Auge der Seele, die Kette dar-
an anzuknüpfen und an ihr Blume um Blume, Glied
um Glied hinab zu zählen bis zuletzt zu jener Hand, in
der das Ende ruht. Und haben wir dereinstens recht
gezählt, und können wir die Zählung überschauen:
dann wird für uns kein Zufall mehr erscheinen, son-
dern Folgen, kein Unglück mehr, sondern nur Ver-
schulden; denn die Lücken, die jetzt sind, erzeugen
das Unerwartete, und der Mißbrauch das Unglückse-
lige. Wohl zählt nun das menschliche Geschlecht
schon aus einem Jahrtausend in das andere, aber von
der großen Kette der Blumen sind nur erst einzelne
Blätter aufgedeckt, noch fließt das Geschehen wie ein
heiliges Rätsel an uns vorbei, noch zieht der Schmerz
im Menschenherzen aus und ein – – ob er aber nicht
zuletzt selber eine Blume in jener Kette ist? wer kann
das ergründen? Wenn aber einer sagt, warum denn

die Kette so groß ist, daß wir in Jahrtausenden erst einige Blätter aufgedeckt haben, die da duften, so antworten wir: So unermeßlich ist der Vorrat darum, damit ein jedes der kommenden Geschlechter etwas finden könne, – das kleine Aufgefundne ist schon ein großer herrlicher Reichtum, und immer größer, immer herrlicher wird der Reichtum, je mehr da kommen, welche leben und enthüllen, und was noch erst die Woge aller Zukunft birgt, davon können wir wohl kaum das Tausendstel des Tausendstels ahnen. – – Wir wollen nicht weiter grübeln, wie es sei in diesen Dingen, sondern schlechthin von einem Manne erzählen, an dem sich manches davon darstellte, und von dem es ungewiß ist, ob sein Schicksal ein seltsameres Ding sei oder sein Herz. Auf jeden Fall wird man durch Lebenswege wie der seine zur Frage angeregt: Warum nun dieses? und man wird in ein düsteres Grübeln hinein gelockt über Vorsicht, Schicksal und letzten Grund aller Dinge.

Es ist der Jude Abdias, von dem ich erzählen will.

Wer vielleicht von ihm gehört hat, oder wer etwa gar noch die neunzigjährige gebückte Gestalt einst vor dem weißen Häuschen hat sitzen gesehen, sende ihm kein bitteres Gefühl nach – weder Fluch noch Segen, er hat beides in seinem Leben reichlich geerntet – sondern er halte sich in diesen Zeilen noch einmal sein Bild vor die Augen. Und auch derjenige, der nie etwas von diesem Manne gehört hat, folge uns, wenn es ihm gefällt, bis zu Ende, da wir sein Wesen einfach aufzustellen versucht haben, und dann urteile er über den Juden Abdias, wie es ihm sein Herz nur immer eingibt.

Tief in den Wüsten innerhalb des Atlasses steht eine alte, aus der Geschichte verlorene Römerstadt. Sie ist nach und nach zusammengefallen, hat seit Jahrhunderten keinen Namen mehr, wie lange sie

schon keine Bewohner hat, weiß man nicht mehr, der Europäer zeichnet sie bis auf die neueste Zeit nicht auf seine Karten, weil er von ihr nichts ahnte, und der Berber, wenn er auf seinem schnellen Rosse vorüber jagte und das hängende Gemäuer stehen sah, dachte entweder gar nicht an dasselbe und an dessen Zwecke, oder er fertigte die Unheimlichkeit seines Gemütes mit ein paar abergläubischen Gedanken ab, bis das letzte Mauerstück aus seinem Gesichte, und der letzte Ton der Schakale, die darin hausen, aus seinem Ohre entschwunden war. Dann ritt er fröhlich weiter, und es umgab ihn nichts, als das einsame, bekannte, schöne, lieb gewordene Bild der Wüste. Dennoch lebten außer den Schakalen, der ganzen übrigen Welt unbekannt, auch noch andere Bewohner in den Ruinen. Es waren Kinder jenes Geschlechtes, welches das ausschließendste der Welt, starr bloß auf einen einzigsten Punkt derselben hinweisend, doch in alle Länder der Menschen zerstreut ist und von dem großen Meere gleichsam auch einige Tropfen in diese Abgelegenheit hinein verspritzt hatte. Düstre, schwarze, schmutzige Juden gingen wie Schatten in den Trümmern herum, gingen drinnen aus und ein, und wohnten drinnen mit dem Schakal, den sie manchmal fütterten. Es wußte niemand von ihnen, außer die anderen Glaubensbrüder, die draußen wohnten. Sie handelten mit Gold und Silber und mit andern Dingen von dem Lande Egypten herüber, auch mit verpesteten Lappen und Wollenzeugen, davon sie sich wohl selber zuweilen die Pest brachten und daran verschmachteten – aber der Sohn nahm dann mit Ergebung und Geduld den Stab seines Vaters und wanderte und tat, wie dieser getan, harrend, was das Schicksal über ihn verhängen möge. Ward einmal einer von einem Kabylen erschlagen und beraubt, so heulte der ganze Stamm, der in dem wüsten weiten Lande zerstreut war – und

dann war es vorüber und vergessen, bis man etwa nach langer Zeit auch den Kabylen irgendwo erschlagen fand.

So war dies Volk, und von ihm stammte Abdias her.

Durch einen römischen Triumphbogen hindurch an zwei Stämmen verdorrter Palmen vorbei gelangt man zu einem Mauerklumpen, dessen Zweck nicht mehr zu erkennen war – jetzt war es die Wohnung Arons, des Vaters des Abdias. Oben gingen Trümmer einer Wasserleitung darüber, unten lagen Stücke, die man gar nicht mehr erkannte, und man mußte sie übersteigen, um zu dem Loche in der Mauer zu gelangen, durch welches man in die Wohnung Arons hinein konnte. Innerhalb des ausgebrochenen Loches führten Stufen hinab, die Simse einer dorischen Ordnung waren und in unbekannter Zeit aus unbekanntem zerstörenden Zufalle hierher gefunden hatten. Sie führten zu einer weitläufigen Wohnung hinunter, wie man sie unter dem Mauerklumpen und dem Schutte von außen nicht vermutet hätte. Es war eine Stube mit mehreren jener kleinen Gemächer umgeben, wie sie die Römer geliebt hatten, auf dem Boden aber war kein Estrich, oder Getäfel, oder Pflaster, oder Mosaik, sondern die nackte Erde, an den Wänden waren keine Gemälde oder Verzierungen, sondern die römischen Backsteine sahen heraus, und überall waren die vielen Päcke und Ballen und Krämereien verbreitet, daß man sah, mit welchen schlechten und mannigfaltigen Dingen der Jude Aron Handel trieb. Vorzüglich aber waren es Kleider und gerissene Lappen, die herab hingen, und die alle Farben und alle Alter hatten und den Staub fast aller Länder von Afrika in sich trugen. Zum Sitzen und Lehnen waren Haufen alter Stoffe. Der Tisch und die andern Geräte waren Steine, die man aus der alten Stadt zu-

sammengetragen hatte. Hinter einem herabhängenden Busche von gelben und grauen Kaftanen war ein Loch in der Mauer, welches viel kleiner war als das, welches die Stelle der Tür vertrat und aus dem Finsternis heraus sah, wie aus einer Grube im Schutte. Man meinte nicht, daß man da hinein gehen könne. Wenn man sich aber gleichwohl bückte und hindurch kroch, und wenn man den krummen Gang zurück gelegt hatte, der da folgte, so kam man wieder in ein Zimmer, um das mehrere andere waren. Auf dem Fußboden lag ein Teppich aus Persien, und in den andern waren ähnliche oder gleiche, an den Wänden und in Nischen waren Polster, darüber Vorhänge, und daneben Tische von feinem Steine und Schalen und ein Bad. Hier saß Esther, Arons Weib. Ihr Leib ruhte auf dem Seidengewebe von Damaskus, und ihre Wange und ihre Schultern wurden geschmeichelt von dem weichsten und glühendsten aller Zeuge, dem gewebten Märchen aus Kaschmir, so wie es auch die Sultana in Stambul hat. Um sie waren ein paar Zofen, die schöne Tücher um die klugen schönen Stirnen hatten und Perlen auf dem Busen trugen. Hieher trug Aron alles zusammen, was gut und den armen Sterblichen schmeichelnd und wohltätig erscheint. Der Schmuck war auf den Tischen herum gelegt und auf den Wänden zerstreut. Das Licht sandten von oben herab mit Myrten verrankte Fenster, die manchmal der gelbe Wüstensand verschüttete, – aber wenn es Abend wurde und die Lampen brannten, dann glitzerte alles und funkelte und war hell und strahlenreich.

Das größte Kleinod Arons außer dem Weibe Esther war ihr Sohn, ein Knabe, der auf dem Teppiche spielte, ein Knabe mit schwarzen, rollenden Augenkugeln und mit der ganzen morgenländischen Schönheit seines Stammes ausgerüstet. Dieser Knabe war Abdias,

der Jude, von dem ich erzählen wollte, jetzt eine weiche Blume, aus Esthers Busen hervorgeblüht. Aron war der reichste in der alten Römerstadt. Dies wußten die andern, die noch mit ihm da wohnten, sehr gut, da sie oft Genossen seiner Freuden waren, so wie er von ihnen auch alles wußte: aber nie ist ein Beispiel erhört worden, daß es der vorüber jagende Beduine erfuhr, oder der träge Bey im Harem: sondern über der toten Stadt hing schweigend das düstere Geheimnis, als würde nie ein anderer Ton in ihr gehört als das Wehen des Windes, der sie mit Sand füllte, oder der kurze heiße Schrei des Raubtieres, wenn die glühende Mondesscheibe über ihr stand und auf sie nieder schien. Die Juden handelten unter den Stämmen herum, man ließ sie und fragte nicht viel um ihren Wohnort – und wenn einer ihrer andern Mitbewohner, ein Schakal, hinaus kam, so ward er erschlagen und in einen Graben geworfen. Auf seine zwei höchsten Güter häufte Aron alles, wovon er meinte, daß es ihnen gut sein könnte. – Und wenn er draußen gewesen war, wenn er geschlagen und von Wohnort zu Wohnort gestoßen worden war, und wenn er nun heim kam und genoß, was die alten Könige des Volkes, vornehmlich jener Salomo, als die Freude des Lebens hielten, so empfand er eine recht schauerliche Wollust. – Und wenn ihm auch zuweilen war, als gäbe es noch andere Seligkeiten, die im Herzen sind, so meinte er, es sei ein Schmerz, den man fliehen müsse, und er floh ihn auch, nur daß er dachte, er wolle den Knaben Abdias eines Tages auf ein Kamel setzen und ihn nach Kahira zu einem Arzte bringen, daß er weise würde, wie es die alten Propheten und Führer seines Geschlechtes gewesen. Aber auch aus dem ist wieder nichts geworden, weil es in Vergessenheit geraten war. Der Knabe hatte also gar nichts, als daß er oft oben auf dem Schutte stand und den weiten, unge-

heuren Himmel, den er sah, für den Mantelsaum Jehovas hielt, der einstens sogar auf der Welt gewesen war, um sie zu erschaffen und sich ein Volk zu wählen, mit dem er aß, und mit dem er umging zur Freude seines Herzens. Aber Esther rief ihn wieder hinab, und legte ihm ein braunes Kleidchen an, dann ein gelbes, und wieder ein braunes. Sie legte ihm auch einen Schmuck an, und ließ die Schönheit der Perle um seine dunkle feine Haut dämmern, oder das Feuer des Demanten daneben funkeln – sie legte ein Band um seine Stirne, streichelte seine Haare, oder rieb die Gliedlein und das Angesicht mit weichen, feinen, wollenen Lappen – öfters kleideten sie ihn als Mädchen an, oder die Mutter salbte seine Augenbrauen, daß sie recht feine schwarze Linien über den glänzenden Augen waren, und hielt ihm den silbernen gefaßten Spiegel vor, daß er sich sähe. –

Nachdem die Jahre, eines nach dem andern, vergangen waren, führte ihn der Vater Aron eines Tages hinaus in die vordere Stube, legte ihm einen zerrissenen Kaftan an und sagte: »Sohn Abdias, gehe nun in die Welt, und da der Mensch auf der Welt nichts hat, als was er sich erwirbt, und was er sich in jedem Augenblicke wieder erwerben kann, und da uns nichts sicher macht als diese Fähigkeit des Erwerbens: so gehe hin und lerne es. Hier gebe ich dir ein Kamel und eine Goldmünze, und bis du nicht selber so viel erworben hast, davon ein einzelner Mensch sein Leben hinbringen kann, gebe ich dir nichts mehr, und wenn du ein untauglicher Mann wirst, so gebe ich dir auch nach meinem Tode nichts. Wenn du es tun willst und nicht zu weit entfernt bist, so kannst du mich und deine Mutter in Zeiten besuchen – und wenn du so viel hast, davon ein Mensch leben kann, so komme zurück, ich gebe dir dazu, daß ein zweiter und mehrere andere auch zu leben vermögen, du kannst ein

Weib bringen, und wir suchen euch in unserer Höhle noch einen Raum zu machen, darinnen zu wohnen und zu genießen, was euch Jehova sendet. Jetzt, Sohn Abdias, sei gesegnet, gehe hin und verrate nichts von dem Neste, in dem du aufgeätzet worden bist.«

So hatte Aron gesprochen und den Sohn hinaus geführt zu den Palmen, wo das Kamel lag. Dann segnete er ihn und tastete mit seinen Händen auf dem lockigen Scheitel seines Hauptes. Esther lag drinnen auf dem Teppiche, schluchzte und schlug mit den Händen den Boden. Abdias aber, da nun der Segen vorüber war, setzte sich auf das vor ihm liegende Kamel, das sich, sobald es seine Last spürte, aufrichtete und den Jüngling in die Höhe hob, und wie dieser das Fächeln der fremden, wie aus der Ferne kommenden Luft empfand, so sah er noch einmal den Vater an, und ritt dann gehorsam von dannen.

Von nun an ertrug Abdias das Peitschen des Regens und Hagels in seinem Angesichte – er zog Land aus, Land ein, über Wasser und Ströme, aus einer Zeit in die andere – er kannte keine Sprache, und lernte sie alle, er hatte kein Geld, und erwarb sich dasselbe, um es in Klüften, die er wiederfand, zu verstecken, er hatte keine Wissenschaft, und konnte nichts als, wenn er auf seinem hagern Kamele saß, die feurigen Augen in die große, ungeheure Leere um sich richten und sinnen, er lebte sehr dürftig, daß er oft nichts anders hatte als eine Hand voll trockner Datteln, und doch war er so schön, wie einer jener himmlischen Boten gewesen ist, die einstens so oft in seinem Volke erschienen sind. So hat einmal auch jener Mohammed, wenn er Tage lang, Wochen lang allein war bloß mit seinem Tiere in dem weiten Sande, die Gedanken gesonnen, die dann eine Flamme wurden und über den Erdkreis fegten. Sonst war Abdias ein Ding, das der blödeste Türke mit dem Fuße stoßen zu dürfen glaub-

te, und stieß. Er war hart und unerbittlich, wo es seinen Vorteil galt, er war hämisch gegen die Moslims und Christen – und wenn er des Nachts sich mitten in der Karawane auf den gelben Sand streckte, so legte er recht sanft sein Haupt auf den Hals seines Kameles, und wenn er im Schlummer und Traume sein Schnaufen hörte, so war es ihm gut und freundlich, und wenn es irgend wo wund gedrückt wurde, versagte er sich das liebliche Wasser, wusch damit die kranke Stelle und bestrich sie mit Balsam.

Über die Stätte war er gewandelt, wo die alte Handelskönigin Carthago gestanden war, den Nil hatte er gesehen, über den Euphrat und Tigris war er gegangen, aus dem Ganges hatte er getrunken – er hatte gedarbt und gewuchert, zusammengerafft und gehütet – er hatte seine Eltern nicht ein einziges Mal besucht, weil er immer so weit weg gewesen war – – und nachdem fünfzehn Jahre vergangen waren, kam er wieder zum ersten Male in die verschollene Römerstadt. Er kam in der Nacht, er kam zu Fuße, weil man ihm sein Kamel geraubt hatte, er war in ganz zerrissene Kleider gehüllt, und trug Stücke eines Pferdeaases in der Hand, um davon den Schakalen zuzuwerfen, daß er sie von seinem Leibe hielte. Auf diese Weise gelangte er zu dem römischen Triumphbogen und zu den zwei alten Palmenstämmen, die noch immer da standen und in der Nacht schwarze Linien in den Himmel zogen. Er pochte an die aus Rohr geflochtene Tür, die dreifach vor dem Mauerloche war, das den Eingang bildete, er rief und nannte seinen Namen und den seines Vaters – und er mußte lange warten, bis ihn jemand hörte und den alten Juden weckte. Es standen alle in dem Hause auf, als sie hörten, wer gekommen sei, und Aron, als er durch die Tür mit ihm zuerst geredet hatte, öffnete dieselbe und ließ ihn ein. Abdias bat den Vater, daß er ihn in den Keller führe,

und als er dort die Rohrtüre hinter sich verschlossen hatte, zählte er ihm goldene Münzen aller Länder auf, die er sich erworben hatte, eine große Summe, die man kaum erwarten konnte. Aron sah ihm schweigend zu, bis er fertig war, dann schob er die Goldstükke auf dem Steine zusammen und tat sie wieder handvollweise in den ledernen Sack, in dem sie Abdias gebracht hatte, und legte den Sack seitwärts in ein Loch, das zwischen Marmorfriesen war. – – Dann, als bräche die Rinde plötzlich entzwei, oder als hätte er mit der Vaterfreude warten müssen, bis erst das Geschäft aus war, stürzte er gegen den Sohn, umarmte ihn, drückte ihn an sich, heulte, segnete, murmelte, betastete ihn und benetzte sein Angesicht mit Tränen.

Abdias aber ging, da dies vorüber war, wieder in die Vorstube hinauf, warf sich auf einen Haufen Matten, die da lagen, und ließ den Quell seiner Augen rinnen – er rann so milde und süß; denn sein Leib war ermüdet bis zum Tode.

Der Vater aber ließ ihn von seinen Lumpen entkleiden, man legte seinen Körper in ein linderndes, reinigendes Bad, rieb dann die Glieder mit köstlichen und heilsamen Salben und kleidete ihn in ein Feierkleid. Dann wurde er in die inneren Zimmer gebracht, wo Esther auf den Polstern saß und geduldig wartete, bis ihn der Vater herein führen würde. Sie stand auf, da der Angekommene unter dem Vorhange des Zimmers herein ging – aber es war nicht mehr der süße, weiche, schöne Knabe, den sie einst so geliebt hatte, und dessen Wangen das so sanfte Kissen für ihre Lippen gewesen waren; sondern er war sehr dunkel geworden, das Antlitz härter und höher und die Augen viel feuriger –: aber auch er sah die Mutter an – sie war nicht minder eine andere geworden, und das unheimliche Spiel der Jahre zeigte sich in ihrem Angesichte. Sie nahm ihn, da er bis an ihre Seite vor-

wärts gekommen war, an ihr Herz, zog ihn gegen sich auf die Kissen und drückte ihren Mund auf seine Wangen, seine Stirne, seinen Scheitel, auf seine Augen und auf seine Ohren.

Der alte Aron stand seitwärts mit gebücktem Haupte, und die Zofen saßen in dem Gemache daneben hinter gelbseidenen Vorhängen und flüsterten.

Die andern aber, die noch zu dem Hause gehörten, gingen draußen an ein anderes Geschäft, das ihnen anbefohlen worden war. Obgleich die Nacht von ihrer Mitte bereits gegen Morgen neigte und die bekannten Bilder der Sterne, die am Abende von Egypten herüber gekommen waren, schon jenseits der Häupter standen und gegen die Wüste hinab zogen, mußte noch die Ankunft nach der Sitte gefeiert werden. Man schlachtete bei Kerzenscheine ein Lamm, briet es in der Küche und setzte es auf den Tisch. Sie gingen alle hinzu, aßen alle davon, und man gab auch dem Gesinde zu essen. Hierauf begaben sie sich zur Ruhe und schlummerten lange bis an den andern Tag, da die Wüstensonne schon auf die Trümmer niederschien wie ein großer, runder Diamant, der täglich ganz allein am leeren Himmel funkelte.

Von da an waren Freudenfeste durch drei Tage. Es wurden die Nachbarn herbeigerufen, das Kamel, der Esel und der Hund des Hauses waren nicht vergessen, und für die Tiere der Wüste wurde ein Teil in die entfernten Gegenden der Trümmer hinaus gelegt; denn es reichten die Mauerstücke weit in der Ebene fort, und was die Menschen von ihnen übergelassen hatten, dazu kamen die Tiere, um Schutz zu suchen.

Als die Feste vorüber gegangen waren, und noch eine Zeit verflossen war, nahm Abdias aufs neue Abschied von den Eltern; denn er reisete nach Balbek, um die schönäugige Deborah zu holen, die er dort gesehen, die er sich gemerkt hatte, und die mit all den

Ihrigen zu seinem Stamme gehörte. Er reisete als Bettler, und kam nach zwei Monaten dort an. Zurück ging er als bewaffneter Türke mitten in einer großen Karawane, denn das Gut, das er mit sich führte, konnte er nicht in Klüften verstecken, und konnte es, wenn es verloren ginge, nicht wieder erwerben. Damals war in allen Karawansereis die Rede von der Schönheit des reisenden Moslim und der noch größern seiner Sklavin; – aber die Rede, wie ein glänzender Strom gegen die Wüste, verlor sich allgemach, und nach einer Zeit dachte keiner mehr daran, wo die beiden hingekommen wären, und es redete keiner mehr davon. Sie aber waren in der Wohnung des alten Aron, es wurden in den Gewölben unter dem Schutte Zimmer gerichtet, die Vorhänge gezogen und die Polster und Teppiche für Deborah gelegt.

Aron teilte mit dem Sohne sein Gut, wie er es versprochen hatte, und Abdias ging nun in die Länder hinaus, um Handel zu treiben.

Wie er einst gehorsam gewesen war, so trug er jetzt aus allen Orten zusammen, was nach seiner Meinung den Sinnen der Eltern wohl tun könnte, er demütigte sich vor den eigensinnigen Grillen des Vaters und litt das vernunftlose Scheltwort der Mutter. – Als Aron alt und blöde geworden war, ging Abdias in schönen Kleidern, mit schimmernden und gut bereiteten Waffen, und er machte mit seinen Kaufgenossen draußen Einrichtungen, wie es die großen Handelsleute in Europa tun. Da die Eltern unmündige Kinder geworden waren, starben sie eines nach dem andern, und Abdias begrub sie unter den Steinen, die neben einem alten Römerknaufe lagen.

Von jetzt an war er allein in den Gewölben, die unter dem hochgetürmten Schutte neben dem Triumphbogen und den zwei Stämmen der verdorrten Palmen sind.

Nun reisete er immer weiter und weiter. Deborah saß mit ihren Mägden zu Hause und harrte seiner, er wurde draußen bekannter unter den Leuten, und zog die schimmernde Straße des Reichtums immer näher gegen die Wüste.

2

DEBORAH

Als nach dem Tode Arons und Esthers einige Jahre vergangen waren, bereitete es sich allgemach vor, daß es nun anders werden sollte in dem Hause neben den Palmen. Das Glück und der Reichtum häuften sich immer mehr. Abdias war eifrig in seinem Werke, dehnte es immer weiter aus und tat den Tieren, den Sklaven und den Nachbarn Gutes. Aber sie haßten ihn dafür. Das Weib seines Herzens, welches er sich gewählt hatte, überschüttete er mit Gütern der Welt und brachte ihr, obwohl sie unfruchtbar war, aus den Ländern die verschiedensten Dinge nach Hause. Da er aber einmal in Odessa krank geworden war und die böse Seuche der Pocken geerbt hatte, die ihn ungestaltet und häßlich machten, verabscheute ihn Deborah, als er heim kam, und wandte sich auf immer von ihm ab; denn nur die Stimme, die sie gekannt hatte, hatte er nach Hause gebracht, nicht aber die Gestalt, – – und wenn sie auch oft auf den gewohnten Klang plötzlich hin sah, so kehrte sie sich doch stets wieder um und ging aus dem Hause; sie hatte nur leibliche Augen empfangen, um die Schönheit des Körpers zu sehen, nicht geistige, die des Herzens. Abdias hatte das einst nicht gewußt; denn als er sie in Balbek erblickte, sah er auch nichts als ihre große Schönheit, und da er fort war, trug er nichts mit als die Erinnerung dieser

Schönheit. Darum war für Deborah jetzt alles dahin. – Er aber, da er sah, wie es geworden war, ging in seine einsame Kammer und schrieb dort den Scheidebrief, damit er fertig sei, wenn sie ihn begehre, die nun von ihm gehen würde, nachdem sie so viel Jahre bei ihm gewesen war. Allein sie begehrte ihn nicht, sondern lebte fort neben ihm, war ihm gehorsam, und blieb traurig, wenn die Sonne kam, und traurig, wenn die Sonne ging. Die Nachbarn aber belachten sein Angesicht und sagten, das sei der Aussatzengel Jehovas, der über ihn gekommen wäre und ihm sein Merkmal eingeprägt habe.

Er sagte nichts, und die Zeit schleifte so hin.

Er reisete fort, wie früher, kam wieder heim, und reisete wieder fort. Den Reichtum suchte er auf allen Wegen, er trotzte ihn bald in glühendem Geize zusammen, bald verschwendete er ihn, und wenn er draußen unter den Menschen war, lud er alle Wollüste auf seinen Leib. – Dann kam er nach Hause und saß an manchem Nachmittage hinter dem hochgetürmten Schutte seines Hauses, den er gerne besuchte, neben der zerrissenen Aloe, und hielt sein bereits grau werdendes Haupt in beiden Händen. Er dachte, er sehne sich nach dem kalten, feuchten Weltteile Europa, es wäre gut, wenn er wüßte, was dort die Weisen wissen, und wenn er lebte, wie dort die Edlen leben. – – Dann heftete er die Augen auf den Sand, der vor ihm dorrte und glitzerte – und blickte seitwärts, wenn der Schatten der traurigen Deborah um die Ecke einer Mauertrümmer ging, und sie ihn nicht fragte, was er sinne. – Aber es waren nur flatternde Gedanken, wie einem, der auf dem Atlas wandert, eine Schneeflocke vor dem Gesichte sinkt, die er nicht haschen kann.

Wenn Abdias nur erst wieder hoch auf dem Kamele saß, mitten in einem Trosse, befehlend und herrschend: dann war er ein anderer, und es funkelten in

Lust die Narbenlinien seines Angesichtes, die so un-
säglich häßlich waren, und daneben glänzten in
Schönheit die früheren Augen, die er behalten hatte, –
ja sie wurden in solchen Zeiten noch schöner, wenn es
um ihn von der Wucht der Menschen, Tiere und Sa-
chen schütterte, wenn sich die Größe und Kühnheit
der Züge entfaltete und er mit ihnen ziehen konnte,
gleichsam wie ein König der Karawanen; denn in der
Ferne wurde ihm zu Teil, was man ihm zu Hause ent-
zog: Hochachtung, Ansehen, Oberherrschaft. Er sagte
sich dieses vor und übte es recht oft, damit er es sähe –
und je mehr er befahl und forderte, um so mehr taten
die andern, was er wollte, als wäre es eben so, und als
hätte er ein Recht. Obwohl er fast ahnete, daß es hier
das Gold sei, welches ihm diese Gewalt gebe, so hielt er
sie doch fest und ergötzte sich in ihr. Da er einmal den
reichgekleideten Herrn, Melek-Ben-Amar, den Abge-
sandten des Bey, den dieser zu ihm in die Stadt Bona
geschickt hatte, um ein Anleihen zu erzwingen, recht
lange hatte warten und recht inständig hatte bitten las-
sen, bis er ihm willfahrte, so war er fast in seinem
Herzen gesättigt. Als er von da eine Reise durch Liby-
en machte, kostete er auch das Glück der Schlachten.
Es waren Kaufleute, Pilger, Krieger, Gesindel und
Leute aller Art, die sich zu einer großen Karawane
zusammengetan hatten, um durch die Wüste zu zie-
hen. Abdias war in seidenen Kleidern und glänzenden
Waffen unter ihnen; denn seit er häßlich war, liebte er
den Glanz noch mehr. Am siebenten Tage des Zuges,
da schwarze Felsen um sie waren und die Kamele mit
den Fußsohlen die Hügel weichen Sandes griffen, flog
eine Wolke Beduinen heran. Ehe die in der Mitte, wo
das große Gepäck war, fragen konnten, was es sei,
knallten schon am Saume der Karawane die langen
Röhre und zeigten sich Sonnenblitze von Klingen. So-
gleich wurde von denen in der Mitte ein Geschrei und

ein Jammer erhoben, viele wußten nicht, was zu tun
sei, viele stiegen ab und warfen sich auf die Knie, um
zu beten. Da erhob sich der hagere Jude, der gleich-
falls in der Mitte bei den großen Warenballen geritten
war, auf seinem Tiere und schrie Schlachtbefehle, die
ihm einkamen. Er ritt gegen das Gefecht hinvor und
zog seine krumme Klinge: da waren die weißen Gestal-
ten mit den eingemummten Köpfen und mehrere der
Karawane mit ihnen im Kampfe. Einer wandte sich
sogleich gegen ihn, mit der Klinge über den Hals des
Kameles nach seinem Kopfe holend, aber Abdias wuß-
te in dem Augenblicke, was zu tun sei: er duckte sich
seitwärts an den Hals des Kameles, stieß sein Tier dicht
an den Feind und stach ihn, daß ein Blutbach über das
weiße Gewand strömte, von dem Sattel. Auf die näch-
sten feuerte er seine Pistolen. Dann rief er Befehle, die
seine Nachbarn einsahen und befolgten – und wie die
andern sahen, wie es gehe, wuchs ihnen der Mut, im-
mer mehrere kamen herbei, und wie nur erst der zwei-
te und der dritte von den Feinden fiel, da flog eine
wilde Lust heran, der Teufel des Mordens jauchzte,
und die ganze Karawane drängte vor. Abdias selber
wurde emporgerissen, er hatte sein schwarzes Ange-
sicht hoch gehoben, seine Narben waren Feuerflam-
men, die Augen in dem dunkeln Antlitze weiße Sterne,
der Mund rief weit tönend und in Schnelle die tiefen
Araberlaute aus, und wie er, die Brust gleichsam in
Säbelblitze tauchend, immer tiefer hineinritt, hatte er
den dunklen, dürren Arm, von dem der weite Seiden-
ärmel zurück gefallen war, von sich gestreckt, wie ein
Feldherr, der da ordnet. Im dünnen Schatten des Rau-
ches, der sich bald verzogen, weil keiner mehr Zeit
zum Laden hatte, und in den Blitzen der fürchterli-
chen Wüstensonne, die oben stand, änderte sich nun
schnell das Bild der Dinge: die früher angegriffen hat-
ten, waren jetzt die Bedrängten und Mitleidswürdi-

gen. Sie sahen nach Rettung. Einer drückte zuerst das lange Gewehr sachte an seine Gestalt, beugte sich vor und schoß in Flucht aus dem Kreise – ein anderer warf die Waffen weg, die Zügel auf den Rücken vorwärts und ließ sein Heil dem edlen Pferde, das mit Windesflug in die Wüste trieb – wieder andere, in Vergessenheit der Flucht, wurzelten in dem Boden und flehten Gnade. Aber alles war vergeblich. Abdias, der befohlen hatte, konnte nicht mehr lenken, die Flut schwoll über, und die früher gebeten hatten, tobten jetzt und stießen denen, die auf den Knieen lagen und baten, das Messer in das Herz. – – Abdias hielt, da endlich alles aus war und die Sieger die Toten und Verwundeten und die Satteltaschen an ihren Tieren plünderten, auf seinem Kamele und warf den blutigen Säbel von sich weg. Ein Türke, der in der Nähe kauerte, mißverstand die Bewegung und sah sie für einen Befehl an: er wischte die Klinge an seinem eigenen Kaftan ab und reichte sie dem tapfern Emir wieder.

Als man nach dem Gefechte weiter zog und alle Tage das einsame Bild der Wüste war, dachte Abdias: wenn er nun den Bey tötete, wenn er selber Bey würde, wenn er Sultan würde, wenn er die ganze Erde eroberte und unterwürfe was es dann wäre? es waren unbekannte Dinge und standen mit düsterm Winken in der Zukunft. – – Allein er wurde nicht Bey, sondern, wenn wir uns so ausdrücken dürfen, auf jener ganzen Reise, die noch weit herum ging, schwebte schon ein trauriger dunkler Engel über ihm. Man war wieder in die blühenden Länder der Menschen gekommen, er hatte in vielen Richtungen zu gehen, er schloß sich bald an diese, bald an jene Karawane an, und öfters wie es nun Menschen manchmal ist – wenn er so in der Ferne zog, fiel ihm plötzlich ein: wenn nur zu Hause kein Unglück geschehen ist – aber er strafte diese Gedanken immer wieder selber, indem er sagte:

»Was kann denn zu Hause geschehen? zu Hause ist ja gar kein Unglück möglich.« – – Und er zog hierauf noch Öde aus, Öde ein, hatte Geschäfte abzutun und tat sie mit Glück, sah manche Gegenden und Städte, und es waren mehrere Monate vergangen, bis er nach all den Kreislinien wieder einmal das Blau der Atlasberge schimmern sah und hinter ihnen seine Heimat ahnete. Er zog ihr zu. Er ließ seine schönen Kleider in einem Dorfe, wo in einer Grotte eine Synagoge war, und in einer schönen heitern Sternennacht lösete er sich von der letzten Karawane, mit der er gezogen war, ab, und wandte sich seitwärts gegen die Ebene, über die man zu den Bergen und jenseits derselben zu der alten Römerstadt gelangen konnte.

Da schwang sich der Engel von seinem Haupte; denn es war geschehen, was da sollte. Da Abdias nämlich als zerlumpter Mann auf dem Kamele reisend ganz allein im Sande ritt und sich bereits dem Ziele seiner Wanderung näherte, sah er eine schwache blaue Dunstschichte über der Geisterstadt stehen, gleichsam einen brütenden Wolkenschleier, wie sie oft ihr Phantom auf die Wüste werfen – allein er achtete nicht darauf, da auch der andere Himmel sich milchig zu beziehen anfing und die heiße Sonne wie ein rotes, trübes Auge oben stand, was in diesen Gegenden immer das Herannahen der Regenzeit bedeutet. Aber da er endlich zu den wohlbekannten Trümmern gelangte und in die bewohnten Teile derselben einritt, sah er, daß man die zerstörte Stadt noch einmal zerstört hatte; denn die wenigen elenden Balken, die einst von weiten Landen herbeigeschleppt und aufgerichtet worden waren, lagen herum gestreut und rauchten – schmutzige Asche von Palmenblättern, den Dächern der Hütten, lag zwischen schwarzen, von Feuer genäßten Steinen – er ritt schneller – und wie er zu dem Triumphbogen und den zwei verdorrten Pal-

menstämmen gekommen war, so sah er fremde Männer, welche Dinge aus seinem Hause trugen – ihre Maultiere waren schon sehr bepackt, und aus dem Schlechten, was sie in den Händen hatten, erkannte er, daß es das letzte sei, was sie trugen. An den Palmenstämmen aber hielt Melek-Ben-Amar hoch zu Rosse, und mehrere Männer waren um ihn. Als Abdias schnell sein Tier zum Niederknien gezwungen hatte, abstieg, gleichsam wie zu retten herbeilief und den Menschen erkannte, grinsete dieser mit dem Angesichte auf ihn herab und lächelte – Abdias mit dem unbeschreiblichsten, inbrünstigsten Hohne und Hasse fletschte ihm auch die Zähne entgegen – aber er hatte jetzt nicht Zeit, sondern sprang an ihm vorbei in die vordere Stube, wo die alten Kleider lagen, um zu sehen – aber hier waren etliche Nachbarn, die aus Schadengier herbeigelaufen waren, um sich zu weiden – und wie diese jetzt den unvermutet herbeigekommenen Abdias gewahr wurden, jubelten sie laut und schreiend, ergriffen ihn sogleich, schlugen ihn, spieen ihm ins Angesicht und riefen: »Da bist du nun – du bist es, du, du!! – Du hast dein eigen Nest beschmutzt, du hast dein eigen Nest verraten und den Geiern gezeigt. Weil du in ihren eitlen Kleidern gegangen bist, haben sie's geargwohnt, der Grimm des Herrn hat dich gefunden und zermalmt, und uns mit dir. Du mußt ersetzen, was genommen ward, du mußt alles ersetzen, du mußt es zehnfach ersetzen, und mehr.«

Abdias, gegen so viele Hände unmächtig, ließ gewähren und sagte kein Wort. Sie zerrten ihn wieder gegen die Tür und wollten neuerdings schreien und ihn mißhandeln. Da kam der Abgesandte des Bey mit mehreren Soldaten herein und rief unter die Juden: »Laßt den Kaufmann fahren, sonst wird jeder von euch an einen Spieß gesteckt, so er hier steht. Was

geht es euch an, daß er ein Hund ist; denn ihr seid es auch. – Wollt ihr fahren lassen, sag ich?«

Darauf wichen sie zurück. Die Söldner Meleks durchsuchten nun Abdias' Kleider und nahmen ihm alles, was ihnen gefiel – er litt es sehr geduldig – dann sagte Melek zu ihm: »Du hast sehr übel getan, Abdias–Ben–Aron, daß du in diesem Verstecke da Habe und Abgaben unterschlagen hast, wir könnten dich strafen, aber wir tun es nicht. Lebe wohl, edler Kaufmann, wenn du einmal des Weges in unsere Stadt bist, so besuche uns, wir werden dir die Pfänder deiner Schuldforderung zeigen und dir die Zinsen bezahlen. – Jetzt gebt ihn frei, daß er wieder anschwelle und Früchte trage.«

Und mit Lachen und mit Schreien ließen sie von ihm ab – er litt es auch sehr geduldig und hatte sich nicht gerührt, nur daß er bei dem Hohne die Augen scheu seitwärts drehte, wie ein ohnmächtiger Tiger, der geneckt wird. – Aber wie sie draußen waren, aufstiegen und über den Hügel Sandes davon reiten wollten, sprang er eines Satzes nach, riß die Pistolen aus dem Halfter seines Kameles, wo man sie, als man die anderen Packsäcke abgeschnitten, auf dem magern, verachteten Tiere vergessen hatte, und feuerte beide auf Melek ab. Allein er hatte ihn nicht getroffen. Da kehrten mehrere Soldaten um, schlugen ihn mit ihren Spießen über den Rücken und die Lenden und ließen ihn für tot liegen. Dann ging der Zug wieder durch die Trümmer fort gegen jene Seite der Ebene hinaus, die mit kurzem schlechten Grase bewachsen ist und den nächsten Weg zu den bewohnten Ländern hat. Abdias blieb auf dem Sand liegen und regte sich nicht. Da man aber keinen einzigen Laut von dem Schreien der Fortreitenden mehr hören konnte, zog er sich von dem Boden empor und schüttelte die Glieder. Er ging wieder zu dem Kamele, das noch auf den

Knien lag, nahm von den tiefer gelegenen Stellen des sehr geflickten Halfters zwei kleine Pistolen heraus, die dort verborgen waren, und begab sich damit in seine Wohnung. Dort standen sowohl an den Palmen als auch in der Stube noch mehrere seines Stammes, die zusammengelaufen waren, und harrten, was jetzt zu tun sei. Er ging sachte durch die Tür hinein, drückte sich an die Wand und rief mit heiserer Stimme: »Wer von euch nur noch einen Atemzug lang hier verweilet, ja wer nur mit dem Fuße zuckt, als wollte er der letzte sein, der fort geht, den schieße ich mit dieser Waffe nieder, und seinen Nachbarn mit der andern – dann kann geschehen, was da wolle – gepriesen sei der Herr!«

Er war während dieser Worte bis in die Tiefe der Stube zurückgeschlichen und hatte die Sterne des Sehens auf sie gerichtet. Sein häßlich Antlitz funkelte in maßloser Entschlossenheit, die Augen strahlten, und einige behaupteten nachher, sie hätten in jenem Augenblicke auch ganz deutlich einen unnatürlichen Schein um sein Haupt gesehen, von dem die Haare einzeln und gerade empor gestanden wären wie feine Spieße.

Sie zauderten noch ein wenig, und gingen dann einzeln zur Türe hinaus. Er schaute ihnen nach und knatterte mit den Zähnen, wie eine Hyäne der Berge. Als endlich der letzte seinen Fuß über die Schwelle gezogen hatte und unsichtbar wurde, murmelte er: »Da gehen sie, sie gehen – warte, es wird eine Zeit kommen, Melek, daß ich mit dir auch noch rechne.«

Draußen mochten sie überlegen: wenn er der Mann sei, der sie ins Verderben gebracht, so könne er ihnen auch wieder empor helfen, er muß ersetzen, sie wollen ihn sparen und in der Zukunft zwingen. Er hörte ihre Worte herein und horchte mit den Ohren darauf hin. Aber sie wurden immer weniger, und

endlich ließ sich gar nichts mehr vernehmen, ein Zeichen, daß sie alle fortgegangen sein mochten.

Abdias stand noch eine Weile und atmete lange und tief. Dann wollte er nach Deborah sehen, die ihn jetzt wieder dauerte. Er steckte die Pistolen in seinen Kaftan, stieg über den Haufen Gewandes, das sonst vor dem Eingange zu dem innern Zimmer gehangen war, jetzt aber auf der Erde lag, griff sich durch den Gang, in welchem die Lampe herabgeworfen worden war, und trat in die Gemächer hinein. Da fiel das Licht durch die Fenster oben, die mit Myrten umrankt waren, auf den Estrich des Bodens herab: allein es waren keine Teppiche und Matten mehr da, sondern die an allen Stellen nach Schätzen aufgewühlte Erde und die nackten Steine der tausendjährigen Mauern sahen ihn wie eine Mördergrube an. Er fand wirklich Deborah in dem größeren Gemache, wo sie sonst gerne gewesen war, und – siehe, wie seltsam die Wege und Schickungen der Dinge sind: sie hatte ihm gerade in dieser Nacht ein Mägdlein geboren – aus Schreck der Mutter war es zu früh gekommen, und sie hielt ihm nun dasselbe von dem Haufen lockerer Erde, auf dem sie lag, entgegen. Er aber stand in dem Augenblicke wie einer, der von einem furchtbaren Schlage geschüttelt wird, da. Nichts als die einzigen Worte sagte er: »Soll ich denn nun nicht nachreiten und das Kind in die Spieße der Soldaten schleudern?!«

Nach einem kleinen Weilchen Harrens aber ging er näher, hob es auf und sah es an. Dann, ohne es weg zu tun, begab er sich in das anstoßende Gemach, und sah lange und scharf gegen einen Winkel und die dort gefügten Steine, dann kam er heraus und sagte: »Ich habe es gedacht, ihr Toren, ich habe euch also genug heraußen gelassen – o ihr siebenfachen Toren!«

Dann fiel er auf die Knie nieder und betete: »Jehova, Lob, Preis und Ehre von nun an bis in Ewigkeit!«

Sodann ging er wieder zu Deborah und legte das Kind zu ihr. Er griff mit dem Finger in ein Wasser, das in einem Näpfchen nicht weit von ihr stand, und netzte ihr die Lippen, weil kein einziger Mensch, keine Wehmutter, kein Diener und keine Magd in der ganzen Wohnung war. Und als er dies getan hatte, sah er noch genauer auf sie hin und streichelte, neben ihrem Haupte kauernd, ihre kranken, bereits alternden Züge – sie aber lächelte ihn seit fünf Jahren wieder zum ersten Male mit dem düsteren, traurigen Antlitze an, als sei die alte Liebe neu zurückgekehrt – indes sah wieder der häßliche Kopf eines Nachbars, der vielleicht die Gierde am wenigsten zähmen konnte, sogar bei dieser innern halbzerbrochenen Tür herein, aber er zog sich wieder zurück – Abdias achtete nicht darauf, es fiel ihm von den Augen herunter wie dichte Schuppendecken, die darüber gelegen waren – es war ihm mitten in der Zerstörung nicht anders, als sei ihm das größte Glück auf Erden widerfahren und wie er neben der Mutter auf dem nackten Boden saß, und wie er den kleinen wimmernden Wurm mit den Händen berührte, so wurde ihm in seinem Herzen, als fühle er drinnen bereits den Anfang des Heiles, das nie gekommen war, und von dem er nie gewußt hatte, wo er es denn suchen sollte – es war nun da, und um Unendliches süßer und linder, als er sich es je gedacht. Deborah hielt seine Hand und drückte sie und liebkoste sie – er sah sie zärtlich an – sie sagte zu ihm: »Abdias, du bist jetzt nicht mehr so häßlich wie früher, sondern viel schöner.«

Und ihm zitterte das Herz im Leibe.

»Deborah«, sagte er, »es ist kein Mensch da, der dir etwas reichen könnte, hast du nicht vielleicht Hunger?«

»Nein, Hunger habe ich nicht«, antwortete sie, »aber Mattigkeit.«

»Warte, ich will dir etwas bringen,« sagte er, »das dich stärket, und ich will dir auch Nahrung reichen, die dir vielleicht doch abgeht, und ich will dein Lager besser bereiten.«

Dann stand er auf, und mußte sich erst ein wenig dehnen, ehe er fort gehen konnte; denn die Schmerzen waren während der kurzen Ruhe recht stark gekommen. Dann ging er hinaus und brachte von den schlechten Kleidern, die draußen lagen, einen Arm voll herein, und bereitete neben ihr ein besseres Lager, auf das er sie hinüberhob, dann deckte er noch sein von seinem Leibe warmes Oberkleid auf sie, weil er meinte, es friere sie; denn sie war so bleich. Sodann ging er zu dem Platze, wo die Zündsachen lagen, die dienten, um Feuer anzufachen. Sie lagen unberührt dort, weil sie schlechte Dinge waren. Er zündete ein Kerzlein an, tat es in die Hornlaterne, und stieg draußen über eine Treppe unter der Erde hinab, wo der Wein zu liegen pflegte. Es war aber aller herausgelassen und verschüttet. Aus einer kleinen Lacke, die auf der Erde stehen geblieben war, brachte er ein wenig in ein Gefäß. Dann holte er Wasser aus der Zisterne. Denn das in dem Näpfchen war schon sehr warm und auch etwas stinkend geworden, und mit dem Gemisch von Wein und frischem Wasser benetzte er ihre Lippen und sagte, sie solle mit der Zunge das Naß nur wegnehmen und hinunter schlucken, es würde ihr für den Augenblick schon helfen. Als sie dies getan und mehrere Male wiederholt hatte, stellte er die Gefäße mit Wein und Wasser wieder hin und sagte, er wolle ihr nun auch Nahrung bereiten. Er suchte aus seinen herumgestreuten Reisesachen eine Büchse hervor, in der er stets den verdichteten Stoff einer guten Brühe mit sich führte. Dann ging er in die Küche hinaus, um etwa nach einem Blechgefäße zu schauen, das ihm dienen könnte. Und als er ein solches gefunden hatte,

kam er wieder herein, tat Wasser und den Stoff in dasselbe, zündete eine Weingeistflamme an und stellte es auf einem Gestelle darüber. Er blieb bei dem Gefäße stehen, um zu merken, wie sich das Ganze auflösen würde. Deborah mußte jetzt viel wohler und ruhiger sein; denn wenn er hin blickte, sah er, daß sie über die Augen, mit welchen sie ihm zuschaute, öfter die Lider herab fallen ließ, als wollte sie schlummern. In dem ganzen Hause war es sehr stille, weil alle Zofen und Diener fort gelaufen waren. Als sich sein Brühstoff in dem warmen Wasser vollends aufgelöst hatte, nahm er das Gefäß wieder weg, um alles ein wenig abkühlen zu lassen. Er kniete neben ihrem Angesichte nieder und saß nach Art der Morgenländer auf seine Füße.

»Deborah, bist du schläfrig?« sagte er.

»Ja, sehr schläfrig«, antwortete sie.

Er hielt das Gefäß noch ein wenig zwischen den Händen, und da es gehörig lau geworden war, reichte er ihr den Trank und sagte, sie solle schlürfen. Sie schlürfte. Es mußte ihr auch wohlgetan haben, denn sie sah noch einmal mit den schlaftrunkenen Augen gegen sein Angesichte, wie er so neben ihr saß, empor, und entschlummerte dann wirklich sanft und süß. Er blieb noch eine Weile sitzen und schaute hin. Das Kindlein, mit den weiten Ärmeln des Kaftans zugedeckt, schlummerte gut. Dann stand er auf und stellte das Gefäß bei Seite.

Die Zeit dieses Schlafes wollte er benützen, um zu sehen, was denn noch in der Wohnung liegen könne, daß man es zu einer Einrichtung gebrauche, die in der ersten Zeit fort helfe – auch wollte er, wenn es anginge, draußen kurz umsehen, ob er keines seiner Diener oder Dienerinnen erblicken könne, daß sie eine Weile wachten, indes er fortgehe und um Nahrung wenigstens für die nächsten Augenblicke sorge. Er ging durch die Zimmer, kam wieder heraus zu Deborah,

und wie er herumsuchte und immer auf das Schloß
der Tür hin sah, wie er es denn machen solle, daß er
schließen könne, wenn er fortgehe – denn alles hing
halb zerrissen und zerbrochen herab –, kroch sein
abessinischer Sklave Uram herbei. Er zog sich an der
Erde fort und richtete die Augen fest auf Abdias, weil
er eine furchtbare Züchtigung erwartete, da er, als die
Plünderer kamen, mit den andern fortgelaufen war.
Aber Abdias hatte ihm eher Lohn als Strafe zuge-
dacht, indem er der erste war, der wieder gekommen.

»Uram«, sagte er, »wo sind denn die andern?«

»Ich weiß es nicht«, antwortete der Sklave, indem
er im Näherkriechen inne hielt.

»Seid ihr denn nicht mit einander fortgelaufen?«

»Ja, aber es haben sich alle zerstreut. Und wie ich
gehört habe, daß du zurückgekehrt bist, bin ich wie-
der gekommen, und habe gemeint, die andern wer-
den auch schon da sein, weil du uns schützen wirst.«

»Nein, sie sind nicht da«, sagte Abdias, »kein einzi-
ger ist da. – – Knabe Uram«, fuhr er dann sehr sanft
fort, »komme näher und höre, was ich dir sagen wer-
de.«

Der Jüngling sprang empor und starrte Abdias an.
Dieser aber sprach: »Ich werde dir einen sehr schönen
roten Bund geben mit einem weißen Reigerbusche
darauf, ich werde dich zum Aufseher über alle ande-
ren machen, wenn du genau ausführest, was ich dir
sage. Du mußt, so lange ich fort bin – denn ich werde
ein wenig weggehen – deine kranke Herrin und dieses
Kind bewachen. Setze dich hierher auf diesen Erd-
haufen – so – hier hast du ein Gewehr, es ist eine
Pistole – so mußt du sie halten – –«

»Das weiß ich schon«, sagte der Knabe.

»Gut«, fuhr Abdias fort, »wenn nun einer herein-
kömmt und die schlummernde Frau und das Kind
anrühren will, so sag ihm, er solle gehen, sonst wirst

du ihn töten. Geht er nicht, so halte die Öffnung gegen ihn, drücke an der eisernen Zunge und schieße ihn tot. Verstehst du alles?« Uram nickte und setzte sich in der verlangten Stellung auf den Boden.

Abdias sah ihn noch ein Weilchen an, und ging dann, den Griff der andern Pistole mit seiner Hand im Kaftane haltend, durch den Gang in die äußere Stube hinaus. Es lag alles so herumgestreut, wie er es verlassen hatte, und kein Mensch war in der weitläufigen Höhle. Da er sich überall umgesehen hatte, beschloß er vollends hinauszugehen. Er mußte sich wegen der vielen Schmerzen in den Lenden noch einmal dehnen, und stieg dann über die Schwelle der Tür zu den Palmen hinaus. Es war hier wirklich ganz öde, wie er es voraus gedacht hatte; denn die Nachbarn mochten in ihre entfernten Behausungen, oder wohin es ihnen sonst gefallen hat, gegangen sein. Als er zu dem Sandhaufen kam, wo er mit den Lanzen geschlagen worden war, war das Kamel nicht mehr da – sie hatten es samt den Lumpen als Ersatz mitgenommen. Er bog um den Triumphbogen und abgelegene Trümmer herum, und als er auf den hohen Schutthaufen, der über seinem Hause lag, gekommen war, stieg er auf den noch höheren hinan, der sich hinter demselben befand, wo Sand und weitgedehnte Blöcke lagen und eine große Umsicht auf alle Dinge und auf das Dämmerrund der Wüste sich eröffnete. Dort hob er einen Stein auf und zog einen goldenen Ring unter demselben hervor. Dann stand er, und sah ein wenig herum. Die Sonne, welche früher ein trüber, roter Glutpunkt gewesen war, war nun gar nicht mehr sichtbar, sondern ein verschleierter, grauer, heißer Himmel stand über der Gegend. Wir würden in unsern Ländern eine solche Luft sehr heiß nennen, aber dort war sie im Vergleiche mit Tagen, wo die Sonne unausgesetzt niederscheint, bedeutend

kühler geworden. Abdias atmete sie wie eine Labung, und strich sich mit der flachen Hand ein paarmal über die Seiten seines Körpers herab. Er schaute durch das schweigende Getrümmer, das unter ihm lag, und stieg dann hinab. Als er bei der zerrissenen Aloe war, begannen kleine Tropfen zu fallen, und was in diesem Erdstriche eine Seltenheit ist, ein grauer, sanfter Landregen hing nach und nach über der ganzen ruhigen Ebene; denn auch das ist selten, daß die Regenzeit so stille und ohne den heftigen Stürmen herannaht.

Abdias stieg auf der entgegengesetzten Seite, als er heraufgegangen war, hinab, wanderte durch allerlei wohlbekannte Irrgänge und Windungen der Trümmer und hatte ziemlich weit zu gehen, bis er das Ziel, wohin er wollte, erreichte, nämlich die Wohnung des vorzüglichsten seiner Nachbarn, wo er glaubte, daß er auch einige andere antreffen würde. Wirklich waren mehrere da, und als sich das Gerücht verbreitete, er sei über die Schwelle des Gaal hineingegangen, kamen noch immer mehrere herbei.

Er sagte zu ihnen: »Wenn ich durch die schöneren Kleider, die ich trug, und durch den größeren Handel, den ich trieb, unsern Aufenthalt verraten, die Plünderer hergelockt und euch Schaden verursacht habe, so will ich auch denselben ersetzen, so gut ich kann. Ihr werdet nicht alles verloren haben; denn ihr seid weise, und habt Kleinodien geborgen. Bringet ein Papier oder Pergament und Tinte herbei. Ich habe manche Schuldforderungen draußen ausstehen, die mir meine Freunde bezahlen müssen, sobald die Zeit um ist. Ich werde sie euch hier aufschreiben, und werde die Erlaubnis dazu schreiben, daß ihr das Geld als euer Eigentum einnehmen dürfet.«

»Wer weiß, ob es wahr ist, daß er etwas zu fordern hat«, sagte einer der Anwesenden.

»Wenn es nicht wahr ist,« antwortete Abdias, »so habt ihr mich immer hier und könnt mich steinigen, oder sonst mit mir tun, was euch gefällt.«

»Das ist richtig, laßt ihn nur schreiben«, riefen andere, während das herbeigebrachte Pergament und die Tinte hingeschoben wurden. Er ist so weise wie Salomo«, sagten diejenigen, welche ihn heute am meisten verschimpft und verspottet hatten.

Und als er auf dem Pergamente eine lange Reihe aufgeschrieben, sie ihnen dargereicht und sie alle gesagt hatten, daß sie einstweilen zufrieden sein wollen, bis er sich erholt habe und auch das andere ersetzen kann, zog er den Ring aus seinem Kaftan hervor und sagte: »Du hast eine Milcheselin, Gaal, wenn du mir dieselbe ablassen willst, so bin ich geneigt, dir diesen Ring dafür zu geben, der einen großen Wert hat.«

»Den Ring bist du als Ersatz schuldig, wir werden ihn dir nehmen,« riefen sogleich mehrere.

»Wenn ihr mir den Ring nehmt«, antwortete er, »so werde ich den Mund zuschließen und euch in Zukunft niemals mehr sagen, wo ich Geld habe, wer mir etwas schuldig ist, wo ich im Handel etwas erworben habe, und ihr werdet nie mehr etwas von mir bekommen, das euch eueren Schaden vermindern könnte.«

»Das ist wahr«, sagte einer, »laßt ihm den Ring, und, Gaal, gib ihm die Eselin dafür.«

Den Ring hatten sie unterdessen angeschaut, und da sie erkannt hatten, daß er viel kostbarer sei, als der Preis der Eselin beträgt, sagte Gaal, er werde ihm die Eselin geben, wenn er zu dem Ringe noch ein Stück Geld hinzu legen könne.

»Ich kann nichts mehr hinzulegen,« antwortete Abdias, »denn sie haben mir alles genommen, wie ihr selber gesehen habt. Gib mir den Ring, ich werde ohne die Eselin fortgehen.«

»Lasse den Ring«, sagte Gaal, »Ich werde dir die Eselin senden.«

»Nein«, antwortete Abdias, »du darfst sie mir nicht senden, sondern du mußt mir einen Riemen geben, an welchem ich sie fortführen werde. Oder gib den Ring.«

»Ich werde den Riemen und die Eselin geben«, sagte Gaal.

»Sogleich«, sagte Abdias.

»Sogleich«, antwortete Gaal. »Geh hinaus, Jephrem, und führe sie aus der Grube herauf, in welcher sie steht.«

Während der Diener ging, um die Eselin zu holen, fragte Abdias die Leute, ob sie keinen seiner Diener oder keine der Zofen seines Weibes gesehen haben; »denn«, sagte er, »sie sind alle fortgegangen.«

»Sind alle deine Diener fort?« fragte man, »nein, wir haben sie nicht gesehen.«

»Ist vielleicht eines davon bei dir, Gad, oder bei dir, Simon, oder bei einem andern?«

»Nein, nein, wir sind selber alle fortgelaufen, und haben nichts von ihnen gesehen.«

Indessen war Jephrem mit der Eselin gekommen, Abdias trat aus der Schwelle der Höhle Gaals heraus, man gab ihm den Riemen in die Hand, und er führte die Eselin über den Schutt davon. Aus den Fenstern steckten sich die Köpfe und schauten ihm nach.

Er ging durch die Wege der Trümmer und gedachte eine Stelle aufzusuchen, die abgelegen war, die er recht wohl kannte und die öfter als Zufluchtsort gedient hatte, ob er denn nicht eins oder das andere seiner Diener dort finden könnte, wohin sie sich vielleicht geflüchtet haben möchten. Der Regen hatte unterdessen überhand genommen und war zwar fein geblieben, aber ganz allgemein geworden. Er ging durch den Brei des Sandes, oder an den Schlingge-

wächsen vorbei, die aus verschiedenen Spalten her-
vorkamen und die liegenden Baustücke überwuchs-
sen, er ging neben nickenden Aloeblüten und an trie-
fenden Myrten vorüber. Kein Mensch begegnete ihm
auf dem Wege, und es war kein Mensch ringsum zu
sehen. Als er an die Stelle kam, die er sich gedacht
hatte, ging er durch die niedrige, flache Pforte, die bis
auf ihre Mitte im Sande stand, hinein und zog die
Eselin hinter sich her. Er ging durch alle Räume des
versteckten Gewölbes; aber er fand es ganz leer. Dann
ging er wieder heraus und stieg noch auf ein Mauer-
stück, um sich umzusehen, ob er vielleicht eines er-
blicken könnte – aber es war nichts zu sehen als über-
all dasselbe Bild uralter Trümmer, über welche allsei-
tig und emsig das feine, hier so kostbare Wasser riesel-
te, daß sie wie in einem düsteren Firnisse glänzten; er
sah keinen einzigen Menschen darin, auch hörte er
nichts als das sanfte Rieseln der rinnenden Gewässer.
Er wollte seine Stimme nicht erheben, um zu rufen;
denn wollte ihm eins eine Antwort geben, das ihn
höre, so konnte es ja auch den Weg in seine Behau-
sung finden und dort seine Anordnungen erwarten.
Sie werden gewiß bei einem der Leute versteckt sein,
der sie nicht verraten will. Er dachte sich, sie mögen
ihn nun für einen Bettler halten und ihn fliehen –
und er erkannte dies Benehmen als natürlich. Er stieg
wieder von dem Mauerstücke herab, nahm den Rie-
men der Eselin, den er unterdessen um einen Knauf
gewunden hatte, und trat den Weg zu dem Triumph-
bogen an. Obwohl er, da er das Oberkleid abgelegt
hatte, um es auf Deborah zu breiten, ganz durchnäßt
war, so achtete er nicht darauf, und zog das Tier hin-
ter sich her. Als er zu Hause angekommen war, ging
er durch die Tür in die Vorderstube, führte die Eselin
mit und band sie dort an. Er hatte in der Stube nie-
manden gefunden. Im Hineingehen durch den

schmalen Gang dachte er, wenn drinnen auch noch niemand sei, so werde er selber Deborahs Diener sein und sie pflegen, so weit er es in seiner jetzigen Lage könne.

Aber sie hatte einer Pflege nicht mehr not; denn da er außer Hause war, hatte sie nicht geschlummert, sondern sie war gestorben. Das unerfahrene Weib hatte sich, wie ein hilfloses Tier, verblutet. Sie wußte es selber nicht, daß sie sterbe, sondern da ihr Abdias die stärkende Brühe gegeben hatte, tat sie wie eines, das recht ermüdet ist und sanft einschläft. Sie schlief auch ein, nur daß sie nicht mehr erwachte.

Als Abdias eintrat, war das Gemach noch immer einsam, es war auch hierher noch niemand zurückgekehrt. Uram, wie ein Bild aus dunklem Erze gegossen, saß an Deborahs Lager und wachte noch immer, Augen und Pistolen gegen die Tür gerichtet; sie aber lag, wie ein Bild von Wachs, bleich und schön und starr hinter ihm – und das Kind lag an ihrer Seite, schlummerte süß und regte im Traume die kleinen Lippen, als sauge es. – – Abdias tat einen furchtsamen Blick hin und schlich näher; – mit eins wurde ihm die Gefahr klar, und er dachte an das, worauf er früher vergessen hatte – er stieß aus Überraschung einen schwachen Schrei aus – dann aber nahm er das Oberkleid, das er früher auf sie gebreitet hatte, und andere Lappen, die da lagen, weg, um zu sehen: es war deutlich, auf was er nicht geachtet, und was sie gar nicht gewußt hatte: Er zupfte aus einem Kleide eine Faser heraus, die so fein und leichter war, als es eine Flaumfeder sein konnte, und hielt sie vor ihren Mund: – aber sie rührte sich nicht. Er legte die Hand auf ihr Herz; er fühlte es nicht. Er griff ihre nackten Arme an: sie begannen schon kühler zu werden. Er hatte bei Karawanen, in Wüsten und im Hospitale Menschen sterben gesehen, und erkannte das Angesicht. Er

stand auf und ging in den nassen Kleidern, die an
seinem Körper klebten, in der Stube herum. Der Kna-
be Uram blieb in gleicher Stellung auf dem Boden
sitzen und ließ die Augen den Bewegungen seines
Herrn folgen. Dieser ging endlich in die Zimmer da-
neben, warf die nassen Kleider von seinem Leibe auf
einen Haufen und suchte sich aus den Dingen, die
herum waren, einen Anzug zusammen. Dann ging er
in die Vorderstube hinaus, nahm von der Eselin etwas
Milch in eine Schale, trug die Milch herein, wickelte
einen kleinen Lappen zusammen, tat ihn in die Milch,
daß er sich ansauge, und brachte ihn dann an den
Mund des Kindes. Dieses saugte daran, wie es am Bu-
sen einer Mutter getan hätte. Als es die Lippen immer
schwächer regte, aufhörte und wieder fortschlief, leg-
te er es weg von der Seite der Mutter in ein Bettlein,
das er aus Kleidern in eine Mauernische gemacht hat-
te. Dann setzte er sich auf eine Bank nieder, welche
von Steinen gebildet wurde, die zufällig aus der Mau-
erecke hervorstanden. Wie er saß, flossen aus seinen
Augen Tränen, wie geschmolzenes Erz. Es stand näm-
lich Deborah vor ihm, wie er sie zuerst in Balbek gese-
hen hatte, da er zufällig an ihrem Hause vorüber ging
und das Gold des Abends nicht nur um die Zinnen
ihres Hauses, sondern auch um die aller übrigen floß.
Von einem weißen Mauerstücke flog ein Paradiesvo-
gel auf und tauchte sein Gefieder in die gelbe Glut.
Wie er sie dann abgeholt hatte, wie sie, von den Ihri-
gen über die Terrasse herabgeleitet, gesegnet worden
war, und wie er sie dann von allen Angehörigen weg
genommen und auf sein Kamel gehoben hatte. – Jetzt
wird sie bei ihrem verstorbenen Vater sein und ihm
erzählen, wie es bei Abdias gewesen ist.

Er blieb immerfort auf den Steinen sitzen, auf die er
sich niedergelassen hatte. Es war in dem stillen Gema-
che niemand bei ihm als Uram, der ihm zuschaute.

Da endlich dieser Tag zur Neige ging und es in der Höhle allgemach so dunkel geworden war, daß man kaum mehr etwas sehen konnte, stand er auf und sagte: »Uram, lieber Knabe, lege diese Waffe weg, es ist hier niemand zu bewachen, sondern zünde die Hornlaterne an, gehe zu den Nachbarinnen und Klageweibern, sage ihnen, daß deine Herrin gestorben ist, und daß sie kommen sollen, um sie zu waschen und mit andern Kleidern anzukleiden. Sage ihnen, daß ich noch zwei Goldstücke habe, die ich ihnen geben werde.«

Der Knabe legte die Pistole auf die lockere Erde, stand auf, suchte die Zündsachen auf dem ihm wohlbekannten Platze, zündete die Laterne an, die Abdias, als er aus dem Keller gekommen war, hingestellt hatte, und ging hinaus. Der Lichtstreifen der mitgenommenen Laterne zog sich durch den Gang davon, und es war hierinnen jetzt finsterer, als es früher gewesen ist, weil das Licht den Gegensatz erzeugt hatte. Abdias zündete sich nichts an, sondern suchte nach der Wange des Weibes, kniete nieder und küßte sie zum Abschiede. Aber sie war jetzt schon kalt. Dann ging er zum Zündplatze, wo ein Stück einer Wachskerze lag, fachte dieselbe an und leuchtete gegen das Weib. Das Angesicht war das nämliche, mit dem sie ihn angesehen hatte, als er ihr Labung gereicht, und mit dem sie dann eingeschlafen war. Er meinte, wenn er nur genauer hinschaute, so müßte er sehen, wie es sich regte und die Brust sich im Atmen hebe. Aber es atmete nichts, und das Starren der toten Glieder dauerte fort. Auch das Kind regte sich nicht. Als sei es gleichfalls gestorben. Er ging zu demselben hin, um darnach zu sehen. Aber es lag in tiefem Schlafe, und sehr viele kleine Tröpflein standen auf der Stirne desselben. Er hatte es nämlich aus Übervorsicht zu stark mit Tüchern bedeckt. Daher nahm er etwas davon weg, um

die Hülle leichter zu machen. Während er dieses tat, fiel sein langer Schatten von seinem Rücken weg über die Leiche des toten Weibes. Vielleicht schaute er auf das kleine Angesichtchen, ob er in demselben nicht Spuren von Zügen der Verstorbenen entdecken könnte. Aber er entdeckte sie nicht; denn das Kind war noch zu klein.

Der Sklave Uram kehrte sehr lange nicht zurück, gleichsam als fürchtete er sich und wolle nicht mehr kommen, aber da schon das Stück Wachskerze fast zu Ende gebrannt war und Abdias bereits ein anderes angezündet hatte, näherte sich der Tür ein verworrenes Murmeln und Rufen, und Uram trat an der Spitze eines Menschenhaufens in das Zimmer. Er bestand größtenteils aus Weibern. Einige davon waren gekommen, um zu klagen und zu jammern, wie es ihr Geschäft war, andere, sich an dem Unglücke zu erregen; und wieder andere, um es anzuschauen. Unter den Angekommenen war auch Mirtha, die Leibdienerin Deborahs, die sie immer am meisten geliebt hatte, und der sie vollends alle ihre Neigung zuwendete, da sie dieselbe ihrem Manne abgewendet hatte. Sie war ebenfalls aus Furcht davon gerannt wie die andern, als die Plünderer hereingebrochen waren, und war dann aus Haß gegen Abdias nicht mehr zurückgekehrt. Als sie aber am Abende gehört hatte, daß ihre Herrin ein Kind geboren habe und dann gestorben sei, schloß sie sich an den Menschenhaufen an, den man neben einer Laterne auf den regendurchweichten Wegen durch die dichten Trümmer gegen die Behausung des Abdias hin gehen sah. Sie wollte sehen, ob beide Dinge wahr seien. Als sie in dem Gemache angekommen war und den Gebieter ihrer Herrin stehen sah, drang sie schreiend und weinend aus dem Haufen hervor, warf sich vor ihm nieder, umschlang seine Füße und verlangte Bestrafung von ihm. Er aber

sagte nichts als die Worte: »Stehe auf, und achte nur auf Deborahs Kind und beschütze es, da dasselbe dort liegt und gar niemanden zur Pflege hat.«

Als sie sich auch von der Leiche der Herrin aufgerichtet und sich ein wenig beruhigt hatte, nahm er sie an der Hand und führte sie zu dem Kinde hin. Sie, die Augen immer auf ihn gerichtet, setzte sich neben demselben nieder, um es zu beschützen, und sie deckte sein Angesicht mit einem Tuche zu, damit es keine bezaubernden Augen anschauen könnten.

Die andern Leute, die herbei gekommen waren, riefen durcheinander: »Ach der Jammer – ach das Elend – ach das Unglück!«

Abdias aber schrie ihnen zu: »Laßt sie ruhen, die sie nichts angeht; – ihr aber, deren Beschäftigung diese Sache ist, klaget um sie, badet sie, salbet sie und gebt ihr ihren Schmuck. – Aber sie hat keinen Schmuck mehr – nehmt nur von dem, was da herum liegt, das Beste, und kleidet sie an, wie sie begraben werden soll.«

Diejenigen, die sich über sie gebeugt hatten und sie an allen Stellen betasten wollten, gingen auseinander – aber die andern legten Hand an sie, um ihre Pflicht zu tun, derentwillen sie hergekommen waren. Abdias setzte sich in dem Schatten nieder, den der Menschenknäuel in die hintere Ecke warf; denn man hatte zwei alte Lampen angezündet, um zu allem besser sehen zu können, was man zu tun hatte.

»Das ist ein verstockter Mann«, murmelten einige unter einander.

Die Totenweiber hatten indessen die oberflächlichsten Kleider von der Leiche getan, hoben sie dann auf und trugen sie in das Gemach nebenan, um sie vollends entkleiden zu können. Dann holten sie Wasser aus den von dem heutigen Regen angefüllten Zisternen, machten in der Küche Feuer, um es zu wärmen,

taten es dann in eine Wanne, und badeten und wuschen mit demselben den Leichnam, der noch nicht starr war und namentlich in der Wärme des Wassers die Glieder aufgelöset herniederhängen ließ. Als er rein war, legten sie ihn auf ein Tuch und salbten ihn überall mit Salben, die sie zu diesem Zwecke mit sich herbeigebracht hatten. Dann rissen sie aus den offenen Schreinen und lasen von dem Boden auf, was da geblieben war, und kleideten die Leiche vollständig an. Was nach diesem Geschäfte von Hüllen noch übriggeblieben war, packten sie zusammen und trugen es nach Hause.

Die Leiche war wieder in das Gemach, in dem sie früher gewesen war, herausgetragen und auf die Erde nieder gelegt worden. Deborah lag nun da, angekleidet wie das Weib eines armen Mannes. Es bildeten sich Gruppen, um in der Nacht zu wachen, die Totenweiber waren auch wieder zurückgekehrt, manche Menschen gingen in den nächtlichen Trümmerwegen zu Abdias' Höhle ab und zu, und in dem Vorgemache, das nach auswärts führte, klagten und heulten die Weiber, die um Lohn herbeigekommen waren.

Am andern Tage begrub Abdias sein Weib in dem steinernen Grabe und zahlte die zwei versprochenen Goldstücke.

Sie hatte wenig Glück in dieser Ehe gehabt, und als es angefangen hätte, mußte sie sterben.

Die Nachbarn segneten sie mit ihren Lippen in das Grab hinein, als dasselbe mit den nämlichen Steinen geschlossen wurde, unter denen Aron und Esther schliefen, und sagten: Abdias sei es eigentlich gewesen, der sie um das Leben gebracht habe.

3

DITHA

Als Deborah begraben worden war und sich der letzte
Stein über ihrem Leibe zu dem Nachbarsteine gefügt
hatte, gleichsam als lägen sie zufällig da und bärgen
nicht so kostbare Dinge wie die Körper verstorbener
Angehörigen, und da sie auch so schwer befunden
worden waren und so fest auf einander lastend, daß
keine etwa begierig schweifende Hyäne die Glieder
auszuscharren vermochte: ging Abdias nach Hause,
und stand vor dem kleinen Kinde. Mirtha hatte in ei-
nem anderen Gemache eine bessere und tiefere Mau-
ernische ausgefunden. Sie war einstens mit Seide aus-
gefüttert und mit seidenen Polstern bedeckt gewesen.
Esther hatte gerne das schöne Kind Abdias daraufge-
legt, damit sich sein süßes Lächeln recht heiter von der
schönen, dunklen, grünen Seide hervorhebe. Jetzt wa-
ren aber keine solchen Dinge in der Nische vorhan-
den; denn die Vorhänge und Überzüge aus Seide wa-
ren herabgerissen und auf Saumtieren verpackt wor-
den, die Kissen lagen allein da und waren zerfetzt, so
daß das, womit sie gefüllt waren, ein zartes, dünnes
Gras, gleichsam das Haar der Wüste, herausquoll, wie
das Innere eines menschlichen Körpers. Mirtha zog
dieses feine Gefüllsel gar heraus, lockerte es mit ihren
Fingern auf und polsterte damit den nackten, von spit-
zigen Steinen unterbrochenen Boden der Nische.
Dann suchte sie unter den herumliegenden Lumpen
etwas zusammen, was sie darauf breitete, um das Kind
auf dieses Bettlein legen zu können. Von Linnen war
überhaupt wenig in der Wüste, und das Beste dieses
Wenigen hatten die Reiter mitgenommen. Daher
machte sie aus Wolle, aus andern Stoffen, ja aus seide-
nen Lappen, deren Farbe nicht mehr zu erkennen

war, Windeln und legte sie auf einen Haufen neben die Nische. Da das neugeborne Mädchen auf diesem Bettlein schlief, war es, daß Abdias von dem Begräbnisse heimkam und sich vor dasselbe hin stellte.

»Es ist so gut«, sagte er, »Mirtha; wir müssen nun weiter sorgen.«

Er ging hinaus und führte die Eselin, die er gekauft hatte, und die noch immer in dem Gemache angebunden war, in dem er sie gelassen hatte, herein. Er stellte sie, damit sie recht gut verwahrt sei, in das Gewölbe, welches sonst das Prunkgemach Esthers gewesen war, und in das von oben herab durch das vergitterte Fenster das Licht fiel. Dort band er sie sorgsam an, und richtete den hölzernen Riegel, mit welchem die Tür inwendig versehen war, wieder her, daß man ihn nachts, da man herinnen schlief, immer vorschieben könne. Von dem Vorrate dürren Wüstenheues, mit dem er sonst immer seine Kamele gefüttert hatte, war genug vorhanden, indem das Heu nicht in seiner Behausung, deren Äußeres, insoferne es brennbar war, von den Soldaten abgebrannt worden war, sondern in einer nicht weit davon befindlichen trockenen Höhle der Trümmer aufbewahrt worden war. Die Plünderer hatten es wohl gefunden, hatten auch versucht, es anzuzünden, aber wegen Mangel an Luftzug, und weil es so dicht gepackt war, hatte es nicht in Flammen geraten können. Sie rissen daher so viel heraus, als ihnen der Übermut eingab, nahmen mit, was sie für die nächsten Augenblicke brauchten und auf ihren Tieren unterbringen konnten, und ließen das übrige zerstreut liegen. Als sich Abdias des Heues und seiner Brauchbarkeit versichert hatte, ging er wieder in seine Wohnung zurück und suchte dort sehr lange unter all dem vielen Plunder die reinsten und wo möglich aus Linnen verfertigten Lappen heraus, damit sie dem Kinde zum Saugen dienten, wenn man ihm die frische, warm aus

dem Körper der Eselin kommende Milch zur Nahrung gab. Diese Lappen legte er alle auf einem Steine zusammen, der sich in dem Gemache des Kindes befand. Sodann sah er nach den Zisternen. Er hatte in früherer Zeit hinter dem hohen Schutt, der auf seiner Wohnung lag, dort, wo ein sehr großes Fries und darauf liegende Felsenstücke immerwährenden Schatten gaben, zwei Zisternen graben lassen. Gewöhnlich aber war nur in einer derselben Wasser, die andere war leer. Dies rührte daher, weil die Zisterne mittelst eines Schlauches, den man absperren konnte, mit einer Wassergrube im Keller, die künstlich eingesäumt und dicht gepflastert war, in Verbindung stand, in welche Grube Abdias immer größere Wasserteile, wenn sie sich oben sammelten, abließ, damit das Wasser im Keller frischer werde und keine so große Menge durch Verdünstung verliere, als wenn es oben in der warmen Luft gestanden wäre, der es noch dazu eine größere Oberfläche darbot als im Keller. Beide Zisternen fand Abdias nach dem gestrigen Regen ganz voll, und er ließ die eine, wie gewöhnlich, unter die Erde ablaufen.

Das dürre, schlechte Kamel, auf welchem er gestern gekommen war, das er auf dem Sande vor seinem Hause gelassen hatte, hatte er ganz vergessen. Er erinnerte sich jetzt desselben und wollte darnach sehen. Es war zwar nicht mehr auf der Stelle, auf welcher es noch kniete, da Abdias die Pistolen heraus gerissen hatte, aber es war doch schon in dem Stalle. Der Knabe Uram hatte es dem Manne, der es gestern, gleichsam um sich für seinen Verlust ein wenig zu entschädigen, fortgeführt hatte, wieder genommen, er hatte es durch die Mauertrümmer fortgeführt, hatte es zu einer gelben Lacke, die er recht wohl wußte und die er niemandem andern gönnte, geführt, ließ es die ganze Lacke austrinken, damit das Wasser nicht, wenn wieder die heiße Sonne käme, verloren

ginge, dann hatte er es in den Stall gebracht, nachdem er ihm noch zuvor das Geschirr und Riemzeug, welches noch auf ihm war, herabgenommen hatte. In dem Stalle fand es Abdias stehen. Es war das einzige, wo noch vor kurzem mehrere und weit edlere und bessere gestanden waren. Es hatte ein wenig von dem durch die Plünderer herumgestreuten, halb versengten Heue vor sich und fraß begierig von demselben. Abdias ließ etwas Mais, davon auch ein Vorrat dageblieben war, hinzugeben und von der Höhle frischeres Heu holen. Dann sagte er zu Uram, den er in dem Stalle getroffen, und durch den er diese letzteren Dinge hatte besorgen lassen: »Uram, gehe noch heute, so lange die Sonne scheint, hinaus über den Sandkamm und suche die Herde, sie muß dort herum wo sein – und wenn du sie gefunden hast, so zeige dich dem Hirtenrichter und sage, daß er dir von dem Anteile des Einwohners Abdias einen mit dessen Namen gezeichneten Hammel gebe. Diesen nimm an den Strick und führe ihn noch vor Abend hierher, daß wir ihn schlachten, etwas braten und etwas durch Meersalz aufbewahren, damit wir so lange durchkommen, bis die Karawane, die morgen fortgehen wird, wieder zurückkehrt und so viel mit bringt, daß wir das gewöhnliche Leben zum Teil wieder anfangen können. Wenn du die Herde nicht bald findest, so suche nicht sehr lange, sondern kehre um und komme noch bei Tage nach Hause, daß wir um etwas anderes umsehen können. Hörst du? Hast du alles wohl verstanden?«

»Ja,« sagte der Knabe, »ich werde die Herde schon finden.«

»Hast du aber auch etwas zu essen?« fragte Abdias.

»Ja, ich habe in der oberen Stadt ein Täschchen voll Weizen genommen«, antwortete der Knabe.

»Nun gut«, sagte Abdias.

Nach diesen Worten langte Uram einen Strick von

einem Haken des Stalles herunter, wo er gewöhnlich zu dem Behufe des aufgetragenen Geschäftes hing, nahm noch einen langen Stab von sehr schwerem Holze und lief über das Trümmerwerk davon, das in großen Haufen von dem Stalle des Abdias gegen die Wüste hinaus ging.

Abdias sah ihm ein Weilchen nach, bis er die hüpfende Gestalt nicht mehr erblicken konnte. Dann wendete er sich um und begab sich wieder in seine Wohnung. Zum Mittagsmahle nahm er ein paar Hände voll Maiskörner und trank von dem warmen Wasser der oberen Zisterne. Mirtha ließ er eine Schale voll Milch von der Eselin nehmen und gab ihr von dem dürren Brote, das da war; denn das bessere war zum Teile weggenommen, zum Teile verschleppt und verschleudert worden, auch konnte wegen dem zu starken Austrocknen in der heißen Wüste niemals ein großer Vorrat auf einmal gebacken werden.

Den ganzen Nachmittag brachte Abdias damit zu, die Wohnung in einen solchen Stand zu setzen, daß sie von außen vor jedem nicht gar zu gewaltigen Angriffe gesichert war. Er schleppte die Lappen und was von guten Dingen zerrissen herum lag, in zwei Gemächer zusammen, die jetzt zur Wohnung bestimmt waren, das andere verrammelte er zum Teile, zum Teile band er es mit vorgefundenen Stricken zusammen, so daß es hielt und die Eingänge, die etwa zu den Gemächern sein könnten, verwahrt waren. Teilweise hatte er auch ganz neue Riegel angebracht, er hatte die Klammern und Arben mit guten Nägeln angenagelt. Als er fertig war, saß er auf der Steinbank und ruhte ein kleines Weilchen.

Die Schmerzen, welche von der gestrigen Mißhandlung durch die Soldaten herrührten, waren heute viel heftiger geworden, als sie gestern in der ersten Aufregung waren, und hatten den Körper weit unge-

lenker gemacht. Er war einige Male in den Keller gegangen, hatte von dem kostbaren kalten Wasser eine
Schale voll genommen, hatte ein Tuch eingetaucht
und sich mit demselben die Lenden und andere
schmerzende Stellen befeuchtet.

Gegen Abend kam ein Bote, welcher von den Dienern und Dienerinnen, die sonst in Abdias' Hause
waren, abgesandt war. Uram und Mirtha waren die
einzigen, die sich wieder eingefunden hatten und bei
Abdias den Tag über geblieben waren. Der Bote forderte im Namen der Leute, deren Kennzeichen er
mitbrachte, den rückständigen Lohn, den sie trotzig
begehrten, weil sie meinten, er sei nunmehr ein Bettler. Abdias sah die Forderungen an und gab dann
dem Boten das Geld, das er in lauter sehr kleinen
Münzen aus dem schlechten Kaftane zog, den er nun
an hatte. Er sagte, daß er die Nachbarn grüßen lasse,
und daß er, wenn sie wollten, noch einige schlechte
seidene Dinge um sehr billiges Geld zu verkaufen hätte, sie möchten morgen kommen, wenn es ihnen genehm wäre, etwas davon zu erstehen.

Der Bote nahm das Geld, ließ die Papiere, welche
von Seite der Diener den Empfang bestätigten, in Abdias' Hand und ging fort.

Als schon die in jenen Ländern sehr kurze Dämmerung eingebrochen war, und als Abdias, welcher recht
gut wußte, wie schnell eine sehr fnstere Nacht auf sie
folge, bereits mehrere Male über die Trümmer nach
Uram ausgeschaut hatte, dessen Verirren in der gegenstandlosen Wüste er fürchtete, kam der Knabe, als
noch die letzten schwachen Strahlen leuchteten, hinter
den dunkeln Mauerstücken, durch herabhängendes
Buschwerk noch dunkler gemacht, hervor, den Hammel, welcher Widerstand leistete, mehr hinter sich herzerrend als ihn führend. Abdias gewahrte ihn bald,
trat zu ihm hinzu und geleitete ihn zu dem Eingange

des äußeren Gemaches, das in seine Wohnung führte. Dort war der Hammel angebunden, und nachdem Uram belobt worden war, wurde ihm ferner aufgetragen, daß er wieder die Hornlaterne anzünden und nach einem Manne, etwa dem Fleischer Asser, suchen möchte, welcher gegen Geld den Hammel schlachte und teile. Abdias war nämlich wegen der vielen Schmerzen, die er in seinem Leibe hatte und die denselben immer ungefügiger machten, gleichsam als rieben sich die Muskeln, die er bewegen wollte, schmerzhaft aneinander, oder als trotzten sie, nicht leicht im Stande, bei der Sache zu helfen, noch weniger aber, sie selber zu verrichten, wie er wohl sonst öfter getan hatte. Der Knabe zündete die Laterne an und eilte fort. Nach nicht gar langer Zeit kam er wieder zurück und führte den Fleischer Asser neben sich. Dieser trat zu Abdias ein, und als man nach einigem Handeln einig geworden war, erklärte er sich, daß er den Hammel schlachten, ausziehen und nach der gesetzmäßigen Art teilen wolle. Abdias nahm die Laterne, leuchtete gegen den Hammel hin, um dessen Zeichen zu sehen und sich zu versichern, daß er der seine sei und er nicht etwa einen fremden schlachte. Nachdem er über diesen Punkt in Richtigkeit war, sagte er, das Geschäft möge beginnen. Der Fleischer band sich das Tier, wie er es brauchte, legte es gegen eine Grube, in die das Blut abfließen konnte, und tötete es. Dann zog er die Haut ab und teilte das Fleisch in Teile, wie es bedungen worden war, und wie es bei den Bewohnern der verwüsteten Stadt in Gebrauch gekommen. Der Knabe mußte ihm mit einer Kerze, die angezündet worden war, leuchten. Nachdem all das verrichtet war und der Fleischer, wie man ausgemacht hatte, die Eingeweide genommen und seinen Lohn erhalten hatte, mußte ihn Uram wieder mit der Hornlaterne in seine Wohnung zurück geleiten. Als er von diesem Gange aber-

mals nach Hause gekommen war, verscharrten er und
Abdias die blutige Grube mit Erde, taten dann Wasser,
Reis und ein Stück Fleisch nebst Salz und Kräutern in
einen Topf, machten Feuer und kochten das Ganze bei
Kamelmist und einigen Resten von Myrtenreisigbün-
deln, welche nicht verbrannt worden waren. Als diese
Speise bereitet war, aßen Abdias und der Knabe da-
von, und trugen auch Mirtha, welche immer innen bei
dem Kinde sitzen geblieben war, einen Teil hinein.
Zum Trinken bekamen sie Wasser aus der oberen Zi-
sterne; denn das in dem Keller wurde gespart. Nach-
dem alles dieses vorüber war, ging Abdias zu dem äu-
ßeren Eingange der Wohnung und verwahrte und ver-
schloß ihn von innen, und nachdem er mit dem Kna-
ben noch die Reste des Fleisches teils eingesalzen, teils
frisch zum morgigen Gebrauche in die tief unter die
Erde gegrabene Grube gebracht hatte, die zur Aufbe-
wahrung von derlei Gegenständen da war, verschloß
und verband er auch alle übrigen Türen, die in der
Behausung waren, von innen, und die Bewohner die-
ser Gemächer begaben sich zur Ruhe. Wo sonst beina-
he ein Gewühl von Dienern und Leuten gewesen war,
schliefen nun vier Menschen: Abdias, der Knabe
Uram, die Magd Mirtha und das kleine Kind Ditha.
Judith war es nach Esthers Mutter genannt worden;
Mirtha hatte es aber den ganzen Tag über mit der
Verkleinerung Ditha angeredet. Abdias hatte sich auf
dem Boden des Gemaches gebettet, in dem das Kind
war, Mirtha schlief neben der Nische, in der Ditha lag,
eine Lampe brannte in dem Zimmer, und im Neben-
gemache war die eingekaufte Eselin. Uram lag drau-
ßen im Vorgemache in trocknen Palmenblättern.

Als am andern Tage die Sonne aufgegangen war,
kamen viele Nachbarn und wollten von Abdias die
seidenen Sachen, von denen er ihnen hatte Meldung
tun lassen, kaufen. Er lag von den vielen Schmerzen

seines Körpers halb zurückgelehnt in einem Haufen Wüstenstroh. Uram hatte alle die Lappen, die ihm Abdias bezeichnet hatte, herbeigetragen und hatte sie aufeinander geschichtet. Es waren teils alte Kleider, welche von noch älteren, völlig unbrauchbaren herausgesucht worden waren, teils waren es Überreste in größeren und kleineren Stücken Stoffes, mit dem er sonst gehandelt hatte, teils endlich waren es Fetzen seiner eigenen Geräte und Matten, welche von den Plünderern zerrissen und wegen ihrer Unbedeutendheit so wie die Stoffreste hingeworfen worden waren. Die Nachbarn handelten um alle Dinge, selbst die unbedeutendsten, und kauften alle Flecke, die ihnen Abdias vorlegte, ein. Als nach vielem Handeln und Herabdrücken der Preise alle Sachen verkauft und die dafür ausgedungenen Preise gezahlt waren, nahmen die Käufer ihr Erstandenes zusammen und gingen fort. Der übrige Teil des Tages verging wie der gestrige unter Verrichtungen zur Verbesserung der Lage. Abdias stand zu Mittage wieder auf, ging zu dem Landesflecke neben seiner Wohnung hinaus, wo er sonst seine Gemüse stehen hatte, und sah nach. Es war manches da, manches war wegen Nichtbeachtung zu Grunde gegangen. Was am besten den Himmelsstrich vertragen konnte, wollte er stehen lassen und besorgen. Er kargte sich ein wenig Wasser von der oberen Zisterne ab und befeuchtete die am meisten bedürftigen damit. Er glaubte es um so eher tun zu können, weil die Regenzeit bevorstand und wieder Wasser bringen würde. Die Eselin versorgte er selber mit Heu, welches er aus der Mitte des Stockes heraus nahm, wo es am wenigsten von dem Brandgeruche des Hauses eingesaugt hatte. Er gab ihr Wasser, worunter sogar ein Teil des kühlen aus dem Keller gemischt wurde; er ließ sie durch Uram abends hinaus in die Luft führen und, während er selber dabei

stand, von den verschiedenen Gräsern, Disteln und Gesträuchen fressen, die in dem Sande, dem Lehme und dem Schutte des Trümmerwerks wuchsen. Das schlechte Kamel, welches allein in dem Stalle stand, versorgte Uram. Draußen in der Herde, welche gemeinschaftlich in der Wüste gehalten wurde, waren noch einige, aber wenige Tiere sein; diejenigen, welche in den Wohnungen der Trümmer waren, waren von den Plünderern fortgetrieben worden.

Nach wenigen Tagen kam ein Teil der fortgegangenen Karawane zurück und brachte solche Dinge und Sachen mit, welche zu dem täglichen Verkehr gehörten und dazu dienten, daß sie das Leben, wie es vor dem Einbruche der Plünderer geherrscht hatte, wieder nach und nach anfangen konnten. Abdias kaufte in den darauf folgenden Tagen allgemach ein, was er brauchte, und in kurzer Zeit stellte sich das tägliche Hin- und Herhandeln wieder ein, welches unter Menschen in einer Gemeinde notwendig ist, daß sie gesellig leben und ihren Zustand, er sei noch so niedrig, wie er will, einrichten können. Die Nachbarn wunderten sich nicht, daß Abdias Geld habe, und zwar mehr, als er durch den Verkauf der Waren gelöset haben konnte; denn sie selber hatten ja auch eins, das sie im Sande vergraben gehalten.

So verging gemach eine Zeit nach der andern. Abdias lebte still fort, an einem Tage so wie an dem vorhergegangenen. Den Nachbarn fiel es auf, und sie dachten, er warte nur auf seine Zeit, welche den Augenblick bringen würde, an dem er sich für alle vergangenen Unbilden rächen könne. Er aber stand in seiner Wohnung und betrachtete das kleine Kind. Es hatte winzige Fingerchen, die es noch nicht zu regen verstand, es hatte kleine, unerkennbare Züge in dem unentwickelten Angesichtchen, das sich noch kaum zu entfalten begann, und in diesem Angesichtchen hatte

es blaue Augen. Diese Augen standen in der sehr schönen Bläue offen, aber regten sich noch nicht, weil sie noch das Sehen nicht verstanden, sondern die Außenwelt lag gewaltig, gleichsam wie ein totgeborner Riese, darauf. Die blauen Augen waren Ditha allein eigentümlich, da weder Abdias noch Deborah blaue Augen hatten, sondern tief schwarze, wie es ihrem Stamme und jenem Lande, in dem sie lebten, eigen zu sein pflegt. Er hatte nie vorher besonders Kinder betrachtet. Dieses aber betrachtete er. Er reisete auch nicht fort, wie er sonst getan hatte, um Handel zu treiben und zu erwerben, sondern blieb immer da. Er dankte oft Jehova, daß er einen solchen Strom sanften Fühlens in das Herz des Menschen zu leiten vermöge. Wenn es Nacht war, saß er zuweilen wieder, wie er es früher auch getan, auf dem hochgetürmten Schutte seines Hauses, dort, wo die zerrissene Aloe stand, und betrachtete die Gestirne, die tiefen, funkelnden Augen des Südens, die hier täglich zahllos und feurig hernieder sehen. Abdias wußte aus seinen unzähligen Wanderungen sehr gut, daß im fortlaufenden Jahre immer andere Sterne am Himmel prangen, der einzige Schmuck, der in der Wüste, wo keine Jahreszeiten sind, in dem einen Jahre hinum sich erneuert.

Endlich, nach sehr langer Zeit, kam auch der zweite Überrest der gleich nach der Zerstörung in die Welt hinausgeschickten Karawane. Die verbrannten und zerlumpten Leute derselben brachten Waren und Kleinode, um wieder damit zu handeln, und endlich brachten sie an die Eigentümer jenen Teil der von Abdias abgetretenen Summe, der eben zur Zeit des Karawanenzuges fällig gewesen war. Die Nachbarn waren nun zufrieden, sie achteten ihren Genossen Abdias, und dachten, wenn er wieder hinaus ginge und Handel triebe, so würde er bald wieder so reich sein, daß er ihnen allen Schaden ersetzen könnte, den

sie erlitten hatten, und den er ihnen doch eigentlich nur allein durch sein unvorsichtiges und kühnes Leben zugefügt hatte. Sie rüsteten bald wieder einen Zug, und gaben ihm alles mit, was zur Einrichtung eines Handels und Tausches, wie sie ihn vor der Plünderung zu führen gewohnt waren, nötig war. Abdias hatte an dem Unternehmen keinen Teil genommen. Es schien, als schütze er nur das kleine Wesen, welches noch kein Mensch, ja noch nicht einmal ein Tier war.

Die Regenzeit hatte sich indessen eingestellt, und wie es alljährlich bei derselben der Brauch war, verkroch sich alles in seine Häuser und Höhlen, was nicht unmittelbar von dem Lose getroffen war, hinaus in die Ferne zu müssen, um die Geschäfte zu besorgen. Die Zeit des Regens, wußten sie, so vorteilhaft sie ihren wenigen Gemüsestellen, dann den Gesträuchen und den Weideplätzen der Wüste ist, so nachteilig ist sie den Menschen, und erzeugt die in ihrer Lage und ihrem Wohnorte ohnedem so gerne hereinbrechenden Krankheiten. Auch Abdias mit seinen wenigen Untergebenen hielt sich so gut als möglich verschlossen.

Die Zisternen füllten sich und gingen über, die einzige Quelle, welche in der Stadt in einem tiefen Brunnen floß, und zu der alle Bewohner ihre Zuflucht nahmen, wenn die lange Dürre herrschte und jede Zisterne versiegt war, rauschte, und füllte fast den Brunnen bis oben; die Gesträuche und Gräser und Palmen troffen, und wenn wieder die einzelnen unsäglich heißen Blicke der Sonne kamen, freuten sich die Gewächse, wuchsen in einer Nacht ins Unglaubliche, und sie schauerten und zitterten gleichsam in Wonne, wenn das furchtbare Krachen des Himmels über ihnen rollte und sich fast täglich und stündlich in mehreren abwechselnden Stärken wiederholte. Der Schutt der Trümmer wurde zu Brei, die Felsenmauern wurden abgewaschen, oder so wie die kahlen und

sandigen Hügel überzogen sie sich mit Grün, daß sie nicht mehr zu erkennen waren.

Nach einer Zeit hörten diese Erscheinungen allmählig wieder auf. Sie hörten in diesem Trümmerwerke um so eher auf, weil dasselbe in der Wüste gelegen war, in welcher sonst der viele ringsherum liegende Sand aus den Strahlen der Sonne eine solche Wärme brütete, daß sie jede Wolke, wenn sie nicht übermäßig dicht und wasserreich war, aufsaugte und in unsichtbaren Dunst lösete. Die dichten, hängenden, grauen Massen, aus welchen nur zu Zeiten weiße, wässerige, schimmernde Stellen leuchteten, und die die geschlungenen furchtbaren Blitze jenes Himmelsstriches brachten, wurden nach und nach höher, trennten sich, daß einzelne Ballen am Himmel standen, die sich dunkler und blauer färbten, weiße, schimmernde Ränder hatten und den klaren Äther und die scheinende Sonne in immer längeren Zeiträumen herabblicken ließen, – endlich war schon über dem Trümmerwerke und der Wüste ganz heiterer Himmel, nur daß am Rande draußen noch durch ein paar Wochen aus Dunkelblau und Weiß gemischte Ballen und Massen zogen, aus denen Blitze leuchteten; bis auch dieses allgemach aufhörte und der beginnende und nun fortdauernde reine Himmel und die reine Sonne leer und gefegt über dem funkelnden Geschmeide des regendurchnäßten Landes stand.

Die Scheibe der Sonne und die ewigen Sterne löseten sich nun täglich ab. An der Oberfläche des Bodens waren die Wirkungen des Regens bald verschwunden, er war dürr und staubig, daß die Bewohner an den Regen wie an ein Märchen zurückdachten; nur die tiefer gelegenen Wurzeln und Brunnen empfanden noch die Güte der unendlichen, zu einem aufzubewahrenden Schatze hineingesunkenen Menge des Wassers. Aber auch das minderte sich immer mehr

und mehr, die kurzlebenden grünen Hügel wurden rötlich, und an vielen Stellen blickte Weiß aus ihnen hervor, was den täglich heiteren Himmel immer dunkler und blauer und die Sonne immer geschnittener und feuriger machte.

Abdias lebte zu dieser Zeit in seinem Hause immer fort wie seither. Der Augenblick zur Rache schien noch nicht gekommen zu sein.

Als aber seit dem Regen schon eine lange Zeit vergangen, als die flachen Hügel Sandes auch nicht mehr rot, sondern weiß waren, als die Hitze gleichsam blendend über dem Sande stand, trüber, rötlicher Schein an dem Gesichtskreise schwebte, jedes Lüftchen draußen, wenn das Auge in die Ferne dringen wollte, den sanften, undurchdringlichen Höhenrauch des Staubes führte, als die Trümmer, die Myrten und Palmen grau waren, die Luft täglich heiter, als sollte das ewig währen, und die Erde trocken, als sei Wasser ein in diesem Lande unbekanntes Gut – da das Mädchen Ditha recht gesund und stark war: ging Abdias einmal hinter sein Haus um die verdorrten Palmen und den Triumphbogen herum zu einer Stelle, die neben schwarzen, gleichsam versengten Steinen lag, und grub in der Abgelegenheit der Felsen, wo er wenig erblickt werden konnte, mit einer Handkelle im Sand und in der Erde. Es kamen, da er geschickt arbeitete, mehrere Goldstücke zum Vorscheine, und dann wieder mehrere. Er zählte sie. Dann grub er wieder, und fand noch manche. Als er sie, auf seinen Füßen sitzend, endlich noch einmal alle gezählt hatte und wahrscheinlich genügend fand, hörte er zu graben auf und wühlte den trockenen Sand wieder über die flachen einzelnen, nicht gar großen Steine, unter denen eigentlich das Gold gelegen war, bis die Stelle aussah, als wäre nur jemand zufällig hier gewesen und hätte zufällig den Sand mit seinen Füßen in Unruhe

gebracht. Er trat noch auf der Stelle mit seinen Sohlen hin und her, wie wenn jemand gestanden wäre, sich umgekehrt und nach verschiedenen Richtungen hinaus geschaut hätte. Dann ging er fort und ging ziemlich weit von hier zu einer andern Stelle, auf welcher er es eben so machte. Zu Mittag ging er nach Hause, um etwas zu essen. Dann ging er sogleich wieder hinaus, suchte noch mehrere solche Plätze und tat an jedem wie an dem ersten. Wo ihm der Sand, von dem Winde angeregt, große Hügel über den Schatz gelagert hatte, grub er immer fort, wie viel Zeit auch dabei vergehen mochte, er häufte Berge Schutt neben sich an, kniete tief in demselben und sah nach – und überall kam ihm das edle, von keinem Roste angegriffene Gold entgegen, wie er es zur Aufbewahrung anvertraut hatte. Gegen Abend kam er rückwärts um den hochgetürmten Schutt auf seinem Hause, von dem wir öfter gesprochen haben, heran. Er schien mit seiner Arbeit fertig zu sein. Er stieg auf den Gipfel hinauf und sah herum – und nachdem er die unendliche Leere, gleichsam als müßte er von einem Paradiese scheiden, lange angeschaut hatte, stieg er nieder, ging in seine Gewölbe und begab sich bald zur Nachtruhe.

Am andern Tage, als das Licht anbrach, sagte er zu Uram: »Lieber Knabe, gehe hinaus in die Wüste, ob du nicht die Herde finden kannst, zähle die Hammel und die andern Tiere, die mein gehören, und komme dann und sage, wie viel ich noch habe.«

Der Knabe richtete sich und ging fort.

Abdias aber, als er den Knaben nicht mehr sah, begab sich in das Gemach, in welchem Deborah gestorben war und in welchem sie ihm die kleine Ditha geboren hatte. Dort sperrte er sich ein, so gut er konnte, daß Mirtha nicht herein käme und auch kein Nachbar ihn etwa zufällig besuchte. Als er sich so versichert hatte, ging er in die anstoßende Höhle – denn das

Gewölbe war eigentlich ein Doppelgemach –, zog kleine, spitzige eiserne Brechwerkzeuge aus seinem Busen heraus, näherte sich einer Ecke der Mauer und begann dort einen der Steine aus seinen Fugen zu lösen. Als ihm dieses gelungen war, zeigte sich hinter dem herausgenommenen Steine in dem dicken Mauerwerke eine Höhlung, in welcher ein flaches Kästchen aus Kupfer stand, ganz mit Grünspan überzogen. Er nahm das Kästchen heraus und öffnete den Deckel. Im Innern lagen, in Seide und Wolle eingewickelt, einige Papiere. Er nahm sie heraus, setzte sich nieder und zählte sie einzeln auf seinen Kaftan. Sodann legte er sie zusammen auf eine Stelle hin, zog eine hölzerne Büchse aus seiner Tasche, in welcher der Staub eines geschmeidigen, seifenförmigen Steines war, und rieb mit dem Staube jedes Papier so lange, bis es nicht mehr rauschte. Dann tat er sie einzeln jedes in ein flaches Täschchen von feiner, wasserdichter Wachsseide und nähete die Täschchen an verschiedenen Stellen seines Kaftans ein, der mit vielen und allerlei Flecken bedeckt war. Als er dieses Geschäft zu Ende gebracht hatte, legte er das leere Kästchen, die Brechwerkzeuge und die Büchse, in der der geschmeidige Staub gewesen war, in die Höhlung der Mauer und fügte den herausgenommenen Stein mit seinen Händen wieder ein. Die Fugen verklebte er mit einer eigenen Art von Mörtel, der sehr schnell trocknete, die Farbe der Mauer hatte und machte, daß man die bestrichene Stelle von jeder andern nicht unterscheiden konnte.

Da diese Dinge vollendet waren, machte er die Türen wieder auf und ging hinaus. Die Zeit neigte sich bereits gegen Mittag. Er aß ein wenig und gab auch Mirtha zu essen. Hierauf begab er sich in das Gemach, in welchem die Eselin stand, und schirrte dieselbe vollständig zu einer Reise an. Er erklärte dann Mirtha,

daß er fort ziehen wolle, um einen andern Wohnplatz zu suchen, sie möchte sich richten und zu der Reise in Bereitschaft sein. Das Mädchen willigte ein und begann sogleich, weil er sagte, daß es sein müsse, sich und das Kind zu dem Zuge so zu richten, wie sie es am zweckdienlichsten erachtete. Das hagere Kamel hatte Abdias schon mehrere Tage vorher verkauft, damit seine Nachbarn nicht glaubten, daß er Geld habe. Er zog also nach einer Stunde die Eselin hervor, hob Mirtha, die sich vollständig ausgerüstet hatte, auf dieselbe hinauf, gab ihr das Kind und führte sie fort. Sie zogen durch verschiedene Teile der Trümmerstadt, die nicht bewohnt waren, hin und her, an hohen Klumpen vorüber, von denen Kräuter und dürre Stengel herab schauten, bis sie endlich an dem Rande der Stadt ankamen. Dort führte sie Abdias über graue Rasen und Steppen, dann über Flächen, und endlich in einer geraden Linie in das ebene Land, in welchem kein Gras war und unendlich viele kleine Steinchen am Boden lagen. Hier ging er darüber, und bald hatte sie die rote goldene Sandluft der Wüste eingeschlungen, daß sie von der Trümmerstadt nicht mehr hätten gesehen werden können, so wie sie den grauen Streifen der Stadt nicht mehr sahen.

Abdias hatte sich Sohlen auf die Füße gebunden und leitete die Eselin an dem ledernen Riemen hinter sich her. Für sich und Mirtha hatte er die Büchse mit dem verdichteten Brühstoffe eingesteckt, nebst Weingeist und Geschirre, um zu kochen: das Tier trug Wasser und sein Futter. Den ursprünglich weißen Arabermantel, der aber jetzt vom Schmutze völlig vergelbt war, nahm er selber auf seine Schultern, eben so trug er ein Bündel gedörrter Früchte, damit die Eselin nicht zu sehr überladen wäre. Seitens Mirthas, auf der Gegenseite, damit das Gleichgewicht des Sattels hergestellt sei, war ein Körbchen angebracht, darin ein Bett-

lein war, daß man das Kind, wenn es für Mirtha zu
schwer würde und derselben die Arme weh täten, hin-
ein legen könne. Über das Körbchen war ein Schirm-
tuch zu spannen.

Die Eselin ging geduldig und gehorsam in dem
Sande, der ihre Hufe röstete. Abdias reichte ihr mehr-
mals Wasser, auch mußte sie einmal, da die mit ge-
nommene Milch in der Hitze des Tages sich zu säuern
begann, für Ditha gemolken werden.

So zog man fort. Die Sonne senkte sich nach und
nach dem Rande der Erde zu. Mirtha redete nichts, da
sie den Mann Abdias haßte, weil er sein Weib umge-
bracht hatte. Er schwieg auch beständig und ging vor
der Eselin her, daß ihm die Haut von den wunden
Füßen hing. Zuweilen sah er nur in das Körbchen
hinein, in welchem das Kind schlief, und sah, ob noch
der Schatten auf dem Gesichtchen desselben wäre.

Als es Abend wurde und die Sonne als eine riesen-
große, blutrote Scheibe an dem Rande der Erde lag,
die sich gleichfalls als ein vollkommenes flaches Rund
aus dem Himmel schnitt, wurde Halt gemacht, um die
Nachtruhe zu genießen. Abdias breitete ein großes
Tuch aus, welches unter dem Sattel auf dem Rücken
der Eselin lag, ließ sich Mirtha auf das Tuch setzen,
stellte das Körbchen mit dem Kinde daneben, und gab
den weißen Mantel her, daß sich beide damit zudecken
könnten, wenn die Nacht gekommen wäre und sie
schlafen würden. Dann tränkte er die Eselin und legte
ihr Heu vor, auch einige Händevoll Reis hielt er in
Bereitschaft, um sie ihr später zu geben. Hierauf pack-
te er seine Kochvorrichtungen aus, das heißt eine
Weingeistlampe, eine Wasserkanne und den Brühe-
stoff. Als er angezündet, Wasser gehitzt und die Suppe
bereitet hatte, gab er Mirtha zu essen, aß selber, trank
von dem schlechten lauen Wasser des Schlauches und
gab Mirtha zu trinken. Zum Nachtische wurden einige

der getrockneten Früchte aus dem Sacke genommen. Da alles dieses geschehen war, legte sich Mirtha zur Ruhe, beschwichtigte das im ganzen heutigen Tage erst jetzt zum ersten Male weinende Kind, und in kurzem schliefen beide fest und gut. Abdias benützte, als er gegessen hatte, den noch kleinen Überrest der Tageshelle, um einige von den Goldstücken, welche er gestern aus dem Sande ausgegraben hatte, in die Pistolenhalfter und in den Sattel, der einige kleine Höhlungen in dem Holze hatte, zu tun und zuzunähen. Er tat die Münzen in gehöhlte Stellen, wo sie sich nicht rühren und nicht klappern konnten, und heftete alte Lederflecke darauf, oder er trennte hie und da das schon vorhandene Flickwerk und schob die Geldstücke hinein, worauf er das Getrennte wieder herstellte. Als bei diesem Geschäfte die Nacht hereinbrach und schnell ihre in jenen Ländern so tiefe Dunkelheit auf die Erde breitete, legte er alles seitwärts und rüstete sich zur Ruhe. Er breitete vorerst noch ganz einhüllend den Mantel über Ditha und Mirtha, daß sie vor den giftigen Dünsten der Wüste beschützt würden. Sodann legte er sich selber auf den bloßen Sand nieder, den Kaftan, den er ausgezogen und mit dem er sich zugedeckt hatte, über sein Gesicht ziehend. Um den einen Arm hatte er den Riemen der Eselin geschlungen, welche müde war und sich gleichfalls schon in dem Sande nieder gelegt hatte. An dem andern lagen handrecht zwei Pistolen, jede vierläufig, die unter Tags in dem Halfter gesteckt waren, und die er auf alle Fälle zu sich nahm, obwohl in diesem weiten Sande weder Tiere und kaum auch Menschen zu fürchten waren.

Die Nacht verging ruhig, und mit Anbruch des nächsten Tages wurde die Reise fortgesetzt. Abdias war, als sich der erste Saum des leeren Himmels in Osten anzündete, aufgestanden, hatte das Heu und die Lappen, die er auf das Riemwerk gebreitet hatte,

daß es sich nicht nässe und dann in der Hitze leide, weggeräumt und gesammelt, worauf er dann Kola, die Eselin, sattelte und alle die andern Dinge an ihren Platz tat. Nachdem er und Mirtha gegessen hatten und Ditha mit der Milch des Tieres getränkt worden war, brach man auf.

Ehe noch ein kleiner Teil ihres zweiten Reisetages vergangen war, standen schon die blauen Berge, Abdias' nächstes Ziel, sehr groß und deutlich an dem Rande der Wüste, aber sie standen stundenlange so klar und deutlich da, ohne daß es schien, daß man sich ihnen nur zollbreit genähert hätte. Abdias hatte für seinen Zweck mit Absicht einen Weg eingeschlagen, der zwar ein bedeutend längerer war als jeder andere, aber den Vorteil hatte, daß er kürzere Zeit in der Wüste führte, indem er nur eine Bucht derselben durchschnitt und gegen die benannten blauen Gebirge zulief. Abdias hatte dieses getan, um die Wüstenluft zu vermeiden, die Mirtha und Ditha noch nie geatmet hatten. Aber nicht bloß durch einige Stunden standen die wunderschönen, blauen, lockenden Berge aufrecht vor ihnen am Rande der Ebene, gleichsam zum Greifen nahe, sondern sie standen den ganzen Tag so, obwohl man sich ihnen in gerader Richtung näherte, und änderten weder ihre Farbe noch ihre Größe. Erst da das kurze Abenddämmern jenes Himmelsstriches kam, erreichte man zwar nicht sie selber, wohl aber ein grünes Eiland, gleichsam ein Vorland derselben, auf welchem für Kola, die Eselin, frische Pflanzen, für alle drei aber eine klare Quelle war. Als man sich auf die Insel begeben und dort, was sie bot, namentlich das kühle Wasser, genossen hatte, zog Abdias die Reisegesellschaft wieder zurück gegen die Wüste und ließ sie auf einem Platze zum Nachtlager stille halten, auf welchem Sand war und Disteln und Kaktuspflanzen in großen Zwischenräumen zerstreut

standen. Er tat dieses des Taues willen, der auf Wüsteninseln in sehr großer Menge zu fallen pflegt und für diejenigen, die dort unter freiem Himmel schlafen, ungesund ist. Er machte genau die nämlichen Vorbereitungen wie in der vergangenen Nacht, und verbarg den noch übrig gebliebenen Rest der Goldstücke in jene Stellen des Sattels, der Gurten und des andern Geschirres der Eselin, welche zu diesem Zwekke noch da waren. Einen Teil des Goldes aber steckte er zu sich in verschiedene Fächer seiner Kleider, daß, wenn Räuber über ihn kämen, sie dasselbe fänden und in der Meinung, das sei sein gesamtes Geld, nicht weiter suchten. Wie in der vergangenen Nacht legte er sich wieder auf den bloßen Sand und schlief.

Da der Morgen dämmerte, wurde er, der heute viel besser geschlafen hatte als gestern, durch seltsame Töne geweckt. Es war ihm, als träumte er sich um dreißig Jahre zurück, als läge er mit seinem Haupte wieder an dem Halse seines Kameles und höre das Schnaufen desselben, mitten in der ringsum ruhenden Karawane liegend. Er rieb sich seine von dem feinen Wüstensande schmerzenden Augen, und da er sie öffnete, sah er wirklich ein Kamel vor sich stehen, das der Morgenglut der Wüste entgegen schnaufte und seinen kleinen Kopf hoch gehoben hatte. Auch einen Mann erblickte er, einen Schlafgenossen, den sie in der Nacht bekommen haben mußten. Derselbe lag auf dem Boden im tiefsten Schlafe begraben und den Riemen des Kameles um seinen Arm geschlungen, wie es Abdias gerne machte. Abdias sprang empor, ging näher gegen die Gruppe der zwei Wesen die in einer kleinen Entfernung von ihm war, und da er hinzu gekommen, traute er seinen Augen kaum – es war der furchtbar abgehetzte Knabe Uram, der da vor dem Kamele auf dem Boden lag. Derselbe schlief auf dem Rücken liegend und das Antlitz gerade gegen den Himmel empor zeigend.

Dieses Antlitz, das sonst so jugendlich heiter und frisch war, war aber jetzt so entstellt, als sei der Knabe in diesen zwei Tagen um zehn Jahre älter geworden. Als ihn Abdias auf geweckt hatte und die inzwischen aufgestandene Mirtha auch herzu gekommen war, erfuhr man den Zusammenhang der Sache. Da der Knabe die Herde gefunden und unter den vielen Tieren, die den Bewohnern der Trümmerstadt gehörten, die des Juden Abdias gezählt und, um keine Irrung zu begehen, noch einmal gezählt hatte, ging er wieder nach Hause, indem er auf dem Wege das Brot und die Datteln aß, die er sich als Mittagsmahl mitgenommen hatte, und die herausbekommene Zahl, damit er sie nicht vergäße, immer wiederholte. Zu Hause, wo er nachmittag angekommen war, habe er seinen Herrn Abdias gesucht – er suchte ihn in allen Gewölben, in dem Stalle, bei dem Heue, bei den Zisternen, an der Aloe – und fand ihn nicht; erst, als er auch bemerkte, daß Mirtha und Ditha ebenfalls fehlen und die Eselin auch nicht da sei, sei ihm Abdias' Auswanderung klar geworden. Er habe nun dem Juden Gad ein Kamel gestohlen und sei nachgejagt. Zuerst hat er die Spuren der Eselin gesucht und dieselben wirklich in den Tälern zwischen den Trümmern gefunden, wie sie in Umwegen gegen die Wüste hinausgingen. Dann erst hat er das Kamel genommen, ist daraufgestiegen und zu dem Punkte in aller Schnelligkeit hin geritten, wo die Spur in die Wüste mündete. Allein so deutlich die Tritte des Hufes, dessen kleine Gestalt er recht gut kannte, in dem Trümmerwerke und vorzüglich auf lockerem Grasboden waren, so sehr waren sie in dem weichen Sande der Wüste verschwunden. Er sah gar nichts mehr, das einem Tritte ähnlich war, sondern nur die feinen Schneiden des gewehten Sandes, und da mußte er gegen die mutmaßliche Richtung zu beiden Seiten immer hin und her jagen, ob er auf der

fahlen Fläche, die da schimmerte und noch unzählig viele andere Sternchen und Flimmerchen hatte, die glänzten, nicht einen schwarzen Punkt sähe, der die Hinziehenden vorstelle, oder etwa zufällig die Reisespuren wieder fände. Dann sei er so durstig geworden und so erhitzt, daß er nichts mehr sehen konnte, weil der Boden vor seinen Augen zu wallen angefangen habe. Hierauf habe er sich mit beiden Händen an dem Kamele gehalten, weil es doch viel stärker gewesen sei als er – und dieses sei heute nachts geraden Weges hierher gerannt. Es muß die Reisenden oder die Quelle gewittert haben; denn es hat, ehe sich beide zur Ruhe begeben, eine ungeheure Menge Wasser aus der Quelle getrunken.

Abdias streichelte die Haare und das Angesicht des Jünglings und sagte, er dürfe nun schon bei ihm bleiben. Dann bereitete er die Suppe und gab ihm zu essen. Auch von den Früchten reichte er ihm einen kleinen Teil und sagte, er solle wenig essen, daß es ihm nicht schade; denn nach seiner Rechnung mußte der Knabe an fünfzig Stunden nichts genossen haben. Dann ließ Abdias die beiden Tiere, das Kamel und die Eselin, von dem frischen Futter, welches auf der Insel war, so viel fressen, als er glaubte, daß ihnen zuträglich sei, die eigentlich mehr an das trockene Futter gewohnt waren. Von diesem trockenen Futter bekamen sie dann noch einen geringen Rest; denn es mußte jetzt geschont werden, weil Uram gar keinen Vorrat mit sich genommen hatte und das Land und die Gebirge noch ferne waren, wo man wieder einen bekommen konnte.

»Hast du denn nicht daran gedacht, daß das Kamel matt werden und dich nicht mehr weiter tragen könnte, ehe du uns fändest?« fragte Abdias.

»Freilich habe ich daran gedacht«, antwortete der Knabe, »deshalb habe ich es so lange trinken lassen, als es nur wollte, ehe ich fort ritt, auch habe ich ihm von

den Körnern zu fressen gegeben, die in unserer Wohnung lagen, und wovon du einen Teil ausgeschüttet hast.«

»Hast du einem unserer Nachbarn gesagt, daß du die Meinung gefaßt hast, daß ich fortgezogen sei?« fragte Abdias weiter.

»Nein, ich habe keinem Menschen ein Wort gesagt, daß sie uns nicht nachfolgen und uns etwa finden«, sagte der Knabe.

»Gut«, antwortete Abdias, indem er an der Aufzäumung der Eselin weiter arbeitete.

Uram hatte indessen die elende Ausrüstung, die das Kamel hatte, in den Stand gesetzt, dessen sie fähig war. Man traf die Verabredung, daß Abdias und der Knabe, je nachdem einer oder der andere von ihnen müder würde, in der Benützung des Kameles abwechseln sollten. Mirtha und Ditha wurden auf der Eselin untergebracht wie gewöhnlich. Als alles in Ordnung war, brachen sie auf. So zog nun die auf diese Weise vergrößerte Reisegesellschaft weiter, und wie die ersten zwei Tage gewesen waren, waren alle folgenden. Nachdem man von der Insel weg noch drei volle Tage gezogen war, kam man erst in fruchtbares Land und in das gegen sie heranschreitende Gebirge. Abdias hatte hier in ein einziges schlechtes Dorf abgelenkt, um sich dort mit allem Nötigen zu versehen, was man brauchte und was auszugehen drohte. Dann bog er wieder gegen die Einöden ab, die hier ganz anders waren als in der Wüste, aber gewiß nicht minder schön, erhaben und furchtbar. Die Menschen, Hütten und Dörfer meidend, zog man weiter, entweder durch Schluchten, oder auf einsamen Bergrücken, oder gegen sachte steigendes, mit würzigem Grase versehenes Staffelland. Die Vorsichten, welche man im Weiterziehen und hauptsächlich beim Nachtlager anwendete, waren jetzt weit mehr als in der Wüste. Abdias hatte

auch den Knaben bewaffnet; denn er hatte in dem Rüstzeuge der Eselin weit mehr Waffen in Fächern angebracht, als die zwei vierläufigen Pistolen, die er bisher in der Wüste bei seinem Nachtlager immer an seiner Seite gehabt hatte. Er trug jetzt bei Tage vier Pistolen in seinem Gürtel und hatte einen schuhlangen Dolch in der Gürtelscheide stecken. Dem Knaben gab er drei Pistolen und ebenfalls einen Dolch. Jeden Morgen wurden die Ladungen neu untersucht und neu gemacht. Bei der Nachtruhe lagen die Pistolen neben den Schlafenden; die Kleider blieben, wie natürlich ist, auf dem Leibe. Auch wurde jetzt alle Nacht zur Verscheuchung der Löwen und anderer Tiere ein Feuer gemacht, wozu die Brennstoffe mühselig unter Tag gesammelt und auf dem Kamele weiter befördert wurden. Zur Unterhaltung des Feuers und zur Wache mußten Abdias und der Knabe abwechseln, und immer einer aufrecht an dem Feuer sitzen und herum schauen.

Aber es traf keine der gefürchteten Gefahren ein. Die Nächte vergingen still und lautlos, mit den feurigen, scharfen Sternen aus dem dunkelblauen Himmel jenes Landes hernieder schauend; die Tage waren schimmernd und heiter, und jeder so schön und wolkenlos, oder scheinbar noch schöner und klarer als sein Vorgänger. Die Glieder der Gesellschaft waren wohl, die kleine Ditha war gesund, und die freie Luft, welche immer unter dem Tüchelchen ihres Körbchens strich, rötete ihre Wänglein, wie an einem zarten Apfel. Man hatte auf dem Zuge weder Menschen noch Tiere gesehen, manchen einsamen Adler ausgenommen, der zuweilen, wie sie weiter gingen, hoch über ihnen in den leeren Lüften hing. Es hatte sie ein schönes Glück geleitet, gleichsam als zöge ein glänzender Engel über ihren Häuptern mit.

Am frühen Morgen des neunundzwanzigsten Ta-

ges ihres Zuges, da sie über eine strauchlose, sachte ansteigende Fläche zogen, riß plötzlich die Farbe des Landes, die lieblich dämmernde, die sie nun so viele Wochen gesehen hatten, ab, und am perlenlichten Morgenhimmel draußen lag ein unbekanntes Ungeheuer. Uram riß die Augen auf. Es war ein dunkelblauer, fast schwarzer Streifen, in furchtbar gerader, langer Linie sich aus der Luft schneidend, nicht wie die gerade Linie der Wüste, die in sanfter Schönheit, oft in fast rosenfarbner Dämmerung unerkennbar in dem Himmel lag; sondern es war wie ein Strom, und seine Breite stand so gerade empor, als müßte er augenblicklich über die Berge herein schlagen.

»Das ist das Mittelmeer«, sagte Abdias, »jenseits dessen das Land Europa liegt, in welches wir ziehen.«

Seine zwei Gefährten staunten das neue Wunderwerk an, und je weiter sie kamen, desto mehr entfaltete sich der vorher schmal scheinende Strom, Farben und Lichterspiele waren auf ihm, und am Mittage desselben Tages, als sie an dem Rande des Tafellandes angekommen waren, riß die feste Erde jäh ab, sie stürzte vor ihnen hinunter und legte in der Tiefe die Fläche des Meeres vor ihre Füße. Ein dunkler, waldreicher Streifen der afrikanischen Küste lief an dem nassen Saum hin, eine weiße Stadt blickte aus ihm auf, und unzählige weiße Punkte von Landhäusern waren in dem Grün zu sehen, gleichsam Segel, die aus dem Grün ebenso wie die andern aus dem schreckhaft dunklen Blau des Meeres leuchteten.

So schön ist der Scheidegruß, den das traurige Sandland seinem Sohne nachruft, der es verläßt, um die feuchten Küsten Europas aufzusuchen.

Abdias stieg mit den Seinigen in die Stadt hinunter, aber nicht in der eigentlichen Stadt hielt er sich auf, sondern weiter draußen, wo ein weißer Damm in die blauen Wogen lief, viele Schiffe standen und ihr Stan-

genwerk wie die Äste eines dürren Waldes in die Lüfte hoben. Hier mietete er sich in ein Häuschen ein, um zu warten, bis ein Schiff reisefertig wäre, nach Europa zu gehen und ihn mitzunehmen. Er ging fast gar nicht aus, außer wenn er sich in dem Hafen erkundigte, und Uram blieb immer bei ihm. Das Kamel hatten sie verkauft, weil es ihnen fortan unnütz war, die Eselin aber mußte in dem Häuschen untergebracht werden. So lebten sie sehr abgeschieden drei Wochen, bis eines Tages ein Schiff ausgerüstet war und im Begriffe stand, nach Europa abzugehen, und zwar nach dem Punkte, wohin Abdias am meisten zielte. Er hatte mit dem Herrn desselben eine Übereinkunft getroffen, und in Folge derselben schiffte er sich mit dem Kinde, mit Uram und mit der Eselin auf das Fahrzeug ein. Mirtha hatte ihn einer Liebe halber, die sie in der weißen Stadt gefunden hatte, verlassen und war nicht zu bewegen gewesen, ihm zu folgen. Auch eine andere Wärterin hatte er nicht bekommen; denn wie große Anbote er auch machte, die er in Europa zahlen wollte, sobald sie angekommen sein würden, mochte doch keine einzige mit ihm gehen, weil sie ihm nicht traute. Selbst auf das Schiff, wo er dann Geld zu zahlen versprach, folgte ihm keine, und auf dem Lande Geld zu zeigen, hielt er selber nicht für gut; auch wußte er recht wohl, daß es nur dazu gedient hätte, daß ihn dann nur ein solches Weib verraten hätte, ohne doch mitzugehen, weil er diese Leute kannte, daß sie an ihrem Flecke Aufenthaltes, wie schlecht er sei, haften, und in keinen andern, am wenigsten in das verdächtige und gehaßte Europa gehen, wo die Ungläubigen wohnen. Also stieg er allein mit Uram zu Schiffe.

Als endlich der Zeitpunkt der Abfahrt gekommen war, und als sie beide auf dem schwimmenden Hause standen, wurden nun die großen eisernen Anker aus dem Wasser hervorgezogen, die Waldesküste begann

vor ihnen zu schwanken und zurück zu sinken. Wie sie immer mehr hinaus rückten, kam weiter unten noch ein Küstenstrich zum Vorscheine, aus welchem das weiße Haus Meleks leuchtete. Abdias schaute darauf hin, aber wie der Streifen der Küste immer weiter und weiter zurückwich, das Land endlich gleichsam wie ein törichtes Märchen eingesunken war, und um das ganze Schiff sich nichts regte als die Wellen wie unzählige glänzende Silberschuppen: saß er nieder und versenkte die Augen in die Züge seines Kindes.

Das Schiff ging nun fort und fort – und er saß und hielt das Kind in seinen Armen. So oft diejenigen, die noch mitreiseten, hinblickten, sahen sie dasselbe Bild des Mannes, wie er saß und das Kind auf seinen Armen hielt. Er stand bloß dann auf und ging abseits, wenn er es nährte, oder reinigte, oder den Lappen, in die es eingewickelt war, eine andere Lage gab, daß es leichter liege. Uram lag zwischen hingeworfenen hölzernen Geräten und neben einem gerungenen kreisförmigen Haufen von Tauen.

Es gibt Menschen, die vielerlei lieben und ihre Liebe teilen – sie werden von vielen Dingen sanft gezogen: andere haben nur eines, und müssen das Gefühl dafür steigern, daß sie die übrigen tausend linden Seidenfäden des Wohles entbehren lernen, womit das Herz der erstern täglich süß umhüllet und gehalten wird.

Abdias und Uram waren immer auf dem Verdecke. Die Fahrt war sehr schön, der Himmel stets heiter, und ein sanfter Zug spielte in den Segeln. Wenn ein Wölklein an dem Himmel erschien, sahen die Reisenden daraufhin, ob es nicht einen Sturm bringen werde – aber es brachte keinen, das Wölklein verschwand immer wieder, ein Tag war so ruhig wie der andere, die Wellen waren klein, als dienten sie bloß, die Fläche, die sonst eben wäre, zu unterbrechen und heiter zu beleben – – und so lag eines Nachmittags die schim-

mernde, freundliche Küste Europas auf dem blauen Wasser – die Küste Europas, nach welchem Lande Abdias sich einst gesehnet hatte. Mit schmeichelnden Wogen trug der Ozean das Schiff, während die Sonne gemach nach Westen sank, dem nördlichen Lande immer näher und näher – ein glänzender Punkt nach dem andern hob sich aus der dunklen Fläche, leuchtende Streifen standen endlich aufwärts, und als die Sonne zuletzt hinter den Westrand gesunken war, lag ein ganzer Gürtel von Palästen um die schwarze Bucht geschlungen.

Das Schiff mußte nun vor seinen Ankern liegend harren und seine Menschen und seine Sachen behalten, bis die Zeit um wäre, in der es sich zeigen sollte, daß es keine böse Seuche gebracht habe.

Als nun diese Zeit vergangen war und die Menschen und die Waren gelandet wurden, wunderten sich einige, und andere lachten, als ein hagerer, häßlicher Jude über das Brett des Bootes schritt, statt Päkken von Waren ein kleines Kind an seinem Busen tragend, und wie hinter ihm ein fast nackter, gelenker Knabe, gleichsam ein schönes dunkles Erzbild, folgte, eine halb verhungerte Eselin nach sich ziehend: auf allen dreien lag dasselbe Grau der Wüste und der Ferne, wie auf den Tieren der Wildnis eine fremde, verwitterte Farbe zu liegen pflegt. – Einen Augenblick staunten die vielen, die da standen und zuschauten, die Fremdlinge an – im nächsten waren dieselben von dem Strome des menschenwimmelnden Weltteiles verschlungen und in seinen Wogen fortgeführt. Das Bild zeigte wieder sonst nichts, als was es den ganzen Tag zeigt: eine unruhige, durcheinander gehende Menge, die nach ihrem Vorteil, nach ihrer Lust oder nach andern Dingen rennt, umstanden von den ruhigen, großen, glänzenden, oft prachtvoll gebauten Häusern.

Wir aber wollen den fremden Ankömmlingen einen Augenblick voraus eilen, um die Stelle anzuzeigen, wo wir sie wieder finden werden.

Es liegt ein sehr vereinsamtes Tal in einem fernen und abgelegenen Teile unseres schönen Vaterlandes. Sehr viele werden das Tal nicht kennen, da es eigentlich nicht einmal einen Namen hat und, wie wir sagten, so sehr vereinsamt ist. Es führt keine Straße durch, auf der Wägen und Wanderer kämen, es hat keinen Strom, auf dem Schiffe erschienen, es hat keine Reichtümer und Schönheiten, um die Reiselust zu locken, und so mag es oft Jahrzehnte da liegen, ohne daß irgendein irrender Wanderer über seinen Rasen ginge. Aber ein sanfter Reiz der Öde und Stille liegt darüber ausgegossen, ein freundlich Spinnen der Sonnenstrahlen längs der grünen Fläche, als schienen sie mit vorzugsweiser Liebe und Milde auf diesen Ort, da er gegen Mitternacht durch einen starken und breiten Landrücken geschützt ist und so die Strahlen günstig aufnimmt. Zur Zeit, da sich das zutrug, was wir hier erzählt haben, war das Tal ganz und gar unbewohnt: jetzt steht ein nettes weißes Haus auf seinem Weidegrunde, und einige Hütten rings herum, sonst ist es noch fast öde wie vorher. Einst war nur der weiche Rasengrund, beinahe ganz ohne Bäume, nur hie und da von einem grauen Steinblocke unterbrochen. Der Rasengrund schwingt sich zu einer sanften Wiege herum, die, wie wir sagten, gegen Mitternacht durch einen ansteigenden Landrücken geschlossen ist, auf dessen Höhe ein Föhrenwald wie ein mattes Band am Himmel hin zieht; im Mittage aber hat es eine Aussicht, die durch das hereinschauende Blau entfernter Berge umschlungen ist. Sonst bietet die Wiege auf ihrem Grunde nichts dar als das Grün des Bodens und das Grau der Steine; denn die schmale Schlange des Baches, der in ihrer Tiefe fließt, ist dem betrachten-

den Auge von mäßiger Entfernung aus nicht mehr sichtbar.

An der Mitternachtseite dieses Tales, jenseits des Föhrenwaldes, beginnen wieder die von Menschen gepflegten Gegenden, namentlich stehen die Felder gerne in großen Strichen hin mit der blauen Blume des Flachses bepflanzt. Auch gegen Mittag in nicht gar großer Entfernung sind wieder bebaute Fluren. Nur die Talwiege, wie das oft bei Landbebauern geschieht, weil sie in der Tat dem Anbauer größere Hindernisse entgegensetzte, stand im Rufe der gänzlichen Unfruchtbarkeit. Es ward nie ein Versuch gemacht, zu ergründen, ob sich dieser Ruf bestätige, sondern man nahm ihn von vorne hinein als wahr an, und so lag die Wiege Jahrhunderte hindurch unbenützt da. Es ging nur ein sehr schmaler, an den meisten Stellen bloß durch das niedergetretene Gras erkennbarer Pfad durch das Tal, auf welchem Pfade regelmäßig im Frühling und Herbste einzelne Bewohner eines ziemlich entfernten Bergdorfes zu einer weit jenseits des Tales liegenden Gnadenkirche pilgerten, weil zur Kirche durch das unfruchtbare Tal der nächste Weg ging.

Als Abdias in sehr vielen Ländern Europas herumgewandert war, um eine Stelle zu finden, an der er sich niederlassen könnte, und zufällig auch in das oben beschriebene Tal kam, beschloß er sogleich, hier zu bleiben. Was die meisten abgeschreckt hatte, das Tal zur Wohnung zu nehmen, die Öde und Unfruchtbarkeit: das zog ihn vielmehr an, weil es eine Ähnlichkeit mit der Lieblichkeit der Wüste hatte. Vorzüglich erinnerte ihn unsere beschriebene Wiege an einen Talbogen, der im Grase Mossuls seitwärts jener Stelle herum ging, an der der Sage nach die uralte Stadt Ninive gestanden haben soll. Der Talbogen hatte ebenfalls wie unsere Wiege nur Gras ohne Bäume,

nur daß in dem Talbogen Mossuls auch nicht einmal graue Steine aus dem Grase herausragten und die einzige dämmernde Farbe desselben unterbrachen, und daß auch kein so schönes Bergesblau hereinblickte, wie in unsere Wiege.

Abdias hatte sich von mehreren Fürsten und Herren Briefe verschafft, welche ihm erlaubten, in ihren Ländern zu reisen und sich in denselben aufzuhalten. Er hatte auch einen Handelsfreund, den er bisher nicht von Angesicht, sondern nur durch Briefe gekannt hatte. Er suchte denselben auf und verabredete mit ihm den Plan, daß, wenn er sich gerne einen Fleck Landes erwürbe, auf dem er seine künftige Wohnung gründen möchte, der Handelsfreund dazu den Namen hergeben würde, als hätte er selber das Land gekauft, als bebaute er es selber, als führe er eine Wohnung auf, und als ließe er nur gegen Entgelt den Juden im Genusse aller dieser Dinge. Um den noch möglichen Mißbrauch des Kauf- und Eintragbriefes zu vermeiden, würde Abdias seinen Freund durch eine ausgestellte Gegenforderung gleichen Wertes binden, die er gegen denselben geltend machen könne. Als er in das öde Tal gekommen war, beschloß er, da zu bleiben, sich ein Haus zu bauen, etwas Felder anzulegen und sich einzurichten. Er nahm sich deshalb vor, den noch übrigen Rest der Goldstücke aus dem Riemzeuge der Eselin zu lösen und die englischen Papiere, welche so gut in den wasserdichten Wachsseidentäschchen verborgen waren, aus seinem Kaftan zu schneiden. Er wollte alles recht wohl herrichten und in Gang bringen, damit, wenn er nach Afrika reiste, um Melek ein Messer in das Herz zu rennen – und wenn er etwa dabei erwischt und umgebracht würde, Ditha versorgt sei. Er mußte sie vorher auch ein bißchen erziehen, daß sie groß genug wäre und sich schon selber forthelfen könne, wenn er nicht mehr erschiene.

Es wunderten sich die Bewohner des entfernten Bergdorfes, als einmal einer durch das unfruchtbare Tal zu der Gnadenkirche wallfahrten ging und die Nachricht zurückbrachte, daß an einem Platze des Tales das Land aufgerissen sei und Balken und Steine und Vorrichtungen herum lägen, als würde hier zu einem Häuserbaue geschritten. Und wie wieder einmal ein anderer zu der Kirche ging, stand schon Mauerwerk, und es arbeiteten Leute daran. Ein fernerer brachte Nachricht von dem weiteren Fortschreiten des Baues, manche gingen nur dieser neuen Sache wegen in die Kirche, da sie sonst vielleicht zu einer andern Zeit gegangen sein würden – man redete davon, bis endlich ein blankes weißes Haus von mäßiger Größe aus dem Grün des Bodens schimmerte und daneben der Anfang eines Gartens gelegt wurde. Auf die Fragen, wie und was das sei, kam immer die Antwort: ein fremder, absonderlich und seltsam aussehender Mann lasse das alles bauen und habe den Grund daneben gekauft.

Als das weiße Haus einmal länger stand, als der Garten fertig war und die hohen, festen Planken um denselben herum liefen, gewöhnten sich die seltenen Vorübergehenden daran, als an ein Ding, das einmal so sei, insbesondere da der Besitzer nie zu ihnen hinauskam und mit ihnen redete, sie also auch nichts von ihm zu reden hatten – und sie sahen die Dinge so an wie die Steine, die hie und da aus dem Grase hervorstanden, oder wie die Gegenstände, die zufällig an dem Wege lagen.

Abdias ging nun daran, da das Mauerwerk fertig und nach dem Rate seines Bauherrn vollständig ausgetrocknet war, das Innere des Hauses einzurichten. Er ließ doppelte Riegel hinter alle Türen machen, er ließ starke Eisengitter vor die Fenster stellen, und er ließ statt der früheren Planken sogar noch eine hohe,

feste Mauer um den Garten führen. Dann kamen Ge-
räte, wie sie in Europa gebräuchlich waren, und dar-
unter mischte er Einrichtungen, wie er sie in Afrika
gehabt hatte; er legte nämlich überall Teppiche nicht
bloß auf den Boden, sondern auch auf solche Geräte,
die für keine verfertigt waren, er machte aus Teppi-
chen und weichen Fellen, die er kaufte, Betten zum
Ruhen, und daß man darauf in der Kühle der Zimmer
sitzen könne. Um diese Kühle zu erzeugen, ließ er,
wie er es ebenfalls in Afrika gelernt hatte, Gemächer
mit sehr dicken Mauern verfertigen, in den Gemä-
chern hatte er nur in großen Zwischenräumen ein
paar kleine Fenster, die doppelte gegliederte Fenster-
balken der Art hatten, daß ihre Dächelchen über ein-
ander gelegt oder zur Hereinlassung von mehrerem
Lichte wagrecht gestellt werden konnten. Er hatte die-
se Balken in Europa kennen gelernt und wendete sie
statt der Myrten an, welche in der Wüstenstadt sein
oben gelegenes Fenster umrankt und überwuchert
hatten, daß die brennenden Strahlen der dortigen
Sonne nicht eindringen konnten. Die kleinen Fenster
der Gemächer aber gingen nicht unmittelbar in die
freie Luft, sondern in einen andern Raum, der eben-
falls eine Art Gemach oder Vorhaus bildete, und
durch dicke Türen und ebenfalls durch gegliederte
Fensterbalken zu schließen war, damit die Strahlen
der Sonne und der Durchzug der äußern heißen Luft
abgehalten würden. Lauter Anstalten, die er in Euro-
pa nicht nötig hatte. Was ihn schier am meisten freute,
war ein Brunnen, den ihm ein Meister an einem stets
schattigen Teile seines eigenen Hofes gemacht hatte,
wo man nur an einem Metallknopfe hin und her zu
ziehen brauchte, daß kristallhelles, eiskaltes Wasser in
das steinerne Becken heraus floß. Anfangs wollte er
das häufige Ziehen nicht zulassen und den großen
Verbrauch des Wassers hindern, daß es nicht viel-

leicht zu schnell zu Ende gehe, aber da das Wasser durch zwei Jahre unvermindert und gleich frisch dem Zuge des Metallknopfes folgte, erkannte er, daß hier ein Schatz sei, den man nicht leeren, den sie hier nicht schätzen können, und den man in der Wüstenstadt für das höchste Gut gehalten hätte. Überhaupt waren er und Uram in der ersten Zeit ihres Wanderns in Europa über die prächtigen Quellen, die es hat, entzückt, wunderten sich, wie die Leute, die da leben, sich nichts daraus machten, und tranken oft, vorzüglich wenn sie im Gebirge waren und ein recht glasklarer Strahl aus Steinen hervor schoß, mit Lust und dem Wasser zu Ehren, selbst wenn sie nicht durstig waren. Sie priesen die Wässer des Gebirges vor denen der Ebene, wenn ihnen auch das Gebirge selber nicht besonders gefiel, da es sie beengte und ihnen die Weite und Unendlichkeit benahm, an die sie gewohnt waren. Im Garten, den er bereits mit einer hohen Mauer umfangen hatte, war aber noch nichts als Gras; allein auf künftigen Schatten bedacht, ließ er Bäume pflanzen, und nahm sich vor, sie selber zu pflegen und zu betreuen, daß sie schnell wüchsen und doch in einigen Jahren schon Schatten auf den Rasen und auf die weiße Mauer des Hauses würfen. Für eine Abteilung, wo Gemüse und andere nützliche Dinge wüchsen, würde er in der Zukunft schon sorgen, jetzt müsse er, dachte er, nur das Notwendigste zuerst in den vollkommenen Stand setzen.

Die inneren Gemächer waren nun alle eingerichtet, das Haus war fertig und von außen gegen Angriffe geschützt. Diener und Dienerinnen hatte er von dem Volke seines Glaubens bekommen.

Als der ganze Bau in wohnlichem Zustande war, wozu er beinahe drei ganze Jahre gebraucht hatte, ging er daran, ihn zu beziehen. Er nahm Ditha aus dem hölzernen Häuschen, welches mit doppelten

Holzwänden für das Kind und ihn als Notwohnung
errichtet worden war, heraus und ließ es in die stei-
nerne Wohnung in das für dasselbe eigens eingerich-
tete Gemach tragen. Er folgte, indem er die ganz we-
nigen Dinge, die er in dem Holzhäuschen gehabt hat-
te, mit sich nahm. Das Häuschen wurde nun sofort
abgerissen.

Ein Ziel, welches er in dem Lande Europa ange-
strebt hatte, hatte er nun erreicht, nämlich einen
Wohnplatz. In diesem saß er nun mit Ditha ganz al-
lein; denn Uram war schon im Verlaufe des ersten
Jahres ihrer europäischen Wanderung, obwohl er ver-
möge seiner Jugend alles, was ihm aufgestoßen war,
mit Neugierde und oft mit Entzücken betrachtet hat-
te, an dem fremden Klima verschmachtet. Abdias saß
mit Ditha allein. Dieser wollte er nun alle Aufmerk-
samkeit zuwenden, daß sie, wie er sich vorgenommen
hatte, ein wenig erzogen würde, indem er bisher, da
er eine Wohnung für sie baute, nicht viel Zeit gehabt
hatte, sich nach ihr umzusehen, und auch die Diener,
die ihr beigegeben worden waren, sie bloß nährten,
pflegten und schützten, und im andern sie liegen lie-
ßen, wie sie nur wollte. Sie war aber übrigens in ihrem
Körperchen gesund und blühend. Und so lag sie nun
vor ihm da, ein ehrwürdig Rätsel, aus seinem Wesen
hervorgegangen und einer unbekannten Enthüllung
harrend.

Abdias ging nun mit demselben Eifer, mit dem er
bisher alles betrieben hatte, daran, sich mit Ditha zu
beschäftigen, obwohl er eigentlich nicht wußte, wie er
es anfangen sollte, sie zu entfalten und vorwärts zu
bringen. Er hielt sich schier immer in ihrem Zimmer
auf. Er berührte sie, er redete mit ihr, er setzte sie in
ihrem Bettchen auf, er setzte sie auf den Teppich des
Fußbodens, er stellte sie auf ihre Füße, er versuchte,
ob sie gehen könne, er wollte sehen, ob sie nicht eine

kleine Strecke laufe, wenn er ihr einen lockenden Gegenstand vorhalte, und sehr viele Dinge der gleichen Art: aber sehr bald sah er, daß das Mädchen nicht sei, wie es sein sollte. Er gab die Schuld auf die zwei Dienerinnen, die er in Europa bloß zu dem einzigen Dienst für Ditha genommen hatte, und welche nur für ihren Körper gesorgt hatten, daß er gesund sei und gedeihe, für die sonstige Entwicklung aber nichts getan zu haben schienen.

Das Kind war jetzt schon um vier Jahre herum alt, aber es hatte nicht die Art und Weise eines vierjährigen Kindes. Sein Angesichtchen war unsäglich lieb und schön, und es entfaltete sich täglich mehr als das reizende Ebenbild des Vaters, wie er aussah, da er noch jung und schön gewesen war; nur war die Kraft des Vaters durch leise Züge der Mutter gemildert, die in der Bildung des Angesichtes zum Vorschein kamen. Der Körper war fast der eines vierjährigen Kindes, nur schien er viel zarter und nicht so stark zu den Bewegungen zu sein, welche Kinder in diesem Alter schon zu machen pflegen. Aber es lagen auch diese Bewegungen nicht in ihren Gliedern, der Vater wußte nicht, wegen bisheriger Vernachlässigung derselben, oder weil sie überhaupt noch nicht da waren. Sie konnte noch nicht gehen und zeigte auch keinen Drang dazu, wie er sich doch sonst schon in viel jüngeren Kindern äußert, wenn sie nach Gegenständen ihres Wohlgefallens hin streben. Ja sogar sie kroch auch nicht einmal, wie doch die unentwickeltsten Kinder versuchen, sobald sie sich nur sitzend zu erhalten vermögen. Wenn man sie auf den Boden niedersetzte, so blieb sie auf demselben Platze sitzen, man mochte noch so reizende Gegenstände oder Naschwerk, das sie sehr lieb hatte, in ihre Nähe legen. Stehen konnte sie schon, aber wenn man sie auf die Füße stellte, blieb sie unbeweglich stehen, klammerte sich an die sie haltende Hand,

und wenn man diese weg zog, stand sie einsam in der Luft da, strebte nach keiner Richtung weiter, ihre Füßchen zitterten, und in den Mienen sprach sich Angst und die Bitte um Hilfe aus. Wenn man ihr dann die Hand gab und damit einen ihrer Finger berührte, so hielt sie sich schnell daran, faßte mit beiden Händchen darnach und zeigte Neigung, nieder zu sitzen. Wenn man ihr aber das verweigerte, so blieb sie stehen, sich an der dargereichten Hand festhaltend und nichts weiter versuchend. Am vergnügtesten schien sie zu sein, wenn sie in ihrem Bettchen lag. Da fühlte sie den meisten Halt um sich, war, wie es sonst auch ihre Weise war, sehr fromm, fast nie weinend, langte nach nichts, sondern hielt gerne eine Hand in der andern, und tastete und spielte mit den Fingern der einen in denen der andern. Auch das Angesichtchen zeigte noch nicht die Erregtheit, die sonst Kinder haben, wenn sie durch die ersten und vermöge ihres hilflosen Körperchens sehr heftigen Verlangungen bewegt werden. Nicht einmal, wenn der Vater, den sie recht gut kannte, mit ihr redete, sie liebkoste oder streichelte, zeigte sie die Belebung, die sonst die kleinsten Kinder haben. Die Züge des unaussprechlich schönen Angesichtes blieben immer ruhig, die Augen mit dem lieblichsten, von Abdias oft so bewunderten Blau standen offen, gingen nicht hin und her und waren leer und leblos. Die Seele schien noch nicht auf den schönen Körper herunter gekommen zu sein. Ihre Zunge redete auch noch nicht, sondern wenn es sehr gut ging, lallte sie seltsame Töne, die keiner der menschlichen Sprachen ähnlich waren, und von denen man auch nicht wußte, was sie bedeuteten.

Abdias konnte sich nicht helfen, er mußte denken, daß Ditha blödsinnig sei.

Nun war er eigentlich ganz allein in seinem Hause; denn Ditha war noch niemand, und Uram war gestor-

ben. Er hatte Ditha nach Europa gebracht, um sie zu bergen. Sie war eine Lüge – ewig mit derselben reglosen Miene und mit den ruhigen Augen. Er dachte sich, er werde viele Jahre so bei ihr sitzen, dann werde er sterben, ihre Züge werden sich auch nicht regen, denn sie wird nicht wissen, daß jemand gestorben ist – und wenn sein Antlitz starr geworden, dann wird erst recht der alte tote Vater der jungen schönen Tochter gleichen, so wie sie jetzt schon ferne der sanften vor Jahren gestorbenen Mutter gleicht.

Er wollte wenigstens aus dem blödsinnigen Körper so viel entwickeln, als aus ihm zu entwickeln wäre. Er dachte, wenn er den Körper recht gesund und recht stark machte, wenn er ihn zu außerordentlichen Tätigkeiten reize – vielleicht könnte er eine Art Seele hervorlocken, wie jetzt gar keine vorhanden sei.

Er brachte Ditha in eine andere Räumlichkeit; denn sie war bisher in einem jener kühlen Gemächer gewesen, wie wir sie oben beschrieben haben. Die neue Wohnung war luftig und licht, sie bestand aus zwei Zimmern, deren Fenster geradezu in das Freie gingen, und deren Türen sich auf Gänge öffneten, die viele Fenster hatten. Er ließ nun oft ganze Ströme Luft herein, ließ sie durch die Zimmer streichen und setzte Ditha darein, daß alle Teile ihres Körpers diese labende Flüssigkeit genießen könnten. Er reichte ihr ihre Nahrung selber und bestimmte immer, worin sie zu bestehen hätte. Er wollte sie nämlich recht leicht und nährend haben, und sie mußte in einer ganz bestimmten Ordnung fertig werden. Die Kleider, die sie anhaben sollte, gab er ebenfalls selbst an, sie sollten keinen Teil des Körpers drücken, sollten nicht zu heiß und nicht zu kühl sein und den Zutritt der Luft und der Sonne nicht zu stark hemmen. So oft es nur wegen des in diesen Ländern so ungleichen Wetters anging, mußte sie ins Freie gebracht werden und oft ganze

Tage darin zubringen. Er nahm sie an der Hand, er führte sie herum, und hörte nicht eher auf, als bis er an ihrer immer mehr und immer schwerer anziehenden Hand merkte, daß sie schon sehr müde geworden sei und nur mehr den Körper armselig schleppe. Wenn die Strahlen der Mittagssonne zwar nicht steilrecht, wie es in seinem Vaterlande jährlich einmal beinahe genau der Fall gewesen war, aber doch sehr warm hernieder schienen, wurde sie leicht bedeckt in das Gras des Gartens unter den Schein der heißen Sonne gesetzt und lange da gelassen, daß auf dem Angesichte, auf der Stirne und auf dem Nacken große Tropfen standen und das feine Linnen, das gerne ihren Körper bedeckte, anzukleben begann. Dann ward sie anders angekleidet, in die Zimmer gebracht, und dort ging er mit ihr, sie an der Hand haltend, herum, sie auch öfter in den langen Gang hinaus führend und dort auf und ab ziehend. Die Füßchen – das sah er bald – wurden zunehmend stärker. Ihr Angesicht mußte täglich mit Seife und frischem Wasser gewaschen werden, die schönen blauen Augen bekamen jeden Morgen ein Bad von reinem Brunnenwasser, und die Haare, so gelb und klar wie goldener Flachs, mußten gekämmt und gebürstet und gewaschen werden, daß auf dem Boden des Hauptes nicht ein Stäubchen und nicht ein Faserchen von Unrat lag, sondern die Haut so rein und eben glänzte wie auf dem Buge des sanft hinab gehenden Nackens. Wenn er oft im Garten oder sonst wo vor ihr auf den Knieen knieend sich heiser rief: »Ditha komme her – Ditha komme her!« so ward sie dann in ein kaltes Bad getan, dessen Wasser man im Augenblicke erst aus dem Brunnen geschöpft hatte. Ihre entkleideten Glieder wurden von der reinen Flut, die in einem marmornen, sehr großen Becken spielte, umflossen, nasse Tücher rieben den Körper, und in den hinaufgebundenen gelben Haaren hingen

die klaren Tropfen wie Diamanten. Wenn es ihr manchmal zu kalt geworden war, oder wenn man sie zu stark gebürstet hatte, da sie heraus gestellt worden war, so zitterten ihre Glieder, und das Angesichtchen verzog sich sanft zum Weinen.

So verging eine Zeit, Abdias war fast unablässig bei ihr und beobachtete die Äußerungen ihres Körpers.

Die meiste Regung einer Seele, ja eigentlich die einzige, glaubte er, gebe sie gegen Klänge; denn er redete recht oft und Mannigfaltiges zu ihr. Er hatte ein feines Silberglöckchen – dieses brachte er herbei und ließ es leise vor ihren Ohren tönen. Sie merkte darauf hin, das sah man deutlich. Und wie man den Klang die Tage fort öfter vor ihren Ohren wiederholte, lächelte sie – und immer deutlicher und immer süßer wurde dieses Lächeln, je öfter man den schmeichelnden Klang vor sie brachte. Ja später begehrte sie ihn sogar selber; denn sie ward unruhig und sprach ihre unbekannten Worte, bis er begann: dann ward sie stille, und ein Ding, wie Freude, ja sogar wie ein sehr verstandesvolles Mienenspiel, schimmerte in ihren Zügen. Abdias kam bei dieser Entdeckung auf einen Gedanken, der sich wie ein Blitz, wie eine leuchtende Lufterscheinung durch sein Haupt jagte, er dachte: das arme gemarterte Kind könne bloß blind sein.

Sogleich begann er, als ihm dieser Gedanke gekommen war, Versuche, um zu prüfen, ob es wahr sei oder nicht. Er ließ das Mädchen leicht gekleidet auf sein Bettchen legen. Dann holte er eine lange, sehr spitze Nadel, und mit derselben stach er sie in die Hand. Die Hand zuckte zurück. Er stach wieder, und sie zuckte wieder.

Dann berührte er bloß die Hand mit der Spitze der Nadel, und siehe, sie zog sich auch zurück. Das Kind mußte, wenn es sah, nun die Nadel kennen und mußte wissen, daß die feine Spitze derselben das Schmerzen-

de sei. Er näherte nun die Nadelspitze dem schönen, großen, blauen Augapfel – immer mehr – immer mehr fast bis zur Berührung: es erfolgte keine Regung, in ruhigem Vertrauen stand das Auge offen. Er holte nun noch aus der Küche eine glühende Kohle, nahm sie in eine Zange und näherte sie dem Auge – er schwang sie stille, aber dicht vor dem Antlitze in Kreisen, daß sie flammende Linien zog: aber es erfolgte ebenfalls keine Bewegung in dem Angesichte, welche zeigte, daß das Kind die feurigen Kreise gesehen hatte. In derselben sprachlosen Ruhe blieb das schöne Auge. Er versuchte noch eins: er schlug mit seinen Fingerspitzen sehr schnell, aber lautlos nahe oberhalb der Wimpern durch die Luft, bei welchem Verfahren fast alle Menschen und um so viel mehr die Kinder blinzeln müssen: aber Ditha wußte nicht, daß diese Bewegungen so nahe an ihren Augenlidern vor sich gingen.

Es war für ihn nun richtig, und alle bisherigen Erscheinungen an dem Mädchen waren ihm klar. Es war blind. In der andauernden Nacht war die junge, verkannte, über das Wesen der Welt ahnungslose Seele bloß hilflos gebunden gewesen, und hatte nicht gewußt, was sie entbehre.

Noch in demselben Augenblicke, als Abdias diese Entdeckung gemacht hatte, wurde in die entfernte Stadt um den Arzt geschickt. Er kam erst am nächsten Tage und bestätigte mit seinen Kenntnissen, was Abdias vermutet hatte. Sofort wurde nun wieder ein ganz anderes Verfahren mit dem Kinde eingeschlagen. Es wurde wieder in ein Zimmer verbannt, es wurde ihm ein kleiner Sessel gemacht, auf dessen Lehne es das Haupt zurücklegen konnte, daß die Augen, die schönen, aber unnützen Augen, aufwärts gerichtet wären, daß der Arzt und der Vater in dieselben hineinschauen konnten. Abdias schaute oft hinein, aber nicht das

geringste, nicht die kleinste Kleinigkeit war zu entdek-
ken, wodurch sich diese Augen von andern gewöhnli-
chen Menschenaugen unterschieden, außer, daß sie
schöner waren als andere, daß sie klar und mild wa-
ren, wie man selten menschliche Augen finden würde.

Es begannen nun, obwohl der Arzt gesagt hatte,
daß er wenig Hoffnung geben könnte, mehrere Ver-
suche, die Augen zu heilen, und wurden lange Zeit
fortgesetzt. Abdias tat alles pünktlich, was der Arzt
vorschrieb, und Ditha litt schier alles geduldig, ob-
wohl das Kind keine Ahnung haben konnte, was man
mit ihm vorhatte, und welche Kleinode man ihm zu
geben bemüht war. Als endlich der Arzt erklärte, daß
seine Mittel erschöpft seien und er das wiederholen
müsse, was er gleich anfangs gesagt habe, daß näm-
lich das Kind wahrscheinlich nie würde hergestellt
werden, sondern die Zeit seines Lebens blind bleiben
müßte: belohnte Abdias den Arzt für seine bisher ge-
habten Bemühungen und nahm einen andern. Allein
auch dieser tat nach einiger Zeit dieselbe Erklärung –
und so kam ein dritter, ein vierter, und mehrere. Da
alle übereinstimmten, dem Kinde sei das Licht der
Augen nicht zu geben, da die Ratschläge der verschie-
densten Menschen, die von dem Übel hörten und sich
herzu drängten, vergebens angewendet wurden, da
Abdias bei jedem neuen fehlgeschlagenen Versuche
seine Hoffnung auf eine tiefere Stufe herabstimmte:
gab er den Rest derselben endlich ganz auf, insbeson-
dere da keine Ärzte mehr waren, die man fragen
konnte, und selten ein Mensch kam, der einen Rat-
schlag erteilte, oder wenn es geschah, derselbe schon
von vorne herein alle Spuren der Unvernunft an der
Stirne trug. Er gewöhnte sich daran und nahm den
Gedanken in sein Eigentum auf, daß er ein blindes
Kind habe, und daß dasselbe blind bleiben müsse.

Statt nun eine Erziehung zu beginnen, die so viel

an Geist und Leben entwickelt hätte, als nur immer zu entwickeln war, verfiel Abdias auf einen ganz andern Gedanken, nämlich einen ungeheuren Reichtum auf das Kind zu laden, damit es sich durch denselben einstens, wenn er stürbe, Hände kaufen könnte, die es pflegen, und Herzen, die es lieben würden. Einen großen Reichtum wollte er auf das Kind häufen, daß es sich dereinst mit jedem Genusse seiner andern Sinne umringen könnte, wenn es schon den des einen entbehren müßte.

In Folge dieses Entschlusses wurde nun Abdias geizig. Er entließ alle Diener bis auf eine Magd, eine Wärterin Dithas und einen Wächter des Hauses. Er selbst versagte sich alles und jedes, er ging in schlechten Kleidern, nährte sich schlecht, ja wie einst in seiner fünfzehnjährigen Lehrzeit fing er jetzt bei grauen Haaren an zu lernen, wie man wieder Geld und Gut erringen könne, er fing an zu jagen und zu rennen und Gewinn und Zinsen zu sammeln, er fing an zu wuchern, namentlich mit der Zeit, und dies alles um so mehr, gleichsam mit der Angst eines Raubtieres, da ihn der Gedanke an sein Alter und an seinen nahen Tod verfolgte. Er ließ sich daher keine Ruhe – das Geschäft, welches er kannte, und welches ihm in Afrika Reichtümer eingetragen hatte, nahm er wieder vor, nämlich den Handel, er trieb ihn so, wie er ihn in Afrika getrieben hatte – und wenn es in mancher Nacht stürmte und tosete, daß der Hund in seine Hütte kroch und der Iltis in seinen Bau, daß kein Mensch auf der Straße war, ging der gebeugte schwarze Schatten des Juden über die Felder, oder er klopfte, wenn er sich verirrt hatte, an ein kleines Fenster, um ein Nachtlager bittend, das man ihm oft widerwillig gab, öfter verweigerte; denn da er jetzt viel unter die Menschen kam, lernte man ihn kennen, und er ist ein Gegenstand des Hasses und des Abscheues geworden. Das Un-

glück, in welchem sein Mädchen gefangen war, schrieb man dem gerechten Urteile Gottes zu, der den maßlosen Geiz des Vaters strafen wollte. Die Diener, welche er aus seinem Volke genommen hatte, hielten es nicht für gefehlt, wenn sie ihn betrogen, und sie hätten dieses, wenn er nur nicht so scharfsichtig gewesen wäre, gerne in noch größerem Maßstabe getan.

Wenn er zu Hause war, saß er immer in Dithas Zimmer, sobald er nur seine Rechnungen und seine Geschäfte abgetan hatte. Der kleine Sessel mit der Hinterlehne für ihr schönes Haupt war ihr lieb geworden, sie saß jetzt gerne darinnen, obwohl er für die aufblühenden und empor strebenden Glieder zu klein geworden war. Da kauerte der Jude auf einem kleinen Schemel neben ihr und sprach immerwährend zu ihr. Er lehrte sie Worte sagen, deren Bedeutung sie nicht hatte – sie sagte die Worte nach und erfand andere, welche aus ihrem inneren Zustande genommen waren, die er nicht verstand, und die er wieder lernte. So sprachen sie stundenlang mit einander, und jedes wußte, was das andere wollte. Sie streichelte öfter mit ihren kunstreichen Händen, nachdem sie ein wenig in der Luft gesucht hatte, seine harten Wangen und seine schlichten, dünner werdenden Haare. Zuweilen legte er Geschenke in ihre Hand, ein Stückchen Stoff zu einem Kleide, dessen Feinheit sie greifen konnte und verstand namentlich; Linnen, das sie sehr liebte, dessen Glätte, Weiche und Reinheit sie besonders zu beurteilen verstand, und das, weil sie nie unter Menschen kam und Putz brauchte, nicht nur das ihrem Körper zunächstliegende, sondern meistens auch einzige Kleidungsstück war. Wenn sie ihr linnenes Überkleid über das untere getan hatte, um damit im Hause zu sein, legte sie seine Falten so schön und machte vorne die Spange zu, daß Sehende geglaubt haben würden, sie hätte das Werk vor dem

Spiegel gemacht. Und dann strich sie mit der Hand längs des Stoffes hinab und faßte ihn zwischen Daumen und Zeigefinger und sagte: »Vater, das ist noch weicher als das andere.«

Die Füßchen, an denen Schuhe waren, stellte sie nebeneinander auf den Schemel und griff die Weichheit derselben. Manchmal gab er ihr Eßwaren, die er gebracht, Früchte und dergleichen – und wenn sie den Kern oder anderes, das wegzulegen war, zwischen den Fingern hielt, suchte sie nach der daneben stehenden Tasse, damit ja nichts beschmutzt würde.

Ihr Gliederbau bildete sich allgemach höher, und wenn sie in dem Grase des Gartens ging, oder die weiße Gestalt neben der weißen Mauer desselben, so gab sie das Bild eines erwachsenden Mädchens. Unter den sehenden Wesen war Asu, der Hund, von dem Abdias am meisten geliebt wurde. Er hatte ihn einstens, weil man seine Mutter erschlagen hatte und er noch blind war, aufgelesen und erzogen. Dieser Hund, da er erwachsen war, begleitete Abdias überall, und wenn er halbe Tage lang bei Ditha in dem Zimmer oder manchmal auch in dem Grase des Gartens saß, so saß der Hund immer dabei, wendete kein Auge von den beiden, als verstünde er, was sie sagten, und als liebte er sie beide. Wenn Abdias nachts in sein Zimmer ging, um zu schlafen, legte er dem Hunde unter dem Tische seinen Teppich zurecht und richtete ihn, daß er weich sei.

Mit diesem Hunde hatte Abdias ein Unglück, als wenn es mit dem Manne immer hätte so sein müssen, daß sich die Dinge zu den seltensten Widrigkeiten verketten.

Es war zu einer Zeit, da sich eben in vielen Teilen der Gegend Fälle von Hundswut ergeben hatten, daß Abdias eine Reise nach Hause machte, und zwar auf einem Maultier reitend und wie gewöhnlich von Asu

begleitet. In einem Walde, der nur mehr einige Meilen von seinem Hause entfernt war und der Länge nach gegen jenen Föhrenwald mündete, von dem wir oben gesprochen haben, merkte er an dem Tiere eine besondere Unruhe, die sich ihm aufdrang, weil er sonst nicht viel hingeschaut hatte. Der Hund gab unwillige Töne, er lief dem Maultiere vor, bäumte sich, und wenn Abdias hielt, so kehrte er plötzlich um und schoß des Weges fort, woher sie gekommen waren. Ritt Abdias nun wieder weiter, so kam das Tier in einigen Sekunden wieder neuerdings vorwärts und trieb das alte Spiel. Dabei glänzten seine Augen so widerwärtig, wie Abdias es nie gesehen hatte, so daß ihm ängstliche Besorgnisse aufzusteigen begannen. Über eine Weile kamen sie zu einem kleinen, flachen Wässerlein, durch welches man hindurch reiten mußte. Hier wollte der Hund nun gar nicht hinein. An seinen Lippen zeigte sich ein leichter Schaum, er stellte sich vor, und mit heiserem Schluchzen schnappte er nach den Füßen des Maultieres, da es dieselben ins Wasser setzen wollte. Abdias nahm eine seiner berberischen Pistolen aus dem Halfter, hielt das Maultier einen Augenblick zurück und drückte das Gewehr gegen den Hund ab. Er sah durch den Rauch, wie das Tier taumelte und blutete. Dann ritt er in der Verwirrung durch das Wasser und jenseits weiter. Nachdem er eine halbe Stunde Weges zurück gelegt hatte, bemerkte er plötzlich, daß er einen Gürtel mit Silbermünze, den er zu diesem Zwecke immer um hatte, nicht mehr habe – und er erkannte den ungeheuren Irrtum in Hinsicht des Hundes. Er hatte den Gürtel an einer Waldstelle, an welcher er sich eine Weile aufgehalten hatte, hingelegt, und sah nun, daß er ihn dort vergessen habe. Sogleich jagte er zurück. In Schnelligkeit war das Wässerlein erreicht, aber Asu war nicht dort, er lag nicht an der Stelle, auf welcher

er erschossen worden war, sondern es zeigten sich nur Blutspuren da. Abdias jagte weiter zurück, und auf dem Wege sah er überall Blut. Endlich kam er an die Waldstelle, er fand dort den Gürtel – und den sterbenden Hund vor demselben liegend. Das Tier machte vor Freuden unbeholfene Versuche zu wedeln und richtete das gläserne Auge auf Abdias. Da dieser auf den Hund niederstürzte, ihm Liebkosungen sagte und die Wunde untersuchte, wollte das Tier mit matter Zunge seine Hand lecken – aber es war nicht mehr möglich, und nach einigen Augenblicken war es tot. Abdias sprang nun auf und wollte sich die weißen Haare ausraufen – er heulte – er stieß ungeheure Verwünschungen aus – er lief gegen das Maultier hin und riß die zweite Pistole aus dem Halfter und krampfte seine Finger darum. Nach einer Weile warf er sie in das Gras des Waldes. Den Gürtel nahm er zehnmal auf, warf ihn zehnmal hin und stampfte ihn mit den Füßen. Endlich, als schon beinahe die Nacht hereingebrochen war, da er doch den Hund kaum in der Hälfte des Nachmittages erschossen hatte, nahm er den Gürtel mit Dithas Gelde wieder auf und band ihn um. Er suchte die hingeworfene Pistole in dem Grase und steckte sie in das Halfter. Dann bestieg er das Maultier und schlug wieder den Weg nach Hause ein. Da schon das Morgengrauen auf das öde Tal nieder schien, kam er an seinem Hause an, alle Kleider mit dem Blute des ermordeten Tieres besudelt; denn er hatte es beinahe in seinen Schoß gelegt, als er die Wunde untersuchte. Er hatte wohl wenig Glauben an die Rettung gehabt, da er wußte, wie gut er in der Wüste schießen gelernt hatte. Den Tag, als er angekommen war, gönnte er sich Ruhe, am andern aber mietete er sich zwei Männer, reisete mit ihnen zu der Waldesstelle, und sie mußten den Hund vor seinen Augen in die Erde verscharren.

Dann kam er zurück und betrieb seine Geschäfte fort, wie er sie vordem betrieben hatte.

Einige Zeit nach diesem Ereignisse verfiel er in eine Krankheit. Man weiß nicht, war es die Erregung, die er von dieser Tatsache hatte, oder war es der ihm ungewohnte feindselige Landstrich, was ihn darniederwarf: genug, die Krankheit war gefährlich, und er konnte sehr lange nicht von derselben genesen.

Aber gerade in dieser Krankheit, wo man meinte, daß alles in einfacher Ruhe nun fortgehen werde, geschah es auch wieder, daß eine jener Wendungen in dem Geschicke dieses Mannes eintrat, wie wir schon öfter Gelegenheit hatten, sie in seinem Leben zu bemerken. Es geschah eine wundervolle Begebenheit – eine Begebenheit, die so lange wundervoll bleiben wird, bis man nicht jene großen, verbreiteten Kräfte der Natur wird ergründet haben, in denen unser Leben schwimmt, und bis man nicht das Liebesband zwischen diesen Kräften und unserm Leben wird freundlich binden und lösen können. Bisher sind sie uns kaum noch mehr als bloß wunderlich, und ihr Wesen ist uns fast noch nicht einmal in Ahnungen bekannt.

Ditha war beinahe völlig herangewachsen – ein schlankes Mädchen mit blühenden Gliedern, die sich auszubilden versprachen und eine große Schönheit zu hoffen berechtigten. Abdias war während seiner Krankheit nicht zu ihr in ihr Zimmer gekommen; aber auch sie war in dieser Zeit nicht gesund gewesen: ein seltsames Zittern war an ihren Gliedern, das öfter verschwand, öfter kam und anhielt, zu verschiedenen Zeiten erschien, und namentlich, wenn heiße, dunstige Tage waren. Der Arzt konnte es nicht recht erkennen, und sagte, es sei von dem Wachsen, weil sie in letzter Zeit ganz vorzüglich in die Höhe gegangen sei und sich die Glieder wider Vermögen gedehnt hätten. Bis sie sich voller rundeten, würden die Erscheinun-

gen verschwinden. Abdias war in den Tagen der Wiedergenesung, wo man schon in den Zimmern und in den Grenzen des Hauses herum gehen kann, aber noch nicht weiter fort, und seinen Beschäftigungen nicht nachzukommen vermag. Als er in diesem Zustande eines Tages auf seiner Stube saß und mit Rechnungen und Entwürfen beschäftigt war, insbesondere darüber nachdachte, wie er es beginnen müsse, um die Zeit, die er jetzt krank war, hereinzubringen, daß sie im ganzen Verlaufe nicht zum Nachteile wäre: geschah es, daß ein Gewitter heraufzog. Er achtete nicht weiter darauf, da die Gewitter, die er hier erlebt hatte, sich nicht von ferne an Heftigkeit und Stärke mit denen vergleichen ließen, die er in der Wüstenstadt und sonst in Afrika gesehen hatte. Aber mit einem Male, wie er wieder so rechnete, und da der Regen noch kaum leise auf die Dächer niederträufelte, geschah ein schmetternder Schlag, von Feuer begleitet, das das ganze Haus in einen blendenden Schein setzte. Abdias erkannte augenblicklich, daß der Blitz in sein Haus gefahren sei. Sein erster Gedanke war Ditha. Obgleich in den Gliedern noch ermüdet, eilte er sogleich in ihr Zimmer. Der Blitz war durch dasselbe gegangen, er hatte die Decke und den Boden durchgeschlagen, daß dicker Staub in der Stube war, er hatte die eisernen Drähte des Käfigs, in dem das Schwarzkehlchen war, dessen Singen Ditha so erfreute, niedergeschmolzen, ohne den Vogel zu verletzen; denn derselbe saß gesund auf seinen Sprossen – auch Ditha war unbeschädigt; denn sie saß aufrecht in ihrem Bette, in das sie sich gelegt hatte, weil sie heute ganz besonders mit dem Zittern behaftet gewesen war. Abdias, der gewitterkundige Wüstenbewohner, sah das alles mit einem Blicke, er stieß nun schnell ein Fenster auf, um den heftigen, widrigen Phosphorgeruch zu verscheuchen, dann sah er gegen Ditha – und

wie er genau hinblickte, bemerkte er, daß eine fürchterliche Erregung auf ihrem Antlitze lag, wie Entsetzen, wie Todesschreck. Als er näher ging, um zu sehen, wie es sei, kreischte sie, als drohte sich ein Ungeheuer über sie zu legen, und sie regte die Hände wie abwehrend entgegen – es war das erste Mal, daß sie die Hände nach etwas geradezu ausstreckte. – – Eine wahnsinnige Vermutung stieg in Abdias auf: er rannte nach dem Herde, auf welchem man eben ein Feuer hatte, riß einen glühenden Stumpf heraus, lief in Dithas Zimmer und schwang ihn vor ihren Augen. Sie aber tat wieder einen Schrei, arbeitete dann heftig mit den Gesichtszügen, als wollte sie etwas beginnen, was sie nicht konnte – endlich, als hätte sie es plötzlich gefunden, regten sich mit einmal ihre Augen im Haupte, indem sie den funkelnden Kreisen des Feuerbrandes folgten. Der Arzt war nicht anwesend. Abdias rannte nach dem Hauswächter und sagte, er gebe ihm hundert Goldstücke, wenn er reite, was ein Pferd zu rennen vermöge, und den Arzt bringe. Der Wächter zog ein Pferd aus dem Stalle, sattelte es in Schnelligkeit und ritt davon. Abdias sah ihm von einem Fenster aus, das er schnell aufgerissen hatte, zu. Indessen der Mann das Pferd sattelte, hatte Abdias die Eingebung gehabt, alle Fensterbalken in Dithas Zimmer zuzumachen und noch dazu die Vorhänge herab zu lassen, damit die Augen vorerst in der ihnen holden Finsternis blieben und von dem plötzlich eindringenden Lichte nicht verletzt würden. Als er dieses getan hatte, wobei Ditha immer stille gewesen war, hatte er, wie wir oben sagten, das Fenster des Ganges aufgerissen, um dem abreitenden Boten zuzusehen, dann ging er leise wieder in ihr Zimmer zu ihrem Bette, setzte sich zu ihr, und fing über eine Weile zu reden an. Die Stimme war das Gewisseste, was sie an ihm kannte, und sie übte nach und nach ihren gewöhnlichen Ein-

fluß aus. Das geschreckte Kind beruhigte sich nach einiger Zeit – und in der Finsternis vergaß es gemach den furchtbar herrlichen Sturm des ersten Sehens. Nach mehreren Augenblicken fing es sogar selber zu reden an und erzählte ihm von fernen bohrenden Klängen, die da gewesen, von schneidenden, stummen, aufrechten Tönen, die in dem Zimmer gestanden seien. Er antwortete ihr auf alles und sagte recht freundliche Worte der Liebe. Bisweilen, wenn ein kurzer Stillstand des Gespräches war, stand er auf, rang in der Finsternis die Hände über seinem Haupte, oder er krampfte sie in einander, wie man in Holz oder Eisen knirscht, um die innere Erregung abzuleiten. Dann setzte er sich doch wieder zu dem Bette, und blieb längere Zeit sitzen, indem er sich mehr und mehr beruhigen lernte. Ditha, welche zu der Stimme noch ein anderes Merkmal hinzugeben wollte, faßte nach seinen Händen, und als sie dieselben hatte, streichelte sie darüber hin, um sich zu überzeugen, daß er es wirklich sei, den sie habe. Er blieb nun ganz bei ihr sitzen, und sie fing nach und nach an, die gewöhnlichen Dinge, wie sie bei ihr alle Tage vorkamen, zu reden. Sie schien hiebei immer müder zu werden, insbesondere, da sie ihm auf sein Befragen erzählte, daß das Zittern ganz aufgehört habe, was recht gut sei. Nach einer Weile sagte sie gar nichts mehr, nachdem sie noch einige zutrauliche unzusammenhängende Worte geredet hatte, richtete ihr Köpfchen auf dem Kissen zu rechte, und es schlossen sich im Schlafe die Augenlider über die neuen, gerade erst bekommenen und von ihr noch nicht gekannten Juwelen. Abdias lösete, als sie ruhig schlief, sachte seine Hand aus der ihrigen, und ging in den Garten hinaus, um zu schauen, wie denn jetzt der Tag draußen beschaffen wäre. Es war Abend. Dasselbe Gewitter, welches Ditha sehend gemacht hatte, hatte ihm mit Hagel

das Hausdach und seinen Nachbarn die Ernte zerschlagen – er aber hatte davon nichts gemerkt. Jetzt, da er im nassen Grase stand, war alles vorüber. Die Gegend war sehr stille, die Sonne ging eben im tiefen Abend unter und spannte im Morgen, wohin eben das Gewitter hinauszog, einen weiten schimmernden Regenbogen über den ganzen dunkeln Grund desselben.

Nach Mitternacht kam endlich der ersehnte Arzt. Er hielt es aber nicht für gut, das sanft schlummernde Mädchen zu wecken, sondern ordnete an, daß die Untersuchung erst bei Tageslichte zu geschehen habe. Er billigte übrigens, was Abdias getan hatte.

Als am andern Morgen die Sonne aufgegangen war, wurde Dithas Zimmer nur in so weit gelichtet, daß man den Versuch mit ihr anstelle, ob sie sehe oder nicht; denn ihr das volle Licht zu geben, hielt man für schädlich. Der Versuch war kurz, und der Arzt erklärte, daß sie sehe. Man beschloß nun, daß das Zimmer, das sie nicht verlassen durfte, nur allmählig gelichtet werde, damit sie sich an die Gegenstände, die nach und nach hervortauchten, gewöhne und das Auge durch allzugroßen und ungewohnten Lichtreiz nicht erkranke. Man sagte ihr, sie sei unwohl und müsse das Zimmer hüten, aber die Krankheit würde bald vorüber gehen, und dann würde sie mit ihren Augen sehen. Sie wußte nicht, was Sehen sei, aber sie blieb geduldig auf ihrem kleinen Sessel sitzen, lehnte das Haupt auf die Lehne desselben zurück, und hatte einen grünen Schirm ober den Augen, den sie bloß griff. Eine Verhüllung nach der andern wurde von den Fenstern zurückgetan, ein Raum kam nach und nach um sie zum Vorscheine, sie wußte aber nicht, was es sei – die Fensterbalken wurden allgemach gelichtet – endlich wurden die letzten Vorhänge der Fenster empor gezogen – und die ganze große Erde und der

ungeheure Himmel schlug in das winzig kleine Auge hinein. – – Sie aber wußte nicht, daß das alles nicht sie sei, sondern ein anderes, außer ihr Befindliches, das sie zum Teile bisher gegriffen habe, und das sie auch ganz greifen könnte, wenn sie nur durch die Räume in unendlich vielen Tagen dahin zu gelangen vermöchte.

Abdias fing nun an, Ditha sehen zu lehren. Er nahm sie bei der Hand, daß sie fühle, daß das dieselbe Hand sei, die sie so oft an der ihrigen im Zimmer oder im Garten herum geführt hatte. Er hob sie von dem kleinen Sessel empor. Der Arzt und die drei Diener des Hauses standen dabei. Er führte sie einen Schritt von dem Sessel weg, dann ließ er sie die Lehne greifen, die ihr so lieb geworden war, dann die Seitenarme des Stuhles, die Füße, und anderes – und sagte, das sei ihr Sessel, auf dem sie immer gerne gesessen sei. Dann hob er den Schemel empor und ließ sie ihn fühlen und sagte: hierauf habe sie die Füße gehabt. Dann ließ er sie ihre eigene Hand, ihren Arm, die Spitze ihres Fußes sehen – er gab ihr den Stab, dessen sie sich gerne zum Fühlen bedient hatte, ließ sie ihn nehmen und die Finger sichtbar um ihn herum schlingen – er ließ sie sein Gewand greifen, gab ihr ein Stückchen Leinwand, führte ihre Hand darüber hin, und sagte, das sei das Linnen, welches sie so liebe und gerne befühlt habe. Dann setzte er sie wieder in den Sessel zurück, kauerte vor sie hin, zeigte mit den zwei Zeigefingern seiner Hände auf seine Augen, und sagte, das seien die Dinge, mit denen sie nun alles, was um sie herum sei, sehe, wenn auch hundert Arme aneinander gefügt zu kurz seien, es zu greifen. Er ließ sie die Augenlider schließen und mit ihren Fingern die durch sie verhüllten Äpfel greifen. Sie kannte die Kugeln gar wohl, die sie öfter an sich befühlt hatte – tat aber die Finger schnell weg und öffnete die Lider

wieder. Er wies ihr nun, da sie saß, alle Dinge des Zimmers, die sie sehr gut kannte, und sagte ihr, wie sie dieselben gebraucht habe. Um ihr dann den Raum zu weisen, führte er das widerstrebende Mädchen, weil es anzustoßen fürchtete, durch das Zimmer zu den verschiedenen Gegenständen, von einem zu dem andern, und zeigte, wie man Zeit brauchte, um zu jedem zu gelangen, obgleich sie alle auf einmal in dem Auge seien. Er blieb den ganzen Tag bei ihr in dem Zimmer. Die äußeren Gegenstände des Gartens und der Fluren wollte er ihr noch nicht zeigen, damit sie nicht mit zu viel auf einmal überladen werde und es ihr schade. Beim Essen zeigte er ihr die Speisen, nannte ihr den Löffel; denn Messer und Gabel hatte sie bisher nie gehandhabt, und sie fuhr eben so ungeschickt zum Munde, wie sie es getan, da sie noch blind gewesen war.

Am Abende dieses Tages hatte das Kind ein bedeutend heftiges Fieber. Man brachte es zu Bette.

Als es immer dunkler geworden und endlich die Nacht hereingebrochen war, meinte das Kind, es sei wieder blind geworden, und sagte es dem Vater. Dieser aber antwortete ihm, das sei die Nacht, wo, wie sie es wissen müsse, sich bisher immer alle zu Bette gelegt hatten, um zu schlafen, weil das Tageslicht, bei dem allein die Augen sehen, vergangen sei, und erst nach einiger Zeit wieder kommen würde, während welcher sich die Augen schließen und die Menschen schlummern. Daß sie aber nicht blind sei, könne er ihr gleich zeigen. Er zündete eine große Lampe an und stellte sie auf den Tisch. Sofort zeigten sich wieder alle Gegenstände, aber anders als bei Tage, grell hervortretend und von tiefen und breiten Schatten unterbrochen. Die Flamme der Lampe erinnerte Ditha an den Blitz, und sie sagte, ein solcher Hauch sei bei ihr gewesen, als es gestern so gekracht habe und der Vater

dann zu ihrem Bette hereingestürzt sei. Abdias löschte die Lampe wieder aus, setzte sich zu ihrem Bette, nahm sie bei der Hand, wie in den Tagen der Blindheit, und redete mit ihr, bis sie, wie gewöhnlich, entschlummerte.

Als sie am andern Tage ruhig und gestärkt erwachte und die Dinge im Zimmer schon mit viel mehr Fassung betrachtete als gestern, ließ er sie ankleiden, und da gegen die Hälfte des Vormittags hin der Tau auf den Gräsern vergangen war, führte er sie in den Garten, und nicht nur in den Garten, sondern auch in das Freie hinaus, in das Tal. Er zeigte ihr hier den Himmel, das unendliche tiefe Blau, in dem die silbernen Länder, die Wolken, schwammen, und sagte ihr, das sei blau, das weiß. Dann zeigte er auf die Erde, wie die sanfte, weiche Wiege des Tales so von ihnen hinausging, und sagte, das sei das Land, auf dem sie wandeln, das Weiche unter ihren Füßen sei das grüne Gras, das Blendende, das ihre Augen nicht vertragen, und das noch einschneidender sei als gestern die Lampe, sei die Sonne, die Lampe des Tages, die nach dem Schlummer immer komme, den Tag mache und den Augen die Kraft gebe, alles sehen zu können. Dann führte er sie in den Hof zu dem Brunnen, zog vor ihren Augen an dem Metallknopfe, daß der Strahl hervorschoß, und zeigte ihr das ihm so merkwürdige Wasser, und ließ sie von der hellen, kristallenen, frischen Flut einen Trunk tun, den er mit einem Glase schöpfte. Er zeigte ihr unter Tags über die Bäume, die Blumen, er erklärte ihr die Farben, was namentlich ein ganz Neues für sie war, und was sie beim Nachsagen nicht nur durcheinander warf, sondern auch ganz unrichtig anwendete, insbesondere wenn Farben und Klänge zugleich sich in ihrem Haupte drängten. Zwischen den Gräsern waren oft Tierchen, die er ihr zeigte, und wenn ein Vogel durch die Luft strich, suchte

er ihre Augen auf ihn hin zu lenken. Auch das Gehen mußte er ihr erst beibringen und angewöhnen, wenn sie so von dem Garten weg auf den Anger des öden Tales hinauswandelten; denn sie griff den Boden gleichsam mit den Fühlfäden ihrer Füße und getraute sich nicht, die Spitze schnell und sicher vor sich in das Gras zu setzen, weil sie nicht wußte, wie groß oder klein der Abgrund zwischen diesem und dem nächsten Tritte sei, wodurch es kam, daß sie jetzt im Sehen weit unsicherer ging als früher in der Blindheit; denn da hatte sie den Fuß jederzeit im Bewußtsein des festen Bodens, den sie bisher immer gegriffen, vorwärts gestellt, und hatte nicht gewußt, welche ungeheure Menge von Gegenständen auf dem nächsten Schritte liege. Ditha hatte an allem, was sie sah, Freude, schaute immer herum, und bewunderte insbesondere das Haus, in dem sie wohnten, das einzige, merkwürdigste Ding dieser Art, das sie auf dem öden Grunde des Grases erblickte. Sie wollte beinahe nicht in die Stube gehen, daß sie das Blau des Himmels, das ihr besonders gefiel, und das lange, immer fortgehende Grün des Grundes nicht verliere. Sie schaute in einem fort, und begriff nicht, wie ihr ein Baum, ein Stück Mauer des Gartens oder ein flatternder Zipfel des Gewandes ihres Vaters gleich einen so großen Teil der Welt nehmen könne, und wie sie mit der kleinen Hand, wenn sie sie unter die Stirne lege, gleich alles, alles bedecke.

Der Abend kam wie am vorigen Tage mit Erschöpfung in seinem Geleite, und der Vater schläferte die Tochter wie gestern ein, um morgen in dem begonnenen Geschäfte fortzufahren. Abdias gab nun den Handel, den er die Zeit her so eifrig betrieben hatte, auf und beschäftigte sich bloß mit Ditha, sie in dem neuen Reiche des Sehens fort zu führen.

Was den andern Eltern weit auseinander gerückt, gleichsam in Millionen Augenblicke verdünnt er-

scheint, das wurde ihm jetzt gewisser Maßen auf einmal zugeteilt.

Elf Jahre waren Dithas Augen zugehüllt gewesen, elf Jahre war sie auf der Welt gewesen und hatte auf das Sehen warten müssen, nachdem ihr diese Welt schon auf einer andern Seite, auf der Seite des engen, dunkeln, einsamen Tastens war zugeteilt gewesen: aber wie man von jener fabelhaften Blume erzählt, die viele Jahre braucht, um im öden grauen Kraute zu wachsen, dann aber in wenigen Tagen einen schlanken Schaft emportreibt und gleichsam mit Knallen in einen prächtigen Turm von Blumen aufbricht: – so schien es mit Ditha; seit die zwei Blumen ihres Hauptes aufgegangen waren, schoß ein ganz anderer Frühling rings um sie herum mit Blitzesschnelle empor; aber nicht allein die äußere Welt war ihr gegeben, sondern auch ihre Seele begann sich zu heben. Gleichsam wie die Falterflügel wachsen, daß man sie sieht, wenn der junge Vogel noch an der Stelle sitzt, an welcher er aus der Puppe gekommen war, die die Fittige so lange eingefaltet gehalten hatte, so dehnte das junge Innere Dithas die neuen, eben erst erhaltenen Schwingen – denn die Sekunden flogen mit Kleinodien herbei, auf den Augenblicken lagen Weltteile, und jeder Tag endete mit einer Last, die er ihr auflud. So wunderbar ist das Licht, daß auch ihr Körper in sehr kurzer Zeit ein anderer ward; die Wangen wurden rot, die Lippen blüheten, und nach wenigen Wochen war sie in ihren Gliedern voller und stärker. Abdias hatte lauter weiße Haare, sein Gesicht war schwarz, von gekreuzten Narben durchzogen, und in den Zügen war Verfall eingegraben. So ging er neben der Tochter, die jetzt schon schlank und sicher wandelte; denn sie waren schier immer im Freien, das Ditha so liebte, und er nicht minder.

Aber nicht nur schöner ward das Antlitz des Mäd-

chens, sondern es begann auch zu leben und sichtlich immer mehr das Schönste zu zeigen, was der Mensch vermag, das Herz.

Wie Abdias vor mehreren Jahren angefangen hatte, plötzlich geizig zu werden, so wußte man jetzt nicht mehr, ist er es noch, oder nicht. Er ging immer neben dem Mädchen. Alle, die den Juden haßten, sahen mit sichtbarlichem Wohlgefallen in das unschuldige Angesicht seiner Tochter.

Auch die Augen, die einst so starren, unheimlichen Bilder, wurden nun menschlich lieb und traulich; denn sie fingen zu reden an, wie Menschenaugen reden – und Fröhlichkeit oder Neugierde oder Staunen malte sich darinnen –, auch Liebe malte sich, wenn sie plaudernd und schmeichelnd auf Abdias' Züge schaute, die nur ihr allein nicht häßlich erschienen; denn was die Außenwelt für ihre Augen war, das war er für ihr Herz – ja er war ihr noch mehr als die Außenwelt; denn sie glaubte immer, er sei es, der ihr diese ganze äußere Welt gegeben habe.

So verging der Sommer, so der für das Mädchen sehr traurige Winter, und wieder ein Sommer und ein Winter. Ditha gedieh immer mehr, und blühte immer schöner.

In zwei Dingen war sie eigentümlich und von den gewöhnlichen Menschen abweichend.

Das erste betraf ein Naturwunder, das wohl zuweilen, aber selten vorkömmt. Abdias hatte es in jüngeren Jahren auch gehabt, aber mit dem Alter hatte es sich allmählig verloren. Man bemerkte nämlich an Ditha seit dem Tage, an welchem der Blitz in ihr Zimmer geschlagen und ihre Nerven umgestimmt hatte, daß sie an Gewittertagen, oder auch nur an solchen, wo Gewitter drohten und an dem entfernten Gesichtskreise hinauszogen, ganz besonders lebhaft, sogar heiter und freudig gestimmt sei, unähnlich den an-

dern Mädchen und Frauen, welche Gewitter gewöhnlich fürchten. Sie liebte dieselben, und wenn eines wo immer am Himmel stand, ging sie hinaus, um zu sehen, ob es komme. Einmal in der Dämmerung einer sehr gewitterschwülen Nacht, da sie eben an dem offenen Fenster stand und dem entfernten Blitzen zusah, bemerkte Abdias, der hinter ihr in einem Stuhle saß, daß ein leichter, schwacher, blasser Lichtschein um ihr Haupt zu schweben beginne, und daß die Enden der Seidenbändchen, womit ihr Haar gebunden war, sich sträuben und gerade emporständen. Er erschrak nicht, denn gerade dieses war auch die Erscheinung gewesen, die bei ihm in der Jugend öfters ohne Veranlassung und in späteren männlichen Jahren bei starker Erregung wahrgenommen und ihm von seiner Mutter mehr als einmal erzählt worden war. Er ist gewöhnlich, wie die Mutter sagte, zu solchen Zeiten sehr heiter gewesen, oder ist sehr stark gewachsen. Einen Nachteil aber hatte die Erscheinung für seinen Körper nie gehabt. Abdias blieb ganz stille hinter Ditha in dem Stuhle sitzen und sagte ihr nichts von dem, was er an ihr sehe. Er hatte ohnedem gleich nach dem Tage, an welchem der Blitz in Dithas Zimmer gefahren war, ihre Schlafstelle in ein anderes Gemach verlegt; jetzt, da er diese Erscheinung wahrgenommen hatte, ließ er auch sogleich Blitzableiter auf das Haus setzen, wie er sie an mehreren Orten Europas gesehen hatte. Er erinnerte sich jetzt auch, daß ihm einmal im Morgenlande erzählt worden war, daß, wenn es nachts an dem Himmel blitzte und ein Gewitter nicht auszubrechen vermöge, die Blumen unten manchmal eine leichte Flamme aus ihrem Kelche entlassen, oder daß gar ein fester, ruhiger Schein darüber steht, der nicht weicht und doch nicht die Blätter und die zarten Fäden verbrennt. Ja diese Blumen sind dann gar die schönsten.

Abdias beobachtete nun Ditha genauer, und sah die Erscheinung in diesem Sommer noch zweimal an ihr. Im Winter war nichts zu bemerken.

Das zweite, was Ditha eigentümlich und von andern Menschen abweichend hatte, war wohl nur eine natürliche Folge ihrer Verhältnisse, die von allem verschieden waren, was Menschen gewöhnlich begegnen kann, es war die Folge ihres früheren Zustandes und ihrer einsamen Entwicklung. Wie nämlich bei andern Menschen das Tag- und Traumleben gesondert ist, war es bei ihr vermischt. Bei andern ist der Tag die Regel, die Nacht die Ausnahme: bei ihr war der Tag vielmehr das Ausgenommene. Ihre vergangene, lange, vertraute Nacht reichte nun in ihren Tag herüber, und jene willkürlichen, von andern Menschen nicht verstandenen Bilder ihrer innern Welt, die sie sich damals gemacht hatte, mischten sich nun unter ihre äußeren, und so entstand ein träumend sinnendes Wesen, nur zuweilen von einem schnell handelnden unterbrochen, wie es eigentlich Abdias Natur war; es entstand eine Denk- und Redeweise, die den andern, welche sie gar nicht kannten, so fremd war, wie wenn etwa eine redende Blume vor ihnen stände. Sonst einsam in ihrer Nacht sitzend, war sie auch jetzt gerne allein, oder mit ihrem Vater, der sie sehr gut verstand. Aus jener langen Nacht mochte es auch herkommen, daß sie nicht die brennenden, sondern die kühlen und dämmernden Farben vorzugsweise liebte, und darunter wieder das Blau. Als sie einmal etwas weit von ihrem Hause waren, durch den Föhrenwald gingen, von dem wir oben geredet haben, und jenseits desselben an einem großen blühenden Flachsfelde standen, rief sie aus: »Vater, sieh nur, wie der ganze Himmel auf den Spitzen dieser grünen, stehenden Fäden klingt!«

Sie verlangte hierauf, daß ein Stück davon nach Hause genommen würde. Er aber führte sie näher,

zog einige Fäden aus, zeigte ihr die feinen kleinen Blumen, und machte ihr so klar, daß man nicht gleich ein ganzes Stück von diesem Blau wegnehmen könne. Dafür versprach er ihr, daß sie bald zu Hause ein solches blaues Feld haben werde. So sprach sie auch von violetten Klängen, und sagte, daß sie ihr lieber seien als die, welche aufrecht stehen und widerwärtig seien, wie glühende Stäbe. Ihre Stimme, die sie in der letzten Zeit ihrer Blindheit immer lieber zum Singen als zum Sprechen erhoben hatte, wendete sich frühzeitig einem sanften, klaren Alt zu. So lebte sie in einer Welt aus Sehen und Blindheit, und so war ja auch das Blau ihrer Augen, so wie das unsers Himmels, aus Licht und Nacht gewoben.

Als sie den Gebrauch ihrer Augen bekommen hatte und Abdias, wie wir schon oben bemerkten, aufgehört hatte, seine Zeit dem Handel und dem Herumreisen zuzuwenden, fing er etwas anderes an. Er hatte zugleich mit dem Platze, auf welchem das Haus und der Garten stand, einen nicht gar kleinen Landteil des unfruchtbaren Tales erworben. Er hatte diesen Teil bisher unbenützt liegen lassen und nur, wenn er mit seinen Füßen darüber wandelte, gedacht: dies gehört mir. Jetzt fing er an, diesen Teil zu bebauen, und wollte ihn nach und nach in Felder umwandeln, wie er hinter den verdorrten Palmen in der Wüstenstadt auch ein Feld gehabt hatte, auf dem ihm etwas Gemüse und dünn stehender, niedriger Mais wuchs. Er dingte Knechte, kaufte die gehörigen Gerätschaften und fing an. Zum ersten Umgraben und zur Klärung der Erde, daß sie eine Saat annehme, hatte er eine große Zahl Taglöhner aus entfernten Gegenden kommen lassen. Zugleich fing er den Bau der Scheuern und anderer Gebäude an, welche bestimmt waren, die Ernte aufzunehmen. Da alles in zureichendem Stande war, entließ er die fremden Arbeiter und

führte die Sache durch seine Knechte fort. In dem Garten hatte er wohl schon bei seiner Ankunft des Schattens wegen Bäume gesetzt, nun aber gab er noch allerlei Gesträuche hinzu, er lockerte einen Teil des Bodens, der früher bloß mit Gras bewachsen gewesen war, auf und legte Blumenbeete an. Auf einer andern Seite des Hauses wurde Erde für Gemüse aufgegraben.

Schon in dem ersten Frühlinge, an welchem Ditha sah, wogte ein schöner grüner Kornwald an einer Stelle, an welcher früher nur kurzes, fahlgrünes Gras gewesen war und graue Steine aus dem Boden hervor gesehen hatten. Als die Halme gelb geworden waren, standen gleichsam für Ditha die blauen Zyanen darin. Abdias ging unter all dem herum, und oft, wenn der mäßige Vormittagswind die reifenden Ähren zu silbernen Wogen mischte, stand seine Gestalt aus dem Rohrfeld hervorragend da, wie er den weißen Turban um seine schwarze Stirne geschlungen hatte, der dunkle Kaftan im Winde sich regte, und der große Bart, der vom Antlitze nieder hing, noch weißer war als der Turban.

Gleich im ersten Sommer wurde ein Stück Feld hergerichtet und mit Flachs besäet. Als er blühte, wurde Ditha hinausgeführt, und Abdias sagte ihr, der ganze Himmel, der da auf den Spitzen dieser grünen, stehenden Fäden klinge, gehöre ihr. Ditha stand nun recht oft vor dem blauen Tuche des Feldes und sah es an. Auf dem Heimwege pflückte sie sich einen Strauß von Zyanen, die im Korne standen.

Gegen die Mitte dieses Sommers ging ein hoch mit dem gelben Getreide des Abdias beladener Wagen in die neugebaute Scheuer und widerlegte den Wahn der in der Entfernung wohnenden Nachbarn, daß das grüne, mit Steinen besäete Wiesental unfruchtbar sei. Diesem Wagen folgte bald ein zweiter, ein dritter –

und er wurde so lange beladen, bis alles Ausgesäete als Ernte zu Hause war. An einem andern Platze wurde schon wieder zur Vergrößerung der Felder für das nächste Jahr gereutet.

So lebte Abdias wieder in einer andern ihm vollkommen neuen Tätigkeit, und er betrieb sie immer weiter. Nachdem mehrere Jahre vergangen waren, hatte er schon alles Land, welches ihm eigen gehörte, umgegraben, und er sann bereits darüber nach, an seinen Handelsfreund zu schreiben, daß er durch dessen Vermittlung wieder ein neues Stück dazu bekomme, welches er bearbeiten wollte. Seinen Garten hatte er erweitert und die Mauer um das Stück ziehen lassen. Die Gebäude, die er zum Wirtschaftsbetriebe aufgeführt hatte, wurden zu klein, und er baute immer an der Erweiterung. Auch sann er über neue Dinge, die er unternehmen, und über Anlagen und Baulichkeiten, die er erfinden wollte.

Er hatte wieder mehrere Diener und Mägde genommen. Das Innere des Hauses richtete er fast so her, wie die Wohnung der Wüstenstadt zur Zeit der Esther gewesen war. Er legte weiche Teppiche, er baute durch Bretter und seidene Überzüge Nischen, ließ Ruhebetten in dieselben stellen und gelbseidene Vorhänge vor sie niederhängen, die man auseinander ziehen konnte. In mehrere Fächer tat er Dinge, daß sie einst Ditha, wenn er tot wäre und sie die Schlüssel bekäme, finden möge. Im Hofraume und draußen im Tale pflanzte er Bäumchen, die ihr Schatten geben, wenn sie eine Matrone sein würde. Wenn er nach Art des Alters nicht schlafen konnte, oder wenn ihm die lange europäische Dämmerung zu lange wurde, stand er auf und ging zu ihrem Bette, in dem sie meistens rot und gesund, wie eine Rose, schlummerte. Dann sah man ihn in dem Garten herum gehen und dies und jenes anschauen und befestigen.

Aus Büchern lesen oder sonst etwas lernen hatte er Ditha nicht lassen; es war ihm nicht eingefallen. Von fremden Menschen kam nie einer in das Haus des Abdias herein, und wenn ein Wanderer in das Tal kam, so sah man ihn höchstens mit der hohlen Hand aus dem Bache trinken und dann weitergehen. Die Knechte des Abdias bearbeiteten seine Felder, taten, wie er anordnete, führten das Getreide auf den Markt und brachten das bestimmte Geld heim, das Abdias immer voraus wußte, wie viel es sein mußte, weil er die Marktpreise kannte. Sonst waren sie meistens unter sich und in dem Gesindhause, das am andern Ende des Gartens stand; denn obwohl sie hier aus dem Volke seines Glaubens genommen worden waren, hatten sie doch eine Scheu vor ihm und seinem abenteuerlichen Wesen. So waren auch die andern Diener. Die Zofe Dithas saß schier immer in der Stube, weil man sie hatte aus der Stadt kommen lassen, sie nähete Kleider oder las; denn sie haßte die Luft und die Sonne. Abdias und Ditha waren immer draußen. Als er Bäume gepflanzt hatte, damit sie Schatten geben, hatte er den Himmel Europas nicht gekannt oder nicht auf ihn gedacht; denn sie brauchten hier kaum einen Schatten. Wenn eine heiße Sonne schien, daß jedes Wesen ermattet war und Wohnung oder Kühle suchte, saß Ditha gerne auf dem Sandwege des Gartens unter abgefallener Bohnenblüte und ließ die Mittagsstrahlen auf sich niederregnen, indem sie leise eine Weise sang, die sie selber erfunden hatte. Abdias aber, in dem weiten Talare, mit den funkelnden Augen, weißem Haupte und Barte, saß auf dem Bänkchen an dem Hause und glänzte im Mittagsscheine. So wuchs Ditha auf, gleichsam neben Erlen, Wacholder und anderm Gesträuche der schlanke Schaft einer Wüstenaloe – so waren sie allein, und auf dem Tale lag gleichsam eine öde afrikanische Sonne.

Er hatte nach Europa verlangt, er war nun da. In Europa wurde er nicht mehr geschlagen, sein Eigentum wurde ihm nicht genommen, allein er hatte den afrikanischen Geist und die Natur der Einsamkeit nach Europa gebracht.

Öfter saß Ditha oben an dem Getreideabhange, bis wohin Abdias ganz nahe an dem Föhrenwalde seine Anlagen ausgedehnt hatte, und betrachtete die Halme des Getreides oder der Gräser, die darin wuchsen, oder die Wolken, die an dem Himmel zogen, oder sie ließ Gräsersamen über die graue Seide ihres Kleides rieseln und sah zu, wie er rieselte. Abdias kleidete sie nämlich gerne reich, und wenn sie nicht in dem von ihr noch immer sehr geliebten Linnen ging, so ging sie in dunkelfarbiger Seide, entweder blau, oder grau, oder violett, oder schwach braun – aber niemals schwarz. Der Schnitt ihres Kleides war wohl von ferne dem europäischen ähnlich, da die Kleider von ihrer Zofe gemacht wurden, aber er mußte immer so sein, daß die Kleider weit und faltig um sie hingen, da sie von ihrer Heimat her an keinen Druck gewöhnt war und keinen litt. Öfter stand sie auf, wenn sie lange an dem Rande des Kornes gesessen war, und wandelte allein an dem Saume des Getreides dahin, daß ihre Gestalt weit in dem Tale gesehen wurde, wie sie entweder in Linnen leuchtete oder schwach und unbestimmt in Seide glänzte. Abdias holte sie dann gewöhnlich ab, und sie gingen miteinander nach Hause. Er dachte, er müsse mit ihr verständig reden, daß sie selber verständig würde und fortleben könnte, wenn er tot sei. Und wenn sie so gingen, redete er mit ihr: er erzählte ihr arabische Wüstenmärchen, dichtete ihr südliche Bilder und warf seine Beduinengedanken gleichsam wie ein Geier des Atlasses an ihr Herz. Er bediente sich hiezu meistens der arabischen Sprache, welche die seines

Vaters war. Er hatte wohl, wie er es in seinen jugend-
lichen Wanderjahren sich angewöhnt hatte, sehr
schnell die Sprache des Landes gelernt, und hatte sie
mit denen, mit welchen er früher im Handel umge-
gangen war, geredet, und redete sie mit denen, die er
jetzt im Dienste hatte; aber mit Ditha sprach er am
liebsten Arabisch. Da er aber auch zuweilen eine an-
dere Sprache des Morgenlandes gegen sie gebrauch-
te, da sie auch sowohl von seinem Munde als auch
von dem der Dienstleute die Landessprache lernte; so
kannte sie eigentlich ein Gemisch von allem, drückte
sich darin aus und hatte eine Gedankenweise, die
dieser Sprache angemessen war.

Wenn Abdias nun so vorausdachte, wie alles wer-
den würde; wenn er an einen künftigen Bräutigam
dachte, so fiel ihm die schöne, dunkle, freundliche
Gestalt Urams ein, dem er sie gegeben hätte – aber da
Uram tot war, konnte er sich nichts anders denken, als
daß Ditha immer schöner und blühender werde und
so fort leben würde.

Und in der Tat schien es, daß dieser Wunsch in
Erfüllung gehen sollte. Sie war in der letzten Zeit be-
deutend vollkommener geworden. Ihr Körper war
stärker, das Auge ward schöner, dunkler, sehnsüchti-
ger, die Lippe reifer und ihr Wesen kräftiger, wie sie
denn überhaupt in ihrer Art das Traumhafte ihrer
Mutter mit dem Feurigen ihres Vaters verband. Sie
liebte diesen Vater unsäglich, und wenn sie oft ge-
drängt war von der wilden, ungebändigten Liebe,
dann nahm sie seine alte Hand und drückte deren
Finger gegen ihre Augen, ihre Stirne, ihr Herz – den
Kuß kannte sie nicht, weil sie keine Mutter hatte – er
aber gab nie einen, da er häßlich war.

Weil Ditha während ihrer Blindheit fast immer ge-
sessen war, oder ihre Füße nur schwach in Bewegung
hatte setzen können, wenn sie ging, ja weil sie einen

bei weitem größeren Teil ihrer Zeit in dem Bette zubrachte als außerhalb desselben, so war ihre Entwicklung sehr langsam gegangen, und obwohl sie, da ihr das Licht der Augen zu Teil geworden war, schneller als früher fortschritt, so kam doch die Zeit der Reife bei ihr später, als sie sonst zu kommen pflegt. Sie war schon sechzehn Jahre alt, als sie an jenem Zeitpunkte angelangt zu sein schien. Ihr früheres drängendes Wesen stillte sich, das Auge wurde milder und schmachtender, und die Glieder waren schlank und freudig, wie bei jedem vollkommenen Wesen dieser Erde.

Abdias tat sich absichtlich einen Schmerz an, oder er opferte etwas Liebes, damit nicht das Schicksal ein Größeres begehre.

Wie bei allen Mädchen in dieser Zeit große Veränderungen vor sich gehen, wie namentlich in Dithas Stamme eine ruhige Schlankheit des Leibes und ein zartes Scheuen des Blickes das Hereintreten des Jungfrauenalters anzeigen, so war dieses bei Ditha ganz besonders der Fall. Ihr körperliches Wesen schien in der Tat in einer Art Spannung zu sein, und obwohl sie freudig und heiter und fast so kühn war wie früher, so war es doch, als sei ein Ausdruck süßen Leidens über sie ausgegossen.

Es war eben Sommer und die Zeit der Ernte. Ditha ging zu dieser Zeit an einem Nachmittage, der den andern Leuten recht heiß vorkam, über den Hügelsaum eines Kornfeldes empor, das der Vater am Tage vorher hatte abmähen lassen. Sie ging so lange, bis sie an dem oberen Rande angekommen war; denn sie hatte dort ein Feld mit Flachs, den sie spät gesäet hatte, zu dem sie sonst, da das Korn stand, immer mit Umwegen hatte gelangen müssen, und der jetzt alle Tage in Blüte zu brechen versprach. Sie war ganz allein durch die Stoppeln empor gegangen, und stand

ganz allein, die höchste Gestalt, auf dem Saume der Anhöhe, wenn man den weiter draußen stehenden Föhrenwald ausnimmt, dessen Wipfel noch näher an dem Himmel hinzuziehen schienen. Auf dem Kornfelde hatten sie die Knechte des Abdias hinauf gehen gesehen, die eben über dasselbe Kornfeld nach Hause kehrten, weil sie ein Gewitter fürchteten. Sie kümmerten sich aber nicht weiter um sie. Nur einer, da er ein wenig später den Vater sah, der Ditha zu suchen schien, sagte, wenn er seine Tochter suche, sie sei oben auf dem Bühel. Wirklich hatte sie Abdias gesucht; denn die zarte Wolkenwand war dichter geworden und schob sich über den Himmel empor, obgleich an dem größeren Teile desselben noch das reine Blau herrschte und die Sonne noch heißer nieder schien als früher. Er stieg also, da er von dem Knechte die Nachricht erhalten hatte, über dasselbe Kornfeld, das wir erwähnten, empor, sah Ditha am Rande des Flachses stehen, und ging ganz zu ihr hinzu. Das Feld war über und über in blauer Blüte, und auf den kleinen zitternden Blättchen, über die kein Lüftchen ging, war eine große Anzahl von Tierchen.

»Was tust du denn hier, Ditha?« fragte Abdias.

»Ich schaue meinen Flachs an«, antwortete das Mädchen, »siehe, gestern war keine einzige Blume offen, und heute sind sie alle da. Ich glaube, die Stille und die Wärme haben sie hervorgetrieben.«

»Siehst du nicht die Wolken am Himmel«, sagte Abdias, »sie kommen herauf, und wir müssen nach Hause gehen, sonst wirst du naß und krank.«

»Ich sehe die Wolken«, antwortete Ditha, »aber sie kommen noch nicht so bald, wir können schon noch hinunter gehen. Wenn sie aber auch eher kommen, als sie versprechen, so werde ich doch nicht naß, denn ich will in ein solches Haus, wie sie hier aus Garben gemacht haben, hineingehen, will dort niedersitzen

und zusehen, wie die silbernen Regenkugeln in die Halme niederschießen, davon von jedem nur ein abgemähtes Stückchen empor steht. Bei mir drinnen aber wird es warm und trocken sein.«

Abdias schaute gegen den Abendhimmel, und in der Tat schien die Vermutung des Kindes wahr zu werden, daß die Wolken eher kommen würden, als sie versprachen; denn die gleiche und schwachfärbige Wand, die noch vor kurzem an dem Abendhimmel stand, hatte sich gelöset und in Ballen gesondert, die mit weißen Rändern überhingen und alle Augenblicke die Farbe änderten. Gegen unten, am Gesichtskreise hin, war rötliches Grau.

Abdias erkannte, daß sie vor dem Regen kaum mehr das Haus erreichen würden, und daß vielleicht der Rat Dithas der beste wäre. Da er aber der Leichtigkeit des Garbenhauses nicht traute, wenn etwa ein Wind käme, so fing er an, mit eigenen Händen noch mehr Garben herbei zu tragen. Als Ditha seine Absicht begriff, half sie ihm, bis ein solcher Vorrat beisammen war, daß er die Wetterseite mit einer dichten Garbenmauer besetzen und dem Ganzen eine solche Festigkeit geben konnte, daß es nicht leicht vom Winde zu zerreißen war. Gegen Morgen ließ er die Öffnung frei, daß sie auf das Spiel des Regens hinaussehen und eine Übersicht auf den Abzug des Gewitters haben könnten. Das Obdach wurde endlich fertig, aber es rührte sich noch immer kein Lüftchen, und es fiel kein Tropfen. Die gelben Stoppeln lagen vor ihnen, die zarten, von dem Schirme der weggenommenen Halme entblößten Gräschen regten sich nicht, und über dem blauen Felde des Flachses hoch in der Luft sang eine Lerche, von dem fernen, tiefen Donner zuweilen unterbrochen.

Ditha hatte ihre Gewitterfreudigkeit, sie wendete sich gegen Abend und sagte: »Wie es so herrlich ist,

wie es so unsäglich herrlich ist. Weil du nun auch da bist, o Vater, so ist es mir noch lieber.«

Sie standen vor ihrer aus Garben aufgebauten Behausung, schauten die Wolken an, und waren in jedem Augenblicke bereit, wenn der Regen beginne, sich in die Hütte hinein zu setzen. In den oberen Teilen des Himmels mußte schon der Wind herrschen; denn die grauen Schleier, welche dem Gewitter vorher zu gehen pflegen, liefen sichtlich dahin, sie hatten schon die Sonne überholt, standen bereits über den Häuptern der Zuschauenden und eilten gegen Morgen.

Abdias hatte im Innern des gebauten Obdaches mehrere Garben zu einem Sitze zurecht gelegt und setzte sich hinein. Ditha, mit der den Kindern eigentümlichen Liebe zur Heimlichkeit, setzte sich in dem kleinen gelben Häuschen zu ihm. Der vor ihnen gegen Morgen offen gelassene Raum nützte gerade so viel, daß sie zu ihren Füßen ein Teilchen Stoppelfeld sahen, dann ein Stückchen Flachs, und oben die grauen, luftigen Schleier, die am Himmel hinzogen, auch konnten sie die Lerche hören, die oberhalb des Flachses sang. Die Donner waren noch immer ferne, obgleich die Wolken schon den ganzen Himmel angefüllt hatten und nicht nur über ihre Häupter, sondern auch weit schon gegen Morgen hinaus gegangen waren.

In diesem Verstecke saßen sie und sprachen mit einander. »Glaubst du nicht auch«, sagte Ditha, »daß die Wolken gar nicht dicht sind, und daß sie gewiß nicht große und gar schwere Tropfen werden fallen lassen? Es wäre mir leid, wenn sie die feinen, schönen Linnenblüten herabschlügen, die heute erst aufgebrochen sind.«

»Ich denke, daß sogar schwere Tropfen die blauen Blätter nicht abzuschlagen vermögen, weil sie erst heute aufgeblüht sind und noch strenge haften«, sagte Abdias.

»Ich liebe die Flachspflanzen sehr«, fing nach einer Weile Schweigens Ditha wieder an, »es hat mir Sara auf mein Befragen vor langer Zeit, da noch das traurige schwarze Tuch in meinem Haupte war, vieles von dem Flachse erzählt, aber ich habe es damals nicht verstanden. Jetzt aber verstehe ich es und habe es selbst beobachtet. Sie ist ein Freund des Menschen, diese Pflanze, hat Sara gesagt, sie hat den Menschen lieb. Ich weiß es jetzt, daß es so ist. Zuerst hat sie die schöne Blüte auf dem grünen Säulchen, dann, wenn sie tot ist und durch die Luft und das Wasser zubereitet wird, gibt sie uns die weichen silbergrauen Fasern, aus denen die Menschen das Gewebe machen, welches, wie schon Sara sagte, ihre eigentlichste Wohnung ist, von der Wiege bis zum Grabe. Siehst du, das ist auch wahr: – wie sie nur so wunderbar, diese Pflanze, zu dem weißen, lichten Schnee zu bleichen ist – dann legt man die Kinder, wenn sie recht klein sind, wie ich war, hinein und hüllt die Glieder zu – ihrer Tochter hat Sara viel Linnen mit gegeben, da sie fortzog, um den fremden Mann zu heiraten, der sie wollte; sie war eine Braut, und je größere Berge dieses Schnees man einer Braut mitgeben kann, desto reicher ist sie – unsere Knechte tragen die weißen Linnenärmel auf den bloßen Armen – und wenn wir tot sind, hüllen sie die weißen Tücher um uns, weißt du – –«

Sie schwieg plötzlich. Ihm war es, als hätte er seitwärts an der Garbe einen sanften Schein lodern gesehen. Er dachte, sie habe wieder ihren Schimmer; denn er hatte schon früher alle Spitzen von Bändchen und Haaren an ihr aufwärts stehen gesehen. – Aber sie hatte ihren Schimmer nicht gehabt. Da er hinblickte, war schon alles vorüber. Es war auf den Schein ein kurzes heiseres Krachen gefolgt, und Ditha lehnte gegen eine Garbe zurück, und war tot.

Kein Tropfen Regen fiel, nur die dünnen Wolken rieselten, wie schnell gezogene Schleier, über den Himmel.

Der Greis gab nicht einen Laut von sich, sondern er starrte das Wesen vor sich an, und glaubte es nicht, daß dies Ding seine Tochter sei. Ihre Augen waren geschlossen, und der redende Mund stand stille.

Er schüttelte sie und redete ihr zu – – aber sie sank aus seiner Hand und war tot.

Er selber hatte nicht die geringste Erschütterung empfunden. Draußen war es, als sei auch noch kein Gewitter an die Stelle gekommen. Die folgenden Donner waren wieder ferne, es ging kein Lüftchen, und zeitweise sang noch die Lerche.

Dann stand der Mann auf, lud das tote Mädchen mechanisch auf seine Schulter und trug sie nach Hause.

Zwei Hirten, die ihm begegneten, entsetzten sich, wie sie ihn so im Winde, der mittlerweile aufgestanden war, schreiten sahen, und wie das Haupt und der Arm des Kindes rückwärts seiner Schulter herab hing.

Das neue Wunder und Strafgericht, wie sie es nannten, flog sogleich durch das Land. Am dritten Tage nach dem Unglück kamen Brüder seines Volkes und legten die Lilie in die Erde.

Das Gewitter, welches dem Kinde mit seiner weichen Flamme das Leben von dem Haupte geküßt hatte, schüttete an dem Tage noch auf alle Wesen reichlichen Segen herab, und hatte, wie jenes, das ihr das Augenlicht gegeben, mit einem schönen Regenbogen im weiten Morgen geschlossen.

Abdias saß nach diesem Ereignisse auf dem Bänkchen vor seinem Hause, und sagte nichts, sondern er schaute die Sonne an. Er saß viele Jahre, die Knechte besorgten auf Anordnung des Handelsfreundes, von dem wir öfter geredet hatten, die Felder – aus Dithas

Gliedern sproßten Blumen und Gras – eine Sonne nach der andern verging, ein Sommer nach dem andern und er wußte nicht, wie lange er gesessen war, denn nach glaublichen Aussagen war er wahnsinnig gewesen.

Auf einmal erwachte er wieder und wollte jetzt nach Afrika reisen, um Melek ein Messer in das Herz zu stoßen; aber er konnte nicht mehr; denn seine Diener mußten ihn am Morgen aus dem Hause bringen, und mittags und abends wieder hinein.

Dreißig Jahre nach dem Tode Dithas lebte Abdias noch. Wie lange nachher, weiß man nicht. In hohem Alter hatte er die schwarze Farbe verloren, und war wieder gebleicht worden, wie er in seiner Jugend gewesen war. Viele Menschen haben ihn auf der Bank seines Hauses sitzen gesehen.

Eines Tages saß er nicht mehr dort, die Sonne schien auf den leeren Platz und auf seinen frischen Grabhügel, aus dem bereits Spitzen von Gräsern hervor sahen.

Wie alt er geworden war, wußte man nicht.

Manche sagten, es seien weit über hundert Jahre gewesen.

Das öde Tal ist seit der Zeit ein fruchtbares, das weiße Haus steht noch, ja es ist nach der Zeit noch verschönert und vergrößert worden, und das Ganze ist das Eigentum der Söhne des Handelsfreundes des Abdias.

So endete das Leben und die Laufbahn des Juden Abdias.

BRIGITTA

1

STEPPENWANDERUNG

Es gibt oft Dinge und Beziehungen in dem menschlichen Leben, die uns nicht sogleich klar sind, und deren Grund wir nicht in Schnelligkeit hervorzuziehen vermögen. Sie wirken dann meistens mit einem gewissen schönen und sanften Reize des Geheimnisvollen auf unsere Seele. In dem Angesichte eines Häßlichen ist für uns oft eine innere Schönheit, die wir nicht auf der Stelle von seinem Werte herzuleiten vermögen, während uns oft die Züge eines andern kalt und leer sind, von denen alle sagen, daß sie die größte Schönheit besitzen. Ebenso fühlen wir uns manchmal zu einem hingezogen, den wir eigentlich gar nicht kennen, es gefallen uns seine Bewegungen, es gefällt uns seine Art, wir trauern, wenn er uns verlassen hat, und haben eine gewisse Sehnsucht, ja eine Liebe zu ihm, wenn wir oft noch in späteren Jahren seiner gedenken: während wir mit einem andern, dessen Wert in vielen Taten vor uns liegt, nicht ins reine kommen können, wenn wir auch Jahre lang mit ihm umgegangen sind. Daß zuletzt sittliche Gründe vorhanden sind, die das Herz heraus fühlt, ist kein Zweifel, allein wir können sie nicht immer mit der Waage des Bewußtseins und der Rechnung hervorheben und anschauen. Die Seelenkunde hat manches beleuchtet und erklärt, aber vieles ist ihr dunkel und in großer Entfernung geblieben. Wir glauben daher, daß es nicht zu viel ist, wenn wir sagen, es sei für uns noch ein heiterer, unermeßlicher Abgrund, in dem Gott und die Geister wandeln. Die

Seele in Augenblicken der Entzückung überfliegt ihn oft, die Dichtkunst in kindlicher Unbewußtheit lüftet ihn zuweilen; aber die Wissenschaft mit ihrem Hammer und Richtscheite steht häufig erst an dem Rande, und mag in vielen Fällen noch gar nicht einmal Hand angelegt haben.

Zu diesen Bemerkungen bin ich durch eine Begebenheit veranlaßt worden, die ich einmal in sehr jungen Jahren auf dem Gute eines alten Majors erlebte, da ich noch eine sehr große Wanderlust hatte, die mich bald hier, bald dort ein Stück in die Welt hinein trieb, weil ich noch weiß Gott was zu erleben und zu erforschen verhoffte.

Ich hatte den Major auf einer Reise kennengelernt, und schon damals lud er mich wiederholt ein, ihn einmal in seiner Heimat zu besuchen. Allein ich hielt dies für eine bloße Redeformel und Artigkeit, wie Reisende wohl oft zu wechseln pflegen, und hätte der Sache wahrscheinlich keine weitere Folge gegeben, wenn nicht im zweiten Jahre unserer Trennung ein Brief von ihm gekommen wäre, in welchem er sich angelegentlich um mein Befinden erkundigte und zuletzt wieder die alte Bitte hinzufügte, doch einmal zu ihm zu kommen und einen Sommer, ein Jahr, oder fünf oder zehn Jahre bei ihm zuzubringen, wie es mir gefällig wäre; denn er sei jetzt endlich gesonnen, auf einem einzigen winzigen Punkte dieser Erdkugel kleben zu bleiben und kein anderes Stäubchen mehr auf seinen Fuß gelangen zu lassen als das der Heimat, in welcher er nunmehr ein Ziel gefunden habe, das er sonst vergeblich auf der ganzen Welt gesucht hatte.

Da es nun eben Frühling war, da ich neugierig war, sein Ziel kennen zu lernen, da ich eben nicht wußte, wo ich hinreisen sollte, beschloß ich, seiner Bitte nachzugeben und seiner Einladung zu folgen.

Er hatte sein Gut im östlichen Ungarn – zwei Tage

schlug ich mich mit Plänen herum, wie ich die Reise am geschicktesten machen sollte, am dritten Tage saß ich im Postwagen und rollte nach Osten, während ich mich, da ich das Land nie gesehen hatte, bereits mit Bildern von Haiden und Wäldern trug – und am achten wandelte ich bereits auf einer Pußta, so prachtvoll und öde, als sie nur immer Ungarn aufzuweisen haben mag.

Anfangs war meine ganze Seele von der Größe des Bildes gefaßt: wie die endlose Luft um mich schmeichelte, wie die Steppe duftete, und ein Glanz der Einsamkeit überall und allüberall hinaus webte: – aber wie das morgen wieder so wurde, übermorgen wieder – immer gar nichts als der feine Ring, in dem sich Himmel und Erde küßten, gewöhnte sich der Geist daran, das Auge begann zu erliegen und von dem Nichts so übersättigt zu werden, als hätte es Massen von Stoff auf sich geladen – es kehrte in sich zurück, und wie die Sonnenstrahlen spielten, die Gräser glänzten, zogen verschiedene einsame Gedanken durch die Seele, alte Erinnerungen kamen wimmelnd über die Haide, und darunter war auch das Bild des Mannes, zu dem ich eben auf der Wanderung war – ich griff es gerne auf, und in der Öde hatte ich Zeit genug, alle Züge, die ich von ihm erfahren hatte, in meinem Gedächtnisse zusammenzusuchen und ihnen neue Frische zu geben.

In Unteritalien, beinahe in einer eben so feierlichen Öde, wie die war, durch die ich heute wandelte, hatte ich ihn zum ersten Male gesehen. Er war damals in allen Gesellschaften gefeiert und, obwohl schon fast fünfzig Jahre alt, doch noch das Ziel von manchen schönen Augen; denn nie hat man einen Mann gesehen, dessen Bau und Antlitz schöner genannt werden konnte, noch einen, der dieses Äußere edler zu tragen verstand. Ich möchte sagen, es war eine sanfte Hoheit, die um alle seine Bewegungen floß, so einfach und so

siegend, daß er mehr als einmal auch Männer betörte.
Auf Frauenherzen aber, ging die Sage, soll er einst
wahrhaft sinnverwirrend gewirkt haben. Man trug
sich mit Geschichten von Siegen und Eroberungen,
die er gemacht haben soll und die wunderbar genug
waren. Aber ein Fehler, sagte man, hänge ihm an, der
ihn erst recht gefährlich mache; nämlich, es sei noch
niemandem, selbst der größten Schönheit, die diese
Erde trage, gelungen, ihn länger zu fesseln, als es ihm
eben beliebte. Mit aller Lieblichkeit, die ihm jedes
Herz gewann und das der Erkornen mit siegreicher
Wonne füllte, benahm er sich bis zu Ende, dann nahm
er Abschied, machte eine Reise, und kam nicht wieder.
– Aber dieser Fehler, statt sie abzuschrecken, gewann
ihm die Weiber nur noch mehr, und manche rasche
Südländerin mochte glühen, ihr Herz und ihr Glück,
so bald als nur immer möglich, an seine Brust zu wer-
fen. Auch reizte es sehr, daß man nicht wußte, woher
er sei und welche Stellung er unter den Menschen ein-
nehme. Obwohl sie sagten, daß die Grazien um seinen
Mund spielen, setzten sie doch hinzu, daß auf seiner
Stirne eine Art Trauer wohne, die der Zeiger einer
bedeutenden Vergangenheit sei – aber das war am
Ende das Lockendste, daß niemand diese Vergangen-
heit wußte. Er soll in Staatsbegebenheiten verwickelt
gewesen sein, er soll sich unglücklich vermählt, er soll
seinen Bruder erschossen haben – und was dieser Din-
ge mehr waren. Das aber wußten alle, daß er sich jetzt
sehr stark mit Wissenschaften beschäftigte.

Ich hatte schon sehr viel von ihm gehört und er-
kannte ihn augenblicklich, als ich ihn einmal auf dem
Vesuv Steine herab schlagen und dann zu dem neuen
Krater hin zu gehen und freundlich auf das blaue
Ringeln des Rauches schauen sah, der noch sparsam
aus der Öffnung und aus den Ritzen quoll. Ich ging
über die gelb glänzenden Knollen zu ihm hin und

redete ihn an. Er antwortete gerne, und ein Wort gab
das andere. Wirklich war damals eine furchtbar zer-
worfene, dunkle Öde um uns, die um so schroffer
wurde, als der unsäglich anmutige, tiefblaue Südhim-
mel gerade über ihr stand, zu dem die Rauchwölk-
chen traulich seitwärts zogen. Wir sprachen damals
lange mit einander, gingen dann aber jeder allein von
dem Berge.

Später fand sich wieder Gelegenheit, daß wir zu-
sammen kamen, wir besuchten uns dann öfter und
waren endlich bis zu meiner Heimreise fast unzer-
trennt bei einander. Ich fand, daß er an den Wirkun-
gen, die sein Äußeres machen sollte, ziemlich un-
schuldig war. Aus seinem Innern brach oft so etwas
Ursprüngliches und Anfangsmäßiges, gleichsam als
hätte er sich, obwohl er schon gegen die fünfzig Jahre
ging, seine Seele bis jetzt aufgehoben, weil sie das
Rechte nicht hatte finden können. Dabei erkannte ich,
als ich länger mit ihm umging, daß diese Seele das
Glühendste und Dichterischste sei, was mir bis dahin
vorgekommen ist, daher es auch kommen mochte,
daß sie das Kindliche, Unbewußte, Einfache, Einsa-
me, ja oft Einfältige an sich hatte. Er war sich dieser
Gaben nicht bewußt und sagte in Natürlichkeit die
schönsten Worte, die ich je aus einem Munde gehört
habe, und nie in meinem Leben, selbst später nicht,
als ich Gelegenheit hatte, mit Dichtern und Künstlern
umzugehen, habe ich einen so empfindlichen Schön-
heitssinn angetroffen, der durch Ungestalt und Ro-
heit bis zur Ungeduld gereizt werden konnte, als an
ihm. Diese unbewußten Gaben mochten es auch sein,
die ihm alle Herzen des andern Geschlechtes zuflie-
gen machten, weil dieses Spielen und Glänzen an
Männern in vorgerückten Jahren gar so selten ist.
Eben daher mochte es auch kommen, daß er mit mir
als einem ganz jungen Menschen so gerne umging, so

wie ich meinerseits in jenen Zeiten eigentlich auch
noch nicht recht diese Dinge zu würdigen vermochte,
und mir dieselben erst recht einleuchtend wurden, da
ich älter war und daran ging, die Erzählung seines
Lebens zusammenzustellen. Wie weit es mit seinem
sagenhaften Glücke bei Weibern ging, habe ich nie
erfahren können, da er niemals über diese Dinge
sprach und sich auch nie Gelegenheit zu Beobachtun-
gen vorfand. Von jener Trauer, die auf seiner Stirne
sitzen sollte, konnte ich ebenfalls nichts wahrnehmen,
so wie ich auch von seinen früheren Schicksalen da-
mals nichts erfuhr, als daß er einst beständige Reisen
gemacht habe, jetzt aber schon Jahre lang in Neapel
sei und Lava und Altertümer sammle. Daß er in Un-
garn Besitzungen habe, erzählte er mir selber und lud
mich, wie ich oben sagte, wiederholt dahin ein.

Wir lebten ziemlich lange neben einander, und
trennten uns zuletzt, da ich fort ging, nicht ohne Teil-
nahme. Aber mancherlei Gestalten von Ländern und
Menschen drangen nachher noch durch mein Ge-
dächtnis, so daß es mir endlich nicht im Traume bei-
gekommen wäre, daß ich einmal auf einer ungari-
schen Haide zu diesem Manne unterwegs sein würde,
wie ich es nun wirklich war. Ich malte mir sein Bild in
Gedanken immer mehr aus und senkte mich so hin-
ein, daß ich oft Mühe hatte, nicht zu glauben, ich sei
in Italien; denn so heiß, so schweigsam war es, und die
blaue Dunstschicht der Ferne spiegelte sich mir auf
der Ebene, auf der ich wandelte, wie dort zum Trug-
bilde der Pontinischen Sümpfe.

Ich ging aber doch nicht in gerader Richtung auf
das mir in dem Briefe bezeichnete Gut des Majors los,
sondern ich machte mehrere Kreuz- und Querzüge,
um mir das Land zu besehen. So wie mir das Bild
desselben früher immer meines Freundes wegen mit
Italien zusammengeflossen war, so webte es sich nun

immer mehr und immer eigentümlicher als Selbstän-
diges und Ganzes heraus. Ich war über hundert Bäch-
lein, Bäche und Flüsse gegangen, ich hatte oft bei
Hirten und ihren zottigen Hunden geschlafen, ich
hatte aus jenen einsamen Haidebrunnen getrunken,
die mit dem furchtbar hohen Stangenwinkel zum
Himmel sehen, und ich hatte unter manchem tief her-
abgehenden Rohrdache gegessen – dort lehnte der
Sackpfeifer, dort flog der schnelle Fuhrmann über
die Haide, dort glänzte der weiße Mantel des Roßhir-
ten – – oft dachte ich mir, wie denn mein Freund in
diesem Lande aussehen werde; denn ich hatte ihn nur
in Gesellschaft gesehen und in dem Getriebe, wo sich
alle Menschen wie die Bachkiesel gleichen. Dort war
er im Äußern der glatte, feine Mann gewesen – hier
aber war alles anders, und oft, wenn ich ganze Tage
nichts sah als das ferne, rötlich blaue Dämmern der
Steppe und die tausend kleinen weißen Punkte darin-
nen, die Rinder des Landes, wenn zu meinen Füßen
die tiefschwarze Erde war, und so viel Wildheit, so
viel Üppigkeit, trotz der uralten Geschichte so viel
Anfang und Ursprünglichkeit, dachte ich, wie wird er
sich denn hier benehmen. Ich ging in dem Lande
herum, ich lebte mich immer mehr in seine Art und
Weise und in seine Eigentümlichkeiten hinein, und es
war mir, als hörte ich den Hammer schallen, womit
die Zukunft dieses Volkes geschmiedet wird. Jedes in
dem Lande zeigt auf kommende Zeiten, alles Verge-
hende ist müde, alles Werdende feurig, darum sah ich
recht gerne seine endlosen Dörfer, sah seine Weinhü-
gel aufstreben, sah seine Sümpfe und Röhrichte und
weit draußen seine sanftblauen Berge ziehen.

Nach monatlangem Herumwandern glaubte ich
endlich eines Tages, ich müsse mich nun in sehr gro-
ßer Nähe bei dem Gute meines Freundes befinden,
und des vielen Schauens doch etwas müde, beschloß

ich, dem Pilgern ein Ziel zu setzen und gerade auf die Besitzung meines künftigen Beherbergers zuzulenken. Ich war den ganzen Nachmittag durch ein heißes Steinfeld gegangen; links stiegen fernblaue Berghäupter am Himmel auf – ich hielt sie für die Karpathen – rechts stand zerrissenes Land mit jener eigentümlich rötlichen Färbung, wie sie so oft der Hauch der Steppe gibt: beide aber vereinigten sich nicht, und zwischen beiden ging das endlose Bild der Ebenen fort. Endlich, wie ich eben aus einer Mulde, in der das Bette eines ausgetrockneten Baches lief, emporstieg, sprang rechts ein Kastanienwald und ein weißes Haus herüber – eine Sandwehe hatte mir beides bisher gedeckt. – Drei Meilen, drei Meilen – so hatte ich fast den ganzen Nachmittag gehört, wenn ich nach Uwar fragte – so hieß das Schloß des Majors – drei Meilen: aber da ich die ungarischen Meilen aus Erfahrung kannte, so war ich gewiß ihrer fünfe gegangen, und wünschte daher sehnlich, das Haus möchte Uwar heißen. In nicht großer Ferne stiegen Felder gegen einen Erddamm empor, auf denen ich Menschen sah. Diese wollte ich fragen, und durchschritt zu dem Zwecke einen Flügel des Kastanienwaldes. Hier sah ich nun, was ich, durch die vielen Gesichtstäuschungen dieses Landes belehrt, sogleich geahnet, nämlich, daß das Haus nicht an dem Walde liege, sondern erst hinter einer Ebene, die von den Kastanien weg lief, und daß es ein sehr großes Gebäude sein müsse. Über die Ebene aber sah ich eine Gestalt herübersprengen, gerade auf jene Felder zu, auf denen die Leute arbeiteten. Auch sammelten sich alle Arbeiter um die Gestalt, da sie bei ihnen angekommen war, wie um einen Herrn – aber meinem Major sah das Wesen ganz und gar nicht ähnlich. Ich ging langsam gegen die Erdlehne empor, die auch weiter entfernt war, als ich dachte, und kam eben an, als bereits die ganze Glut der Abendröte um

die dunkeln, wogenden Maisfelder und die Gruppen bärtiger Knechte und um den Reiter loderte. Dieser aber war nichts anderes als ein Weib, etwa vierzig Jahre alt, welches sonderbar genug die weiten landesmäßigen Beinkleider an hatte und auch wie ein Mann zu Pferde saß. Da die Knechte schon auseinander gingen und sie fast allein auf dem Flecke war, richtete ich mein Anliegen an sie. Meinen Wanderstab unter das Ränzlein stützend, zu ihr empor schauend und mir gleichsam die Strahlen der Abendröte, die schief hereinkamen, aus dem Gesichte streichend, sagte ich deutsch zu ihr: »Guten Abend, Mutter.«

»Guten Abend«, antwortete sie in derselben Sprache.

»Gewährt mir eine Bitte und sagt: heißt jenes Gebäude Uwar?«

»Jenes Gebäude heißt nicht Uwar. Seid Ihr nach Uwar bestellt?«

»Allerdings. Ich habe dort meinen Reisefreund, den Major, zu besuchen, der mich dahin eingeladen hat.«

»So geht nur ein wenig neben meinem Rosse her.«

Mit diesen Worten setzte sie ihr Pferd in Schritt und ritt langsam, damit ich ihr folgen konnte, zwischen den hohen grünen Maisbüscheln den Abhang hinan. Ich ging hinter ihr her und hatte Gelegenheit, meine Blicke auf die Umgebung richten zu können – und in der Tat, ich bekam immer mehr Ursache, mich zu verwundern. Wie wir höher kamen, öffnete sich zusehends das Tal hinter uns, ein ganzer, ungeheurer Gartenwald lief von dem Schlosse in die Berge hinein, die hinter ihm begannen, Alleen streckten sich gegen die Felder, ein Wirtschaftsstück nach dem andern legte sich bloß und schien in trefflichem Stande. Ich habe nie dieses lange, fette, frische Blatt des Maises gesehen, und nicht ein Gräschen war zwischen seinen

Stängeln. Der Weinberg, an dessen Ende wir eben an-
kamen, erinnerte mich an die des Rheins, nur habe ich
am Rheine nicht dieses derbe Trotzen und Strotzen
von Blatt und Reben gesehen wie hier. Die Ebene zwi-
schen den Kastanien und dem Schlosse war eine Wie-
se, so rein und sanft, als wäre Sammet gebreitet, sie
war mit eingehegten Wegen durchschnitten, in denen
die weißen Rinder des Landes wandelten, aber glatt
und schlank wie Hirsche. Das Ganze hob sich wunder-
bar von dem Steinfelde ab, das ich heute durchwan-
delt hatte, und das jetzt in der Abendluft draußen lag
und in den rötlich spinnenden Strahlen heiß und trok-
ken hereinsah zu dieser kühlen, grünen Frische.

Indessen waren wir zu einem jener weißen Häus-
chen gelangt, wie ich mehrere im Grün der Rebengel-
lände zerstreut wahrgenommen hatte, und das Weib
sagte zu einem jungen Manne, der trotz des heißen
Juniabends in seinem zottigen Pelze stak und vor der
Tür des Häuschens allerlei hantierte: »Milosch, der
Herr will heute noch nach Uwar, wenn du etwa die
zwei Weidebraunen nähmest, ihm einen gäbest und
ihn bis zum Galgen geleitetest.«

»Ja«, erwiderte der Bursche und stand auf.

»Jetzt geht nur mit ihm, er wird Euch schon richtig
führen«, sagte das Weib, und wendete ihr Pferd, um
des Weges zurückzureiten, den sie mit mir gekommen
war.

Ich hielt sie für eine Art Schaffnerin und wollte ihr
ein namhaftes Geldstück für den Dienst geben, den
sie mir so eben geleistet hatte. Sie aber lachte nur und
zeigte hiebei eine Reihe sehr schöner Zähne. Durch
den Weinberg ritt sie langsam hinab, dann hörten wir
aber bald darauf die schnellen Hufschläge ihres Pfer-
des, wie sie über die Ebene flog.

Ich steckte mein Geld wieder ein und wendete
mich zu Milosch. Dieser hatte einstweilen zu seinem

Pelze einen breiten Hut aufgesetzt und führte mich um eine Strecke in den Weinpflanzungen fort, bis wir in eine Talkrümme stiegen und auf Wirtschaftsgebäude stießen, aus denen er zwei jener kleinen Rosse zog, wie man sie auf den Haiden dieses Landes antrifft. Meines sattelte er, seines bestieg er, wie es war, und sofort ritten wir in die Abenddämmerung hinein, dem dunkeln Osthimmel entgegen. Es mochte ein sonderbarer Anblick gewesen sein: der deutsche Wandersmann samt Ränzlein, Knotenstock und Kappe zu Pferde sitzend, neben ihm der schlanke Ungar mit rundem Hute, Schnurrbart, Zottelpelz und flatternden weißen Beinkleidern – beide in Nacht und Wüste reitend. In der Tat war es eine Wüste, in die wir jenseits der Weinberge gerieten, und die Ansiedelung war wie eine Fabel darinnen. Eigentlich war die Wüste wieder mein altes Steinfeld, und zwar sich selber so gleich geblieben, daß ich wähnte, wir reiten denselben Weg zurück, den ich gekommen bin, wenn mich nicht das schmutzige Rot, das noch hinter meinem Rücken am Himmel glühte, belehrt hätte, daß wir wirklich gegen Morgen reiten.

»Wie weit ist noch nach Uwar?« fragte ich.

»Es sind noch anderthalb Meilen«, antwortete Milosch.

Ich fügte mich in die Antwort und ritt hinter ihm her, so gut ich konnte. Wir ritten an denselben unzähligen grauen Steinen vorbei, wie ich sie heute den ganzen Tag zu Tausenden gezählt habe. Sie glitten mit falschem Lichte auf dem dunkeln Boden hinter mich, und weil wir eigentlich auf trocknem, sehr festem Moore ritten, hörte ich keinen Hufschlag unserer Pferde, außer wenn zufällig das Eisen auf einen der Steine schlug, die sonst diese Tiere, an derlei Wege gewöhnt, sehr gut zu vermeiden wissen. Der Boden war immer eben, nur daß wir wieder zwei oder

drei Mulden hinab und hinan gestiegen waren, in deren jeder ein starrer Strom von Kieselgerölle lag.

»Wem gehört denn das Anwesen, das wir verlassen haben?« fragte ich meinen Begleiter.

»Maroshely«, antwortete er.

Ich wußte nicht, weil er die Worte schnell vor mir reitend gesprochen hatte, ob dies der Name des Besitzers sei, oder ob ich überhaupt recht verstanden habe; denn die Bewegung erschwerte das Sprechen und Hören.

Endlich ging ein blutrotes Stück Mond auf, und in seinem schwachen Lichte stand auch schon das schlanke Gerüste auf der Haide, das ich für das Ziel meiner Begleitung hielt.

»Hier ist der Galgen«, sagte Milosch, »dort unten, wo es glänzt, rinnt ein Bach, daneben ist ein schwarzer Haufen, auf den geht zu, es ist eine Eiche, auf der sonst die Übeltäter aufgehängt worden sind. Jetzt darf das nicht mehr sein, weil ein Galgen ist. Von der Eiche beginnt ein gemachter Weg, an welchem junge Bäume zu beiden Seiten stehen. Auf dem Wege geht etwas weniger als eine Stunde fort, dann zieht an der Glockenstange des Gitters. Hört, wenn auch nicht zugesperrt ist, geht doch nicht hinein; es ist wegen der Hunde. Zieht nur an der Glockenstange. So, jetzt steigt ab, und macht den Rock besser zu, daß Ihr nicht das Fieber bekommt.«

Ich stieg ab, und obwohl ich mit meiner Belohnung bei der Schaffnerin nicht gut angekommen war, bot ich Milosch doch auch wieder eine. Er nahm sie an und steckte sie in den Pelz. Dann haschte er nach dem Zügel meines Pferdes, wandte sich und flog eilends davon, ehe ich nur sagen konnte, er möge dem Herrn der Pferde meinen Dank melden, daß ich so unbedingt auf einem in der Nacht fortreiten durfte. Offenbar hatte er von dem Orte weg getrachtet. Ich blickte hin. Es

standen zwei Säulen, und darauf war ein Querbalken. So ragte es in das gelbe Mondlicht empor. Oben lag etwas wie ein Kopf. In der Tat aber mochte es irgendeine Erhöhung sein. Ich ging weiter, gleichsam als ob das Gras der Haide hinter mir lispelte und sich etwas am Fuße des Galgens rührte. Von Milosch war nicht mehr das geringste zu vernehmen, als sei er gar nie da gewesen. Ich kam sogleich zu der Todeseiche. Der Bach schillerte und glänzte und ringelte sich um Binsen, wie eine tote Schlange. Daneben war der schwarze Bau des Baumes. Ich ging um ihn herum, und jenseits war ein gerader weißer Weg, von dem Monde beschienen. Der Weg war gestampft und hatte Gräben und eine Allee junger Pappeln. Es tat mir wohl, daß ich wieder meine Schritte schallen hörte, wie es daheim in unserem Lande auf den Wegen der Fall ist.

Ich ging langsam dahin. Der Mond hob sich mehr und mehr und stand endlich klar an dem warmen Sommerhimmel. Die Haide lief wie eine fahle Scheibe unter ihm weg. Endlich, da eine gute Stunde vergangen sein mochte, hoben sich vor mir schwarze Klumpen, wie ein Wald oder ein Garten, und in kurzer Frist stieß der Weg an ein Gitter, das in einer Mauer stand, die außer dem Walde hinlief und hinter sich riesengroße Wipfel hatte, die todesstille in dem Silber der Nachtluft empor standen. An dem Gitter war ein Glockengriff, ich zog, und es schellte von innen. Gleich darauf ertönte nicht etwa ein Bellen, sondern zwei Stöße jenes tiefen, entschloßnen und neugierigen Schnaufens edler Hunde – ein dumpfer Sprung – und der größte, schönste Hund, den ich in meinem Leben gesehen habe, stand von innen an dem Gitter. Er stellte sich auf die Hinterfüße, faßte mit den vorderen die eisernen Stangen, und sah auf mich heraus, ohne nur den geringsten Laut zu geben, wie es die ernste Art dieser Tiere ist. Bald kamen murrend und jagend

noch zwei kleinere und jüngere derselben Gattung, glatte Bulldoggen, und alle schauten unverwandt auf mich. Nach einer Weile hörte ich auch nahende Menschentritte, und ein Mann im zottigen Pelze kam und fragte um mein Begehren. Ich entgegnete, ob ich in Uwar sei, und nannte meinen Namen. Er mußte Weisung haben, denn sofort beschwichtigte er mit ungarischen Worten die Hunde und öffnete dann das Gitter.

»Der Herr hat Briefe von Euch und erwartet Euch schon lange«, sagte der Mann, als wir weiter gingen.

»Ich habe ihm ja geschrieben, daß ich mir Euer Land ansehen wolle«, antwortete ich.

»Und das habt Ihr lange angesehen«, sagte er.

»Freilich«, antwortete ich. »Ist der Herr Major noch wach?«

»Er ist gar nicht zu Hause, sondern in der Sitzung, morgen früh wird er herüberreiten. Für Euch hat er drei Zimmer richten lassen und gesagt, daß wir Euch hinein führen sollen, wenn Ihr in seiner Abwesenheit kämet.«

»Nun so führt mich hinein.«

»Wohl.«

Diese Worte waren die einzigen, die wir auf dem langen Wege wechselten, den wir meiner Meinung nach eher durch einen Urwald als durch einen Garten machten. Riesige Tannen streckten sich gegen den Himmel, und mannsdicke Eichenäste griffen herum. Der größere Hund ging ruhig neben uns, die andern schnoberten in meinen Kleidern und jagten sich dann gelegentlich. Als wir so den Hain durchschritten hatten, kamen wir zu einer baumlosen Erhöhung, auf welcher das Schloß stand – so viel ich jetzt erkennen konnte – ein großes viereckiges Gebäude. Aber die Erhöhung führte eine breite Steintreppe empor, auf der das schönste Mondlicht starrte. Hinter der Treppe war ein etwas ebener Platz, und dann ein großes Git-

ter, das statt des Tores des Hauses diente. Als wir an dem Gitter angekommen waren, sprach mein Begleiter einige Worte zu den Hunden, worauf sie in den Garten zurückschossen. Nun schloß er das Gitter auf und führte mich in das Gebäude.

Auf der Treppe brannte noch Licht und beglänzte hohe, seltsame Steinbilder mit weiten Stiefeln und schleppenden Gewändern. Es mochten ungarische Könige sein. Dann empfing uns im ersten Geschosse ein langer, mit Rohrmatten belegter Gang. Wir gingen ihn entlang und stiegen dann noch eine Treppe hoch. Hier war wieder ein solcher Gang, und einen der Türflügel, die in demselben waren, öffnend, sagte mein Begleiter, hier seien meine Zimmer. Wir gingen hinein. Nachdem er in jedem mehrere Kerzen angezündet hatte, wünschte er mir gute Nacht und ging fort. In einer Weile wurde von einem anderen Wein, Brot und kalter Braten gebracht, worauf mir von ihm, wie von seinem Vorgänger, gute Nacht geboten wurde. Ich erkannte hieraus und aus der völligen Einrichtung der Zimmer, daß ich nun allein bleiben würde, und ging daher an die Türen und schloß mich ab.

Hierauf aß ich und musterte dabei meine Wohnung. Das erste Zimmer, in welchem die Speisen auf einen großen Tisch gestellt wurden, war sehr geräumig. Die Kerzen strahlten hell und beleuchteten alles. Die Geräte waren anders, als sie bei uns gebräuchlich sind. In der Mitte stand eine lange Tafel, an deren einem Ende ich aß. Um die Tafel waren Bänke von Eichenholz gestellt, nicht eigentlich wohnlich aussehend, sondern wie zu Sitzungen bestimmt. Sonst war nur noch hie und da ein Stuhl zu sehen. An den Wänden hingen Waffen aus verschiedenen Zeiten der Geschichte. Sie mochten einst der ungarischen angehören. Es waren noch viele Bogen und Pfeile darunter. Außer den Waffen hingen auch Kleider da, ungari-

sche, die man aus früheren Zeiten aufgehoben hatte, und dann jene schlotternden seidenen, die entweder Türken oder gar Tartaren angehört haben mochten.

Als ich mit meinem Nachtmahle fertig war, ging ich in die zwei Nebenzimmer, die auf diesen Saal folgten. Sie waren kleiner und, wie ich gleich bei dem ersten Blicke, da ich eingeführt wurde, bemerkt hatte, wohnlicher eingerichtet als der Saal. Es waren Stühle, Tische, Schränke, Waschgeräte, Schreibzeug und alles da, was ein einsamer Wanderer in seiner Wohnung nur immer wünschen kann. Selbst Bücher lagen auf dem Nachttische, und sie waren sämtlich in deutscher Sprache. In jedem der zwei Zimmer stand ein Bett, aber statt der Decke war auf ein jedes das weite volkstümliche Kleidungsstück gebreitet, welches sie Bunda heißen. Es ist dies gewöhnlich ein Mantel aus Fellen, wobei die rauhe Seite nach innen, die glatte weiße nach außen gekehrt ist. Letztere hat häufig allerlei farbiges Riemzeug und ist mit aufgenähten farbigen Zeichnungen von Leder verziert.

Ehe ich mich schlafen legte, ging ich noch, wie es immer an fremden Orten meine Gewohnheit ist, an das Fenster, um zu schauen, wie es draußen aussähe. Es war nicht viel zu sehen. Das aber erkannte ich im Mondlichte, daß die Landschaft nicht deutsch sei. Wie eine andere, nur riesengroße Bunda lag der dunkle Fleck des Waldes oder Gartens unten auf die Steppe gebreitet – draußen schillerte das Grau der Haide – dann waren allerlei Streifen, ich wußte nicht, waren es Gegenstände dieser Erde oder Schichten von Wolken.

Nachdem ich meine Augen eine Weile über diese Dinge hatte gehen lassen, wendete ich mich wieder ab, schloß die Fenster, entkleidete mich, ging zu dem nächstbesten Bette und legte mich nieder.

Als ich das weiche Pelzwerk der Bunda über meine ermüdeten Glieder zog, und als ich schon fast die

Augen zutat, dachte ich noch: So bin ich nun begierig, was ich in dieser Wohnung Freundliches oder Häßliches erleben werde.

Dann entschlummerte ich, und alles war tot, was schon in meinem Leben gewesen ist, und was ich sehnlichst wünschte, daß noch in dasselbe eintreten möchte.

2

STEPPENHAUS

Wie lange ich geschlafen habe, weiß ich nicht, aber daß es nicht fest und gut war, das wußte ich. Es mußte die allzu große Müdigkeit daran schuld sein. Die ganze Nacht ging ich auf dem Vesuv herum, und sah den Major bald in einem Pilgeranzuge in Pompeji sitzen, bald im Fracke zwischen den Schlacken stehen und Steine suchen. In meinen Morgentraum tönte Pferdegewieher und Hundegebell, dann schlief ich einige Zeit fest, und als ich erwachte, war heller Tag in dem Zimmer, und ich sah hinaus in den Saal, in dem die Waffen und Kleider von der Sonne beschienen hingen. Unten erbrauste der dunkle Park von dem Lärmen der Vögel, und als ich aufgestanden und an eines der Fenster getreten war, funkelte die Haide draußen in einem Netze von Sonnenstrahlen. Da ich noch kaum angekleidet war, klopfte es an meine Tür, ich öffnete, und es trat mein Reisefreund herein. Ich war immer die Tage her begierig gewesen, wie er aussehen möge, und er sah nicht anders aus, als er eben aussehen konnte, nämlich so zu der ganzen Umgebung stimmend, daß es schien, ich hätte ihn immer so gesehen. Auf der Oberlippe hatte er den gebräuchlichen Bart, der die Augen noch funkelnder machte,

das Haupt deckte ein breiter, runder Hut, und von den Lenden fiel das weite, weiße Beinkleid hinab. Es war ganz natürlich, daß er so sein mußte, ich konnte plötzlich nicht mehr denken, wie ihm der Frack stehe, seine Tracht schien mir so reizend, daß mir mein deutscher Flaus, der bestaubt und herabgeschunden auf einer Bank unter dem verschossenen Seidenkleide eines Tartaren lag, fast erbärmlich vorkam. Sein Rock war kürzer, als sie gewöhnlich in Deutschland sind, stand aber sehr gut zu dem Ganzen. Mein Freund schien zwar gealtert; denn seine Haare mischten sich mit Grau, und sein Antlitz war voll von jenen feinen und kurzen Linien, die bei wohlgebildeten Menschen, die sich lange erhalten, doch endlich die wachsende Zahl der Jahre anzeigen; aber er erschien mir so angenehm und einnehmend wie immer.

Er grüßte mich sehr freundlich, sehr herzlich, ja fast innig – und als wir eine halbe Stunde geplaudert hatten, waren wir schon wieder so bekannt wie zuvor. Es schien, als hätten wir uns seit unserer italienischen Reise gar nicht getrennt. Da ich mich ankleidete und dazu bemerkte, daß ein Koffer mit meinen andern Sachen ankommen werde, schlug er vor, ich möchte bis dahin, oder wenn ich wollte, in der Zeit meines ganzen Hierseins ungarische Kleider anziehen. Ich ging in die Sache ein, und die nötigen Bestandstücke waren bald herbeigeschafft, wobei er bemerkte, daß er in den nächsten Tagen schon für Abwechslung sorgen werde. Wie wir nun so in den Hof hinunter kamen zu den mit uns gleich gekleideten Knechten, und wie diese aus den finstern Schnurrbärten und den buschigen Augenbraunen so beifällig auf uns blickten und uns die Pferde zu einem Morgenritte zuführten, war etwas so Edles und Beruhigendes in dem Schauspiele, daß ich mich innerlichst recht davon erquickt fühlte.

Wir ritten, von der großen, sanften Dogge begleitet, in den Besitzungen des Majors herum. Er zeigte mir alles und gab gelegentlich Befehle und Lobsprüche. Der Park, durch den wir zuerst ritten, war eine freundliche Wildnis, sehr gut gehegt, rein gehalten und von Wegen durchschnitten. Als wir hinaus auf die Felder kamen, wogten sie im dunkelsten Grün. Nur in England habe ich ein gleiches gesehen; aber dort, schien es mir, war es zarter und weichlicher, während dieses hier kräftiger und sonnedurchdrungener erschien. Wir ritten hinter dem Parke sacht bergan, und an dem Kamme dieser sanften Höhe, die gegen die Haide ging, zogen sich die Weinpflanzungen dahin. Überall war ein dunkles, breites Blatt, die Pflanzungen nahmen einen großen Strich ein, an allen Stellen waren Pfirsichbäume eingestreut, und von den gehörigen Orten blickten, wie in Maroshely, die weißen, leuchtenden Punkte der Wächterhäuschen herüber. Auf die Haide gekommen, sahen wir seine Rinder, eine große, zerstreute, fast unübersehbare Herde. Eine Stunde Reitens führte uns dann zu den Gestüten und Schäfereien. Da wir über die Haide kamen, zeigte er auf einen schmalen, schwarzen Streifen, der sehr weit im Westen das hingehende Grau der Steppe schnitt, und sagte: »Das sind die Weinberge von Maroshely, von wo Ihr gestern die Pferde hattet.«

Den Rückweg nahmen wir auf einer andern Seite, und hier zeigte er mir seine Gärten, seine Obstanlagen und seine Glashäuser. Ehe wir dazu kamen, ritten wir an einem sehr unansehnlichen Landstriche vorbei, auf dem bedeutend viele Menschen beschäftigt waren. Auf meine Frage sagte er, dies seien Bettler, Herumstreicher, selbst Gesindel, die er durch pünktliche Bezahlung gewonnen habe, daß sie ihm arbeiten. Sie trocknen eben einen sumpfigen Strich und legen eine Straße an.

Zu Mittage, da wir nach Hause gekommen waren, aßen wir mit allen Knechten und Mägden in einer Art Vorhalle, oder vielmehr unter einem ungeheuren Vordache, an dem ein riesiger Nußbaum stand. An dem hölzernen Brunnengerüste musizierten eben durchziehende Zigeuner. – Es war zu Tische auch ein Fremder gekommen, ein Jüngling in frühesten Jahren. Er fiel mir durch seine außerordentliche Schönheit auf. Er hatte Briefe aus der Nachbarschaft gebracht und war nach dem Essen wieder fortgeritten. Von dem Major war er sehr achtungsvoll, fast zärtlich behandelt worden.

Den heißen Nachmittag verbrachten wir in den kühlen Zimmern. Abends zeigte mir mein Gastfreund das Abendrot der Haide. Wir ritten eigens zu dem Zwecke hinaus, nachdem er mir geraten hatte, so wie er, gegen die Fieberluft der Ebene einen Pelz umzutun, wenn ihn auch die noch warme Luft entbehrlich zu machen scheint. Wir warteten, da wir hinaus gekommen waren, an dem von ihm angegebenen Punkte, bis die Sonne untergegangen war. Und in der Tat, es war ein prachtvoller Anblick, der nun folgte: auf der ganzen schwarzen Scheibe der Haide war die Riesenglocke des brennend gelben, flammenden Himmels gestellt, so sehr in die Augen wogend und sie beherrschend, daß jedes Ding der Erde schwarz und fremd wird. Ein Grashalm der Haide steht wie ein Balken gegen die Glut, ein gelegentlich vorüber gehendes Tier zeichnet ein schwarzes Ungeheuer auf den Goldgrund, und arme Wacholder- und Schlehenbüsche malen ferne Dome und Paläste. Im Osten fängt dann nach wenigen Augenblicken das feuchte, kalte Blau der Nacht heraufzusteigen an und schneidet mit trübem und undurchsichtigem Dunste den eigentlichen Glanz der Kuppel des Himmels.

Die Erscheinung dauert vorzüglich in den Juni-

tagen, wo die Sonne hoch steht, sehr lange. Als wir
schon zu Hause waren, als wir schon das Abendmahl
eingenommen und einige Zeit mit einander verplau-
dert hatten, als ich dann in meinem Schlafzimmer
war, an dem Fenster stand und bereits fast die Mitter-
nacht herankam, stand noch ein trüb gelbes Stück-
chen Licht im Westen, während schon im blauen
Osten die rote Scheibe des Halbmondes glühte.

Ich nahm mir an diesem Abende vor, morgen oder
übermorgen, oder wenn sich immer in den nächstfol-
genden Tagen eine Gelegenheit ergäbe, den Major
um das Ziel zu fragen, von dem er mir geschrieben
hatte, daß er es endlich gefunden habe, und daß es
ihn auf immerwährende Zeiten an die Heimat binde.

Des andern Morgens weckte er mich vor Sonnen-
aufgang und fragte, ob ich den Tag für mich zubrin-
gen, oder ob ich ihn mit ihm teilen wolle. Beides stehe
mir auch in der Zukunft frei. Wenn ich an den Ge-
schäften und Bestrebungen des Hauses teilnehmen
wollte, so dürfe ich nur an dem Tage, an dem ich
solches im Sinne habe, beim Klange der Hofglocke,
die jeden Morgen geläutet werde, aufstehen und
mich zu dem gemeinschaftlichen Frühmahle einfin-
den. Hätte ich aber an einem Tage abgesonderte Plä-
ne, so seien schon seine Leute, falls er selber nicht da
wäre, angewiesen, mir mit Pferden, mit Begleitung
oder mit anderm Nötigen an der Hand zu sein. Lieb
wäre es ihm, wenn ich ihn von solchen Dingen, vor-
züglich, wenn sie weitere Entfernungen von Hause
beträfen, immer vorher in Kenntnis setzte, damit er
mich vor Umwegen, Schwierigkeiten und vielleicht
auch vor kleinen Gefahren, die eintreten könnten,
bewahre. Ich war ihm für seine Bereitwilligkeit dank-
bar und erklärte, daß ich heute und morgen und
überhaupt so lange, bis es mir anders einfiele, seine
Zeit teilen wolle.

Ich stand daher auf, kleidete mich an und begab mich unter das Vordach zu dem Frühmahle. Die Leute waren schon fast fertig und trennten sich, um zu ihren verschiedenen Arbeiten zu gehen. Der Major hatte meiner geharrt, und wartete, bis ich mit der Einnahme meines Frühstückes fertig war. Dann wurden die gesattelten Pferde vorgeführt. Ich fragte nicht, was er tun werde, sondern folgte ihm, wohin er ritt.

Wir ritten heute nicht mehr so im allgemeinen herum, daß er mir überhaupt seine Besitzungen und Beschäftigungen zeige, sondern er sagte, er wolle das, was der heutige Tag von ihm fordere, tun, und ich möge ihm zusehen, falls es mir nicht lange Weile mache.

Wir kamen zu gedehntem Wiesenlande, auf dem Heu gemacht wurde. Der schöne ungarische Braune, den der Major ritt, trug ihn tanzend auf dem schönen, weichen, geschorenen Rasengrün hin. Er stieg ab, während ein Knecht das Pferd hielt, und besah an verschiedenen Schobern das Heu. Es wurde von dem Knechte bemerkt, daß es auf den Nachmittag zum Einführen bestimmt sei. Der Major ordnete, so lange die Wiese geschoren sei, das Schlagen mehrerer Gräben an, damit überflüssiges Wasser abgehe, und an andern Stellen, damit es gesammelt werde. Von der Wiese schlug er den Weg zu den Gewächshäusern ein, die nicht, wie es sonst gewöhnlich ist, in der Nähe des Wohnhauses waren, sondern auf einem geeigneten Platze, wo ein sanfter Erdhang seine Dachung gegen Aufgang und Mittag zeigte. Es war an diesen Häusern ein kleiner, reiner Stall angebracht, wohin der Major und seine Begleitung, wenn zufällig eine da war, ihre Pferde tun konnten; denn es war nicht selten der Fall, daß er sich hier lange aufhalten mußte, und wenn Besuch da war, der die Gewächsanlagen besehen wollte, geschah es wohl auch, daß mehrere Stunden dar-

über hingingen. Wir taten unsere Pferde gesattelt in den Stall, und er ging zuerst daran, mehrere Gewächsstücke und Pflanzen, die auf Begehren zu Versendungen geordnet wurden, zu besichtigen, dann ging er in die Gärtnerstube, wo Schreibereien lagen, und brachte ziemlich lange Zeit an dem Tische bei denselben zu. Ich sah indessen die Dinge um mich an, von denen ich aber gerade so viel und so wenig verstand, als ein unaufhörlich Reisender, welcher unzählige Gewächshäuser besah, verstehen kann. Als ich aber später in seinem Bücherzimmer die Werke und Abbildungen über diesen Zweig ein wenig durchging, erkannte ich, wie wenig ich eigentlich von dem Kerne dieser Sache wußte.

»Wenn man von diesen reizenden Dingen«, sagte der Major zu einer andern Zeit einmal, »die so gerne vom Hundertsten ins Tausendste führen, wirklich Früchte haben soll, so muß man sie vom Grunde aus betreiben und die andern, die darin arbeiten, bedeutend zu übertreffen suchen.«

Von der Gärtnerstube herauskommend, sah er eine Weile mehreren Weibern zu, die mit Abstauben und Reinigen der grünen Kamelienblätter beschäftiget waren. Diese Pflanze war damals noch selten und teuer. Er untersuchte auch die gereinigten und machte seine Bemerkungen. Von da kamen wir an den vielen reinen, weißen Sandbeeten der Glashäuser vorüber, in denen die ganz jungen Pflänzchen standen, dann an all den Blumen und Gewächsen, deren Zucht er sich zur Aufgabe gemacht hatte. An dem entgegengesetzten Ausgange der Anlagen warteten unsere Pferde, die ein Gärtnerbursche indessen hinten herum geführt hatte. Hier waren die Stellen zur Bereitung und Mischung der Erden, die von Eseln in Körben aus verschiedenen Gegenden und oft von weit entfernten Nadelwaldungen das ganze Jahr hindurch herbeige-

bracht werden. Selbst zum Brennen der Erde waren bestimmte Orte, und in der Nähe war das Eichenholz aufgeschichtet, das im Winter zur Erwärmung dient.

Da, wie ich schon gestern bemerkt hatte, von den Gewächsanlagen nicht weit auf die Haide war, so ritten wir nun auf dieselbe hinaus. Der gute Lauf unserer schlanken Pferde trug uns bald so weit auf die einförmige, morgenduftige Ebene hinaus, daß wir das Schloß und den Park nur mehr als einen dunklen Fleck in der Ferne liegen sahen. Hier stießen wir zu seinen Hirten. Einige Stangen, so mager, daß von ihnen als Schutzwerken gar keine Rede sein kann, bildeten eine Hütte, oder vielleicht gar nur ein Zeichen, welches in der Steppe leicht gesehen und gefunden werden kann. Unter diesen Stangen brannte oder glimmte vielmehr ein Feuer, das von den zähen Ästen oder den Wurzeln der Wacholder- und Schlehen- und anderer Krüppelsträuche unterhalten wurde. Hier bereiteten die Hirten, die um elf Uhr schon Mittag hielten, ihr Mahl. Braune Gestalten, deren Pelze auf der Erde umher lagen, standen in schmutzig weißen Beinkleidern und Hemdärmeln um den Major herum und antworteten auf seine Fragen. Andere, da sie seine Ankunft auf der weithin gedehnten Fläche wahrgenommen hatten, jagten auf kleinen, unscheinbaren Rossen herbei, die weder Sattel noch Decke und statt Zügel und Halfter oft nur einen Strick hatten. Sie stiegen ab, hielten ihre Tiere an der Hand und umringten den Major, der ebenfalls abgestiegen war und sein Pferd zu halten gab. Sie sprachen nicht bloß von ihrer Beschäftigung mit ihm, sondern auch von andern Dingen, und er kannte sie fast alle mit Namen. Er war so leutselig mit ihnen, als wäre er einer aus ihrer Mitte, und dies, wie ich glaubte, erweckte eine Art Begeisterung unter den Menschen. Wie bei uns in den Bergen, so waren auch hier die Tiere den ganzen

Sommer über im Freien. Es waren jene weißen, lang-gehörnten Rinder, welche in dem Lande vorkommen und sich von den Kräutern der Steppe nähren, die eine Würze und einen Blumengeruch haben, die wir Alpenländler ihnen kaum zutrauen sollten. Bei diesen Tieren bleiben die Menschen, die ihnen zugegeben sind, ebenfalls im Freien, und haben oft gar nichts über sich als den Himmel und die Sterne der Haide, oft nur, wie wir eben gesehen hatten, einige Stangen oder eine gegrabene Hütte von Erde. Sie standen vor dem Major, dem Grundherrn, wie sie ihn hier hießen, und hörten seinen Anordnungen zu. Als er wieder aufstieg, hielt ihm einer, der blitzende Augen aus dem Schwarz seines Gesichtes und seiner Braunen heraus-zeigte, das Pferd, während sich ein anderer mit langen Haaren und dichtem Schnurrbarte bückte und ihm die Steigbügel hielt.

»Lebt wohl, Kinder«, sagte er beim Fortreiten, »ich werde euch bald wieder besuchen, und wenn die Nachbarn herüber kommen, werden wir einen Nach-mittag auf der Haide liegen und bei euch essen.«

Er hatte diese Worte auf ungarisch gesagt und sie mir auf meine Bitte verdeutscht.

Im Fortreiten sagte er zu mir: »Wenn es Euch er-götzt, diese Haidewirtschaft einmal im einzelnen ge-nau anzuschauen, und Ihr etwa einmal allein heraus-kommen wolltet, um mit diesen Leuten gleichsam zu leben, müßt Ihr auf die Hunde achten, die sie haben. Sie sind nicht immer so zahm und geduldig, wie Ihr sie heute gesehen habt, sondern sie würden Euch strenge mitfahren. Ihr müßt es mir vorher sagen, daß ich Euch hingeleite, oder wenn ich nicht kann, daß ich Euch einen bekannten Hirten mitgebe, der Euch füh-re, und den die Hunde lieben.«

Ich hatte in der Tat, da wir bei dem Hirtenfeuer waren, die ungemein großen, schlanken, zottigen

Hunde bewundert, derlei ich auf meiner ganzen Wanderung nicht angetroffen habe, und die so sittsam neben und unter uns am Feuer herum saßen, als verstünden sie etwas von der Verhandlung und nähmen daran teil.

Wir wendeten uns, da wir fort ritten, dem Schlosse wieder zu, da bereits die Zeit zum Mittagessen heran rückte. Als wir, so wie gestern, in der Nähe der Strekke vorüberkamen, auf der die Leute arbeiteten, um den Sumpf zu trocknen und die Grundrisse einer Straße zu ziehen, sagte er, indem er auf ein Weizenfeld zeigte, an dem wir ziemlich nahe vorbeiritten und auf welchem die Frucht außerordentlich schön stand: »Diese guten Schollen, wenn sie ihre Schuldigkeit tun, müssen uns das Geld herbeischaffen, daß wir auch an andern Stellen etwas verrichten können. Die Leute arbeiten da drüben in der Öde das ganze Jahr. Sie haben ihren Taglohn und kochen gleich neben ihren Geschäften im Freien. Zum Schlafen gehen sie in jene hölzernen Hütten, die Ihr seht. Im Winter, wenn sich Eis bildet, gehen wir den tiefern Stellen zu, denen wir jetzt wegen zu großer Weiche des Bodens nicht ankönnen, und füllen Gerölle der Haide und Steine, die wir von den Weinpflanzungen nehmen, hinein.«

Wirklich erblickte ich, da ich auf die eigentümliche Anlage hinüberschaute, die hölzernen Hütten, von denen er gesprochen hatte, und sah an verschiedenen Stellen des Haiderückens schwachen Rauch aufgehen, der die kunstlosen Herde anzeigen mochte, auf denen die Leute ihr Mittagessen kochten.

Als wir in den Park einritten, umsprungen von den großen und kleinen Doggen, läutete in dem Herrenhause eben die Glocke, die uns und die anderen Leute zum Mahle rief.

Ich fragte an dem Abende dieses Tages meinen Reisefreund nicht um sein Ziel, wie ich mir tags vor-

her beim Schlafengehen so fest vorgenommen hatte.

Der Nachmittag verging, wie gewöhnlich, zu Hause, nur daß der Major gegen fünf Uhr auf dem gebahnten Wege mit der Pappelallee, auf dem ich in der Nacht gekommen war, ich weiß nicht wohin fuhr, während ich die Bücher musterte, die er mir in immer größerer Anzahl aus seinem Bücherzimmer auf meine Stube bringen ließ.

Des folgenden Tages hatte der Major viel zu schreiben, und ich brachte schier den ganzen Tag damit zu, seine Pferde, die er zu Hause hatte, zu besehen und mit seinen Leuten Bekanntschaft zu machen.

An dem Tage, der nachher folgte, war ich mit ihm in der Schäferei, die zwei Stunden Reitens entfernt ist, und in welcher wir den ganzen Tag zubrachten. Er hat einige Leute dort, die bedeutende Bildung verraten und mit ihm in das Wesen der Sache, die sie lieben, einzugehen scheinen. Hier sah ich auch, daß alle Zweige seiner Tätigkeit ihre eigene Geldverwaltung haben, indem er den Schäfereien eine Summe vorstreckte, die aus einem andern Bereiche genommen war. Die Sache wurde sehr genau und richtig in die Papiere aufgenommen und verbrieft. Die Anlagen sind sehr weitschichtig und die Zuchten nach ihrem Bedürfnis geordnet.

Ein anderes Mal sah ich die Gestüte, und wir waren auf der Weide, auf welcher seine Füllen und die jüngeren Pferde gewöhnlichen Schlages unter Hirten stehen, wie anderswo die Rinder.

Auf diese Weise lernte ich nach und nach den ganzen Kreis seiner Tätigkeit kennen, welcher wahrhaftig nicht geringfügig war. Ich wunderte mich, daß er diesen Sachen eine solche Aufmerksamkeit und Umsicht zuwendete, da ich ihn doch früher mehr als träumend und in Wissenschaften herum dichtend und forschend gekannt habe.

»Ich glaube«, sagte er einmal, »daß man es so mit dem Boden eines Landes beginnen müsse. Unsere Verfassung, unsere Geschichte ist sehr alt, aber noch vieles ist zu tun; wir sind in ihr, gleichsam wie eine Blume in einem Gedenkbuche, aufgehoben worden. Dieses weite Land ist ein größeres Kleinod, als man denken mag, aber es muß noch immer mehr gefaßt werden. Die ganze Welt kommt in ein Ringen, sich nutzbar zu machen, und wir müssen mit. Welcher Blüte und Schönheit ist vorerst noch der Körper dieses Landes fähig, und beide müssen hervorgezogen werden. Ihr müßt es ja gesehen haben, da Ihr zu mir kamt. Diese Haiden sind der feinste schwarze Ackergrund, in diesen Anhöhen voll glitzernden Gesteins bis zu jenen blauen Bergen hin, die Ihr im Norden sehet, schläft der feurige Fluß des Weines, und dämmert von Erde umflort der Glanzblick des Metalles. Zwei sehr edle Ströme ziehen durch unser Land, über ihnen ist, so zu sagen, die Luft noch tot und harret, daß unzählige bunte Wimpel in ihr flattern. Vielerlei Volk ist in dem Lande, manches ist ein Kind, dem man vormachen muß, was es beginnen soll. Seit ich in der Mitte meiner Leute lebe, über die ich eigentlich mehr Recht habe, als Ihr Euch denket, seit ich mit ihnen in ihrer Kleidung gehe, ihre Sitten teile und mir ihre Achtung erworben habe, ist es mir eigentlich, als hätte ich dieses und jenes Glück errungen, das ich sonst immer in der einen oder der andern Entfernung gesucht habe.«

Ich fragte den Mann nun gar nicht mehr um sein Ziel, dessen er in seinem Briefe an mich erwähnt hatte.

Vorzugsweise waren es die Getreidearten, denen er seine Aufmerksamkeit zugewendet hatte. Und sie standen aber auch in einer Fülle und Schönheit, daß ich schon neugierig war, wenn sich diese Ähren der Reife zuwenden und wenn wir sie heimführen würden.

Die Einsamkeit und Kraft dieser Beschäftigungen erinnerte mich häufig an die alten starken Römer, die den Landbau auch so sehr geliebt hatten, und die wenigstens in ihrer früheren Zeit auch gerne einsam und kräftig waren.

Wie schön und ursprünglich, dachte ich, ist die Bestimmung des Landmannes, wenn er sie versteht und veredelt. In ihrer Einfalt und Mannigfaltigkeit, in dem ersten Zusammenleben mit der Natur, die leidenschaftlos ist, grenzt sie zunächst an die Sage von dem Paradiese.

Da ich einmal längere Zeit auf der Besitzung des Majors war, da ich die Teile derselben übersah und verstehen lernte, da die Dinge vor mir wuchsen und ich an dem Gedeihen derselben Anteil nahm: hatte mich das gleichförmig sanfte Abfließen dieser Tage und Geschäfte so eingesponnen, daß ich mich wohl und ebenmäßig angeregt fühlte und auf unsere Städte vergaß, gleichsam als wäre das ein Kleines, was in ihnen bewegt wird.

Da wir wieder einmal unter den Pferden gewesen waren, die auf der Haide sind, und da sich zu den Hirten derselben auch die gesellt hatten, die das Geschäft der Rinder über sich haben, so daß zufällig eine größere Menge dieser Menschen auf der Haide beisammen und bei uns waren, sagte der Major im Nachhausefahren zu mir – denn dieses Mal hatte er ein schönes Haidegespann mit Riemengeschirr vor einem Wagen gespannt, der mit großer Spurweite sicher auf dem Grase der Haide dahinrollte: »Diese würde ich sogar zum Blutvergießen führen können, sobald ich mich nur an ihre Spitze stellte. Sie sind mir unbedingt zugetan. Auch die andern, die Knechte und die Arbeiter, die ich zu Hause habe, würden sich eher ihre Glieder zerschlagen lassen, ehe einer zugäbe, daß mir ein Haar gekrümmt würde. Wenn ich nun die dazu rech-

ne, die mir wegen dem Verhältnisse der Grundherr-
lichkeit untertan sind, und die mir, wie ich bei vielen
Gelegenheiten erfahren konnte, vom Grunde des Her-
zens zugetan sind, so würde ich, wie ich glaube, eine
ziemlich große Zahl von Menschen zusammenbrin-
gen, die mich lieben. – – Seht nur, und ich bin erst zu
ihnen gekommen, als mein Haupt schon grau gewor-
den war, und als ich viele Jahre auf sie vergessen hatte.
Wie müßte es sein, so Hunderttausende zu leiten und
sie zum Guten zu führen; denn meistens, wenn sie
vertrauen, sind sie wie Kinder und folgen zum Guten
wie zum Bösen.«

»Einmal«, fuhr er nach einer Weile fort, »habe ich
geglaubt, ich werde ein Künstler oder Gelehrter wer-
den. Ich habe aber eingesehen, daß diese ein tiefes,
ernstes Wort zu der Menschheit sagen müssen, das sie
begeistert und edler und größer macht – oder daß we-
nigstens der Gelehrte Dinge zu Tage schaffe und er-
finde, welche die Menschen in dem irdischen Gute, in
den Mitteln fördern und weiterbringen. In beiden Fäl-
len aber ist es notwendig, daß ein solcher Mann zuerst
selber ein einfaches und großes Herz habe. Aber da ich
dies nicht besitze, so ließ ich alles wieder fahren, und
es ist nun vorbei.«

Mir war es, da er diese Worte sagte, als ginge ein
sanfter Schatten über sein Auge, und als blicke es in
diesem Augenblicke noch immer mit jener Schwärme-
rei in die Luft hinaus, wie einstens, wenn wir manch-
mal müßig auf dem Epomeo saßen, ein ganzes Meer
von Himmelsbläue um uns feierte, unten die See
glänzte und er von allerlei Wünschen und Träumen
junger Herzen redete. Darum kam mir auch plötzlich
der Gedanke, ob etwa das Glück, von dem er mir sagte,
daß er es gefunden habe, doch noch nicht ganz da sei.

Das war das einzige Mal gewesen, daß er seit unse-
rer Bekanntschaft auf seine Vergangenheit angespielt

hatte, vorher in unserem ganzen Umgange nie. Ich habe auch nie gefragt, so wie ich später nicht fragte. Wer viel reiset, lernt schon die Menschen schonen und läßt sie in dem inneren Haushalte ihres Lebens gewähren, der sich nicht aufschließt, wenn es nicht freiwillig ist. Ich war nun schon ziemlich lange auf Uwar, und war gerne da, weil ich an den Beschäftigungen des Ortes mit Aufmerksamkeit, und öfter auch mit wirklicher Tätigkeit Anteil nahm, und weil ich zu andern Zeiten an dem Tagebuche meiner Reisen und Erfahrungen weiter schrieb: aber das glaubte ich zu erkennen, daß in dem reinen, beschäftigten Leben des Majors irgendein Bodensatz liege, der es nicht zur völligen Abklärung kommen ließ, und mir war, als sei doch irgendeine Art Trauer da, die sich natürlich bei einem Manne nur durch Ruhe und Ernst ausdrückt.

Sonst war er in seinem Leben und in seinem Umgange mit mir sehr einfach, und von einer Zurückhaltung oder Verstellung war nicht im geringsten die Rede. So stand auf dem Tische seines Schreibzimmers, in das ich sehr oft kam, und an dem wir an heißen Nachmittagen oder abends bei der Kerze, wenn wir noch nicht schlafen gingen, von verschiedenen Dingen plauderten, ein Bild – es war in schönem Goldrahmen das verkleinerte Bild eines Mädchens von vielleicht zwanzig – zweiundzwanzig Jahren – aber sonderbar war es, wie auch der Maler die Sache verschleiert haben mochte, es war nicht das Bild eines schönen, sondern eines häßlichen Mädchens – die dunkle Farbe des Angesichtes und der Bau der Stirne waren seltsam, aber es lag etwas wie Stärke und Kraft darinnen, und der Blick war wild, wie bei einem entschlossenen Wesen. Daß dieses Mädchen etwa in seinem früheren Leben eine Rolle gespielt habe, wurde mir klar, und mir fiel der Gedanke ein, warum sich denn dieser Mensch nicht vermählt habe, so wie mir dieser Gedan-

ke auch schon bei unserer italienischen Bekanntschaft
gekommen war; aber nach meinen Grundsätzen hatte
ich damals nicht gefragt, und fragte auch jetzt nicht.
Er durfte freilich das Bild ruhig auf dem Tische ste-
hen lassen; denn es kam niemand von seinen Leuten in
das Schreibgemach, sondern sie mußten im Vorzim-
mer, wo ein Glöcklein beim Eintritte läutete, stehen
bleiben, wenn ihm einer etwas zu sagen hatte. Auch
von seinen Bekannten und von Besuchenden kam nie-
mand in das Zimmer, da er sie immer in seiner ande-
ren Wohnung empfing. Es war also schon ein Grad
Vertraulichkeit, daß ich da hinein durfte und alles be-
sehen konnte, was da stand und lag. Diese Vertraulich-
keit mochte ich wohl dem Umstande zu verdanken
haben, daß ich nie forschte und grübelte.

Mittlerweile war die Ernte gekommen, und nie wer-
de ich jener heitern, vergnüglichen Zeit vergessen.

Der Major mußte unterdessen auch einige Male
kleine Reisen in die Nachbarschaft machen und lud
mich dazu ein. In keinem Lande sind die Entfernun-
gen zwischen den bewohnten Punkten oft so groß wie
hier, aber mit den schnellen Rossen legt man sie rei-
tend, oder mit den leichten Wägen über die Haide
fahrend, in verhältnismäßig kurzer Zeit zurück. Ein-
mal hatte der Major das enganliegende ungarische
Volkskleid an, er war in großem Schmucke, mit dem
Säbel an der Seite. Es stand ihm sehr wohl. Er hielt in
einer Versammlung seiner Gespanschaft über ge-
meinsame Angelegenheiten eine ungarische Rede. Da
es von jeher meine Gewohnheit war, in jedem Lande,
in das ich kam, schnell so viel von der Sprache zu
lernen, als mir nur immer möglich war, so hatte ich
auch bereits von den Leuten des Majors und allen, die
mich umgaben, etwas Ungarisch gelernt, daher ver-
stand ich manches von der Rede, die bei einem Teile
heftige Bewunderung, bei dem andern heftigen Ta-

del hervor rief; im Nachhausefahren übersetzte er sie mir vollständig ins Deutsche. Nachmittag bei Tische sah ich ihn in jenem Tage im Fracke, wie einstens in Italien, so wie die meisten der Anwesenden ihre Volkskleidung abgelegt hatten und in dem gemeinschaftlichen europäischen Fracke waren.

Auch zu anderen Besuchen, die er in der Nachbarschaft machte, hatte ich ihn begleitet. Hier erfuhr ich nun, daß vier solcher Sitze bestehen, wie der Major einen hatte. Man hatte vor einigen Jahren einen Bund geschlossen, den Landbau und die Hervorrufung der ursprünglichen Erzeugnisse dadurch zu heben, daß man dies zuerst in dem besten Maßstabe auf den eigenen Besitzungen tue, und so den andern mit einem Beispiele vorangehe, namentlich wenn sie sehen, daß Wohlhabenheit und besseres Leben sich aus dem Dinge entwickle. Der Bund hatte auch seine Gesetze, und die Beigetretenen hielten landwirtschaftliche Versammlungen. Außer diesen vier großen Musterhöfen, die eigentlich bis jetzt nur die einzigen Mitglieder des Bundes waren, hatten schon einige kleinere Besitzer angefangen, das Verfahren ihrer größeren Nachbarn nachzuahmen, ohne daß sie deswegen eigentlich Glieder des Bundes waren. Zur Sitzung, aber nur als Zuhörer oder gelegentlich als Ratfrager, durften alle Landwirte und andere Menschen kommen, wenn sie sich nur vorher angemeldet hatten. Und sie nahmen nicht sparsam Teil, wie ich aus einer Versammlung abnahm, die vier Stunden Reitens von Uwar entfernt bei dem Mitgliede Gömör abgehalten wurde, wo von Mitgliedern nur der Major und Gömör, aber von Zuhörern eine ziemliche Menge war.

Ich bin nach der Hand noch zweimal ganz allein bei Gömör gewesen und habe das letzte Mal sogar mehrere Tage bei ihm zugebracht.

Da die Ernte sich zu ihrem Ende neigte und die

Arbeiten etwas weniger wurden, sagte der Major eines Tages zu mir: »Weil wir jetzt ein wenig Muße bekommen werden, werden wir in der nächsten Woche zu meiner Nachbarin Brigitta Maroshely hinüber reiten und ihr einen Besuch machen. Sie werden in meiner Nachbarin Maroshely das herrlichste Weib auf dieser Erde kennenlernen.«

Zwei Tage nach diesem Ausspruche stellte er mir Brigittas Sohn vor, der zufällig herüber gekommen war. Es war dies derselbe junge Mann, der am ersten Tage meines Aufenthaltes in Uwar mit uns zu Mittag gespeist hatte und der mir wegen seiner außerordentlichen Schönheit damals aufgefallen war. Er blieb schier den ganzen Tag bei uns und war mit uns auf verschiedenen Punkten der Besitzungen. Er war, wie ich schon das erste Mal bemerkte, in den frühesten Jahren des Jünglings, kaum bei dem Übergang vom Knaben zum Jünglinge, und er gefiel mir sehr wohl. Sein dunkles, sanftes Auge sprach so schön zu mir, und wenn er zu Pferde saß, so kraftvoll und so demütig, neigte sich mein ganzes Wesen zu ihm. Ich hatte einen Freund, der so war, und in den frühesten Jahren seiner Jugend in das kalte Grab mußte. Gustav, so hieß der Sohn Brigittas, erinnerte mich lebhaft an ihn.

Seit der Major den Ausspruch über Brigitta getan hatte, und seit ich ihren Sohn kannte, war ich sehr neugierig, sie nun auch persönlich zu sehen.

Über die Vergangenheit meines Gastfreundes, des Majors, hatte ich ein weniges von Gömör, als ich bei ihm war, erfahren. Gömör ist, wie mancher seiner Freunde, die ich bei ihm kennen gelernt hatte, von offener, freundlicher Zunge und sagte mir unaufgefordert, was er wußte. Der Major sei nicht in der Gegend geboren. Er stamme von einer sehr reichen Familie. Er sei seit seiner Jugend fast immer auf Reisen gewesen, man wisse eigentlich nicht recht, wo, so wie

man auch nicht wisse, in welchen Diensten er sich den Majorsrang verdient habe. Auf seiner Besitzung Uwar ist er in seinem ganzen früheren Leben nicht gewesen. Vor einigen Jahren kam er, machte sich in Uwar ansässig und schloß sich dem Bunde der Landwirtschaftsfreunde an. Damals waren nur erst zwei Glieder des Bundes: er, Gömör, selber und Brigitta Maroshely. Eigentlich war es kein Bund; denn die Zusammenkünfte und die Gesetze kamen erst später auf, sondern die zwei Nachbarn, er und Brigitta, haben einstimmig die bessere Bewirtschaftung ihrer Güter in dieser öden Gegend begonnen. Im Grunde sei es Brigitta gewesen, welche den Anfang gemacht habe. Weil sie eher unschön als angenehm zu nennen sei, so habe sie ihr Gatte, ein junger, leichtsinniger Mensch, dem sie in ihren jüngeren Jahren angetraut worden war, verlassen und sei nicht wieder gekommen. Damals erschien sie mit ihrem Kinde auf ihrem Sitze Maroshely, habe wie ein Mann umzuändern und zu wirtschaften begonnen und sei bis jetzt noch gekleidet und reite wie ein Mann. Sie halte ihre Dienerschaft zusammen, sei tätig und wirtschafte vom Morgen bis in die Nacht. Man könne hier sehen, was unausgesetzte Arbeit vermöge; denn sie habe auf dem Steinfelde fast Wunder gewirkt. Er sei, als er sie kennen gelernt habe, ihr Nachahmer geworden und habe ihre Art und Weise auf seiner Besitzung eingeführt. Bis jetzt habe er es nicht bereut. Der Major sei anfangs, da er sich in Uwar niedergelassen hatte, mehrere Jahre nicht zu ihr hinübergekommen. Dann sei sie einmal todkrank geworden: da sei er zu ihr über die Haide geritten und habe sie gesund gemacht. Von der Zeit an kam er dann immer zu ihr. Die Leute sagten damals, er habe die Heilkräfte des Magnetismus angewendet, deren er teilhaftig sei, aber niemand weiß eigentlich in der Sache etwas Rechtes zu sagen. Es hat sich ein ungewöhnlich

inniges und freundschaftliches Band entwickelt – der höchsten Freundschaft sei das Weib auch würdig – aber ob die Leidenschaft, die der Major zu der häßlichen und bereits auch alternden Brigitta gefaßt habe, natürlich sei, das sei eine andere Frage – und Leidenschaft sei es ganz gewiß, das erkenne ein jeder, der hinüberkomme. Der Major würde gewiß Brigitta heiraten, wenn er könnte – er gräme sich offenbar tief, daß er es nicht könne; aber weil man von ihrem angetrauten Manne nichts wisse, so könne kein Totenschein und kein Trennungsschein herbeigebracht werden. Es spreche diese Tatsache recht sehr zu Gunsten Brigittas und verurteile ihren Gemahl, der einst so leichtsinnig von ihr gegangen sei, während nun ein so ernster Mann sich sehne, sie zu besitzen.

Diese Dinge hatte mir Gömör über den Major und Brigitta gesagt, und ich kam noch ein paar Male mit Gustav, ihrem Sohne, bei Gelegenheit eines Besuches, den wir bei Nachbarn machten, zusammen, ehe der Tag erschien, der bestimmt war, daß wir zu seiner Mutter hinüberreiten sollten.

Am Vorabende dieses Tages, da schon das tausendstimmige Zirpen der abendlichen Haidegrillen in meine schlaftrunkenen Ohren fiel, dachte ich noch an sie. Dann träumte mir allerlei von ihr, vorzüglich kam ich von dem Traume nicht los, daß ich auf der Haide vor der seltsamen Reiterin stehe, die mir damals die Pferde mitgegeben hatte, daß sie mich mit schönen Augen banne, daß ich immer stehen müsse, daß ich keinen Fuß heben könne, und daß ich alle Tage meines Lebens nicht mehr von dem Flecke der Haide wegzukommen vermöge. Dann schlief ich fest ein, erwachte des andern Tages frisch und gestärkt, die Pferde wurden vorgeführt, und ich freute mich, nun die auch von Angesicht zu Angesicht zu sehen, die heute so vielfach im Traume bei mir gewesen war.

3

STEPPENVERGANGENHEIT

Ehe ich entwickle, wie wir nach Maroshely geritten sind, wie ich Brigitta kennen gelernt habe, und wie ich noch recht oft auf ihrem Gute gewesen bin, ist es nötig, daß ich einen Teil ihres früheren Lebens erzähle, ohne den das Folgende nicht verständlich wäre. Wie ich zu so tiefgehender Kenntnis der Zustände, die hier geschildert werden, gelangen konnte, wird sich aus meinen Verhältnissen zu dem Major und zu Brigitta ergeben und am Ende dieser Geschichte von selbst klar werden, ohne daß ich nötig hätte, vor der Zeit zu enthüllen, was ich auch nicht vor der Zeit, sondern durch die natürliche Entwicklung der Dinge erfuhr.

Es liegt im menschlichen Geschlechte das wundervolle Ding der Schönheit. Wir alle sind gezogen von der Süßigkeit der Erscheinung, und können nicht immer sagen, wo das Holde liegt. Es ist im Weltall, es ist in einem Auge, dann ist es wieder nicht in Zügen, die nach jeder Regel der Verständigen gebildet sind. Oft wird die Schönheit nicht gesehen, weil sie in der Wüste ist, oder weil das rechte Auge nicht gekommen ist – oft wird sie angebetet und vergöttert, und ist nicht da: aber fehlen darf sie nirgends, wo ein Herz in Inbrunst und Entzücken schlägt, oder wo zwei Seelen an einander glühen; denn sonst steht das Herz stille, und die Liebe der Seelen ist tot. Aus welchem Boden aber diese Blume bricht, ist in tausend Fällen tausendmal anders; wenn sie aber da ist, darf man ihr jede Stelle des Keimens nehmen, und sie bricht doch an einer andern hervor, wo man es gar nicht geahnet hatte. Es ist nur dem Menschen eigen, und adelt nur den Menschen, daß er vor ihr kniet – und alles, was sich in dem Leben lohnt und preiset, gießt sie allein in das zittern-

de, beseligte Herz. Es ist traurig für einen, der sie nicht hat oder nicht kennt, oder an dem sie kein fremdes Auge finden kann. Selbst das Herz der Mutter wendet sich von dem Kinde ab, wenn sie nicht mehr, ob auch nur einen einzigen Schimmer dieses Strahles an ihm zu entdecken vermag.

So war es mit dem Kinde Brigitta geschehen. Als es geboren ward, zeigte es sich nicht als der schöne Engel, als der das Kind gewöhnlich der Mutter erscheint. Später lag es in dem schönen goldenen Prunkbettchen in den schneeweißen Linnen mit einem nicht angenehm verdüsterten Gesichtchen, gleichsam als hätte es ein Dämon angehaucht. Die Mutter wandte, von sich selber unbemerkt, das Auge ab und heftete es auf zwei kleine, schöne Engel, die auf dem reichen Teppiche des Bodens spielten. Wenn fremde Leute kamen, tadelten sie das Kind nicht, lobten es nicht, und fragten nach den Schwestern. So wurde es immer größer. Der Vater ging öfter durch das Zimmer nach seinen Geschäften, und wenn die Mutter wohl manchmal gleichsam aus verzweiflungsvoller Brünstigkeit die andern Kinder herzte, sah sie nicht das starre, schwarze Auge Brigittas, das sich hinheftete, als verstünde das winzige Kind schon die Kränkung. Wenn sie weinte, half man ihrem Bedürfnisse ab; weinte sie nicht, ließ man sie ruhig liegen, alle hatten für sich zu tun, und sie richtete die großen Augen auf die Vergoldung des Bettchens, oder auf die Schnörkel der Wandtapeten. Da die Glieder stark geworden waren und ihre Wohnung nicht mehr in dem engen Bettchen bestand, saß sie in einem Winkel, spielte mit Steinchen und sagte Laute, die sie von niemandem gehört hatte. Als sie in ihren Spielen vorrückte und behender ward, verdrehte sie oft die großen, wilden Augen, wie Knaben tun, die innerlich bereits dunkle Taten spielen. Auf die Schwestern schlug sie, wenn

sie sich in ihre Spiele einmischen wollten – und wenn jetzt die Mutter in einer Anwandlung verspäteter Liebe und Barmherzigkeit das kleine Wesen in die Arme schloß und mit Tränen benetzte, so zeigte dasselbe keineswegs Freude, sondern weinte und wand sich aus den umfassenden Händen. Die Mutter aber wurde dadurch noch mehr zugleich liebend und erbittert, weil sie nicht wußte, daß die kleinen Würzlein, als sie einst den warmen Boden der Mutterliebe suchten und nicht fanden, in den Fels des eigenen Herzens schlagen mußten und da trotzen.

So ward die Wüste immer größer.

Als die Kinder empor wuchsen und schöne Kleider ins Haus kamen, waren jene Brigittas immer recht, die der Schwestern wurden mannigfach geändert, bis sie paßten. Die andern bekamen Verhaltungsregeln und Lob, sie nicht einmal Tadel, wenn sie auch ihr Kleidchen beschmutzt oder zerdrückt hatte. Da das Lernen kam und die Stunden des Vormittags ausgefüllt waren, saß sie unten an und starrte mit dem einzigen Schönen, das sie hatte, mit den in der Tat schönen, düstern Augen auf die Ecke des fernen Buches oder der Landkarte; und wenn der Lehrer eine seltene, rasche Frage an sie tat, erschrak sie und wußte keine Antwort. Aber an langen Abenden, oder sonst, wenn man im Gesellschaftszimmer saß und sie nicht vermißte, lag sie auf der Erde über durcheinander geworfenen Büchern oder über Bildern und zerrissenen Karten, die die andern nicht mehr brauchten. Sie mochte eine phantastische, verstümmelte Welt in ihr Herz hineinbrüten. Sie hatte von den Büchern ihres Vaters, da der Schlüssel immer stak, beinahe die Hälfte gelesen, ohne daß man es ahnte. Darunter waren die meisten, die sie nicht verstehen konnte. In der Wohnung fand man oft Papiere, auf denen seltsame, wilde Dinge gezeichnet waren, die von ihr sein mußten.

Als die Mädchen in das Jungfrauenalter getreten waren, stand sie wie eine fremde Pflanze unter ihnen. Die Schwestern waren weich und schön geworden, sie bloß schlank und stark. In ihrem Körper war fast Manneskraft, was sich dadurch erwies, daß sie eine Schwester, wenn sie ihr Tändeleien sagen oder sie liebkosen wollte, mit dem schlanken Arme bloß ruhig weg bog, oder daß sie, wie sie gerne tat, Hand an knechtliche Arbeit legte, bis ihr die Tropfen auf der Stirne standen. Musik machen lernte sie nicht, aber sie ritt gut und kühn wie ein Mann, lag oft mit dem schönsten Kleide auf dem Rasen des Gartens und tat halbe Reden und Ausrufungen in das Laub der Büsche. Nun kam es auch, daß der Vater begann, ihr Ermahnungen über ihr störriges und stummes Wesen zu geben. Dann, wenn sie auch eben redete, hörte sie plötzlich auf, wurde noch stummer und noch störriger. Es half nichts, daß ihr die Mutter Zeichen gab und zur Kundgebung ihres Unmutes in bittrer Ratlosigkeit die Hände rang. Das Mädchen redete nicht. Als sich der Vater einmal so weit vergaß, daß er sie, die Erwachsene, weil sie durchaus nicht in das Gesellschaftszimmer gehen wollte, körperlich strafte, sah sie ihn bloß mit den heißen, trockenen Augen an, und ging doch nicht hinüber, er hätte ihr tun können, was er wollte.

Wenn nur einer gewesen wäre, für die verhüllte Seele ein Auge zu haben und ihre Schönheit zu sehen, daß sie sich nicht verachte. – Aber es war keiner: die andern konnten es nicht, und sie konnte es auch nicht.

Ihr Vater lebte in der Hauptstadt, wie es überhaupt seine Gewohnheit war, und gab sich einem glänzenden Wohlleben hin. Als seine Mädchen herangewachsen waren, verbreitete sich der Ruf ihrer Schönheit durch das Land, viele kamen herbei, sie zu sehen, und die Versammlungen und Gesellschaften in dem Hause wurden noch zahlreicher und belebter, als sie es

bisher gewesen waren. Manches Herz schlug heftig und trachtete nach dem Besitze der Kleinode, welche dieses Haus beherbergte – aber die Kleinode achteten nicht darauf, oder sie waren noch zu jung, solche Huldigungen zu verstehen. Desto mehr gaben sie sich den Vergnügungen hin, die solche Gesellschaften mit sich führten, und ein Putzkleid oder die Anordnung eines Festes konnte sie Tage lang auf das ergreifendste und innigste beschäftigen. Brigitta, als die jüngste, wurde nicht gefragt, als verstünde sie die Sache nicht. Sie war manchmal in den Versammlungen gegenwärtig, und dann trug sie immer ein weites, schwarzseidenes Kleid, das sie sich selber zusammen gemacht hatte – oder sie mied dieselben, saß indessen auf ihrem Zimmer, und man wußte nicht, was sie dort tat.

So gingen ein paar Jahre hin.

Gegen Ende derselben erschien ein Mann in der Hauptstadt, der in den verschiedenen Kreisen derselben Aufsehen erregte. Er hieß Stephan Murai. Sein Vater hatte ihn auf dem Lande auferzogen, um ihn für das Leben vorzubereiten. Als seine Erziehung vollendet war, mußte er zuerst Reisen machen, und dann sollte er die gewählte Gesellschaft seines Vaterlandes kennen lernen. Dies war die Ursache, daß er in die Hauptstadt kam. Hier wurde er bald der fast einzige Gegenstand der Gespräche. Einige rühmten seinen Verstand, andere sein Benehmen und seine Bescheidenheit, wieder andere sagten, daß sie nie etwas so Schönes gesehen hätten als diesen Mann. Mehrere behaupteten, er sei ein Genie, und wie es an Verleumdungen und Nachreden auch nicht fehlte, sagten manche, daß er etwas Wildes und Scheues an sich habe, und daß man es ihm ansehe, daß er in dem Walde auferzogen worden sei. Einige meinten auch, er besitze Stolz, und wenn es darauf ankomme, gewiß auch Falschheit. Manches Mädchenherz war im min-

desten doch neugierig, ihn einmal erblicken zu können. Brigittas Vater kannte die Familie des neuen Ankömmlings sehr gut, er war in früheren Jahren, da er noch Ausflüge machte, öfter auf ihre Besitzungen gekommen, und war nur später, da er immer in der Hauptstadt lebte, und sie nie, mit ihr außer Berührung geraten. Da er sich um den Stand der Güter, der einst ein vortrefflicher gewesen war, erkundigte, und erfuhr, daß derselbe jetzt noch bedeutend besser sei und bei der einfachen Lebensweise der Familie sich noch immer verbessere: dachte er, wenn der Mann sonst auch noch in seinem Wesen nach seinem Sinne wäre, so könnte er einen erwünschten Bräutigam für eine seiner Töchter abgeben. Da aber dasselbe mehrere Väter und Mütter dachten, so beeilte sich Brigittas Vater, ihnen den Vorsprung abzugewinnen. Er lud den jungen Mann in sein Haus, dieser sagte zu, und war schon mehrere Male in einer Abendgesellschaft desselben gewesen. Brigitta hatte ihn nicht gesehen, weil sie gerade in jener Zeit schon seit länger her nicht in das Gesellschaftszimmer gekommen war.

Einmal ging sie zu ihrem Oheime, der eine Art Fest veranstaltete und sie dazu geladen hatte. Sie war auch schon in früheren Zeiten manchmal nicht ungern zu der Familie des Oheims gegangen. An jenem Abende saß sie in ihrem gewöhnlichen schwarzseidenen Kleide da. Um das Haupt hatte sie einen Kopfputz, den sie selber gemacht hatte, und den ihre Schwestern häßlich nannten. Wenigstens war es in der ganzen Stadt nicht Sitte, einen solchen zu tragen, aber er stand zu ihrer dunklen Farbe sehr gut.

Es waren viele Menschen zugegen, und da sie einmal durch eine Gruppe derselben hindurch blickte, sah sie zwei dunkle, sanfte Jünglingsaugen auf sie geheftet. Sie blickte gleich wieder weg. Da sie später noch einmal hinschaute, sah sie, daß die Augen wie-

der gegen sie gerichtet gewesen seien. Es war Stephan Murai, der sie angeblickt hatte.

Ungefähr acht Tage darnach wurde bei ihrem Vater getanzt. Murai war auch geladen, und kam, da schon die meisten zugegen waren und der Tanz bereits begonnen hatte. Er schaute zu, und da man sich zum zweiten Tanze zusammengestellt hatte, ging er gegen Brigitta hin und bat sie mit bescheidener Stimme um einen Tanz. Sie sagte, daß sie nie tanzen gelernt habe. Er verbeugte sich und mischte sich wieder unter die Zuschauer. Später sah man ihn tanzen. Brigitta setzte sich hinter einem Tische auf ein Sofa und sah dem Treiben zu. Murai sprach mit verschiedenen Mädchen, tanzte und scherzte mit ihnen. Er war an diesem Abende besonders lieb und verbindlich gewesen. Endlich war die Unterhaltung aus, man zerstreute sich nach allen Richtungen, um seine Behausung zu suchen. Als Brigitta in ihr Schlafgemach gekommen war, das sie mit vielen Bitten und Trotzen ihren Eltern abgerungen hatte, daß sie es allein bewohnen durfte, und als sie sich dort entkleidete, schoß sie im Vorbeistreifen einen Blick in den Spiegel, und sah die braune Stirne durch denselben gleiten, und die rabenschwarze Locke, die sich um die Stirne schlang. Dann ging sie, da sie weder beim Anziehen noch beim Ausziehen ein Dienstmädchen um sich litt, gegen ihr Bett, deckte es selber ab, schlug die schneeweißen Linnen von ihrem Lager, das sie sich immer sehr hart machen ließ, zurück, legte sich darauf, tat den schlanken Arm unter ihr Haupt und schaute mit den schlaflosen Augen gegen die Decke des Zimmers.

Als nun in der Folge öfters Gesellschaften waren und Brigitta denselben beiwohnte, wurde sie wieder von Murai bemerkt, sie wurde von ihm sehr ehrfurchtsvoll gegrüßt, und wenn sie ging, brachte er ihr das Tuch, und wenn sie fort war, hörte man auch

gleich darauf seinen Wagen unten rollen, der ihn nach Hause führte.

Dies dauerte längere Zeit.

Einmal war sie wieder bei dem Oheime, und da sie wegen der großen Hitze, die in dem Saale herrschte, auf den Balkon, dessen Türen immer offen standen, hinausgetreten war und dichte Nacht um sie lag: vernahm sie seinen Tritt zu ihr, und sah dann auch in der Dunkelheit, daß er sich neben sie stellte. Er sprach nichts als gewöhnliche Dinge, aber wenn man auf seine Stimme horchte, so war es, als sei etwas Furchtsames in derselben. Er lobte die Nacht, und sagte, daß man ihr unrecht tue, wenn man sie schelte, da sie doch so schön und milde sei; sie allein umhülle, sänftige und beruhige das Herz. Dann schwieg er, und sie schwieg auch. Als sie wieder in das Zimmer getreten war, ging er auch hinein, und stand lange an einem Fenster.

Da Brigitta in dieser Nacht zu Hause angelangt war, da sie sich in ihr Zimmer begeben hatte und den Putzflitter Stück um Stück von dem Leibe nahm, trat sie im Nachtgewande vor den Spiegel und sah lange, lange hinein. Es kamen ihr Tränen in die Augen, die nicht versiegten, sondern mehreren Platz machten, die hervordrangen und herabbrannten. Es waren die ersten Seelentränen in ihrem ganzen Leben gewesen. Sie weinte immer mehr und immer heftiger, es war, als müßte sie das ganze versäumte Leben nachholen, und als müßte ihr um vieles leichter werden, wenn sie das Herz herausgeweint hätte. Sie war in die Knie gesunken, wie sie es öfters zu tun gewohnt war, und saß auf ihren eigenen Füßen. Auf dem Boden neben ihr lag zufällig ein Bildchen, es war ein Kinderbildchen, auf dem dargestellt war, wie sich ein Bruder für den andern opfere. Dieses Bildchen drückte sie an ihre Lippen, daß es zerknittert und naß wurde.

Da endlich die Quellen nachgelassen hatten und die Kerzen herabgebrannt waren, saß sie noch auf der Erde vor dem Spiegeltische, gleichsam wie ein ausgeweintes Kind, und sann. Es lagen die Hände in dem Schoße, die Schleifen und Krausen des Nachtgewandes waren feucht und hingen ohne Schönheit um den keuschen Busen. Sie ward stiller und unbeweglicher. Endlich schöpfte sie ein paar Mal frischen Atem, fuhr mit der flachen Hand über die Augenwimpern und ging zu Bette. Als sie lag und die Nachtlampe, die sie nach ausgelöschten Kerzen hinter einen kleinen Schirm gestellt hatte, düster brannte, sagte sie noch die Worte: »Es ist ja nicht möglich, es ist ja nicht möglich!«

Dann entschlummerte sie.

Als sie in der Zukunft wieder mit Murai zusammen kam, war es wie früher: er zeichnete sie nur noch mehr aus, aber sonst war sein Benehmen scheu, fast zaghaft. Er redete beinahe nichts mit ihr. Sie selber tat ihm keinen einzigen, auch nicht den kleinsten Schritt entgegen.

Als sich nach einiger Zeit wieder einmal eine Gelegenheit ergab, mit ihr allein zu sprechen, deren manche früher schon ungenützt vorübergegangen waren, nahm er sich den Mut, er redete sie an und sagte, daß ihm erscheine, daß sie ihm abgeneigt sei – und wenn dies so wäre, so habe er die einzige Bitte, sie möchte ihn doch kennenlernen, vielleicht sei er doch ihrer Aufmerksamkeit nicht ganz unwert, vielleicht habe er Eigenschaften, oder könne sich dieselben erwerben, die ihm ihre Hochachtung gewännen, wenn auch nichts, das er noch heiliger wünschte.

»Nicht abgeneigt, Murai,« antwortete sie, »o nein, nicht abgeneigt; aber ich habe auch eine Bitte an Sie: tun Sie es nicht, tun Sie es nicht, werben Sie nicht um mich, Sie würden es bereuen.«

»Warum denn, Brigitta, warum denn?« »Weil ich«, antwortete sie leise, »keine andere Liebe fordern kann als die allerhöchste. Ich weiß, daß ich häßlich bin, darum würde ich eine höhere Liebe fordern als das schönste Mädchen dieser Erde. Ich weiß es nicht, wie hoch, aber mir ist, als sollte sie ohne Maß und Ende sein. Sehn Sie – da nun dies unmöglich ist, so werben Sie nicht um mich. Sie sind der einzige, der darnach fragte, ob ich auch ein Herz habe, gegen Sie kann ich nicht falsch sein.«

Sie hätte vielleicht noch mehr gesagt, wenn nicht Leute herzugekommen wären; aber ihre Lippe bebte vor Schmerz.

Daß Murais Herz durch diese Worte nicht beschwichtigt, sondern nur noch mehr entflammt wurde, begreift sich. Wie einen Engel des Lichtes verehrte er sie, er blieb zurückgezogen, sein Auge ging an den größten Schönheiten, die ihn umringten, vorüber, das ihre mit sanfter Bitte zu suchen. So war es unabänderlich fort. Auch an ihr begann nun die dunkle Macht und die Größe des Gefühles in der verarmten Seele zu zittern. An beiden erschien es offen. Die Umgebungen begannen das Unglaubliche zu ahnen, und man erstaunte unverhohlen. Murai legte seine Seele entschieden vor dem Angesichte aller Welt dar. Eines Tages, in einem einsamen Zimmer, da die Musik, zu deren Anhörung man zusammengekommen war, von ferne her erscholl, da er vor ihr stand und nichts redete, da er ihre Hand faßte, sie sanft gegen sich ziehend, widerstand sie nicht, und da er sein Angesicht immer mehr gegen sie neigte und sie seine Lippen plötzlich auf den ihrigen empfand, drückte sie süß entgegen. Sie hatte noch nie einen Kuß gefühlt, da sie selbst von ihrer Mutter und ihren Schwestern nie geküßt worden war – und Murai hat nach vielen Jahren einmal gesagt, daß er nie mehr eine solche reine Freude erlebt habe

als damals, da er zum ersten Male diese vereinsamten, unberührten Lippen auf seinem Munde empfand.

Der Vorhang zwischen den beiden war nun zerrissen, und das Schicksal ging seine Wege. In wenigen Tagen war Brigitta die erklärte Braut des gefeierten Mannes, die Eltern beider Teile hatten eingewilligt. Es wurde nun ein freundlicher Umgang. Aus dem tiefen Herzen des bisher unbekannten Mädchens ging ein warmes Dasein hervor, anfangs unscheinbar und unbedeutend, dann in reicher, heiterer Entwickelung. Der Instinkt, der den Mann an dieses Weib gezogen, hatte ihn nicht getäuscht. Sie war stark und keusch, wie kein anderes Weib. Weil sie ihr Herz nicht durch Liebesgedanken und Liebesbilder vor der Zeit entkräftet hatte, wehte der Odem eines ungeschwächten Lebens in seine Seele. Auch ihr Umgang war reizend. Weil sie stets allein gewesen war, hatte sie auch allein ihre Welt gebaut, und er wurde in ein neues, merkwürdiges, nur ihr angehörendes Reich eingeführt. Wie sich dann ihr Wesen vor ihm entfaltete, erkannte er zu allem dem noch ihr inniges und heißes Lieben, das wie ein goldner Strom in vollen Ufern quoll, in vollen, aber auch in einsamen; denn wie das Herz der andern Menschen zwischen eine halbe Welt geteilt ist, war das ihre beisammen geblieben, und da es nur ein einziger erkannt hat, war es nun auch Eigentum dieses einzigen. Er lebte so in Freude und Gehobenheit die Tage des Brautstandes durch. Es ging die Zeit mit rosenfarbnen Flügeln, und in ihr das Geschick mit seinen dunkeln Schwingen.

Der Vermählungstag war endlich gekommen. Murai hatte seine schweigende Braut, da die heilige Handlung vorüber war, auf der Schwelle der Kirche in die Arme geschlossen, sie dann in seinen Wagen gehoben und in seine Wohnung geführt, die er, da die jungen Leute beschlossen hatten, in der Stadt zu

bleiben, aus dem Reichtum seines Vaters, der ihm alles Ersparte zur Verfügung stellte, auf das schönste und glänzendste hatte einrichten lassen. Murais Vater war zur Vermählung von seinem Landsitze, den er zum bleibenden Aufenthaltsorte gewählt hatte, hereingekommen. Seine Mutter konnte leider die Freude nicht teilen; denn sie war schon längst gestorben. Von Seite der Braut waren Vater und Mutter, dann die Schwestern, der Oheim und mehrere nahe Verwandte zugegen. Murai, so wie Brigittas Vater, hatte gewollt, daß der Tag öffentlich und mit großem Glanze gefeiert werde, und so war er auch vorübergegangen.

Als sich endlich die letzten Gäste entfernt hatten, führte Murai seine Gattin durch eine Reihe beleuchteter Zimmer, da sie sich bisher immer mit einem hatte begnügen müssen, bis in das Wohngemach zurück. Dort saßen sie noch, und er sagte die Worte: »Wie gut und herrlich ist alles abgegangen, und wie schön hat es sich erfüllt. Brigitta! Ich habe dich erkannt. Da ich dich das erste Mal sah, wußte ich schon, daß mir dieses Weib nicht gleichgültig bleiben werde; aber ich erkannte noch nicht, werde ich dich unendlich lieben oder unendlich hassen müssen. Wie glücklich ist es gekommen, daß es die Liebe ward!«

Brigitta sagte nichts, sie hielt ihn an der Hand und ließ die glänzenden Augen in sanfter Ruhe durch das Zimmer blicken.

Dann befahlen sie, daß die Reste des Festes weggeräumt würden, daß die Menge der überflüssigen Lichter ausgetan und die Festgemächer eine gewöhnliche Wohnung würden. Dies geschah; die Diener begaben sich in ihre Zimmer, und auf die neue Wohnung und auf die neue Familie, die aus zweien bestand und erst einige Stunden alt war, senkte sich die erste Nacht hernieder.

Von nun an lebten sie in ihrer Wohnung fort. So

wie sie, da sie sich kennen gelernt hatten, nur in Gesellschaften zusammengetroffen waren, und so wie sie im Brautstande nur immer öffentlich erschienen waren, so blieben sie nun immer zu Hause. Sie dachten nicht, daß etwas Äußerliches zu ihrem Glücke erforderlich sei. Obgleich die Wohnung im allgemeinen mit allem versehen war, was ihr nur immer not tat, so blieb doch im einzelnen noch so vieles zu verbessern und zu verschönern übrig. Sie klügelten dieses heraus, sie überlegten, was man dort und da noch anbringen könnte, gingen einander mit Rat und Tat an die Hand, daß sich der Raum immer mehr und mehr und reiner ordnete und die Eintretenden mit klarer Wohnlichkeit und einfacher Schönheit empfing.

Über Jahresfrist gebar sie ihm einen Sohn, und dieses neue Wunder hielt sie wieder und noch mehr zu Hause. Brigitta pflegte ihr Kind, Murai versah seine Geschäfte; denn der Vater hatte ihm einen Teil der Güter abgetreten, und diese verwaltete er von der Stadt aus. Dies machte manche Umwege nötig und häufte manche Dinge, die sonst zu entraten gewesen wären.

Als der Knabe so weit entwickelt war, daß unmittelbare Pflege nicht gar so sehr mehr not tat, als Murai seine Geschäfte schon geordnet und in einen gleichen Gang gebracht hatte, fing er an, seine Gattin häufiger auf öffentliche Plätze, in Gesellschaften, auf Spaziergänge, in das Schauspiel zu führen, als er es sonst zu tun gewohnt war. Hiebei bemerkte sie, daß er sie vor Leuten noch zarter und noch aufmerksamer behandle als selber zu Hause.

Sie dachte: ›Jetzt weiß er, was mir fehlt‹, und hielt das erstickende Herz an sich. Im nächsten Frühling nahm er sie und sein Kind auf eine Reise mit, und da sie gegen den Herbst zurück kamen, schlug er vor, lieber für beständig auf dem Lande, auf einem seiner

Güter zu wohnen; denn auf dem Lande sei es doch viel schöner und viel annehmlicher als in der Stadt. Brigitta folgte ihm auf das Landgut.

Hier fing er an zu wirtschaften und umzuändern, und den Rest der Zeit, der ihm übrig war, zum Jagen zu verwenden. Und hier führte ihm das Schicksal ein ganz anderes Weib entgegen, als er es immer zu sehen gewohnt war. Auf einer der einsamen Jagden, die er jetzt häufig tat, wo er nämlich mit seiner Büchse allein durch die Gegend ging oder ritt, hatte er sie erblickt. Als er einmal sein Pferd langsam durch einen Weidebruch ein wenig abwärts leitete, hatte er plötzlich durch das dichte Gebüsch her zwei Augen gegenüber, erschrocken und schön, wie die einer fremdländischen Gazelle, und neben den grünen Blättern hatte das süßeste Morgenrot der Wangen geglüht. Es war nur ein Augenblick; denn ehe er recht hinsehen konnte, hatte das Wesen, das ebenfalls zu Pferde war und in dem Gebüsche stand, das Pferd gewendet und flog über die Ebene zwischen den leichten Büschen davon.

Es war Gabriele gewesen, die Tochter eines greisen Grafen, der in der Nachbarschaft wohnte, ein wildes Geschöpf, das ihr Vater auf dem Lande erzog, wo er ihr alle und jede Freiheit ließ, weil er meinte, daß sie sich nur so am naturgemäßesten entfalte und nicht zu einer Puppe gerate, wie er sie nicht leiden konnte. Die Schönheit dieser Gabriele war schon weithin berühmt geworden, nur zu Murais Ohren war der Ruf noch nicht gedrungen, weil er bisher nie auf diesem seinem Landgute gewesen war und in letzter Zeit sich auf seiner großen Reise befunden hatte.

Nach mehreren Tagen trafen die beiden schier auf derselben Stelle wieder zusammen, und dann öfter und öfter. Sie fragten nicht, wer und woher sie seien, sondern das Mädchen, gleichsam ein Abgrund von

Unbefangenheit, scherzte, lachte, neckte ihn, und trieb ihn meistens zu kühnen, übermütigen Wettreiten an, wo sie wie ein himmlisches, tolles, glühendes Rätsel neben ihm herflog. Er scherzte mit und ließ sie meistens siegen. Eines Tages aber, als sie, vor Erschöpfung atemlos, nur durch wiederholtes Haschen nach seinem Zügel andeuten konnte, daß sie wolle, daß er halten solle, und als sie beim Herabheben vom Pferde schmachtend geflüstert hatte, sie sei besiegt – damals, nachdem er ihren Steigbügelriemen, an dem etwas gebrochen war, wieder hergestellt hatte und sie nun verglühend an einem Baumstamme stehen sah – riß er sie plötzlich an sich, preßte sie an sein Herz, und ehe er sehen konnte, ob sie zürne oder frohlocke, sprang er auf sein Pferd und jagte davon. – Es war Übermut gewesen, aber ein Taumel unbeschreiblichen Entzükkens war in jenem Augenblicke in ihm, und vor seiner Seele, wie er heimritt, hing das Bild der sanften Wange, des süßen Atems und der spiegelnden Augen.

Sie hatten sich von da an nicht mehr gesucht, aber da sie sich einmal zufällig auf einen Augenblick in dem Saale eines Nachbars sahen, wurden beider Wangen von einem tiefen Scharlache übergossen.

Murai ging dann auf eine seiner ferneren Besitzungen und änderte dort alle Verhältnisse um, die er vorfand.

Brigittas Herz aber war zu Ende. Es war ein Weltball von Scham in ihrem Busen empor gewachsen, wie sie so schwieg und wie eine schattende Wolke in den Räumen des Hauses herum ging. Aber endlich nahm sie das aufgequollne, schreiende Herz gleichsam in ihre Hand, und zerdrückte es.

Als er von seinen Umänderungen auf dem entfernten Landgute zurück kam, ging sie in sein Zimmer und trug ihm mit sanften Worten die Scheidung an. Da er heftig erschrak, da er sie bat, da er ihr Vor-

stellungen machte, sie aber immer dieselben Worte sagte: »Ich habe es dir gesagt, daß es dich reuen wird, ich habe es dir gesagt, daß es dich reuen wird« – sprang er auf, nahm sie bei der Hand und sagte mit inniger Stimme: »Weib, ich hasse dich unaussprechlich, ich hasse dich unaussprechlich!«

Sie sagte kein Wort, sondern sah ihn bloß mit den trockenen, entzündeten Augen an – aber als er nach drei Tagen seine Reisekoffer gepackt und fortgeschickt hatte – als er nun selber in Reisekleidern gegen Abend fortgeritten war: so lag sie, wie einst, da sie die Dichtungen ihres Herzens den Büschen des Gartens zugerufen hatte, auch jetzt vor Schmerz auf dem Teppiche ihres Zimmerbodens, und so heiße Tropfen rannen aus ihren Augen, als müßten sie ihr Gewand, den Teppich und das Getäfel des Bodens durchbrennen – es waren die letzten, die sie dem noch immer Heißgeliebten nachsandte, dann keine mehr. Er ritt indessen auf der finstern Ebene, und hatte hundertmal im Sinne, sich mit der Sattelpistole das siedende Gehirn zu zerschmettern. Er war bei seinem Ritte, da es noch Tag war, an Gabrielen vorüber gekommen, sie stand auf dem Balkon ihres Schlosses, aber er hatte nicht hinaufgesehen und war weitergeritten.

Nach einem halben Jahre sandte er die Einwilligung zur Scheidung, und trat ihr auch den Knaben ab, war es nun, daß er ihn in ihren Händen besser aufgehoben meinte, war es noch die alte Liebe, die ihr nicht alles rauben wollte, ihr, die nun ganz allein sei, während ihm die weite Welt vor Augen lag. In Bezug auf das Vermögen hatte er für sie und den Knaben am günstigsten gesorgt, wie es nur immer möglich war. Er sandte die Papiere, die diese Sache enthielten, mit. Dies war das erste und letzte Zeichen, das Murai von seinem Dasein gegeben hatte, nachher kam keines mehr, und er erschien auch nicht wieder. Die

Summen, die er brauchte, waren an ein Antwerpner Haus angewiesen. Dies sagte später sein Verwalter, mehr wußte der auch nicht.

Um diese Zeit waren kurz nacheinander Brigittas Vater, ihre Mutter und die beiden Schwestern gestorben. Murais Vater, der ohnedem schon sehr alt war, starb kurze Zeit darnach.

So war Brigitta im strengen Sinne des Wortes ganz allein mit ihrem Kinde.

Sie hatte sehr weit von der Hauptstadt ein Haus auf einer öden Haide, wo sie niemand kannte. Das Gut hieß Maroshely, woher auch der Name der Familie stammte. Nach der Scheidung nahm sie ihren ursprünglichen Namen Maroshely wieder an und begab sich in das Haidehaus, um sich dort zu verbergen.

So wie sie einstens, wenn man ihr wohl aus Mitleiden eine schöne Puppe gegeben hatte, dieselbe nach kurzer Freude wieder wegwarf und schlechte Dinge in ihr Bettchen trug, als Steine, Hölzchen und dergleichen; so nahm sie jetzt auch ihr größtes Gut, das sie hatte, nach Maroshely mit, ihren Sohn, pflegte und hütete ihn, und ihr Auge hing einzig und allein über dem Bettchen desselben.

Wie er größer wurde und sein kleines Auge und sein Herz sich erweiterte, tat es auch das ihre mit; sie begann die Haide um sich zu sehen, und ihr Geist fing an, die Öde rings um sich zu bearbeiten. Sie nahm Männerkleider, stieg wieder, wie einst in ihrer Jugend, zu Pferde und erschien unter ihrem Gesinde. Wie der Knabe sich nur auf einem Pferde halten konnte, war er überall mit, und die tätige, schaffende, heischende Seele seiner Mutter floß allgemach in ihn. Diese Seele griff immer weiter um sich, der Himmel des Erschaffens senkte sich in sie; grüne Hügel schwellten sich, Quellen rannen, Reben flüsterten, und in das öde Steinfeld ward ein kraftvoll weiter-

schreitend Heldenlied gedichtet. Und die Dichtung trug, wie sie tut, auch ihren Segen. Manche ahmten nach, es erhob sich der Verein, Entferntere wurden begeistert, und hie und da auf der öden, blinden Haide schlug sich ein menschlich freies Walten wie ein schönes Auge auf.

Nach fünfzehn Jahren, während welchen Brigitta auf Maroshely hauste, kam der Major, indem er seinen Landsitz Uwar, wo er sonst nie gewesen war, bezog. Von diesem Weibe lernte er, wie er mir selber sagte, Tätigkeit und Wirken – und zu diesem Weibe faßte er jene tiefe und verspätete Neigung, von der wir oben erzählt haben.

Nachdem nun, wie am Eingange des Abschnittes erwähnt wurde, dieser Teil aus Brigittas früherem Leben erzählt ist, gehen wir wieder in der Entwicklung der Zustände weiter, wo wir sie gelassen.

4

STEPPENGEGENWART

Wir ritten nach Maroshely. Brigitta ist wirklich jenes reitende Weib gewesen, das mir die Pferde mitgegeben hatte. Sie erinnerte sich mit freundlichem Lächeln an unsere alte Bekanntschaft. Meine Wangen wurden rot, weil ich auf das Trinkgeld dachte. Es war niemand anderer zum Besuche da als der Major und ich. Er stellte mich als einen Reisebekannten vor, mit dem er einmal viel zusammengewesen sei, und von dem er sich schmeichle, daß er nun von einem Bekannten in einen Freund überzugehen im Begriffe sei. Ich erlebte die Freude – und es war mir wirklich keine unbedeutende – daß sie fast alle Dinge wußte, die sich auf mein früheres Zusammensein mit ihm

bezogen, daß er ihr also viel von mir erzählt haben mußte, daß er noch mit Vorliebe bei jenen Tagen verweile, und daß sie es der Mühe wert hielt, sich diese Sache zu merken.

Sie sagte, sie wolle mich nicht in ihrem Schlosse und in ihren Feldern herumführen, ich werde das gelegentlich sehen, wenn wir spazieren gehen, und wenn ich oft genug von Uwar werde herüber gekommen sein, wozu sie mich höflich einlade.

Dem Major machte sie einen Vorwurf, warum er denn so lange nicht herüber gekommen sei. Er entschuldigte sich mit den vielen Geschäften und hauptsächlich damit, daß er ohne mich nicht herüber reiten wollte, und daß er doch vorher erst sehen wollte, wie sehr oder wie wenig ich zu seiner Freundin passe.

Wir gingen in einen großen Saal, in dem wir ein wenig ausruhten. Der Major zog eine Schreibtafel hervor und fragte sie um mehrere Dinge, die sie klar und einfach beantwortete, und von denen er sich manche aufzeichnete. Auch sie fragte dann um Verschiedenes, was sich auf manchen Nachbar, auf die Geschäfte des Augenblickes, oder auf den künftigen Landtag bezog. Ich sah bei dieser Gelegenheit, mit welch tiefem Ernste sie die Dinge behandelten und welche Aufmerksamkeit der Major auf ihre Meinungen legte. Wo sie in etwas unsicher war, gestand sie ihre Unwissenheit und bat den Major um Berichtigung.

Als wir ausgeruht hatten und der Major die Schreibtafel einsteckte, standen wir auf, um in den Besitzungen einen Spaziergang zu machen. Hier redete man häufig von den Veränderungen, die erst jüngst in ihrem Hause entstanden waren. Wenn sie hiebei auf Dinge seines Hauses kam, war es mir, als läge eine Art Zärtlichkeit darinnen, wie sie sich um dieselben bekümmerte. Sie zeigte ihm den neuen hölzernen Säulengang am Gartengeschosse des Hauses und frag-

te, ob sie Reben hinanziehen solle; an seinen Hoffenstern, meinte sie, ließe sich auch so ein Ding anbringen, wo es sich in der Spätherbstsonne recht angenehm sitze. Sie führte uns in den Park, der vor zehn Jahren ein wüster Eichenwald gewesen war; jetzt gingen Wege durch, flossen eingehegte Quellen und wandelten Rehe. Sie hatte durch unsägliche Ausdauer um den ungeheuren Umfang desselben eine hohe Mauer gegen die Wölfe aufführen lassen. Das Geld hiezu zog sie langsam aus ihrem Viehstande und aus den Maisfeldern, deren Pflege sie sehr emporgebracht hatte. Als die Einhegung fertig war, ging man in einem geschlossenen Jagen Schritt für Schritt durch jede Stelle des Parkes, um zu sehen, ob man nicht etwa einen Wolf zu künftiger Brut mit eingemauert habe. Aber es war keiner zugegen. Dann erst wurden Rehe in die Einhegung gesetzt und für anderes Vorkehrungen gemacht. Die Rehe, schien es, wußten das alles und dankten ihr dafür; denn wenn wir manches bei unserem Gange sahen, war es nicht scheu und blickte mit den dunkeln, glänzenden Augen gegen uns herüber. Brigitta führte ihre Gäste und Freunde recht gerne durch den Park, weil sie ihn liebte. Wir kamen oben auch zur Anlage der Fasanen. Wie wir so durch die Wege gingen und weiße Wolken durch die Eichenwipfel hereinschauten, gewann ich Gelegenheit, Brigitta zu betrachten. Ihre Augen, schien es mir, waren noch schwärzer und glänzender als die der Rehe, und mochten heute besonders hell strahlen, weil der Mann an ihrer Seite ging, der ihr Wirken und Schaffen zu würdigen verstand. Ihre Zähne waren schneeweiß, und der für ihre Jahre noch geschmeidige Wuchs zeugte von unverwüstlicher Kraft. Da sie den Major erwartet hatte, war sie in Frauenkleidern und hatte ihre Geschäfte bei Seite gesetzt, weil sie den Tag für uns widmete.

Unter Gesprächen der verschiedensten Art, von der Zukunft des Landes, von Hebung und Verbesserung des gemeinen Mannes, von Bearbeitung und Benützung des Bodens, von Ordnung und Einschränkung des Donaustromes, von ausgezeichneten Persönlichkeiten der Vaterlandsfreunde, kamen wir durch den größten Teil des Parkes, da sie uns, wie ich schon oben sagte, nicht durch ihre Besitzungen herumführen, sondern uns nur Gesellschaft leisten wollte. Da wir zu dem Hause zurückkehrten, war es Essenszeit. Zum Mahle kam auch Gustav, der Sohn Brigittas, mit ziemlich verbrannten Wangen, ein lieblich schlanker Jüngling, eine Blume von Gesundheit. Er hatte heute an der Stelle der Mutter die Felder besucht und die Arbeiten eingeteilt, und berichtete ihr jetzt manches mit kurzen Worten. Bei Tische saß er horchend und bescheiden unten an; in seinen schönen Augen lag Begeisterung für die Zukunft und unendliche Güte für die Gegenwart. Da auch, wie bei dem Major, das Gesinde mit an dem Tische saß, so bemerkte ich meinen Freund Milosch, der mich zum Zeichen alter Bekanntschaft grüßte.

Der größte Teil des Nachmittages verging mit Besichtigung mehrerer Veränderungen, die dem Major neu waren, mit einer Runde im Garten und mit einem Gange durch den Weinberg.

Gegen Abend nahmen wir Abschied. Da wir unsere Kleider zusammensuchten, machte Brigitta dem Major einen Vorwurf, daß er neulich in der Nachtluft von Gömör weg in leichten Kleidern nach Hause geritten sei – ob er denn nicht wisse, wie tückisch die Tauluft dieser Ebene sei, daß er sich so aussetze?! Er verteidigte sich nicht, und sagte, er werde in Zukunft schon vorsichtiger sein. Ich aber wußte recht gut, daß er damals seine Bunda Gustav aufgenötigt hatte, der ohne eine gekommen war, und dem er vorgelogen

hatte, daß er noch eine andere im Stalle liegen habe. Dieses Mal aber schieden wir mit allem hinlänglich versorgt und verwahrt. Brigitta selbst bekümmerte sich um jedes und ging erst in das Haus zurück, als wir schon in unsern dichten Oberkleidern zu Pferde saßen und der Mond aufging. Sie hatte dem Major noch ein paar Aufträge gegeben und beurlaubte sich dann mit einfacher, edler Freundlichkeit.

Die Gespräche der zwei Menschen waren den ganzen Tag über ruhig und heiter gewesen, aber mir schien es, als zitterte eine heimliche Innigkeit durch, der sich beide schämten Raum zu geben, wahrscheinlich, weil sie sich für zu alt hielten. Auf dem Rückwege aber sagte der Major zu mir, als ich mich einiger wahrhafter, aufrichtiger Lobesworte auf diese Frau nicht enthalten konnte: »Freund! ich bin oft in meinem Leben heiß begehrt worden, ob auch so geliebt, weiß ich nicht; aber die Gesellschaft und die Achtung dieser Frau ist mir ein größeres Glück auf dieser Welt geworden als jedes andere in meinem Leben, das ich für eines gehalten habe.«

Er hatte diese Worte ohne alle Leidenschaft gesagt, aber mit einer solchen Ruhe der Gewißheit, daß ich in meinem Herzen von der Wahrheit derselben vollständig überzeugt war. Mir geschah es in diesem Augenblicke beinahe, was sonst nicht meine Art ist, daß ich den Major um diese Freundschaft und um sein häusliches Wirken beneidete; denn ich hatte damals recht auf der ganzen Welt nichts Festes, um mich daran zu halten, als etwa meinen Wanderstab, den ich wohl in Bewegung setzte, dieses und jenes Land zu sehen, der aber doch nicht recht nachhalten wollte.

Als wir nach Hause kamen, trug mir der Major an, daß ich noch den Sommer und Winter bei ihm zubringen möchte. Er hatte begonnen, mich mit größter Vertraulichkeit zu behandeln und mich tiefer in sein Le-

ben und sein Herz blicken zu lassen, daß ich eine große Liebe und Neigung zu dem Manne faßte. Ich sagte also zu. Und da ich dieses nun einmal getan hätte, sagte er, so wolle er mir auch sogleich einen Geschäftszweig seines Hauses auftragen, den ich ständig besorgen sollte – es würde mich nicht reuen, sagte er, und würde mir gewiß in der Zukunft von Nutzen sein. Ich willigte ebenfalls ein, und in der Tat, es war mir von Nutzen. Daß ich nun einen Hausstand habe, daß ich eine liebe Gattin habe, für die ich wirke, daß ich nun Gut um Gut, Tat um Tat in unsern Kreis hereinziehe, verdanke ich dem Major. Als ich einmal ein Teil jenes einträchtigen Wirkens war, das er entfaltete, wollte ich doch die Sache so gut machen, als ich konnte, und da ich mich übte, machte ich sie immer besser, ich war nütze und achtete mich – und da ich die Süßigkeit des Schaffens kennen lernte, erkannte ich auch, um wie viel mehr wert sei, was ein gegenwärtig Gutes setzt, als das bisherige Hinschlendern, das ich Erfahrungen sammeln nannte, und ich gewöhnte mich an Tätigkeit.

So ging die Zeit nach und nach hin, und ich war unendlich gerne in Uwar und seiner Umgebung.

Ich kam in diesen Verhältnissen öfter nach Maroshely. Man achtete mich, und ich war fast wie ein Glied der Familien und lernte die Sachlage immer besser kennen. Von einer unheimlichen Leidenschaft, von einem fieberhaften Begehren, oder gar von Magnetismus, wie ich gehört hatte, war keine Spur. Dagegen war das Verhältnis zwischen dem Major und Brigitta von ganz merkwürdiger Art, daß ich nie ein ähnliches erlebt habe. Es war ohne Widerrede das, was wir zwischen Personen verschiedenen Geschlechtes Liebe nennen würden, aber es erschien nicht als solches. Mit einer Zartheit, mit einer Verehrung, die wie an die Hinneigung zu einem höheren Wesen erinnerte, be-

handelte der Major das alternde Weib; sie war mit sichtlicher innerlicher Freude darüber erfüllt, und diese Freude, wie eine späte Blume, blühte auf ihrem Antlitze und legte einen Hauch von Schönheit darüber, wie man es kaum glauben sollte, aber auch die feste Rose der Heiterkeit und Gesundheit. Sie gab dem Freunde dieselbe Achtung und Verehrung zurück, nur daß sich zuweilen ein Zug von Besorgnis um seine Gesundheit, um seine kleinen Lebensbedürfnisse und dergleichen einmischte, der doch wieder dem Weibe und der Liebe angehörte. Über dieses hinaus ging das Benehmen beider nicht um ein Haarund so lebten sie neben einander fort.

Der Major sagte einmal zu mir, daß sie in einer Stunde, wo sie, wie es selten zwischen Menschen geschieht, mit einander inniger über sich selber sprachen, festgesetzt haben, daß Freundschaft der schönsten Art, daß Aufrichtigkeit, daß gleiches Streben und Mitteilung zwischen ihnen herrschen sollte, aber weiter nichts; an diesem sittlich festen Altare wollen sie stehen bleiben, vielleicht glücklich bis zum Lebensende – sie wollen keine Frage weiter an das Schicksal tun, daß es keinen Stachel habe und nicht wieder tükkisch sein möge. Dies sei nun schon mehrere Jahre so, und werde so bleiben.

Das hatte der Major zu mir gesagt – allein in einiger Zeit darauf tat das ungefragte Schicksal von selber eine Antwort, die alles schnell und auf unerwartete Art lösete.

Es war schon sehr spät im Herbste, man könnte sagen, zu Anfang Winters, ein dichter Nebel lag eines Tages auf der bereits festgefrornen Haide, und ich ritt eben mit dem Major auf jenem neugebauten Wege mit der jungen Pappallee, wir hatten vor, vielleicht ein wenig zu jagen, als wir plötzlich durch den Nebel herüber zwei dumpfe Schüsse fallen hörten.

»Das sind meine Pistolen und keine andern«, rief der Major.

Ehe ich etwas begreifen und fragen konnte, sprengte er schon die Allee entlang, so furchtbar, wie ich nie ein Pferd habe laufen gesehen, ich folgte ihm nach, weil ich ein Unglück ahnete, und als ich wieder zu ihm kam, traf ich auf ein Schauspiel, so gräßlich und so herrlich, daß noch jetzt meine Seele schaudert und jauchzt: an der Stelle, wo der Galgen steht und der Binsenbach schillert, hatte der Major den Knaben Gustav gefunden, der sich nur noch matt gegen ein Rudel Wölfe wehrte. Zwei hatte er erschossen, einen, der vorne an sein Pferd gesprungen war, wehrte er mit seinem Eisen, die andern bannte er für den Augenblick mit der Wut seiner vor Angst und Wildheit leuchtenden Augen, die er auf sie bohrte; aber harrend und lechzend umstanden sie ihn, daß eine Wendung, ein Augenzucken, ein Nichts Grund werden könne, mit eins auf ihn zu fallen – da, im Augenblicke der höchsten Not, erschien der Major. Als ich ankam, war er schon wie ein verderblich Wunder, wie ein Meteor, mitten unter ihnen – der Mann war fast entsetzlich anzuschauen, ohne Rücksicht auf sich, fast selber wie ein Raubtier warf er sich ihnen entgegen. Wie er von dem Pferde gekommen war, hatte ich nicht gesehen, da ich später ankam; den Knall seiner Doppelpistole hatte ich gehört, und wie ich auf dem Schauplatze erschien, glänzte sein Hirschfänger gegen die Wölfe, und er war zu Fuß. Drei – vier Sekunden mochte es gedauert haben, ich hatte bloß Zeit, mein Jagdgewehr unter sie abzudrücken, und die unheimlichen Tiere waren in den Nebeln zerstoben, als wären sie von ihm eingetrunken worden.

»Ladet«, schrie der Major, »sie werden gleich wieder hier sein.«

Er hatte die weggeschleuderten Pistolen aufgerafft

und stieß die Patronen hinein. Wir luden auch, und in dem Augenblicke, da wir ein wenig still waren, vernahmen wir den unheimlichen Trab um die Galgeneiche herum. Es war klar, die hungrigen, geängsteten Tiere umkreisten uns, bis ihnen wieder etwa der Mut zum Angriffe gewachsen sein würde. Eigentlich sind diese Tiere, wenn sie nicht von dem Hunger gespornt werden, feig. Wir waren zu einer Wolfsjagd nicht gerüstet, der unselige Nebel lag dicht vor unsern Augen, daher schlugen wir den Weg zu dem Schlosse ein. Die Pferde schossen in Todesangst dahin, und da wir so ritten, sah ich es mehr als einmal wie einen jagenden Schatten neben mir, grau im grauen Nebel. In unsäglicher Geduld eilte die Herde neben uns. Wir mußten in steter Bereitschaft sein. Von dem Major fiel einmal links ein Schuß, aber wir erkannten nichts, zum Reden war keine Zeit, und so langten wir an dem Parkgitter an, und wie wir hineindrangen, brachen die edlen, schönen, dahinter harrenden Doggen neben uns heraus, und in demselben Augenblicke scholl auch schon aus dem Nebel ihr wütendes Heulen, hinter den Wölfen haidewärts schweifend.

»Sitzt alle auf«, rief der Major den entgegeneilenden Knechten zu, »laßt alle Wolfshunde los, daß meine armen Doggen nichts leiden. Bietet die Nachbarn auf und jagt, so viel Tage ihr wollt. Ich gebe für jeden toten Wolf das doppelte Schußgeld, die ausgenommen, die an der Galgeneiche liegen; denn die haben wir selbst getötet. An der Eiche liegt vielleicht auch eine der Pistolen, die ich voriges Jahr an Gustav geschenkt habe, denn ich sehe nur eine in seiner Hand, und das Sattelfach der andern ist leer; seht zu, ob es so ist.«

»Seit fünf Jahren,« sagte er zu mir gewendet, da wir im Parke weiter ritten, »hat sich kein Wolf so nahe zu uns gewagt, und es war sonst ganz sicher hier. Es muß einen harten Winter geben, und er muß in den

nördlichen Ländern schon begonnen haben, daß sie sich bereits so weit herabdrücken.«

Die Knechte hatten den Befehl des Herrn vernommen, und in weniger Zeit, als es mir glaublich schien, war ein Haufen Jäger ausgerüstet, und das Geschlecht jener schönen zottigen Hunde war neben ihnen, das den ungarischen Haiden eigen und für sie so unentbehrlich ist. Man beredete sich, wie man die Nachbarn abholen wolle, und dann gingen sie fort, um eine Jagd einzuleiten, von der sie erst in acht, vierzehn oder noch mehreren Tagen zurückkehren würden.

Wir hatten alle drei, ohne von den Pferden zu steigen, dem größten Teil dieser Anstalten zugeschaut. Als wir uns aber von den Wirtschaftsgebäuden dem Schlosse zuwendeten, sahen wir, daß Gustav doch verwundet sei. Als wir nämlich unter dem Torbogen anlangten, von wo wir in unsere Zimmer wollten, wandelte ihn eine Übelkeit an, und er drohte von dem Pferde zu sinken. Einer von den Leuten fing ihn auf und hob ihn herunter, da sahen wir, daß die Lenden des Tieres von Blut gefärbt waren. Wir brachten ihn in eine Wohnung des Erdgeschosses, die gegen den Garten hinaus ging, der Major befahl sogleich, Feuer in dem Kamin zu machen und das Bett zu bereiten. Als indessen die schmerzende Stelle entblößt worden war, untersuchte er selber die Wunde. Es war ein leichter Biß im Schenkel, ohne Gefahr, nur der Blutverlust und die vorhergegangene Aufregung ließ jetzt den Jüngling mit Ohnmachten kämpfen. Er ward in das Bett gebracht und sofort ein Bote an den Arzt und einer an Brigitta abgefertigt. Der Major blieb bei dem Bette und sorgte, daß keine der Ohnmachten überhand nehmen könnte. Als der Arzt kam, gab er ein stärkendes Mittel, erklärte die Sache für durchaus ungefährlich, und sagte, daß der Blutverlust selber ein Heilmittel gewesen sei, da er die Heftigkeit der Ent-

zündung mindere, die sonst solchen Bißwunden gerne folge. Das einzige Krankheitsübel sei die Gewalt der Gemütsbewegung, und ein paar Tage Ruhe werde das Fieber und die Abspannung gänzlich heben. Man war beruhigt und erfreut, und der Arzt schied unter den Danksagungen aller; denn es war keiner, der den Knaben nicht liebte. Gegen Abend erschien Brigitta, und nach ihrer entschlossenen Art ruhte sie nicht eher, als bis sie den Körper ihres Sohnes Glied um Glied geprüft und sich überzeugt hatte, daß außer der Bißwunde nichts vorhanden sei, das ein Übel drohen könnte. Als die Untersuchung vorüber war, blieb sie doch noch an dem Bette sitzen und reichte nach der Vorschrift des Arztes die Arznei. Für die Nacht mußte ihr ein schnell zusammengerafftes Bette in dem Krankenzimmer gemacht werden. Am andern Morgen saß sie wieder neben dem Jünglinge und horchte auf seinen Atem, da er schlief und so süß und erquickend schlief, als wolle er nie mehr erwachen. – Da geschah ein herzerschütternder Auftritt. Ich sehe den Tag noch vor Augen. Ich war hinabgegangen, um mich nach dem Befinden Gustavs zu erkundigen, und trat in das Zimmer, das neben dem Krankengemache befindlich war, ein. Ich habe schon gesagt, daß die Fenster gegen den Garten hinaus gingen: die Nebel hatten sich gehoben, und eine rote Wintersonne schaute durch die entlaubten Zweige in das Zimmer herein. Der Major war schon zugegen, er stand an dem Fenster, das Angesicht gegen das Glas gekehrt, als sähe er hinaus. Im Krankengemache, durch dessen Tür ich hineinschaute und dessen Fenster durch ganz leichte Vorhänge etwas verdunkelt war, saß Brigitta und sah auf ihren Sohn. Plötzlich entrang sich ihren Lippen ein freudiger Seufzer, ich blickte genauer hin und sah, daß ihr Auge mit Süßigkeit an dem Antlitze des Knaben hänge, der die seinigen offen hatte; denn er

war nach langem Schlafe aufgewacht und schaute heiter um sich. Aber auch auf der Stelle, wo der Major gestanden war, hatte ich ein leichtes Geräusch vernommen, und wie ich hinblickte, sah ich, daß er sich halb umgewendet hatte und daß an seinen Wimpern zwei harte Tropfen hingen. Ich ging gegen ihn und fragte ihn, was ihm sei. Er antwortete leise:

»Ich habe kein Kind.«

Brigitta mußte mit ihrem scharfen Gehöre die Worte vernommen haben; denn sie erschien in diesem Augenblicke unter der Tür des Zimmers, sah sehr scheu auf meinen Freund, und mit einem Blicke, den ich nicht beschreiben kann, und der sich gleichsam in der zaghaftesten Angst nicht getraute, eine Bitte auszusprechen, sagte sie nichts als das einzige Wort: »Stephan.«

Der Major wendete sich vollends herum – beide starrten sich eine Sekunde an – nur eine Sekunde –, dann aber vorwärtstretend lag er eines Sturzes in ihren Armen, die sich mit maßloser Heftigkeit um ihn schlossen. Ich hörte nichts als das tiefe, leise Schluchzen des Mannes, wobei das Weib ihn immer fester umschlang und immer fester an sich drückte.

»Nun keine Trennung mehr, Brigitta, für hier und die Ewigkeit.«

»Keine, mein teurer Freund!«

Ich war in höchster Verlegenheit und wollte stille hinaus gehen; aber sie hob ihr Haupt und sagte: »Bleiben Sie, bleiben Sie.«

Das Weib, das ich immer ernst und strenge gesehen hatte, hatte an seinem Halse geweint. Nun hob sie, noch in Tränen schimmernd, die Augen – und so herrlich ist das Schönste, was der arme, fehlende Mensch hienieden vermag, das Verzeihen –– daß mir ihre Züge wie in unnachahmlicher Schönheit strahlten und mein Gemüt in tiefer Rührung schwamm.

»Arme, arme Gattin«, sagte er beklommen, »fünfzehn Jahre mußte ich dich entbehren, und fünfzehn Jahre warst du geopfert.«

Sie aber faltete die Hände und sagte bittend in sein Antlitz blickend: »Ich habe gefehlt, verzeihe mir, Stephan, die Sünde des Stolzes – ich habe nicht geahnt, wie gut du seist – es war ja bloß natürlich, es ist ein sanftes Gesetz der Schönheit, das uns ziehet.« – – Er hielt ihr den Mund zu und sagte: »Wie kannst du nur so reden, Brigitta – ja, es zieht uns das Gesetz der Schönheit, aber ich mußte die ganze Welt durchziehen, bis ich lernte, daß sie im Herzen liegt, und daß ich sie daheimgelassen in einem Herzen, das es einzig gut mit mir gemeint hat, das fest und treu ist, das ich verloren glaubte, und das doch durch alle Jahre und Länder mit mir gezogen. – O Brigitta, Mutter meines Kindes! Du standest Tag und Nacht vor meinen Augen.«

»Ich war dir nicht verloren«, antwortete sie, »ich habe traurige, reuevolle Jahre verlebt! – Wie bist du gut geworden, jetzt kenne ich dich, wie bist du gut geworden, Stephan!«

Und wieder stürzten sie sich in die Arme, als könnten sie sich nicht ersättigen, als könnten sie an das gewonnene Glück nicht glauben. Sie waren wie zwei Menschen, von denen eine große Last genommen ist. Die Welt stand wieder offen. Eine Freude, wie man sie nur an Kindern findet, war an ihnen – in dem Augenblicke waren sie auch unschuldig wie die Kinder; denn die reinigendste, die allerschönste Blume der Liebe, aber nur der höchsten Liebe, ist das Verzeihen, darum wird es auch immer an Gott gefunden und an Müttern. Schöne Herzen tun es öfter – schlechte nie.

Die zwei Gatten hatten mich wieder vergessen und wandten sich in das Krankenzimmer, wo Gustav, der das Ganze dunkel ahnte, wie eine glühende, blühende Rose lag und ihnen atemlos entgegen harrte.

»Gustav, Gustav, er ist dein Vater, und du hast es nicht gewußt«, rief Brigitta, als sie über die Schwelle in das verdunkelte Zimmer traten.

Ich aber ging in den Garten hinaus und dachte: O wie heilig, o wie heilig muß die Gattenliebe sein, und wie arm bist du, der du von ihr bisher nichts erkanntest und das Herz nur höchstens von der trüben Lohe der Leidenschaft ergreifen ließest.

Erst spät ging ich in das Schloß zurück, und fand alles gelöset und gelüftet. Geschäftige Freude, wie heiterer Sonnenschein, wehte durch alle Zimmer. Man empfing mich mit offenen Armen als Zeugen des schönsten Auftrittes. Man hatte mich schon allenthalben suchen lassen, da ich ihnen, als sie zu sehr mit sich beschäftigt waren, aus den Augen gekommen war. Sie erzählten mir teils gleich in abgebrochenen Sätzen, teils die folgenden Tage im Zusammenhange alles, was sich zugetragen hatte, und was ich oben angemerkt habe.

Mein Reisefreund war also Stephan Murai gewesen. Er war unter dem Namen Bathori, der einem seiner weiblichen Vorfahren gehörte, gereiset. So hatte ich ihn auch gekannt, aber er ließ sich immer Major nennen, welchen Rang er in Spanien erworben hatte, und alle Welt nannte ihn auch den Major. Da er in der ganzen Welt gewesen war, ging er, von seinem Innern gezogen, unter demselben Namen nach dem wüsten Sitze Uwar, wo er nie gewesen war, wo ihn niemand kannte, und wo er, wie er recht gut wußte, der Nachbar seines getrennten Weibes werden würde. Gleichwohl kam er nicht zu ihr hinüber, die schon so schön auf Maroshely waltete, bis der Ruf die Kunde ihrer Todeskrankheit zu ihm trug. Da machte er sich auf, ritt hinüber, trat zu ihr, die ihn vor Fieber nicht kannte, blieb Tag und Nacht bei ihrem Bette, wachte über sie und pflegte sie, bis sie genas. Damals, durch den gegensei-

tigen Anblick gerührt und von leiser Liebe getrieben, aber dennoch ängstlich vor der Zukunft, weil sie sich nicht kannten, und weil sich wieder etwas Fürchterliches zutragen könnte, schlossen sie jenen seltsamen Vertrag der bloßen Freundschaft, den sie Jahre lang hielten, und den bisher keines zuerst anzurühren wagte, bis ihn das Geschick durch einen scharfen Schnitt, den es in beider Herzen tat, trennte und zu dem schöneren, natürlicheren Bunde wieder zusammen fügte.

Alles war nun gut. Nach vierzehn Tagen wurde es in der Gegend kund getan, und die lästigen Glückwünscher kamen von nahe und von ferne.

Ich aber blieb noch den ganzen Winter bei den Leuten, und zwar auf Maroshely, wo vorläufig alles wohnte, und von wo der Major im Sinne hatte Brigitta nie fort zu ziehen, weil sie da in Mitte ihrer Schöpfung sei. Am freudigsten war schier Gustav, der immer so an dem Major gehangen war, der ihn immer leidenschaftlich und einseitig den herrlichsten Mann dieser Erde nannte, und der ihn nun als Vater verehren durfte, ihn, an dem sein Auge wie an einer Gottheit hing.

Ich habe jenes Winters zwei Herzen kennen gelernt, die sich nun erst recht zu einer vollen, wenn auch verspäteten Blume des Glückes aufschlossen.

Ich werde diese Herzen nie, nie vergessen! – – Im Frühjahr nahm ich wieder mein deutsches Gewand, meinen deutschen Stab und wanderte dem deutschen Vaterlande zu. Ich sah auf dem Rückwege Gabrielens Grabmal, die schon vor zwölf Jahren im Gipfel ihrer jugendlichen Schönheit gestorben war. Auf dem Marmor standen zwei große weiße Lilien.

Mit trüben, sanften Gedanken zog ich weiter, bis die Leitha überschritten war und die lieblichen blauen Berge des Vaterlandes vor meinen Augen dämmerten.

KALKSTEIN

Ich erzähle hier eine Geschichte, die uns einmal ein Freund erzählt hat, in der nichts Ungewöhnliches vorkömmt, und die ich doch nicht habe vergessen können. Unter zehn Zuhörern werden neun den Mann, der in der Geschichte vorkömmt, tadeln, der zehnte wird oft an ihn denken. Die Gelegenheit zu der Geschichte kam von einem Streite, der sich in der Gesellschaft von uns Freunden darüber entspann, wie die Geistesgaben an einem Menschen verteilt sein können. Einige behaupten, es könne ein Mensch mit einer gewissen Gabe außerordentlich bedacht sein, und die anderen doch nur in einem geringen Maße besitzen. Man wies dabei auf die sogenannten Virtuosen hin. Andere sagten, die Gaben der Seele seien immer im gleichen Maße vorhanden, entweder alle gleich groß oder gleich mittelmäßig oder gleich klein, nur hänge es von dem Geschicke ab, welche Gabe vorzüglich ausgebildet wurde, und dies rufe den Anschein einer Ungleichheit hervor. Raffael hätte unter andern Jugendeindrücken und Zeitverhältnissen statt eines großen Malers ein großer Feldherr werden können. Wieder andere meinten, wo die Vernunft als das übersinnliche Vermögen und als das höchste Vermögen des Menschen überhaupt in großer Fülle vorhanden sei, da seien es auch die übrigen, untergeordneten Fähigkeiten. Das Umgekehrte gelte jedoch nicht; es könne eine niedere Fähigkeit besonders hervorragen, die höhern aber nicht. Wohl aber, wenn was immer für eine Begabung, sie sei selber hoch oder niedrig, bedeutend ist, müssen es auch die ihr untergeordneten sein. Als Grund gaben sie an, daß die niedere Fähigkeit immer die Dienerin der höhern sei, und daß es ein Widersinn wäre, die höhere, gebietende

Gabe zu besitzen und die niedere, dienende nicht. Endlich waren noch einige, die sagten, Gott habe die Menschen erschaffen, wie er sie erschaffen habe, man könne nicht wissen, wie er die Gaben verteilt habe, und könne darüber nicht hadern, weil es ungewiß sei, was in der Zukunft in dieser Beziehung noch zum Vorschein kommen könne. Da erzählte mein Freund seine Geschichte.

Ihr wißt alle, sagte er, daß ich mich schon seit vielen Jahren mit der Meßkunst beschäftige, daß ich in Staatsdiensten bin, und daß ich mit Aufträgen dieser Art von der Regierung bald hierhin, bald dorthin gesendet wurde. Da habe ich verschiedene Landesteile und verschiedene Menschen kennen gelernt. Einmal war ich in der kleinen Stadt Wengen, und hatte die Aussicht, noch recht lange dort bleiben zu müssen, weil sich die Geschäfte in die Länge zogen, und noch dazu mehrten. Da kam ich öfter in das nahe gelegene Dorf Schauendorf, und lernte dessen Pfarrer kennen, einen vortrefflichen Mann, der die Obstbaumzucht eingeführt, und gemacht hatte, daß das Dorf, das früher mit Hecken, Dickicht und Geniste umgeben war, jetzt einem Garten glich und in einer Fülle freundlicher Obstbäume da lag. Einmal war ich von ihm zu einer Kirchenfeierlichkeit geladen, und ich sagte, daß ich später kommen würde, da ich einige notwendige Arbeiten abzutun hätte. Als ich mit meinen Arbeiten fertig war, begab ich mich auf den Weg nach Schauendorf. Ich ging über die Feldhöhen hin, ich ging durch die Obstbäume, und da ich mich dem Pfarrhofe näherte, sah ich, daß das Mittagsmahl bereits begonnen haben müsse. In dem Garten, der wie bei vielen katholischen Pfarrhöfen vor dem Hause lag, war kein Mensch, die gegen den Garten gehenden Fenster waren offen, in der Küche, in die mir ein Einblick gegönnt war, waren die Mägde um das Feuer

vollauf beschäftigt, und aus der Stube drang einzelnes Klappern der Teller und Klirren der Eßgeräte.

Da ich eintrat, sah ich die Gäste um den Tisch sitzen und ein unberührtes Gedeck für mich aufbewahrt. Der Pfarrer führte mich zu demselben hin, und nötigte mich zum Sitzen. Er sagte, er wolle mir die anwesenden Mitglieder nicht vorstellen und ihre Namen nicht nennen, einige seien mir ohnehin bekannt, andere würde ich im Verlaufe des Essens schon kennen lernen, und die übrigen würde er mir, wenn wir aufgestanden wären, nennen. Ich setzte mich also nieder, und was der Pfarrer vorausgesagt hatte, geschah. Ich wurde mit manchem Anwesenden bekannt, von manchem erfuhr ich Namen und Verhältnisse, und da die Gerichte sich ablöseten, und der Wein die Zungen öffnete, war manche junge Bekanntschaft schon wie eine alte. Nur ein einziger Gast war nicht zu erkennen. Lächelnd und freundlich saß er da, er hörte aufmerksam alles an, er wandte immer das Angesicht der Gegend, wo eifrig gesprochen wurde, zu, als ob ihn eine Pflicht dazu antriebe, seine Mienen gaben allen Redenden recht, und wenn an einem andern Orte das Gespräch wieder lebhafter wurde, wandte er sich dorthin und hörte zu. Selber aber sprach er kein Wort. Er saß ziemlich weit unten, und seine schwarze Gestalt ragte über das weiße Linnengedecke der Tafel empor, und obwohl er nicht groß war, so richtete er sich nie vollends auf, als hielte er das für unschicklich. Er hatte den Anzug eines armen Landgeistlichen. Sein Rock war sehr abgetragen, die Fäden waren daran sichtbar, er glänzte an manchen Stellen, und an andern hatte er die schwarze Farbe verloren und war rötlich oder fahl. Die Knöpfe daran waren von starkem Bein. Die schwarze Weste war sehr lang und hatte ebenfalls beinerne Knöpfe. Die zwei winzig kleinen Läppchen von wei-

ßer Farbe – das einzige Weiße, das er an sich hatte –, die über sein schwarzes Halstuch herabgingen, bezeugten seine Würde. Bei den Ärmeln gingen, wie er so saß, manchmal ein ganz klein wenig eine Art Handkrausen hervor, die er immer bemüht war wieder heimlich zurückzuschieben. Vielleicht waren sie in einem Zustande, daß er sich ihrer ein wenig hätte schämen müssen. Ich sah, daß er von keiner Speise viel nahm und dem Aufwärter, der sie darreichte, immer höflich dankte. Als der Nachtisch kam, nippte er kaum von dem besseren Weine, nahm von dem Zuckerwerke nur kleine Stückchen, und legte nichts auf seinen Teller heraus, wie doch die andern taten, um nach der Sitte ihren Angehörigen eine kleine Erinnerung zu bringen.

Dieser Eigenheiten willen fiel mir der Mann auf.

Als das Mahl vorüber war und die Gäste sich erhoben hatten, konnte ich auch den übrigen Teil seines Körpers betrachten. Die Beinkleider waren von demselben Stoffe und in demselben Zustande wie der Rock, sie reichten bis unter die Knie, und waren dort durch Schnallen zusammen gehalten. Dann folgten schwarze Strümpfe, die aber fast grau waren. Die Füße standen in weiten Schuhen, die große Schnallen hatten. Sie waren von starkem Leder und hatten dicke Sohlen. So angezogen stand der Mann, als sich Gruppen zu Gesprächen gebildet hatten, fast allein da, und sein Rücken berührte beinahe den Fensterpfeiler. Sein körperliches Aussehen stimmte zu seinem Anzuge. Er hatte ein längliches, sanftes, fast eingeschüchtertes Angesicht mit sehr schönen, klaren blauen Augen. Die braunen Haare gingen schlicht gegen hinten zusammen, es zogen sich schon weiße Fäden durch sie, die anzeigten, daß er sich bereits den fünfzig Jahren nähere, oder daß er Sorge und Kummer gehabt haben müsse.

Nach kurzer Zeit suchte er aus einem Winkel ein spanisches Rohr hervor, das einen schwarzen Bein-knopf hatte, wie die an seinen Kleidern waren, näherte sich dem Hausherrn und begann Abschied zu nehmen. Der Hausherr fragte ihn, ob er denn schon gehen wolle, worauf er antwortete, es sei für ihn schon Zeit, er habe vier Stunden nach seinem Pfarrhofe zu gehen, und seine Füße seien nicht mehr so gut wie in jüngeren Jahren. Der Pfarrer hielt ihn nicht auf. Er empfahl sich allseitig, ging zur Tür hinaus, und gleich darauf sahen wir ihn durch die Kornfelder dahin wandeln, den Hügel, der das Dorf gegen Sonnenuntergang begrenzte, hinan steigen, und dort gleichsam in die glänzende Nachmittagsluft verschwinden.

Ich fragte, wer der Mann wäre, und erfuhr, daß er in einer armen Gegend Pfarrer sei, daß er schon sehr lange dort sei, daß er nicht weg verlange, und daß er selten das Haus verlasse, außer bei einer sehr dringenden Veranlassung. – Es waren seit jenem Gastmahle viele Jahre vergangen, und ich hatte den Mann vollständig vergessen, als mich mein Beruf einmal in eine fürchterliche Gegend rief. Nicht daß Wildnisse, Schlünde, Abgründe, Felsen und stürzende Wässer dort gewesen wären – das alles zieht mich eigentlich an –, sondern es waren nur sehr viele kleine Hügel da, jeder Hügel bestand aus nacktem grauem Kalksteine, der aber nicht, wie es oft bei diesem Gesteine der Fall ist, zerrissen war oder steil abfiel, sondern in rundlichen, breiten Gestalten auseinander ging und an seinem Fuß eine lange gestreckte Sandbank um sich herum hatte. Durch diese Hügel ging in großen Windungen ein kleiner Fluß namens Zirder. Das Wasser des Flusses, das in der grauen und gelben Farbe des Steines und Sandes durch den Widerschein des Himmels oft dunkelblau erschien, dann die schmalen grünen Streifen, die oft am Saume des Wassers hingingen,

und die andern einzelnen Rasenflecke, die in dem Gesteine hie und da lagen, bildeten die ganze Abwechslung und Erquickung in dieser Gegend.

Ich wohnte in einem Gasthofe, der in einem etwas besseren und darum sehr entfernten Teile der Gegend lag. Es ging dort eine Straße über eine Anhöhe, und führte, wie das in manchen Gegenden der Fall ist, den Namen Hochstraße, welchen Namen auch der Gasthof hatte. Um nicht durch Hin- und Hergehen zu viele Zeit zu verlieren, nahm ich mir immer kalte Speisen und Wein auf meinen Arbeitsplatz mit und aß erst am Abende mein Mittagsmahl. Einige meiner Leute wohnten auch in dem Gasthofe, die andern richteten sich ein, wie es ging, und bauten sich kleine hölzerne Hüttchen in dem Steinlande. Die Gegend namens Steinkar, obwohl sie im Grunde nicht außerordentlich abgelegen ist, wird doch wenigen Menschen bekannt sein, weil keine Veranlassung ist, dorthin zu reisen.

Eines Abends, als ich von meinen Arbeiten allein nach Hause ging, weil ich meine Leute vorausgeschickt hatte, sah ich meinen armen Pfarrer auf einem Sandhaufen sitzen. Er hatte seine großen Schuhe fast in den Sand vergraben, und auf den Schößen seines Rockes lag Sand. Ich erkannte ihn in dem Augenblicke. Er war ungefähr so gekleidet wie damals, als ich ihn zum ersten Male gesehen hatte. Seine Haare waren jetzt viel grauer, als hätten sie sich beeilt, diese Farbe anzunehmen, sein längliches Angesicht hatte deutliche Falten bekommen, und nur die Augen waren blau und klar wie früher. An seiner Seite lehnte das Rohr mit dem schwarzen Beinknopfe. Ich hielt in meinem Gange inne, trat näher zu ihm und grüßte ihn.

Er hatte keinen Gruß erwartet, daher stand er eilfertig auf und bedankte sich. In seinen Mienen war

keine Spur vorhanden, daß er mich erkenne; es konnte auch nicht sein; denn bei jenem Gastmahle hat er mich gewiß viel weniger betrachtet als ich ihn. Er blieb nur so vor mir stehen, und sah mich an. Ich sagte daher, um ein Gespräch einzuleiten: »Euer Ehrwürden werden mich nicht mehr kennen.

»Ich bin nicht der Ehre teilhaftig«, antwortete er.

»Aber ich habe die Ehre gehabt«, sagte ich, auf den Ton seiner Höflichkeit eingehend, »mit Euer Ehrwürden an ein und derselben Tafel zu speisen.«

»Ich kann mich nicht mehr erinnern«, erwiderte er.

»Euer Ehrwürden sind doch derselbe Mann«, sagte ich, »der einmal vor mehreren Jahren auf einem Kirchenfeste bei dem Pfarrer zu Schauendorf war, und nach dem Speisen der erste fortging, weil er, wie er sagte, vier Stunden bis zu seinem Pfarrhofe zu gehen hätte?«

»Ja, ich bin derselbe Mann«, antwortete er, »ich bin vor acht Jahren zu der hundertjährigen Jubelfeier der Kircheneinweihung nach Schauendorf gegangen, weil es sich gebührt hat, ich bin bei dem Mittagessen geblieben, weil mich der Pfarrer eingeladen hat, und bin der erste nach dem Essen fortgegangen, weil ich vier Stunden nach Hause zurück zu legen hatte. Ich bin seither nicht mehr nach Schauendorf gekommen.«

»Nun, an jener Tafel bin ich auch gesessen«, sagte ich, »und habe Euer Ehrwürden heute sogleich erkannt.«

»Das ist zu verwundern – nach so vielen Jahren«, sagte er.

»Mein Beruf bringt es mit sich «, erwiderte ich, »daß ich mit vielen Menschen verkehre und sie mir merke, und da habe ich denn im Merken eine solche Fertigkeit erlangt, daß ich auch Menschen wieder er-

kenne, die ich vor Jahren und auch nur ein einziges Mal gesehen habe. Und in dieser abscheulichen Gegend haben wir uns wiedergefunden.«

»Sie ist, wie sie Gott erschaffen hat«, antwortete er, »es wachsen hier nicht so viele Bäume wie in Schauendorf, aber manches Mal ist sie auch schön, und zuweilen ist sie schöner als alle andern in der Welt.«

Ich fragte ihn, ob er in der Gegend ansässig sei, und er antwortete, daß er siebenundzwanzig Jahre Pfarrer in dem Kar sei. Ich erzählte ihm, daß ich hieher gesendet worden sei, um die Gegend zu vermessen, daß ich die Hügel und Täler aufnehme, um sie auf dem Papiere verkleinert darzustellen, und daß ich in der Hochstraße draußen wohne. Als ich ihn fragte, ob er oft hieher komme, erwiderte er: »Ich gehe gerne heraus, um meine Füße zu üben, und sitze dann auf einem Stein, um die Dinge zu betrachten.«

Wir waren während dieses Gespräches ins Gehen gekommen, er ging an meiner Seite, und wir redeten noch von manchen gleichgültigen Dingen, vom Wetter, von der Jahreszeit, wie diese Steine besonders geeignet seien, die Sonnenstrahlen einzusaugen, und von anderem.

Waren seine Kleider schon bei jenem Gastmahle schlecht gewesen, so waren sie jetzt womöglich noch schlechter. Ich konnte mich nicht erinnern, seinen Hut damals gesehen zu haben, jetzt aber mußte ich wiederholt auf ihn hin blicken; denn es war nicht ein einziges Härchen auf ihm.

Als wir an die Stelle gelangt waren, wo sein Weg sich von dem meinigen trennte und zu seinem Pfarrhofe in das Kar hinab führte, nahmen wir Abschied und sprachen die Hoffnung aus, daß wir uns nun öfter treffen würden.

Ich ging auf meinem Wege nach der Hochstraße dahin, und dachte immer an den Pfarrer. Die unge-

meine Armut, wie ich sie noch niemals bei einem
Menschen oberhalb des Bettlerstandes angetroffen
habe, namentlich nicht bei solchen, die andern als
Muster der Reinlichkeit und Ordnung vorzuleuchten
haben, schwebte mir beständig vor. Zwar war der
Pfarrer beinahe ängstlich reinlich, aber gerade diese
Reinlichkeit hob die Armut noch peinlicher hervor
und zeigte die Lockerheit der Fäden, das Unhaltbare
und Wesenlose dieser Kleidung. Ich sah noch auf die
Hügel, welche nur mit Stein bedeckt waren, ich sah
noch auf die Täler, in welchen sich nur die langen
Sandbänke dahin zogen, und ging dann in meinen
Gasthof, um den Ziegenbraten zu verzehren, den sie
mir dort öfter vorsetzten.

Ich fragte nicht um den Pfarrer, um keine rohe
Antwort zu bekommen.

Von nun an kam ich öfter mit dem Pfarrer zusam-
men. Da ich den ganzen Tag in dem Steinkar war,
und abends noch öfter in demselben herum schlen-
derte, um verschiedene Richtungen und Abteilungen
kennen zu lernen, da er auch zuweilen herauskam, so
konnte es nicht fehlen, daß wir uns trafen. Wir kamen
auch einige Male zu Gesprächen. Er schien nicht un-
gerne mit mir zusammenzutreffen, und ich sah es
auch gerne, wenn ich mit ihm zusammenkam. Wir
gingen später öfter mit einander in den Steinen her-
um, oder saßen auf einem und betrachteten die an-
dern. Er zeigte mir manches Tierchen, manche Pflan-
ze, die der Gegend eigentümlich waren, er zeigte mir
die Besonderheiten der Gegend, und machte mich
auf die Verschiedenheiten mancher Steinhügel auf-
merksam, die der sorgfältigste Beobachter für ganz
gleich gebildet angesehen haben würde. Ich erzählte
ihm von meinen Reisen, zeigte ihm unsere Werkzeu-
ge und erklärte ihm bei Gelegenheit unserer Arbeiten
manchmal deren Gebrauch.

Ich kam nach der Zeit auch einige Male mit ihm in seinen Pfarrhof hinunter. Wo das stärkste Gestein sich ein wenig auflöset, gingen wir über eine sanftere Abdachung gegen das Kar hinab. An dem Rande der Gesteine lag eine Wiese, es standen mehrere Bäume darauf, unter ihnen eine schöne, große Linde, und hinter der Linde stand der Pfarrhof. Er war damals ein weißes Gebäude mit einem Stockwerke, das sich von dem freundlicheren Grün der Wiese, von den Bäumen und von dem Grau der Steine schön abhob. Das Dach war mit Schindeln gedeckt. Die Dachfenster waren mit Türchen versehen, und die Fenster des Hauses waren mit grünen Flügelbalken zu schließen. Weiter zurück, wo die Landschaft einen Winkel macht, stand gleichsam in die Felsen versteckt die Kirche mit dem rot angestrichenen Kirchturmdache. In einem anderen Teile des Kar stand in einem dürftigen Garten die Schule. Diese drei einzigen Gebäude waren das ganze Kar. Die übrigen Behausungen waren in der Gegend zerstreut. An manchem Stein gleichsam angeklebt lag eine Hütte mit einem Gärtchen mit Kartoffeln oder Ziegenfutter. Weit draußen gegen das Land hin lag auch ein fruchtbarerer Teil, der zu der Gemeinde gehörte, und der auch Acker-, Wiesen- und Kleegrund hatte.

Im Angesichte der Fenster des Pfarrhofes ging am Rande der Wiese die Zirder vorüber, und über den Fluß führte ein hoher Steg, der sich gegen die Wiese herab senkte. Die Wiesenfläche war nicht viel höher als das Flußbett. Dieses Bild des hohen Steges über den einsamen Fluß war nebst der Steingegend das einzige, das man von dem Pfarrhofe sehen konnte.

Wenn ich mit dem Pfarrer in sein Haus ging, führte er mich nie in das obere Stockwerk, sondern er geleitete mich stets durch ein geräumiges Vorhaus in ein kleines Stüblein. Das Vorhaus war ganz leer, nur

in einer Mauervertiefung, die sehr breit, aber seicht war, stand eine lange hölzerne Bank. Auf der Bank lag immer, so oft ich den Pfarrhof besuchte, eine Bibel, ein großes, in starkes Leder gebundenes Buch. In dem Stüblein war nur ein weicher, unangestrichener Tisch, um ihn einige Sesseln der selben Art, dann an der Wand eine hölzerne Bank und zwei gelbangestrichene Schreine. Sonst war nichts vorhanden, man müßte nur ein kleines, sehr schön aus Birnholz geschnitztes mittelalterliches Kruzifix hieher rechnen, das über dem ebenfalls kleinen Weihbrunnenkessel an dem Türpfosten hing.

Bei diesen Besuchen machte ich eine seltsame Entdeckung. Ich hatte schon in Schauendorf bemerkt, daß der arme Pfarrer immer heimlich die Handkrausen seines Hemdes in die Rockärmel zurückschiebe, als hätte er sich ihrer zu schämen. Das selbe tat er auch jetzt immer. Ich machte daher genauere Beobachtungen, und kam darauf, daß er sich seiner Handkrausen keineswegs zu schämen habe, sondern daß er, wie mich auch andere Einblicke in seine Kleidung belehrten, die feinste und schönste Wäsche trug, welche ich jemals auf Erden gesehen hatte. Diese Wäsche war auch immer in der untadelhaftesten Weiße und Reinheit, wie man es nach dem Zustande seiner Kleider nie vermutet hätte. Er mußte also auf die Besorgung dieses Teiles die größte Sorgfalt verwenden. Da er nie davon sprach, schwieg ich auch darüber, wie sich wohl von selber versteht.

Unter diesem Verkehre ging ein Teil des Sommers dahin. Eines Tages war in den Steinen eine besondere Hitze. Die Sonne hatte zwar den ganzen Tag nicht ausgeschienen, aber dennoch hatte sie den matten Schleier, der den ganzen Himmel bedeckte, so weit durchdrungen, daß man ihr blasses Bild immer sehen konnte, daß um alle Gegenstände des Steinlandes ein

wesenloses Licht lag, dem kein Schatten beigegeben war, und daß die Blätter der wenigen Gewächse, die zu sehen waren, herabhingen; denn obgleich kaum ein halbes Sonnenlicht durch die Nebelschichte der Kuppel drang, war doch eine Hitze, als wären drei Tropensonnen an heiterem Himmel, und brennten alle drei nieder. Wir hatten sehr viel gelitten, so daß ich meine Leute kurz nach zwei Uhr entließ. Ich setzte mich unter einen Steinüberhang, der eine Art Höhle bildete, in welcher es bedeutend kühler war als draußen in der freien Luft. Ich verzehrte dort mein Mittagmahl, trank meinen eingekühlten Wein, und las dann. Gegen Abend wurde die Wolkenschichte nicht zerrissen, wie es doch an solchen Tagen sehr häufig geschieht, sie wurde auch nicht dichter, sondern lag in derselben gleichmäßigen Art wie den ganzen Tag über den Himmel. Ich ging daher sehr spät aus der Höhle; denn so wie die Schleierdecke am Himmel sich nicht geändert hatte, so war die Hitze auch kaum minder geworden, und man hatte in der Nacht keinen Tau zu erwarten. Ich wandelte sehr langsam durch die Hügel dahin, da sah ich den Pfarrer in den Sandlehnen daher kommen und den Himmel betrachten. Wir näherten uns, und grüßten uns. Er fragte mich, wo wir heute gearbeitet hätten, und ich sagte es ihm. Ich erzählte ihm auch, daß ich in der Höhle gelesen habe, und zeigte ihm das Buch. Hierauf gingen wir mit einander in dem Sande weiter.

Nach einer Weile sagte er: »Es wird nicht mehr möglich sein, daß Sie die Hochstraße erreichen.«

»Wieso? « fragte ich.

»Weil das Gewitter ausbrechen wird«, antwortete er.

Ich sah nach dem Himmel. Die Wolkendecke war eher dichter geworden, und auf allen kahlen Steinflächen, die wir sehen konnten, lag ein sehr sonderbares bleifarbenes Licht.

»Daß ein Gewitter kommen wird«, sagte ich, »war wohl den ganzen Tag zu erwarten, allein wie bald die Dunstschichte sich verdichten, erkühlen, den Wind und die Elektrizität erzeugen und sich herabschütten wird, kann man, glaube ich, nicht ermessen.«

»Man kann es wohl nicht genau sagen«, antwortete er, »allein ich habe siebenundzwanzig Jahre in der Gegend gelebt, habe Erfahrungen gesammelt, und nach ihnen wird das Gewitter eher ausbrechen, als man denkt, und wird sehr stark sein. Ich glaube daher, daß es das Beste wäre, wenn Sie mit mir in meinen Pfarrhof gingen und die Nacht heute dort zubrächten. Der Pfarrhof ist so nahe, daß wir ihn noch leicht erreichen, wenn wir auch das Gewitter schon deutlich an dem Himmel sehen, dort sind Sie sicher und können morgen an Ihre Geschäfte gehen, sobald es Ihnen beliebt.«

Ich erwiderte, daß es deßohngeachtet nicht unmöglich sei, daß aus der Dunstschicht sich auch nur ein Landregen entwickle. In diesem Falle sei ich geborgen; ich habe ein Mäntelchen aus Wachstaffet bei mir, das dürfe ich nur aus der Tasche ziehen und umhängen, und der Regen könne mir nichts anhaben. Ja, wenn ich auch ohne diesen Schutz wäre, so sei ich in meinem Amte schon so oft vom Regen durchnäßt worden, daß ich, um ein derartiges Ereignis zu vermeiden, nicht jemandem zur Last sein und Unordnung in sein Hauswesen bringen möchte. Sollte aber wirklich ein Gewitter bevorstehen, das Platzregen oder Hagel oder gar einen Wolkenbruch bringen könnte, dann nähme ich sein Anerbieten dankbar an, und bitte um einen Unterstand für die Nacht, aber ich mache die Bedingung, daß es wirklich nichts weiter sei als ein Unterstand, daß er sich in seinem Hause nicht beirren lasse, und sich weiter keine Last auferlege, als daß er mir ein Plätzchen unter Dach und Fach gäbe; denn ich bedür-

fe nichts als ein solches Plätzchen. Übrigens führe unser Weg noch ein gutes Stück auf demselben gemeinschaftlichen Pfade fort, da könnten wir die Frage verschieben, indessen den Himmel betrachten und zuletzt nach der Gestalt der Sache entscheiden.

Er willigte ein und sagte, daß, wenn ich bei ihm bliebe, ich nicht zu fürchten hätte, daß er sich eine Last auflege, ich wisse, daß es bei ihm einfach sei, und es werde keine andere Anstalt gemacht werden, als die notwendig sei, daß ich die Nacht bei ihm zubringen könnte.

Nachdem wir diesen Vertrag geschlossen hatten, gingen wir auf unserem Wege weiter. Wir gingen sehr langsam, teils der Hitze wegen, teils weil es von jeher schon so unsere Gewohnheit war.

Plötzlich flog ein schwacher Schein um uns, unter dem die Felsen erröteten.

Es war der erste Blitz gewesen, der aber stumm war, und dem kein Donner folgte.

Wir gingen weiter. Nach einer Weile folgten mehrere Blitze, und da der Abend bereits ziemlich dunkel geworden war, und da die Wolkenschichte auch einen dämmernden Einfluß ausübte, stand unter jedem Blitze der Kalkstein in rosenroter Farbe vor uns.

Als wir zu der Stelle gelangt waren, an welcher unsere Wege sich teilten, blieb der Pfarrer stehen, und sah mich an. Ich gab zu, daß ein Gewitter komme, und sagte, daß ich mit ihm in seinen Pfarrhof gehen wolle.

Wir schlugen also den Weg in das Kar ein und gingen über den sanften Steinabhang in die Wiese hinunter.

Als wir bei dem Pfarrhofe angelangt waren, setzten wir uns noch ein wenig auf das hölzerne Bänklein, das vor dem Hause stand. Das Gewitter hatte sich nun vollständig entwickelt und stand als dunkle Mauer an

dem Himmel. Nach einer Weile entstanden auf der gleichmäßigen dunkelfarbigen Gewitterwand weiße, laufende Nebel, die in langen, wulstigen Streifen die untern Teile der Wolkenwand säumten. Dort war also vielleicht schon Sturm, während bei uns sich noch kein Gräschen und kein Laub rührte. Solche laufende, gedunsene Nebel sind bei Gewittern oft schlimme Anzeichen, sie verkünden immer Windausbrüche, oft Hagel und Wasserstürze. Den Blitzen folgten nun auch schon deutliche Donner.

Endlich gingen wir in das Haus.

Der Pfarrer sagte, daß es seine Gewohnheit sei, bei nächtlichen Gewittern ein Kerzenlicht auf den Tisch zu stellen, und bei dem Lichte ruhig sitzen zu bleiben, so lange das Gewitter dauere. Bei Tage sitze er ohne Licht bei dem Tische. Er fragte mich, ob er auch heute seiner Sitte treu bleiben dürfe. Ich erinnerte ihn an sein Versprechen, sich meinetwegen nicht die geringste Last aufzulegen. Er führte mich also durch das Vorhaus in das bekannte Stüblein, und sagte, daß ich meine Sachen ablegen möchte.

Ich trug gewöhnlich an einem ledernen Riemen ein Fach über die Schulter, in welchem Werkzeuge zum Zeichnen, Zeichnungen und zum Teil auch Meßwerkzeuge waren. Neben dem Fache war eine Tasche befestigt, in der sich meine kalten Speisen, mein Wein, mein Trinkglas und meine Vorrichtung zum Einkühlen des Weines befanden. Diese Dinge legte ich ab, und hing sie über die Lehne eines in einer Ecke stehenden Stuhles. Meinen langen Meßstab lehnte ich an einen der gelben Schreine.

Der Pfarrer war indessen hinaus gegangen, und kam nun mit einem Lichte in der Hand herein. Es war ein Talglicht, welches in einem messingenen Leuchter stak. Er stellte den Leuchter auf den Tisch und legte eine messingene Lichtschere dazu. Dann setzten

wir uns beide an den Tisch, blieben sitzen, und erwarteten das Gewitter.

Dasselbe schien nicht mehr lange ausbleiben zu wollen. Als der Pfarrer das Licht gebracht hatte, war die wenige Helle, die von draußen noch durch die Fenster herein gekommen war, verschwunden, die Fenster standen wie schwarze Tafeln da, und die völlige Nacht war hereingebrochen. Die Blitze waren schärfer und erleuchteten trotz des Kerzenlichtes bei jedem Aufflammen die Winkel des Stübleins. Die Donner wurden ernster und dringender. So blieb es eine lange Weile. Endlich kam der erste Stoß des Gewitterwindes. Der Baum, welcher vor dem Hause stand, schauerte einen Augenblick leise, wie von einem kurz abgebrochenen Lüftchen getroffen, dann war es wieder stille. Über ein kleines kam das Schauern abermals, jedoch länger und tiefer. Nach einem kurzen Zeitraume geschah ein starker Stoß, alle Blätter rauschten, die Äste mochten zittern, nach der Art zu urteilen, wie wir den Schall herein vernahmen, und nun hörte das Tönen gar nicht mehr auf. Der Baum des Hauses, die Hecken um dasselbe und alle Gebüsche und Bäume der Nachbarschaft waren in einem einzigen Brausen befangen, das nur abwechselnd abnahm und schwoll. Dazwischen schallten die Donner. Sie schallten immer schneller und immer heller. Doch war das Gewitter noch nicht da. Zwischen Blitz und Donner war noch eine Zeit, und die Blitze, sn hell sie waren, waren doch keine Schlangen, sondern nur ein ausgebreitetes allgemeines Aufleuchten.

Endlich schlugen die ersten Tropfen an die Fenster. Sie schlugen stark und einzeln gegen das Glas, aber bald kamen Genossen, und in kurzem strömte der Regen in Fülle herunter. Er wuchs schnell, gleichsam rauschend und jagend, und wurde endlich dergestalt, daß man meinte, ganze zusammenhängende

Wassermengen fielen auf das Haus hernieder, das Haus dröhne unter dem Gewichte, und man empfinde das Dröhnen und Ächzen herein. Kaum das Rollen des Donners konnte man vor dem Strömen des Wassers hören, das Strömen des Wassers wurde ein zweites Donnern. Das Gewitter war endlich über unserem Haupte. Die Blitze fuhren wie feurige Schnüre hernieder, und den Blitzen folgten schnell und heiser die Donner, die jetzt alles andere Brüllen besiegten, und in ihren tieferen Enden und Ausläufen das Fensterglas erzittern und klirren machten.

Ich war nun froh, daß ich dem Rate des Pfarrers gefolgt hatte. Ich hatte selten ein solches Gewitter erlebt. Der Pfarrer saß ruhig und einfach an dem Tische des Stübleins, und das Licht der Talgkerze beleuchtete seine Gestalt.

Zuletzt geschah ein Schlag, als ob er das ganze Haus aus seinen Fugen heben und niederstürzen wollte, und gleich darauf wieder einer. Dann war ein Weilchen Anhalten, wie es oft bei solchen Erscheinungen der Fall ist, der Regen zuckte einen Augenblick ab, als ob er erschrocken wäre, selbst der Wind hielt inne. Aber es wurde bald wieder wie früher; allein die Hauptmacht war doch gebrochen, und alles ging gleichmäßiger fort. Nach und nach milderte sich das Gewitter, der Sturm war nur mehr ein gleichartiger Wind, der Regen war schwächer, die Blitze leuchteten blässer, und der Donner rollte matter, gleichsam landauswärts gehend.

Als endlich das Regnen nur ein einfaches Niederrinnen war, und das Blitzen ein Nachleuchten, stand der Pfarrer auf und sagte: »Es ist vorüber.«

Er zündete sich ein Stümpfchen Licht an, und ging hinaus. Nach einer Weile kam er wieder herein und trug auf einem Eßbrette mehrere Dinge, die zu dem Abendmahle bestimmt waren. Er setzte von dem Eß-

brette ein Krüglein mit Milch auf den Tisch, und goß aus demselben zwei Gläser voll. Dann setzte er auf einem grünglasierten Schüsselchen Erdbeeren auf und auf einem Teller mehrere Stücke schwarzen Brotes. Als Bestecke legte er auf jeden Platz ein Messer und ein kleines Löffelchen, dann trug er das Eßbrett wieder hinaus.

Als er hereingekommen war, sagte er: »Das ist unser Abendmahl, lassen Sie es sich genügen.«

Er trat zu dem Tisch, faltete die Hände und sprach bei sich einen Segen, ich tat desgleichen, und nun setzten wir uns zu unserem Abendessen nieder. Die Milch tranken wir aus den Gläsern, von dem schwarzen Brote schnitten wir uns Stückchen mit dem Messer, und aßen die Erdbeeren mit dem Löffelchen. Da wir fertig waren, sprach er wieder mit gefalteten Händen ein Dankgebet, holte das Eßbrett, und trug die Reste wieder fort.

Ich hatte in meiner Tasche noch Teile von meinem Mittagmahle und in meiner Flasche noch Wein. Ich sagte daher: »Wenn Euer Ehrwürden erlauben, so nehme ich die Überbleibsel meines heutigen Mittagessens aus meinem Ränzchen heraus, weil sie sonst verderben würden.«

»Tun Sie nur nach Ihrem Gefallen«, antwortete er.

Ich nahm daher meine Tasche und sagte: »Da sehen Euer Ehrwürden auch zugleich, wie ich bei meinem Wanderleben Tafel halte, und wie mein Trink- und Eßgeschirr beschaffen ist.«

»Sie müssen wissen«, fuhr ich fort, »daß, so sehr man das Wasser und insbesonders das Gebirgswasser lobt, und so nützlich und herrlich dieser Stoff auch in dem großen Haushalte der Natur ist, dennoch, wenn man tagelang auf offenem Felde im Sonnenscheine arbeitet, oder in heißen Steinen und heißem Sande herum geht, oder in Klippen klettert, ein Trunk Wein

mit Wasser ungleich mehr labt und Kraft gibt als das lautere, auserlesenste Wasser der Welt. Das lernte ich bei meinem Amte bald kennen und versah mich daher stets bei allen meinen Reisen mit Wein. Aber nur guter Wein ist es, der gute Dienste leistet. Ich hatte mir daher auch auf die Hochstraße einen reinen, guten Wein kommen lassen, und nehme täglich einen Teil mit in meine Steinhügel.«

Der arme Pfarrer sah mir zu, wie ich meine Vorrichtungen auseinander packte. Er betrachtete die kleinen blechernen Tellerchen, deren mehrere in eine unbedeutende flache Scheibe zusammen zu pakken waren. Ich stellte die Tellerchen auf den Tisch. Dazu tat ich von meinem Fache Messer und Gabeln. Dann schnitt ich Scheibchen von feinem weißen Weizenbrote, das ich wöchentlich zwei Mal kommen ließ, dann Scheibchen von Schinken, von kaltem Braten und Käse. Das breitete ich auf den Tellern aus. Hierauf bat ich ihn um eine Flasche Wassers; denn das allein, sagte ich, führe ich nicht mit mir, da ich es in der Natur überall finden müsse. Als er in einem Kruge Wasser gebracht hatte, legte ich meine Trinkvorrichtungen auseinander. Ich tat die Flasche, die noch halb voll Wein war, heraus, ich stellte die zwei Gläser – eines habe ich immer zum Vorrate – auf den Tisch, und dann zeigte ich ihm, wie ich den Wein kühle. Das Glas wird in ein Fach von sehr lockerem Stoffe gestellt, der Stoff mit einer sehr dünnen Flüssigkeit, die Äther heißt und die ich in einem Fläschchen immer mitführe, befeuchtet, welche Flüssigkeit sehr schnell und heftig verdünstet und dabei eine Kälte erzeugt, daß der Wein frischer wird, als wenn er eben von dem Keller käme, ja als ob er sogar in Eis stünde. Da ich auf diese Weise zwei Gläser Wein aufgefrischt, mit Wasser vermischt, und eins auf seinen Platz gestellt hatte, lud ich ihn ein, mit mir zu speisen.

Er nahm, gleichsam um meiner Einladung die Ehre anzutun, ein winziges Bißchen von den Dingen, nippte an dem Glase, und war nicht mehr zu bewegen, etwas Weiteres zu nehmen.

Ich aß von den aufgestellten Speisen nun auch nur sehr weniges, und packte dann alles wieder zusammen, indem ich mich der Unhöflichkeit, die ich eigentlich in der Übereilung begangen hatte, schämte.

Ich tat schnell einen Blick in das Angesicht des Pfarrers; aber es sprach sich nicht der kleinste Zug von Unfreundlichkeit aus.

Da der Tisch leer war, saßen wir noch eine Zeit bei der Talgkerze und sprachen. Dann schritt der Pfarrer daran, mein Bett zu bereiten. Er trug eine große wollene Decke herein, legte sie vierfach zusammen und tat sie auf die Bank, die an der Mauer stand. Aus einer ähnlichen Decke machte er ein Kissen. Dann öffnete er einen der gelben Schreine, nahm ein Leintuch von außerordentlicher Schönheit, Feinheit und Weiße heraus, tat es auseinander, und breitete es über mein Lager. Als ich bei dem schwachen Scheine der Kerze die ungemeine Trefflichkeit des Linnenstückes gesehen und dann unwillkürlich meine Augen auf ihn gewendet hatte, errötete er in seinem Angesichte.

Als Hülle für meinen Körper legte er eine dritte Wolldecke auf das Lager.

»Das ist Ihr Bett, so gut ich es machen kann«, sagte er, »Sie dürfen nur sagen, wann Sie bereitet sind, die Ruhe zu suchen. «

»Das lasse ich Euer Ehrwürden über«, antwortete ich, »wann Sie zum Schlafen Ihre Zeit haben, richten Sie sich nach derselben. Ich bin an keine Stunde gebunden, meine Lebensweise bringt es mit sich, daß ich bald kurz, bald lang schlafe, bald früher, bald später mein Lager suche. «

»Auch ich bin keiner Zeit untertan«, erwiderte er,

»und kann den Schlummer nach meinen Pflichten einrichten; aber da es wegen des Gewitters heute später geworden ist als sonst, da Sie morgen gewiß sehr bald aufstehen und wahrscheinlich in die Hochstraße gehen werden, um manches zu holen, so dächte ich, wäre Ruhe das Beste, und wir sollten sie suchen.«

»Ich stimme Ihnen vollständig bei, Herr Pfarrer«, sagte ich.

Nach diesem Gespräche verließ er das Stüblein, und ich dachte, er habe sich nach seiner Schlafkammer begeben. Ich entkleidete mich daher, so weit ich es immer gewohnt bin, und legte mich auf mein Bett. Eben wollte ich das Licht, das ich auf einen Stuhl neben meinem Bette gestellt hatte, auslöschen, als der Pfarrer wieder herein trat. Er hatte sich umgekleidet, und trug jetzt grauwollene Strümpfe, grauwollene Beinkleider und eine grauwollene Jacke. Schuhe hatte er nicht, sondern er ging auf den Strümpfen. So trat er in das Stüblein.

»Sie haben sich schon zur Ruhe gelegt«, sagte er, »ich bin gekommen, Ihnen eine gute Nacht zu sagen, und dann auch den Schlaf zu suchen. Also schlummern Sie wohl, wie es auf dem Bette möglich ist.«

»Ich werde gut schlafen«, erwiderte ich, »und wünsche Ihnen ein gleiches.«

Nach diesen Worten ging er zu dem Weihbrunnenkessel, der unter dem kleinen, schön geschnitzten Kruzifixe hing, besprengte sich mit Tropfen des Wassers, und verließ das Stüblein.

Ich sah bei dem Lichte meiner Kerze, wie er in dem geräumigen Vorhause sich auf die hölzerne Bank, die in der flachen Nische stand, legte, und die Bibel sich als Kissen unter das Haupt tat.

Als ich dieses gesehen hatte, sprang ich von meinem Lager auf, ging in den Nachtkleidern in das Vorhaus hinaus und sagte: »Mit nichten, Euer Ehrwür-

den, so ist es nicht gemeint, Sie dürfen nicht auf dieser nackten Bank schlafen, während Sie mir das bessere Bett einräumen. Ich bin gewohnt, auf allen Lagern zu schlafen, selbst im Freien unter einem Baume, lassen Sie mich diese Bank benützen und begeben Sie sich in das Bett, das Sie mir abtreten wollten.«

»Nein, lieber Herr«, antwortete er, »ich habe Ihnen kein Bett abgetreten, wo das Ihrige ist, wird sonst nie eines gemacht, und wo ich jetzt liege, schlafe ich alle Nächte.«

»Auf dieser harten Bank und mit diesem Buche als Kissen schlafen Sie alle Nächte?« fragte ich.

»Wie Sie durch Ihren Stand an alle Lager gewohnt sind, selbst an eines im Freien«, erwiderte er, »so bin ich auch durch meinen Stand gewohnt, auf dieser Bank zu schlafen, und dieses Buch als Kissen zu haben.«

»Ist das wirklich möglich?« fragte ich.

»Ja, es ist so«, antwortete er, »ich sage keine Lüge. Ich hätte mir ja auch auf dieser Bank ein Bett machen können, wie ich Ihnen eines auf der Ihrigen gemacht habe; allein ich habe schon seit sehr langer Zeit her angefangen, in diesen Kleidern und auf dieser Bank hier, wie Sie mich sehen, zu schlafen, und tue es auch heute.« Da ich noch immer mißtrauisch zögerte, sagte er: »Sie können in Ihrem Herzen ganz beruhigt sein, ganz beruhigt.«

Ich wendete gegen dieses nichts mehr ein, namentlich war der Grund, daß er sich ja auch ein Bett hätte machen können, überzeugend.

Nach einer Weile, während welcher ich noch immer dagestanden war, sagte ich: »Wenn es eine alte Gewohnheit ist, hochwürdiger Herr, so habe ich freilich nichts mehr einzuwenden; aber Sie werden es auch begreifen, daß ich anfänglich dagegen sprach, weil man gewöhnlich überall ein gebettetes Lager hat.«

»Ja, man hat es«, sagte er, »und gewöhnt sich daran, und meint, es müsse so sein. Aber es kann auch anders sein. An alles gewöhnt sich der Mensch, und die Gewohnheit wird dann sehr leicht, sehr leicht.«

Nach diesen Worten ging ich wieder, nachdem ich ihm zum zweiten Male eine gute Nacht gewünscht hatte, in mein Stüblein und legte mich wieder in mein Bett. Ich erinnerte mich nun auch, daß ich wirklich nie ein Bett gesehen habe, so oft ich früher in der Behausung des Pfarrers gewesen war. Ich dachte noch eine Zeit lang an die Sache, und konnte nicht umhin, die äußerste Feinheit des Linnens des Pfarrers sehr wohltätig an meinem Körper zu empfinden. Nach einer kurzen Zeit lieferte der Pfarrer den tatsächlichen Beweis, daß er an sein Lager gewohnt sei; denn ich hörte aus dem sanften, regelmäßigen Atmen, daß er bereits in tiefen Schlummer gesunken sei. Da ich nun auch ruhig war, da alles in dem Pfarrhause totenstille war, da der Wind aufgehört hatte, der Regen kaum nur leise zu vernehmen war, und die Blitze wie verloren nur mehr selten mit mattem Scheine das Fenster berührten, senkte sich auch auf meine Augen der Schlummer, und nachdem ich die Kerze ausgelöscht hatte, vernahm ich noch einige Male das Fallen eines Tropfens an das Fenster, dann war mirs, als ob daran der schwache Aufblick eines Leuchtens geschähe, und dann war nichts mehr.–

Ich schlief sehr gut, erwachte spät, und es war schon völliger Tag, als ich die Augen öffnete. Es war, als ob es ein zartes Geräusch gewesen wäre, das mein völliges Aufwachen veranlaßt hatte. Als ich die Augen vollkommen öffnete und herumsah, erblickte ich in dem Vorhause den Pfarrer in seinen grauen Nachtkleidern, wie er eben beschäftigt war, meine Kleider mit einer Bürste vom Staube zu reinigen. Ich erhob mich schnell von meinem Lager, ging hinaus und stör-

te ihn in seinem Beginnen, indem ich sagte, das dürfe nicht sein, so etwas könne ich von ihm nicht annehmen, es liege nicht in seinem Stande, es mache der Staub nichts, und wenn ich ihn fort wollte, so könnte ich ihn ja selber mit einer Bürste schnell abstreifen.

»Es liegt nicht in meinem Stande als Priester, aber es liegt in meinem Stande als Gastfreund«, sagte er, »ich habe nur eine einzige alte Dienerin, die nicht in dem Hause wohnt, sie kömmt zu gewissen Stunden, um meine kleinen Dienste zu verrichten, und ist heute noch nicht da.«

»Nein, nein, das tut nichts«, antwortete ich, »ich erinnere Sie an Ihr Versprechen, sich keine Last aufzulegen.«

»Ich lege mir keine Last auf«, erwiderte er, »und es ist schon bald gut.«

Mit diesen Worten tat er noch ein paar Striche mit der Bürste auf dem Rocke und ließ sich dann beides, Bürste und Kleider, nehmen. Er ging aus dem Vorhause in ein anderes, mir bis dahin unbekanntes Gemach. Ich kleidete mich indessen an. Nach einer Zeit kam auch er vollständig angekleidet herein. Er hatte die alten schwarzen Kleider an, die er am Tage und alle vorhergehenden Tage angehabt hatte. Wir traten an das Fenster. Der Schauplatz hatte sich vollkommen geändert. Es war ein durchaus schöner Tag, und die Sonne erhob sich strahlend in einem unermeßlichen Blau. Was doch so ein Gewitter ist! Das Zarteste, das Weichste der Natur ist es, wodurch ein solcher Aufruhr veranlaßt wird. Die feinen, unsichtbaren Dünste des Himmels, die in der Hitze des Tages oder in der Hitze mehrerer Tage unschädlich in dem unermeßlichen Raume aufgehängt sind, mehren sich immer, bis die Luft an der Erde so erhitzt und verdünnt ist, daß die oberen Lasten derselben niedersinken, daß die tieferen Dünste durch sie erkühlt werden, oder daß sie

auch von einem andern kalten Hauche angeweht werden, wodurch sie sich sogleich zu Nebelballen bilden, das elektrische Feuer erzeugen und den Sturm wachrufen, neue Kälte bewirken, neue Nebel erregen, sodann mit dem Sturme daherfahren und ihre Mengen, die zusammenschießen, sei es in Eis, sei es in geschlossenen Tropfen, auf die Erde niederschütten. Und haben sie sie niedergeschüttet, und hat die Luft sich gemischt, so steht sie bald wieder in ihrer Reinheit und Klarheit oft schon am andern Tage da, um wieder die Dünste aufzunehmen, die in der Hitze erzeugt werden, wieder allmählich dasselbe Spiel zu beginnen, und so die Abwechslung von Regen und Sonnenschein zu bewirken, welche die Freude und das Gedeihen von Menschen, Tieren und Gewächsen ist.

Der unermeßliche Regen der Nacht hatte die Kalksteinhügel glattgewaschen, und sie standen weiß und glänzend unter dem Blau des Himmels und unter den Strahlen der Sonne da. Wie sie hinter einander zurück wichen, wiesen sie in zarten Abstufungen ihre gebrochenen Glanzfarben in Grau, Gelblich, Rötlich, Rosenfarbig, und dazwischen lagen die länglichen, nach rückwärts immer schöneren luftblauen Schatten. Die Wiese vor dem Pfarrhofe war frisch und grün, die Linde, die ihre älteren und schwächeren Blätter durch den Sturm verloren hatte, stand neugeboren da, und die andern Bäume und die Büsche um den Pfarrhof hoben ihre nassen, glänzenden Äste und Zweige gegen die Sonne. Nur in der Nähe des Steges war auch ein anderes, minder angenehmes Schauspiel des Gewitters. Die Zirder war ausgetreten, und setzte einen Teil der Wiese, von der ich gesagt habe, daß sie um wenig höher liegt als das Flußbett, unter Wasser. Der hohe Steg senkte sich mit seinem abwärts gehenden Teile unmittelbar in dieses Wasser. Allein, wenn man von dem Schaden absieht, den die Überschwem-

mung durch Anführung von Sand auf der Wiese verursacht haben mochte, so war auch diese Erscheinung schön. Die große Wasserfläche glänzte unter den Strahlen der Sonne, sie machte zu dem Grün der Wiese und dem Grau der Steine den dritten, stimmenden und schimmernden Klang, und der Steg stand abenteuerlich wie eine dunkle Linie über dem silbernen Spiegel.

Der Pfarrer zeigte mir mehrere Stellen sehr entfernter Gegenden, die man sonst nicht sehen konnte, die aber heute deutlich in der gereinigten Luft wie klare Bilder zu erblicken waren.

Nachdem wir eine kleine Zeit das Morgenschauspiel, das die Augen unwillkürlich auf sich gezogen hatte, betrachtet hatten, brachte der Pfarrer kalte Milch und schwarzes Brot zum Frühmahle. Wir verzehrten beides, und ich schickte mich dann zum Fortgehen an. Ich nahm mein Fach und meine Tasche mit dem Lederriemen über die Schulter, nahm meinen Stab von der Ecke neben dem gelben Schreine, nahm meinen weißen Wanderhut, und sagte dem Pfarrer herzlichen Dank für meine Beherbergung während des starken Gewitters.

»Wenn es nur nicht zu schlecht gewesen ist«, sagte er.

»Nein, nein, Euer Ehrwürden«, erwiderte ich, »es war alles lieb und gut von Ihnen, ich bedaure nur, daß ich Ihnen Störung und Unruhe verursacht habe, ich werde künftig genau auf das Wetter und den Himmel sehen, daß meine Unvorsichtigkeit nicht wieder ein anderer büßen muß.«

»Ich habe gegeben, was ich gehabt habe«, sagte er.

»Und ich wünsche sehr, einen Gegendienst leisten zu können«, erwiderte ich.

»Menschen leben neben einander, und können sich manchen Gefallen tun«, sagte er.

Mit diesen Worten waren wir in das Vorhaus hinaus gelangt.

»Ich muß Ihnen noch meine dritte Stube zeigen«, sagte er, »hier habe ich ein Gemach, in welchem ich mich auskleide und ankleide, daß mich niemand sieht, und in welchem ich noch mancherlei Sachen aufbewahrt habe.«

Mit diesen Worten führte er mich aus dem Vorhause in ein Seitenzimmer oder eigentlich in ein Gewölbe, dessen Tür ich früher nicht beachtet hatte. In dem Gewölbe waren wieder sehr schlechte Geräte. Ein großer weicher, stehender Schrein, in dem Kleider und andere solche Dinge, wahrscheinlich auch die Wolldecken meines Lagers, aufbewahrt wurden, ein paar Stühle und ein Brett, auf dem schwarze Brote lagen und ein Topf mit Milch stand: das war die ganze Gerätschaft. Als wir wieder aus dem Zimmer herausgetreten waren, schloß er es zu, wir nahmen Abschied und versprachen, uns bald wieder zu sehen.

Ich trat in die kühle, reine Luft und auf die nasse Wiese hinaus. Ich hatte wohl noch den Gedanken, wie es sonderbar sei, daß wir immer nur in dem Erdgeschosse gewesen seien, und daß ich doch in der Nacht und am Morgen deutlich Tritte oberhalb unser in dem Pfarrhofe vernommen hatte; allein ich ließ mich den Gedanken nicht weiter anfechten und schritt vorwärts.

Ich ging nicht auf meinem eigentlichen Wege, sondern ich schlug die Richtung gegen die Zirder ein. Wenn man ein Land vermißt, wenn man viele Jahre lang Länder und ihre Gestalten auf Papier zeichnet, so nimmt man auch Anteil an der Beschaffenheit der Länder und gewinnt sie lieb. Ich ging gegen die Zirder, weil ich sehen wollte, welche Wirkungen ihr Austritt hervorgebracht hatte, und welche Veränderungen er in der unmittelbaren Nähe eingeleitet haben

möge. Als ich eine Weile vor dem Wasser stand und sein Walten betrachtete, ohne daß ich eben andere Wirkungen als den bloßen Austritt wahrnehmen konnte, so erlebte ich plötzlich ein Schauspiel, welches ich bisher nicht gehabt hatte, und bekam eine Gesellschaft, die mir bisher in dem Steinlande nicht zu Teil geworden war. Außer meinen Arbeitern, mit denen ich so bekannt war, und die mit mir so bekannt waren, daß wir uns wechselweise wie Werkzeuge vorkommen mußten, hatte ich nur einige Menschen in meinem Gasthause, manchen Wanderer auf dem Wege und den armen Pfarrer in den Gesteinen gesehen. Jetzt sollte es anders werden. Als ich hinblickte, sah ich von dem jenseitigen Ufer, welches höher und nicht überschwemmt war, einen lustigen, fröhlichen Knaben über den Steg daher laufen. Als er gegen das Ende des Steges kam, welches sich in das Überschwemmungswasser der Zirder hinab senkte, kauerte er sich nieder, und so viel ich durch mein Handfernrohr wahrnehmen konnte, nestelte er sich die Schuhriemen auf, und zog Schuhe und Strümpfe aus. Allein nachdem er beides ausgezogen hatte, ging er nicht in das Wasser herab, wie ich vermutet hatte, sondern blieb an der Stelle. Gleich darauf kam ein zweiter Knabe und tat dasselbe. Dann kam ein barfüßiger, der auch stehen blieb, dann mehrere andere. Endlich kam ein ganzer Schwarm Kinder über den Steg gelaufen, und als sie gegen das Ende desselben gekommen waren, duckten sie sich nieder, gleichsam wie ein Schwarm Vögel, der durch die Luft geflogen kömmt und an einer kleinen Stelle einfällt, und ich konnte unschwer wahrnehmen, daß sie sämtlich damit beschäftigt waren, Schuhe und Strümpfe auszuziehen.

Als sie damit fertig waren, ging ein Knabe über den Steg herab, und behutsam in das Wasser. Ihm

folgten die andern. Sie nahmen auf ihre Höschen keine Rücksicht, sondern gingen damit tief in das Wasser, und die Röckchen der Mädchen schwammen um ihre Füße in dem Wasser herum. Zu meinem Erstaunen erblickte ich jetzt auch mitten im Wasser eine größere schwarze Gestalt, die niemand anderer als der arme Pfarrer im Kar war. Er stand bis auf die Hüften im Wasser. Ich hatte ihn früher nicht gesehen und auch nicht wahrgenommen, wie er hinein gekommen war, weil ich mit meinen Augen immer weiterhin gegen den Steg geblickt hatte, und sie erst jetzt mehr nach vorn richtete, wie die Kinder gegen meinen Standpunkt heran schritten. Alle Kinder gingen gegen den Pfarrer zu, und nachdem sie eine Weile bei ihm verweilt und mit ihm gesprochen hatten, traten sie den Weg gegen das Ufer an, an dem ich stand. Da sie ungleich vorsichtig auftraten, so zerstreuten sie sich im Hergehen durch das Wasser, erschienen wie schwarze Punkte auf der glänzenden Fläche, und kamen einzeln bei mir an. Da ich sah, daß keine Gefahr in dem überall seichten Überschwemmungswasser vorhanden sei, blieb ich auf meiner Stelle stehen, und ließ sie ankommen. Die Kinder kamen heran, und blieben bei mir stehen. Sie sahen mich anfangs mit trotzigen und scheuen Angesichtern an; aber da ich von Jugend auf ein Kinderfreund gewesen bin, da ich stets die Kinder als Knospen der Menschheit außerordentlich geliebt habe und seit meiner Verehlichung selbst mit einer Anzahl davon gesegnet worden bin, da zuletzt auch keine Art von Geschöpfen so schnell erkennt, wer ihnen gut ist, und auf diesem Boden eben so schnell Vertrauen gewinnt als Kinder: so war ich bald von einem Kreise plaudernder und rühriger Kinder umringt, die sich bemühten, Fragen zu geben und Fragen zu beantworten. Es war leicht zu erraten, auf welchem Wege sie sich befanden, da sie sämtlich

an ledernen oder leinenen Bändern ihre Schultaschen
um die Schultern gehängt hatten. Weil aber auch ich
meine Tasche und mein Fach an einem ledernen Rie-
men um meine Schultern trug, so mochte es ein lä-
cherlicher Anblick gewesen sein, mich gleichsam wie
ein großes Schulkind unter den kleinen stehen zu se-
hen. Einige bückten sich und waren bemüht, ihre
Schuhe und Strümpfe wieder anzuziehen, andere
hielten sie noch in den Händen, sahen zu mir auf,
und redeten mit mir.

Ich fragte sie, woher sie kämen, und erhielt zur
Antwort, daß sie aus den Karhäusern und Steinhäu-
sern seien, und daß sie in die Schule in das Kar gehen.

Als ich sie fragte, warum sie auf dem Stege zusam-
men gewartet hätten und nicht einzeln, wie sie gekom-
men wären, in das Wasser gestiegen seien, sagten sie,
weil die Eltern befohlen hätten, sie sollten sehr vor-
sichtig sein, und nicht allein, sondern alle zusammen
in das Wasser gehen, wenn ein solches jenseits des
Steges auf der Zirderwiese sei.

»Wenn aber das Wasser auf der Wiese so tief wäre,
daß es über das Haupt eines großen Menschen hinaus
ginge?« fragte ich.

»So kehren wir wieder um«, antworteten sie.

»Wenn aber erst das Wasser mit Gewalt daher
käme, wenn ihr bereits über den Steg gegangen wäret
und euch auf der Wiese befändet, was tätet ihr dann?«

»Das wissen wir nicht.«

Ich fragte sie, wie lange sie von den Steinhäusern
und Karhäusern hieher brauchtet, und erhielt die
Antwort: eine Stunde. So weit mochten auch die ge-
nannten Häuser wirklich entfernt sein. Sie liegen jen-
seits der Zirder in einem eben so unfruchtbaren Bo-
den wie das Kar, aber ihre Bewohner treiben viele
Geschäfte, namentlich brennen sie Kalk aus ihren
Steinen und verführen ihn weit.

Ich fragte sie, ob ihnen die Eltern auch aufgetragen hätten, die Schuhe und Strümpfe zu schonen, erhielt die Antwort ja, und bewunderte die Unfolgerichtigkeit, indem sie die trockenen Schuhe und Strümpfe in den Händen hielten und mit bitterlich nassen Höschen und Röckchen vor mir standen.

Ich fragte, was sie in dem Winter täten. »Da gehen wir auch herüber«, sagten sie.

»Wenn aber Schneewasser auf der Wiese ist?«

»Da ziehen wir die Schuhe nicht aus, sondern gehen mit ihnen durch.«

»Und wenn der Steg eisig ist?«

»Da müssen wir acht geben.«

»Und wenn außerordentliches Schneegestöber ist?«

»Das macht nichts.«

»Und wenn ungeheuer viel Schnee liegt und kein Weg ist?«

»Dann bleiben wir zu Hause.«

In diesem Augenblicke kam der Pfarrer mit den letzten Kindern gegen mich heran. Es war auch Zeit; denn die Kinder waren bereits so zutraulich geworden, daß mir ein winzig kleiner Knabe, der den Grund und Anfang aller Wissenschaften auf einem kleinen Papptäfelchen trug, seine Buchstaben aufsagen wollte.

Da mich der Pfarrer in der Mitte der Kinder ansichtig wurde, grüßte er sehr freundlich und sagte, das sei schön von mir, daß ich auch zur Hilfe herbei geeilt wäre.

Ich erschrak über diese Zumutung, sagte aber gleich, ich sei eben nicht zur Hilfe herbei geeilt, da ich nicht gewußt hätte, daß Kinder über den Steg kommen würden, aber wenn Hilfe nötig geworden wäre, so würde ich sie gewiß auch geleistet haben.

Bei dieser Gelegenheit, als ich ihn so unter den Kindern stehen sah, bemerkte ich, daß er bei weitem

tiefer im Wasser gewesen sein müsse als die Kinder; denn er war bis über die Hüften naß, und dies hätte bei manchem Kinde beinahe an den Hals gereicht. Ich begriff den Widerspruch nicht und fragte ihn deshalb. Er sagte, das sei leicht zu erklären. Der Wennerbauer, dem das überschwemmte Stück Wiese gehöre, auf dem er eben im Wasser gestanden sei, habe vorgestern Steine aus der Wiese graben und wegführen lassen. Die Grube sei geblieben. Da er nun heute die Wiese gegen die Zirder mit Wasser überdeckt gesehen hätte, habe er geglaubt, daß der Weg der Kinder etwa nahe an dieser Grube vorbeigehen, und daß eines in derselben verunglücken könnte. Deshalb habe er sich zu der Grube stellen wollen, um alle Gefahr zu verhindern. Da sie aber abschüssig war, sei er selber in die Grube geglitten, und einmal darin stehend, sei er auch darin stehen geblieben. Eines der kleineren Kinder hätte in der Grube sogar ertrinken können, so tief sei sie gegraben worden. Man müsse Sorge tragen, daß die Wiese wieder abgeebnet werde; denn das Wasser bei Überschwemmungen sei trüb, und lasse die Tiefe und Ungleichheit des Bodens unter sich nicht bemerken.

Die nassen Kinder drängten sich um den nassen Pfarrer, sie küßten ihm die Hand, sie redeten mit ihm, er redete mit ihnen, oder sie standen da, und sahen zutraulich zu ihm hinauf.

Er aber sagte endlich, sie sollten jetzt die nassen Röckchen auswinden, das Wasser aus allen Kleidern drücken oder abstreifen, und wer Schuhe und Strümpfe habe, solle sie anziehen, dann sollen sie gehen, daß sie sich nicht erkühlen, sie sollen sich in die Sonne stellen, daß sie eher trocken würden, und sollen dann in die Schule gehen und dort sehr sittsam sein.

»Ja, das werden wir tun«, sagten sie.

Sie folgten der Weisung auch sogleich, sie duckten oder kauerten sich nieder, sie wanden die Röckchen aus, sie drückten das Wasser aus den Füßen der Höschen, oder sie drängten und streiften es aus Falten und Läppchen, und ich sah, daß sie darin eine große Geschicklichkeit hatten. Auch war die Sache nicht so bedeutend; denn sie hatten alle entweder ungebleichte oder rot- oder blaugestreifte leinene Kleidchen an, die bald trocken werden würden, und denen man dann kaum ansehen würde, daß sie naß gewesen seien; und in Hinsicht der Gesundheit, dachte ich, würde der jugendliche Körper leicht die Feuchtigkeit überwinden. Da sie mit dem Auspressen des Wassers fertig waren, gingen sie an das Anziehen der Schuhe und Strümpfe. Als sie auch dieses Geschäft beendigt hatten, nahm der Pfarrer wieder von mir Abschied, dankte mir noch einmal, daß ich hiehergekommen sei, und begab sich mit den Kindern auf den Weg in das Kar.

Ich rief den Kindern zu, sie sollten recht fleißig sein, sie riefen zurück: »ja, ja«, und gingen mit dem Pfarrer davon.

Ich sah die Gestalt des Pfarrers unter dem Kinderhaufen über die nasse Wiese der Karschule zugehen, wendete mich dann auch und schlug den Weg in meine Steine ein. Ich wollte nicht mehr in die Hochstraße gehen, sondern gleich meine Leute und meinen Arbeitsplatz aufsuchen, teils weil ich keine Zeit zu verlieren hatte, teils weil ich ohnedem noch mit den Resten von Lebensmitteln versehen war, die der Pfarrer gestern abends verschmäht hatte. Auch wollte ich meine Leute beruhigen, die gewiß erfahren haben würden, daß ich in der Nacht nicht in der Hochstraße gewesen sei, und deshalb meinetwillen besorgt sein könnten.

Als ich in die Höhe der Kalksteinhügel hinauf stieg, dachte ich an die Kinder. Wie groß doch die

Unerfahrenheit und Unschuld ist. Sie gehen auf das
Ansehn der Eltern dahin, wo sie den Tod haben kön-
nen; denn die Gefahr ist bei den Überschwemmun-
gen der Zirder sehr groß und kann bei der Unwissen-
heit der Kinder unberechenbar groß werden. Aber sie
kennen den Tod nicht. Wenn sie auch seinen Namen
auf den Lippen führen, so kennen sie seine Wesen-
heit nicht, und ihr emporstrebendes Leben hat keine
Empfindung von Vernichtung. Wenn sie selbst in den
Tod gerieten, würden sie es nicht wissen, und sie wür-
den eher sterben, ehe sie es erführen.

Als ich so dachte, hörte ich das Glöcklein von dem
Turme der Karkirche in meine Steine herein klingen,
das eben zu der Morgenmesse rief, die der Pfarrer
abhalten und der die Kinder beiwohnen würden.

Ich ging tiefer in die Steine hinein, und fand mei-
ne Leute, die sich freuten, mich zu sehen, und die mir
Lebensmittel gebracht hatten.–

Da ich lange in der Gegend verweilte, konnte ich es
nicht vermeiden, auch aus dem Munde der Menschen
manches über den Pfarrer zu hören. Da erfuhr ich,
daß es wirklich wahr sei, woran ich vermöge seiner
Aussage ohnehin nicht mehr gezweifelt hatte, daß er
schon seit vielen Jahren in seinem Vorhause auf der
hölzernen Bank schlafe und die Bibel unter dem Kop-
fe habe; daß er hiebei im Sommer nur die grauen
Wollkleider anhabe, und im Winter sich auch einer
Decke bediene. Seine Kleider trage er so lange und
erhalte sie so beisammen, daß sich niemand erinnern
könne, wann er sich einmal neue angeschafft hätte.
Das obere Stockwerk seines Pfarrhofes habe er ver-
mietet. Es sei ein Mann gekommen, der in einem
Amte gestanden, dann in den Ruhestand versetzt wor-
den war, und der seinen Gehalt nun in der Gegend
verzehre, in welcher er geboren worden sei. Er habe
den Umstand, daß der Pfarrer seine Zimmer vermie-

te, benützt, um sich mit seiner Tochter da einzumieten, daß er immer den Schauplatz vor Augen habe, in dem er seine Kindheit zugebracht hatte. Es war mir diese Tatsache wieder ein Beweis, wie süß uns nach den Worten des Dichters der Geburtsboden zieht und seiner nicht vergessen läßt, daß hier ein Mann eine Gegend als ein Labsal und als eine Erheiterung seines Alters aufsucht, aus der jeder andere fortzukommen trachten würde. Der Pfarrer, sagte man, esse zum Frühmahle und am Abende nur ein Stück schwarzen Brotes, und sein Mittagessen bereite ihm seine Dienerin Sabine, welche es in ihrer Wohnung koche und es ihm in den Pfarrhof bringe. Es bestehe häufig aus warmer Milch oder einer Suppe oder im Sommer selbst aus kalten Dingen. Wenn er krank sei, lasse er keinen Arzt und keine Arznei kommen, sondern liege und enthalte sich der Speisen, bis er gesund werde. Von den Einkünften seiner Miete und seines Amtes tue er Gutes, und zwar an Leute, die er sorgsam aussuche. Er habe keine Verwandten und Bekannten. Seit den Jahren, seit denen er da sei, sei niemand bei ihm auf Besuch gewesen. Alle seine Vorgänger seien nur kurze Zeit Pfarrer in dem Kar gewesen, und seien dann fortgekommen; er aber sei schon sehr lange da, und es habe den Anschein, daß er bis zu seinem Lebensende da bleiben werde. Er gehe auch nicht auf Besuche in die Nachbarschaft, ja er gehe nicht viel mit Menschen um, und wenn er nicht in seinen Amtsgeschäften oder in der Schule sei, so lese er in seinem Stüblein, oder er gehe über die Wiese in das Steinkar, gehe dort im Sande herum, oder sitze dort einsam mit seinen Gedanken.

Es hatte sich in der Gegend der Ruf verbreitet, daß er wegen seiner Lebensweise Geld habe, und er ist deshalb schon dreimal beraubt worden.

Ich konnte von diesen Dingen weder wissen, was

wahr sei, noch was nicht wahr sei. So oft ich zu ihm kam, sah ich die ruhigen, klaren blauen Augen, das einfache Wesen, und die bittere, ungeheuchelte Armut. Was seine Vergangenheit gewesen sei, in das drang ich nicht ein, und mochte nicht eindringen.

Ich hatte auch mehrere Predigten von ihm gehört. Sie waren einfach christlich, und wenn auch von Seite der Beredsamkeit manches einzuwenden gewesen wäre, so waren sie doch klar und ruhig, und es war eine solche Güte in ihnen, daß sie in das Herz gingen.

Die Zeit meiner Arbeiten in jener Gegend zog sich in die Länge. Die Steinnester jener unwirtlichen Landschaften setzten uns solche Hindernisse entgegen, daß wir Aussicht hatten, doppelt so viele Zeit zu brauchen als auf einem gleichen Flächenraume einer gezähmten und fruchtbaren Gegend. Dazu kam noch, daß uns von den Behörden gleichsam eine Frist gesetzt wurde, in der wir fertig sein sollten, indem wir die Bestimmung bekamen, zu einer gewissen Zeit in einem anderen Teile des Reiches beschäftigt zu werden. Ich wollte mir die Schande nicht antun, mich saumselig finden zu lassen. Ich bot daher alles auf, das Geschäft in einen lebhaften Gang zu bringen. Ich verließ die Hochstraße, ich ließ mir in dem Teile des Steinkars, in dem wir arbeiteten, eine Bretterhütte als Wohnung aufschlagen, ich wohnte dort und ließ mir mit meinen Leuten gemeinschaftlich an einem Feuer kochen. Ich zog auch alle Leute zu mir, daß sie auf dem Arbeitsschauplatze oder in der Nähe in errichteten Hüttchen wohnten, und ich nahm noch mehrere fremde Menschen als Handlanger auf, um nun alles recht tüchtig und lebendig zu fördern.

Da ging es nun an ein Hämmern, Messen, Pflöckeschlagen, Kettenziehen, an ein Aufstellen der Meßtische, an ein Absehen durch die Gläser, an ein Bestimmen der Linien, Winkelmessen, Rechnen und der-

gleichen. Wir rückten durch die Steinhügel vor, und unsere Zeichen verbreiteten sich auf dem Kalkgebiete. Da es eine Auszeichnung war, diesen schwierigen Erdwinkel aufzunehmen, so war ich stolz darauf, es recht schön und ansehnlich zu tun, und arbeitete oft noch bis tief in die Nacht hinein in meiner Hütte. Ich zeichnete manche Blätter doppelt, und verwarf die minder gelungenen. Der Stoff wurde sachgemäß eingereiht.

Daß mir bei diesen Arbeiten der Pfarrer in den Hintergrund trat, ist begreiflich. Allein da ich ihn einmal schon längere Zeit nicht im Steinkar sah, wurde ich unruhig. Ich war gewöhnt, seine schwarze Gestalt in den Steinen zu sehen, von weitem sichtbar, weil er der einzige dunkle Punkt in der graulich dämmernden oder unter dem Strahle der hinabsinkenden Sonne rötlich beleuchteten Kalkflur war. Ich fragte deshalb nach ihm, und erfuhr, daß er krank sei. Sogleich beschloß ich, ihn zu besuchen. Ich benutzte die erste freie Zeit dazu, oder vielmehr, ich machte mir den ersten Abend frei, und ging zu ihm.

Ich fand ihn nicht auf seinem gewöhnlichen Lager in dem Vorhause, sondern in dem Stüblein auf der hölzernen Bank, auf welcher er mir in der Gewitternacht ein Bett gemacht hatte. Man hatte ihm die Wolldecken unter den Leib gegeben, die ich damals gehabt hatte, und er hatte es zugelassen, weil er krank war. Man hatte ihm auch eine Hülle gegeben, um seinen Körper zudecken zu können, und man hatte den fichtenen Tisch an sein Bett gerückt, daß er Bücher darauf legen und andere Dinge darauf stellen konnte.

So fand ich ihn.

Er lag ruhig dahin, und war auch jetzt nicht zu bewegen gewesen, einen Arzt oder eine Arznei anzunehmen, selbst nicht die einfachsten Mittel zuzulas-

sen, die man ihm in sein Zimmer brachte. Er hatte den seltsamen Grund, daß es eher eine Versuchung Gottes sei, eingreifen zu wollen, da Gott die Krankheit sende, da Gott sie entferne, oder den beschlossenen Tod folgen lasse. Endlich glaubte er auch nicht so sehr an die gute Wirkung der Arzneien und an das Geschick der Ärzte.

Da er mich sah, zeigte er eine sehr heitere Miene, es war offenbar, daß er darüber erfreut war, daß ich gekommen sei. Ich sagte ihm, daß er verzeihen möge, daß ich erst jetzt komme, ich hätte es nicht gewußt, daß er krank sei, ich wäre wegen der vielen Arbeiten nicht von meiner Hütte in dem Steinkar herausgekommen, ich hätte ihn aber vermißt, hätte ihm nachgefragt, und sei nun gekommen.

»Das ist schön, das ist recht schön«, sagte er.

Ich versprach, daß ich nun schon öfter kommen werde.

Ich erkannte bei näheren Fragen über seinen Zustand, daß seine Krankheit weniger eine bedenkliche, als vielmehr eine längere sein dürfte, und ging daher mit Beruhigung weg. Deßohngeachtet fuhr ich eines Tages mit hereinbestellten Postpferden in die Stadt hinaus und beriet mich mit einem mir bekannten Arzte daselbst, indem ich ihm alle Zustände, die ich dem Pfarrer in mehreren Besuchen abgefragt hatte, darlegte. Er gab mir die Versicherung, daß ich recht gesehen hätte, daß das Übel kein gefährliches sei, daß die Natur da mehr tun könne als der Mensch, und daß der Pfarrer in etwas längerer Zeit schon genesen werde.

Da ich nun öfter zu dem Pfarrer kam, so wurde ich es so gewöhnt, abends ein wenig auf dem Stuhle neben seinem Bette zu sitzen und mit ihm zu plaudern, daß ich es nach und nach alle Tage tat. Ich ging nach meiner Tagesarbeit aus dem Steinkar über die Wiese

in den Pfarrhof und verrichtete meine Hausarbeit
später bei Licht in meiner Hütte. Ich konnte es um so
leichter tun, da ich jetzt ziemlich nahe an dem
Pfarrhofe wohnte, was in der Hochstraße bei weitem
nicht der Fall gewesen war. Ich war aber nicht der
einzige, der sich des Pfarrers annahm. Die alte Sabine,
seine Aushelferin, kam nicht nur öfter in die Woh-
nung des Pfarrers herüber, als es eigentlich ihre
Schuldigkeit gewesen wäre, sondern sie brachte die
meiste Zeit, die sie von ihrem eigenen Hauswesen, das
nur ihre einzige Person betraf, absparen konnte, in
dem Pfarrhofe zu, und verrichtete die kleinen Dien-
ste, die bei einem Kranken notwendig waren. Außer
dieser alten Frau kam auch noch ein junges Mädchen,
die Tochter des Mannes, welcher in dem ersten Stock-
werke des Pfarrhofes zur Miete war. Das Mädchen
war bedeutend schön, es brachte dem Pfarrer entwe-
der eine Suppe oder irgend etwas anderes, oder es
erkundigte sich um sein Befinden, oder es hinter-
brachte die Frage des Vaters, ob er dem Pfarrer in
irgend einem Stücke beistehen könne. Der Pfarrer
hielt sich immer sehr stille, wenn das Mädchen in das
Zimmer trat, er regte sich unter seiner Hülle nicht,
und zog die Decke bis an sein Kinn empor.

Auch der Schullehrer kam oft herüber, und auch
ein paar Amtsbrüder aus der Nachbarschaft waren
eingetroffen, um sich nach dem Befinden des Pfar-
rers zu erkundigen.

War es nun die Krankheit, welche den Mann wei-
cher stimmte, oder war es der tägliche Umgang, der
uns näher brachte, wir wurden seit der Krankheit des
Pfarrers viel besser mit einander bekannt. Er sprach
mehr und teilte sich mehr mit. Ich saß an dem fichte-
nen Tisch, der an seinem Bette stand, und kam pünkt-
lich alle Tage an die Stelle. Da er nicht ausgehen
konnte und nicht in das Steinkar kam, so mußte ich

die Veränderungen, die dort vorkamen, berichten. Er fragte mich, ob die Brombeeren an dem Kulterloche schon zu reifen begännen, ob der Rasen gegen die Zirderhöhe, welchen der Frühling immer sehr schön grün färbe, schon im Vergelben und Ausdorren begriffen sei, ob die Hagebutten schon reiften, ob das Verwittern des Kalksteins vorwärts gehe, ob die in die Zirder gefallenen Stücke sich vermehrten, und der Sand sich vervielfältigte, und dergleichen mehr. Ich sagte es ihm, ich erzählte ihm auch andere Dinge, ich sagte ihm, wo wir gearbeitet hätten, wie weit wir vorgerückt wären, und wo wir morgen beginnen würden. Ich erklärte ihm hiebei manches, was ihm in unsern Arbeiten dunkel war. Auch las ich ihm zuweilen etwas vor, namentlich aus den Zeitungen, die ich mir wöchentlich zweimal durch einen Boten in das Steinkar hereinbringen ließ.

Eines Tages, da die Krankheit sich schon bedeutend zum Besseren wendete, sagte er, er hätte eine Bitte an mich.

Als ich ihm erwiderte, daß ich ihm sehr gerne jeden Dienst erweise, der nur immer in meiner Macht stehe, daß er nur sagen solle, was er wolle, ich würde es gewiß tun, antwortete er: »Ich muß Ihnen, ehe ich meine Bitte ausspreche, erst etwas erzählen. Bemerken Sie wohl, ich erzähle es nicht, weil es wichtig ist, sondern damit Sie sehen, wie alles so gekommen ist, was jetzt ist, und damit Sie vielleicht geneigter werden, meine Bitte zu erfüllen. Sie sind immer sehr gut gegen mich gewesen, und Sie sind sogar neulich, wie ich erfahren habe, in die Stadt hinaus gefahren, um einen Arzt über meine Zustände zu befragen. Dies gibt mir nun den Mut, mich an Sie zu wenden.

Ich bin der Sohn eines wohlhabenden Gerbers in unserer Hauptstadt. Mein Urgroßvater war ein Findling aus Schwaben, und wanderte mit dem Stabe in

der Hand in unsere Stadt ein. Er lernte das Gerbergewerbe aus Güte mildtätiger Menschen, er besuchte dann mehrere Werkstätten, um in ihnen zu arbeiten, er ging in verschiedene Länder, um sich mit seinen Händen sein Brot zu verdienen, und dann die Art kennen zu lernen, wie überall das Geschäft betrieben wird. Unterrichtet kehrte er wieder in unsere Stadt zurück und arbeitete in einer ansehnlichen Lederei. Dort zeichnete er sich durch seine Kenntnisse aus, er ward endlich Werkführer, und der Herr des Gewerbes vertraute ihm mehrere Geschäfte an und übertrug ihm die Ausführung mancher Versuche zu neuen Bereitungen. Dabei versuchte sich der Urgroßvater in kleinen Handelsgeschäften, er kaufte mit geringen Mitteln Rohstoffe, und verkaufte sie wieder.

So erwarb er sich ein kleines Vermögen. Da er schon an Jahren zunahm, kaufte er sich in der entfernten Vorstadt einen großen Garten, an den noch unbenützte Gründe stießen. Er baute auf diesem Grunde eine Werkstätte und ein Häuschen, heiratete ein armes Mädchen, und trieb nun als eigener Herr sein Gewerbe und seine Handelschaft. Er brachte es vorwärts und starb als ein geachteter, bei den Geschäftsleuten angesehener Mann. Er hatte einen einzigen Sohn, meinen Großvater.

Der Großvater trieb das Geschäft seines Vaters fort. Er dehnte es noch weiter aus. Er baute ein großes Haus am Rande des Gartens, daß die Fenster dahin gingen, wo in Zukunft eine Straße mit Häusern sein würde. Rückwärts des Hauses baute er die Werkstätten und Aufbewahrungsplätze. Der Großvater war überhaupt ein Freund des Bauens. Er baute außer dem Hause noch einen großen Hof, der zu weiteren Werkstätten und zu verschiedenen Teilen unseres Geschäftes benützt wurde. Die öden Gründe neben unserem Garten verkaufte er, und weil die Stadt einen großen Auf-

schwung nahm, so waren diese Gründe sehr teuer. Den Garten umgab er mit einer Mauer, die wieder regelmäßige Unterbrechungen mit Eisengittern hatte. Er brachte das Geschäft sehr empor und legte die großen Kaufgewölbe an, in welchen die Waren, die wir selbst erzeugten, und die, mit welchen wir Handelschaft trieben, niedergelegt wurden. Der Großvater hatte wieder nur einen Sohn, der das Gewerbe weiter führte, meinen und meines Bruders Vater.

Der Vater baute nur noch die Trockenböden auf das Stockwerk der Werkstätte, er baute an das Haus einen kleinen Flügel gegen den Garten und baute ein Gewächshaus. Zu seiner Zeit war schon vor den Fenstern des Hauptgebäudes eine Straße entstanden, welche mit Häusern gesäumt, mit Steinen gepflastert und von Gehenden und Fahrenden besetzt war. Ich erinnere mich noch aus meiner Kindheit, daß unser Haus sehr groß und geräumig war, daß es viele Höfe und Fächer hatte, die zur Betreibung des Gewerbes dienten. Am liebsten erinnere ich mich noch des schönen Gartens, in dem Bäume und Blumen, Kräuter und Gemüse standen. In den Räumen der Gebäude und der Höfe gingen die von ihrer Arbeit in ihren Leinenkleidern fast gelbbraun gefärbten Gesellen herum, in dem großen Gewölbe zu ebener Erde und in den zwei kleinen daran stoßenden lagen Lederballen aufgetürmt, auf den Stangen des Trockenbodens hingen Häute, und in den großen Austeilzimmern wurden sie gesondert und geordnet. In dem Verkaufsgewölbe lagen sie zierlich in den Fächern. Im Rinderstalle standen Kühe, im Pferdestall waren sechs Pferde und in dem Wagenbehältnis Kutschen und Wägen, ich erinnere mich sogar noch auf den großen schwarzen Hund Hassan, der im großen Hofe war und bei dem Tore desselben jedermann hinein ließ, aber niemand hinaus.

Unser Vater war ein großer, starker Mann, der in den weitläufigen Räumen des Hauses herum ging, alles besah und alles anordnete. Er ging fast nie aus dem Hause, außer wenn er Geschäfte hatte oder in die Kirche ging; und wenn er zu Hause war und nicht eben bei der Arbeit nachsah, so saß er an dem Schreibtische und schrieb. Öfter wurde er auch in dem Garten gesehen, wie er mit den Händen auf dem Rücken dahin ging, oder wie er so da stand und auf einen Baum hinauf sah, oder wie er die Wolken betrachtete. Er hatte eine Freude an der Obstzucht, hatte einen eigenen Gärtner hiefür genommen und hatte Pfropfreiser aus allen Gegenden Europas verschrieben. Er war gegen seine Leute sehr gut, er hielt sie ausreichend, sah, daß einem jeden sein Teil werde, daß er aber auch tue, was ihm obliege. Wenn einer krank war, ging er selber zu seinem Bette, fragte ihn, wie er sich befnde, und reichte ihm oft selber die Arznei. Er hatte im Hause nur den allgemeinen Namen Vater. Dem Prunke war er abgeneigt, daß er eher zu schlicht und unscheinbar daher ging als zu ansehnlich, seine Wohnung war einfach, und wenn er in einem Wagen ausfuhr, so mußte es ein sehr bürgerlich aussehender sein.

Wir waren zwei Brüder, Zwillinge, und die Mutter hatte bei unserer Geburt ihr Leben verloren. Der Vater hatte sie sehr hoch geehrt und daher keine Frau mehr genommen; denn er hat sie nie vergessen können. Weil auf der Gasse zu viel Lärm war, wurden wir in den hintern Flügel gegen den Garten getan, den der Vater an das Haus angebaut hatte. Es war eine große Stube, in der wir waren, die Fenster gingen gegen den Garten hinaus, die Stube war durch einen langen Gang von der übrigen Wohnung getrennt, und damit wir nicht bei jedem Ausgange durch den vordern Teil des Hauses gehen mußten, ließ der Va-

ter in dem Gartenflügel eine Treppe bauen, auf welcher man unmittelbar in den Garten und von ihm ins Freie gelangen konnte.

Nach dem Tode der Mutter hatte der Vater die Leitung des Hauswesens einer Dienerin anvertraut, welche schon bei der Mutter, ehe sie Braut wurde, in Diensten gestanden und gleichsam ihre Erzieherin gewesen war. Die Mutter hatte sie auf ihrem Todbette dem Vater empfohlen. Sie hieß Luise. Sie führte über alles die Leitung und Aufsicht, was die Speise und den Trank betraf, was sich auf die Wäsche, auf die Geschirre, auf die Geräte des Hauses, auf Reinigung der Treppen und Stuben, auf Beheizung und Lüftung bezog, kurz, über alles, was das innere Hauswesen anbelangt. Sie stand an der Spitze der Mägde. Sie besorgte auch die Bedürfnisse von uns beiden Knaben.

Da wir größer geworden waren, bekamen wir einen Lehrer, der bei uns in dem Hause wohnte. Es wurden ihm zwei schöne Zimmer hergerichtet, die sich neben unserer Stube befanden und mit dieser Stube den ganzen hintern Teil des Flügels ausmachten, der den Namen Gartenflügel führte. Wir lernten von ihm, was alle Kinder zu Anfange ihres Lernens vornehmen müssen: Buchstaben kennen, Lesen, Rechnen, Schreiben. Der Bruder war viel geschickter als ich, er konnte sich die Buchstaben merken, er konnte sie zu Silben verbinden, er konnte deutlich und in Absätzen lesen, ihm kam in der Rechnung immer die rechte Zahl, und seine Buchstaben standen in der Schrift gleich und auf der nämlichen Linie. Bei mir war das anders. Die Buchstabennamen wollten mir nicht einfallen, dann konnte ich die Silbe nicht sagen, die sie mir vorstellten, und beim Lesen waren die großen Wörter sehr schwer, und es war eine Pein, wenn sehr lange kein Beistrich erschien. In der Rechnung befolgte ich die

Regeln, aber es standen am Ende meistens ganz ande-
re Zahlen da, als uns herauskommen mußten. Bei
dem Schreiben hielt ich die Feder sehr genau, sah fest
auf die Linie, fuhr gleichmäßig auf und nieder, und
doch standen die Buchstaben nicht gleich, sie senkten
sich unter die Linie, sie sahen nach verschiedenen
Richtungen, und die Feder konnte keinen Haarstrich
machen. Der Lehrer war sehr eifrig, der Bruder zeigte
mir auch vieles, bis ich die Sachen machen konnte.
Wir hatten in der Stube einen großen eichenen Tisch,
auf welchem wir lernten. An jeder der zwei Langsei-
ten des Tisches waren mehrere Fächer angebracht,
die heraus zu ziehen waren, wovon die eine Reihe
dem Bruder diente, seine Schulsachen hinein zu le-
gen, die andere mir. In jeder der hintern Ecken der
Stube stand ein Bett, und neben dem Bette ein
Nachttischchen. Die Tür unsers Zimmers stand nachts
in das Schlafzimmer des Lehrers offen.

Wir gingen sehr häufig in den Garten und beschäf-
tigten uns dort. Wir fuhren oft mit unsern Schimmeln
durch die Stadt, wir fuhren auch auf das Land, oder
sonst irgend wo herum, und der Lehrer saß immer bei
uns in dem Wagen. Wir gingen mit ihm auch aus, wir
gingen entweder auf einer Bastei der Stadtmauer
oder in einer Allee spazieren, und wenn etwas Beson-
deres in der Stadt ankam, das sehenswürdig war, und
es der Vater erlaubte, so gingen wir mit ihm hin, es zu
sehen.

Als wir in den Gegenständen der unteren Schulen
gut unterrichtet waren, kamen die Gegenstände der
lateinischen Schule an die Reihe, und der Lehrer sag-
te uns, daß wir aus ihnen vor dem Direktor und vor
den Professoren werden Prüfungen ablegen müssen.
Wir lernten die lateinische und griechische Sprache,
wir lernten die Naturgeschichte und Erdbeschrei-
bung, das Rechnen, die schriftlichen Aufsätze und

andere Dinge. In der Religion wurden wir von dem würdigen Kaplane unserer Pfarrkirche in unserem Hause unterrichtet, und der Vater ging uns in religiösen und sittlichen Dingen mit einem guten Beispiel voran. Aber wie es in dem früheren Unterrichte gewesen war, so war es hier auch wieder. Der Bruder lernte alles recht gut, er machte seine Aufgaben gut, er konnte das Lateinische und Griechische deutsch sagen, er konnte die Buchstabenrechnungen machen, und seine Briefe und Aufsätze waren, als hätte sie ein erwachsener Mensch geschrieben. Ich konnte das nicht. Ich war zwar auch recht fleißig, und im Anfange eines jeden Dinges ging es nicht übel, ich verstand es, und konnte es sagen und machen; aber wenn wir weiter vorrückten, entstand eine Verwirrung, die Sachen kreuzten sich, ich konnte mich nicht zurechtfinden, und hatte keine Einsicht. In den Übertragungen aus der deutschen Sprache befolgte ich alle Regeln sehr genau, aber da waren immer bei einem Worte mehrere Regeln, die sich widersprachen, und wenn die Arbeit fertig war, so war sie voll Fehler. Ebenso ging es bei den Übertragungen in das Deutsche. Es standen in dem lateinischen oder griechischen Buche immer so fremde Worte, die sich nicht fügen wollten, und wenn ich sie in dem Wörterbuche aufschlug, waren sie nicht darin, und die Regeln, die wir in unserer Sprachlehre lernten, waren in den griechischen und lateinischen Büchern nicht befolgt. Am besten ging es noch in zwei Nebengegenständen, die der Vater zu lernen befohlen hatte, weil wir sie in unserer Zukunft brauchen konnten, in der französischen und italienischen Sprache, für welche in jeder Woche zweimal ein Lehrer in das Haus kam. Der Bruder und unser Lehrer nahmen sich meiner sehr an und suchten mir beizustehen. Aber da die Prüfungen kamen, genügte ich nicht, und meine Zeugnisse waren nicht gut.

So vergingen mehrere Jahre. Da die Zeit vorüber war, welche der Vater zur Erlernung dieser Dinge bestimmt hatte, sagte er, daß wir jetzt unser Gewerbe lernen müßten, das er uns nach seinem Tode übergeben würde, und das wir gemeinsam so ehrenwert und ansehnlich fortzuführen hätten, wie es unsere und seine Vorfahren getan hätten. Er sagte, wir müßten auf die nämliche Weise unterrichtet werden wie unsere Voreltern, damit wir auf die nämliche Weise zu handeln verstünden wie sie. Wir müßten alle Handgriffe und Kenntnisse unseres Geschäftes von unten hinauf lernen, wir müßten zuerst arbeiten können, wie jeder gute und der beste Arbeiter in unserem Handwerke, damit wir den Arbeiter und die Arbeit beurteilen könnten, damit wir wüßten, wie die Arbeiter behandelt werden sollen, und damit wir von den Arbeitern geachtet würden. Dann erst sollten wir zur Erlernung der weiteren in der Handelschaft nötigen Dinge übergehen.

Der Vater wollte, daß wir auch so leben sollten, wie unsere Arbeiter lebten, daß wir ihre Lage verstünden und ihnen nicht fremd wären. Er wollte daher, daß wir mit ihnen essen, wohnen und schlafen sollten. Unser bisheriger Lehrer verließ uns, indem er jedem von uns ein Buch zum Andenken hinterließ, wir zogen aus der Studierstube fort, und gingen in die Arbeiterwohnung hinüber. Der Vater hatte den besten Gesellen unseres Geschäftes, der zugleich Werkführer war, zu unserem Lehrmeister bestimmt, und uns überhaupt seiner Aufsicht übergeben. Wir bekamen jeder unsern Platz in seiner Werkstätte, waren mit dem Handwerkzeuge versehen, und mußten beginnen wie jeder Lehrling. Zum Speisen kamen wir an den nämlichen Tisch, an dem alle unsere Arbeiter saßen, aber wir kamen an die untersten Plätze, wo sich die Lehrlinge befanden. Als Schlafgemach hatten wir auch das der

Lehrlinge, an welches das Schlafzimmer des Werk-
führers stieß, der der einzige war, welcher ein eigenes
Zimmer zum Schlafen hatte. Deshalb mußte er immer
nicht nur ein sehr geschickter Arbeiter sein, sondern
auch durch Rechtlichkeit, Sitte und Lebenswandel
sich auszeichnen. Ein anderer wurde in unserem Hau-
se zu dieser Stelle gar nicht genommen. Er hatte die
besondere Aufsicht über die Lehrlinge weil diese
noch einer Erziehung bedurften. Zum Lager erhielten
wir ein Bett wie die Lehrlinge, und zur Bekleidung
hatten wir das Kleid aller unserer Arbeiter.

So begann die Sache. Aber auch hier war es genau
wieder so, wie es in allen vorhergegangenen Dingen
gewesen war. Der Bruder arbeitete schnell, und seine
Arbeitsstücke waren schön. Ich machte es genau so,
wie der Lehrmeister es angab, aber meine Stücke wur-
den nicht so, wie sie sein mußten, und wurden nicht so
schön wie die meines Bruders. Ich war aber außer-
ordentlich fleißig. Des Abends saßen wir oft in der
großen Gesprächstube der Arbeiter, und hörten ihren
Reden zu. Es kamen auch böse Beispiele von Arbei-
tern vor, aber sie sollten uns nicht verlocken sondern
sie sollten uns befestigen und einen Abscheu einflö-
ßen. Der Vater sagte, wer leben soll, muß das Leben
kennen, das Gute und das Böse davon, muß aber von
dem Letzteren nicht angegriffen, sondern gestärkt
werden. An solchen Abenden holte ich den Arbeitern
gerne Dinge, um welche sie mich schickten, Wein,
Käse und andere Gegenstände. Sie hatten mich des-
halb auch sehr lieb.

Wenn wir in einer Werkstätte unterrichtet waren
und die Sachen machen konnten, kamen wir in eine
andere, bis wir endlich freigesprochen wurden und
als Lehrlinge in die Handelschaft traten. Als wir auch
da fertig waren, kamen wir in die Schreibstube zu den
Schreibereien unseres Geschäftes.

Da endlich nach geraumer Zeit unsere Lehrjahre vorüber waren, kamen wir in das Zimmer der Söhne vom Hause, und erhielten die einfachen Kleider, wie sie unser Vater zu tragen pflegte.

Nicht lange nach der Zeit der Vollendung der Lehre, und da der Bruder schon überall zu den Geschäften beigezogen wurde, erkrankte der Vater. Er erkrankte nicht so ernstlich, daß eine Gefahr zu befürchten gewesen wäre, so wie er auch nicht in dem Bette liegen mußte, aber seine starke Gestalt nahm ab, sie wurde leichter, er ging viel in dem Hause und in dem Garten herum, und nahm sich nicht mehr so um die Geschäfte an, wie es früher seine Gewohnheit und seine Freude gewesen war.

Der Bruder nahm sich um die Führung des Gewerbes an, ich brauchte mich nicht einzumischen, und der Vater blieb endlich den größten Teil des Tages, wenn er nicht eben in dem Garten war, in seinem Wohnzimmer.

Um jene Zeit tat ich die Bitte, daß man erlauben möge, daß ich wieder unsere alte Studierstube beziehen und dort wohnen dürfe. Man gewährte die Bitte, und ich schaffte meine Habseligkeiten durch den langen Gang in die Stube. Weil der Vater in dem Geschäfte keine Anordnungen und keine Befehle erteilte, und weil mir der Bruder keine Arbeit auftrug, hatte ich Muße, zu tun, was ich wollte. Da man mir damals, als ich in unseren Lehrgegenständen keine genügenden Zeugnisse erhalten hatte, keinen Vorwurf gemacht hatte, so beschloß ich, jetzt alles nachzuholen und alles so zu lernen, wie es sich gebührte. Ich nahm ein Buch aus der Lade, setzte mich dazu und las den Anfang. Ich verstand alles, und lernte es, und merkte es mir. Am andern Tage wiederholte ich das, was ich an dem vorigen Tage gelernt hatte, versuchte, ob ich es noch wisse, und lernte ein neues Stück dazu. Ich

gab mir nur Weniges zur Aufgabe, aber ich suchte es
zu verstehen und es gründlich in meinem Gedächtnis-
se aufzubewahren. Ich gab mir auch Aufgaben zur
Ausarbeitung, und sie gelangen. Ich suchte die Auf-
gaben hervor, welche uns damals von unserem Lehrer
gegeben worden waren, machte sie noch einmal und
machte jetzt keinen Fehler. Wie ich es mit dem einen
Buche gemacht hatte, machte ich es auch mit den an-
dern. Ich lernte sehr fleißig, und nach und nach war
ich schier den ganzen Tag in der Stube beschäftigt.
Wenn ich eine freie Zeit hatte, so saß ich gerne nieder,
nahm das Buch in die Hand, welches mir mein Lehrer
zum Angedenken gegeben hatte, und dachte an den
Mann, der damals bei uns gewesen war.

In der Stube war alles geblieben, wie es einst gewe-
sen war. Der große eichene Tisch stand noch in der
Mitte, er hatte noch die Male, die wir entweder ab-
sichtlich mit dem Messer oder zufällig mit andern
Werkzeugen in sein Holz gebracht hatten, er zeigte
noch die vertrockneten Tintenbäche, welche entstan-
den waren, wenn mit dem Tintengefäße ein Unglück
geschehen war, und wenn mit allem Waschen und
Reiben keine Abhilfe mehr gebracht werden konnte.
Ich zog die Fächer heraus. Da lagen noch in den mei-
nigen meine Lehrbücher mit dem Rötel- oder Bleife-
derzeichen in ihrem Innern, wie weit wir zu lernen
hätten; es lagen noch die Papierhefte darinnen, in
welchen die Ausarbeitungen unserer Aufgaben ge-
schrieben waren, und es leuchteten die mit roter Tinte
gemachten Striche des Lehrers hervor, die unsere
Fehler bedeuteten; es lagen noch die veralteten, be-
staubten Federn und Bleistiften darinnen. Eben so
war es in den Fächern des Bruders. Auch in ihnen
lagen seine alten Lerngeräte in bester Ordnung bei-
sammen. Ich lernte jetzt an demselben Tische meine
Aufgaben, an welchem ich sie vor ziemlich vielen Jah-

ren gelernt hatte. Ich schlief in dem nämlichen Bette, und hatte das Nachttischchen mit dem Lichte daneben. Das Bett des Bruders aber blieb leer und war immer zugedeckt. In den zwei Zimmern, in welchen damals der Lehrer gewohnt hatte, hatte ich einige Kästen mit Kleidern und andern Sachen, sonst waren sie auch unbewohnt und hatten nur noch die alten Geräte. So war ich der einzige Bewohner des hintern Gartenflügels, und dieser Zustand dauerte mehrere Jahre.

Plötzlich starb unser Vater. Mein Schreck war fürchterlich. Kein Mensch hatte geglaubt, daß es so nahe sei, und daß es überhaupt eine Gefahr geben könnte. Er hatte sich zwar in der letzten Zeit immer mehr zurückgezogen, seine Gestalt war etwas verfallen, auch brachte er oft mehrere Tage in dem Bette zu; allein wir hatten uns an diesen Zustand so gewöhnt, daß er uns zuletzt auch als ein regelmäßiger erschien, jeder Hausbewohner sah ihn als den Vater an, der Vater gehörte so notwendig zu dem Hause, daß man sich seinen Abgang nicht denken konnte, und ich habe mir wirklich nie gedacht, daß er sterben könnte, und daß er so krank sei. In dem ersten Augenblicke war alles in Verwirrung, dann aber wurden die Leichenvorbereitungen gemacht. Mit seinem Leichenzuge gingen alle Armen des Stadtbezirkes, es gingen die Männer seines Geschäftes mit, seine Freunde, viele Fremde, die Arbeiter seines Hauses und seine zwei Söhne. Es wurden sehr viele Tränen geweint, wie man um wenige Menschen des Landes weint, und die Leute sagten, daß ein vortrefflicher Mann, ein auserlesener Bürger und ein ehrenvoller Geschäftsmann begraben worden sei. Nach einigen Tagen wurde das Testament eröffnet, und in demselben stand, daß wir beiden Brüder als Erben eingesetzt seien und uns das Geschäft gemeinschaftlich zugefallen sei.

Der Bruder sagte mir nach einiger Zeit, daß die ganze Last des Geschäftes nun auf unsern Schultern liege, und ich eröffnete ihm hiebei, daß ich das Lateinische, Griechische, die Naturgeschichte, die Erdbeschreibung und die Rechenkunst, worin ich damals, als wir unterrichtet wurden, geringe Fortschritte gemacht hatte, nachgelernt hätte, und daß ich jetzt beinahe vollkommen in diesen Dingen bewandert wäre. Er aber antwortete mir, daß Lateinisch, Griechisch und die übrigen Fächer zu unserem Berufe nicht geradehin notwendig seien, und daß ich zu spät diese Mühe verwendet hätte. Ich erwiderte ihm, daß, so wie ich diese Lernfächer nachgelernt hätte, ich auch alle die Arbeiten und Kenntnisse, die zu unserem Geschäfte unmittelbar notwendig wären, allmählich nachlernen würde. Hierauf sagte er wieder, daß, wenn das Geschäft auf mich warten müßte, ich zu einer Zeit fertig werden würde, wenn es bereits zu Grunde gegangen wäre. Er versprach aber, daß er sich so annehmen werde, wie es in seinen Kräften möglich sei, und daß er mir überlasse zu tun, wie es mir gefalle, daß ich Einsicht nehmen könne, daß ich mithelfen könne, daß ich noch lernen könne, und daß mein Teil mir aber in jedem Falle unverkümmert bewahrt werden solle.

Ich ging wieder in die Studierstube zurück, mischte mich in die Geschäfte nicht, weil ich sie wohl nicht verstand, und er ließ mich dort. Ja er schickte mir sogar bessere Geräte, und versah mich mit mehreren Bequemlichkeiten, daß der Aufenthalt in der Stube mir nicht unangenehm würde. Nach einiger Zeit erschien er mit dem Rechtsanwalte unseres Hauses, mit Personen des Gerichtes und mit Zeugen, welche Freunde unsers Vaters gewesen waren, und gab mir ein gerichtliches Papier, auf welchem verzeichnet war, was ich für Ansprüche an die Erbschaft habe,

welcher mein Teil sei, und was mir in der Zukunft gebühre. Der Bruder, die Zeugen und ich unterschrieben die Schrift.

Ich fuhr nun mit dem Lernen fort, der Bruder leitete den ganzen Umfang des Geschäftes. Nach einem Vierteljahre brachte er mir eine Summe Geldes, und sagte, das seien die Zinsen, welche mir von meinem Anteile an der Erbschaft, der in dem Gewerbe tätig sei, gebühren. Er sagte, daß er mir alle Vierteljahre diese Summe einhändigen werde. Er fragte mich, ob ich zufrieden sei, und ich antwortete, daß ich sehr zufrieden sei.

Nachdem so wieder eine Zeit vergangen war, stellte er mir einmal vor, daß mein Lernen doch zu etwas führen müsse, und er fragte mich, ob ich nicht geneigt wäre, zu einem der gelehrten Stände hinzuarbeiten, zu denen die Dinge, mit welchen ich mich jetzt beschäftige, die Vorarbeit seien. Als ich ihm antwortete, daß ich nie darüber nachgedacht habe, und daß ich nicht wisse, welcher Stand sich für mich ziemen könnte, sagte er, das sei jetzt auch nicht notwendig, ich möchte nur aus den Kenntnissen, die ich mir jetzt erworben hätte, nach und nach die Prüfungen ablegen, damit ich beglaubigte Schriften über meine Anwartschaft in den Händen hätte, ich möchte mir die fehlenden Wissenschaften noch zu erwerben trachten und mich über sie gleichfalls Prüfungen unterziehen, und wenn dann der Zeitpunkt gekommen wäre, mich für einen besondern Stand zu entscheiden, hätte ich wieder mehr Erfahrungen gesammelt, und sei dann leichter in der Lage, mich zu bestimmen, wohin ich mich zu wenden hätte.

Mir gefiel der Vorschlag recht gut, und ich sagte zu. Nach einiger Zeit machte ich die ersten Prüfungen aus den unteren Fächern, und sie fielen außerordentlich gut aus. Dies machte mir Mut, und ich ging mit

Eifer an die Erlernung der weiteren Kenntnisse. Mir zitterte innerlich das Herz vor Freude, daß ich einmal einem jener Stände, die ich immer mit so vieler Ehrfurcht betrachtet hatte, die der Welt mit ihren Wissenschaften und mit ihrer Geschicklichkeit dienen, angehören sollte. Ich arbeitete sehr fleißig, ich kargte mir die Zeit ab, ich kam wenig in die andern Räume des Hauses hinüber, und nachdem wieder eine Zeit vergangen war, konnte ich abermals eine Prüfung mit gutem Erfolge ablegen.

So war ich vollständig ein Bewohner des hintern Gartenflügels geworden, durfte es bleiben, und konnte mich mit gutem Gewissen meinen Bestrebungen hingeben.

An unsern hinteren Gartenteil stieß ein zweiter Garten, der aber eigentlich kein Garten war, sondern mehr ein Anger, auf dem hie und da ein Baum stand, den niemand pflegte. Hart an einem Eisengitter unseres Gartens ging der Weg vorüber, der in dem fremden Garten war. Ich sah in jenem Garten immer sehr schöne weiße Tücher und andere Wäsche auf langen Schnüren aufgehängt. Ich blickte oft teils aus meinen Fenstern, teils durch das Eisengitter, wenn ich eben in dem Garten war, daraufhin. Wenn sie trocken waren, wurden sie in einen Korb gesammelt, während eine Frau dabei stand und es anordnete. Dann wurden wieder nasse aufgehängt, nachdem die Frau die zwischen Pflöcken gespannten Schnüre mit einem Tuche abgewischt hatte. Diese Frau war eine Witwe. Ihr Gatte hatte ein Amt gehabt, das ihn gut nährte. Kurz nach seinem Tode war auch sein alter gütiger Herr gestorben, und der Sohn desselben hatte ein so hartes Herz, daß er der Witwe nur so viel gab, daß sie nicht gerade verhungerte. Sie mietete daher das Gärtchen, das an unsern Garten stieß, sie mietete auch das kleine Häuschen, welches in dem Garten stand. Mit dem Gelde,

das ihr ihr Gatte hinterlassen hatte, richtete sie nun das Häuschen und den Garten dazu ein, daß sie für die Leute, welche ihr das Vertrauen schenken würden, Wäsche besorgte, feine und jede andere. Sie ließ in dem Häuschen Kessel einmauern und andere Vorrichtungen machen, um die Wäsche zu sieden und die Laugen zu bereiten. Sie ließ Waschstuben herrichten, sie bereitete Orte, wo geglättet und gefaltet wurde, und für Zeiten des schlechten Wetters und des Winters ließ sie einen Trockenboden aufführen. In dem Garten ließ sie Pflöcke in gleichen Entfernungen von einander einschlagen, an den Pflöcken Ringe befestigen, und durch die Ringe Schnüre ziehen, welche oft gewechselt wurden. Hinter dem Häuschen ging ein Bach vorüber, welcher die Witwe verleitet hatte, hier ihre Waschanstalt zu errichten. Von dem Bache führten Pumprinnen in die Kessel, und über dem Wasser des Baches war eine Waschhütte erbaut. Die Frau hatte viele Mägde genommen, welche arbeiten und die Sache gehörig bereiten mußten, sie stand dabei, ordnete an, zeigte, wie alles richtig zu tun sei, und da sie die Wäsche nicht mit Bürsten und groben Dingen behandeln ließ, und darauf sah, daß sie sehr weiß sei, und daß das Schlechte ausgebessert wurde, so bekam sie sehr viele Kundschaften, sie mußte ihre Anstalt erweitern und mehr Arbeiterinnen nehmen, und nicht selten kam manche vornehme Frau und saß mit ihr unter dem großen Birnbaume des Gartens.

Diese Frau hatte auch ein Töchterlein, ein Kind, nein, es war doch kein Kind mehr – ich wußte eigentlich damals nicht, ob es noch ein Kind sei oder nicht. Das Töchterlein hatte sehr feine rote Wangen, es hatte feine rote Lippen, unschuldige Augen, die braun waren und freundlich um sich schauten. Über die Augen hatte es Lider, die groß und sanft waren, und von denen lange Wimpern nieder gingen, die zart

und sittsam aussahen. Die dunkeln Haare waren von der Mutter glatt und rein gescheitelt, und lagen schön an dem Haupte. Das Mädchen trug manchmal ein längliches Körbchen von feinem Rohre; über dem Körbchen war ein weißes, sehr feines Tuch gespannt, und in dem Körbchen mochte ganz auserlesene Wäsche liegen, welche das Kind zu einer oder der andern Frau zu tragen hatte.

Ich sah es gar so gerne an. Manchmal stand ich an dem Fenster und sah auf den Garten hinüber, in welchem immer ohne Unterbrechung, außer wenn es Nacht wurde oder schlechtes Wetter kam, Wäsche an den Schnüren hing, und ich hatte die weißen Dinge sehr lieb. Da kam zuweilen das Mädchen heraus, ging auf dem Anger hin und wieder, und hatte mancherlei zu tun, oder ich sah es, obwohl das Häuschen sehr unter Zweigen versteckt war, an dem Fenster stehen und lernen. Ich wußte bald auch die Zeit, an welcher es die Wäsche fort trug, und da ging ich manchmal in den Garten hinunter und stand an dem eisernen Gitter. Da der Weg an dem Gitter vorüber ging, mußte das Mädchen an mir vorbei kommen. Es wußte recht wohl, daß ich da stehe; denn es schämte sich immer, und nahm sich im Gange zusammen.

Eines Tages, da ich die Wäscheträgerin von ferne kommen sah, legte ich schnell einen sehr schönen Pfirsich, den ich zu diesem Zwecke schon vorher gepflückt hatte, durch die Öffnung der Gitterstäbe hinaus auf ihren Weg, und ging in das Gebüsche. Ich ging so tief hinein, daß ich sie nicht sehen konnte. Als schon so viele Zeit vergangen war, daß sie lange vorüber gekommen sein mußte, ging ich wieder hervor; allein der Pfirsich lag noch auf dem Wege. Ich wartete nun die Zeit ab, wann sie wieder zurück kommen würde. Aber da sie schon zurück gekommen war, und ich nachsah, lag der Pfirsich noch auf dem Wege. Ich

nahm ihn wieder herein. Das nämliche geschah nach einer Zeit noch einmal. Beim dritten Male blieb ich stehen, als der Pfirsich mit seiner sanften roten Wange auf dem Sande lag, und sagte, da sie in die Nähe kam: ›Nimm ihn.‹ Sie blickte mich an, zögerte ein Weilchen, bückte sich dann, und nahm die Frucht. Ich weiß nicht mehr, wo sie dieselbe hingesteckt hatte, aber das weiß ich gewiß, daß sie sie genommen hatte. Nach Verlauf von einiger Zeit tat ich dasselbe wieder, und sie nahm wieder die Frucht. So geschah es mehrere Male, und endlich reichte ich ihr den Pfirsich mit der Hand durch das Gitter.

Zuletzt kamen wir auch zum Sprechen. Was wir gesprochen haben, weiß ich nicht mehr. Es muß gewöhnliches Ding gewesen sein, wir nahmen uns auch bei den Händen.

Mit der Zeit konnte ich nicht mehr erwarten, wenn sie mit dem Körbchen kam. Ich stand alle Mal an dem Gitter. Sie blieb stehen, wenn sie zu mir gekommen war, und wir redeten mit einander. Einmal bat ich sie, mir die Dinge in dem Körbchen zu zeigen. Sie zog den linnenen Deckel mit kleinen Schnürchen auseinander und zeigte mir die Sachen. Da lagen Krausen, feine Ärmel und andere geglättete Dinge. Sie nannte mir die Namen, und als ich sagte, wie schön das sei, erwiderte sie: ›Die Wäsche gehört einer alten Gräfin, einer vornehmen Frau, ich muß sie ihr immer selber hintragen, daß ihr nichts geschieht, weil sie so schön ist.‹ Da ich wieder sagte: ›Ja, das ist schön, das ist außerordentlich schön‹, antwortete sie: ›Freilich ist es schön, meine Mutter sagt: die Wäsche ist nach dem Silber das erste Gut in einem Hause, sie ist auch feines weißes Silber, und kann, wenn sie unrein ist, immer wieder zu feinem weißen Silber gereinigt werden. Sie gibt unser vornehmstes und nächstes Kleid. Darum hat die Mutter auch so viele Wäsche gesammelt, daß wir nach dem

Tode des Vaters genug hatten, und darum hat sie auch die Reinigung der Wäsche für andere Leute übernommen, und läßt nicht zu, daß sie mit rauhen und unrechten Dingen angefaßt werde. Das Gold ist zwar auch kostbar, aber es ist kein Hausgeräte mehr, sondern nur ein Schmuck.‹ Ich erinnerte mich bei diesen Worten wirklich, daß ich an dem Körper der Sprechenden immer am Rande des Halses oder an den Ärmeln die feinste weiße Wäsche gesehen hatte, und daß ihre Mutter immer eine schneeweiße Haube mit feiner Krause um das Angesicht trug.

Von diesem Augenblicke an begann ich von dem Gelde, welches mir der Bruder alle Vierteljahre zustellte, sehr schöne Wäsche, wie die der vornehmen Gräfin war, anzuschaffen, und mir alle Arten silberne Hausgeräte zu kaufen.

Einmal, da wir so bei einander standen, kam die Mutter in der Nähe vorüber und rief: ›Johanna, schäme dich.‹ Wir schämten uns wirklich, und liefen auseinander. Mir brannten die Wangen vor Scham, und ich wäre erschrocken, wenn mir jemand im Garten begegnet wäre.

Von der Zeit an sahen wir uns nicht mehr an dem Gitter. Ich ging jedes Mal in den Garten, wenn sie vorüber kam, aber ich blieb in dem Gebüsche, daß sie mich nicht sehen konnte. Sie ging mit geröteten Wangen und mit niedergeschlagenen Augen vorüber.

Ich ließ nun in die zwei Zimmer, die an meine Wohnstube stießen, Kästen stellen, von denen ich die oberen Fächer hatte schmal machen lassen, in welche ich das Silber hineinlegte, die unteren aber breit, in welche ich die Wäsche tat. Ich legte das Zusammengehörige zusammen, und umwand es mit rotseidenen Bändern.

Nach geraumer Zeit sah ich das Mädchen lange nicht an dem eisernen Gitter vorüber gehen, ich ge-

traute mir nicht zu fragen, und als ich endlich doch fragte, erfuhr ich, daß es in eine andere Stadt gegeben worden sei, und daß es die Braut eines fernen Anverwandten werden würde.

Ich meinte damals, daß ich mir die Seele aus dem Körper weinen müsse.

Aber nach einer Zeit ereignete sich etwas Furchtbares. Mein Bruder hatte einen großen Wechsler, der ihm stets auf Treu und Glauben das Geld für laufende Ausgaben bis zu einer festgesetzten Summe lieferte, um sich nach Umständen immer wieder auszugleichen. Ich weiß es nicht, haben andere Leute meinem Bruder den Glauben untergraben, oder hat der Wechsler selber, weil zwei Handelschaften, die uns bedeutend schuldeten, gefallen waren und uns um unsern Reichtum brachten, Mißtrauen geschöpft: er weigerte sich fortan, die Wechsel unseres Hauses zu zahlen. Der Bruder sollte mehrere mit Summen dekken, und es fehlte hinlängliches bares Geld dazu. Die Freunde, an welche er sich wendete, schöpften selber Mißtrauen, und so kam es, daß die Wechselgläubiger die Klage anstellten, daß unser Haus, unsere andern Besitzungen und unsere Waren abgeschätzt wurden, ob sie hinreichen, ohne daß man an unsere ausstehenden Forderungen zu greifen hätte. Da nun dies bekannt wurde, kamen alle, welche eine Forderung hatten, und wollten sie erfüllt haben; aber die, welche uns schuldeten, kamen nicht. Der Bruder wollte mir nichts entdecken, damit ich mich nicht kränkte, er gedachte es noch vorüberzuführen. Allein da der Verkauf unseres Hauses zu sofortiger Deckung der Wechselschulden angeordnet wurde, konnte er es mir nicht mehr verbergen. Er kam auf meine Stube und sagte mir alles. Ich gab ihm das Geld, das ich hatte; denn meine Bedürfnisse waren sehr gering gewesen, und ich hatte einen großen Teil meiner Einkünfte

ersparen können. Ich öfnete die schmalen oberen Fächer meiner Kästen, und legte alles mein Silber auf unsern eichenen Lerntisch heraus und bot es ihm an. Er sagte, daß das nicht reiche, um das Haus und das Geschäft zu retten, und er weigerte sich, es anzunehmen. Auch das Gericht machte keine Forderung an mich, aber ich konnte es nicht leiden, daß mein Bruder etwas unerfüllt ließe und sein Gewissen belastete, ich tat daher alles zu den andern Werten. Es reichte zusammen hin, daß allen Gläubigern ihre Forderungen ausgezahlt und sie bis auf das Genaueste befriedigt werden konnten. Allein unser schönes Haus mit seinem hinteren Flügel und unser schöner Garten war verloren.

Ich weiß nicht, welche andere Schläge noch kamen; aber auch die Aussicht, mit dem ausstehenden Gelde noch ein kleines Geschäft einzuleiten und uns nach und nach wieder empor zu schwingen, war in kurzer Zeit vereitelt.

Mein Bruder, welcher unverheiratet war, grämte sich so, daß er in ein Fieber verfiel und starb. Ich allein und mehrere Menschen, denen er Gutes getan hatte, gingen mit der Leiche. Da vom Urgroßvater her immer nur ein Sohn als einziges Kind und Nachfolger bis auf uns beide Brüder gewesen war, da auch die Haushälterin Luise schon länger vorher mit Tod abgegangen war, so hatte ich keinen Verwandten und keinen Bekannten mehr.

Ich hatte den Gedanken gefaßt, ein Verkünder des Wortes des Herrn, ein Priester, zu werden. Wenn ich auch unwürdig wäre, dachte ich, so könnte mir doch Gott seine Gnade verleihen, zu erringen, daß ich nicht ein ganz verwerflicher Diener und Vertreter seines Wortes und seiner Werke sein könnte.

Ich nahm meine Zeugnisse und Schriften zusammen, ging in die Priesterbildungsanstalt und bat be-

klemmt um Aufnahme. Sie wurde mir gewährt. Ich zog zur festgesetzten Zeit in die Räume ein und begann meine Lernzeit. Sie ging gut vorüber, und als ich fertig war, wurde ich zum Diener Gottes geweihet. Ich tat meine ersten Dienste bei älteren Pfarrern als Mitarbeiter in der Seelsorge, die ihnen anvertraut war. Da kam ich in verschiedene Lagen, und lernte Menschen kennen. Von den Pfarrern lernte ich in geistlichen und weltlichen Eigenschaften. Als eine solche Reihe von Jahren vergangen war, daß man es mir nicht mehr zu arg deuten konnte, wenn ich um eine Pfarre einkäme, bat ich um die jetzige, und erhielt sie. Ich bin nun über siebenundzwanzig Jahre hier, und werde auch nicht mehr weg gehen. Die Leute sagen, die Pfarre sei schlecht, aber sie trägt schon, wovon ein Verkünder des Evangeliums leben kann. Sie sagen, die Gegend sei häßlich, aber auch das ist nicht wahr, man muß sie nur gehörig anschauen. Meine Vorgänger sind von hier auf andere Pfarrhöfe versetzt worden. Da aber meine jetzt lebenden Mitbrüder, die in meinen Jahren und etwas jünger sind, sich während ihrer Vorbereitungszeit sehr auszeichneten und mir in allen Eigenschaften überlegen sind, so werde ich nie bitten, von hier auf einen anderen Platz befördert zu werden. Meine Pfarrkinder sind gut, sie haben sich manchem meiner lehrenden Worte nicht verschlossen und werden sich auch ferner nicht verschließen.

Dann habe ich noch einen anderen, weltlicheren und einzelneren Grund, weshalb ich an dieser Stelle bleibe. Sie werden denselben schon einmal später erfahren, wenn Sie nämlich die Bitte, die ich an Sie stellen will, erhören. Ich komme nun zu dieser Bitte, aber ich muß noch etwas sagen, ehe ich sie ausspreche. Ich habe zu einem Zwecke in diesem Pfarrhofe zu sparen angefangen, der Zweck ist kein schlechter, er betrifft nicht bloß ein zeitliches Wohl, sondern auch

ein anderes. Ich sage ihn jetzt nicht, er wird schon einmal kund werden; aber ich habe um seinetwillen zu sparen begonnen. Von dem Vaterhause habe ich kein Vermögen mitgebracht; was noch an Gelde eingegangen ist, wurde zu verschiedenen Dingen verwendet, und seit Jahren ist nichts mehr eingegangen. Ich habe von dem väterlichen Erbe nur das einzige Kruzifix, welches an meiner Tür dort über dem Weihbrunngefäße hängt. Der Großvater hat es einmal in Nürnberg gekauft, und der Vater hat es mir, weil es mir stets gefiel, geschenkt. So fing ich also an, von den Mitteln meines Pfarrhofes zu sparen. Ich legte einfache Kleider an, und suche sie lange zu erhalten, ich verabschiedete das Bett, und legte mich auf die Bank in dem Vorhause, und tat die Bibel zum Zeugen und zur Hilfe unter mein Haupt. Ich hielt keine Bedienung mehr, und mietete mir die Dienste der alten Sabine, die für mich hinreichen. Ich esse, was für den menschlichen Körper gut und zuträglich ist. Den oberen Teil des Pfarrhofes habe ich vermietet. Ich habe schon zweimal darüber einen Verweis von dem hochwürdigen bischöflichen Konsistorium erhalten, aber jetzt lassen sie es geschehen. Weil die Leute bei mir bares Geld vermuteten, was auch wahr gewesen ist, so bin ich dreimal desselben beraubt worden, aber ich habe wieder von vorne angefangen. Da die Diebe nur das Geld genommen hatten, so suchte ich es ihnen zu entrücken. Ich habe es gegen Waisensicherheit angelegt, und wenn kleine Zinsen anwachsen, so tue ich sie stets zu dem Kapitale. So bin ich nun seit vielen Jahren nicht behelligt worden. In der langen Zeit ist mir mein Zustand zur Gewohnheit geworden, und ich liebe ihn. Nur habe ich eine Sünde gegen dieses Sparen auf dem Gewissen: ich habe nämlich noch immer das schöne Linnen, das ich mir in der Stube in unserem Gartenflügel angeschafft hatte. Es ist ein sehr großer Fehler,

aber ich habe versucht, ihn durch noch größeres Sparen an meinem Körper und an anderen Dingen gut zu machen. Ich bin so schwach, ihn mir nicht abgewöhnen zu können. Es wäre gar zu traurig, wenn ich die Wäsche weggeben müßte. Nach meinem Tode wird sie ja auch etwas eintragen, und den ansehnlicheren Teil gebrauche ich ja gar nicht.«

Ich wußte nun, weshalb er sich seiner herrlichen Wäsche schämte.

»Es ist mir nicht lieb«, fuhr er fort, »daß ich hier den Menschen nicht so helfen kann, wie ich möchte; aber ich kann es dem Zwecke nicht entziehen, und es können ja nicht alle Menschen im ganzen Umfange wohltun, wie sie wünschten, dazu wäre der größte Reichtum nicht groß genug.

Sehen Sie, nun habe ich Ihnen alles gesagt, wie es mit mir gewesen ist, und wie es noch mit mir ist. Jetzt kömmt meine Bitte, Sie werden sie mir vielleicht, wenn Sie an alles denken, was ich Ihnen erzählt habe, gewähren. Sie ist aber beschwerlich zu erfüllen, und nur Ihre Freundlichkeit und Güte erlaubt mir sie vorzubringen. Ich habe mein Testament bei dem Gerichte zu Karsberg in dem Schlosse niedergelegt. Ich vermute, daß es dort sicher ist, und ich habe den Empfangschein hier in meinem Hause. Aber alle menschlichen Dinge sind wandelbar, es kann Feuer, Verwüstung, Feindeseinbruch oder sonst ein Unglück kommen und das Testament gefährden. Ich habe daher noch zwei gleichlautende Abschriften verfaßt, um sie so sicher als möglich niederzulegen, daß sie nach meinem Tode zum Vorscheine kommen mögen und ihr Zweck erfüllt werde. Da wäre nun meine Bitte, daß Sie eine Abschrift in Ihre Hände nähmen und aufbewahrten. Die andere behalte ich entweder hier, oder ich gebe sie auch jemandem, daß er sie ebenfalls zu ihrem Zwecke aufbewahre. Freilich müßten Sie da er-

lauben, daß ich Ihnen, wenn Sie von dieser Gegend scheiden, von Zeit zu Zeit einen kleinen Brief schreibe, worin ich Ihnen sage, daß ich noch lebe. Wenn die Briefe ausbleiben, so wissen Sie, daß ich gestorben bin. Dann müßten Sie das Testament durch ganz sichere Hände und gegen Bescheinigung nach Karsberg gelangen lassen, oder überhaupt dorthin, wo die Ämter sind, die es in Erfüllung bringen können. Es ist das alles nur zur Vorsicht, wenn das gerichtlich niedergelegte verloren gehen sollte. Das Testament ist zugesiegelt, und den Inhalt werden Sie nach meinem Tode erfahren, wenn Sie nämlich nicht abgeneigt sind, meine Bitte zu erfüllen.«

Ich sagte dem Pfarrer, daß ich mit Freuden in seinen Wunsch eingehe, daß ich das Papier so sorgfältig bewahren wolle, wie meine eigenen besten Sachen, deren Vernichtung mir unersetzlich wäre, und daß ich allen seinen Weisungen gerne nachkommen wolle. Übrigens hoffe ich, daß der Zeitpunkt noch sehr ferne sei, wo das Testament und seine zwei andern Genossen entsiegelt werden würden.

»Wir stehen alle in Gottes Hand«, sagte er, »es kann heute sein, es kann morgen sein, es kann noch viele Jahre dauern. Zum Zwecke, den ich neben meinen Seelsorgerpflichten verfolge, wünsche ich, daß es nicht so bald sei; aber Gott weiß, wie es gut ist, und er bedarf zuletzt auch zur Krönung dieses Werkes meiner nicht.‹

»Da aber auch ich vor Ihnen sterben könnte«, erwiderte ich, »so werde ich zur Sicherheit eine geschriebene Verfügung zu dem Testamente legen, wodurch meine Verpflichtung in andere Hände übergehen soll.«

»Sie sind sehr gut«, antwortete er, »ich habe gewußt, daß Sie so freundschaftlich sein werden, ich habe es gewiß gewußt. Hier wäre das Papier.«

Mit diesen Worten zog er unter seinem Hauptkissen ein Papier hervor. Dasselbe war gefaltet und mit drei Siegeln gesiegelt. Er reichte es in meine Hand. Ich betrachtete die Siegel, sie waren rein und unverletzt und trugen ein einfaches Kreuz. Auf der obern Seite des Papiers standen die Worte: Letzter Wille des Pfarrers im Kar. Ich ging an den Tisch, nahm ein Blatt aus meiner Brieftasche, schrieb darauf, daß ich von dem Pfarrer im Kar an dem bezeichneten Tage ein mit drei Siegeln, die ein Kreuz enthalten, versiegeltes Papier empfangen habe, das die Aufschrift ›Letzter Wille des Pfarrers im Kar‹ trage. Diese Bescheinigung reichte ich ihm dar, und er schob sie ebenfalls unter das Kissen seines Hauptes. Das Testament tat ich einstweilen in die Tasche, in welcher ich meine Zeichnungen und Arbeiten hatte.

Nach dieser Unterredung blieb ich noch eine geraume Zeit bei dem Pfarrer, und das Gespräch wendete sich auf andere, gleichgültigere Gegenstände. Es kam Sabine herein, um ihm Speise zu bringen, es kam das Mädchen aus dem ersten Stockwerke herunter, um sich nach seinem Befinden zu erkundigen. Da die Sterne an dem hohen Himmel standen, ging ich durch das bleiche Gestein und den weichen Sand in meine Hütte, und dachte an den Pfarrer. Ich tat das Testament vorerst in meinen Koffer, wo ich meine besten Sachen hatte, um es später in meinem Hause gut zu verwahren.

Die Zeit nach der Erzählung des Pfarrers ging mir in meinem Steingewirre dahin, wie sie mir vorher dahingegangen war. Wir maßen, und arbeiteten, und zeichneten; ich sammelte mir unter Tags Stoff, besuchte gegen Abend den Pfarrer, saß ein paar Stunden an seinem Bette, und arbeitete dann in der Nacht in meiner Hütte, während mir einer meiner Leute auf einem Notherde derselben einen schmalen Braten briet.

Nach und nach wurde der Pfarrer besser, endlich stand er auf, wie es der Arzt in der Stadt voraus gesagt hatte, dann ging er vor sein Haus, er ging wieder in die Kirche, und zuletzt kam er auch wieder in das Steinkar, wandelte in den Hügeln herum, oder stand bei uns und schaute unsern Arbeiten zu.

Wie aber endlich alles ein Ende nimmt, so war es auch mit unserem langen Aufenthalte im Steinkar. Wir waren immer weiter vorgerückt, wir näherten uns der Grenzlinie unseres angewiesenen Bezirks immer mehr und mehr, endlich waren die Pflöcke auf ihr aufgestellt, es war bis dahin gemessen, und nach geringen schriftlichen Arbeiten war das Steinkar in seinem ganzen Abbilde in vielen Blättern in unserer Mappe. Die Stangen, die Pflöcke, die Werke wurden sofort weggeschafft, die Hütten abgebrochen, meine Leute gingen nach ihren Bestimmungen auseinander, und das Steinkar war wieder von diesen Bewohnern frei und leer.

Ich packte meinen Koffer, nahm von dem Pfarrer, von dem Schullehrer, von Sabine, von dem Mietsmann und seiner Tochter und von andern Leuten Abschied, ließ den Koffer in die Hochstraße bringen, ging zu Fuße dahin, bestellte mir Postpferde, und da diese angelangt waren, fuhr ich von dem Schauplatze meiner bisherigen Tätigkeit fort.

Eines sehr seltsamen Gefühles muß ich Erwähnung tun, das ich damals hatte. Es ergriff mich nämlich beinahe eine tiefe Wehmut, als ich von der Gegend schied, welche mir, da ich sie zum ersten Male betreten hatte, abscheulich erschienen war. Wie ich immer mehr und mehr in die bewohnteren Teile hinauskam, mußte ich mich in meinem Wagen umkehren und nach den Steinen zurückschauen, deren Lichter so sanft und matt schimmerten, und in deren Vertiefungen die schönen blauen Schatten waren, wo ich so

lange verweilt hatte, während ich jetzt zu grünenden Wiesen, zu geteilten Feldern und unter hohe, strebende Bäume hinaus fuhr.

Nach fünf Jahren ergriff ich eine Gelegenheit, die mich in die Nähe brachte, das Steinkar wieder zu besuchen. Ich fand den Pfarrer in demselben zuweilen herum gehen wie früher, oder gelegentlich auf einem der Steine sitzen und herum schauen. Seine klaren blauen Augen waren die nämlichen geblieben.

Ich zeigte ihm die Briefe, die ich von ihm empfangen, und die ich aufbewahrt hatte. Er bedankte sich sehr schön, daß ich auf jeden der Briefe ihm eine Antwort gesendet hätte, er freue sich der Briefe und lese oft in denselben. Er zeigte sie mir, da wir in seinem Stübchen wieder an dem fichtenen Tische beisammen saßen.

Die Zirder floß mit ihrem himmelblauen Bande durch die Steine, diese hatten die graue Farbe, und der Sand lagerte zu ihren Füßen. Die grünen Streifen und die wenigen Gesträuche waren wie immer. In der Hochstraße war der Wirt, die Wirtin und fast auch ihre Kinder wie früher, ja die alten Gäste schienen an den Tischen zu sitzen, so sehr bleiben die Menschen die nämlichen, die in jenen Gegenden den Verkehr über die Anhöhe treiben.

Nach diesem Besuche in jener Gegend führte mich weder ein Geschäft mehr dahin, noch fand ich Zeit, aus freiem Antriebe wieder einmal das Kar zu besuchen. Viele Jahre gingen vorüber, und der Wunsch des Pfarrers, daß ihn Gott seines Zweckes willen lange leben lassen möchte, schien in Erfüllung gehen zu wollen. Alle Jahre bekam ich mehrere Briefe von ihm, die ich regelmäßig beantwortete, und die regelmäßig im nächsten Jahre wieder anlangten. Nur eins glaubte ich zu bemerken, daß die Buchstaben nämlich etwas zeigten, als zittere die Hand.

Nach langen Jahren kam einmal ein Brief von dem Schullehrer. In demselben schrieb er, daß der Pfarrer erkrankt sei, daß er von mir rede, und daß er gesagt habe: ›Wenn er es wüßte daß ich krank bin.‹ Er nehme sich daher die Erlaubnis, mir dieses zu melden, weil er doch nicht erkennen könne, ob es nicht zu etwas gut sei, und er bitte mich deshalb um Verzeihung, daß er so zudringlich gewesen.

Ich antwortete ihm, daß ich seinen Brief als keine Zudringlichkeit ansehen könne, sondern daß er mir einen Dienst damit erwiesen habe, indem ich an dem Pfarrer im Kar großen Anteil nähme. Ich bitte ihn, er möge mir öfter über das Befinden des Pfarrers schreiben, und wenn es schlechter würde, mir dieses sogleich anzeigen. Und sollte Gott wider Vermuten schnell etwas Menschliches über ihn verhängen, so solle er mir auch dieses ohne geringstes Versäumen melden.

An den Pfarrer schrieb ich auch zu seiner Beruhigung, daß ich von seiner Erkrankung gehört habe, daß ich den Schullehrer gebeten habe, er möge mir über sein Befinden öfter schreiben; ich ersuchte ihn, daß er sich nicht selber anstrengen möchte, an mich zu schreiben, daß er sich ein Bett in das Stübchen machen lassen solle, und daß sich, wie es ja auch in früheren Jahren geschehen sei, sein Unwohlsein in kurzer Zeit wieder heben könnte. Mein Beruf gestatte für den Augenblick keinen Besuch.

Er antwortete mir deßohngeachtet in einigen Zeilen, daß er sehr, sehr alt sei, daß er geduldig harre, und sich nicht fürchte.

Da der Schullehrer zwei Briefe geschrieben hatte, in denen er sagte, daß mit dem Pfarrer keine Veränderung vorgegangen sei, kam ein dritter, der meldete, daß derselbe nach Empfang der heiligen Sterbsakramente verschieden sei.

Ich machte mir Vorwürfe, setzte jetzt alles beiseite, und machte mich reisefertig. Ich zog das versiegelte Papier aus meinem Schreine hervor, ich nahm auch die Briefe des Pfarrers mit, die zur Erweisung der Handschrift dienen könnten, und begab mich auf den Weg nach Karsberg.

Als ich daselbst angekommen war, erhielt ich die Auskunft, daß ein Testament des Pfarrers in dem Schlosse gerichtlich niedergelegt worden sei, daß man ein zweites in seiner Verlassenschaft gefunden habe, und daß ich mich in zwei Tagen in dem Schlosse einfinden solle, um mein Testament vorzuzeigen, worauf die Öffnung und Prüfung der Testamente statthaben würde.

Ich begab mich während dieser zwei Tage in das Kar. Der Schullehrer erzählte mir über die letzten Tage des Pfarrers. Er sei ruhig in seiner Krankheit gelegen, wie in jener, da ich ihn so oft besucht habe. Er habe wieder keine Arznei genommen, bis der Pfarrer aus der Wenn, ein Nachbar des Pfarrers im Kar, welcher ihm die Sterbsakramente gereicht hatte, ihm dargetan hätte, daß er auch irdische Mittel gebrauchen und es Gott überlassen müsse, ob sie wirkten oder nicht. Von dem Augenblicke an nahm er alles, was man ihm gab, und ließ alles mit sich tun, was man tun wollte. Er lag wieder in seinem Stübchen, wo man ihm wieder aus den Wolldecken ein Bett gemacht hatte. Sabine war immer bei ihm. Als es zum Sterben kam, machte er keine besondere Vorbereitung, sondern er lag wie alle Tage. Man konnte nicht abnehmen, ob er es wisse, daß er jetzt sterbe, oder nicht. Er war wie gewöhnlich, und redete gewöhnliche Worte. Endlich schlief er sanft ein, und es war vorüber.

Man entkleidete ihn, um ihn für die Bahre anzuziehen. Man legte ihm das Schönste seiner Wäsche an. Dann zog man ihm sein fadenscheiniges Kleid an,

und über das Kleid den Priesterchorrock. So wurde er auf der Bahre ausgestellt. Die Leute kamen sehr zahlreich, um ihn anzuschauen; denn sie hatten so etwas nie gesehen; er war der erste Pfarrer gewesen, der in dem Kar gestorben war. Er lag mit seinen weißen Haaren da, sein Angesicht war mild, nur viel blässer als sonst, und die blauen Augen waren von den Lidern gedeckt. Mehrere seiner Amtsbrüder kamen, ihn zur Erde zu bestatten. Bei der Einsenkung haben viele der herbeigekommenen Menschen geweint.

Ich erkundigte mich nun auch um den Mietmann im ersten Stockwerke. Er kam selbst in das Vorhaus des Pfarrhofes herunter, in dem ich mich befand, und sprach mit mir. Er hatte fast keine Haare mehr, und trug daher ein schwarzes Käppchen auf seinem Haupte. Ich fragte nach seiner schönen Tochter, die damals, als sie in meiner Gegenwart öfter in das Krankenzimmer des Pfarrers gekommen war, ein junges, rasches Mädchen gewesen war. Sie war in der Hauptstadt verheiratet, und war Mutter von beinahe erwachsenen Kindern. Auch diese war in den letzten Tagen des Pfarrers nicht um ihn gewesen. Der Mietmann sagte mir, daß er jetzt wohl zu seiner Tochter werde ziehen müssen, da er bei der Wiederbesetzung der Pfarre gewiß seine Wohnung verlieren und im Kar keine andere finden werde.

Die alte Sabine war die einzige, die sich nicht geändert hatte, sie sah gerade so aus wie damals, als sie bei meiner ersten Anwesenheit den Pfarrer in seiner Krankheit gepflegt hatte. Niemand wußte, wie alt sie sei, und sie wußte es selbst nicht.

Ich mußte deshalb in dem Vorhause des Pfarrhofes stehen bleiben, weil das Stüblein und das neben dem Vorllause befindliche Gewölbe versiegelt waren. Die einzige hölzerne Bank, die Schlafstätte des Pfarrers, stand an ihrer Stelle, und niemand hatte an sie

gedacht. Die Bibel aber lag nicht mehr auf der Bank, man sagte, sie sei in das Stüblein gebracht worden.

Als die zwei Tage vorüber waren, die man als Frist zur Eröffnung des Testamentes anberaumt hatte, begab ich mich nach Karsberg und verfügte mich zur festgesetzten Stunde in den Gerichtssaal. Es waren mehrere Menschen zusammengekommen, und es waren die Vorstände der Pfarrgemeinde und die Zeugen geladen worden. Die zwei Testamente und das Verzeichnis der Verlassenschaft des Pfarrers lagen auf dem Tische. Man wies mir meine Bescheinigung über den Empfang des Testamentes des Pfarrers vor, die in der Verlassenschaft des Pfarrers gefunden worden war, und forderte mich zur Vorzeigung des Testamentes auf. Ich überreichte es. Man untersuchte Schrift und Siegel und erkannte die Richtigkeit des Testamentes an.

Nach herkömmlicher Art wurde nun das gerichtlich niedergelegte Testament zuerst eröffnet und gelesen. Dann folgte das von mir übergebene. Es lautete Wort für Wort wie das erste. Endlich wurde das in der Wohnung des Pfarrers vorgefundene eröffnet, und es lautete ebenfalls Wort für Wort wie die beiden ersten. Die Zeitangabe und die Unterschrift war in allen drei Urkunden dieselbe. Sofort wurden alle drei Testamente als ein einziges, in drei Abschriften vorhandenes Testament erklärt.

Der Inhalt des Testamentes aber überraschte alle.

Die Worte des Pfarrers, wenn man den Eingang hinweg läßt, in dem er die Hilfe Gottes anruft, die Verfügung unter seinen Schutz stellt, und erklärt, daß er bei vollkommnem Gebrauche seines Verstandes und Willens sei, lauten so: ›Wie ein jeder Mensch außer seinem Amte und Berufe noch etwas fndet oder suchen soll, das er zu verrichten hat, damit er alles tue, was er in seinem Leben zu tun hat, so habe auch ich

etwas gefunden, was ich neben meiner Seelsorge ver-
richten muß: ich muß die Gefahr der Kinder der
Steinhäuser und Karhäuser aufheben. Die Zirder
schwillt oft an, und kann dann ein reißendes Wasser
sein, das in Schnelle daher kömmt, wie es ja in den
ersten Jahren meiner Pfarre zweimal durch Wolken-
brüche alle Stege und Brücken weggenommen hat.
Die Ufer sind niedrig, und das am Kar ist noch niedri-
ger als das Steinhäuser Ufer. Da sind drei Fälle mög-
lich: entweder ist das Karufer überschwemmt, oder es
ist auch das Steinhäuser Ufer überschwemmt, oder es
wird sogar der Steg hinweggetragen. Die Kinder aus
den Steinhäusern und Karhäusern müssen aber über
den Steg ins Kar in die Schule gehen. Wenn nun das
Karufer überschwemmt ist, und sie von dem Stege in
das Wasser gehen, so können manche in eine Grube
oder in eine Vertiefung geraten und dort verunglük-
ken; denn das kotige Wasser der Überschwemmung
läßt den Boden nicht sehen: oder es kann das Wasser,
während die Kinder in ihm waten, so schnell steigen,
daß sie das Trockene nicht mehr erreichen können
und alle verloren sind: oder sie können noch von dem
Steinhäuser Ufer auf den Steg kommen, können das
Wasser auf dem Karufer zu tief finden, können sich
durch Beratschlagen oder Zaudern so lange aufhal-
ten, daß indessen auch das Steinhäuser Ufer mit zu
tiefem Wasser bedeckt wird; dann ist der Steg eine
Insel, die Kinder stehen auf ihm, und können mit ihm
fortgeschwemmt werden. Und wenn auch dieses alles
nicht geschieht, so gehen sie mit ihren Füßlein im
Winter in das Schneewasser, das auch Eisschollen hat,
und fügen ihrer Gesundheit großen Schaden zu.

Damit diese Gefahr in der Zukunft aufhöre, habe
ich zu sparen begonnen, und verordne, wie folgt: von
der Geldsumme, welche nach meinem Tode als mein
Eigentum gefunden wird, vermehrt um die Geldsum-

me, welche aus dem Verkaufe meiner hinterlassenen
Habe entsteht, soll in der Mitte der Schulkinder der
Steinhäuser und Karhäuser ein Schulhaus gebaut
werden, dann soll ein solcher Teil der Geldsumme
auf Zinsen angelegt werden, daß durch das Erträgnis
die Lehrer der Schule erhalten werden können, fer-
ner soll noch ein Teil nutzbringend gemacht werden,
daß aus den Zinsen die jährliche Vergütung des Scha-
dens entrichtet werden könne, welchen der Schulleh-
rer im Kar durch den Abgang der Kinder erleidet,
und endlich, wenn noch etwas übrig bleibet, so soll es
meiner Dienerin Sabine gehören.

Ich habe drei gleiche Testamente geschrieben, daß
sie sicherer seien, und wenn noch was immer für eine
Verfügung oder Meinung in meinem Nachlasse sollte
gefunden werden, welche nicht den Inhalt und Jah-
res- und Monatstag dieser Testamente trägt, so soll sie
ungültig sein.

Damit aber in der Zeit schon die Gefahr vermin-
dert werde, gehe ich alle Tage auf die Wiese am Karu-
fer und sehe, ob keine Gräben, Gruben und Vertie-
fungen sind, und stecke eine Stange dazu. Den Eigen-
tümer der Wiese bitte ich, daß er entstandene Gruben
und Vertiefungen so bald ausebnen lasse, als es an-
geht, und er hat meine Bitten immer erfüllt. Ich gehe
hinaus, wenn die Wiese überschwemmt ist, und suche
den Kindern zu helfen. Ich lerne das Wetter kennen,
um eine Überschwemmung voraussehen zu können
und die Kinder zu warnen. Ich entferne mich nicht
weit von dem Kar, um keine Versäumnis zu begehen.
Und so werde ich es auch in der Zukunft immer tun. ‹

Diesen Testamenten war die Geldrechnung bis zu
dem Zeitpunkte ihrer Abfassung beigelegt. Die Rech-
nung, die von dieser Zeit an bis gegen die Sterbetage
des Pfarrers lief, fand man in seinen Schriften. Die
Rechnungen waren mit großer Genauigkeit gemacht.

Man ersah auch aus ihnen, wie sorgsam der Pfarrer im Sparen war. Die kleinsten Beträge, selbst Pfennige, wurden zugelegt, und neue Quellen, die unscheinbarsten, eröffnet, daraus ein kleines Fädlein floß.

Zur Versteigerung des Nachlasses des Pfarrers wurde der fünfte Tag nach Eröffnung des Testamentes bestimmt.

Da wir von dem Gerichtshause fort gingen, sagte der Mietmann des Pfarrers unter Tränen zu mir: »O wie habe ich den Mann verkannt, ich hielt ihn beinahe für geizig: da hat ihn meine Tochter viel besser gekannt, sie hat den Pfarrer immer sehr lieb gehabt. Ich muß ihr die Begebenheit sogleich schreiben.«

Der Schullehrer im Kar segnete den Pfarrer, der immer so gut gegen ihn gewesen sei, und der sich so gerne in der Schule aufgehalten habe.

Auch die andern Leute erfuhren den Inhalt des Testamentes.

Nur die einzigen, die er am nächsten anging, die Kinder in den Steinhäusern und Karhäusern, wußten nichts davon, oder wenn sie es auch erfuhren, so verstanden sie es nicht und wußten nicht, was ihnen zugedacht worden sei.

Weil ich auch bei der Versteigerung gegenwärtig sein wollte, so ging ich wieder in das Kar zurück und beschloß, die vier Tage dazu anzuwenden, um manche Plätze im Steinkar und andern Gegenden zu besuchen, wo ich einstens gearbeitet hatte. Es war alles unverändert, als ob diese Gegend zu ihrem Merkmale der Einfachheit auch das der Unveränderlichkeit erhalten hätte.

Da der fünfte Tag herangekommen war, wurden die Siegel von den Türen der Pfarrerswohnung abgenommen, und die hinterlassenen Stücke des Pfarrers versteigert. Es hatten sich viele Menschen eingefunden, und die Versteigerung war in Hinsicht des Testa-

mentes eine merkwürdige geworden. Es trugen sich
auffallende Begebenheiten bei derselben zu. Ein
Pfarrer kaufte einen unter den Kleidern des Verstor-
benen gefundenen Rock, der das Schlechteste war,
was man unter nicht zerrissenen Kleidern finden
kann, um einen ansehnlichen Kaufschilling. Die Ge-
meinde des Kar erstand die Bibel, um sie in ihre Kir-
che zu stiften. Selbst die hölzerne Bank, die man nicht
einmal eingesperrt hatte, fand einen Käufer.

Auch ich erwarb etwas in der Versteigerung, näm-
lich das kleine, aus Holz geschnitzte Kruzifix von
Nürnberg und sämtliche noch übrigen so schönen
und feinen Leintücher und Tischtücher. Ich und mei-
ne Gattin besitzen die Sachen noch bis auf den heuti-
gen Tag und haben die Wäsche sehr selten gebraucht.
Wir bewahren sie als ein Denkmal auf, daß der arme
Pfarrer diese Dinge aus einem tiefen dauernden und
zarten Gefühle behalten und nie benutzt hat. Zuwei-
len läßt meine Gattin die Linnen durchwaschen und
glätten, dann ergötzt sie sich an der unbeschreibli-
chen Schönheit und Reinheit, und dann werden die
zusammengelegten Stücke mit den alten, ausgebleich-
ten rotseidenen Bändchen, die noch vorhanden sind,
umbunden und wieder in den Schrein gelegt. –

Nun stellt sich die Frage, was die Wirkung von all
diesen Dingen gewesen sei.

Die Summe, welche der Pfarrer erspart hatte, und
die, welche aus der Versteigerung seines Nachlasses
gelöst worden war, waren zusammen genommen viel
zu klein, als daß eine Schule daraus hätte gegründet
werden können. Sie waren zu klein, um nur ein mitt-
leres Haus, wie sie in jener Gegend gebräuchlich sind,
zu bauen, geschweige denn ein Schulhaus mit den
Lehrzimmern und den Lehrerswohnungen, ferner
den Gehalt der Lehrer festzustellen und den früheren
Lehrer zu entschädigen.

Es lag das in der Natur des Pfarrers, der die Welt-
dinge nicht verstand, und dreimal beraubt werden
mußte, bis er das ersparte Geld auf Zinsen anlegte.

Aber wie das Böse stets in sich selber zwecklos ist
und im Weltplane keine Wirkung hat, das Gute aber
Früchte trägt, wenn es auch mit mangelhaften Mitteln
begonnen wird, so war es auch hier: ›Gott bedurfte
zur Krönung dieses Werkes des Pfarrers nicht.‹ Als
die Sache mit dem Testamente und dessen Unzuläng-
lichkeit bekannt wurde, traten gleich die Wohlhaben-
den und Reichen in dem Umkreise zusammen, und
unterschrieben in kurzem eine Summe, die hinläng-
lich schien, alle Absichten des Pfarrers vollziehen zu
können. Und sollte noch etwas nötig sein, so erklärte
jeder, daß er eine Nachzahlung leisten würde. Ich
habe auch mein Scherflein dazu beigetragen.

War ich das erste Mal mit Wehmut von der Gegend
geschieden, so flossen jetzt Tränen aus meinen Au-
gen, als ich die einsamen Steine verließ. –

Jetzt, da ich rede, steht die Schule längst in den
Steinhäusern und Karhäusern, sie steht in der Mitte
der Schulkinder auf einem gesunden und luftigen
Platze. Der Lehrer wohnt mit seiner Familie und dem
Gehilfen in dem Gebäude, der Lehrer im Kar erhält
seine jährliche Entschädigung, und selbst Sabine ist
noch mit einem Teile bedacht worden. Sie wollte ihn
aber nicht und bestimmte ihn im vorhinein für die
Tochter des Schullehrers, die sie immer lieb hatte.

Das einzige Kreuz, das für einen Pfarrer in dem
Kirchhofe des Kar steht, steht auf dem Hügel des
Gründers dieser Dinge. Es mag manchmal ein Gebet
dabei verrichtet werden, und mancher wird mit einem
Gefühle davor stehen, das dem Pfarrer nicht gewid-
met worden ist, da er noch lebte.

BERGKRISTALL

Unsere Kirche feiert verschiedene Feste, welche zum Herzen dringen. Man kann sich kaum etwas Lieblicheres denken als Pfingsten und kaum etwas Ernsteres und Heiligeres als Ostern. Das Traurige und Schwermütige der Charwoche und darauf das Feierliche des Sonntags begleiten uns durch das Leben. Eines der schönsten Feste feiert die Kirche fast mitten im Winter, wo beinahe die längsten Nächte und kürzesten Tage sind, wo die Sonne am schiefsten gegen unsere Gefilde steht, und Schnee alle Fluren deckt, das Fest der Weihnacht. Wie in vielen Ländern der Tag vor dem Geburtsfeste des Herrn der Christabend heißt, so heißt er bei uns der heilige Abend, der darauf folgende Tag der heilige Tag und die dazwischen liegende Nacht die Weihnacht. Die katholische Kirche begeht den Christtag als den Tag der Geburt des Heilandes mit ihrer allergrößten kirchlichen Feier, in den meisten Gegenden wird schon die Mitternachtstunde als die Geburtstunde des Herrn mit prangender Nachfeier geheiligt, zu der die Glocken durch die stille, finstere winterliche Mitternachtluft laden, zu der die Bewohner mit Lichtern oder auf dunkeln, wohlbekannten Pfaden aus schneeigen Bergen an bereiften Wäldern vorbei und durch knarrende Obstgärten zu der Kirche eilen, aus der die feierlichen Töne kommen, und die aus der Mitte des in beeiste Bäume gehüllten Dorfes mit den langen beleuchteten Fenstern empor ragt.

Mit dem Kirchenfeste ist auch ein häusliches verbunden. Es hat sich fast in allen christlichen Ländern verbreitet, daß man den Kindern die Ankunft des Christkindleins – auch eines Kindes, des wunderbarsten, das je auf der Welt war – als ein heiteres, glän-

zendes, feierliches Ding zeigt, das durch das ganze Leben fortwirkt und manchmal noch spät im Alter bei trüben, schwermütigen oder rührenden Erinnerungen gleichsam als Rückblick in die einstige Zeit mit den bunten, schimmernden Fittigen durch den öden, traurigen und ausgeleerten Nachthimmel fliegt.

Man pflegt den Kindern die Geschenke zu geben, die das heilige Christkindlein gebracht hat, um ihnen Freude zu machen. Das tut man gewöhnlich am heiligen Abende, wenn die tiefe Dämmerung eingetreten ist. Man zündet Lichter, und meistens sehr viele, an, die oft mit den kleinen Kerzlein auf den schönen grünen Ästen eines Tannen- oder Fichtenbäumchens schweben, das mitten in der Stube steht. Die Kinder dürfen nicht eher kommen, als bis das Zeichen gegeben wird, daß der heilige Christ zugegen gewesen ist und die Geschenke, die er mitgebracht, hinterlassen hat. Dann geht die Tür auf, die Kleinen dürfen hinein, und bei dem herrlichen, schimmernden Lichterglanze sehen sie Dinge auf dem Baume hängen oder auf dem Tische herum gebreitet, die alle Vorstellungen ihrer Einbildungskraft weit übertrefen, die sie sich nicht anzurühren getrauen, und die sie endlich, wenn sie sie bekommen haben, den ganzen Abend in ihren Ärmchen herum tragen und mit sich in das Bett nehmen. Wenn sie dann zuweilen in ihre Träume hinein die Glockentöne der Mitternacht hören, durch welche die Großen in die Kirche zur Andacht gerufen werden, dann mag es ihnen sein, als zögen jetzt die Englein durch den Himmel, oder als kehre der heilige Christ nach Hause, welcher nunmehr bei allen Kindern gewesen ist und jedem von ihnen ein herrliches Geschenk hinterbracht hat.

Wenn dann der folgende Tag, der Christtag, kömmt, so ist er ihnen so feierlich, wenn sie früh morgens mit ihren schönsten Kleidern angetan in der war-

men Stube stehen, wenn der Vater und die Mutter sich zum Kirchgange schmücken, wenn zu Mittage ein feierliches Mahl ist, ein besseres als in jedem Tage des ganzen Jahres, und wenn nachmittags oder gegen den Abend hin Freunde und Bekannte kommen, auf den Stühlen und Bänken herum sitzen, mit einander reden und behaglich durch die Fenster in die Wintergegend hinaus schauen können, wo entweder die langsamen Flocken niederfallen, oder ein trübender Nebel um die Berge steht, oder die blutrote, kalte Sonne hinabsinkt. An verschiedenen Stellen der Stube, entweder auf einem Stühlchen oder auf der Bank oder auf dem Fensterbrettchen, liegen die zaubrischen, nun aber schon bekannteren und vertrauteren Geschenke von gestern abend herum.

Hierauf vergeht der lange Winter, es kömmt der Frühling und der unendlich dauernde Sommer – und wenn die Mutter wieder vom heiligen Christ erzählt, daß nun bald sein Festtag sein wird, und daß er auch diesmal herabkommen werde, ist es den Kindern, als sei seit seinem letzten Erscheinen eine ewige Zeit vergangen, und als liege die damalige Freude in einer weiten nebelgrauen Ferne.

Weil dieses Fest so lange nachhält, weil sein Abglanz so hoch in das Alter hinauf reicht, so stehen wir so gerne dabei, wenn die Kinder dasselbe begehen und sich darüber freuen. – –

In den hohen Gebirgen unsers Vaterlandes steht ein Dörfchen mit einem kleinen, aber sehr spitzigen Kirchturme, der mit seiner roten Farbe, mit welcher die Schindeln bemalt sind, aus dem Grün vieler Obstbäume hervorragt und wegen derselben roten Farbe in dem duftigen und blauen Dämmern der Berge weithin ersichtlich ist. Das Dörfchen liegt gerade mitten in einem ziemlich weiten Tale, das fast wie ein länglicher Kreis gestaltet ist. Es enthält außer der Kir-

che eine Schule, ein Gemeindehaus und noch mehrere stattliche Häuser, die einen Platz gestalten, auf welchem vier Linden stehen, die ein steinernes Kreuz in ihrer Mitte haben. Diese Häuser sind nicht bloße Landwirtschaftshäuser, sondern sie bergen auch noch diejenigen Handwerke in ihrem Schoße, die dem menschlichen Geschlechte unentbehrlich sind, und die bestimmt sind, den Gebirgsbewohnern ihren einzigen Bedarf an Kunsterzeugnissen zu decken. Im Tale und an den Bergen herum sind noch sehr viele zerstreute Hütten, wie das in Gebirgsgegenden sehr oft der Fall ist, welche alle nicht nur zur Kirche und Schule gehören, sondern auch jenen Handwerken, von denen gesprochen wurde, durch Abnahme der Erzeugnisse ihren Zoll entrichten. Es gehören sogar noch weitere Hütten zu dem Dörfchen, die man von dem Tale aus gar nicht sehen kann, die noch tiefer in den Gebirgen stecken, deren Bewohner selten zu ihren Gemeindemitbrüdern heraus kommen, und die im Winter oft ihre Toten aufbewahren müssen, um sie nach dem Wegschmelzen des Schnees zum Begräbnisse bringen zu können. Der größte Herr, den die Dörfler im Laufe des Jahres zu sehen bekommen, ist der Pfarrer. Sie verehren ihn sehr, und es geschieht gewöhnlich, daß derselbe durch längeren Aufenthalt im Dörfchen ein der Einsamkeit gewöhnter Mann wird, daß er nicht ungerne bleibt, und einfach fortlebt. Wenigstens hat man seit Menschengedenken nicht erlebt, daß der Pfarrer des Dörfchens ein auswärtssüchtiger oder seines Standes unwürdiger Mann gewesen wäre.

Es gehen keine Straßen durch das Tal, sie haben ihre zweigleisigen Wege, auf denen sie ihre Felderzeugnisse mit einspännigen Wäglein nach Hause bringen, es kommen daher wenig Menschen in das Tal, unter diesen manchmal ein einsamer Fußreisen-

der, der ein Liebhaber der Natur ist, eine Weile in der bemalten Oberstube des Wirtes wohnt und die Berge betrachtet, oder gar ein Maler, der den kleinen spitzen Kirchturm und die schönen Gipfel der Felsen in seine Mappe zeichnet. Daher bilden die Bewohner eine eigene Welt, sie kennen einander alle mit Namen und mit den einzelnen Geschichten von Großvater und Urgroßvater her, trauern alle, wenn einer stirbt, wissen, wie er heißt, wenn einer geboren wird, haben eine Sprache, die von der der Ebene draußen abweicht, haben ihre Streitigkeiten, die sie schlichten, stehen einander bei, und laufen zusammen, wenn sich etwas Außerordentliches begibt.

Sie sind sehr stetig, und es bleibt immer beim Alten. Wenn ein Stein aus einer Mauer fällt, wird derselbe wieder hineingesetzt, die neuen Häuser werden wie die alten gebaut, die schadhaften Dächer werden mit gleichen Schindeln ausgebessert, und wenn in einem Hause scheckige Kühe sind, so werden immer solche Kälber aufgezogen, und die Farbe bleibt bei dem Hause.

Gegen Mittag sieht man von dem Dorfe einen Schneeberg, der mit seinen glänzenden Hörnern fast oberhalb der Hausdächer zu sein scheint, aber in der Tat doch nicht so nahe ist. Er sieht das ganze Jahr, Sommer und Winter, mit seinen vorstehenden Felsen und mit seinen weißen Flächen in das Tal herab. Als das Auffallendste, was sie in ihrer Umgebung haben, ist der Berg der Gegenstand der Betrachtung der Bewohner, und er ist der Mittelpunkt vieler Geschichten geworden. Es lebt kein Mann und Greis in dem Dorfe, der nicht von den Zacken und Spitzen des Berges, von seinen Eisspalten und Höhlen, von seinen Wässern und Geröllströmen etwas zu erzählen wüßte, was er entweder selbst erfahren oder von andern erzählen gehört hat. Dieser Berg ist auch der Stolz des Dorfes,

als hätten sie ihn selber gemacht, und es ist nicht so ganz entschieden, wenn man auch die Biederkeit und Wahrheitsliebe der Talbewohner hoch anschlägt, ob sie nicht zuweilen zur Ehre und zum Ruhme des Berges lügen. Der Berg gibt den Bewohnern außer dem, daß er ihre Merkwürdigkeit ist, auch wirklichen Nutzen; denn wenn eine Gesellschaft von Gebirgsreisenden hereinkömmt, um von dem Tale aus den Berg zu besteigen, so dienen die Bewohner des Dorfes als Führer, und einmal Führer gewesen zu sein, dieses und jenes erlebt zu haben, diese und jene Stelle zu kennen, ist eine Auszeichnung, die jeder gerne von sich darlegt. Sie reden oft davon, wenn sie in der Wirtsstube bei einander sitzen, und erzählen ihre Wagnisse und ihre wunderbaren Erfahrungen, und versäumen aber auch nie zu sagen, was dieser oder jener Reisende gesprochen habe, und was sie von ihm als Lohn für ihre Bemühungen empfangen hätten. Dann sendet der Berg von seinen Schneeflächen die Wasser ab, welche einen See in seinen Hochwäldern speisen und den Bach erzeugen, der lustig durch das Tal strömt, die Brettersäge, die Mahlmühle und andere kleine Werke treibt, das Dorf reinigt und das Vieh tränkt. Von den Wäldern des Berges kömmt das Holz, und sie halten die Lawinen auf. Durch die innern Gänge und Lockerheiten der Höhen sinken die Wasser durch, die dann in Adern durch das Tal gehen, und in Brünnlein und Quellen hervorkommen, daraus die Menschen trinken und ihr herrliches, oft belobtes Wasser dem Fremden reichen. Allein an letzteren Nutzen denken sie nicht, und meinen, das sei immer so gewesen.

Wenn man auf die Jahresgeschichte des Berges sieht, so sind im Winter die zwei Zacken seines Gipfels, die sie Hörner heißen, schneeweiß, und stehen, wenn sie an hellen Tagen sichtbar sind, blendend in

der finstern Bläue der Luft; alle Bergfelder, die um diese Gipfel herum lagern, sind dann weiß; alle Abhänge sind so; selbst die steilrechten Wände, die die Bewohner Mauern heißen, sind mit einem angeflogenen weißen Reife bedeckt und mit zartem Eise wie mit einem Firnisse belegt, so daß die ganze Masse wie ein Zauberpalast aus dem bereiften Grau der Wälderlast emporragt, welche schwer um ihre Füße herum ausgebreitet ist. Im Sommer, wo Sonne und warmer Wind den Schnee von den Steilseiten wegnimmt, ragen die Hörner nach dem Ausdrucke der Bewohner schwarz in den Himmel und haben nur schöne weiße Äderchen und Sprenkeln auf ihrem Rücken, in der Tat aber sind sie zart fernblau, und was sie Äderchen und Sprenkeln heißen, das ist nicht weiß, sondern hat das schöne Milchblau des fernen Schnees gegen das dunklere der Felsen. Die Bergfelder um die Hörner aber verlieren, wenn es recht heiß ist, an ihren höheren Teilen wohl den Firn nicht, der gerade dann recht weiß auf das Grün der Talbäume herab sieht, aber es weicht von ihren unteren Teilen der Winterschnee, der nur einen Flaum machte, und es wird das unbestimmte Schillern von Bläulich und Grünlich sichtbar, das das Geschiebe von Eis ist, das dann bloß liegt und auf die Bewohner unten hinabgrüßt. Am Rande dieses Schillerns, wo es von ferne wie ein Saum von Edelsteinsplittern aussieht, ist es in der Nähe ein Gemenge wilder, riesenhafter Blöcke, Platten und Trümmer, die sich drängen und verwirrt ineinander geschoben sind. Wenn ein Sommer gar heiß und lang ist, werden die Eisfelder weit hinauf entblößt, und dann schaut eine viel größere Fläche von Grün und Blau in das Tal, manche Kuppen und Räume werden entkleidet, die man sonst nur weiß erblickt hatte, der schmutzige Saum des Eises wird sichtbar, wo es Felsen, Erde und Schlamm schiebt, und viel reichlichere Wasser als

sonst fließen in das Tal. Dies geht fort, bis es nach und nach wieder Herbst wird, das Wasser sich verringert, zu einer Zeit einmal ein grauer Landregen die ganze Ebene des Tales bedeckt, worauf, wenn sich die Nebel von den Höhen wieder lösen, der Berg seine weiche Hülle abermals umgetan hat, und alle Felsen, Kegel und Zacken in weißem Kleide da stehen. So spinnt es sich ein Jahr um das andere mit geringen Abwechslungen ab und wird sich fortspinnen, so lange die Natur so bleibt, und auf den Bergen Schnee und in den Tälern Menschen sind. Die Bewohner des Tales heißen die geringen Veränderungen große, bemerken sie wohl und berechnen an ihnen den Fortschritt des Jahres. Sie bezeichnen an den Entblößungen die Hitze und die Ausnahmen der Sommer.

Was nun noch die Besteigung des Berges betrifft, so geschieht dieselbe von dem Tale aus. Man geht nach der Mittagsrichtung zu auf einem guten, schönen Wege, der über einen sogenannten Hals in ein anderes Tal führt. Hals heißen sie einen mäßig hohen Bergrücken, der zwei größere und bedeutendere Gebirge mit einander verbindet, und über den man zwischen den Gebirgen von einem Tale in ein anderes gelangen kann. Auf dem Halse, der den Schneeberg mit einem gegenüberliegenden großen Gebirgszuge verbindet, ist lauter Tannenwald. Etwa auf der größten Erhöhung desselben, wo nach und nach sich der Weg in das jenseitige Tal hinab zu senken beginnt, steht eine sogenannte Unglücksäule. Es ist einmal ein Bäcker, welcher Brot in seinem Korbe über den Hals trug, an jener Stelle tot gefunden worden. Man hat den toten Bäcker mit dem Korbe und mit den umringenden Tannenbäumen auf ein Bild gemalt, darunter eine Erklärung und eine Bitte um ein Gebet geschrieben, das Bild auf eine rot angestrichene hölzerne Säule getan und die Säule an der Stelle des Unglücks

aufgerichtet. Bei dieser Säule biegt man von dem Wege ab und geht auf der Länge des Halses fort, statt über seine Breite in das jenseitige Tal hinüber zu wandern. Die Tannen bilden dort einen Durchlaß, als ob eine Straße zwischen ihnen hin ginge. Es führt auch manchmal ein Weg in dieser Richtung hin, der dazu dient, das Holz von den höheren Gegenden zu der Unglücksäule herab zu bringen, der aber dann wieder mit Gras verwächst. Wenn man auf diesem Wege fortgeht, der sachte bergan führt, so gelangt man endlich auf eine freie, von Bäumen entblößte Stelle. Dieselbe ist dürrer Haideboden, hat nicht einmal einen Strauch, sondern ist mit schwachem Haidekraute, mit trockenen Moosen und mit Dürrbodenpflanzen bewachsen. Die Stelle wird immer steiler, und man geht lange hinan; man geht aber immer in einer Rinne, gleichsam wie in einem ausgerundeten Graben, hinan, was den Nutzen hat, daß man auf der großen, baumlosen und überall gleichen Stelle nicht leicht irren kann. Nach einer Zeit erscheinen Felsen, die wie Kirchen gerade aus dem Grasboden aufsteigen, und zwischen deren Mauern man längere Zeit hinan gehen kann. Dann erscheinen wieder kahle, fast pflanzenlose Rücken, die bereits in die Lufträume der höhern Gegenden ragen und gerade zu dem Eise führen. Zu beiden Seiten dieses Weges sind steile Wände, und durch diesen Damm hängt der Schneeberg mit dem Halse zusammen. Um das Eis zu überwinden, geht man eine geraume Zeit an der Grenze desselben, wo es von den Felsen umstanden ist, dahin, bis man zu dem ältern Firn gelangt, der die Eisspalten überbaut und in den meisten Zeiten des Jahres den Wanderer trägt. An der höchsten Stelle des Firns erheben sich die zwei Hörner aus dem Schnee, wovon eines das höhere, mithin die Spitze des Berges ist. Diese Kuppen sind sehr schwer zu erklimmen; da sie mit einem

oft breiteren, oft engeren Schneegraben – dem Firn-
schrunde – umgeben sind, der übersprungen werden
muß, und da ihre steilrechten Wände nur kleine Ab-
sätze haben, in welche der Fuß eingesetzt werden
muß, so begnügen sich die meisten Besteiger des Ber-
ges damit, bis zu dem Firnschrunde gelangt zu sein,
und dort die Rundsicht, so weit sie nicht durch das
Horn verdeckt ist, zu genießen. Die den Gipfel bestei-
gen wollen, müssen dies mit Hilfe von Steigeisen,
Stricken und Klammern tun.

Außer diesem Berge stehen an derselben Mittag-
seite noch andere, aber keiner ist so hoch, wenn sie
sich auch früh im Herbste mit Schnee bedecken und
ihn bis tief in den Frühling hinein behalten. Der Som-
mer aber nimmt denselben immer weg, und die Fel-
sen glänzen freundlich im Sonnenscheine, und die
tiefer gelegenen Wälder zeigen ihr sanftes Grün von
breiten blauen Schatten durchschnitten, die so schön
sind, daß man sich in seinem Leben nicht satt daran
sehen kann.

An den andern Seiten des Tales, nämlich von Mit-
ternacht, Morgen und Abend her, sind die Berge
langgestreckt und niederer, manche Felder und Wie-
sen steigen ziemlich hoch hinauf, und oberhalb ihrer
sieht man verschiedene Waldblößen, Alpenhütten
und dergleichen, bis sie an ihrem Rande mit feinge-
zacktem Walde am Himmel hingehen, welche Auszak-
kung eben ihre geringe Höhe anzeigt, während die
mittäglichen Berge, obwohl sie noch großartigere
Wälder hegen, doch mit einem ganz glatten Rande an
dem glänzenden Himmel hinstreichen.

Wenn man so ziemlich mitten in dem Tale steht, so
hat man die Empfindung, als ginge nirgends ein Weg
in dieses Becken herein und keiner daraus hinaus;
allein diejenigen, welche öfter im Gebirge gewesen
sind, kennen diese Täuschung gar wohl: in der Tat

führen nicht nur verschiedene Wege, und darunter sogar manche durch die Verschiebungen der Berge fast auf ebenem Boden, in die nördlichen Flächen hinaus, sondern gegen Mittag, wo das Tal durch steilrechte Mauern fast geschlossen scheint, geht sogar ein Weg über den obbenannten Hals.

Das Dörflein heißt Gschaid, und der Schneeberg, der auf seine Häuser herab schaut, heißt Gars.

Jenseits des Halses liegt ein viel schöneres und blühenderes Tal, als das von Gschaid ist, und es führt von der Unglücksäule der gebahnte Weg hinab. Es hat an seinem Eingange einen stattlichen Marktflecken, Millsdorf, der sehr groß ist, verschiedene Werke hat und in manchen Häusern städtische Gewerbe und Nahrung treibt. Die Bewohner sind viel wohlhabender als die in Gschaid, und obwohl nur drei Wegstunden zwischen den beiden Tälern liegen, was für die an große Entfernungen gewohnten und Mühseligkeiten liebenden Gebirgsbewohner eine unbedeutende Kleinigkeit ist, so sind doch Sitten und Gewohnheiten in den beiden Tälern so verschieden, selbst der äußere Anblick derselben ist so ungleich, als ob eine große Anzahl Meilen zwischen ihnen läge. Das ist in Gebirgen sehr oft der Fall und hängt nicht nur von der verschiedenen Lage der Täler gegen die Sinne ab, die sie oft mehr oder weniger begünstigt, sondern auch von dem Geiste der Bewohner, der durch gewisse Beschäftigungen nach dieser oder jener Richtung gezogen wird. Darin stimmen aber alle überein, daß sie an Herkömmlichkeiten und Väterweise hängen, großen Verkehr leicht entbehren, ihr Tal außerordentlich lieben und ohne demselben kaum leben können.

Es vergehen oft Monate, oft fast ein Jahr, ehe ein Bewohner von Gschaid in das jenseitige Tal hinüber kömmt und den großen Marktflecken Millsdorf besucht. Die Millsdorfer halten es eben so, obwohl sie

ihrerseits doch Verkehr mit dem Lande draußen pflegen und daher nicht so abgeschieden sind wie die Gschaider. Es geht sogar ein Weg, der eine Straße heißen könnte, längs ihres Tales, und mancher Reisende und mancher Wanderer geht hindurch, ohne nur im geringsten zu ahnen, daß mitternachtwärts seines Weges jenseits des hohen herabblickenden Schneebergs noch ein Tal sei, in dem viele Häuser zerstreut sind, und in dem das Dörflein mit dem spitzigen Kirchturme steht.

Unter den Gewerben des Dorfes, welche bestirnmt sind, den Bedarf des Tales zu decken, ist auch das eines Schusters, das nirgends entbehrt werden kann, wo die Menschen nicht in ihrem Urzustande sind. Die Gschaider aber sind so weit über diesem Stande, daß sie recht gute und tüchtige Gebirgsfußbekleidung brauchen. Der Schuster ist mit einer kleinen Ausnahme der einzige im Tale. Sein Haus steht auf dem Platze in Gschaid, wo überhaupt die besseren stehen, und schaut mit seinen grauen Mauern, weißen Fenstersimsen und grün angestrichenen Fensterläden auf die vier Linden hinaus. Es hat im Erdgeschosse die Arbeitsstube, die Gesellenstube, eine größere und kleinere Wohnstube, ein Verkaufstübchen, nebst Küche und Speisekammer und allen zugehörigen Gelassen; im ersten Stockwerke, oder eigentlich im Raume des Giebels, hat es die Oberstube oder eigentliche Prunkstube. Zwei Prachtbetten, schöne, geglättete Kästen mit Kleidern stehen da, dann ein Gläserkästchen mit Geschirren, ein Tisch mit eingelegter Arbeit, gepolsterte Sessel, ein Mauerkästchen mit den Ersparnissen, dann hängen an den Wänden Heiligenbilder, zwei schöne Sackuhren, gewonnene Preise im Schießen, und endlich sind auch Scheibengewehre und Jagdbüchsen nebst ihrem Zugehöre in einem eigenen, mit Glastafeln versehenen Kasten aufgehängt. An das

Schusterhaus ist ein kleineres Häuschen, nur durch den Einfahrtsschwibbogen getrennt, angebaut, welches genau dieselbe Bauart hat und zum Schusterhause wie ein Teil zum Ganzen gehört. Es hat nur eine Stube mit den dazu gehörigen Wohnteilen. Es hat die Bestimmung, dem Hausbesitzer, sobald er das Anwesen seinem Sohne oder Nachfolger übergeben hat, als sogenanntes Ausnahmstübchen zu dienen, in welchem er mit seinem Weibe so lange haust, bis beide gestorben sind, die Stube wieder leer steht und auf einen neuen Bewohner wartet. Das Schusterhaus hat nach rückwärts Stall und Scheune; denn jeder Talbewohner ist, selbst wenn er ein Gewerbe treibt, auch Landbebauer und zieht hieraus seine gute und nachhaltige Nahrung. Hinter diesen Gebäuden ist endlich der Garten, der fast bei keinem besseren Hause in Gschaid fehlt, und von dem sie ihre Gemüse, ihr Obst und für festliche Gelegenheiten ihre Blumen ziehen. Wie oft im Gebirge, so ist auch in Gschaid die Bienenzucht in diesen Gärten sehr verbreitet.

Die kleine Ausnahme, deren oben Erwähnung geschah, und die Nebenbuhlerschaft der Alleinherrlichkeit des Schusters ist ein anderer Schuster, der alte Tobias, der aber eigentlich kein Nebenbuhler ist, weil er nur mehr flickt, hierin viel zu tun hat, und es sich nicht im entferntesten beikommen läßt, mit dem vornehmen Platzschuster in einen Wettstreit einzugehen, insbesondere da der Platzschuster ihn häufig mit Lederflecken, Sohlenabschnitten und dergleichen Dingen unentgeltlich versieht. Der alte Tobias sitzt im Sommer am Ende des Dörfchens unter Holunderbüschen und arbeitet. Er ist umringt von Schuhen und Bundschuhen, die aber sämtlich alt, grau, kotig und zerrissen sind. Stiefel mit langen Röhren sind nicht da, weil sie im Dorfe und in der Gegend nicht getragen werden; nur zwei Personen haben sol-

che, der Pfarrer und der Schullehrer, welche aber beides, flicken und neue Ware machen, nur bei dem Platzschuster lassen. Im Winter sitzt der alte Tobias in seinem Stübchen hinter den Holunderstauden und hat warm geheizt, weil das Holz in Gschaid nicht teuer ist.

Der Platzschuster ist, ehe er das Haus angetreten hat, ein Gemsewildschütze gewesen, und hat überhaupt in seiner Jugend, wie die Gschaider sagen, nicht gut getan. Er war in der Schule immer einer der besten Schüler gewesen, hatte dann von seinem Vater das Handwerk gelernt, ist auf Wanderung gegangen, und ist endlich wieder zurück gekehrt. Statt, wie es sich für einen Gewerbsmann ziemt, und wie sein Vater es Zeit Lebens getan, einen schwarzen Hut zu tragen, tat er einen grünen auf, steckte noch alle bestehenden Federn darauf und stolzierte mit ihm und mit dem kürzesten Lodenrocke, den es im Tale gab, herum, während sein Vater immer einen Rock von dunkler, wo möglich schwarzer Farbe hatte, der auch, weil er einem Gewerbsmanne angehörte, immer sehr weit herabgeschnitten sein mußte. Der junge Schuster war auf allen Tanzplätzen und Kegelbahnen zu sehen. Wenn ihm jemand eine gute Lehre gab, so pfiff er ein Liedlein. Er ging mit seinem Scheibengewehre zu allen Schießen der Nachbarschaft und brachte manchmal einen Preis nach Hause, was er für einen großen Sieg hielt. Der Preis bestand meistens aus Münzen, die künstlich gefaßt waren und zu deren Gewinnung der Schuster mehr gleiche Münzen ausgeben mußte, als der Preis enthielt, besonders da er wenig haushälterisch mit dem Gelde war. Er ging auf alle Jagden, die in der Gegend abgehalten wurden, und hatte sich den Namen eines guten Schützen erworben. Er ging aber auch manchmal allein mit seiner Doppelbüchse und mit Steigeisen fort, und ein-

mal sagte man, daß er eine schwere Wunde im Kopfe erhalten habe.

In Millsdorf war ein Färber, welcher gleich am Anfange des Marktfleckens, wenn man auf dem Wege von Gschaid hinüber kam, ein sehr ansehnliches Gewerbe hatte, mit vielen Leuten und sogar, was im Tale etwas Unerhörtes war, mit Maschinen arbeitete. Außerdem besaß er noch eine ausgebreitete Feldwirtschaft. Zu der Tochter dieses reichen Färbers ging der Schuster über das Gebirge, um sie zu gewinnen. Sie war wegen ihrer Schönheit weit und breit berühmt, aber auch wegen ihrer Eingezogenheit, Sittsamkeit und Häuslichkeit beliebt. Dennoch, hieß es, soll der Schuster ihre Aufmerksamkeit erregt haben. Der Färber ließ ihn nicht in sein Haus kommen; und hatte die schöne Tochter schon früher keine öffentlichen Plätze und Lustbarkeiten besucht und war selten außer dem Hause ihrer Eltern zu sehen gewesen: so ging sie jetzt schon gar nirgends mehr hin als in die Kirche oder in ihrem Garten oder in den Räumen des Hauses herum.

Einige Zeit nach dem Tode seiner Eltern, durch welchen ihm das Haus derselben zugefallen war, das er nun allein bewohnte, änderte sich der Schuster gänzlich. So wie er früher getollt hatte, so saß er jetzt in seiner Stube und hämmerte Tag und Nacht an seinen Sohlen. Er setzte prahlend einen Preis, darauf wenn es jemand gäbe, der bessere Schuhe und Fußbekleidungen machen könne. Er nahm keine andern Arbeiter als die besten und trillte sie noch sehr herum, wenn sie in seiner Werkstätte arbeiteten, daß sie ihm folgten und die Sache so einrichteten, wie er befahl. Wirklich brachte er es jetzt auch dahin, daß nicht nur das ganze Dorf Gschaid, das zum größten Teile die Schusterarbeit aus benachbarten Tälern bezogen hatte, bei ihm arbeiten ließ, daß das ganze Tal bei ihm

arbeiten ließ, und daß endlich sogar einzelne von Millsdorf und andern Tälern herein kamen und sich ihre Fußbekleidungen von dem Schuster in Gschaid machen ließen. Sogar in die Ebene hinaus verbreitete sich sein Ruhm, daß manche, die in die Gebirge gehen wollten, sich die Schuhe dazu von ihm machen ließen.

Er richtete das Haus sehr schön zusammen, und in dem Warengewölbe glänzten auf den Brettern die Schuhe, Bundstiefel und Stiefel; und wenn am Sonntage die ganze Bevölkerung des Tales herein kam, und man bei den vier Linden des Platzes stand, ging man gerne zu dem Schusterhause hin und sah durch die Gläser in die Warenstube, wo die Käufer und Besteller waren.

Nach seiner Vorliebe zu den Bergen machte er auch jetzt die Gebirgsbundschuhe am besten. Er pflegte in der Wirtsstube zu sagen: es gäbe keinen, der ihm einen fremden Gebirgsbundschuh zeigen könne, der sich mit einem seinigen vergleichen lasse. »Sie wissen es nicht«, pflegte er beizufügen, »sie haben es in ihrem Leben nicht erfahren, wie ein solcher Schuh sein muß, daß der gestirnte Himmel der Nägel recht auf der Sohle sitze und das gebührende Eisen enthalte, daß der Schuh außen hart sei, damit kein Geröllstein, wie scharf er auch sei, empfunden werde, und daß er sich von innen doch weich und zärtlich wie ein Handschuh an die Füße lege.«

Der Schuster hatte sich ein sehr großes Buch machen lassen, in welches er alle verfertigte Ware eintrug, die Namen derer beifügte, die den Stoff geliefert und die Ware gekauft hatten, und eine kurze Bemerkung über die Güte des Erzeugnisses beischrieb. Die gleichartigen Fußbekleidungen hatten ihre fortlaufenden Zahlen, und das Buch lag in der großen Lade seines Gewölbes.

Wenn die schöne Färberstochter von Millsdorf auch nicht aus der Eltern Hause kam, wenn sie auch weder Freunde noch Verwandte besuchte, so konnte es der Schuster von Gschaid doch so machen, daß sie ihn von ferne sah, wenn sie in die Kirche ging, wenn sie in dem Garten war, und wenn sie aus den Fenstern ihres Zimmers auf die Matten blickte. Wegen dieses unausgesetzten Sehens hatte es die Färberin durch langes, inständiges und ausdauerndes Flehen für ihre Tochter dahin gebracht, daß der halsstarrige Färber nachgab, und daß der Schuster, weil er denn nun doch besser geworden, die schöne, reiche Millsdorferin als Eheweib nach Gschaid führte. Aber der Färber war deßungeachtet auch ein Mann, der seinen Kopf hatte. Ein rechter Mensch, sagte er, müsse sein Gewerbe treiben, daß es blühe und vorwärtskomme, er müsse daher sein Weib, seine Kinder, sich und sein Gesinde ernähren, Hof und Haus im Stande des Glanzes halten und sich noch ein Erkleckliches erübrigen, welches letztere doch allein im Stande sei, ihm Ansehen und Ehre in der Welt zu geben; darum erhalte seine Tochter nichts als eine vortreffliche Ausstattung, das andere ist Sache des Ehemanns, daß er es mache und für alle Zukunft es besorge. Die Färberei in Millsdorf und die Landwirtschaft auf dem Färberhause sei für sich ein ansehnliches und ehrenwertes Gewerbe, das seiner Ehre willen bestehen, und wozu alles, was da sei, als Grundstock dienen müsse, daher er nichts weggebe. Wenn einmal er und sein Eheweib, die Färberin, tot seien, dann gehöre Färberei und Landwirtschaft in Millsdorf ihrer einzigen Tochter, nämlich der Schusterin in Gschaid, und Schuster und Schusterin könnten damit tun, was sie wollten: aber alles dieses nur, wenn die Erben es wert wären, das Erbe zu empfangen; waren sie es nicht wert, so ging das Erbe auf die Kinder derselben, und

wenn keine vorhanden wären, mit der Ausnahme des lediglichen Pflichtteiles auf andere Verwandte über. Der Schuster verlangte auch nichts, er zeigte im Stolze, daß es ihm nur um die schöne Färberstochter in Millsdorf zu tun gewesen, und daß er sie schon ernähren und erhalten könne, wie sie zu Hause ernährt und erhalten worden ist. Er kleidete sie als sein Eheweib nicht nur schöner als alle Gschaiderinnen und alle Bewohnerinnen des Tales, sondern auch schöner, als sie sich je zu Hause getragen hatte, und Speise, Trank und übrige Behandlung mußte besser und rücksichtsvoller sein, als sie das gleiche im väterlichen Hause genossen hatte. Und um dem Schwiegervater zu trotzen, kaufte er mit erübrigten Summen nach und nach immer mehr Grundstücke so ein, daß er einen tüchtigen Besitz beisammen hatte.

Weil die Bewohner von Gschaid so selten aus ihrem Tale kommen, und nicht einmal oft nach Millsdorf hinüber gehen, von dem sie durch Bergrücken und durch Sitten geschieden sind, weil ferner ihnen gar kein Fall vorkömmt, daß ein Mann sein Tal verläßt und sich in dem benachbarten ansiedelt (Ansiedlungen in großen Entfernungen kommen öfter vor), weil endlich auch kein Weib oder Mädchen gerne von einem Tale in ein anderes auswandert, außer in dem ziemlich seltenen Falle, wenn sie der Liebe folgt und als Eheweib und zu dem Ehemann in ein anderes Tal kömmt: so geschah es, daß die schöne Färberstochter von Millsdorf, da sie Schusterin in Gschaid geworden war, doch immer von allen Gschaidern als Fremde angesehen wurde, und wenn man ihr auch nichts Übels antat, ja wenn man sie ihres schönen Wesens und ihrer Sitten wegen sogar liebte, doch immer etwas vorhanden war, das wie Scheu oder, wenn man will, wie Rücksicht aussah und nicht zu dem Innigen und Gleichartigen kommen ließ, wie

Gschaiderinnen gegen Gschaiderinnen, Gschaider gegen Gschaider hatten. Es war so, ließ sich nicht abstellen und wurde durch die bessere Tracht und durch das erleichterte häusliche Leben der Schusterin noch vermehrt.

Sie hatte ihrem Manne nach dem ersten Jahre einen Sohn und in einigen Jahren darauf ein Töchterlein geboren. Sie glaubte aber, daß er die Kinder nicht so liebe, wie sie sich vorstellte, daß es sein solle, und wie sie sich bewußt war, daß sie dieselben liebe; denn sein Angesicht war meistens ernsthaft und mit seinen Arbeiten beschäftigt. Er spielte und tändelte selten mit den Kindern, und sprach stets ruhig mit ihnen, gleichsam so, wie man mit Erwachsenen spricht. Was Nahrung und Kleidung und andere äußere Dinge anbelangte, hielt er die Kinder untadelig.

In der ersten Zeit der Ehe kam die Färberin öfter nach Gschaid, und die jungen Eheleute besuchten auch Millsdorf zuweilen bei Kirchweihen oder anderen festlichen Gelegenheiten. Als aber die Kinder auf der Welt waren, war die Sache anders geworden. Wenn schon Mütter ihre Kinder lieben und sich nach ihnen sehnen, so ist dieses von Großmüttern öfter in noch höherem Grade der Fall: sie verlangen zuweilen mit wahrlich krankhafter Sehnsucht nach ihren Enkeln. Die Färberin kam sehr oft nach Gschaid herüber, um die Kinder zu sehen, ihnen Geschenke zu bringen, eine Weile da zu bleiben und dann mit guten Ermahnungen zu scheiden. Da aber das Alter und die Gesundheitsumstände der Färberin die öfteren Fahrten nicht mehr so möglich machten, und der Färber aus dieser Ursache Einsprache tat, wurde auf etwas anderes gesonnen, die Sache wurde umgekehrt, und die Kinder kamen jetzt zur Großmutter. Die Mutter brachte sie selber öfter in einem Wagen, öfter aber wurden sie, da sie noch im zarten Alter

waren, eingemummt einer Magd mitgegeben, die sie in einem Fuhrwerke über den Hals brachte. Als sie aber größer waren, gingen sie zu Fuße entweder mit der Mutter oder mit einer Magd nach Millsdorf, ja da der Knabe geschickt, stark und klug geworden war, ließ man ihn allein den bekannten Weg über den Hals gehen, und wenn es sehr schön war und er bat, erlaubte man auch, daß ihn die kleine Schwester begleite. Dies ist bei den Gschaidern gebräuchlich, weil sie an starkes Fußgehen gewöhnt sind, und die Eltern überhaupt, namentlich aber ein Mann wie der Schuster, es gerne sehen und eine Freude daran haben, wenn ihre Kinder tüchtig werden.

So geschah es, daß die zwei Kinder den Weg über den Hals öfter zurücklegten als die übrigen Dörfler zusammengenommen, und da schon ihre Mutter in Gschaid immer gewissermaßen wie eine Fremde behandelt wurde, so wurden durch diesen Umstand auch die Kinder fremd, sie waren kaum Gschaider und gehörten halb nach Millsdorf hinüber.

Der Knabe Konrad hatte schon das ernste Wesen seines Vaters, und das Mädchen Susanna, nach ihrer Mutter so genannt, oder, wie man es zur Abkürzung nannte, Sanna, hatte viel Glauben zu seinen Kenntnissen, seiner Einsicht und seiner Macht, und gab sich unbedingt unter seine Leitung, gerade so wie die Mutter sich unbedingt unter die Leitung des Vaters gab, dem sie alle Einsicht und Geschicklichkeit zutraute.

An schönen Tagen konnte man morgens die Kinder durch das Tal gegen Mittag wandern sehen, über die Wiese gehen und dort anlangen, wo der Wald des Halses gegen sie her schaut. Sie näherten sich dem Walde, gingen auf seinem Wege allgemach über die Erhöhung hinan und kamen, ehe der Mittag eingetreten war, auf den offenen Wiesen auf der anderen Seite gegen Millsdorf hinunter. Konrad zeigte Sanna

die Wiesen, die dem Großvater gehörten, dann gingen sie durch seine Felder, auf denen er ihr die Getreidearten erklärte, dann sahen sie auf Stangen unter dem Vorsprunge des Daches die langen Tücher zum Trocknen herabhängen, die sich im Winde schlängelten oder närrische Gesichter machten, dann hörten sie seine Walkmühle und seinen Lohstampf, die er an seinem Bache für Tuchmacher und Gerber angelegt hatte, dann bogen sie noch um eine Ecke der Felder und gingen im kurzen durch die Hintertür in den Garten der Färberei, wo sie von der Großmutter empfangen wurden. Diese ahnte immer, wenn die Kinder kamen, sah zu den Fenstern aus und erkannte sie von weitem, wenn Sannas rotes Tuch recht in der Sonne leuchtete.

Sie führte die Kinder dann durch die Waschstube und Presse in das Zimmer, ließ sie niedersetzen, ließ nicht zu, daß sie Halstücher oder Jäckchen lüfteten, damit sie sich nicht verkühlten, und behielt sie beim Essen da. Nach dem Essen durften sie sich lüften, spielen, durften in den Räumen des großväterlichen Hauses herum gehen oder sonst tun, was sie wollten, wenn es nur nicht unschicklich oder verboten war. Der Färber, welcher immer bei dem Essen war, fragte sie um ihre Schulgegenstände aus und schärfte ihnen besonders ein, was sie lernen sollten. Nachmittags wurden sie von der Großmutter schon, ehe die Zeit kam, zum Aufbruche getrieben, daß sie ja nicht zu spät kämen. Obgleich der Färber keine Mitgift gegeben hatte und vor seinem Tode von seinem Vermögen nichts wegzugeben gelobt hatte, glaubte sich die Färberin an diese Dinge doch nicht so strenge gebunden, und sie gab den Kindern nicht allein während ihrer Anwesenheit allerlei, worunter nicht selten ein Münzstück und zuweilen gar von ansehnlichem Werte war, sondern sie band ihnen auch immer zwei Bün-

delchen zusammen, in denen sich Dinge befanden, von denen sie glaubte, daß sie notwendig wären, oder daß sie den Kindern Freude machen könnten. Und wenn oft die nämlichen Dinge im Schusterhause in Gschaid ohnedem in aller Trefflichkeit vorhanden waren, so gab sie die Großmutter in der Freude des Gebens doch, und die Kinder trugen sie als etwas Beso

nderes nach Hause. So geschah es nun, daß die Kinder am heiligen Abende schon unwissend die Geschenke in Schachteln gut versiegelt und verwahrt nach Hause trugen, die ihnen in der Nacht einbeschert werden sollten.

Weil die Großmutter die Kinder immer schon vor der Zeit zum Fortgehen drängte, damit sie nicht zu spät nach Hause kämen, so erzielte sie hiedurch, daß die Kinder gerade auf dem Wege bald an dieser, bald an jener Stelle sich aufhielten. Sie saßen gerne an dem Haselnußgehege, das auf dem Halse ist, und schlugen mit Steinen Nüsse auf, oder spielten, wenn keine Nüsse waren, mit Blättern oder mit Hölzlein oder mit den weichen braunen Zäpfchen, die im ersten Frühjahre von den Zweigen der Nadelbäume herab fielen. Manchmal erzählte Konrad dem Schwesterchen Geschichten, oder wenn sie zu der roten Unglücksäule kamen, führte er sie ein Stück auf dem Seitenwege links gegen die Höhen hinan und sagte ihr, daß man da auf den Schneeberg gelange, daß dort Felsen und Steine seien, daß die Gemsen herum springen und große Vögel fliegen. Er führte sie oft über den Wald hinaus, sie betrachteten dann den dürren Rasen und die kleinen Sträucher der Haidekräuter; aber er führte sie wieder zurück und brachte sie immer vor der Abenddämmerung nach Hause, was ihm stets Lob eintrug.

Einmal war am heiligen Abende, da die erste Mor-

gendämmerung in dem Tale von Gschaid in Helle übergegangen war, ein dünner, trockener Schleier über den ganzen Himmel gebreitet, so daß man die ohnedem schiefe und ferne Sonne im Südosten nur als einen undeutlichen roten Fleck sah, überdies war an diesem Tage eine milde, beinahe laulichte Luft unbeweglich im ganzen Tale und auch an dem Himmel, wie die unveränderte und ruhige Gestalt der Wolken zeigte. Da sagte die Schustersfrau zu ihren Kindern: »Weil ein so angenehmer Tag ist, weil es so lange nicht geregnet hat und die Wege fest sind, und weil es auch der Vater gestern unter der Bedingung erlaubt hat, wenn der heutige Tag dazu geeignet ist, so dürft ihr zur Großmutter nach Millsdorf gehen; aber ihr müßt den Vater noch vorher fragen.«

Die Kinder, welche noch in ihren Nachtkleidchen dastanden, liefen in die Nebenstube, in welcher der Vater mit einem Kunden sprach, und baten um die Wiederholung der gestrigen Erlaubnis, weil ein so schöner Tag sei. Sie wurde ihnen erteilt, und sie liefen wieder zur Mutter zurück.

Die Schustersfrau zog nun ihre Kinder vorsorglich an, oder eigentlich, sie zog das Mädchen mit dichten, gut verwahrenden Kleidern an; denn der Knabe begann sich selber anzukleiden und stand viel früher fertig da, als die Mutter mit dem Mädchen hatte ins Reine kommen können. Als sie dieses Geschäft vollendet hatte, sagte sie:

»Konrad, gib wohl acht: weil ich dir das Mädchen mitgehen lasse, so müsset ihr bei Zeiten fortgehen, ihr müsset an keinem Platze stehen bleiben, und wenn ihr bei der Großmutter gegessen habt, so müsset ihr gleich wieder umkehren und nach Hause trachten; denn die Tage sind jetzt sehr kurz, und die Sonne geht gar bald unter.«

»Ich weiß es schon, Mutter«, sagte Konrad.

»Und siehe gut auf Sanna, daß sie nicht fällt oder sich erhitzt.«

»Ja, Mutter.«

»So, Gott behüte euch, und geht noch zum Vater, und sagt, daß ihr jetzt fortgehet.«

Der Knabe nahm eine von seinem Vater kunstvoll aus Kalbfellen genähte Tasche an einem Riemen um die Schulter, und die Kinder gingen in die Nebenstube, um dem Vater Lebewohl zu sagen. Aus dieser kamen sie bald heraus, und hüpften, von der Mutter mit einem Kreuze besegnet, fröhlich auf die Gasse.

Sie gingen schleunig längs des Dorfplatzes hinab und dann durch die Häusergasse und endlich zwischen den Planken der Obstgärten in das Freie hinaus. Die Sonne stand schon über dem mit milchigen Wolkenstreifen durchwobenen Wald der morgendlichen Anhöhen, und ihr trübes rötliches Bild schritt durch die laublosen Zweige der Holzäpfelbäume mit den Kindern fort.

In dem ganzen Tale war kein Schnee, die größeren Berge, von denen er schon viele Wochen herab geglänzt hatte, waren damit bedeckt, die kleineren standen in dem Mantel ihrer Tannenwälder und im Fahlrot ihrer entblößten Zweige unbeschneit und ruhig da. Der Boden war noch nicht gefroren, und er wäre vermöge der vorhergegangenen langen regenlosen Zeit ganz trocken gewesen, wenn ihn nicht die Jahreszeit mit einer zarten Feuchtigkeit überzogen hätte, die ihn aber nicht schlüpfrig, sondern eher fest und widerprallend machte, daß sie leicht und gering darauf fortgingen. Das wenige Gras, welches noch auf den Wiesen und vorzüglich an den Wassergräben derselben war, stand in herbstlichem Ansehen. Es lag kein Reif und bei näherem Anblicke nicht einmal ein Tau, was nach der Meinung der Landleute baldigen Regen bedeutet.

Gegen die Grenzen der Wiesen zu war ein Gebirgsbach, über welchen ein hoher Steg führte. Die Kinder gingen auf den Steg und schauten hinab. Im Bache war schier kein Wasser, ein dünner Faden von sehr stark blauer Farbe ging durch die trockenen Kiesel des Gerölles, die wegen Regenlosigkeit ganz weiß geworden waren, und sowohl die Wenigkeit als auch die Farbe des Wassers zeigten an, daß in den größeren Höhen schon Kälte herrschen müsse, die den Boden verschließe, daß er mit seiner Erde das Wasser nicht trübe, und die das Eis erhärte, daß es in seinem Innern nur wenige klare Tropfen abgeben könne.

Von dem Stege liefen die Kinder durch die Gründe fort, und näherten sich immer mehr den Waldungen.

Sie trafen endlich die Grenze des Holzes, und gingen in demselben weiter.

Als sie in die höheren Wälder des Halses hinauf gekommen waren, zeigten sich die langen Furchen des Fahrweges nicht mehr weich, wie es unten im Tale der Fall gewesen war, sondern sie waren fest, und zwar nicht aus Trockenheit, sondern, wie die Kinder sich bald überzeugten, weil sie gefroren waren. An manchen Stellen waren sie so überfroren, daß sie die Körper der Kinder trugen. Nach der Natur der Kinder gingen sie nun nicht mehr auf dem glatten Pfade neben dem Fahrwege, sondern in den Gleisen, und versuchten, ob dieser oder jener Furchenaufwurf sie schon trage. Als sie nach Verlauf einer Stunde auf der Höhe des Halses angekommen waren, war der Boden bereits so hart, daß er klang und Schollen wie Steine hatte.

An der roten Unglücksäule des Bäckers bemerkte Sanna zuerst, daß sie heute gar nicht da stehe. Sie gingen zu dem Platze hinzu und sahen, daß der runde, rot angestrichene Balken, der das Bild trug, in

dem dürren Grase liege, das wie dünnes Stroh an der Stelle stand und den Anblick der liegenden Säule verdeckte. Sie sahen zwar nicht ein, warum die Säule liege, ob sie umgeworfen worden, oder ob sie von selber umgefallen sei, das sahen sie, daß sie an der Stelle, wo sie in die Erde ragte, sehr morsch war, und daß sie daher sehr leicht habe umfallen können; aber da sie einmal lag, so machte es ihnen Freude, daß sie das Bild und die Schrift so nahe betrachten konnten, wie es sonst nie der Fall gewesen war. Als sie alles – den Korb mit den Semmeln, die bleichen Hände des Bäckers, seine geschlossenen Augen, seinen grauen Rock und die umstehenden Tannen – betrachtet hatten, als sie die Schrift gelesen und laut gesagt hatten, gingen sie wieder weiter.

Abermal nach einer Stunde wichen die dunkeln Wälder zu beiden Seiten zurück, dünnstehende Bäume, teils einzelne Eichen, teils Birken und Gebüschgruppen empfingen sie, geleiteten sie weiter, und nach kurzem liefen sie auf den Wiesen in das Millsdorfer Tal hinab.

Obwohl dieses Tal bedeutend tiefer liegt als das von Gschaid, und auch um so viel wärmer war, daß man die Ernte immer um vierzehn Tage früher beginnen konnte als in Gschaid, so war doch auch hier der Boden gefroren, und als die Kinder bis zu den Loh- und Walkwerken des Großvaters gekommen waren, lagen auf dem Wege, auf den die Räder oft Tropfen heraus spritzten, schöne Eistäfelchen. Den Kindern ist das gewöhnlich ein sehr großes Vergnügen.

Die Großmutter hatte sie kommen gesehen, war ihnen entgegen gegangen, nahm Sanna bei den erfrornen Händchen und führte sie in die Stube.

Sie nahm ihnen die wärmeren Kleider ab, sie ließ in dem Ofen nachlegen und fragte sie, wie es ihnen im Herübergehen gegangen sei.

Als sie hierauf die Antwort erhalten hatte, sagte sie:

»Das ist schon recht, das ist gut, es freut mich gar sehr, daß ihr wieder gekommen seid; aber heute müßt ihr bald fort, der Tag ist kurz, und es wird auch kälter, am Morgen war es in Millsdorf nicht gefroren.«

»In Gschaid auch nicht«, sagte der Knabe.

»Siehst du, darum müßt ihr euch sputen, daß euch gegen Abend nicht zu kalt wird«, antwortete die Großmutter.

Hierauf fragte sie, was die Mutter mache, was der Vater mache, und ob nichts Besonderes in Gschaid geschehen sei.

Nach diesen Fragen bekümmerte sie sich um das Essen, sorgte, daß es früher bereitet wurde als gewöhnlich, und richtete selber den Kindern kleine Leckerbissen zusammen, von denen sie wußte, daß sie eine Freude damit erregen würde. Dann wurde der Färber gerufen, die Kinder bekamen an dem Tische aufgedeckt wie große Personen, und aßen nun mit Großvater und Großmutter, und die letzte legte ihnen hiebei besonders Gutes vor. Nach dem Essen streichelte sie Sannas unterdessen sehr rot gewordene Wangen.

Hierauf ging sie geschäftig hin und her und steckte das Kalbfellränzchen des Knaben voll und steckte ihm noch allerlei in die Taschen. Auch in die Täschchen von Sanna tat sie allerlei Dinge. Sie gab jedem ein Stück Brot, es auf dem Wege zu verzehren, und in dem Ränzchen, sagte sie, seien noch zwei Weißbrote, wenn etwa der Hunger zu groß würde.

»Für die Mutter habe ich einen guten gebrannten Kaffee mitgegeben«, sagte sie, »und in dem Fläschchen, das zugestopft und gut verbunden ist, befindet sich auch ein schwarzer Kaffeeaufguß, ein besserer, als die Mutter bei euch gewöhnlich macht, sie soll ihn nur kosten, wie er ist, er ist eine wahre Arznei, so kräftig, daß nur ein Schlückchen den Magen so

wärmt, daß es den Körper in den kältesten Winterta-
gen nicht frieren kann. Die anderen Sachen, die in
der Schachtel und in den Papieren im Ränzchen sind,
bringt unversehrt nach Hause.«

Da sie noch ein Weilchen mit den Kindern geredet
hatte, sagte sie, daß sie gehen sollten. »Habe acht, San-
na«, sagte sie, »daß du nicht frierst, erhitze dich nicht;
und daß ihr nicht über die Wiesen hinauf und unter
den Bäumen lauft. Etwa kömmt gegen Abend ein
Wind, da müßt ihr langsamer gehen. Grüßet Vater
und Mutter, und sagt, sie sollen recht glückliche Fei-
ertage haben.«

Die Großmutter küßte beide Kinder auf die Wan-
gen, und schob sie durch die Tür hinaus. Nichtsde-
stoweniger ging sie aber auch selber mit, geleitete sie
durch den Garten, ließ sie durch das Hinterpförtchen
hinaus, schloß wieder, und ging in das Haus zurück.

Die Kinder gingen an den Eistäfelchen neben den
Werken des Großvaters vorbei, sie gingen durch die
Millsdorfer Felder und wendeten sich gegen die Wie-
sen hinan. Als sie auf den Anhöhen gingen, wo, wie
gesagt wurde, zerstreute Bäume und Gebüschgrup-
pen standen, fielen äußerst langsam einzelne Schnee-
flocken.

»Siehst du, Sanna«, sagte der Knabe, »ich habe es
gleich gedacht, daß wir Schnee bekommen; weißt du,
da wir von Hause weg gingen, sahen wir noch die
Sonne, die so blutrot war wie eine Lampe bei dem
heiligen Grabe, und jetzt ist nichts mehr von ihr zu
erblicken, und nur der graue Nebel ist über den
Baumwipfeln oben. Das bedeutet allemal Schnee.«

Die Kinder gingen freudiger fort, und Sanna war
recht froh, wenn sie mit dem dunkeln Ärmel ihres
Röckchens eine der fallenden Flocken auf, fangen
konnte, und wenn dieselbe recht lange nicht auf dem
Ärmel zerfloß. Als sie endlich an dem äußersten Rand

der Millsdorfer Höhen angekommen waren, wo es gegen die dunkeln Tannen des Halses hinein geht, war die dichte Waldwand schon recht lieblich gesprenkelt von den immer reichlicher herab fallenden Flocken. Sie gingen nunmehr in den dicken Wald hinein, der den größten Teil ihrer noch bevorstehenden Wanderung einnahm.

Es geht von dem Waldrande noch immer aufwärts, und zwar bis man zur roten Unglücksäule kömmt, von wo sich, wie schon oben angedeutet wurde, der Weg gegen das Tal von Gschaid hinab wendet. Die Erhebung des Waldes von der Millsdorfer Seite aus ist sogar so steil, daß der Weg nicht gerade hinan geht, sondern daß er in sehr langen Abweichungen von Abend nach Morgen und von Morgen nach Abend hinan klimmt. An der ganzen Länge des Weges hinauf zur Säule und hinab bis zu den Wiesen von Gschaid sind hohe, dichte, ungelichtete Waldbestände, und sie werden erst ein wenig dünner, wenn man in die Ebene gelangt ist und gegen die Wiesen des Tales von Gschaid hinaus kömmt. Der Hals ist auch, wenn er gleich nur eine kleine Verbindung zwischen zwei großen Gebirgshäuptern abgibt, doch selbst so groß, daß er, in die Ebene gelegt, einen bedeutenden Gebirgsrücken abgeben würde.

Das erste, was die Kinder sahen, als sie die Waldung betraten, war, daß der gefrorne Boden sich grau zeigte, als ob er mit Mehl besät wäre, daß die Fahne manches dünnen Halmes des am Wege hin und zwischen den Bäumen stehenden dürren Grases mit Flocken beschwert war, und daß auf den verschiedenen grünen Zweigen der Tannen und Fichten, die sich wie Hände öffneten, schon weiße Fläumchen saßen.

»Schneit es denn jetzt bei dem Vater zu Hause auch?« fragte Sanna.

»Freilich«, antwortete der Knabe, »es wird auch kälter, und du wirst sehen, daß morgen der ganze Teich gefroren ist.«

»Ja, Konrad«, sagte das Mädchen.

Es verdoppelte beinahe seine kleinen Schritte, um mit denen des dahinschreitenden Knaben gleich bleiben zu können.

Sie gingen nun rüstig in den Windungen fort, jetzt von Abend nach Morgen, jetzt von Morgen nach Abend. Der von der Großmutter vorausgesagte Wind stellte sich nicht ein, im Gegenteile war es so stille, daß sich nicht ein Ästchen oder Zweig rührte, ja sogar es schien im Walde wärmer, wie es in lockeren Körpern, dergleichen ein Wald auch ist, immer im Winter zu sein pflegt, und die Schneeflocken fielen stets reichlicher, so daß der ganze Boden schon weiß war, daß der Wald sich grau zu bestäuben anfing, und daß auf dem Hute und den Kleidern des Knaben so wie auf denen des Mädchens der Schnee lag.

Die Freude der Kinder war sehr groß. Sie traten auf den weichen Flaum, suchten mit dem Fuße absichtlich solche Stellen, wo er dichter zu liegen schien, um dorthin zu treten und sich den Anschein zu geben, als wateten sie bereits. Sie schüttelten den Schnee nicht von den Kleidern ab.

Es war große Ruhe eingetreten. Von den Vögeln, deren doch manche auch zuweilen im Winter in dem Walde hin und her fliegen, und von denen die Kinder im Herübergehen sogar mehrere zwitschern gehört hatten, war nichts zu vernehmen, sie sahen auch keine auf irgend einem Zweige sitzen oder fliegen, und der ganze Wald war gleichsam ausgestorben.

Weil nur die bloßen Fußstapfen der Kinder hinter ihnen blieben, und weil vor ihnen der Schnee rein und unverletzt war, so war daraus zu erkennen, daß sie die einzigen waren, die heute über den Hals gingen.

Sie gingen in ihrer Richtung fort, sie näherten sich öfter den Bäumen, öfter entfernten sie sich, und wo dichtes Unterholz war, konnten sie den Schnee auf den Zweigen liegen sehen.

Ihre Freude wuchs noch immer; denn die Flocken fielen stets dichter, und nach kurzer Zeit brauchten sie nicht mehr den Schnee aufzusuchen, um in ihm zu waten; denn er lag schon so dicht, daß sie ihn überall weich unter den Sohlen empfanden, und daß er sich bereits um ihre Schuhe zu legen begann; und wenn es so ruhig und heimlich war, so war es, als ob sie das Knistern des in die Nadeln herab fallenden Schnees vernehmen könnten.

»Werden wir heute auch die Unglücksäule sehen?« fragte das Mädchen, »sie ist ja umgefallen, und da wird es darauf schneien, und da wird die rote Farbe weiß sein.«

»Darum können wir sie doch sehen«, antwortete der Knabe, »wenn auch der Schnee auf sie fällt, und wenn sie auch weiß ist, so müssen wir sie liegen sehen, weil sie eine dicke Säule ist, und weil sie das schwarze eiserne Kreuz auf der Spitze hat, das doch immer heraus ragen wird.«

»Ja, Konrad.«

Indessen, da sie noch weiter gegangen waren, war der Schneefall so dicht geworden, daß sie nur mehr die allernächsten Bäume sehen konnten.

Von der Härte des Weges oder gar von Furchenaufwerfungen war nichts zu empfinden, der Weg war vom Schnee überall gleich weich und war überhaupt nur daran zu erkennen, daß er als ein gleichmäßiger weißer Streifen in dem Walde fortlief. Auf allen Zweigen lag schon die schöne weiße Hülle.

Die Kinder gingen jetzt mitten auf dem Wege, sie furchten den Schnee mit ihren Füßlein, und gingen langsamer, weil das Gehen beschwerlicher ward. Der

Knabe zog seine Jacke empor an dem Halse zusammen, damit ihm nicht der Schnee in den Nacken falle, und er setzte den Hut tiefer in das Haupt, daß er geschützter sei. Er zog auch seinem Schwesterlein das Tuch, das ihm die Mutter um die Schulter gegeben hatte, besser zusammen, und zog es ihm mehr vorwärts in die Stirne, daß es ein Dach bilde.

Der von der Großmutter vorausgesagte Wind war noch immer nicht gekommen; aber dafür wurde der Schneefall nach und nach so dicht, daß auch nicht mehr die nächsten Bäume zu erkennen waren, sondern daß sie wie neblige Säcke in der Luft standen.

Die Kinder gingen fort. Sie duckten die Köpfe dichter in ihre Kleider, und gingen fort.

Sanna nahm den Riemen, an welchem Konrad die Kalbfelltasche um die Schulter hängen hatte, mit den Händchen, hielt sich daran, und so gingen sie ihres Weges.

Die Unglücksäule hatten sie noch immer nicht erreicht. Der Knabe konnte die Zeit nicht ermessen, weil keine Sonne am Himmel stand, und weil es immer gleichmäßig grau war.

»Werden wir bald zu der Unglücksäule kommen?« fragte Sanna.

»Ich weiß es nicht«, antwortete der Knabe, »ich kann heute die Bäume nicht sehen und den Weg nicht erkennen, weil er so weiß ist. Die Unglücksäule werden wir wohl gar nicht sehen, weil so viel Schnee liegen wird, daß sie verhüllt sein wird, und daß kaum ein Gräschen oder ein Arm des schwarzen Kreuzes hervorragen wird. Aber es macht nichts. Wir gehen immer auf dem Wege fort, der Weg geht zwischen den Bäumen, und wenn er zu dem Platze der Unglücksäule kömmt, dann wird er abwärts gehen, wir gehen auf ihm fort, und wenn er aus den Bäumen hinaus geht, dann sind wir schon auf den Wiesen von Gschaid,

dann kömmt der Steg, und dann haben wir nicht mehr weit nach Hause.«

»Ja, Konrad«, sagte das Mädchen.

Sie gingen auf ihrem aufwärts führenden Wege fort. Die hinter ihnen liegenden Fußstapfen waren jetzt nicht mehr lange sichtbar; denn die ungemeine Fülle des herabfallenden Schnees deckte sie bald zu, daß sie verschwanden.

Der Schnee knisterte in seinem Falle nun auch nicht mehr in den Nadeln, sondern legte sich eilig und heimlich auf die weiße, schon daliegende Decke nieder. Die Kinder nahmen die Kleider noch fester, um das immerwährende allseitige Hineinrieseln abzuhalten.

Sie gingen sehr schleunig, und der Weg führte noch stets aufwärts.

Nach langer Zeit war noch immer die Höhe nicht erreicht, auf welcher die Unglücksäule stehen sollte, und von wo der Weg gegen die Gschaider Seite sich hinunter wenden mußte.

Endlich kamen die Kinder in eine Gegend, in welcher keine Bäume standen.

»Ich sehe keine Bäume mehr«, sagte Sanna.

»Vielleicht ist nur der Weg so breit, daß wir sie wegen des Schneiens nicht sehen können«, antwortete der Knabe.

»Ja, Konrad«, sagte das Mädchen.

Nach einer Weile blieb der Knabe stehen und sagte: »Ich sehe selber keine Bäume mehr, wir müssen aus dem Walde gekommen sein, auch geht der Weg immer bergan. Wir wollen ein wenig stehen bleiben und herumsehen, vielleicht erblicken wir etwas.«

Aber sie erblickten nichts. Sie sahen durch einen trüben Raum in den Himmel. Wie bei dem Hagel über die weißen oder grünlich gedunsenen Wolken die finsteren fransenartigen Streifen herabstarren, so war es hier, und das stumme Schütten dauerte fort.

Auf der Erde sahen sie nur einen runden Fleck Weiß und dann nichts mehr.

»Weißt du, Sanna«, sagte der Knabe, »wir sind auf dem dürren Grase, auf welches ich dich oft im Sommer heraufgeführt habe, wo wir saßen, und wo wir den Rasen betrachteten, der nach einander hinauf geht, und wo die schönen Kräuterbüschel wachsen. Wir werden da jetzt gleich rechts hinab gehen!«

»Ja, Konrad.«

»Der Tag ist kurz, wie die Großmutter gesagt hat, und wie du auch wissen wirst, wir müssen uns daher sputen.«

»Ja, Konrad«, sagte das Mädchen.

»Warte ein wenig, ich will dich besser einrichten«, erwiderte der Knabe.

Er nahm seinen Hut ab, setzte ihn Sanna auf das Haupt, und befestigte ihn mit den beiden Bändchen unter ihrem Kinne. Das Tüchlein, welches sie um hatte, schützte sie zu wenig, während auf seinem Haupte eine solche Menge dichter Locken war, daß noch lange Schnee darauf fallen konnte, ehe Nässe und Kälte durchzudringen vermochten. Dann zog er sein Pelzjäckchen aus, und zog dasselbe über die Ärmelein der Schwester. Um seine eigenen Schultern und Arme, die jetzt das bloße Hemd zeigten, band er das kleinere Tüchlein, das Sanna über die Brust, und das größere, das sie über die Schultern gehabt hatte. Das sei für ihn genug, dachte er, wenn er nur stark auftrete, werde ihn nicht frieren.

Er nahm das Mädchen bei der Hand, und so gingen sie jetzt fort.

Das Mädchen schaute mit den willigen Äuglein in das ringsum herrschende Grau, und folgte ihm gerne, nur daß es mit den kleinen eilenden Füßlein nicht so nachkommen konnte, wie er vorwärts strebte gleich einem, der es zur Entscheidung bringen wollte.

Sie gingen nun mit der Unablässigkeit und Kraft, die Kinder und Tiere haben, weil sie nicht wissen, wie viel ihnen beschieden ist, und wann ihr Vorrat erschöpft ist.

Aber wie sie gingen, so konnten sie nicht merken, ob sie über den Berg hinab kämen oder nicht. Sie hatten gleich rechts nach abwärts gebogen, allein sie kamen wieder in Richtungen, die bergan führten, bergab und wieder bergan. Oft begegneten ihnen Steilheiten, denen sie ausweichen mußten, und ein Graben, in dem sie fortgingen, führte sie in einer Krümmung herum. Sie erklommen Höhen, die sich unter ihren Füßen steiler gestalteten, als sie dachten, und was sie für abwärts hielten, war wieder eben, oder es war eine Höhlung, oder es ging immer gedehnt fort.

»Wo sind wir denn, Konrad?« fragte das Mädchen.

»Ich weiß es nicht«, antwortete er.

»Wenn ich nur mit diesen meinen Augen etwas zu erblicken im Stande wäre«, fuhr er fort, »daß ich mich darnach richten könnte.«

Aber es war rings um sie nichts als das blendende Weiß, überall das Weiß, das aber selber nur einen immer kleineren Kreis um sie zog, und dann in einen lichten, streifenweise niederfallenden Nebel überging, der jedes Weitere verzehrte und verhüllte und zuletzt nichts anderes war als der unersättlich niederfallende Schnee.

»Warte, Sanna«, sagte der Knabe, »wir wollen ein wenig stehen bleiben und horchen, ob wir nicht etwas hören können, was sich im Tale meldet, sei es nun ein Hund oder eine Glocke oder die Mühle, oder sei es ein Ruf, der sich hören läßt, hören müssen wir etwas, und dann werden wir wissen, wohin wir zu gehen haben.«

Sie blieben nun stehen, aber sie hörten nichts. Sie

blieben noch ein wenig länger stehen, aber es meldete sich nichts, es war nicht ein einziger Laut, auch nicht der leiseste, außer ihrem Atem zu vernehmen, ja in der Stille, die herrschte, war es, als sollten sie den Schnee hören, der auf ihre Wimpern fiel. Die Voraussage der Großmutter hatte sich noch immer nicht erfüllt, der Wind war nicht gekommen, ja, was in diesen Gegenden selten ist, nicht das leiseste Lüftchen rührte sich an dem ganzen Himmel.

Nachdem sie lange gewartet hatten, gingen sie wieder fort.

»Es tut auch nichts, Sanna«, sagte der Knabe, »sei nur nicht verzagt, folge mir, ich werde dich doch noch hinüber führen. – Wenn nur das Schneien aufhörte!«

Sie war nicht verzagt, sondern hob die Füßchen, so gut es gehen wollte, und folgte ihm. Er führte sie in dem weißen, lichten, regsamen, undurchsichtigen Raume fort.

Nach einer Weile sahen sie Felsen. Sie hoben sich dunkel und undeutlich aus dem weißen und undurchsichtigen Lichte empor. Da die Kinder sich näherten, stießen sie fast daran. Sie stiegen wie eine Mauer hinauf, und waren ganz gerade, so daß kaum ein Schnee an ihrer Seite haften konnte.

»Sanna, Sanna«, sagte er, »da sind die Felsen, gehen wir nur weiter, gehen wir weiter.«

Sie gingen weiter, sie mußten zwischen die Felsen hinein, und unter ihnen fort. Die Felsen ließen sie nicht rechts und nicht links ausweichen und führten sie in einem engen Wege dahin. Nach einer Zeit verloren sie dieselben wieder und konnten sie nicht mehr erblicken. So wie sie unversehens unter sie gekommen waren, kamen sie wieder unversehens von ihnen. Es war wieder nichts um sie als das Weiß, und ringsum war kein unterbrechendes Dunkel zu schauen. Es schien eine große Lichtfülle zu sein, und doch konnte

man nicht drei Schritte vor sich sehen; alles war, wenn man so sagen darf, in eine einzige weiße Finsternis gehüllt, und weil kein Schatten war, so war kein Urteil über die Größe der Dinge, und die Kinder konnten nicht wissen, ob sie aufwärts oder abwärts gehen würden, bis eine Steilheit ihren Fuß faßte und ihn aufwärts zu gehen zwang.

»Mir tun die Augen weh«, sagte Sanna.

»Schaue nicht auf den Schnee«, antwortete der Knabe, »sondern in die Wolken. Mir tun sie schon lange weh; aber es tut nichts, ich muß doch auf den Schnee schauen, weil ich auf den Weg zu achten habe. Fürchte dich nur nicht, ich führe dich doch hinunter ins Gschaid.«

»Ja, Konrad.«

Sie gingen wieder fort; aber wie sie auch gehen mochten, wie sie sich auch wenden mochten, es wollte kein Anfang zum Hinabwärtsgehen kommen. An beiden Seiten waren steile Dachlehnen nach aufwärts, mitten gingen sie fort, aber auch immer aufwärts. Wenn sie den Dachlehnen entrannen, und sie nach abwärts beugten, wurde es gleich so steil, daß sie wieder umkehren mußten, die Füßlein stießen oft auf Unebenheiten, und sie mußten häufig Bühelen ausweichen.

Sie merkten auch, daß ihr Fuß, wo er tiefer durch den jungen Schnee einsank, nicht erdigen Boden unter sich empfand, sondern etwas anderes, das wie älterer, gefrorner Schnee war; aber sie gingen immer fort, und sie liefen mit Hast und Ausdauer. Wenn sie stehen blieben, war alles still, unermeßlich still; wenn sie gingen, hörten sie das Rascheln ihrer Füße, sonst nichts; denn die Hüllen des Himmels sanken ohne Laut hernieder, und so reich, daß man den Schnee hätte wachsen sehen können. Sie selber waren so bedeckt, daß sie sich von dem allgemeinen Weiß nicht

hervorhoben und sich, wenn sie um ein paar Schritte getrennt worden wären, nicht mehr gesehen hätten.

Eine Wohltat war es, daß der Schnee so trocken war wie Sand, so daß er von ihren Füßen und den Bundschühlein und Strümpfen daran leicht abglitt und abrieselte, ohne Ballen und Nässe zu machen.

Endlich gelangten sie wieder zu Gegenständen.

Es waren riesenhaft große, sehr durcheinanderliegende Trümmer, die mit Schnee bedeckt waren, der überall in die Klüfte hinein rieselte, und an die sie sich ebenfalls fast anstießen, ehe sie sie sahen. Sie gingen ganz hinzu, die Dinge anzublicken.

Es war Eis – lauter Eis.

Es lagen Platten da, die mit Schnee bedeckt waren, an deren Seitenwänden aber das glatte grünliche Eis sichtbar war, es lagen Hügel da, die wie zusammengeschobener Schaum aussahen, an deren Seiten es aber matt nach einwärts flimmerte und glänzte, als wären Balken und Stangen von Edelsteinen durcheinandergeworfen worden, es lagen ferner gerundete Kugeln da, die ganz mit Schnee umhüllt waren, es standen Platten und andere Körper auch schief oder gerade aufwärts, so hoch wie der Kirchturm in Gschaid oder wie Häuser. In einigen waren Höhlen eingefressen, durch die man mit einem Arme durchfahren konnte, mit einem Kopfe, mit einem Körper, mit einem ganzen großen Wagen voll Heu. Alle diese Stücke waren zusammen oder empor gedrängt, und starrten, so daß sie oft Dächer bildeten, oder Überhänge, über deren Ränder sich der Schnee herüber legte und herab griff wie lange weiße Tatzen. Selbst ein großer, schreckhaft schwarzer Stein, wie ein Haus, lag unter dem Eise, und war empor gestellt, daß er auf der Spitze stand, daß kein Schnee an seinen Seiten liegen bleiben konnte. Und nicht dieser Stein allein – noch mehrere und größere staken in dem Eise, die man erst später

sah, und die wie eine Trümmermauer an ihm hingingen.

»Da muß recht viel Wasser gewesen sein, weil so viel Eis ist«, sagte Sanna.

»Nein, das ist von keinem Wasser«, antwortete der Bruder, »das ist das Eis des Berges, das immer oben ist, weil es so eingerichtet ist.«

»Ja, Konrad«, sagte Sanna.

»Wir sind jetzt bis zu dem Eise gekommen«, sagte der Knabe, »wir sind auf dem Berge, Sanna, weißt du, den man von unserm Garten aus im Sonnenscheine so weiß sieht. Merke gut auf, was ich dir sagen werde. Erinnerst du dich noch, wie wir oft nachmittags in dem Garten saßen, wie es recht schön war, wie die Bienen um uns summten, die Linden dufteten, und die Sonne von dem Himmel schien?«

»Ja, Konrad, ich erinnere mich.«

»Da sahen wir auch den Berg. Wir sahen, wie er so blau war, so blau wie das sanfte Firmament, wir sahen den Schnee, der oben ist, wenn auch bei uns Sommer war, eine Hitze herrschte, und die Getreide reif wurden.«

»Ja, Konrad.«

»Und unten, wo der Schnee aufhört, da sieht man allerlei Farben, wenn man genau schaut, grün, blau, weißlich – das ist das Eis, das unten nur so klein ausschaut, weil man sehr weit entfernt ist, und das, wie der Vater sagte, nicht weggeht bis an das Ende der Welt. Und da habe ich oft gesehen, daß unterhalb des Eises die blaue Farbe noch fort geht, das werden Steine sein, dachte ich, oder es wird Erde und Weidegrund sein, und dann fangen die Wälder an, die gehen herab und immer weiter herab, man sieht auch allerlei Felsen in ihnen, dann folgen die Wiesen, die schon grün sind, und dann die grünen Laubwälder, und dann kommen unsere Wiesen und Felder, die in

dem Tale von Gschaid sind. Siehst du nun, Sanna, weil wir jetzt bei dem Eise sind, so werden wir über die blaue Farbe hinab gehen, dann durch dieWälder, in denen die Felsen sind, dann über die Wiesen, und dann durch die grünen Laubwälder, und dann werden wir in dem Tale von Gschaid sein und recht leicht unser Dorf finden.«

»Ja, Konrad«, sagte das Mädchen.

Die Kinder gingen nun in das Eis hinein, wo es zugänglich war.

Sie waren winzigkleine wandelnde Punkte in diesen ungeheuern Stücken.

Wie sie so unter die Überhänge hinein sahen, gleichsam als gäbe ihnen ein Trieb ein, ein Obdach zu suchen, gelangten sie in einen Graben, in einen breiten, tiefgefurchten Graben, der gerade aus dem Eise hervor ging. Er sah aus wie das Bett eines Stromes, der aber jetzt ausgetrocknet und überall mit frischem Schnee bedeckt war. Wo er aus dem Eise hervorkam, ging er gerade unter einem Kellergewölbe heraus, das recht schön aus Eis über ihn gespannt war. Die Kinder gingen in dem Graben fort, und gingen in das Gewölbe hinein, und immer tiefer hinein. Es war ganz trocken, und unter ihren Füßen hatten sie glattes Eis. In der ganzen Höhlung aber war es blau, so blau, wie gar nichts in der Welt ist, viel tiefer und viel schöner blau als das Firmament, gleichsam wie himmelblau gefärbtes Glas, durch welches lichter Schein hinein sinkt. Es waren dickere und dünnere Bogen, es hingen Zacken, Spitzen und Troddeln herab, der Gang wäre noch tiefer zurückgegangen, sie wußten nicht wie tief, aber sie gingen nicht mehr weiter. Es wäre auch sehr gut in der Höhle gewesen, es war warm, es fiel kein Schnee, aber es war so schreckhaft blau, die Kinder fürchteten sich, und gingen wieder hinaus. Sie gingen eine Weile in dem

Graben fort, und kletterten dann über seinen Rand hinaus.

Sie gingen an dem Eise hin, sofern es möglich war, durch das Getrümmer und zwischen den Platten durchzudringen.

»Wir werden jetzt da noch hinüber gehen, und dann von dem Eise abwärts laufen«, sagte Konrad.

»Ja«, sagte Sanna, und klammerte sich an ihn an.

Sie schlugen von dem Eise eine Richtung durch den Schnee abwärts ein, die sie in das Tal führen sollte. Aber sie kamen nicht weit hinab. Ein neuer Strom von Eis, gleichsam ein riesenhaft aufgetürmter und aufgewölbter Wall, lag quer durch den weichen Schnee, und griff gleichsam mit Armen rechts und links um sie herum. Unter der weißen Decke, die ihn verhüllte, glimmerte es seitwärts grünlich und bläulich und dunkel und schwarz und selbst gelblich und rötlich heraus. Sie konnten es nun auf weitere Strekken sehen, weil das ungeheure und unermüdliche Schneien sich gemildert hatte, und nur mehr wie an gewöhnlichen Schneetagen vom Himmel fiel. Mit dem Starkmute der Unwissenheit kletterten sie in das Eis hinein, um den vorgeschobenen Strom desselben zu überschreiten, und dann jenseits weiter hinab zu kommen. Sie schoben sich in die Zwischenräume hinein, sie setzten den Fuß auf jedes Körperstück, das mit einer weißen Schneehaube versehen war, war es Fels oder Eis, sie nahmen die Hände zur Hilfe, krochen, wo sie nicht gehen konnten, und arbeiteten sich mit ihren leichten Körpern hinauf, bis sie die Seite des Walles überwunden hatten und oben waren.

Jenseits wollten sie wieder hinabklettern. Aber es gab kein Jenseits.

So weit die Augen der Kinder reichen konnten, war lauter Eis. Es standen Spitzen und Unebenheiten und Schollen empor wie lauter furchtbares über-

schneites Eis. Statt ein Wall zu sein, über den man hinüber gehen könnte, und der dann wieder von Schnee abgelöst würde, wie sie sich unten dachten, stiegen aus der Wölbung neue Wände von Eis empor, geborsten und geklüftet, mit unzähligen blauen, geschlängelten Linien versehen, und hinter ihnen waren wieder solche Wände, und hinter diesen wieder solche, bis der Schneefall das Weitere mit seinem Grau verdeckte.

»Sanna, da können wir nicht gehen«, sagte der Knabe.

»Nein«, antwortete die Schwester.

»Da werden wir wieder umkehren und anderswo hinabzukommen suchen.«

»Ja, Konrad.«

Die Kinder versuchten nun von dem Eiswalle wieder da hinabzukommen, wo sie hinaufgeklettert waren, aber sie kamen nicht hinab. Es war lauter Eis, als hätten sie die Richtung, in der sie gekommen waren, verfehlt. Sie wandten sich hierhin und dorthin, und konnten aus dem Eise nicht heraus kommen, als wären sie von ihm umschlungen. Sie kletterten abwärts, und kamen wieder in Eis. Endlich, da der Knabe die Richtung immer verfolgte, in der sie nach seiner Meinung gekommen waren, gelangten sie in zerstreutere Trümmer, aber sie waren auch größer und furchtbarer, wie sie gerne am Rande des Eises zu sein pflegen, und die Kinder gelangten kriechend und kletternd hinaus. An dem Eisessaume waren ungeheure Steine, sie waren gehäuft, wie sie die Kinder ihr Leben lang nicht gesehen hatten. Viele waren in Weiß gehüllt, viele zeigten die unteren, schiefen Wände sehr glatt und fein geschliffen, als wären sie darauf geschoben worden, viele waren wie Hütten und Dächer gegen einander gestellt, viele lagen auf einander wie ungeschlachte Knollen. Nicht weit von dem Standorte der Kinder

standen mehrere mit den Köpfen gegen einander ge-
lehnt, und über sie lagen breite, gelagerte Blöcke wie
ein Dach. Es war ein Häuschen, das gebildet war, das
gegen vorne offen, rückwärts und an den Seiten aber
geschützt war. Im Innern war es trocken, da der steil-
rechte Schneefall keine einzige Flocke hinein getra-
gen hatte. Die Kinder waren recht froh, daß sie nicht
mehr in dem Eise waren und auf ihrer Erde standen.

Aber es war auch endlich finster geworden.

»Sanna«, sagte der Knabe, »wir können nicht mehr
hinabgehen, weil es Nacht geworden ist, und weil wir
fallen oder gar in eine Grube geraten könnten. Wir
werden da unter die Steine hineingehen, wo es so
trocken und so warm ist, und da werden wir warten.
Die Sonne geht bald wieder auf, dann laufen wir hin-
unter. Weine nicht, ich bitte dich recht schön, weine
nicht, ich gebe dir alle Dinge zu essen, welche uns die
Großmutter mitgegeben hat.«

Sie weinte auch nicht, sondern nachdem sie beide
unter das steinerne Überdach hineingegangen waren,
wo sie nicht nur bequem sitzen, sondern auch stehen
und herumgehen konnten, setzte sie sich recht dicht
an ihn, und war mäuschenstille.

»Die Mutter«, sagte Konrad, »wird nicht böse sein,
wir werden ihr von dem vielen Schnee erzählen, der
uns aufgehalten hat, und sie wird nichts sagen; der
Vater auch nicht. Wenn uns kalt wird – weißt du –
dann mußt du mit den Händen an deinen Leib schla-
gen, wie die Holzhauer getan haben, und dann wird
dir wärmer werden.«

»Ja, Konrad«, sagte das Mädchen.

Sanna war nicht gar so untröstlich, daß sie heute
nicht mehr über den Berg hinabgingen und nach
Hause liefen, wie er etwa glauben mochte; denn die
unermeßliche Anstrengung, von der die Kinder nicht
einmal gewußt hatten, wie groß sie gewesen sei, ließ

ihnen das Sitzen süß, unsäglich süß erscheinen, und sie gaben sich hin.

Jetzt machte sich aber auch der Hunger geltend. Beide nahmen fast zu gleicher Zeit ihre Brote aus den Taschen und aßen sie. Sie aßen auch die Dinge – kleine Stückchen Kuchen, Mandeln und Nüsse und andere Kleinigkeiten – die die Großmutter ihnen in die Tasche gesteckt hatte.

»Sanna, jetzt müssen wir aber auch den Schnee von unsern Kleidern tun«, sagte der Knabe, »daß wir nicht naß werden.«

»Ja, Konrad«, erwiderte Sanna.

Die Kinder gingen aus ihrem Häuschen, und zuerst reinigte Konrad das Schwesterlein von Schnee. Er nahm die Kleiderzipfel, schüttelte sie, nahm ihr den Hut ab, den er ihr aufgesetzt hatte, entleerte ihn von Schnee, und was noch zurückgeblieben war, das stäubte er mit einem Tuche ab. Dann entledigte er auch sich, so gut es ging, des auf ihm liegenden Schnees.

Der Schneefall hatte zu dieser Stunde ganz aufgehört. Die Kinder spürten keine Flocke.

Sie gingen wieder in die Steinhütte und setzten sich nieder. Das Aufstehen hatte ihnen ihre Müdigkeit erst recht gezeigt, und sie freuten sich auf das Sitzen. Konrad legte die Tasche aus Kalbfell ab. Er nahm das Tuch heraus, in welches die Großmutter eine Schachtel und mehrere Papierpäckchen gewickelt hatte, und tat es zu größerer Wärme um seine Schultern. Auch die zwei Weißbrote nahm er aus dem Ränzchen, und reichte sie beide an Sanna: das Kind aß begierig. Es aß eines der Brote und von dem zweiten auch noch einen Teil. Den Rest reichte es aber Konrad, da es sah, daß er nicht aß. Er nahm es und verzehrte es.

Von da an saßen die Kinder und schauten.

So weit sie in der Dämmerung zu sehen vermoch-

ten, lag überall der flimmernde Schnee hinab, dessen einzelne winzige Täfelchen hie und da in der Finsternis seltsam zu funkeln begannen, als hätte er bei Tag das Licht eingesogen und gäbe es jetzt von sich.

Die Nacht brach mit der in großen Höhen gewöhnlichen Schnelligkeit herein. Bald war es ringsherum finster, nur der Schnee fuhr fort, mit seinem bleichen Lichte zu leuchten. Der Schneefall hatte nicht nur aufgehört, sondern der Schleier an dem Himmel fing auch an, sich zu verdünnen und zu verteilen; denn die Kinder sahen ein Sternlein blitzen. Weil der Schnee wirklich gleichsam ein Licht von sich gab, und weil von den Wolken kein Schleier mehr herab hing, so konnten die Kinder von ihrer Höhle aus die Schneehügel sehen, wie sie sich in Linien von dem dunkeln Himmel abschnitten. Weil es in der Höhle viel wärmer war, als es an jedem andern Platze im ganzen Tage gewesen war, so ruhten die Kinder enge aneinander sitzend, und vergaßen sogar die Finsternis zu fürchten. Bald vermehrten sich auch die Sterne, jetzt kam hier einer zum Vorscheine, jetzt dort, bis es schien, als wäre am ganzen Himmel keine Wolke mehr.

Das war der Zeitpunkt, in welchem man in den Tälern die Lichter anzuzünden pflegt, um die Stube zu erleuchten, oder es brennt auch nur ein Span, oder es brennt das Feuer auf der Leuchte, und es erhellen sich alle Fenster von bewohnten Stuben und glänzen in die Schneenacht hinaus – aber heute erst – am heiligen Abende – da wurden viel mehrere angezündet, um die Gaben zu beleuchten, welche für die Kinder auf den Tischen lagen oder an den Bäumen hingen, es wurden wohl unzählige angezündet; denn beinahe in jedem Hause, in jeder Hütte, jedem Zimmer war eines oder mehrere Kinder, denen der heilige Christ etwas gebracht hatte, und wozu man Lichter stellen mußte. Der Knabe hatte geglaubt, daß man

sehr bald von dem Berge hinabkommen könne, und doch, von den vielen Lichtern, die heute in dem Tale brannten, kam nicht ein einziges zu ihnen herauf; sie sahen nichts als den blassen Schnee und den dunkeln Himmel, alles andere war ihnen in die unsichtbare Ferne hinabgerückt. In allen Tälern bekamen die Kinder in dieser Stunde die Geschenke des heiligen Christ: nur die zwei saßen oben am Rande des Eises, und die vorzüglichsten Geschenke, die sie heute hätten bekommen sollen, lagen in versiegelten Päckchen in der Kalbfelltasche im Hintergrunde der Höhle.

Die Schneewolken waren ringsum hinter die Berge hinabgesunken, und ein ganz dunkelblaues, fast schwarzes Gewölbe spannte sich um die Kinder voll von dichten brennenden Sternen, und mitten durch diese Sterne war ein schimmerndes, breites milchiges Band gewoben, das sie wohl auch unten im Tale, aber nie so deutlich gesehen hatten. Die Nacht rückte vor. Die Kinder wußten nicht, daß die Sterne gegen Westen rücken und weiter wandeln, sonst hätten sie an ihrem Vorschreiten den Stand der Nacht erkennen können; aber es kamen neue und gingen die alten, sie aber glaubten, es seien immer dieselben. Es wurde von dem Scheine der Sterne auch lichter um die Kinder; aber sie sahen kein Tal, keine Gegend, sondern überall nur Weiß – lauter Weiß. Bloß ein dunkles Horn, ein dunkles Haupt, ein dunkler Arm wurde sichtbar, und ragte dort und hier aus dem Schimmer empor. Der Mond war nirgends am Himmel zu erblicken, vielleicht war er schon frühe mit der Sonne untergegangen, oder er ist noch nicht erschienen.

Als eine lange Zeit vergangen war, sagte der Knabe:

»Sanna, du mußt nicht schlafen; denn weißt du, wie der Vater gesagt hat, wenn man im Gebirge

schläft, muß man erfrieren, so wie der alte Eschenjäger auch geschlafen hat, und vier Monate tot auf dem Steine gesessen ist, ohne daß jemand gewußt hatte, wo er sei.«

»Nein, ich werde nicht schlafen«, sagte das Mädchen matt.

Konrad hatte es an dem Zipfel des Kleides geschüttelt, um es zu jenen Worten zu erwecken.

Nun war es wieder stille.

Nach einer Zeit empfand der Knabe ein sanftes Drücken gegen seinen Arm, das immer schwerer wurde. Sanna war eingeschlafen, und war gegen ihn herübergesunken.

»Sanna, schlafe nicht, ich bitte dich, schlafe nicht«, sagte er.

»Nein«, lallte sie schlaftrunken, »ich schlafe nicht.«

Er rückte weiter von ihr, um sie in Bewegung zu bringen, allein sie sank um und hätte auf der Erde liegend fortgeschlafen. Er nahm sie an der Schulter und rüttelte sie. Da er sich dabei selber etwas stärker bewegte, merkte er, daß ihn friere, und daß sein Arm schwerer sei. Er erschrak und sprang auf. Er ergriff die Schwester, schüttelte sie stärker und sagte: »Sanna, stehe ein wenig auf, wir wollen eine Zeit stehen, daß es besser wird.«

»Mich friert nicht, Konrad«, antwortete sie.

»Ja, ja, es friert dich, Sanna, stehe auf«, rief er.

»Die Pelzjacke ist warm«, sagte sie.

»Ich werde dir emporhelfen«, sagte er.

»Nein«, erwiderte sie, und war stille.

Da fiel dem Knaben etwas anderes ein. Die Großmutter hatte gesagt: Nur ein Schlückchen wärmt den Magen so, daß es den Körper in den kältesten Wintertagen nicht frieren kann.

Er nahm das Kalbfellränzchen, öffnete es und griff so lange, bis er das Fläschchen fand, in welchem

die Großmutter der Mutter einen schwarzen Kaffee-
absud schicken wollte. Er nahm das Fläschchen her-
aus, tat den Verband weg, und öffnete mit Anstren-
gung den Kork. Dann bückte er sich zu Sanna und
sagte: »Da ist der Kaffee, den die Großmutter der
Mutter schickt, koste ihn ein wenig, er wird dir warm
machen. Die Mutter gibt ihn uns, wenn sie nur weiß,
wozu wir ihn nötig gehabt haben.«

Das Mädchen, dessen Natur zur Ruhe zog, antwor-
tete:

»Mich friert nicht.«

»Nimm nur etwas«, sagte der Knabe, »dann darfst
du schlafen.«

Diese Aussicht verlockte Sanna, sie bewältigte sich
so weit, daß sie das fast eingegossene Getränk ver-
schluckte. Hierauf trank der Knabe auch etwas.

Der ungemein starke Auszug wirkte sogleich, und
zwar um so heftiger, da die Kinder in ihrem Leben
keinen Kaffee gekostet hatten. Statt zu schlafen, wur-
de Sanna nun lebhafter und sagte selber, daß sie frie-
re, daß es aber von innen recht warm sei, und auch
schon so in die Hände und Füße gehe. Die Kinder
redeten sogar eine Weile mit einander.

So tranken sie trotz der Bitterkeit immer wieder
von dem Getränke, sobald die Wirkung nachzulassen
begann, und steigerten ihre unschuldigen Nerven zu
einem Fieber, das im Stande war, den zum Schlum-
mer ziehenden Gewichten entgegen zu wirken.

Es war nun Mitternacht gekommen. Weil sie noch
so jung waren, und an jedem heiligen Abende in
höchstem Drange der Freude stets erst sehr spät ent-
schlummerten, wenn sie nämlich der körperliche
Drang übermannt hatte, so hatten sie nie das mitter-
nächtliche Läuten der Glocken, nie die Orgel der
Kirche gehört, wenn das Fest gefeiert wurde, obwohl
sie nahe an der Kirche wohnten. In diesem Augen-

blicke der heutigen Nacht wurde nun mit allen Glok-
ken geläutet, es läuteten die Glocken in Millsdorf, es
läuteten die Glocken in Gschaid, und hinter dem Ber-
ge war noch ein Kirchlein mit drei hellen, klingen-
den Glocken, die läuteten. In den fernen Ländern
draußen waren unzählige Kirchen und Glocken, und
mit allen wurde zu dieser Zeit geläutet, von Dorf zu
Dorf ging die Tonwelle, ja man konnte wohl zuwei-
len von einem Dorfe zum andern durch die blätterlo-
sen Zweige das Läuten hören: nur zu den Kindern
herauf kam kein Laut, hier wurde nichts vernom-
men; denn hier war nichts zu verkündigen. In den
Talkrümmen gingen jetzt an den Berghängen die
Lichter der Laternen hin, und von manchem Hofe
tönte das Hausglöcklein, um die Leute zu erinnern;
aber dieses konnte um so weniger herauf gesehen
und gehört werden, es glänzten nur die Sterne, und
sie leuchteten und funkelten ruhig fort.

Wenn auch Konrad sich das Schicksal des erfror-
nen Eschenjägers vor Augen hielt, wenn auch die Kin-
der das Fläschchen mit dem schwarzen Kaffee fast
ausgeleert hatten, wodurch sie ihr Blut zu größerer
Tätigkeit brachten, aber gerade dadurch eine folgen-
de Ermattung herbei zogen: so würden sie den Schlaf
nicht haben überwinden können, dessen verführende
Süßigkeit alle Gründe überwiegt, wenn nicht die Na-
tur in ihrer Größe ihnen beigestanden wäre und in
ihrem Innern eine Kraft aufgerufen hätte, welche im
Stande war, dem Schlafe zu widerstehen.

In der ungeheueren Stille, die herrschte, in der
Stille, in der sich kein Schneespitzchen zu rühren
schien, hörten die Kinder dreimal das Krachen des
Eises. Was das Starrste scheint, und doch das Regsam-
ste und Lebendigste ist, der Gletscher, hatte die Töne
hervorgebracht. Dreimal hörten sie hinter sich den
Schall, der entsetzlich war, als ob die Erde entzwei

gesprungen wäre, der sich nach allen Richtungen im Eise verbreitete, und gleichsam durch alle Aderchen des Eises lief. Die Kinder blieben mit offenen Augen sitzen, und schauten in die Sterne hinaus.

Auch für die Augen begann sich etwas zu entwikkeln. Wie die Kinder so saßen, erblühte am Himmel vor ihnen ein bleiches Licht mitten unter den Sternen, und spannte einen schwachen Bogen durch dieselben. Es hatte einen grünlichen Schimmer, der sich sachte nach unten zog. Aber der Bogen wurde immer heller und heller, bis sich die Sterne vor ihm zurück zogen und erblaßten. Auch in andere Gegenden des Himmels sandte er einen Schein, der schimmergrün sachte und lebendig unter die Sterne floß. Dann standen Garben verschiedenen Lichtes auf der Höhe des Bogens, wie Zacken einer Krone, und brannten. Es floß helle durch die benachbarten Himmelsgegenden, es sprühte leise, und ging in sanftem Zucken durch lange Räume. Hatte sich nun der Gewitterstoff des Himmels durch den unerhörten Schneefall so gespannt, daß er in diesen stummen, herrlichen Strömen des Lichtes ausfloß, oder war es eine andere Ursache der unergründlichen Natur: nach und nach wurde es schwächer und immer schwächer, die Garben erloschen zuerst, bis es allmählich und unmerklich immer geringer wurde, und wieder nichts am Himmel war als die tausend und tausend einfachen Sterne.

Die Kinder sagten keines zu dem andern ein Wort, sie blieben fort und fort sitzen und schauten mit offenen Augen in den Himmel.

Es geschah nun nichts Besonderes mehr. Die Sterne glänzten, funkelten und zitterten, nur manche schießende Schnuppe fuhr durch sie.

Endlich, nachdem die Sterne lange allein geschienen hatten und nie ein Stückchen Mond an dem Him-

mel zu erblicken gewesen war, geschah etwas anderes. Es fing der Himmel an, heller zu werden, langsam heller, aber doch zu erkennen; es wurde seine Farbe sichtbar, die bleichsten Sterne erloschen, und die anderen standen nicht mehr so dicht. Endlich wichen auch die stärkeren, und der Schnee vor den Höhen wurde deutlicher sichtbar. Zuletzt färbte sich eine Himmelsgegend gelb, und ein Wolkenstreifen, der in derselben war, wurde zu einem leuchtenden Faden entzündet. Alle Dinge waren klar zu sehen, und die entfernten Schneehügel zeichneten sich scharf in die Luft.

»Sanna, der Tag bricht an«, sagte der Knabe.

»Ja, Konrad«, antwortete das Mädchen.

»Wenn es nur noch ein bißchen heller wird, dann gehen wir aus der Höhle und laufen über den Berg hinunter.«

Es wurde heller, an dem ganzen Himmel war kein Stern mehr sichtbar, und alle Gegenstände standen in der Morgendämmerung da.

»Nun, jetzt gehen wir«, sagte der Knabe.

»Ja, wir gehen«, antwortete Sanna.

Die Kinder standen auf, und versuchten ihre erst heute recht müden Glieder. Obwohl sie nichts geschlafen hatten, waren sie doch durch den Morgen gestärkt, wie das immer so ist. Der Knabe hing sich das Kalbfellränzchen um und machte das Pelzjäckchen an Sanna fester zu. Dann führte er sie aus der Höhle.

Weil sie nach ihrer Meinung nur über den Berg hinab zu laufen hatten, dachten sie an kein Essen, und untersuchten das Ränzchen nicht, ob noch Weißbrote oder andere Eßwaren darinnen seien.

Von dem Berge wollte nun Konrad, weil der Himmel ganz heiter war, in die Täler hinab schauen, um das Gschaider Tal zu erkennen und in dasselbe hin-

unter zu gehen. Aber er sah gar keine Täler. Es war nicht, als ob sie sich auf einem Berge befänden, von dem man hinab sieht, sondern in einer fremden, seltsamen Gegend, in der lauter unbekannte Gegenstände sind. Sie sahen heute auch in größerer Entfernung furchtbare Felsen aus dem Schnee empor stehen, die sie gestern nicht gesehen hatten, sie sahen das Eis, sie sahen Hügel und Schneelehnen empor starren, und hinter diesen war entweder der Himmel, oder es ragte die blaue Spitze eines sehr fernen Berges am Schneerande hervor.

In diesem Augenblicke ging die Sonne auf.

Eine riesengroße blutrote Scheibe erhob sich an dem Schneesaume in den Himmel, und in dem Augenblicke errötete der Schnee um die Kinder, als wäre er mit Millionen Rosen überstreut worden. Die Kuppen und die Hörner warfen sehr lange grünliche Schatten längs des Schnees.

»Sanna, wir werden jetzt da weiter vorwärtsgehen, bis wir an den Rand des Berges kommen und hinunter sehen«, sagte der Knabe.

Sie gingen nun in den Schnee hinaus. Er war in der heiteren Nacht noch trockener geworden und wich den Tritten noch besser aus. Sie wateten rüstig fort. Ihre Glieder wurden sogar geschmeidiger und stärker, da sie gingen. Allein sie kamen an keinen Rand, und sahen nicht hinunter. Schneefeld entwickelte sich aus Schneefeld, und am Saume eines jeden stand alle Male wieder der Himmel.

Sie gingen deßohngeachtet fort.

Da kamen sie wieder in das Eis. Sie wußten nicht, wie das Eis daher gekommen sei, aber unter den Füßen empfanden sie den glatten Boden, und waren gleich nicht die fürchterlichen Trümmer wie an jenem Rande, an dem sie die Nacht zugebracht hatten, so sahen sie doch, daß sie auf glattem Eise fortgingen,

sie sahen hie und da Stücke, die immer mehr wurden, die sich näher an sie drängten, und die sie wieder zu klettern zwangen.

Aber sie verfolgten doch ihre Richtung.

Sie kletterten neuerdings an Blöcken empor. Da standen sie wieder auf dem Eisfelde. Heute bei der hellen Sonne konnten sie erst erblicken, was es ist. Es war ungeheuer groß, und jenseits standen wieder schwarze Felsen empor, es ragte gleichsam Welle hinter Welle auf, das beschneite Eis war gedrängt, gequollen, emporgehoben, gleichsam als schöbe es sich noch vorwärts und flösse gegen die Brust der Kinder heran. In dem Weiß sahen sie unzählige vorwärts gehende geschlängelte blaue Linien. Zwischen jenen Stellen, wo die Eiskörper gleichsam wie aneinandergeschmettert starrten, gingen auch Linien wie Wege, aber sie waren weiß, und waren Streifen, wo sich fester Eisboden vorfand, oder die Stücke doch nicht gar so sehr verschoben waren. In diese Pfade gingen die Kinder hinein, weil sie doch einen Teil des Eises überschreiten wollten, um an den Bergrand zu gelangen und endlich einmal hinunter zu sehen. Sie sagten kein Wörtlein. Das Mädchen folgte dem Knaben. Aber es war auch heute wieder Eis, lauter Eis. Wo sie hinüber gelangen wollten, wurde es gleichsam immer breiter und breiter. Da schlugen sie, ihre Richtung aufgebend, den Rückweg ein. Wo sie nicht gehen konnten, griffen sie sich durch die Mengen des Schnees hindurch, der oft dicht vor ihrem Auge wegbrach und den sehr blauen Streifen einer Eisspalte zeigte, wo doch früher alles weiß gewesen war; aber sie kümmerten sich nicht darum, sie arbeiteten sich fort, bis sie wieder irgendwo aus dem Eise heraus kamen.

»Sanna«, sagte der Knabe, »wir werden gar nicht mehr in das Eis hinein gehen, weil wir in demselben

nicht fortkommen. Und weil wir schon in unser Tal gar nicht hinabsehen können, so werden wir gerade über den Berg hinab gehen. Wir müssen in ein Tal kommen, dort werden wir den Leuten sagen, daß wir aus Gschaid sind, die werden uns einen Wegweiser nach Hause mitgeben.«

»Ja, Konrad«, sagte das Mädchen.

So begannen sie nun in dem Schnee nach jener Richtung abwärts zu gehen, welche sich ihnen eben darbot. Der Knabe führte das Mädchen an der Hand. Allein nachdem sie eine Weile abwärts gegangen waren, hörte in dieser Richtung das Gehänge auf, und der Schnee stieg wieder empor. Also änderten die Kinder die Richtung, und gingen nach der Länge einer Mulde hinab. Aber da fanden sie wieder Eis. Sie stiegen also an der Seite der Mulde empor, um nach einer andern Richtung ein Abwärts zu suchen. Es führte sie eine Fläche hinab, allein die wurde nach und nach so steil, daß sie kaum noch einen Fuß einsetzen konnten und abwärts zu gleiten fürchteten. Sie klommen also wieder empor, um wieder einen andern Weg nach abwärts zu suchen.

Nachdem sie lange im Schnee emporgeklommen und dann auf einem ebenen Rücken fortgelaufen waren, war es wie früher: entweder ging der Schnee so steil ab, daß sie gestürzt wären, oder er stieg wieder hinan, daß sie auf den Berggipfel zu kommen fürchteten. Und so ging es immer fort.

Da wollten sie die Richtung suchen, in der sie gekommen waren, und zur roten Unglücksäule hinab gehen. Weil es nicht schneit und der Himmel so helle ist, so würden sie, dachte der Knabe, die Stelle schon erkennen, wo die Säule sein solle, und würden von dort nach Gschaid hinab gehen können.

Der Knabe sagte diesen Gedanken dem Schwesterchen, und diese folgte.

Allein auch der Weg auf den Hals hinab war nicht zu finden.

So klar die Sonne schien, so schön die Schneehöhen da standen und die Schneefelder da lagen, so konnten sie doch die Gegenden nicht erkennen, durch die sie gestern herauf gegangen waren. Gestern war alles durch den fürchterlichen Schneefall verhängt gewesen, daß sie kaum einige Schritte vor sich gesehen hatten, und da war alles ein einziges Weiß und Grau durcheinander gewesen. Nur die Felsen hatten sie gesehen, an denen und zwischen denen sie gegangen waren: allein auch heute hatten sie bereits viele Felsen gesehen, die alle den nämlichen Anschein gehabt hatten wie die gestern gesehenen. Heute ließen sie frische Spuren in dem Schnee zurück; aber gestern sind alle Spuren von dem fallenden Schnee verdeckt worden. Auch aus dem bloßen Anblicke konnten sie nicht erraten, welche Gegend auf den Hals führe, da alle Gegenden gleich waren. Schnee, lauter Schnee. Sie gingen aber doch immer fort und meinten, es zu erringen. Sie wichen den steilen Abstürzen aus, und kletterten keine steilen Anhöhen hinauf.

Auch heute blieben sie öfter stehen, um zu horchen; aber sie vernahmen auch heute nichts, nicht den geringsten Laut. Zu sehen war auch nichts als der Schnee, der helle, weiße Schnee, aus dem hie und da die schwarzen Hörner und die schwarzen Steinrippen empor standen.

Endlich war es dem Knaben, als sähe er auf einem fernen schiefen Schneefelde ein hüpfendes Feuer. Es tauchte auf, es tauchte nieder. Jetzt sahen sie es, jetzt sahen sie es nicht. Sie blieben stehen, und blickten unverwandt auf jene Gegend hin. Das Feuer hüpfte immer fort, und es schien, als ob es näher käme; denn sie sahen es größer und sahen das Hüpfen deut-

licher. Es verschwand nicht mehr so oft und nicht mehr auf so lange Zeit wie früher. Nach einer Weile vernahmen sie in der stillen blauen Luft schwach, sehr schwach etwas wie einen lange anhaltenden Ton aus einem Hirtenhorne. Wie aus Instinkt schrieen beide Kinder laut. Nach einer Zeit hörten sie den Ton wieder. Sie schrieen wieder, und blieben auf der nämlichen Stelle stehen. Das Feuer näherte sich auch. Der Ton wurde zum dritten Male vernommen, und dieses Mal deutlicher. Die Kinder antworteten wieder durch lautes Schreien. Nach einer geraumen Weile erkannten sie auch das Feuer. Es war kein Feuer, es war eine rote Fahne, die geschwungen wurde. Zugleich ertönte das Hirtenhorn näher, und die Kinder antworteten.

»Sanna«, rief der Knabe, »da kommen Leute aus Gschaid, ich kenne die Fahne, es ist die rote Fahne, welche der fremde Herr, der mit dem jungen Eschenjäger den Gars bestiegen hatte, auf dem Gipfel aufpflanzte, daß sie der Herr Pfarrer mit dem Fernrohre sähe, was als Zeichen gälte, daß sie oben seien, und welche Fahne damals der fremde Herr dem Herrn Pfarrer geschenkt hat. Du warst noch ein recht kleines Kind.« »Ja, Konrad.«

Nach einer Zeit sahen die Kinder auch die Menschen, die bei der Fahne waren, kleine schwarze Stellen, die sich zu bewegen schienen. Der Ruf des Hornes wiederholte sich von Zeit zu Zeit, und kam immer näher. Die Kinder antworteten jedes Mal.

Endlich sahen sie über den Schneeabhang gegen sich her mehrere Männer mit ihren Stöcken herabfahren, die die Fahne in ihrer Mitte hatten. Da sie näher kamen, erkannten sie dieselben. Es war der Hirt Philipp mit dem Horne, seine zwei Söhne, dann der junge Eschenjäger und mehrere Bewohner von Gschaid.

»Gebenedeit sei Gott«, schrie Philipp, »da seid ihr ja. Der ganze Berg ist voll Leute. Laufe doch einer gleich in die Sideralpe hinab, und läute die Glocke daß die dort hören, daß wir sie gefunden haben, und einer muß auf den Krebsstein gehen und die Fahne dort aufpflanzen, daß sie dieselbe in dem Tale sehen, und die Böller abschießen, damit die es wissen, die im Millsdorfer Walde suchen, und damit sie in Gschaid die Rauchfeuer anzünden, die in der Luft gesehen werden, und alle, die noch auf dem Berge sind, in die Sideralpe hinab bedeuten. Das sind Weihnachten!«

»Ich laufe in die Alpe hinab«, sagte einer.

»Ich trage die Fahne auf den Krebsstein«, sagte ein anderer.

»Und wir werden die Kinder in die Sideralpe hinab bringen, so gut wir es vermögen, und so gut uns Gott helfe«, sagte Philipp.

Ein Sohn Philipps schlug den Weg nach abwärts ein, und der andere ging mit der Fahne durch den Schnee dahin.

Der Eschenjäger nahm das Mädchen bei der Hand, der Hirt Philipp den Knaben. Die andern halfen, wie sie konnten. So begann man den Weg. Er ging in Windullgen. Bald gingen sie nach einer Richtung, bald schlugen sie die entgegengesetzte ein, bald gingen sie abwärts, bald aufwärts. Immer ging es durch Schnee, immer durch Schnee, und die Gegend blieb sich beständig gleich. Über sehr schiefe Flächen taten sie Steigeisen an die Füße, und trugen die Kinder. Endlich nach langer Zeit hörten sie ein Glöcklein, das sanft und fein zu ihnen heraufkam und das erste Zeichen war, das ihnen die niederen Gegenden wieder zusandten. Sie mußten wirklich sehr tief herab gekommen sein; denn sie sahen ein Schneehaupt recht hoch und recht blau über sich ragen. Das Glöcklein

aber, das sie hörten, war das der Sideralpe, das geläutet wurde, weil dort die Zusammenkunft verabredet war. Da sie noch weiter kamen, hörten sie auch schwach in die stille Luft Böllerschüsse herauf, die in Folge der ausgesteckten Fahne abgefeuert wurden, und sahen dann in die Luft feine Rauchsäulen aufsteigen.

Da sie nach einer Weile über eine sanfte schiefe Fläche abgingen, erblickten sie die Sideralphütte. Sie gingen auf sie zu. In der Hütte brannte ein Feuer, die Mutter der Kinder war da, und mit einem furchtbaren Schrei sank sie in den Schnee zurück, als sie die Kinder mit dem Eschenjäger kommen sah.

Dann lief sie herzu, betrachtete sie überall, wollte ihnen zu essen geben, wollte sie wärmen, wollte sie in vorhandenes Heu legen; aber bald überzeugte sie sich, daß die Kinder durch die Freude stärker seien, als sie gedacht hatte, daß sie nur einiger warmer Speise bedurften, die sie bekamen, und daß sie nur ein wenig ausruhen mußten, was ihnen ebenfalls zu Teil werden sollte.

Da nach einer Zeit der Ruhe wieder eine Gruppe Männer über die Schneefläche herab kam, während das Hüttenglöcklein immer fortläutete, liefen die Kinder selber mit den andern hinaus, um zu sehen, wer es sei. Der Schuster war es, der einstige Alpensteiger, mit Alpenstock und Steigeisen, begleitet von seinen Freunden und Kameraden.

»Sebastian, da sind sie«, schrie das Weib. Er aber war stumm, zitterte, und lief auf sie zu. Dann rührte er die Lippen, als wollte er etwas sagen, sagte aber nichts, riß die Kinder an sich, und hielt sie lange. Dann wandte er sich gegen sein Weib, schloß es an sich, und rief: »Sanna, Sanna!«

Nach einer Weile nahm er den Hut, der ihm in den Schnee gefallen war, auf, trat unter die Männer und

wollte reden. Er sagte aber nur: »Nachbarn, Freunde, ich danke euch.«

Da man noch gewartet hatte, bis die Kinder sich zur Beruhigung erholt hatten, sagte er: »Wenn wir alle beisammen sind, so können wir in Gottes Namen aufbrechen:«

»Es sind wohl noch nicht alle«, sagte der Hirt Philipp, »aber die noch abgehen, wissen aus dem Rauche, daß wir die Kinder haben, und sie werden schon nach Hause gehen, wenn sie die Alphütte leer finden.«

Man machte sich zum Aufbruche bereit. Man war auf der Sideralphütte nicht gar weit von Gschaid entfernt, aus dessen Fenstern man im Sommer recht gut die grüne Matte sehen konnte, auf der die graue Hütte mit dem kleinen Glockentürmlein stand; aber es war unterhalb eine fallrechte Wand, die viele Klafter hoch hinab ging, und auf der man im Sommer nur mit Steigeisen, im Winter gar nicht hinab kommen konnte. Man mußte daher den Umweg zum Halse machen, um von der Unglücksäule aus nach Gschaid hinab zu kommen. Auf dem Wege gelangte man über die Siderwiese, die noch näher an Gschaid ist, so daß man die Fenster des Dörfleins zu erblicken meinte.

Als man über diese Wiese ging, tönte hell und deutlich das Glöcklein der Gschaider Kirche herauf, die Wandlung des heiligen Hochamtes verkündend.

Der Pfarrer hatte wegen der allgemeinen Bewegung, die am Morgen in Gschaid war, die Abhaltung des Hochamtes verschoben, da er dachte, daß die Kinder zum Vorscheine kommen würden. Allein endlich, da noch immer keine Nachricht eintraf, mußte die heilige Handlung doch vollzogen werden.

Als das Wandlungsglöcklein tönte, sanken alle, die über die Siderwiese gingen, auf die Knie in den Schnee, und beteten. Als der Klang des Glöckleins aus war, standen sie auf und gingen weiter.

Der Schuster trug meistens das Mädchen, und ließ sich von ihm alles erzählen.

Als sie schon gegen den Wald des Halses kamen, trafen sie Spuren, von denen der Schuster sagte: »Das sind keine Fußstapfen von Schuhen meiner Arbeit.«

Die Sache klärte sich bald auf. Wahrscheinlich durch die vielen Stimmen, die auf dem Platze tönten, angelockt, kam wieder eine Abteilung Männer auf die Herabgehenden zu. Es war der aus Angst aschenhaft entfärbte Färber, der an der Spitze seiner Knechte, seiner Gesellen und mehrerer Millsdorfer bergab kam.

»Sie sind über das Gletschereis und über die Schründe gegangen, ohne es zu wissen«, rief der Schuster seinem Schwiegervater zu. »Da sind sie ja – da sind sie ja – Gott sei Dank«, antwortete der Färber, »ich weiß es schon, daß sie oben waren, als dein Bote in der Nacht zu uns kam, und wir mit Lichtern den ganzen Wald durchsucht und nichts gefunden hatten – und als dann das Morgengrauen anbrach, bemerkte ich an dem Wege, der von der roten Unglücksäule links gegen den Schneeberg hinan führt, daß dort, wo man eben von der Säule weg geht, hin und wieder mehrere Reiserchen und Rütchen geknickt sind, wie Kinder gerne tun, wo sie eines Weges gehen – da wußte ich es – die Richtung ließ sie nicht mehr aus, weil sie in der Höhlung gingen, weil sie zwischen den Felsen gingen, und weil sie dann auf dem Grat gingen, der rechts und links so steil ist, daß sie nicht hinab kommen konnten. Sie mußten hinauf. Ich schickte nach dieser Beobachtung gleich nach Gschaid, aber der Holzknecht Michael, der hinüberging, sagte bei der Rückkunft, da er uns fast am Eise oben traf, daß ihr sie schon habet, weshalb wir wieder heruntergingen.«

»Ja«, sagte Michael, »ich habe es gesagt, weil die

rote Fahne schon auf dem Krebssteine steckt, und die Gschaider dieses als Zeichen erkannten, das verabredet worden war. Ich sagte auch, daß auf diesem Wege da alle herab kommen müssen, weil man über die Wand nicht gehen kann.«

»Und kniee nieder, und danke Gott auf den Knieen, mein Schwiegersohn«, fuhr der Färber fort, »daß kein Wind gegangen ist. Hundert Jahre werden wieder vergehen, daß ein so wunderbarer Schneefall niederfällt, und daß er gerade niederfällt, wie nasse Schnüre von einer Stange hängen. Wäre ein Wind gegangen, so wären die Kinder verloren gewesen.«

»Ja, danken wir Gott, danken wir Gott«, sagte der Schuster.

Der Färber, der seit der Ehe seiner Tochter nie in Gschaid gewesen war, beschloß, die Leute nach Gschaid zu begleiten.

Da man schon gegen die rote Unglücksäule zu kam, wo der Holzweg begann, wartete ein Schlitten, den der Schuster auf alle Fälle dahin bestellt hatte. Man tat die Mutter und die Kinder hinein, versah sie hinreichend mit Decken und Pelzen, die im Schlitten waren, und ließ sie nach Gschaid vorausfahren.

Die andern folgten, und kamen am Nachmittage in Gschaid an.

Die, welche noch auf dem Berge gewesen waren und erst durch den Rauch das Rückzugszeichen erfahren hatten, fanden sich auch nach und nach ein. Der letzte, welcher erst am Abende kam, war der Sohn des Hirten Philipp, der die rote Fahne auf den Krebsstein getragen und sie dort aufgepflanzt hatte.

In Gschaid wartete die Großmutter, welche herüber gefahren war.

»Nie, nie«, rief sie aus, »dürfen die Kinder in ihrem ganzen Leben mehr im Winter über den Hals gehen.«

Die Kinder waren von dem Getriebe betäubt. Sie hatten noch etwas zu essen bekommen, und man hatte sie in das Bett gebracht. Spät gegen Abend, da sie sich ein wenig erholt hatten, da einige Nachbarn und Freunde sich in der Stube eingefunden hatten und dort von dem Ereignisse redeten, die Mutter aber in der Kammer an dem Bettchen Sannas saß und sie streichelte, sagte das Mädchen: »Mutter, ich habe heute nachts, als wir auf dem Berge saßen, den heiligen Christ gesehen.«

»O du mein geduldiges, du mein liebes, du mein herziges Kind«, antwortete die Mutter, »er hat dir auch Gaben gesendet, die du bald bekommen wirst.«

Die Schachteln waren ausgepackt worden, die Lichter waren angezündet, die Tür in die Stube wurde geöffnet, und die Kinder sahen von dem Bette auf den verspäteten hell leuchtenden, freundlichen Christbaum hinaus. Trotz der Erschöpfung mußte man sie noch ein wenig ankleiden, daß sie hinaus gingen, die Gaben empfingen, bewunderten, und endlich mit ihnen entschliefen.

In dem Wirtshause in Gschaid war es an diesem Abende lebhafter als je. Alle, die nicht in der Kirche gewesen waren, waren jetzt dort, und die andern auch. Jeder erzählte, was er gesehen und gehört, was er getan, was er geraten, und was für Begegnisse und Gefahren er erlebt hat. Besonders aber wurde hervorgehoben, wie man alles hätte anders und besser machen können.

Das Ereignis hat einen Abschnitt in die Geschichte von Gschaid gebracht, es hat auf lange den Stoff zu Gesprächen gegeben, und man wird noch nach Jahren davon reden, wenn man den Berg an heitern Tagen besonders deutlich sieht, oder wenn man den Fremden von seinen Merkwürdigkeiten erzählt.

Die Kinder waren von dem Tage an erst recht das

Eigentum des Dorfes geworden, sie wurden von nun an nicht mehr als Auswärtige, sondern als Eingeborne betrachtet, die man sich von dem Berge herab geholt hatte.

Auch ihre Mutter Sanna war nun eine Eingeborne von Gschaid.

Die Kinder aber werden den Berg nicht vergessen, und werden ihn jetzt noch ernster betrachten, wenn sie in dem Garten sind, wenn wie in der Vergangenheit die Sonne sehr schön scheint, der Lindenbaum duftet, die Bienen summen, und er so schön und so blau wie das sanfte Firmament auf sie hernieder schaut.

Inhalt

WEITERFÜHRENDE LITERATUR

BRAUN, STEFAN: »Lebenswelt« bei Adalbert Stifter. Frankfurt a. M./Bern/New York/Paris 1990

EISENMEIER, EDUARD: Adalbert-Stifter-Bibliographie. Linz 1964

NEUGEBAUER, KLAUS: Selbstentwurf und Verhängnis. Ein Beitrag zu Adalbert Stifters Verständnis von Schicksal und Geschichte. Tübingen 1982

SCHOENBORN, PETER A.: Adalbert Stifter. Sein Leben und Werk. Bern 1992

TIELKE, MARTIN: Sanftes Gesetz und Historische Notwendigkeit. Adalbert Stifter zwischen Restauration und Revolution. Frankfurt a. M. 1979

WETZEL, CHRISTOPH: Adalbert Stifter. Salzburg 1983

WILDBOLZ, RUDOLF: Adalbert Stifter: Langeweile und Faszination. Stuttgart/Berlin/Köln/Mainz 1976

DIE DEUTSCHEN KLASSIKER

In der gleichen Reihe erscheinen:

Weitere Titel folgen.